幸存者游戏

上

巫其格 著

上海社会科学院出版社

幸存者

- [ ] 2
- [ ] 41
- [ ] 97
- [ ] 125
- [ ] 162
- [ ] 205

目录　CONTENTS

第一部分························她是谁
第二部分······················往生白骨
第三部分·····················秘密孤儿院
第四部分······················真正死因
第五部分······················真相边缘
第六部分························逆转局

他们既是左右生死局的法医,也是被死亡操纵的幸存者。
寸步难行的爱情局,
危机重重的亲情局,
无以言说的友情局。
一直在破局,却不曾预料,始终在别人设计好的棋局里按步前行。
真凶与无辜者分界线模糊,谁才是真正的犯罪制裁者?

第一部分 她是谁

（一）

四楼的解剖室，窗边的排风扇用力地转着，白炽灯明晃晃地照在头顶。

宁芷戴着两层手套，伸手把尸袋的拉链拉开，高腐尸体原本就有很重的尸臭味儿，开袋后，腐败的气味隔着口罩仍然浓烈。死者是女性，面部毁坏严重，脸皮仿佛被整张撕掉，腐肉呈深红色，颧骨处露出白骨。脖颈两侧的动脉处有两个大小相同的圆孔，她用标尺测量，圆孔直径三厘米，周围有白色的蛆在涌动着。

死者已呈现巨人观[①]，尸僵完全缓解，除了脸部和脖颈之外，无明显外伤，脚趾甲内有淤血痕迹。用手按压能推测出死者盆骨略宽，按压时伴有骨擦音和骨擦感，所以死者骨折的可能性很高，另外死者左小腿外侧有一处膨胀到变形的樱花文身。

宁芷的手术刀从颈部快速下滑，直至耻骨联合的上方，皮下组织完全暴露出来，丝毫没有血液的痕迹。她将肌肉组织分离后打开胸腔，熟练地把内脏依次摘除切割称斤，给范滟报数。

胃部和肠道均无中毒的症状。宁芷割开死者的颈部，颈部软组织已损

[①] 编者按：巨人观，一种尸体现象，指死后由于体内细菌繁殖而全身软组织充满腐败气体，导致颜面、眼球、嘴唇等部位肿胀膨大形成巨人。

伤，黏膜出血，甲状软骨骨折，很快，她从死者喉部取出一团细细的丝状物。在显微镜下可以看出是布料的纤维，脚趾甲的缝隙有同样的布料纤维。

工厂荒废已久，院子里并没有任何布料。

宁芷把手套摘下来，陈述着尸体呈现出的信息："死者死前应该经历过激烈的身体冲突，死亡原因是机械性窒息。"

隔着一层透明的玻璃，能看见里面有两个女人正合力抬着尸袋并将其装进冷藏柜，陈相正敲了敲窗户，刷卡进去。

打印机发出"咔咔"的出纸声，宁芷擦干手小跑过去把结果拿在手上，边看边招呼陈相正过来。

"硫酸厂不是第一现场，是抛尸现场。死者年龄三十岁左右，大脚趾骨节异常突出，可能从事武术或者舞蹈等相关工作，抛尸前尸体经过精心的处理，指纹被毁，身上的血差不多从这里放完了。"宁芷指着死者的脖颈处，"动脉处有两个直径三厘米的圆孔，应该是用以抽吸血液。"

"死亡时间是三天，窒息死，喉咙处有棉质纤维。"

"三天？"陈相正的脸上露出难以置信的表情，"那怎么可能连脸皮都没了？"

"根据死者脸部的褶皱痕迹，猜测脸皮是在抛尸前用保鲜膜、塑料袋之类的东西加热揭掉了。"

听完，陈相正立刻捂住嘴，往外吐酸水，宁芷淡定地拍了拍他的肩膀，继续说："凶手的处理手法很专业，至少，设备还算专业。"

"还有什么信息吗？"

"没有，死者生前没有遭受过侵犯，但有过激烈的身体冲突，身上有明显的淤青。你那边调查好死者的信息了吗？"

"失踪人口还在核实，估计要等一阵子，老大出差还没回来，进度有点慢。"

"那你们得加把劲儿了。"宁芷叮嘱一句后，回头向正在电脑前办公的前辈范湉打了声招呼，便跟着陈相正一起去了特案组。

其他人成一小组，正在对失踪人口做详细的调查，范围已经缩小到十个人，可这十个人的职位身份却都不符合。

抛尸现场在一处乡道胡同的硫酸厂里，由于该厂已经停工半年之久，加上人烟稀少，因此没有目击者。要不是拾荒老人，可能到硫酸厂再次开工前，死者都不会被人发现。

陈相正烦躁地抓着头发，催大家继续努力，宁芷从陈相正那儿拿了份案件资料，也不想站在一旁碍事，就折回办公室。

法医部组长范湉正在整理信息，看见她进来，头也没回地问道："听说这次案子很棘手？"

"估计侦破有难度。死者身份信息不明，除了死因是已知的，连第一现场在哪儿都不知道。"

"听说局里已经在申请外援了，不知道这次能不能把大神从国外请回来。"

宁芷心思没在这儿，一句都没听进去，打马虎地应付一声，随即坐在一旁的椅子上，看着抛尸现场的照片。尸体被丢在工厂的铁门内，身上任何证明身份的东西都没有。很显然，凶手就是为了掩盖死者的信息，才大费周折做这么多的事情。

这个案子的突破口，就在死者信息上，而这也是目前最难的一点，该怎么办？

宁芷皱着眉头，闭着眼睛，正在努力思索时，一个不合时宜的画面跳入脑海——

一个男人站在一块白板前，拿着记号笔在几张照片上连着线，清着嗓子说："他们之间的确是有一定关联的。"

她猛地睁开眼睛，而脑海中的画面还在继续——

"现场的每一个角落都有凶手留下的信息。"

"小宝，我们唯一能做的就是抓到凶手。"

(二)

一栋别墅外响着警笛声，警察在现场拉上长长的警戒线，刑侦科正在拍照和收集证据。

报案的人是死者摩根·莫森家的家教，她捂着胸口努力地吸气，她早上过来打算辅导孩子学习，没想到却遇到了灭门血案，现在仍心有余悸。

此时，警员正在调查着四周的环境和对面街道的监控，不巧的是前几天有孩子玩弹弓把附近的几个摄像头都打破了，正在协调赔偿中，所以迟迟没有修好。

围观的人越来越多，一个个恨不得化身福尔摩斯，来破解这个案子。

一个穿着防护服的男人从车上跳下来，脚上的步子有些快，一头黑发软软地趴在头顶，桃花眼略显疲惫。他从兜里把证件掏出来挂在脖子上，直接从警戒线下钻进去。

浓烈的血腥味直扑鼻腔，放眼望去，客厅的家具都被器具划得凌乱，茶几被掀翻在地，两个碎茶杯里未喝完的茶水浸透褐色的地毯，边缘还有些粉白色。

冰箱旁有个男孩躺在地上，上衣被染成暗红色，蓝色的眼睛圆睁，可乐罐里的可乐已经被洒光，罐的开口处有细微粉末。

江桓一只手拿着笔记本，一只手掀起孩子的衣服，发现其腹部有多处刀口痕迹，皮肤颜色已经变深，用指腹轻轻按压可见颜色减退，继而记录道："death time，8h（预计死亡时间八小时）……"

现场的警察 Nob He 赶紧从楼梯上跑下来，见他带着手套，不能握手，便重复着点头的动作："Mr Jiang，好久不见。"

江桓刚从办公室赶过来，白色大褂下穿着白色的 T 恤，袖口微微挽起，黑色的裤子，膝盖微微弯曲，一双迷离的长眼，淡定地盯着尸体。

顺着血迹，江桓越过凌乱的客厅走到厨房。厨房里都是大牌，厨具价格不菲。冰箱里有分类的食材和饮品，碗具整齐地摆在消毒柜里，刀架上少了一把刀。垃圾桶里倒满了还没做好的半成品蔬菜，看包装应该是超市傍晚的甩卖品，旁边横卧着一小瓶空的安眠药。

走到儿童房的玩具区，可以看到大部分玩具都已经褪色和起毛边，角落里堆着几个连包装袋都没有拆开的玩具，江桓拿起其中一个玩具翻过来看了一眼标签，居然是印刷粗糙的英文，这盗版玩具和房间显得有些格格不入。

主卧里有明显清理过的痕迹，从客厅延伸进来的血液到门口就彻底消失了。摩根肥胖的妻子以一种诡异的姿势侧躺在床边，摇摇欲坠，而瘦弱的摩根则占据了双人床正中间的位置，他手上握着的刀别扭地插在妻子的心口，两个人的躺姿极不协调。

主卧室有大量的女主人放大了的写真照，床头柜摆着女主人的化妆用品，衣橱同样塞满了女士的衣服，男人的衣服只占据一个小角落。

江桓伸手拨了拨男人的衣架，摩根身上穿着的是睡衣，屋外并没有晾晒的衣物，拨弄处明显少了一套衣裤。江桓把 Nob He 叫过来，让队员在附近的垃圾桶里找找有没有凶手丢下的衣服。

他重新回到客厅，将眼前所看到的现场信息汇总到一起，一件一件地联系起来，逐渐有了一些眉目，转过头看着 Nob He 说："什么人来做客会选择带商场打折的蔬菜？"

"自家人？"

"就目前现场而言，凶手留下的信息是如此。"

"还能看出什么？"

"更详细的信息需要等解剖后才知道。"

走廊的尽头，一扇厚重的铁门被明晃晃的灯光照得惨白，江桓把白布重新盖在尸体身上，等待打印机的结果。

和他在现场推断的基本没差，他拿着资料直接去了警察局办公层。警员们在就犯案形式进行分析和调查。

他们说完才公布道："三位死者均为他杀，三人胃里均检测出安眠药成分，根据消化情况来看，食用药物的时间超过十二个小时，男人的死亡时间与女人和孩子的死亡时间相隔四个小时。"

其中一位警察提出疑问："不会是因情杀人吧？"

江桓翻着现场的照片回答："就已知信息可推断，凶手十分了解被害人一家的作息习惯，熟人因情犯案的可能性更大一点。夫妻的家庭关系调查了吗？"

"正在查。"

Nob He 摸着下巴说："这个家里女人是主导，但从凶手刻意摆放夫妻尸体这点看，凶手在极力地强调男人的重要性，向我们展现了对妻子和孩子的恨意，TA 的内心渴望着男性地位的上升，可以从因母亲脾气暴躁导致家庭不和谐这方面入手排查。"

资料显示女主人家世显赫，独生子女，男主人是工薪家庭出身，父母早逝，有个在医院药房上班的弟弟迈奇，二十四岁，平时很不得女主人的喜爱，现居住在另一个街区的老房子里，生活环境很差。

Nob He 敲打着纸上弟弟的照片总结道："在药房上班的话，不需要医生开单也能取药，因贫富差距而产生怨念，很符合侧写！"他说着拿起车钥匙往门外赶："先去把人抓到。"

车子停在一处破旧的小房子前面，房子是摩根父母去世后留给迈奇的。

搜过一圈，他人并不在家。工作的药店反映今天他并没有来上班。他们冲进屋子，也没有找到嫌犯。

江桓走在后面，细细地观察着房子。满屋找不到新家具，桌子上还摆着修遥控器的工具，磨破皮的沙发上盖着洗得发白的布套。墙壁的正中间摆着一个大相框，里面是一家四口的全家福。

迈奇似乎在努力保持着父母在世时房间的样子，并没有因为独占这栋房子而大刀阔斧地改造。迈奇应该是个念旧又节约的人。

他的卧室在二楼的最里面，简约风的房间，以白、黑、灰三个颜色为主。床头柜上摆着他和哥哥摩根的合照，两个人拿着橄榄球，对着镜头大笑着。

江桓被贴在桌角的便签纸吸引，他将其包进证据袋内，透过袋子可以看见迈奇写在上面的待办事项：下班后换身干净的衣服，去超市给哥哥买菜，给孩子置办玩具。

下边还附带一句"希望他们满意"。很明显，他很重视哥哥一家，尽力去迎合他们的喜好，每个细节都没有表现出他有杀人的倾向。

晚上回家，江桓在网站上搜索迈奇的社交圈，发现和他互动的好友不多。或许是因为不善言谈，无论别人对他发布的内容作出什么评价，他都只回复简单的表情符号，偶尔还会有人调侃他是闷葫芦。

但在私信里他和一个全黑色头像的网友聊得欢快，两个人天南海北什么都聊，言语间迈奇也向对方透露过对哥哥家庭的失望。

摩根是典型的三好学生，但在工作中却处处碰壁，婚后由于和女方的家庭差距,在家里一点地位都没有,什么都要听妻子的,连孩子都给他脸色看。

网友不止一次和他说要他给嫂子点教训,但迈奇从没这种打算。

顺着对方的头像点进去,发现里面是空的,但点赞的数量很多,清空账号应该花费了不少时间。

诱导杀人不成,亲自动手?

江桓把网站复制给局里在线的技术人员,让他们去处理。

看了眼时间,他把电脑的桌面切换到案宗上,修长的手指在键盘上快速地输入一串网址,点击回车键进入档案局内网,输入"高级研究院火灾",得到的结果除去公开刊登在报纸上的消息外,只有寥寥数语,想再知道更多需要有公安局的登入许可证。

他看着屏幕上的受访权限,手指轻轻敲打着桌面。

就在这时,电脑"叮"的一声发出提示,右下角跳出一封新邮件。

这是他的私人邮箱,知道的人少之又少,能把消息发到这里的人,估计也不一般。

江桓毫不犹豫地点开,屏幕上加载出一张照片,照片中显示的地点赫然是高级研究院。他一直在寻找的大火前的现场照片!

试验台下躺着两个人,身下有着蔓延的血迹。

覆在鼠标上的手指僵了一秒,这张照片在案件的任何公开资料库里都是找不到的,如今却被发送到了他的邮箱。发件人是谁?照片的真实性?发这份邮件的目的又是什么?

这三个问题快速地在江桓的脑袋里闪过,但邮件的ID只显示一个H,追踪地址也显示无效。

他皱着眉毛往下翻,紧接着一行小字跳出来:真相由你来找!

看来,想要他回国的不止自己那颗心,还有这敌友不分、躲在幕后的神秘人。

这张照片绝对是案件的突破口。

当年研究院到底发生了什么,这张照片无疑是突破口。

他掏出手机拨通一个号码道:"我要回国。"

对方的声音有些兴奋："那之前的工作邀请就当你答应了。"

挂掉电话，江桓望着窗外，树上有一只乌鸦站在那里，黑漆漆的眼睛似乎在看着他，叫了一声便飞走了。

时隔五年，他终于要回去了。

（四）

"我要去抛尸现场。"

宁芷拎着档案本和陈相正知会一声就要走，却被他拦在门口："小芷，你不能去，老大不在，太不安全了。"

"是抛尸现场又不是案发现场，哪有那么多危险？"

陈相正不依不饶，掏出手机就要打电话："那我给老大打电话，你亲自和他说。"

电话接通后，那边声音有些吵闹，似乎是机场飞机晚点四个小时，很多乘客正在闹。陈相正大声地说了半天，对方都听得不真切，宁芷看眼时间，催着他快点说，不然一会儿天黑了。

陈相正干脆把电话递给她，宁芷接过来自顾自地表达自己的想法，对方按捺着烦躁回复："不许单独冒险，等我回来一起去。"

宁芷"嗯嗯"地挂掉电话，然后把手机还给陈相正，淡定地绕过他准备出门。

陈相正一脸懵，举着手机问她："老大答应了？"

"他说下了飞机就过去找我。"

"真的？老大真这么说？"陈相正不相信，又问一遍。

"不信你就再打一次电话确认。"

宁芷语气坚定，一脸正气，平时她也不算爱说笑，陈相正也不敢再怀疑，退到一边帮她开门，并且再三叮嘱有事赶紧打电话报警，附近的巡警会尽快赶到。

"知道，我很惜命。"

说完，宁芷直接出门，不给他多问的机会。

她走到走廊里直拍胸口，心虚得要命，刚刚谎话说得太溜，连自己都险些信了，更何况是老实巴交的陈相正。转念又想，还是要快去快回，虽然于城下了飞机，这事还是会穿帮，到时候谁都少不了写检讨，但她更想去现场了解更多的信息。

硫酸厂所在的乡道很隐蔽，在水兰高速下的双向乡道里的一条自家铺的小路里，路两边被高耸的大树遮着，里面便是庄稼地，远远地看过去，勉强能看到为数不多的几座厂房的屋顶。

GPS定位不是很准确，宁芷在那条路上绕了好几次才找到下去的路口，路上铺着不规则的砂石，还有车辙印。

路上有些块头大的石头，车子轧过去，猛地一颠，好在车子底盘够高，不然这短短四百米的车程基本能把车开到报废。

好不容易到工厂，已近黄昏。大铁门被新的链条锁着，封条被风吹得挂在一边，宁芷绕过去用从陈相正那里拿来的钥匙打开大门。

现场还保持着原样，正对着门口的地上画着一个人的形状，空气中弥漫着刺鼻的尸臭味。

宁芷往人中抹了点清凉油，薄荷的凉气直冲眼睛，她抹一把泪，虽然这刺激有些过头，但总要好过现场迟迟不散的尸臭味儿。

整个大院里长满半身高的蒿草，墙边还堆着拆迁没搬走的生锈的铁桶，往里走就是硫酸厂房和储藏间，这两间房里只剩下破碎的玻璃片和几把椅子，没有生活的痕迹，也不存在凶手逗留的可能。

看来凶手只是把死者丢下就离开了。

天已经昏暗，宁芷往集体宿舍那边走，边往本子上记录，趁着天彻底黑之前，还是要快点离开。

四处探望，硫酸厂里没什么特殊的架构，凶手把抛尸地点定在这里，仅仅是因为偏僻吗？

就在这时，大门外传来刹车的声音，怕被巡警发现她来过现场，铁链早被她从上面的缝隙里重新锁上，连车都被她停在另一条岔路里。

再看眼时间，这个点儿还来这里的人，除了巡警和她这类型的人外，只剩下一个可能——

凶手重回现场！

宁芷身体灵巧，警觉地闪身躲在房屋的右侧，手指紧紧地抠着墙壁，心快跳到了嗓子眼，但仍旧集中精力去捕捉更多的动静。

脚步声越来越近，朝着厂房方向走去。

脚步的"咚咚"声，一下一下敲在她心脏上，她有些恐惧，毕竟变态杀手重回现场回忆杀人快感很常见。

手心里细密的汗都搓在衣服上，眼睛快速地转动，她瞄准墙角处的铁锹，铁锹的木杆有点风化，但勉强算得上是武器。

她握紧铁锹，缓缓地朝着群房的后面走，盘算着如果被发现就奋力一搏，如果侥幸不被发现，还能看到凶手的长相就赚了。脚掌落地的每一步，她都异常小心。

好不容易绕到厂房后，宁芷发现离地大约两米处有扇窗户，需要站在垒起来的砖头上才能看见里面。她堪堪站上去又不敢贸然露头，半屈着身子把耳朵贴在墙上，隐隐地听到脚步渐远的声音，她赶紧直起身，却只看见关门的背影。

凶手这就要走了？

她一刻都不敢放松，轻轻地跳下来，重新绕回房前。大门外似乎有细微的脚步声，这才让她紧绷的神经稍微放松。

她重新握紧铁锹，借着夜色，贴着墙根挪到门口，四下张望一下，小心翼翼地推开那扇大门。

咯——吱。

大铁门发出一声长长的声音，该死，千算万算，没算到生锈的铁门会发出声音。她忍住心脏的狂跳，长腿弯下一步滑进铁门，身影立刻融入无边的黑暗中。

大门外响起了去而复返的脚步声，对方也在刻意压低脚步声。视线刚适应这个空间，她回忆着刚刚在厂房后看到的房间布局，快速又准确地躲在一个大机器后面。

这一次，她大气都不敢喘。

幸存者游戏

脚步声在门口停顿了，她强咽一口气，目光紧紧地盯着门口，脑袋里快速地计算着。

凶手应该和她一样，在进厂房初会出现短暂的盲点，而她可以借着推门那一瞬的光亮找到对方的位置。

她握紧铁锹的手更是用力。

"咯——"声刚响起，宁芷脚底用力，快步冲出去，用铁锹对着门口站着的人直拍而下。

一声惨叫骤然响起，"砰"的一声，重物落地的声音传来，借着微弱的光线，可以看到一个身影瞬间趴在地上。

宁芷迈着大步直接越过那人朝着大门跑去，此时看凶手的长相一事，早被她抛在脑后，现在她一心只想跑出去。

身后响起沉重的脚步声，她更是加快脚步，耳朵里有扑簌的风声，也能清晰地听到心脏猛烈跳动的声音。

还没到大门口，身后窸窸窣窣的声音更近了，感觉被打倒的人仿佛就站在身后，她把力量集中在小腿上，用力地蹬，直朝大门冲去。入眼的是一辆黑色的车，她的第一个念头是赶紧把大门从外面锁起来，否则她绝对逃不过开着车的凶手。

脚上蓄足了劲儿朝铁门跨出一步，落地后，她半扭着身体，迫不及待地去摸铁锁，追赶的黑影忽然停下，但她依旧不敢松懈。

越是慌乱，铁链越挂不上。手抖得厉害，视线有片刻的模糊，根本顾不上擦额头渗下来的汗，只想着快一点，再快一点把门锁上。

"你怎么在这儿?!"

一个清冷的声音在身后传来，颤抖的手瞬间变得僵硬，急促的喘息声骤然消失，仿佛失去了呼吸能力。

这个声音!

她猛地转过身，就看见从车后正缓缓走过来一个高大的身影，由于背光的原因，面目看得并不真切，但这个声音却准错不了。

"江桓!"

宁芷脱口而出。

时间已经过去五年，但这个声音却不可能被忘记。

（五）

宁芷和江桓能相识，是被班导胁迫的。准确点说，是因为朱陈媛。班导说不参与此次校里安排的救助活动，学分将变成零。

她无所谓，但朱陈媛不愿意，抱着她的胳膊磨她，说万一重修的话，她俩课程不一致就没办法一起吃饭，一起去图书馆，一起去逛街，想聊天也找不到共有的时间。

这种时候她感觉朱陈媛特别像她妈妈。朱陈媛和宁妈都是江南女人，说话软糯，立场坚定，宁妈总会站在爸爸和她中间做个协调者。莫名地，她就妥协了。

只是此救助非彼自救，是学校试推行的针对问题学生的一对一的生活心理引导，这也是她不愿意参与的原因。她学的是法医，自然也通读过心理学的书，她了解到自己的不合群、冷漠，只是人类众多性格中的一种，不应该被称为"问题"。

宁芷在第一次会面前，想象过一群人像联谊一般，救助人坐一边，被救者坐另一边，进行你问我答，然后在内心给她们的名字打分。想到自己的名字也会被打分，她就头皮发麻。可推开咖啡店的门时，并没有所谓的大排场，只有一个人坐在靠窗的座位。

目光对视的一瞬间，她在他的眼中看到了某种光，亮得让人胆怯，第一反应是快点离开这间咖啡厅，却没有停止向前迈步。

他从座位上站起，灿烂的笑容挂在脸上，一双桃花眼半眯着："宁芷，我是江桓，请多多指教。"

整场下来多数时间是江桓在说，两个小时的会谈结束，江桓都没有问她是如何成为问题学生的，又是如何恢复正常的。

第二次救助甚至后面的几次救助，江桓仍旧没提过这个话题，这让她心生反感，因为和心理医生对待病人时很像，或许学校给他的资料上有她的一切。而救助早就无声无息地开始了。

第五次救助活动开始前，她故意窝在宿舍睡觉，直到朱陈媛下课给她打电话问她什么时候去食堂吃饭时，才从床上下来。

13

走到楼下,天有点落雨,她又折回去拿伞,再下来朝着食堂走时,又无法前行。这一次,她什么都没有忘记拿,只是女宿舍楼下的花坛边站着一个淋着雨一动不动的身影,让她不得不止步。

雨越下越大,宁芷迟疑了几秒还是走过去,把伞稍微向那人的头顶移过去。伞下被雨淋得湿透的人,有感应地抬头,似蒙着水汽的眼睁得大大的:"还以为等不到你,身体还好吗?"

宁芷拧眉,并不习惯突如其来的关心。

江桓站起来,足足比宁芷高出一个头,头直接顶到了伞面上。冰凉的手指覆到她额头,在她愣怔间又撤回手摸摸自己的额头:"没发烧,但眼睛好红,没休息好?"

宁芷自觉地向后退一步,冰冷地注视着江桓的脸:"你为什么在这儿?"

"你没来,加上最近天气不好,担心你生病,所以过来看下。"

这个回答完全出乎她的意料,她在群里看到被救助人的聊天信息,有坚持两次后,救助人选择放弃的,有被救助的人多次爽约的,但江桓这种找上门的却是新鲜事。

她不去,他只会以为她生病,而不承想这是"问题学生"使坏的一种方式。

"昨天睡得晚,让你担心了。"

说完,她不由得将手臂抬高,让江桓的腰能完全直起来。

江桓反倒不好意思地先笑出声,桃花眼眯成一道弧:"我没和你这么小的女孩相处过,以为被讨厌了。"

那天,宁芷和江桓在大伞下聊了一个半小时,彼此的手机都响过,谁都没接听。直到朱陈媛气势汹汹朝着她扑过来,揽住她的脖子压低声音说:"见色忘义的小女人,没成年就敢泡帅哥!"

声音虽然低,但在场的人却能听得一清二楚。

宁芷和江桓互看一眼,均很呆滞,朱陈媛还在喋喋不休:"喂喂喂,你怎么没告诉我,你的救助人是江桓,咱们系的男神啊。这种事你居然不上报,不怕我们集体吞了你?"

在朱陈媛彻底丧失理智前,宁芷的手已经捂住她还在发声的嘴,把伞递到江桓手里,抱歉地说:"我室友偶尔有点疯癫,伞你拿着,我回去照顾她。"

不等江桓回复，宁芷连拖带拽地把朱陈媛带进女生宿舍，一路上都在听着她碎碎念，宁芷竟有点想笑，从前她并不关心学校里的事，认识的人也少，听朱陈媛这么一说，发现江桓竟然有那么好。

再到后来，宁芷不再排斥会面，偶尔还被江桓带着提前上解剖课，去到案发现场学习经验。她渐渐地了解到更多关于江桓的事——有内涵又开放的家庭教育、不庞大但有价值的朋友圈以及优秀的头脑。

关于他们的流言蜚语很多，但谁都没有花时间去制止。在她的眼中，除了成绩，并没有特别值得关注的事情，自然也不会去关心江桓心中的想法。

寒假来临，宁芷和往年一样拒绝周康叔叔邀她一起过年的好意，申请住校。送朱陈媛到火车站重返学校时，她看到拖着行李箱等在女宿舍楼下的江桓，先是一愣，随后莞尔，轻步走过去。

谁知江桓特别警觉，一听有声响，立刻转身和她对视，问她道："你不回家？"

宁芷摇头："我申请了住校。"

"过年也不回？"

宁芷裹紧衣服上的毛领，不停地搓冻得发红的手指，避开他热烈的目光："还没想好。"

江桓想起四年前满天飞的新闻报纸，又想到周康的嘱咐，没再继续这个话题，俯身往她手里塞了张纸条："我家在近郊，有事你打给我。"

寒假过半，那些留校的学生最后还是买了年前两天的回程票，真正留校的只有宁芷自己。

春节当天，宁芷准时在零点给通信录里的人发送新年祝福短信，发送后，在熄灯的宿舍里，抱着被子沉沉地睡过去。

再醒来已是中午，宿舍外热闹非凡，炮竹的声音很响，卷着被子凑到窗户边听，宁芷才揉着脸去洗漱。手机里有江桓的未接电话和一条朱陈媛回复的同乐短信。

宁芷一直在窗边坐到天黑，想起很久以前的自己，她大概是家里最忙碌的人，惦记着爸爸什么时候轮班回家、妈妈准备的是什么饭菜，还有守着亲戚送给她的压岁钱。

15

眼睛不由得泛红，浓烈的失落感无声无息地裹住她。可这情绪没持续多久，她隐约听到窗外有动静，好像是在叫她的名字。宁芷站起来向外看，隔着一层玻璃和两米宽的绿化带，她看见路灯下穿着黑色棉服的江桓，他也看到了她。

宁芷心里涌出一股莫名的情绪，来不及穿外套，三两步跑出宿舍楼，根本不给江桓说话的机会，整个人都扑到江桓身上："新年快乐，江桓。"

江桓想推开箍在身上的宁芷，可她的力气出奇得大，死死揪着他的袖口，奇怪的感觉在胸腔上震动，他还是将她从身上剥离开。

宁芷低着头，站在那儿，似乎因为被推开而失落，像被全世界遗忘的小兽。

江桓叫她名字，她也不应，伸手去抬她下巴。宁芷的一双大眼睛红透，里面的水珠来回转着，竟哭了。

她又重复了一遍："新年快乐啊。"

江桓的心像被一双手揉过一样，湿漉漉的，有些疼，又见她只穿着一件长毛衣，身形瘦弱，风一吹还跟着一起颤。

"宁芷，你的新年愿望是什么？"

宁芷不太明白问题的由来，只能摇头，毕竟她的新年愿望永远不会实现。

好一会儿，江桓嗓子有点哑，缓缓地说："宁芷，我比你大四岁，心智也比同龄人成熟。可能当你二十岁想要浪漫时，我在繁忙的工作里顾不上你，当你在初入社会遇到烦恼时，我只会用过来人的口吻让你心平气和地应对。即便是这样，你愿不愿意在未来所有的日子，陪我一起走？"

宁芷睁大眼睛，捕捉到这句话里的关键点，猛地一颤，十分不可置信。这是她离开家多年唯一的新年愿望——希望不再一个人。

那年的那天是宁芷十六岁的最后一天。她点头答应这个看起来荒谬又美好的提议。

继而，江桓伸手去摸她冻透的脸，指腹顺着她的眼周慢慢滑动。江桓又把大衣的拉链拉开，把她整个包了进去。

"新年快乐，宁芷。"

那是江桓第一个没和家人一起过的守岁年，也是宁芷时隔四年第一次有人陪她一起过年。

江桓也没有像他说的那样不浪漫，反而细心到令人发指，所有恋爱里男友具备的优点，他都有。他能陪她看无聊的言情剧，能接受她过分的理智，衣服他洗，外卖他带，在一起近两年，她的性格慢慢地变回原来的样子。

那时候，她就认定江桓，两个人把孤独的一辈子过完。

只可惜，他们都没那个机会，因为，他抛弃了她。

（六）

宁芷猛地吐了口气，眼睛有些酸。

过去这么久，她从来没想过，两个人的重逢竟会在抛尸现场，更没想到来之前所想到的人，现在真的能出现在眼前。

这不是梦，她的牙齿咬在舌上，是真的痛。

眼里瞬间闪过的讶异很快被痛苦代替。她一只手绞在胸口，再抬头看时，目光里不再有多余的情绪，多了几分客气和疏离："真巧。"

现在不是叙旧的时机，她没再等他回复，目光落在身后的，仿佛能吞人的厂房，并没有追过来的人！

"你看到其他人了吗？"

"只看到你慌慌张张地往这边跑。"

怎么回事？就在刚刚，她确实用铁锹打到人，也听到追赶的脚步声，怎么会只有她自己在跑？她狐疑地看着穿着一身西装的江桓，他的身上并没有被铁锹打过的痕迹。

这里，明明就有第三个人！

宁芷掏出手机拨通报警电话，将刚刚发生的事情叙述一番，才重新推开院门进去。

黑夜下的硫酸厂和黄昏时的有很大不同，听着身后沉稳的脚步声，之前的恐惧褪去不少。

厂房的大门半开着，门口却空无一人，丢在地上的铁锹也不见了。她把门全部拉开，快速地浏览整个厂房，短短的两分钟，人和铁锹凭空消失了。

就在这时，"啪"的一声脆响，强光直射进眼睛里，她本能地闭上眼睛，再睁开时，看见江桓站在门的右侧，手上还保持着按开关的姿势。

江桓自以为是的样子将宁芷强压在肚子里的火一瞬间点燃："鲁莽开灯会让凶手逃掉的！"

"如果真的有人，刚刚的行动也一定惊了人。"

"但这和开灯是两回事。"

江桓看出她的气由，还是和以前一样，生气时听不得一点反驳，干脆不说话，绕着厂房转一圈后，关灯又走出去。

这回，换宁芷走在身后。江桓身体直挺挺的，走路时右手食指会习惯性地放在裤线上打着拍子。好像认识的那几年，自己常常能看到这个背影。想到这，她嘴角一撇，自己先不屑地淡笑起来。

直到警务人员赶来，提供事发的完整过程后，宁芷才走出大门。

她的手还残留着用力挥铁锹的钝痛感，明明真真切切地打到过人，可那时除了她和后到的江桓外，再也没有第三个人。

宁芷想得过于入神，根本没有注意到一旁小路上一闪而过的黑影，来不及做出反应，身后的人手疾眼快，拽住愣怔的她，紧搂在怀："危险。"

黑暗中，她清晰地听到身后有力的心跳声，自己的心也狂跳不止，这温度是她曾经最眷恋的，也是她现在最难以承受的。

将一切情绪收敛后，她的声音淡淡的："你抱够了吗？"

那黑影闪过，就没再有新动作，估计是风吹树动造成的错觉。

他没有松开手的意思，下颚抵在她头顶，比起她的敌意，这才是真真切切的思念："小宝，我回来了。"

宁芷身体一颤，声音更冷："我劝你放手。"

江桓来不及反应，她已屈肘向后狠狠地撞向他的下巴。两个人靠得近，他也没预料到她会动手，向后退一大步才险避过撞击。宁芷身上的钳制消失，和他隔出一段距离。

那瞬间，江桓察觉到两个人的关系不复从前。她不是恋爱时的宁芷，是比初见时更像刺猬的人。而他呢，好像也不会再用那样一双笑眼同人说话了。

门口这辆黑色的路虎是江桓的,他站在车边看她,试图和她说话。

她背脊挺得很直,一丝目光都没有落在他身上,越过他径自走进另一条小路,钻进自己的车。

直到车子上了高速,她仍旧处于懵的状态,不止是消失的铁锹,还有突然回国的江桓。她甚至有些怀疑刚刚经历的一切,都只是她的一场臆想。

可透过后视镜,她能看到紧跟在后边的那辆路虎。

这一切,不是幻觉啊。

回到市区,宁芷直接左拐,进入横道,还能看到在等直行红灯的江桓,他的目光似乎落在她这边,又似乎不在。

宁芷的指甲死死地抠着方向盘,也对,又有什么能入得了他的眼,哪怕是面对将死之人,他不是一样无动于衷,她一个被丢弃过的人又算得了什么?

到家的时候已是凌晨,宁芷思绪乱乱的,手上的力度没掌握好,"嘭"的关门响声,震得她手臂发麻,这才缓过神来,她看着黑漆漆的房间,眼泪忽然掉下来。

以至于第二天上班,她肿着一双核桃眼,看谁都晕乎乎的。

刚走到特案组所在的二楼,人还没见着,就已经听见陈相正在一字一句地读检讨。谁这么大胆敢动老大的人?

贴着墙边探头出去,前方是背对着她的于城,然后是,正在挨数落的陈相正。

宁芷上前的脚步顿住,检讨可以写,但是面对于城那张僵尸脸,她多少还是有些抵触的。

于是,她立刻把头缩回来,脚步放轻,刚走上第二个台阶,后衣领便被拎起。

她故作淡定地转过头,看见于城皮笑肉不笑地看着她:"这么急是要去哪儿啊?"

"我要上去写总结报告。"说罢,她尝试挣脱他的钳制。

于城声音压低,是惯有的低音炮,带着丝丝压迫:"听说你昨天冒充我的名义去了现场?"

宁芷缩着脖子,脸上不免尴尬:"于老大,你知道的,法医也要深度地进行现场学习的。"

于城目光在她身上扫一遍,松开手,大掌拍在她肩膀上:"幸好没事,不然整个特案组都要跟着你遭殃。"

"好歹学过些防身术,不至于给局里丢人。"

"三脚猫的功夫,过几天带你去训练场。"

宁芷的话被堵在嘴边,冷淡的情绪慢慢瓦解。她猛然想起之前跟着于城去训练场,那里都是一群对肌肉疯狂痴迷的男人。汗水流淌在黝黑的肌肉上对他们来说是骄傲,但对她来说简直是恐怖片。

陈相正知道她心里所想,眉毛一挑,颇有壮士献身的落拓,大声说:"老大,咱们的接风宴安排在哪儿啊?"

宁芷接过话:"部门好久没聚餐了。"

陈相正猛点头:"叫上杨路那小子,自从恋爱之后,他下班跑得比兔子还快!好好的'四人帮'被他弄散了!"

正当宁芷还要说话时,电梯"叮"的一声打断了她。

站在门口的三个人同时看见电梯里穿着一身黑色西服的江桓,宁芷收起情绪,脸立刻绷起来,口气不善:"特案组现在的进出管制这么松吗?"

"你们认识?"

于城看着眼睛升起水雾的宁芷,一同办公的三年里,她除了对案发现场和审讯凶手外,很少有情绪的起伏。于是他的目光不由得又看向朝着他们走过来的男人。因为练枪的经历,他的眼睛出奇毒辣,他看得出对面站着的男人,虽然生一张妖娆的笑面,但身上散发的却是老沉之气,是个硬骨头。

话音一落,江桓已经迈着长腿站定在他们的面前。

"认识。"

"不认识。"

江桓的认识和宁芷的不认识形成强烈的对比。

于城尴尬地"哦"一声,目光在两个人的身上走一个来回,大抵也能明白前尘往事。

"我是江桓。"江桓把目光落在于城身上,做了最简单的自我介绍。

于城还没来得及出声,陈相正率先挤到最前面,惊呼道:"你就是局长三顾茅庐请回国的法医病理学专家?!"

于城皱着眉头听，一直以为能达到高级水平的法医，听说还是犯罪分析方案的专家，怎么想都是个四五十岁的老古董，没想到竟然这么年轻。

很快，他恢复一贯的沉稳作风，不露多余情绪，缓缓开口："于城，水原市的特殊专案组组长。"

陈相正也伸出手："陈相正，特案组组员。"

宁芷没出声，垂眸看着地板，气氛慢慢降下来，才扭过头交代："于老大，我先上楼写报告，有事联络。"

于城抿着嘴，想问话，又扫视到江陈两人，挥挥手："先把手头的案子忙完吧。"

得到首肯，宁芷头也不回地往楼梯上跑，盘算着以后共事时该如何调节自己。思绪开始涌现，却始终抓不住某个点。她听见江桓在身后叫她的名字。

"我有话要说。"

（七）

天台上有个休息亭，大伞遮阳，两栋楼之间有穿堂风，把她的衣服吹得鼓鼓的，她坐在离江桓最远的椅子上，组里的杨路和范湉也在。

范湉三十出头，严谨却幽默，坐在宁芷旁边时不时地私语："局长都请不动的角色，反倒是周主任把人请来的，估计以后有麻烦事。"

宁芷眉毛拧着，有点搞不懂特案组主任周康的心思，他不是什么都清楚吗？

范湉捂着心口："怎么办，在这个看脸的世界里，我要做阿姨粉了。"

那边的江桓并没有注意到范湉的花痴，自然也不会发现宁芷心思的百转千回。他在公事上一贯如此，专心致志，心无旁骛。

他抽出文件夹里的尸检报告，抬手扬着其中一份报告，锐利的目光在她和范湉身上扫过："这份报告显示，布料纤维经分析为棉麻涤纶的混纺面料，最常用于窗帘制作，但是没有检测出上面有水泥颗粒。"

"怎么可能？"宁芷站起身走过去，拿过江桓手上的新报告，越往下看，眉头皱得越紧，没想到会把这么重要的信息忽略掉。

"水泥成分的纤维是在脚趾甲里的布料上提取的，这份报告似乎只提取了喉咙部分的成分。"

宁芷无话反驳，也不想反驳。

江桓不再看她，反而把目光转向认真听讲的于城那边："于警官，可以把失踪人口范围缩小到东成路与明扬路的交叉口附近。"

水原市用这种水泥装修家庭的不多，最近也没有哪个区在大刀阔斧地翻修。

反而老城区在进行整体改建，那片地地势低洼，机动车道又被修葺得很高，经过大型货车长期碾压和雨水浸灌，车道和人行道之间出现断裂，以至于靠近路边的门店，下雨就会被积水浸泡。

现在是炎夏，开窗通风的时候，沾上水泥也不足为奇。

于城本身对江桓的突然加入有所不适，又听他这么笃定，直截了当地提出疑问："水原市这么大，你怎么那么确定那里在装修？"

水原市的地图早在十几年前便印在了江桓的脑袋里，这次回国理所当然地重新走了一遍更新记忆里的旧图址。

江桓沉吟出口："之前开车路过，看到告示和现场。"

宁芷心下了然，江桓的观察力出奇得好，在这件事上她不会和他一辩高下。

江桓这个答案不具备说服力，却又没办法提出异议，局长安排的人不会有太多问题。

于城握着手机拨号，等待中扭头看不动声色的宁芷，直到那端接通，才立刻小跑到楼梯间，隐约能听到他正在分配任务。

江桓也跟着起身，看了一眼宁芷和范滟："你们现在有时间的话和我去一趟现场，需要取证。"

宁芷摇头，在硫酸厂遇到的人到底是谁，凶手为什么采取这种杀人方式，她都很感兴趣，但想到和江桓一起办案，她就一百个不愿意。

虽然不知道要和他共事多久，但为了双方考虑，最好将接触的机会降到最少。

她目光落在范浠身上，指望范浠这位阿姨粉能够挪动身躯。

结果，范浠把手伸出阳光棚又快速地收回来，扭头对着她露出标准的空姐笑："我还有几份资料需要整理，还是你去协助江法医吧。"

路上，宁芷扭头看窗外，突然发现水原这五年里还是发生了不小的变化。以前需要穿街走巷才能吃到的美食，现在都归集在一条街或大厦内。

车里的凉风适中，盖不住车里两个人交错的呼吸声。

于城和陈相正先过去现场，她和江桓同车，连多余的目光都不愿落在他身上，他也变了很多，也不像过去那样主动开口说话。

她不想表现出过多的在意，同样也没办法像他一般淡定自若。

车缓缓停下，宁芷一点都不留恋车上的凉风，跳下车冲进热辣的空气里。

舞蹈室前台，于城正和行政人员说话，不知道说到什么。其中一个女人离他很近，好似听到什么惊恐的消息般，忽而身软，瘫倒在于城胸前。

于城及时伸手扶住人，关切地问着什么。很快，陈相正便扶着那位又恢复力气的女人走到大厅的沙发上落座。

宁芷捂着额头叹气，快步走过去，莫名地心疼于城这条招桃花的命，尤其那响当当的工作，总能不经意地惹得女人靠近。

于城他们核实了死者的身份，是这间舞蹈室的芭蕾舞老师，叫文荷，二十九岁。

舞蹈室的工作人员被集合起来问话，大家的口径都是四天前下班之后就再也没见过她。

但还是得知了一项重要线索——

文荷打算结婚了。

但问到大家是否知道结婚对象是谁时，所有人都茫然摇头，他们也只是知道一个称呼而已。宁芷远远地站着，学习着于城询问时的措辞和态度。这时，她的目光落在其中一位男士身上。

男人个子不高，皮肤很黑，但眼睛十分亮。胳膊上打着一块石膏，用白布条绕挂在脖子上，很干净，应该是新做的石膏。

当然，新不新和她关系不大，而是这让她想起在硫酸厂用铁锹打到的人，当时厂房里没开灯，她来不及看清打在什么位置，但下手不轻，极大可能会造成骨折。

她把一旁说话的于城叫过来，把事情讲了一遍，于城面有愠色，脸板得更厉害，但碍于办公场所他没有表现出不妥的行为，只是从牙缝里吐出几个字："回去追写一份五千字的检讨！"

男人叫孙蒙，是维修工，老城区的电工，没活干的时候就在舞蹈室看她们教学生，胳膊上的伤是今早给一家饭店修水管时砸的，店里老板和小工都在旁边。

"时间这么巧，昨晚十点到十二点你在哪儿？"

"那个时间段早就睡了，白天还是有不少活的。"

独居生活，邻里关系也一般，没有不在场证明。

问过几个人都说阿蒙为人老实，说谎的时候脸都红，平时帮文老师照顾猫，还喜欢文老师，怎么都不可能是凶手。

可越是这样，才越是可疑。

就在这时，陈相正站在走廊喊一声，大家聚到一间小休息室门口。房间有被磕撞过的痕迹，角落里还有没打扫干净的护肤品的玻璃碎片，窗帘的花色和死者喉咙、脚趾缝间的一致，但现在挂着的这条明显是全新的。

取证后，于城又把孙蒙叫过来，问他怎么回事？

一群人围着，孙蒙有点紧张，一张黑脸上透着奇异的红，磕磕巴巴地说："每天都要检查房间，三天前的早上我过来，看到窗帘掉在地上，还有破洞，就拆下来换新了。"

"房间其他的东西你移动过？"

孙蒙回忆着，有些不确定："椅子当时是倒着的，因为房间平时都是老师们在用，她们上班前要收拾好的。"

宁芷眉头一皱："换下来的窗帘在哪里？"

"不能修复就被我丢了。"

"上周你和文荷因为什么吵架？"

"不算吵架，打扫的时候不小心打碎了一瓶香水，那是她未婚夫送给她的，所以闹得有点不愉快。小文老师人很好，我来自乡下，没读过太多的书，要不是她当初帮我说情，我也不会有这份工作！"

说完，孙蒙还补上一句："你们一定要找到凶手啊，替小文报仇！"

调查陷入僵局，宁芷到底是跟着于城参与过不少案件，对案件分析过程有一定的了解，她的目光在舞蹈室这几个人身上游走个来回："凶手可以轻易转移尸体，是男性的可能性更大。"

于城"嗯"一声，给局里打电话申请对孙蒙的搜查令。

始终站在窗边仿若空气的江桓，突兀地递给宁芷一个取证袋："这里有动物抓痕，也有血痕，拿回去化验一下。"

走出舞蹈室，于城和陈相正朝着车小跑过去，宁芷看看江桓的车，又看看于城的车，还是上了后者。

陈相正把副驾驶的位置让出来给宁芷，于城边发车，边饶有余裕地看她一眼，意味不明地问了一句："不和江法医一起回去没关系？"

宁芷瞥一眼后视镜，避开陈相正看热闹的眼，不动声色地扣上安全带。

于城手指磕在方向盘上，没有再问下去，脑袋里到底还在想着案子的事："孙蒙看起来不像说谎，但应该有所隐瞒。"

坐在后排的陈相正也跟着接过话头："我刚给队里的人打过电话，正在调查他更多的资料和核对不在场证明。"

"死者男友的信息呢？"

"还在调查中。现在这年代，大家都以昵称相称，真名太难知道，都是'哈尼''宝贝'地叫。"陈相正边说边做出拥抱自己的动作，惹得前排的两个人鸡皮疙瘩都起来了。

"废话少说，尽快。"

（八）

回到局里，宁芷到化验室把收集来的物证交给物证组做鉴定。回到办公室，宁芷在自己位子上重新拿过尸检报告以及特案组的初步调查结果查看。凶手对待死者具备一定恨意，至少在刻意隐瞒死者的身份，现有的证据都指向孙蒙，但他除去体力和伤口外，并不符合侧写。

"杀害文荷的凶手可以排除掉孙蒙。"江桓突然出声，吓得宁芷手指一颤，她不知道江桓的办公室会安排在范湉隔壁那间。

抬头看过去，原本空着的办公室开着门，隔着电脑屏幕，能看见他正低头打字，黑发垂着，看不到表情。

越是不想共事，结果反而低头不见抬头见。

宁芷不想多谈，但忍不住想听案件的进展："你怎么确定？"

江桓又敲几下键盘，才站起身走出来，站定在她办公桌前，有些居高临下。他把手探到她面前，没等她躲闪先开口说话："根据尸检结果，可以看出凶手是个医术不错的人，手常年执刀。你看你的指关节，执刀半年以上手上会生痂，而孙蒙的手虽然糙，但茧分布的位置在掌心，那是大件工具摩擦造成的。"

宁芷看了眼自己白嫩的手，食指和中指的指节处生出微黄的痂，她不确定地拿起江桓的手看，他手上的痂要更明显一些，有微小的鼓起。

"那文荷的死和孙蒙无关？"

说完，她抬头看向江桓，他则低着头，蒙眬的目光里有她模糊的影子，宁芷的脑子"嗡"的一下，赶紧低下头，又看见他的手还被抓在手心，触电般快速地甩开。

江桓没多在意，把手缩回去，摩挲着刚刚被捏过的手掌，声音沉稳却沙哑："孙蒙确实有问题。"

搜查令下来，一行人立即前往嫌疑人孙蒙的家。

小型的合租隔间，客厅里丢的都是些外卖盒子，垃圾桶上绕着小飞虫，散发出一股难闻的油腻味。

于城率先推开房间门走进去，宁芷跟在于城身后采集证据和做记录。谁知走在前面的于城突然停住，害得宁芷急刹脚，但还是撞到他坚硬的后背。

她揉着发酸的鼻子，罪魁祸首已经错开身把空间让给她，她正要出口质问，便被衣柜里的景象震住。

衣服被于城拨到两边，露出整面壁板，上面竟贴着不少文荷的照片。有她在咖啡厅的照片，还有她在小休息室休息的照片，也有几张她和男人约会的照片，像素不高，但都是偷拍角度。

于城撕下其中一张照片递给陈相正："给技术部门，看看这个人是不是死者男友。"

衣柜的角落里还有一个透明的整理箱，里面摆着几件旧的女性衣物和破碎的香水瓶，纸壳下边压着的正是他口中说过的被丢掉的窗帘！

于城右眼皮一跳，拽住正要往外走的陈相正，吼道："保护好这里，对孙蒙实施抓捕。"

审讯室里，孙蒙根本不敢和面前气势十足的于城对视，内心翻江倒海地猜测着被审的缘由。

"我没杀小文老师，你们抓我干什么？"

于城冷笑，把一叠照片复印件甩在桌面上，指着上面被偷拍的文荷，声音带着不容置疑的威严："这些你怎么解释？"

这些照片孙蒙日夜都能见到，只看一个边角就已经知道是什么，他瞬间从椅子上站起来，手指轻轻摩挲着照片上的人："你们怎么可以动我的东西？！"

"我没时间和你讨论归属权问题，老实交代！你和死者到底是什么关系！"

"我……我就是很喜欢文老师，控制不住想收集她的东西，想要跟着她，想了解她更多。"

"跟到最后，你就杀了她？"

"没有，我真的没杀她。我那天下班就去帮饭馆修油烟机了。饭馆的大师傅能做证。"

于城才不信他的鬼话："难道不是因为知道她好事将近，爱而不得痛下杀手吗？"

"怎么可能！我知道自己配不上文老师，只是默默地喜欢着，我保护她还来不及，怎么可能杀她！"

孙蒙捂着头哽咽地哭出声，悲恸的哭声像是喷洒着的水花，直接浇在每个人身上。一时间，怒气冲冲的于城竟不知该如何继续审问。

从审讯室里出来天已经黑透，于城的头绪有些乱，除了孙蒙，还有谁对

27

幸存者游戏

文荷动了杀机,既具备毁尸能力,又满足方便抛尸的条件呢?

另一边的办公室,桌子上摆着一个黄色的就职档案袋,江桓拿出里面的工牌,用手摩挲着上面的一串数字,紧接着在网页上输入一串网址,把自己的工号输入权限栏里,按下回车键。

网速有些慢,他看着网页上端刷新的图标,带着几分期待,眼睛微眯,距离真相只剩下缓冲的时间。

屏幕上突然弹出一个新窗口,上面黄色的大字显示:无权访问,需厅级以上职务才可访问。

江桓的手轻轻地敲打着桌面,嘴角上翘,又有些意料之中:想知道真相,比他想象得要复杂很多。

他关上电脑,起身去资料库。

档案室在负一层,很多上年头的档案,没有来得及存入电脑中,都还是纸质档。为了避免外界条件造成案件损坏,警局特意开放了一间防潮防湿还防晒的储藏室。

档案室的管理员是个戴眼镜的大叔,正抱着一个老旧的收音机听着广播,手上拿着笔记着什么。

江桓敲窗户,他才悠然地抬起头,推着鼻梁上的眼睛,对着生面孔有些迟疑地问:"你是?"

江桓顺着窗户把自己的工牌递过去,听到广播的内容,应该是故事档,主持人的声音极具感染力。

"江桓?"大叔盯着工牌识别半晌,又盯着他看了一会儿,似乎意识到有些大惊小怪,有点不好意思地收回目光,"我这老头子都不知道来新人咯,需要什么资料跟我来。"

大叔拎着一大串钥匙走在前面,背佝偻着,腿脚似乎有些不便。

档案室里的光线不太足,但档案的分类很清楚,从年到月依次排开。江桓顺着一排排长柜照着对应的年份翻看,等看到二〇一一年的时候,才停下脚步,顺着月份直接看过去。

管理员打着哈欠,手上的钥匙哗啦哗啦地响着:"发生什么案子了,还要调查以前的档案,不会是连环杀手再作案吧?"

"不是，是以前的一桩命案。"

"你给我说说，我虽然年纪大，记性挺好，你说说，我帮你一起找。"

江桓自然不会让他帮忙，嘴角扯着笑，态度恭敬又疏离："不用，您去休息吧，我出去会锁门的。"

听见门关上的声音，江桓把五月的档案都拿出来，一个一个地翻着。可从头翻到尾几遍下来，六号那天的档案都不在这里面，再到别的隔层翻找，翻到压在最底层的一个案件夹。

他长手一伸，将案件夹上厚重的灰一起抖落下来。

烟黄色的封面上写着——研究院失火案件调查卷宗。案子是由区派出所负责的，媒体曝光是电路老化引起火灾造成的意外伤亡，但事实远不止如此。

翻开第一页是陈述案件的经过和事后分析，和网上可搜索到的内容如出一辙，再翻尸检报告时，除去结语里简单地写着非机械性烧死，尸检报告的具体内容却是空白的，无人填写，再后面的几页都是白纸。

江桓的右手高频率地敲打着裤线，把档案塞回原来的位置。余光中，扫到上面只有"连环"两个字，要伸手去拿时，被一声玻璃响惊住。

管理员隔着窗户挥舞着手臂："怎么样，江法医，找到了吗？"

江桓只好将这份档案连同白纸档案压回原来的底层走出去问："有些卷宗里面有空白纸是怎么回事？"

"你瞧我这记性，忘和你说了，我们这个档案室管理员基本都是合同工，有的没干上几天嫌枯燥就走了，估计是哪个员工弄丢档案怕被发现，这我可要上报。"接着又敲脑袋，恍然想起什么，"还有一些卷宗过于机密，只有局长许可才能查看。"

江桓没再说话，但疑惑却越来越深。

当年案子的真相到底是什么连他都没搞清楚，怎么会被定义为机密案件，还是说被哪个档案员给弄丢了？

（九）

  化验室里，宁芷趴在桌子上打盹，听到传真机的嘀嘀声，立刻醒神，拿起资料快速地浏览一遍，推开门就跑出去，顺着楼梯向下跑。

  特案组办公区充斥着咖啡和泡面的味道，宁芷拧眉闻一下，屏住呼吸，敲门进办公室把报告交给了于城。

  连熬两个晚上，于城的眼里布满红血丝，桌上还有没丢的泡面盒，一次性的咖啡杯就有两三个。

  宁芷收回目光，看他正在揉眼睛，眼睑下有圈淡淡的黑，看着有些颓废，但她没多问，只是把报告内容陈述出来："现场发现的血迹，确认为动物血液，但其中还夹杂着一点人类的血液，DNA与死者文荷不匹配。"

  于城喝一口凉掉的咖啡，翻看着检测报告："意味着可能是凶手的？"

  "有这种可能性。"

  "行，我去告诉他们。"

  熊猫眼的陈相正有些机械地敲打电脑，不知找到了什么，身板刷地直起，眼睛冒着奇异的光："文荷的房东说文荷家的猫每个周末都会被她带出去住，她家里的备用钥匙晚点送过来。"

  这时，还穿着拖鞋的技术员杨路抱着电脑踢踢踏踏地跑过来，头发油腻腻地立着，脖子上还卡着U型枕，大呼小叫道："文荷的男朋友就是兽医！"

  "什么？！"陈相正和于城两个人异口同声地惊呼，赶紧凑到电脑前，屏幕上正是从孙蒙家拿到的照片和一张宠物医院院长的照片比对图。

  杨路也不卖关子，把网页都调出来给他们看："她的未婚夫叫唐龙，在向南区开宠物医院，但有意思的是，他没有医疗执照，听说以前是个整容的，给不少黑路子的弄过脸，前几年摇身一变成为宠物医生。有人在网上曝光他虐杀动物的丑恶行径，还有人扒出他男女关系混乱，和很多商界已婚女人来往。"

  宁芷也跟着一起看唐龙的"黑历史"——差评多、乱收费、吃软饭等，大致扫过一遍后，揉着下巴："按照阴谋论来讲，难道是文荷知道了这些事被唐龙灭口了？"

杨路抬手戳她脑门："那你说他现在人呢？"

宁芷揉脑门，睁大眼睛瞪他："我怎么知道，这是你的任务。"

于城的视线扫过来，又扭回去进行行动部署后，朝着门外跑去："别愣着，赶紧出动抓人！"

从椅子上"噌"地蹿起来的陈相正拎起桌上的钥匙，急匆匆地往外跑，嘴里还喊着："老大，你又这么急性子，车钥匙不拿啊！"

宠物店里只有一个姑娘，唐龙出差了，要到下午才能回来。店里既有猫也有狗，看见人也不狂吠，只是小声地叫着。

店面是精装修，没有网上说得那么恶劣，总体环境还算干净。墙上挂着几幅动物和主人的合照，其中有一处空缺的位置，十分突兀。

"这里之前挂的照片呢？"

姑娘从柜台后面的纸箱里翻找着："在这儿，店长前几天摘下来的，说是要换新的照片。"

接过相框，没想到照片竟然是文荷的，是她抱着一只美短猫和唐龙靠在一起的合照。

于城眉头皱起，脑海里浮现出凶案的过程，问："这照片怎么回事？"

"院长说一直挂一样的照片不好，换换新。"

"你们院长是个什么样的人？"

姑娘不明所以，又碍于于城的身份，不得不认真回答："他人很好，平时也很亲切，对我们挺照顾，人也很上进，听说最近有开分店的打算。"

"他有未婚妻的事情你知道吗？"

"未婚妻？没有吧。"姑娘有点吃不准这句话的意思，"倒是见过有几个女人来找他，可没听说院长要和谁结婚。"

陈相正指着相框里的文荷说："她呢？"

"她常来，四天前还和院长有过争执，似乎是男女感情问题。这事也见怪不怪，毕竟喜欢院长的女人很多。"

后面赶过来的范湉，看一眼后面正提着工具箱的宁芷直摇头感叹："看到没，又是个傻姑娘。你可千万别走这路数，喜欢啊爱啊，可不能只凭一腔热血，没个回应还搭着命！"

宁芷心一抽，面上带着微笑："范姐，我不是十七八岁的小姑娘了。"

也不知是说给谁听，宁芷空余的那只手狠狠地攥成拳，手心抠得发麻。她不等范湉再说，率先走进宠物医院的操作室。操作室面积中等，该具备的器材齐全，看着也很新。宁芷走过去把墙上的灯关掉，房间瞬间陷入黑暗，打开荧光灯，不大的手术台上立刻出现血液反应，可面积较小，可以看出是小手术留下的血迹。

范湉也在屋子里走着，突然停在药品柜前，那上面有被清理的残留血印，她叫住还在提取证据的宁芷："叫于城他们进来。"

宁芷走出房间就看见陈相正还在给姑娘做笔录，小姑娘对唐龙没有医疗执照的事一无所知，当问到是否虐杀过动物的时候，姑娘的眼光才有些闪躲。

姑娘组织了一番措辞："其实不算虐杀，只是有的狗在手术的过程中，麻药剂量用得不够，狗狗醒过来挣扎得厉害，造成大出血，无法抢救，干脆就……"

姑娘没再说下去，但脸上的表情暴露出她并不认同这种残忍的处理方法，但又无权去干预。

询问后，于城和陈相正进到内屋，协力将医药柜子挪开，白色墙面上是一面一人高的大铁门。

站在门口的姑娘惊讶地捂嘴："咦，我在这上班半年都不知道这后面有这机关。"

他们谁都没应声，光线再度暗下来，通过荧光灯看到门把手上也有血液痕迹，于城拉扯门上缠着的铁丝，使出几分力气，用力地拉开铁门。

一股闷腥味儿扑面而来，于城站在前头，胃稍微翻腾下，又不能怯场，深呼吸后，按亮门边的灯。

在白色节能灯的照耀下，门内环境清晰可见，一张简陋的铁板床以及凌乱的手术推车，地面上有没处理的血迹，垃圾桶里还有用过的保鲜膜。

宁芷提取现场留下的指纹，于城对唐龙下发紧急拘传令。

就在这时，于城的手机响起，不知道那头说了什么，他的脸色一变，双眼犀利地盯着摆放在桌子上的那张合影，说："再去一次文荷家。"

路上，于城的脸色铁青，车里的气压降到冰点，宁芷默默地把空调的温度调高一些,说:"现在的证据都指向唐龙。"

"嗯,刚刚杨路联系我说,唐龙并没有出差,四天前他的确开车去过临市,但当晚就回来了,文荷小区的监控拍到他凌晨回到文荷家,至今未出门。"

宁芷在脑海里将文荷出事时以及出事后的场面串起来,像短视频回播,感到一阵恶寒。

陈相正看她一眼,两人的想法一拍即合,赶紧说:"既然文荷是唐龙未婚妻,若文荷发现唐龙除了她以外还有别的女人,再加上有一些实质的证据,唐龙才会不得不下手?"

"所以他去文荷那儿是为了销毁证据?!"两人异口同声道。

打开文荷家大门,清新的田园装修风映入眼帘,客厅里有被翻找的痕迹,花瓶倒在地上。那花瓶的样式,分明和唐龙店里的那只一模一样。

房间的门没有开,客厅不朝阳,昏沉沉的,弥漫着一股难闻的气味。垃圾桶的垃圾还没来得及清理,里面还有脏兮兮的外卖盒。

陈相正伸手示意队友推开卧室门,仍旧空无一人,说道:"唐龙不在这里。"

于城不说话,伸手指着垃圾桶,陈相正顿时明白,咳着嗓子喊:"收队。"

不一会儿,大门处传来打开又关上的声音,于城和陈相正守在卧室门口,屋内并没有任何响动。

时间一秒一秒流失,于城没再等待,果断拧开门冲了进去。

房间里没有打斗痕迹,但床单上有一片血迹,几滴已干的血凝固在卧室中央。

于城从腰间拔出枪,示意身后的两个人站在柜门两侧。空气一下被紧张的呼吸声压缩,像被抽空的压缩袋。

于城握枪的手侧在耳边,紧接着用力一挥手,柜门在两只手的作用下打开。"轰"的一下,一个白色的物体夹带着一股怪味倒了下来,好在于城闪躲及时,才躲过一劫。

于城扣动扳机的手瞬间顿住,脚在白色的物体上轻触一下。

软的,但不是活物。

他用力地吐出一口气,把枪别在身后,弯下腰把物体翻过来,一双惊恐的眼睛隔着层层保鲜膜瞪着他。

于城的心"咯噔"一下,任凭他见过不少残忍场面,还是被那双眼骇住了。

他尽快恢复冷静,压低身体看着面前这个被保鲜膜层层包住的男人。男人的面部如同浸在水里一般起着小小的水泡,腹部插着一把匕首,鲜血把腹部染得通红。

宁芷被叫进来时,一眼就认出了那张脸:"唐龙!"

没人能解释通,本次案件最大的嫌疑人,是怎么变成受害人的?!

(十)

抵达尸检室,范浠也微微震惊,但到底还是经验丰富,她把保鲜膜揭开,仔细地提取上面的指纹。

由于是夏天的关系,尸体在保鲜膜的作用下,腐败程度比较严重,身上有些细小的泡。解剖后发现胃里未消化的食物和垃圾桶便当盒里的食物相同。身上只有一处刀伤,直接刺入肺部,切口有刀片扭转的痕迹。

"死亡原因是内脏大出血,失血过多而亡,死亡时间约三天。"

"在文荷死后?"

几个人从尸检室出来,一筹莫展,本以为已经接近真相,却没想到被反打一耙。

于城抓着头发,并不满意这个结果,气势汹汹地甩门而去。一群人通宵达旦,最大嫌疑人却死了?

范浠摊手无奈地看着宁芷:"于城这性格,怪不得单身,工作狂,火爆,还带点神经大条,哪个姑娘敢跟?"

宁芷抽出纸巾擦了擦刚洗过的手:"老大被你说得一无是处,他好歹要模样有模样,能力也是一等一。"

范浠冷哼:"那我撮合你俩你怎么不答应?"

宁芷没说话，把纸巾揉成一团投进垃圾桶，表情淡淡的："范姐，别调侃我，我这家庭情况，老大的妈不得提刀问候我？"

好一会儿，范湉都没说话，她真的想起了提刀问候的画面。还是宁芷入职那会儿，有个在酒吧被于城救过一命的女人，说什么都要以身相许，还追到家里，好说歹说没有用，连于妈那种受过高等教育的人都开始拿身份地位贬低人，最后还是靠用菜刀砍他家门外的那棵树才把人赶走。

这事动静闹得不小，再给于城介绍对象的人都开始以"门当户对"为基本要求。而宁芷呢，来单位三年，大家除了知道她独居，父母不详，和谁关系都淡淡的，和于城家的"门当户对"完全不搭。

这红娘做不成，范湉心里不舒服："你听没听过真爱打败一切，你要是喜欢于城，我帮你和他说，那小子肯定愿意。"

推开办公室的门往里走，范湉还在碎碎念地细数于城的优点。宁芷捂着额头，纳闷自己看起来就这么待嫁，又不想被这些事缠着，只好拿出杀手锏："范姐，我有试婚对象，以后带给你看。"

"真的假的，对方长什么样，高矮胖瘦，就职哪里，什么星座，不是敷衍我吧？"

范湉不信，抓着她的胳膊连环问。

宁芷瞬间感觉自己从一个坑掉入到另一个坑，但至少不是和于城牵线搭桥，还能让她舒口气："混血儿，高瘦，现在还是学生，星座……"

范湉还在追问，宁芷突然顿住脚步，抬眸看着从别间办公室里走出来的江桓。办公室离得很近，她们的对话，他应该听得一清二楚，所以脸色看上去并不好看，桃花眼里有股意味不明的感情。

宁芷指甲抠手心，缓过劲来和他打招呼："江法医。"

江桓看着她，并没有说话，脸上也看不出情绪。

特案组那边，于城重新做战略部署，对唐龙消失的车以及当晚进入文荷家小区后的嫌疑人做排查。

还是陈相正比较机敏，沿着监控这条线找到了被唐龙藏在两个街区后的车。

拿到行车记录仪后，视频里有他将文荷毁尸、抛尸的整个过程。

后备箱的毯子被拿去做 DNA 比对。

洗过澡的杨路精神不少,手指灵活地在键盘上敲击,快进后退那条视频:"已经确定是唐龙杀害文荷,可唐龙呢,谁杀的?我看他这种人,仇人估计不少。"

于城还算冷静,分析着唐龙案里的细枝末节:"不应该,即使真的有仇,也没必要在文荷家里行凶。"

就在这时,陈相正突然出声:"停!倒回去!"

"往哪倒?"杨路一边按着后退键,一边等着陈相正喊停,然后画面就停在舞蹈室门口,唐龙抱着文荷上车的地方。视频里抱着文荷的唐龙身体微微弯曲,有些颤抖,不知是害怕还是某种情绪的压抑。

陈相正指着舞蹈室旁的饭馆:"你们看这儿是不是有个人?"

杨路将那段画面截取,将饭馆前的黑影慢慢放大,由于像素的限制,只能模糊地看到男人的身形。

不知是谁喊了句:"孙蒙?!"

刚释放出来的孙蒙被于城拦住,正巧宁芷从楼上下来,和他们迎个正着,她看了眼沉浸在悲伤中的孙蒙,淡淡地开口:"包裹唐龙尸体的保鲜膜上,指纹比对结果显示是孙蒙的没错。"

走廊里忽而响起一阵诡异的笑声,如同指甲抓在玻璃上,刺得鼓膜生疼。

已经笑得流泪的孙蒙,收起软弱的一面,如同困兽一样瞪圆眼睛。

"我真恨不得撕碎了他,哪怕我那天回来得再早一点,再早那么一点,小文就不会遭到毒手。那个男人只会利用她来谋取钱财,根本不配得到小文的爱!"

"拘留!"于城下令道。

被按倒在地的孙蒙,也不挣扎,眼睛通红地看着他们:"我不后悔,小文那么好,到最后都在想办法为他做过的错事开脱,可他却杀了她!小文被他当成废品一样丢在硫酸厂,他却像没事人一样窝在小文家里吃吃喝喝!"

"他不是人,他是禽兽,我杀掉的是禽兽!"

所有的话一下子吐完,孙蒙像个泄气的皮球,任凭他们把他架走。

经过宁芷身边时，孙蒙的眼睛骤暗，朝她抬下手肘，释怀一笑："那晚我没想伤害你，我以为她回来了。"

眼前这个被仇恨冲昏头脑的男人，他不觉得杀人是错误的伸张正义，他一厢情愿地用自己想到的办法为文荷复仇。

宁芷意识到这点，眼前有一闪而过的红色，捂着胸口扶着墙壁大口地喘着气。

她能理解心爱的人在眼前却救不了是什么样的痛苦。别说只是杀掉这一个坏人，就算杀掉全部的罪恶，又何尝不可。

要案告结，晚上部里为欢迎江桓加入，组织了聚餐，如果是平时，宁芷是不拒绝的，可惜主角是江桓，她并不想参与。但主任强制要求，什么理由都推脱不了。

听见门口的动静，他抬起头，一双黑白模糊的眼睛望过来。

宁芷避开他的视线，坐在与他距离较远的边角，谁知部门主任周康叫她："小芷，过来这边，那头不上菜。"

周康左边坐着于城，右边坐着江桓，而于城那边没有空位。

宁芷只能坐在江桓旁边，但她还是将椅子挪得离范湉更近些。对面是特案组的其他同事，有些认识，有些她完全不熟。

他们都在聊案子的事，宁芷本身就不爱凑热闹，基本不问到她本人，话都很少说一句。

周康不知道在和江桓聊什么，你来我往地一直在讲话，直到菜上来才止住话茬。

饭吃到一半，坐在陈相正旁边的一位警员同事伸着长筷往宁芷碗里夹了一块蒜焗螃蟹："小芷，你吃吃这道菜，鲜得很。"

"嗯……"宁芷眯着眼说谢谢，用筷子象征性地在螃蟹上夹几次，始终没下嘴。

她从小就不爱吃姜蒜，沾上那么一点，肚子都痛得不行。她又低头看了眼近半碗的蒜，食欲全无。筷子碰过蒜不想继续用，于是她把筷子放到一边，喝着柠檬水。

江桓虽然在聊天，但始终注意着一侧的她，感觉她变了不少。无论是认识初还是在一起时,她都不会强迫自己做不喜欢的事,更不会像现在这样,跟众人坐在一块笑意嫣然。

恰好服务生进来添酒水,江桓起身过去招呼那人再添副碗筷,又快速回到位置。

今天聚会他是主角,可是大家都不熟,他话不多,大家问什么他答什么。渐渐地,大家的心思也不集中在他身上,各玩各的,没人注意到他这边的动静。

可宁芷知道,或者说,她的心思在他那儿,连他一共夹过几道菜、最爱吃的是什么都一清二楚。

服务员端着餐具进来,江桓把餐具用热水烫过,自然而然地推到宁芷跟前,宁芷不由得把手往后撤,看着那碗,没接受也没拒绝。

饭桌上的人也算人精,即使看见这些小动作,也只是多几分考究,该吃吃该喝喝,谁也不会多嘴问两个人到底是什么关系。

聚餐结束后,宁芷喝得有点多,范浠扶着她站在门口打车,出租车没等到,范浠的老公倒先来了。范浠有点不好意思,把宁芷托付给一旁站着的江桓,急匆匆地道别上车。

宁芷意识还算清醒,知道身边站着的人是谁,她把距离拉开一些,眼睛炯炯地看着车水马龙的街,一瞬间有些失神。这几天发生的事不多,但又比以前的每一天都多,多到让她根本藏不住心思。

江桓送走一批又一批同事,轮到宁芷时,伸手要去扶她,却被她躲掉。

"我送你回去,你喝多了。"

"江法医,你客气了,我自己能回去。"

那边的于城听到动静,看过来又看眼她身旁的男人,问:"小芷,要我送你回去吗?"

没等宁芷回答,在于城搀扶下的陈相正直起身,两颊通红,手臂挥舞着搭住于城的脖子,大叫:"回那儿,咱得喝几杯。"

于城把陈相正推进车后座,用力地摔上门,隔开他那絮叨的声音,又问一遍宁芷:"一起吗,先送他,再送你?"

江桓皱着眉,目光落过来,没说话。但于城看着特不舒服,总觉得有人在盯着自己碗里的肉,语气不善:"江法医,小芷交给我就行,你先回去早点休息吧。"

"车上带着醉鬼，开车难免麻烦，我和宁芷也是同事，送她回家没关系的。"

于城没料到江桓这么直白，一时间气氛有些紧绷，谁都不想松口，看架势谁要多说一句，两人就能打到一块儿。

车门"哗"的一下被拉开，陈相正整个人翻下来，捂着嘴跑到垃圾桶那儿，扶着桶子一阵呕吐。

于城也顾不上扭转局面，看了眼始终没说话的宁芷，又嘱咐一次注意安全，赶紧扶着陈相正回到车上。

江桓向她走近几步，重复说一遍："送你回家。"

她嘴角上扬，眼神冰凉凉的，向他面前跨一大步，手腕一扬，利落地扇了他一个响亮的耳光。

力气用得足，夜灯下本就面色粉红的江桓，脸上泛起红色的掌印。可他身形不动，仍旧看着她。

宁芷笑出声，但紧接着眼眶泛红："江桓，我是问题学生，都明白一个简单的道理，走了就别再回来，你难道不懂？"

江桓伸手拦住面前的人，隔着一层薄衫，触碰到她肩上突出的锁骨，她真的太瘦了。

"我到底还是回来了。"

宁芷不再笑，挣开他的拥抱："所以呢，你回来我摇着尾巴跟在你身后，等你抓着我的手救我上岸？"

江桓说不出话，情绪一阵波动，难以承接她的这句话。从认识那天起，宁芷就比任何一道公式、任何一场实验都更难得到答案。

"江法医，刚刚打你不好意思，我手受不住陌生人突袭，以后咱们好歹是同事，我会注意分寸的。"

说完，宁芷头也不回地朝着公交站走过去，正巧过来一班公交，她连班次都没看清便上了车。隔着车窗看过去，江桓还站在饭店的门口，七彩的灯照在他的头上，衬得他面色发红。

直到完全看不到江桓的身影，她才捂着胸口，一点点地弓下身体。

公交车报下一站站点时，宁芷意识到坐错了方向，只能下车重新拦辆出租车，报的是孙蒙给她的宠物店地址，猫是他在舞蹈室外的花坛找到的，他家里不能养，所以寄养到宠物店后，开始了杀人计划。

文荷的猫受到不少惊吓，跟着她回来的路上一直呜咽地叫。

再到家，已接近凌晨。

她轻轻地说句："我回来了。"

第二部分 往生白骨

（一）

房间里并没有人能够回复宁芷，她抿着嘴按亮卧室的灯，把猫从笼子里放出来。陌生环境下它更警惕，直接钻到沙发底下，完全不露头。

宁芷试图和它沟通，折腾近一个小时，一人一猫的关系稍微缓和一些。

夜深，宁芷缓缓地走到衣柜前，动作很轻，压低声音将衣服后的隔板拉开，后面又出现一道柜板，昏暗的灯光照进来，能看见板上贴着许多照片，被红色的笔迹一道道连接在一起。

宁芷拉张椅子坐下，目光看着墙壁中央的素描画像，画像上的男人面无表情，却透出一股惊悚气。

宁芷看得牙痒痒，指关节捏得咔咔作响。

好一会儿，耳边响起猫的呼噜声，转过头看见猫窝在椅子的边角，团成一个球堪堪地稳住身形。

桌子上的手机突然响起来，猫跳起来弓着背，嘴里发出呲呲声，快速钻到床下。

宁芷按下接听键，只听见那头有沙沙的电音，她"喂"了几声，才有回音："小芷芷，你快出来，小区门口的大叔不认识我，拦着我不让我进去。"

宁芷看眼墙上的钟表，凌晨三点，恍惚间像梦。起身走到窗边，外边仍是黑漆漆的，寥寥的灯光照着，远远地能看见两个人影在小区门口纠缠。

两天前还和她打电话说在拉城喝着青稞吃牛肉的人，现在却在楼下嚷嚷着要上来。

"楼鱼，你回来了？"

"废话，不然谁在和你说话，快点来救我。"说着，电话那头又响起"沙沙"声，"哎，大叔，好好说，别扯我衣服，大叔，头发也不能扯……啊啊啊啊。"

宁芷来不及换鞋就往外跑，楼梯间的声控灯都亮起来，拖鞋声啪嗒啪嗒地回响。

出了楼栋，就看见小区门口的场面。

门卫大叔一手提着大书包一手拎着挣扎的楼鱼往大门外推。

怪不得大叔想丢他出去，任谁都不会让穿着破破烂烂、说话还流氓气的人随意进入小区。

楼鱼眼睛好使，她还没走近，就认清楚来的人，直朝她挥手："小芷芷，快告诉大爷，你认识我。"

转念一想，宁芷使坏的心思跟着冒出来。她嘴角扯着笑，天真地看着门卫："可我不认识他啊。"

大叔看眼宁芷，又转过头看着楼鱼，像有肯定答案一样，推得更用力："还想蒙我，趁我报警前，快出去！"

楼鱼几乎秒懂她的坏心思，把遮住眼睛的刘海甩到一边，浮夸地瞪着她："小芷芷，你是不爱我了吗，你是移情别恋了吗？我才走两个月啊，你这个忘恩负义的女人，亏我跋山涉水、满身狼藉地只想给你带你最爱的牛肉干回来！"

一大串怪罪的话说完，还不忘配合着挤出两滴泪，两只手捂在脸上，身体跟着一抽一抽。

大叔也跟着慌了，手悬在半空，有点发愣："怎么回事啊这是？"

宁芷嘴角抽搐，始终盯着楼鱼看，从他张开的指缝里能看见他的嘴角明明是上翘的，憋笑憋得发颤。

论演技，宁芷只服楼鱼。

宁芷和大叔赔礼道歉，毕竟人家大半夜战战兢兢地守岗，被他俩唬得一愣一愣的，有点过火。楼鱼还从他那掉土渣的背包里掏出一大包牛肉干塞给大叔。

这回，反倒是大叔有些不好意思："唉，你们这些小年轻，谈起恋爱都这么疯狂吗？"

"瞎说。"楼鱼拨弄着厚重的刘海，弯着腰把头搭在宁芷的头顶，朝着大叔抛媚眼，"更疯狂的你是没机会见。"

大叔老脸一红，用一副"我懂"的表情看着他。

宁芷伸肘向后，不留余力地一击，再一弯腰，躲过他下巴的压制。楼鱼似有预料，但还是踉跄地颠了几步。

"小芷芷，别气，回家看看这次我给你带了什么。"

防盗门刚打开，楼鱼侧身像条鱼一样钻进去，把包往地上一丢，不知道在掏什么，然后把黑色袋子直接丢给宁芷。

好在宁芷反应快，敏捷地伸臂接住，不然这个重量砸在身上，怎么都会留淤青。

"你慢慢翻，我先去洗漱了。"

说完，楼鱼自顾自地往自己那间房里走，隔着门都听见他在喊："就知道你最爱我，房间还给我留着。"

宁芷懒得理他，毕业后买这套房子时，他非要跟着租其中一室，人住不上几天，房租倒是交满一年，不给他留着还能怎么办？

坐在沙发上看着被裹得一层又一层的袋子，看着不像食物。也不知道是不是楼鱼的恶作剧，连续拆掉三层后，还是黑色的袋子，宁芷不免有些兴致缺缺。

猫也醒了，蹲在卧室门口叫。宁芷走过去把它抱过来，她不在意文荷给它起过什么名字，但既然是重新开始，不如换个新名字。

"摩卡摩卡。"

摩卡喵喵叫两声。

"就当你答应了。"

摩卡又叫两声，然后在她身上选个舒服的位置继续趴着。

"你居然有了新欢！"

洗过澡的楼鱼，换上一件白T恤和黑色的休闲裤，一边甩着头发上的水，一边刮胡子，口气不善地质问。

收拾干净后的楼鱼和刚刚邋遢的楼鱼相比，判若两人，有股说不出的贵族范，可能是因为他那一头黄灿灿的自来卷。

楼鱼的外婆是俄罗斯人，他有四分之一的俄罗斯血统，动不动就称自己是战斗民族的公子哥。不过，这次从边疆回来，他晒黑了不少，颧骨上有些泛红，额角的皮肤轻微爆皮。

心里说不出什么滋味，宁芷默默起身去厨房温了一杯牛奶递给他："连猫的醋都吃，要不要往奶里兑点醋。"

"你先说，这是从哪里找来和我争宠的？"

宁芷斟酌一下措辞："一个死者朋友的。"

楼鱼撇着嘴，把摩卡的脸端起来左右看着，直到它不满地露出牙齿发出呲呲声，才放开手，说："帅气倒和我有一拼。"

"可能有一拼，宠物店老板说它是绝育过的。"

不顾楼鱼变化的脸色，宁芷把毛巾扣在他头上，然后掂着手上的黑袋子问："这是什么？"

"你不自己打开看？"

"搞成这样，怎么看。"宁芷不喜欢绕弯子，打着哈欠，作势要起身。

"别别别。"楼鱼伸手过去拦她，"我这次去了西省。"

"说点我不知道的。"

楼鱼正襟危坐，用了几分力把包裹撕开，里面裹着一大叠文件，抽出几张关键的递给宁芷。

说话间，楼鱼的目光始终在宁芷身上："西省那边从年初至今发生了几起大学生被杀的案件，因为学校相距比较远，死因不一，警力有限，根本没有并案调查。但就在三个月前，有位幸存的目击者报案，说看见了凶手的脸，成像图是连环杀人案的在逃犯。"

听到"连环杀人"几个字，宁芷的手紧紧地抠在纸上，指甲发白，遇事总是无感的人，鲜少不淡定，怕听到更不好的答案。

楼鱼抬手想摸摸她的头，伸到一半又缩回来，有些事情他不能代替她承受："西省警方联合北县市总局，根据报案人给出的线索，进行调查和追捕，上周在大学城附近的出租屋抓住了他，初步确认是 A 级通缉犯。"

"是 H 吗？"

宁芷的声音有丝不易察觉的颤抖，她怕答案又是否定，一幕幕猩红的画面在眼前掠过，使她眼睛透红，带着丝戾气。楼鱼想起上次他离开时宁芷说的话——我想要他偿命。

他叹口气,摇头:"脸确实是那张脸,但却是后天整容而成,身高、体重、DNA比对都不符合,这凶手是H的替代品。"

"为什么?"

为什么会有人把脸整容成一个连环杀人犯的样子?为什么会有人替连环杀人犯顶罪?为什么不是她要找的连环杀人犯?

可这些,他都回答不了。

他答应过她一定帮她找到H,可这些年听过不少地方提到过与女大学生相关的连环杀人案,可若是真的要和H扯上关系,又无迹可寻。

这次本以为是真的,跟过去两个多月,天天在西省风吹日晒的,吃不好睡不好,褪了两层皮,审讯却没有得到任何结果,他只能无功而返。

但也不算毫无收获,至少,他知道这个案子的犯人知道抑或认识那个A级通缉犯H。

宁芷闭上眼睛缓了一会儿,压制住愤怒,再睁开眼睛,眼底的血色已然消失,看楼鱼愧疚的模样,更不好意思:"快去睡吧,明天带你吃点好的。"

宁芷,我一定替你找到H。

这句话,他想说出口,却没有底气。

(二)

天一亮,宁芷的房门就被"咚咚"地敲响,她在床上翻个身又睡过去。不多会儿,门又被敲响。

宁芷迷糊地"嗯"一声,算是醒了。

门外敲门的频率更带劲:"小芷芷,快起来,吃大餐去。"

睡眠不足的宁芷,头嗡嗡地响,勉强睁开眼睛,窗外的光透进来,并不是很刺眼。她伸手从枕头下掏出手机一看,时间才六点半,完全不记得昨晚答应楼鱼的事,喊句"变态",蒙上被子继续睡。

楼鱼不死心,把放着音乐的手机从门缝里塞进来。高音版的《青藏高原》震得宁芷的鼓膜嗡嗡响。

"楼鱼，现在、立刻、马上，关掉音乐，不然我会把你的行李丢出去。"

门外楼鱼一本正经地紧张起来："啊……不行啊，我手伸不进去啊。"

半个小时后，眼睛睁不开的宁芷和哼着歌的楼鱼坐在小区外的摊位上喝豆浆、吃油条。她也不知道楼鱼的脸皮到底有多厚，在她那么强烈的抗拒下，还能把她拖出来吃饭。

"小芷芷，要不要再吃根油条？"

"趁我动手之前，快点吃，我要睡回笼觉，晚点还要上班。"

"我和你一起去。"

宁芷正打算点头，又想起办公室里难缠的江桓，一个已经很头疼，她不想再来第二个，头摇成摆钟："别，看到你我脑袋就疼。"

"那可不行，这次可是你们局长特地邀请我，想听西省的案子呢。"

一个考古的和局长混得比她还熟，宁芷闭嘴不说话，用力地咬口油条，不再继续劝说。有些话说多错多，她不想做无用功。

楼鱼起身拿糖，一大勺直接倒进豆浆里，又折身把糖罐放回原位，动作流畅，坐下还不忘拍她脑袋："我知道江桓回来了。"

"他给我发过邮件，我看了，但我没回，绝对坚守阵地。"

宁芷没反应话里的意思，又问："你们才是同学。"

"So what？"楼鱼端碗把最后一口豆浆喝下去，把碗往桌子上用力一放，站起身伸起懒腰，"生气，我也要睡回笼觉。"

宁芷也悻悻地起身，结账后跟在楼鱼身后慢慢晃。电梯停在负一层，上来得很快。门开的时候，身旁的楼鱼从电梯门的反光里看到没什么精神的宁芷，晃晃肩膀，歪着头没好气地说："还不快进来，等电梯门关上爬楼梯上去吗？"

陈旧的老房子里，一个头发打结的女人穿着黑漆的拖鞋，"踏踏"地从客厅朝卫生间走去，路过洗漱台时，对着镜子虚照一番，她黑眼圈浓重，眼上布满红血丝，明显睡眠不足。

她揉一把眼睛，转身坐在马桶上，用微信同时和几个男人聊天，性感的表情包一个接一个，琢磨着怎么才能把昨晚认识的老男人的钱骗来。其中一个男人发出视频邀请,她刚准备接听,手忽然停顿在接听键上,脑子里快速生出赚钱的主意。她挂断视频邀请,加了滤镜和美颜自拍一张,配合着娇滴滴的语音发出去。

"人家上厕所呢,多羞羞的事,想视频不得发点红包吗?"

收到两百的红包,女人这才脸上堆笑,主动发出视频邀请,对面的男人肥头大耳,一双眼睛色眯眯地盯着她看:"小妹妹,只看脸可不够哦。"

女人看着他的脸就觉得腻得慌,但钱进了腰包,只能忍住吐槽的心思,一边站起来抽水,一边把镜头往下压。

男人看得正起劲,心直痒痒,手不由得往下伸,催着女人叫两声哥哥。等几秒钟,没听见娇滴滴的声音。

只听视频那端的女人惊讶地开口:"咦,这是什么东西堵住了……"

紧接着,镜头一阵摇晃,重新回到她的脸上。

男人还是色眯眯的模样,嘴角抽搐。女人说:"哥哥,马桶堵住咯,我得修修。"

"你修你修,我该看还能看。"

女人心里犯恶心,用皮搋子抽马桶的动作幅度加大,镜头抖个不停,她抽半天,只见水底渐渐浮起一节白色的骨节。

"这谁把鸡骨头丢马桶里了?"

她用纸垫着把那截鸡骨头捞了出来,离得近了,才看清,手里握住的哪里是鸡爪子,分明是一截人手骨!

她"啊"的一声尖叫,也不顾形象,手上的东西往地上一丢,披头散发地跑出了大门。

被丢在地上的手机,视频还在继续,镜头被一团白色盖住,但那一声惨叫的"救命"让男人浑身一颤,伸进裤腰里的手赶紧抽出来,火急火燎地猛戳屏幕,挂断视频。

"宁芷,有案子。"

宁芷刚睡着没一会儿,就被放在地上的电话吵醒。她猛地从床上坐起来,发现吃完早餐回来后,连衣服都没得及换,就倒头秒睡。

二十分钟后,警察赶到现场。

街坊邻居都不受控制地往前挤，胆子大点的似乎已经上楼看过情况，正在夸张地转述着他看到的画面多吓人，胆子小又好奇的就躲在后面，时不时地问上一句。

　　于城刚好从楼道里走出来，旁边依偎着一位抽泣的女人。女人身上还套着蕾丝边的吊带睡衣，薄透贴身，妩媚至极。

　　看模样，她就是报案人和受害人。

　　她紧紧地抓着于城的手臂，说不出是惊魂未定还是什么，边扭着身体边诉苦，含泪欲泣："太可怕了，我都不敢住了。警察哥哥，你得为我主持公道啊，今天是白骨，明天会不会出来个人啊！"

　　于城皱着眉，想办法把手臂抽出来，虽然他很同情这个女人的经历，但他也不想和一个陌生女人靠得这么近，尤其是众目睽睽之下实在太不像话。可这女人跟块牛皮糖一样，怎么都甩不掉，于城厉声推却的话，她就柔柔弱弱地哭，人民公仆总不好让这群围观的人嚼舌根，说堂堂大男人欺负受害者。

　　穿过警戒线，宁芷不甚在意地朝着于城点头示意，随即走进楼道。老房区这边的楼基本都是六层以下，没有安装电梯，灯光也不是很亮。上到四楼，一层细密的汗爬上背。

　　一门之隔，先听到敲打瓷器的铛铛声，又见几个工作人员匆匆地捂嘴跑出来。

　　宁芷推门进去，浓烈的氨气味直扑面门，嗅觉有瞬间的失灵。

　　路上虽然和于城连线过现场，但亲临其中，还是难以接受这臭味。趋近虚脱的陈相正，从卫生间走出来，扶着墙摇摇欲坠。

　　宁芷还算淡定，隔着两个口罩，声音有些闷闷的："白骨呢？"

　　他伸着手指着卫生间，话还没开口，宁芷整个人像离弦的箭一般冲出房门，随即传回干呕的声音。

　　宁芷从口袋里把清凉油拿出来涂抹后，走进去就看见地上堆着的碎骨，刑侦人员还在对马桶管道进行拆除。

　　恶臭正是从管道里涌出来的。

　　一块块白骨被铁钳夹出来，摆在白布上，留下一块块的印记。从楼下赶上来的于城闻到味道，愣是没憋住，也退出去跑到走廊呕吐起来。

现在这间房子和化粪池相比差不了多少，白骨不知道堵了多久，在炎夏里发酵，气味要多难闻就有多难闻。

要不是有清凉油抵着，宁芷也想出去痛快地吐一番。

她把清凉油递给于城，重返到卫生间。卫生间不大，浴缸就占了一半，洗手台和马桶上都脏兮兮的，不是这次的污渍，是长久不打扫的堆积。

她蹲下观察那些白骨，骨块应该是用专业的切割工具切割的，刀口非常整齐，每一节的长度基本相同。

"所有的都在这里了吗？"

已经开始收铁钳的工作人员点头，脸色蜡黄，此刻他一点说话的欲望都没有，身上环绕着化粪池的臭气，张嘴呼吸也是负累。

"现在能看出什么吗？"于城缓和得差不多了，赶回来捂着口鼻，面色淡定，只是皱眉的动作还是把他的内心彻底出卖了。纵使经历过不少比这更惨痛的凶案现场，但视觉冲击和嗅觉冲击比起来还是有一定区别的。

"专业的切割处理手法，白骨的主人是男是女，死亡时间，目前都很难判断，要带回去鉴定才行。"

宁芷把卫生间的窗帘拉上，用荧光灯做血液检测，并没有血液反应。宁芷担心有遗漏，拿出鲁米诺喷剂喷在下水管处，仍旧没有可用的血液样本。

走廊里，警察正在挨个房间进行调查。楼里的住户慌得很，拉扯着刑警进洗手间检查自己家的马桶是不是也堵着恐怖的白骨。

整栋楼都要接受检查，从一楼向上逐个搜查，并没有出现类似情况，也没有失踪人口的可能性。

宁芷站在走廊跟着看，刑警调查到顶楼。六楼的一〇二室迟迟不开门，小区闹出这么大的事，还能做到闭门不出实在是太奇怪了！

观察周边，这扇门上贴着两条长长的黄符，和古代信奉鬼神的老宅一模一样。而更诡异的是，无论警察怎么敲门，都没有人开。

住在对面的老人家，眯着眼睛八卦说："这家人在家的，就是人特别奇怪，整天鬼鬼神神的，窝在家里也不知道在干什么。"

于城示意陈相正继续敲门，宁芷的眼睛始终盯着那两道符，上面是一笔到底的血红色的字，怎么看都犯怵。

她刚想下楼跟着车回警局做白骨检查，就听到门内传出"咔哒"一声，很细微，险些掩盖在敲门声里。

　　她本打算回头提醒，只见于城已把配枪从腰间拔出，显然，一向敏锐的他也听到了。

　　他微微抬头示意她躲得远一点，宁芷根本不需要他说，已经乖巧地下到半层楼的台阶处等着。

　　"里面的人听着，警察正在办案，需要配合，如不配合，后果自负。"

　　良久，门内仍旧没有反应。

　　于城指挥着陈相正站在门的左侧，示意另一个人把万能钥匙拿出来，在门锁被打开的那一刻，枪已对准屋内的人。

　　门内跌坐着一位老妇人，她颤抖着双手捂住脸哭喊着："我的儿啊，他马上就要回来了，你们怎么能打搅他，你们怎么能这样？！"

　　危机解除，宁芷小跑着上楼。屋子被一股阴冷的气息包围着，整个房间都没开灯，厚重的窗帘也是放下的，空调的温度调得很低，让人有种面对黑洞的战栗感。客厅中央整齐地摆着三十根蜡烛，正好围成九星的形状，图案正中放着一颗头骨，红色的蜡油从头顶流下去，在地板中央聚成一摊蜡渍。

　　老妇人冲过去抱紧那颗头，手上衣服上都沾满红蜡，嘶哑地尖叫着："你们休想动我儿子！"

　　说完，还忘我地亲吻头骨。宁芷浑身上下的汗毛一下就竖了起来，再也没敢朝里走，直接跑出房子。

　　看来，堵住管道的罪魁祸首算是找到了。

（三）

　　身后的呜咽咆哮还在继续，老妇刺耳的叫声像指甲划在玻璃上一般，听得宁芷浑身的鸡皮疙瘩都要抖落下来。

　　对门的老人家也跟着朝屋里望一眼，不敢靠得太近，又十分八卦。靠着看到的一点和猜测，也跟着扯开嗓子叫唤，转而冲回自己的屋里。防盗门"嘭"的一声关上。

从楼道里出来，宁芷像霜打的茄子一样跟在于城身后，时不时地抬头瞟一眼被拘扶的老妇，她的脸色苍白，背驼得更厉害，嘴里神神叨叨地念着"我可怜的儿啊"，又不忘扭头朝搬运头骨的同事大声喊着："你给我小心点，别磕碰到我儿子。"

宁芷无法想象老妇在此前到底经历过什么事，以至于能在黑漆漆的环境中，抱着一颗头骨生活。

她生出恶寒的同时，竟也莫名地有些心酸。

等到了解剖室，宁芷开始清洁白骨，将下水道掏出的断骨按照骨节的大小排序进行拼合，拼出来是一只手臂。骨面光滑纤细，凹凸极少，骨密质较薄，重量很轻，是女性尸骨，表面经过专业的处理，肌肉被分离，骨面还抹了一层油蜡。

那颗头颅已经呈现剧烈的氧化问题，冠状缝分离，表面发黄，能剥离下一层层的白色晶渣。

他们并不是同一时期被害的。

等待DNA检测结果出来期间，宁芷下楼到审讯室，见于城正在审问老妇，无论于城问什么，她都重复着："你把我儿子给我，我就什么都告诉你。"

老妇沉浸在自己的悲惨世界里，根本没把此时的状况搞清楚。时间一分一分地流逝，审讯陷入了僵局。

于城的耐性逐渐消失，眉毛弯成两条曲线，食指有节奏地敲击在键盘边缘。两个人对峙了好一会儿，于城泄气地朝着玻璃这边看过来，点头示意着。

陈相正把电话打到法医部，得到了范滟的首肯，宁芷也嘱咐他多注意保护自己，他这才小跑着上楼去。很快，监控显示屏上显示，陈相正严肃地端着类似餐盘一样的东西进到审讯室。

老妇激动地起身去接，揭开上面一层白布，抱起头颅那一刻热泪盈眶："宝贝儿子，可想死妈妈了。"

这位老妇叫陈敏，之前一直在乡下务农供儿子读书，好不容易盼到儿子有了出息，搬来城市里享福还不到一年，儿子在下班路上遭遇车祸去世。她心里不甘，总觉得儿子不该英年早逝，也不知道从谁那里听来的流言：只要用自己的血喂养头颅一个星期，就可以让思念的人起死回生。

老妇一双灰白的眼睛紧盯着于城，突然站起来，两只手用力地拍打桌子。布满皱纹的脸快速地抽搐着，隔着桌子要抓于城的脸："我儿子就要回来了，但是你们却破坏了仪式。"

陈相正冲过来把老妇人拉住按在椅子上，威胁道："你再这样不配合，我就把你儿子带走了。"

老妇人的气势一下就颓下去，像瘪掉的气球，只大声出气，不见吸气。她手臂收紧，把头骨抱得更紧了。

于城把笔放下，双手交叉在一起："据我们的调查，你的儿子已经火化了，那个头骨是从哪里来的？"

"网购，网上什么都有。我当天就收到了！"

"什么网站？当时的订单你是否还留着？"

老妇怎么都想不起收到包裹时上面的快递单上是否写着发件人的信息，甚至连自己的网站账号都忘得一干二净，只是模糊地记得昵称。

关键时刻，杨路派上了用场，他从办公室出来，根据老妇提供的几个关键词，修长的手指在键盘上飞速敲下一串数字，食指一点，按下回车键进入一个网站。主页是一个巨大的骷髅头，被一圈银色的光包裹着，下边是醒目的红色滴墨式字体：死而复生。背景音乐很模糊，听不出在唱什么。

陈相正指着屏幕："我去，这种网站居然还没被封！"

点击到商品栏，并没有直白地显示器官名称，而是用动物部位代替。头骨换成了鸡头，脚是猪蹄，手是鸭掌，如果不是事先知道这个网站是用来做非法器官交易的，看着倒有点像大型的肉类电商。

审讯室的审问仍在继续。

"尸骨为什么要冲到下水道？"

"什么尸骨，我才不会把儿子乱丢。别瞎说，我儿子听到了会难过的！"

于城无奈地吐口气，只能换个切入点："你说的血诏术是谁告诉你的？"

"神婆，她超级厉害，算什么都准。我上次见到她让人起死回生。已经没气的人，往头上滴一滴血就活过来了。"

站在审讯室外，宁芷直摇头，拥有执念的人，别人说什么都会轻而易举地相信，正中凶手下怀。

杨路登录一个账户，更改网名换过头像，准备和卖家聊天。

陈相正"哎哎"地叫："你怎么有账号，不会来逛过吧？"边说边配合着搓臂的动作。

"你是不是傻，我用新账号和他聊天，多容易打草惊蛇。"

陈相正伸手指着账号上的等级："那你这账号……"

杨路拍掉他挡住屏幕的手："这对我来说难吗，搜索一个弃号很容易。"

聊天框嘀嘀作响，那端的卖家很快回复："客官，需要点什么？我们店的肉质比其他店的肉质好得多，快递采用最新的冷藏形式，肉质可口。"

"我要头骨。"

对方似乎没想到买家会这么直白，好一会儿才回复："小店是正经买卖，哪来什么头骨？"

杨路看眼走进来的于城，似乎在问该怎么回答。

于城干脆让他起身，自己坐在电脑前，快速地敲着键盘："我朋友恶疾，辗转几家医院都不行，听人推荐你这里有快速康复的方法，所以你就别卖关子了。"

"我们真的是正经生意人，现在医疗那么发达，哪会有病是医院治不好的。"

无论于城怎么说，对方都十分警惕地提防着。杨路在另一台电脑上快速地追击着卖家的IP，然而同时闪烁的店有四个，一个在韩国，一个在香港，另外两个都在美国。

"对方使用了防火墙，而且追踪的地址都是错误的。"

宁芷站在后边看看，了解了这买卖进度慢的症结所在，说："对方在意的是真实性，安排病号给他看让他相信。"

杨路回身给她点个赞："机智！"

主意虽好，但是重案组里一群大男人，人高马大，哪里扮得了病号，唯一手无缚鸡之力的只有杨路，但他是这次行动的参与者，不适合扮弱。

僵持不下，不知道是谁率先将目光转向宁芷，紧接着全部目光都落在她身上。

宁芷嘴角一抽，意识到事情的狗血发展："这个很简单，咱们这可有化装大师！"

等停尸间负责尸体修容的小哥过来，准备给杨路化装时，他头摇得像拨浪鼓："我还得追踪呢。"

杨路用可怜兮兮的眼神瞅向宁芷，嘴唇抖动，祈求着："小芷，救救我，四人帮就你对我最好了！"

宁芷心颤，闭上眼睛，再睁开时，又是一片清明，打算见死不救："检验结果快出来了，我去取报告。"

杨路垂死挣扎："这个不用担心，我刚刚看见江桓去取了。"

宁芷牙咬得直响，早上到现在，根本没见到他来上班，居然能在这儿使绊子，真是眼不见心还烦。

她把最后的希望放在于城身上，毕竟他公私分明，不至于迫于眼前压力一边倒。她双眼泛着光："于老大，这事说大不大说小不小，要和主任报备的。"

于城转过头问陈相正："现在调人过来还来得及吗？"

从屏幕上移开视线的杨路，眼睛垂下，颇无害地感叹："就怕对方突然下线。"

于城微不可寻地叹口气，不想把宁芷卷进来，但考虑到此时破案的急迫性，始终不敢直视那双满怀期待的眼，坚决地开口："那就赶快开始吧。"

宁芷躲不过，仰头看眼天花板，虽然不愿，但还能接受，毕竟她不再是那个能肆意妄为地说和家里断绝关系就十几年不见的孩童。那时命是自己的，只要不差地过完一生就好，现在不行，她知道能屈能伸这个道理，得好好活着，活着才能把心里的痛苦慢慢地还掉。

(四)

化装成一副惨白病态的宁芷，躺在警务休息室任由他们连照片带视频地拍了个遍，全部搞定后，她淡定地去卫生间把脸上的妆冲掉。

于城把照片和视频发给卖家，卖家似乎在犹豫，隔几分钟还是把猪头肉的链接发了过来："我会把使用说明和货一起发给你，不出一个月，你就能看到她活蹦乱跳的。"

杨路继续捕捉对方的 IP，四个点慢慢地消失在地图上，在大陆上开始显现一个红点，画面一点点地放大，地址赫然显示在水原市。

杨路火急火燎地催促着："队长，你再多聊几句，地址快出来了。"

于城抓紧时间给卖家发消息："我没有网银，给我一个收款的账号吧。"

对方似乎很警惕，屏幕上显示着对方正在输入："走网址下的链接，款到发货。"

再看已经下线，电脑上的红点骤然消失，杨路快速地拦截住最后闪烁的位置，保存下来后，朝着于城摇头："太快了，只要再有三秒钟，就能确定具体位置，现在只知道在江城区。可江城区是水原市最大的区，很难找到具体地点的。"

"可以尝试用链接调取开户行。"穿着深色亚麻西装裤的江桓迈着长腿走过来，眼睑泛红，像熬过夜的模样，他弯着腰在电脑上看一眼，然后把手里的资料递到于城手上。

杨路将电脑里的链接进行解码，很快依照账号找到了开户行，位置在江城区的东浦支行。他惊讶地看着江桓："江法医，你连电脑都这么在行？！"

"我不太会，看别人弄过。"说完，江桓伸手指着展开的那页报告说，"尸骨上有大量的松脂，还有一点机油成分。"

到底是案件老手，于城很快反应过来："松脂是用来防腐，机油是存放尸骨的地方，难道地点在加油站或修配厂之类的地方？"

江桓做最基本的排除法："加油站车流量太大，汽配厂可能性比较大。"

听到他们的推理，杨路长指一伸在警网江城区输入东浦路附近的修配厂："有三家。"

地图上围绕着东浦路，有三处被标记，一处在大学附近，一处在靠近外环的高速公路，还有一处在郊区。空间跨度有些大，但离那家银行的距离差不多，有点三角矩阵的意思。

"郊区可能性最大，大学校区和高速公路，人多眼杂，不适合保存尸体。"

见识过江桓的准确推断后，这次于城倒也干脆，抓起衣服往身上穿："还等什么！"

陈相正赶紧跟上，"哎哎哎"地在后面叫："老大啊，你怎么每次都落点什么，你的手机啊！"

恢复如常的宁芷回到特案组时，于城他们的车队已经开出大院。

她往回走，和下楼的江桓狭路相逢，她向后退一步，把整个楼梯都让出来。人生真的古怪，最想见一个人的时候，即便把城市颠过来也见不到。不想见的时候，避到盒子里，也能时刻相见。

"去现场吗？"

已经把脚踩在台阶上的宁芷，脚步一顿，有些迟疑。她承认她内心是想去的，只有多接触一些现场，才能更快地培养出随机应变的能力。

想到这儿，那点迟疑也跟着打消，她把手上的资料放回办公室，嘱咐几句，小跑到江桓旁边。

车上除了导航仪的声音外，只剩下两个人的呼吸声。余光中看他并没有一丝异样，看起来楼鱼的事情他知道得不多。

一时间，昨晚聚餐醉酒时发泄情绪所说的话也跟着涌进脑袋里。她还不想这么早示弱，更不想露怯让他感知到。抬手看着腕表，这个时间点楼鱼已经抵达局里，等回去时，和局长的会谈也会结束。

这时，江桓的手机响起来，打断了她的思绪，她扭过身对着车窗轻轻地舒口气。

窗外的风景不断地向后退去，而玻璃上正好映着她旁边的位置。

江桓把耳机戴上，桃花眼在眼光折射下泛着粉红色的光，先是轻声地"喂"一声，接着就开始说着一大串英语。

宁芷用自己勉强压四级英语及格线的水平和翻过的专业书，难得翻译过来的几个词是"刀痕""亲属""自杀"，还想再多听点，但连贯的英语对话已经超出她的能力范围，她难以拼凑出全部对话。

隐约中也知道是关于案子的事。从陈相正几次描述江桓的话里，她隐约知道这几年他在国外还在从事法医相关的工作。可去国外，又不是去外星球，怎么会连联系都断掉呢？

在江桓挂断电话后，她已收拾好自己的表情，还是一副乖巧的模样，扭过头来，状似不经意地问："是案子？"

"回国前的案子，犯人今天开庭。"江桓一怔，吃惊于她竟主动展开话题。转弯到单向街时，江桓不忘看她一眼，她没再看他，却在等他继续说下去。

"隐藏在社交网站下的人。被害的是一家三口，被害人有个条件不好的弟弟，受了女主人不少嫌弃，哥哥没什么说话的权利，起初的现场看起来是弟弟心怀愤恨仇杀无疑。"

"开始的调查方向错了？"

"也不算错，只是进度有些慢。弟弟并不擅长社交，生活中朋友也不多，但在社交网站与一个人很聊得来，对方得知弟弟的处境后，多次言语上鼓励弟弟，让他实施报复，但没成功就自己动手杀人。"

"据调查显示，凶手是在重组家庭中长大，继母和弟弟对他非常不好，而父亲很无能，直到父亲脑溢血猝死后，弟弟被吊死，而继母则写了自白书畏罪自杀。"

"也是凶手做的？"

"对，凶手父亲的暴毙，很大程度上刺激到他积压多年的犯罪心理，他杀害弟弟和继母，将谋杀伪装成意外，区警没有发现异常直接结了案。这让他的内心对此种行为做出肯定的判断，他认为自己是对的。根据供述，他杀害那一家人就是出于心里的正义感，不能接受破坏家庭和睦的存在。"

"最后的结论未免太草率了？"

"当你观察现场很熟练时，会比鉴定结果更快知道答案。"

宁芷哑口无言，想起他经手的文荷被害案，仅凭路过的案发现场就记得那么清楚。想达到他这种段位，她还有太多需要学习的地方。

车子从平坦的道路往下开到一片砂石地，很快，一间面积很大的修配厂出现在视线中。这里是高速ofway道，也是工厂聚集地，生意还算不错，毕竟地段独特也不指望回头客，狠宰一笔就足够。

宁芷刚下车就看见于城他们几人垂头从里面走出来，不知道在给谁打电话，面色阴沉难看。陈相正率先走过来，面如土灰，看起来这里并没有想要抓的人，有气无力地搭在宁芷的肩膀上："就是普通汽配厂，什么都没有。"

说完推着宁芷回到车上，和她继续说已知的情况，接着下车关门又走回

57

于城身边。她隔着车窗看向车外的江桓，对案件一向笃定的他，也微微皱眉，眼前的情况已超过他的预知范围。

"搞什么鬼，扑个空。"其中一个刑警看到江桓眼睛瞪得溜圆，忍不住抱怨，直到站在他旁边年纪稍小的刑警撞他胳膊才收声。

江桓听得清楚，但没什么反应，甩着步子往汽配厂走，汽配厂周边都是加工厂，机器运转的声音轰轰的，加上天燥，没一会儿，现场的几个人又是一身汗，抱怨声迭起。于城挂断电话走过来，把手机递给江桓，也顾不上额头流下来的汗，开嗓喊："有不满的都给我回局里吹空调，想破案的留下。"

一片寂静，没人再怨声载道，毕竟这里头不少人是被于城提拔上来的。

江桓不动声色地扫一眼于城，似有些默契地与他对视一番，于城受不住这目光，转过头叫大家找块阴凉的地方等待行动，见大家走远才走到江桓这边，把手机上的图片放大，递给江桓看："这是杨路刚刚传给我的周边环境图，我看过，这里人少，工厂车进车出的，想做点什么绝对有可能。"

图片上以修配厂为中心四周的工厂被明确地标出来，有造纸厂、颗粒厂等。最边上的区域是划分出来的牛奶场。其中一间不够大的屠宰场在汽配厂后方五十米处，隔着的是院落。

江桓皱起的眉毛舒展开来："这边屠宰场去过了吗？"

两个人想到一处，于城嘱咐一句"在这等着"就急匆匆地朝着队里守着的阴凉地跑去。江桓望着手上的手机愣怔，一时间竟不知道要不要把手机送过去，他用食指敲着黑下来的屏幕，缓一会儿将手机放回了口袋，回到车上用自己的手机编辑短信，脑袋里闪过学过的法律问题，又把手机放回手机架上。同时，他也注意到，宁芷的目光在无声地问着案件进展。

那双眼睛还是和从前一样，清澈得没有杂质，却还是被时光蒙上一层看不清的情绪。他探手调高空调温度，缓缓地说："他们去汽配厂后的屠宰场侦查，那里应该就是据点。"

宁芷不再说话，安静地注视着车外的动静，除了留下的两个刑警守在汽配厂门口，其余的人都跟着于城到屠宰场侦查。

路上因为车辆长期出入，路被压得很平。人走上去还算轻盈，他们翻墙进入院子，没有听到机器运转的声音，只看到两辆货车停在院落中央，遮挡住了众人的视线。

于城让有突击经验的老刑警带着两个人守在主屋的正门，让陈相正和另外几个人守住屠宰场后门，自己则带着年纪小的守在车间。时间精准地卡在一分钟后，"嘭"地一脚踹开门，里面吹着风扇，嘴里叼着半截烟头的三个男人没反应过来地望着门外的阵仗。

领头的男人正拼命地扭动着身体，眼睛贼溜溜的，似乎在找机会逃跑。他身上有近两百斤的肥膘，根本抵不过长期锻炼的于城，于城用两只手轻而易举地钳制住他。

其余几个人不停地喊着冤枉。排着队往车上走的场面竟和抓黄现场有几分相似。

走在后面收尾的工作人员正费力地抬着几个大箱子陆续地走出来。抬着箱子的几个人，手上的青筋都暴出来，十足地用着力气。宁芷正准备上前帮忙，却被江桓叫着拦住。

宁芷按下车窗问陈相正："抬什么这么费劲？"

"白骨。"

宁芷眼睛一眯，没想到这小小屠宰场居然敢这么明目张胆地保留这些，就不怕被人识破吗？

身后的江桓倒是回答了这个问题："这里是屠宰场，可以将人骨伪装成牲畜骨，血迹和不可处理的皮肤组织都可以混在一起处理。"

陈相正猛点头，甚是夸张地说："你是没看到我们冲进去那个场面，那几个人居然拿着骨头棒袭警。"

宁芷想象那场面，没忍住颤抖一番，下车跟着于城去屠宰场里收集可提取的证物。车间最外层挂着一串串红色的腊肉，散发着咸腥的味道。于城走在前面，低头弯腰地避过那些障碍。

江桓也是如此，宁芷占据身材矮小的优势，基本不用担心撞到，但走路的速度不减，总担心上面哪块肉不小心掉下来砸到头。

走在前面的江桓偶尔会慢下来，帮她开道，等她走过去再追上前。

宁芷注意到这个细节，始终没说话，连多余的表情都没做，好似真的什么都不在乎一样。很快，一行人就闻到了汽配厂的汽油味，还有盖不住的松脂的腻味。穿过冷库后，在最里间的屋子里看到了摆满一面墙的松脂桶，很普通的切割机摆在里间的仓库，案板上还摆着一具白骨，奶白色的骨屑落在一边。味道很臭，像变质的食品散发出来的。

走进角落，宁芷掀开一个桶子上的木盖，霉味浓烈，竟是磨成泥的肉末。于城在一旁解释着："据说，这些肉末会掺在牲畜的肉末里一起送去做饲料。"

宁芷喉咙一堵，想起曾经在电视剧里看到的吃人肉的猪，完全不敢想象自己是不是也曾间接地吃过人肉。她手握成拳，用力地抵在胸口，但是抵不住血肉模糊的想象，三两步跑到厂外，靠着电线杆直呕，是真吐，眼泪和胃酸齐齐流出。

她好不容易擦干净嘴，回头看见江桓面不改色地出来，接过他递过来的矿泉水漱口，虚脱地直起身倚在电线杆上，额头上冒了一层汗。

江桓把纸巾扣在她手上，没说关心的话，只是淡淡地开口："幕后还有人！"

（五）

"这件事看着并没有表面那么简单，供求关系需要有系统的链条运营，他们至多算是链条下执行的人。"

宁芷不再说话，脚步放慢些，走在最后边，看着他上车，才走到于城那边，手往副驾驶的窗户那儿一搭，声音轻却有丝不可察觉的威胁："于老大，今天的妆……"

于城理亏不得不买账，宁芷说什么自然应什么，她打开后车厢门灵活地坐进去，把认真整理资料的陈相正挤到一边，嘴角抿着，眼睛里压抑着火光。

车子发动，成排的车驶出汽配厂，前面的车就是江桓的，底盘高，隔着两层挡风玻璃隐约还能看到驾驶座那颗黑脑袋，发质不用摸也知道软软的。

陈相正贼兮兮地拿手肘撞宁芷，一副八卦十足的模样："说说你和江大神过去的爱恨情仇呗。"

宁芷茫然看着陈相正，有点不明自己的情绪表现得如此明显："你为什么认为我和他有过去？"

陈相正傲娇地撸一把齐整的寸头，得意扬扬道："我是谁，特案组的神眼啊！你俩那交流的眼神，不是爱就肯定是恨咯。"

"没那么严重，是校友，我比他小两届，想有关系太难了！"宁芷说谎时不会心虚地东张西望，更不会有小动作。此话一说，陈相正不信也得信。

"看你那水平，确实和他扯不上感情。"

宁芷跟着讪笑，不希望他俩成为单位的关注点，甚至有些庆幸，当年陪江桓来警局时都乖乖守在外边是多么明智的选择。特案组除去几位元老级人物外，没谁知道她和江桓相恋过。

陈相正不知道宁芷心里的想法，狐疑地凑到她面前与她对视，企图让她心虚。

被看到不自然的宁芷伸手去推他脑门："看什么看，要相面吗？"

"小芷，你喜欢他。"

这句话不是疑问句，是肯定句。

正好红灯，车流停下，车厢内静悄悄的，能听到清晰的呼吸和心跳声，连认真开车的于城都把目光落在后视镜上，等着宁芷的答案。

半晌，绿灯亮起，宁芷长长地舒口气，避过后视镜里的视线，转头捧住陈相正的脸施力捏着，声音软柔："堂堂男儿，精力不用在战场上，散布谣言，你说要怎么罚你？"

陈相正后背一寒，坐直身体去碰于城的肩膀，哀哀地祈求："老大，救我！"

于城白他一眼，专心开车，心里却和陈相正一样想知道那"前尘往事"。

到达局里，宁芷先下车，车内只剩下两个大男人，你看我我看你，交流的都是电光石火。

陈相正耐不住煎熬先开口："老大，我尽力了，实在不知道怎么和她套话啊。"

于城握紧拳头，怒目相对，轻轻挥拳砸在方向盘上："我什么时候安排过你套同事话了？"

"嘭"的一声让还处在振奋状态的陈相正猛然冒汗，尴尬地咳几声，立即补充："不是领导安排，是我关爱单身女同事的健康安全。"

61

听完，于城身体放松地倚靠在背椅上，松开的手垂在身侧，目光落在四楼法医办公室说："关爱同事安全是好事，有什么情况及时和我汇报即可。"

陈相正猛点头，不再继续这个话题，跟着于城匆匆地回组。老大到底是直男，感情这种事怎么经得住拐弯抹角，四人组一个杨路脱单了，还有两个在云里雾里，只剩他一个连目标还没有，不由感慨。

宁芷和范湉汇报后，照常进监控室看审讯，听江桓的分析不免在意幕后真凶到底是个什么样的角色，又是出于什么心理运营着这样残忍的事业。

被审讯的男人此时满头大汗，面色黑红，听陈相正说于城审问前要求把房间的空调关掉。本就闷热的天气，再加上接近密闭的审讯室，空气温度可想而知。相比较而言坐在对面的于城淡定很多，古铜色的脸上也在冒汗，但面色不改，只等对方先告饶。

胖子黑色的汗衫下，两条粗壮的胳膊分别纹着长长的龙形纹身，肚子上的一圈肥肉有些颤抖，汗在衣服褶皱里渗透。

此时，他又热得烦躁，越烦躁越热，嗓子发干，汗流浃背，他用肥手擦拭额头上的汗珠，隔着胳膊悄悄打量面前的于城。他黝黑的脸上有些忐忑，混社会这么多年见过不少狠角色，但光脚始终不怕穿鞋的，竟不知道怎么应对。

他怎么都没想到偷偷干两年的活，怎么就在风和日丽的日子里突然被抓了。

一瞬间，从小老板变成阶下囚，严重点还可能是死刑，他倒觉得冤得慌。想到这儿，也不知从哪涌出来一股冲动，大言不惭地开口："警官，小本买卖，大家都不容易，这大热天你们这么多人抓我们，我坦白行不？"

于城不怒自威，一双豹眼死死地盯着："小本的人命买卖？"

胖子不禁咽下一口吐沫："我……我坦白交代，能宽大处理吗？"

男人叫张彪，现年三十九岁，黑省籍，从小被拐骗到贵省深山给别人做儿子，苦活累活都做，早起晚睡，吃得比猪食还差，几经辗转逃出来，身上没有一技之长，除了一身蛮力，干什么都不行，最后流落到屠宰厂做小工。

但三年前，改变命运的时刻来了。

"开始我是拒绝的，毕竟是人，不是牲口，但我一听，让我当屠宰场的老板，又给不少钱。况且他们送过来的都是死人，我做的无非就是处理尸体。一具五千块，比我一个月的工资都多！你说说这资本社会多万恶，穷人连电都用不上，这儿的人花钱眼睛都不眨。"

于城捏笔的手指节咔咔作响，嘴角一抽，极力地压制着动手打人的冲动，把头转向那道玻璃，从里望过去只能看到镜面反射出来的两个人。

不对，这里能称为人的只有他一个，对面的男人不是。

"你说的他们是谁？"

"不固定，看着都像跑货的临时工。"

"说重点！"于城用笔尖狠戳下桌面，圆珠滚落，黑色的笔油呈点状溅出来，"我有很多时间坐在这里陪你玩文字游戏，就是不知道你能坚持多久。"

胖子肥肉一颤，刚擦过的额头又是一层汗，舔舔干裂的嘴唇说："只知道是个女人，样貌不好说，现在的人化妆和卸妆就是两个人。头发长短和颜色没有重复的时候，听口音的话，感觉也就四十岁左右吧，每次交易她都会带一个力工过来。"

看来这女人有一定的反侦查能力，知道通过伪装保护自己。

"这几年交易过多少次？"

张彪不敢直视于城，始终看着桌面："交易多少次，具体不知道，生意好的时候，一个月能有六单。不好的时候，两三个月才一单。"

"你们平时怎么联系？"

"她从不同的电话亭给我打电话，告诉我客户需求，并给我个交货日期，我照办就行，没问过其他的。"

"对方最近一次联系你是什么时间？"

"前天。"说完，他想起什么，猛地拍桌，身上的肉颤抖着，"明天就是交货的日子，这下子完了，送钱买卖。"

说完，他意识到自己说错话，急忙捂住嘴，却已来不及。

这头，陈相正眼疾手快地按断监控器，监控画面中断。审讯室里于城做出一连贯的动作，飒飒起风。

宁芷和陈相正默默地转身，都没看那面玻璃里发生的事。

江桓推门进来，见两个人背着身，不明所以，又去看那层玻璃，心下了然，也不劝说。于城做过多年刑警，不需要别人插手，江桓相信他能够完美解决。

63

江桓把刚刚的审讯画面调出来，从张彪口里得到的线索也能将白骨来源以及销售链串联起来，能在水原市这么做三年人命买卖还不被发现，可见她小心翼翼的程度。

好一会儿，于城从审讯室黑着脸走出来，身后跟着腿软的张彪。

"于老大，消消气。"

他火爆的脾气，组里人都知道，抓犯人总是抢在前头，流血的活都让他干了，大伤小伤是家常便饭。

于城刚要说什么，注意到旁边坐着的江桓："你怎么过来了？"同时又不忘看向陈相正，指望他说出个所以然，可陈相正只能回他摇头的动作。

江桓假装没注意到他们的眼神交流，起身拍于城的肩膀："我能问他几个问题吗？"

"问吧。"

张彪虚脱般地指着自己的鼻子，有气无力地说："不会是问我吧？我刚刚把知道的都说了，不信你问这位警官。"

不管他怎么回答，江桓先抛出自己的问题："那女人的身份是神婆吗？"

张彪先是一愣，大概一两秒后猛地摇头："不知道，除了交易事宜，我们不聊私事。"

"你在说谎，以你过往经历看，你不会随便相信一个人。即使没读过书也该知道处理死尸是犯法，你既然能如此大胆，无非就是她告诉你她的真实身份让你相信她。"

张彪被江桓的一番话又惊出一身汗，不可置信地看着对方，没想到三年前初次接触这笔买卖的心理都被他猜中，厚嘴唇上下张合，竟不知道怎么说。

江桓嘴角上翘，眼睛眯着："把你知道的都说出来，包庇只会让你的犯罪记录更严重。"

于城在你来我往的对话里悟出道理，审讯时张彪说的确实是实话，但却只是事实的一小部分。他眼睛如同利刃一般扫向张彪。

张彪浑身一颤，快速地权衡过利弊后："她和我说她是神婆，我去过她店里，生意不错，从来没有人质疑过骨头的来历，毕竟现在技术那么发达，

3D 啊、倒膜什么的不都能以假乱真。就是因为这样,我才放心跟她合作的,也不怕到时候被她倒打一耙。"

末了,他还想邀功,凑到于城面前:"警官,我以为这事不重要,所以没急着说,但还来得及,我这有抓神婆的机会!"

于城带队出发抓捕,宁芷跟在后边走几步,又想起在屠宰场看到的人肉末,脚步一顿,按捺住胃里的翻江倒海。有现勘跟着他们,她不去丝毫没有影响。若是去了在现场呕吐,破坏掉什么证据反而更糟糕。

心里有了决定,她扭身直接朝四楼走去。人还没到办公室里,就见范浠急匆匆地跑过来,手里拿着化验单,声音铿锵有力:"手臂 DNA 比对结果出来了。"

"怎么样,找到受害者信息了吗?"

"一个星期前有名上夜班的护士失踪,叫夏苒,联系过家里人,mtDNA(母系)鉴定结果一致。"

宁芷觉得可惜,接着问:"那头骨呢?"

范浠摇头:"DNA 库和犯罪记录中没有找到比对对象,基本是查无此人。"

"范姐,我跟于老大去看下现场。"

她急匆匆跑下楼,于城他们的车还没有出发,离得远远的还是听见陈相正一副领导模样地在教训于城怎么连自己的手机都看不住。

于城作为特案组刑警,无论是智还是勇都是够格的,但是对小细节永远注意不到,不是不带车钥匙就是找不到手机,甚至还有下班人到家,钥匙落在单位的时候。

这点陈相正和他很互补,陈相正心细得不得了,总能注意到一些容易被忽略的细节。两个人合作几年,默契十足。

(六)

张彪提供的线索表明他们的白骨货源断了,为了钱神婆还会出来害人,守株待兔不失为好办法。

神婆的店在郊区，这一地段以平房为主，路中间铺着一条宽宽的石砖路。车颠得厉害，等赶到神婆店面的地址时，已近黄昏。

红砖墙上贴着一个巨大的黑白八卦图，写着"命理玄学"。朱红色的正门上挂着"停业整顿"的字样。

于城把耳朵贴在门上，里面没有装修的声音，但仍旧能听到窸窣的走路声。

他警惕地从门缝里望进去，只见一个黑色的身影从柱子后边一闪而过，仅一眼，陈相正他们便秒懂，身手敏捷地立于门的两侧。

宁芷坐在车上，脸色泛白，手心冒着汗。江桓侧目看她，手伸过去自然而然地握住她的手："是不是低血糖犯了？"

宁芷的爸爸是北方人，她妈妈到北方进修，因此两人结缘。小时候宁芷都在北方生活，所以南方的炎夏让她很容易低血糖，动不动冒虚汗、两眼发黑。江桓当时知道这事后，每次在她血糖低的时候，都能神奇地从兜里掏出糖或者巧克力。此刻，他另一只手探进口袋里摸出一块巧克力剥掉包装递到她唇边。

宁芷条件反射地张嘴，甜腻的味道在口腔里散开，紧接着反应过来刚刚发生的事，骤然冷脸，抬起手挣开另一只手的触碰，语气不善："江桓，你知道点儿分寸，我不是你女友。"

"我们说过分手吗？"

确实没说过，不告而别前，他们像牛皮糖似的粘在一起，谁会提分手。

"现在分也不晚。"

"我不答应，你怎么办？"

江桓模糊的目光看过来，阳光正好照在宁芷粉嫩的脸上。对视中，她清晰地感受到他的坚定，不是开玩笑，而是认真地在等她的答案。

"你……"

话没还说完，店面大门"嘭"的一声被撞开，屋子里传来一阵慌乱的磕绊声。

于城带头冲在前面，准确地辨别出那声音的方位，单手抓住想藏在桌子下的黑衣人。黑衣人的身板意料之外地轻，于城抬起那人的脸，惊得他一抖,手上提着的竟是个不足十岁的男孩,长着小鹿一般的黑眼睛。男孩惊恐地看着于城,手脚使劲地扑腾:"你……干什么呀?放开我,不然我叫人了!"

宁芷来到院子里时,于城已经把孩子放在一旁的椅子上,半蹲着和坐在椅子上缩成一团的男孩直视:"你为什么在这儿?和神婆是什么关系?"

男孩被围在一群人中间,眼里泛着泪花,"我我我"了半天却没能说出一句完整的话。

于城的语气压到最低,但男孩还是怕。宁芷没别的法子,走过去像他一样盘着腿坐在地上,轻抚他的头:"你别怕,他们不会伤害你的,你慢慢说。"

男孩听得出宁芷说话时的轻柔,细声细语让他的情绪缓和不少,他用力地揉下眼睛:"我住在后面那条街,神婆阿姨人好,总给我买吃的。早上她着急出门叫我白天帮忙看店。"

"那她说过什么时候回来吗?"

男孩眼里含着一圈泪,猛摇头:"不知道。她只是告诉我,谁来都不要开门,天黑就可以回家。"

说着,男孩竟委屈地哭出声,抓着宁芷的手臂不松手。

陈相正想把男孩带回去调查,可男孩从刚刚起像吃定宁芷一样。宁芷走去哪儿他就跟到哪儿。

于城没办法跟过来和她耳语:"晚点我去找孩子父母,你先把他带回局里,能问到话最好,问不到等我回去再研究。"

正好陈相正也要回局里查这处房产的相关信息,可以顺路送他俩回去。临走前江桓从院子里走出来,手还垂在裤线上,定定地看着她和陈相正。

陈相正不明所以,直抓脑侧的头发,却没有不耐烦:"江大神,还有什么事要安排吗?"

江桓扯扯嘴角,淡淡地说道:"没事。"

嘴上说没事,可目光却丝毫没有转移。陈相正的手还搭在车门上,开也不好,干站着更不好。

僵持几秒后,宁芷拉开后备箱把带过来的工具箱放进去,重新扣上车盖,始终背着身。

宁芷用力地吐口气，江桓和从前不一样，那时候的他虽然也喜怒不形于色，但了解他之后还是很好猜的，但现在的江桓的身上像有个壳子，看不清里面藏着的是什么。

宁芷让陈相正和孩子先上车，陈相正关上车门那一瞬间醒悟了刚刚的局势是怎么回事，人家确实有事，但不是对他而已。

原本就隔着一段距离，再加上坐在车上，完全听不到江桓和宁芷的声音，本还想录下来看看能不能变成给老大牵线的机会，想至此陈相正只能悻悻地扣上安全带。

这时，宁芷快步走过来，仰着头看着江桓，开门见山："江桓，不论是五年前还是五年后，都不要把自己看得太重要。我和你除了同事关系外，不会增加多余的关系。"

江桓一怔，似乎除去那天醉酒后的巴掌外，其余时间她对他始终保持着疏离的态度，而此刻他感受到了明显的敌意，这是在怨他一声不吭地离开五年吗？

他承认他对这段感情的处理方法并不成熟，可那五年里的每个日夜他都在想她，想知道她过得好不好，想知道她毕业后做什么工作，也想问她现在有没有和其他男生在一起。

一旦想到最后问题的答案是肯定的，他的心口就疼，不能去找她，也不能连累她，江桓被这些情绪拉扯着，日复一日。

"小宝…"

宁芷黑眸湿润，转了转因仰头而发僵的脖子，笑了："该叫我这个名字的人，死了。"

话音一落，宁芷利落地转身，关上车门发动引擎，背在身后的右手还在颤抖，像憋了很久的气突然泄完，一时间失去了支撑点。

就在这时，旁边默默坐着的男孩突然靠过来握住她的手，小小的两只手尽力包裹着，男孩的声音很小："姐姐，我妈妈说手冷的话搓一搓就热了。"

宁芷还没从手被握住的突兀里想明白这是怎么回事，听他这样解释，莞尔一笑，恐惧和悲伤的情绪仿佛一下被吹走了。

直到转弯处，陈相正才把偶尔落在后视镜查看的视线全部挪回前方，手指频率缓慢地在方向盘上抠着，还是耐不住地问一句："小芷，你没事吧，我看你脸色不好，刚刚我看江大神眼睛湿润润的，吵架了？"

宁芷懒得看他，把手机拿出来找了个单机游戏给男孩玩，回答道："没有，又不熟，哪里有架吵。"

陈相正吃瘪地摇头，从什么时候开始四人帮的友谊变得如此岌岌可危，思来想去，好像还是从杨路那小子恋爱开始。

很好，这账就算他头上了。

江桓已经站了很久，他缓缓地向后退一步，眼睛发涩，抬头往上看。天还是以前的天，人也还是那时的人，可一切都变了。

她是，他也是。

跨进院子的大门时，江桓的情绪已恢复如常。

队里的人被安排守在院子四周，于城将屋里屋外看了遍，贵重物品均已不在，剩下的无非都是神婆工作中能用上的工具。

根据男孩的说法，可以推测神婆离开得很匆忙，意味着她在取货前联系过张彪，而电话未接通表示已经有危险。

张彪的手机在局里的证物室，估计从通话详情里可以获取到有用的信息。

神婆的店面和张彪的屠宰场完全是两个方向，也可能她还有其他的住所。如果能查到公用电话亭一年内拨出的电话也许能推算出神婆活动的范围。

高速路口、火车站、机场都已收到通知严格检查过往人群，按照周边邻居提供的长相做出的面部画像比对，无论现在是已逃状态还是马上要潜逃，都会被抓到。

于城把江桓说的话转述给陈相正，让他和杨路尽快把地址信息做好。挂断电话，于城把玩着手上的古铜币，还是有些难以置信："以神婆这么谨慎的性格，即使匆忙也不会毫无准备，她杀人不会真的就为这店里的营生吧？"

江桓摊手，表示自己也不懂。神婆自己都说这群人傻钱多的人根本分辨不出真假人骨，既然如此完全可以用动物骨做成人骨形状，又何必费尽心思杀人呢？

神婆的店铺右侧是间超市，门口摆了两桌麻将，围起来看的人很多，左侧是一条通往后面那排房子的路，再旁边是间营业厅，这里算是人流量最大的区域了。

于城凑过去问神婆的事，上了年纪的人都比较相信这些，也问不出一丝异常。

这时，站在麻将围观群众外围的年轻女人嗤一声，用轻蔑的眼看了下神婆家关闭的门，拎着包扭头要走。

于城赶上前拦住对方，亮出警察身份。年轻女人谨慎地扫视四周，才拉着他走到转角的胡同，神神秘秘地说道："千万别听那些人胡说八道，起死回生都是骗人的，老太婆……神婆只是信息多。"

"什么意思？"

"来神婆这里祈福看病的人都是需要个人信息预约的，她会派人对预约人的情况进行调查，如果调查不清楚，预约根本通不过，而那种调查得一清二楚需求又特别迫切的人，她才会约见，再在他们面前当先知！神什么神啊，就是一群疯子！"

年轻女人的手用力地攥着包，指节发白，甚至微微颤抖。

"上个月夜跑，我路过前面的那道桥，居然……居然看到他们给桥下的流浪汉注射什么东西，还把人带走了。我太害怕，只敢跟一段路。白天我特意问过桥洞下其他的人，真的有人失踪了！"

"你说的桥就是前面那座吗？"

"对的。这儿的房租便宜，桥洞多，不仅我们这些需要钱的白领在，很多流浪汉都会聚在这里，要不是房租还没到期，我早走了。"

果然，桥洞下有几个人躺在地面的纸壳箱上，旁边堆着衣服、被子和瓶子。

看到两个人进来他们也不在意，翻个身继续睡，唯独一个人始终注视着他俩的举动。

于城难得和江桓有默契地对视，共同朝着那人走去。越是靠近，那人越显紧张。

那人藏在厚重刘海下的眼睛始终在打量，在看清楚两人衣着时，竟舒了口气。

"你们这些正经人还来抢地盘啊？"

于城把警察证打开给那人看一眼，看过后他立刻从纸壳上坐起来，去握于城的手："警察同志，是不是要来查案子？"

两人倒没想到这么容易就找对人，便让同事买些吃的送过来。

那人小心翼翼地把不容易过期的饼干塞在被子底下，边吃边讲半个月前的事：

"那阵子阴雨连绵，空气闷热，我晚上就搬到桥下睡，这块通风还凉快，想着来回折腾麻烦，干脆住下来，结果那天夜里睡到半梦半醒时，听见有脚步声，起初以为有人起夜没在意。但脚步声始终在，翻身想要提醒时，借着月色看到两个陌生男人，一个负责捂嘴，另外那个拿着针管一样的东西朝着旁边那位睡死过去的男人扎过去。那男人一声没出就被带走了。

他们人一走，我赶紧起身去摸距离不远的那张纸壳，上面还热乎着。刚刚经历的不是梦，也不知哪来的胆，我悄悄地跟在他们身后，听到了令人恶寒的对话。

'今天这货这么瘦，剥皮很难吧？'

'谁知道，你负责杀人又不负责处理，管这做甚？'

这对话太瘆人，我根本不敢再跟，赶紧回去收集铺盖卷回了胡同。可那几天我还特意去镇上蹭电视看，也没见报道过这事。"

那人吞下最后一口玉米肠，声音嘟囔着："我觉得他们还会再来，所以晚上还是回胡同睡，白天才敢过来纳凉。"

"你没有看清楚他们的脸吗？"

"太黑，只记得轮廓，一个矮壮，一个高胖。"

于城给陈相正打电话，让区警协助封锁保护桥洞。

再回局里已是天黑，宁芷坐在于城的位子上和男孩聊天，也不知道聊到什么，笑得直颤。

宁芷眼尖，看见于城进来还打着招呼，再看向后面的江桓，脸上的笑容立刻收起，礼貌性地点头招呼。气氛很怪，不提之前还好，提了根本就没办法当作过去无事发生。

男孩又拉住她的手来回搓两下，笑着看她，一双眼睛里满是纯真无瑕。

宁芷捏了捏男孩的手，传递着勇气，紧接着把知道的信息报备一遍："他叫梁晓，五年级，单亲家庭。神婆是前几年才搬到镇子上的，对他和他妈妈很是照顾，所以神婆早上拜托的事他们理所应当会照办。"

于城点头，雷厉风行地跨着大步走过来，吓得梁晓躲到宁芷身后："姐姐，我怕。"

脚步一顿，于城脸上挂不住，试图用笑缓和气氛，然而那张领导脸配上什么笑都很古怪，看出手下都被惊得目瞪口呆，他立刻板起脸，但声音却轻了很多："例行询问，不用怕。"

"警察叔叔，我不能和姐姐一起被问吗？"

于城的僵尸脸绷得更紧了，虽然他快到而立之年，比宁芷大六岁，可好歹也保养得和二十七八岁的男人差不多，至于称呼都隔一辈吗？

梁晓被带过去审问，其他的组员也按照指示查找神婆位置。一时间只剩下江桓和宁芷闲着，她不由得想起神婆店门外的那段对话。

她不希望把个人感情带入工作中，江桓回来的这两周她始终遵守上下级关系，可就在几个小时前，这样的关系被亲手打破。

江桓注意到她在皱眉，双眼皮上有小小的褶痕，知道她在纠结他们之间以后的相处模式。

江桓率先开口："神婆案的最新线索是主要被害人群是长期独居人士或流浪汉。"紧接着又说："部分流浪汉的DNA被我送去检测室，你可以过去等结果。"

宁芷从发懵到条件反射地点头只花了一秒钟的时间，走出特案区后，心还像被人捏着一样疼。她知道这是江桓留给她的时间和空间，他们曾经是最亲密的人，彼此了解，今时今日只能以忘的形式淡化掉恨。

江桓目送那道瘦弱的背影进入电梯，才快步走到隔间办公区找杨路。

杨路的办公间完全符合宅男风，大件是床和被子，小件是牙刷指甲钳，光脖枕就有三个。

他刚把最新的能监控到公用电话亭的天眼找出来。近一面墙那么大的屏幕上有几十个视频同时播放着，看得他眼花缭乱，他赶紧拿眼药水滴眼睛。

他做了二十多年的单身狗，现在好不容易有女朋友了，必须时刻爱惜自己的身体。

门的玻璃是透明的，里面的情况看得一清二楚，看杨路睁开眼睛后，江桓便敲门。

"那个网站现在还在正常运营吗？"

杨路掰响手指，转动脖子，把手放在键盘上敲击一番。很快那个网站的对话框被打开，显示对方在线。

江桓可以确定他们还在水原，对于神婆来说，张彪不过是帮忙处理尸体的工具，被替代的概率太大，只要那两个男人在，她的生意就能照做。

瞬间，计策在江桓的脑海里定型："张彪说神婆是有顾客需求才会送尸体过来，但张彪出事，今天该送到顾客那儿的白骨就跳票了，所以神婆一定还会再害人的！"

"受害群体范围那么广，我们需要申请多少人协助我们？"

"我们小组就够了。"

"啊？"陈相正不信，"你用什么办法？"

"埋伏抓捕。"

陈相正有些为难："咱们组里的人在那店四周来回晃悠那么多次，脸早被看光了，埋伏太危险。"

"从其他组调人。"

正好杨路从办公间走出来热牛奶，发现陈相正用如狼似虎的眼神盯着他，他双手交叉在胸前，嚷嚷："你什么眼神，无论灵魂还是肉体，我都是只属于我老婆的！士可杀不可辱！"

陈相正扭头看江桓，喃喃道："智障不适合做卧底对吧？"

江桓没回应，却有些想笑。杨路很多时候行事和说话的风格很像他大学的旧友楼鱼。楼鱼也爱开玩笑，还特喜欢押上自己去调侃别人，但自从出国后他们失联了，他发的邮件楼鱼一条都没有回复过。

杨路喝着牛奶贼兮兮地靠过来："你们难道在打我肉体的主意？"

陈相正嫌弃地推开他："身无二两肉，还指望谁吃你豆腐？！"

杨路跟着点头："我也觉得，但我老婆喜欢我这型的，总不能让每个人都像你一样练得像个大猩猩吧！"

"你说谁大猩猩？"

江桓掐断两个人的话头，说明找他的原因。杨路立刻摇头，拎着杯子快速钻回办公间，落了锁。

隔着一层透明玻璃，杨路声嘶力竭地喊："考验演技这种事应该找小芷，演什么像什么！"

陈相正也想到了那惨白的殡仪妆，噗嗤一声笑出来，两个肩膀像装了马达一样在抖动。

江桓不明所以地看着两个人，陈相正安抚似的拍他肩膀，说他错过了一场戏，紧接着又附和着杨路的声音，齐齐把当诱饵的任务推到了宁芷身上。那天他来到特案组时，宁芷早已卸好妆。

江桓眉峰皱起，扼住陈相正打电话的手："调专业点的过来吧，宁芷只是个拿小刀的女生，没有真正地直面过凶手，过程中的危险性难以预计。"

随着话音落下，扼住陈相正的那只手也跟着松开。

陈相正扭动着快要脱节的手腕，准备联系其他部门，手指离开屏幕，屏幕竟然亮着通话中的界面，那端接电话的人正是宁芷。

休息室的床上有鼓起的山包，薄薄的毯子下蜷缩着抽泣的女子，她刚刚从噩梦中惊醒，眼睛通红一片，探出手去摸枕头下的手机。

她无力地"喂"了几声，始终没人回应，正要挂断，猛地想起江桓的声音，那句"没有真正地直面过凶手"让她的双眼更红，鬼使神差地对着电话大喊一声："我自愿参与。"

（七）

第二天中午，于城他们便朝着老城区出发，提早进行部署。

宁芷并未成为抓捕的诱饵，因为于城从审讯室出来后听说她要做饵，便严厉呵斥他们胡闹，整个水原这么多男生，怎么能让没经验的女同事冒险。

对于城的决定，谁都没有反对意见。他们都知道于城骨子里的大男子主义，冲锋陷阵的事该由男人完成，女人做好该做的事，别添麻烦。

陈相正在办公桌后偷偷地扯于城的袖子，眉毛使劲往那头没出声的宁芷甩。

于城脸色难看，话已经说出口，又不可能低头安抚，咳一嗓子："宁芷，你负责配合陈相正的工作。"

从梁晓家出来后，宁芷和陈相正进了店对面临时租的小屋，观察神婆家中是否有可疑人员进出。

不知道是距离真凶太近，还是情绪影响的关系，她始终有些慌张，总觉得会发生不好的事，这时候唯一能祈祷的就是第六感不要太准。

陈相正也不像往常那样嬉皮笑脸，一本正经地拿着望远镜守在窗边，时不时地回头看她："小芷，你也别紧张。这次部署很精密，不会出事的。"

于城做足准备，将分局过来的几位同事派去桥洞下躺着扮流浪汉，其余的同事埋伏在桥洞两边以及附近的出口，在他们出现那一刻直接动手抓捕。

天渐渐变暗，黑透时已近凌晨。夜黑风高，正是犯罪者最好的时间。

盯了四个小时，对面的院落仍是漆黑一片，神婆大抵也认为这儿会被警察监控，没必要试险。陈相正揉着发酸的眼睛，伸着懒腰，懒洋洋地说："估计神婆他们直接去桥洞抓人了。"

谁知，神婆家的灯突然亮起，陈相正难以置信地向窗边凑过去，立即和于城汇报情况，随即嘱咐宁芷在房间里待着，自己则握枪快速出门。

宁芷不放心，毕竟单枪匹马缉拿真凶不成反倒遇害的案件发生过不少，想来想去还是给于城发了条求援短信。

放在副驾驶座上的手机屏幕亮起，于城收到一条短信，名字他很熟悉，而且信息的前半部分已经显示在上面。

于城有点尴尬，往常执行任务，对任何在明面上发出声或光的东西要收好，没承想他成了第一个违反规定的人。

原本他也不想这样的，但自从上次在屠宰场手机短暂失踪，还是陈相正在副驾驶位置的脚垫下找到的。陈相正什么话没说，但看他的眼神里总有一种关爱"痴呆"的错觉，想着以后手机一定要放在显眼的地方。结果……

于城从中间的座椅上探身上前捞过手机，看过短信内容后，脸色竟比刚刚更难看。

其中一位队员凑过来问："老大，怎么了？"

"陈相正只身过去勘查神婆店，怕有陷阱。"

坐在后排的江桓脸色一沉,接过对面递过来的手机,快速阅读上面的信息:"调虎离山?"

很难说,他们认为神婆不会自投罗网,所以并没有布置太多的人手在那边,但如果是陷阱的话,那几个人也未必对付得了他们。

于城还在思考新的战略,对面的江桓已站起身:"给我两个人,我过去支援,你守住这边。"

于城把手底下两个人安排给他:"他们身手比较好,有危险的话让他俩上就成。"

江桓点头,又不忘低头看眼自己的身板,没想到锻炼这么久,在别人眼里他看着还是很"弱不经风"啊。

重新关上车门,几个人又恢复紧绷的状态。唯独于城还处在状况外,在琢磨他和江桓现在的相处关系。作为拍档,他和江桓是优秀的组合,他代表力量,而江桓代表头脑。可生活里呢?两个人都具备吸引人的光环,而他缺少的是那份儒雅,但这恰好是如今女人最喜欢念叨的"暖"。若不是告诫过自己一遍"公事公办",还真担心会发生不愉快的事。

手机里收到于城的短信回复后,宁芷心安不少,坐在原本陈相正的位置上,看向对面的院落。

这时,出租房的灯突然灭掉,伸手不见五指,宁芷顷刻进入戒备状态,神经跟着紧绷起来。她掏出手机照明,摸索到墙上的开关,反复按几遍都没反应,估计是电闸跳了。

在厨卫间找电闸被安置在哪儿时,外面又响起敲门声,吓得她手一颤,手机险些落地。

陈相正有钥匙不可能敲门,宁芷看了眼手机上的时间,凌晨一点十三分,这个时间敲门的人会是谁?

她关掉手机的手电筒,把屏幕调到通话记录,最上面的那条是案发时于城打给她的。但凡发生危险,至少有求救的人。

不像以前那样,那样手足无措,除了哭什么都做不了。

深吸一口气,她脚步放轻地朝着门口移动,敲门声还在继续,宁芷压低声音问:"哪位?"

"我是房东,电路老了,电工师傅要明天才能来,怕你们办公不便,来送手电筒。"

宁芷舒口气,想这个时间点跳电估计只有房东能发现。

打开门,院落里有零散的光让她清楚地看清站在面前的人,是个四十岁上下的妇人,眼角有褶皱,手里握着手电筒,诚恳地道歉:"真没想到这电会这么突然断掉,没影响你们工作吧?"

"没有,还劳烦你亲自来一趟。"

妇人眯着眼睛笑,递出手里的电筒:"说什么麻烦不麻烦的,这事除了我谁能做得来。"

她抬手去接手电筒,根本没留意这句话的意思,只觉手臂在那瞬间有种被蚊子叮的刺痛。

脑海里涌现出神婆他们一贯的抓人伎俩,心中警铃大作,不动声色地去摸口袋里的手机。面前的妇人高深莫测地看着她,看似朴素的妇人唇轻轻颤动,一句"来不及了"撞进耳里,宁芷便没了意识。

本就模糊的月色,彻底黑了下去。

此时,江桓他们到了神婆家院落,陈相正和协警里里外外翻个遍,什么都没发现,坐在石凳上挠头:"怪了,没人进来这灯怎么开的?"

看到江桓进来陈相正有些吃惊:"你不是跟着老大作战吗?"

"嗯,宁芷给于城发短信说担心你一个人会有危险,希望有支援。"

陈相正抓头的手顿住,失笑道:"就说让她少看点恐怖片,想象力太丰富了。"

说完,又猛地从凳子上站起,手指有些颤动:"现在小芷一个人在出租屋!"

出租屋没有光,大门敞开,一只崭新的手电筒滚落在地,房间没有打斗痕迹,也没有血迹遗留。

人被带走时,没有外伤。

经陈相正确认,电筒并不是他们的,所以那房间突然断电便解释得通了,那就是骗宁芷开门的法子。

是谁？神婆那边的人吗？为什么放着桥洞的流浪汉不抓，反而耍心眼把她抓走？

江桓思绪混乱，却也没时间理出什么。依照从桥洞过来的时间，并和短信时间做比对，宁芷被带走的时间不超过十分钟，加上要道已经被封锁，抓紧时间也许能带回宁芷。

他和陈相正一人带着一名队员，朝着街道两边追去，两人心照不宣地不去想最坏的结果，如果如那年轻女子所说，连挣扎都没有，针剂里应该含有剧毒成分。

他的手心有细密的汗，心像被一只手用力地握紧，窒息得几近晕眩，一幕幕火红的光窜进他的眼里。

拐角处忽然传来细微的脚步声，他停下来细细辨听，示意队员从另一条路追，自己则直奔声响的来源地。

连续追了三条曲折的胡同后，江桓终于看见胡同里的两道身影，其中一人背着东西，步子却比旁边瘦小的人迈得更大。

那么高个子身上背着的高耸物极大可能就是宁芷。

刻不容缓，江桓加快脚步，可对这里的地形不熟，速度明显慢一截。他大声呵斥，让他们停下来。可他们毫无怯意，脚步不仅没有停顿，更有加速的态势。

眼看他们要进入弯路，他只能冒险地从矮桥翻过去，单手撑着一侧石柱，纵身一跃，两人再次出现在视线范围内。

江桓不敢停歇，每一声心跳都在鼓膜边响起，他不能想象自己跟丢宁芷的后果。

转眼，那两个人已经朝着一辆银色的面包车跑去。时间过于紧迫，可相距却还是那么远。

耳朵里能听见车子发动的声音，他眼睁睁地看着车门被打开再关上。他们之间的距离从一百米变成了五十米、二十米、十米……

车子发动。

他与车的距离瞬间拉开。

江桓追着车，掏出对讲机和还在桥侧蹲点的于城说："快，拦住一辆银色的商务车，车牌号是原A3564，宁芷被他们抓走了！"

"你说什么!"于城骤然暴怒,还没吼出来,对讲机那端的人已关掉设备。

不过几秒,那辆车已彻底消失,于城那边是救回宁芷的唯一的希望。

这时,对讲机突然响起,电波沙沙的:"并没有银色的车。"

盛夏夜,江桓浑身冷透,头脑尽量保持理智:"追踪宁芷的手机位置!"

远程那端,杨路的手指灵活地敲击键盘,声音急促又自责:"她手机关机,找不到信号。"

"查车牌,调交通监控,必须把人好好地带回来!"

"你说怎么办,你怎么把警察抓回来了!"

"谁让他们算计我!"

"现在不是吵架的时候,赶紧想想怎么处理吧?"

窸窸窣窣的声音从不远处模糊地传来,宁芷皱眉,想要去看说话的人是谁,可眼皮异常地沉重,鼻腔内灌着股血腥味儿,像以往的梦魇,身体无法动弹。

之前发生的事情慢慢地回拢到她的脑子里,意识到此刻的现状,她浑身一颤,强迫自己一定要睁开眼。也许是祈祷见效,她真的睁开了眼,眼前像蒙着一层雾,模糊地看着所在的环境。

不大的洗手台,一旁是老式的马桶,身后靠着的大概是浴缸,这是住宅区的洗手间?

可能是居室的洗手间结构都相差无几,这里的景象莫名地让人感到熟悉。

麻药的药效还在,宁芷想站起来并不容易,只能率先挪动手指,触到的是一片湿漉漉,有塑料摩擦的声音。

而环绕四周的腥味源头就在她身下!

门外的三个声音还在争执,其中年长的男性说:"先把新鲜的送出去吧,这个回来再想办法丢回去。"

"现在就把她杀掉,杀了她,他就能活过来了!"

宁芷心一惊,这个声音正是让她开门的妇人。那时她的脸和通缉令上的那张脸完全不像,自己完全忽略了喜欢用各种物件改变自己面貌是神婆的拿手功夫。

"你真的疯了，起死回生这么荒谬的话你也信。那小子不过是利用你，真有那么厉害，怎么不去复活自己的爱人？！"

"我只相信他会回到我身边！"

神婆要她的命？谁要起死回生？那小子又是谁？

宁芷的脑袋乱成一团麻，浑身一点力气也使不出来，又怕声音大，把他们引进来。

正毫无头绪时，目光被左手边一把染血的刀吸引，神婆他们似乎没料到宁芷会提前醒过来，看来他们对麻醉药的剂量掌握的知识不多，还是说，其他被抓来的人在醒过来之前已经死了？

思索间，脖子上一阵刺痛，仿佛被刀子用力划开一般，她猛地清醒过来，不让自己陷入沉睡。她把力气集中在左手，用力地伸向那把刀，但始终差点距离。

脚步声走近，她的手刚碰到刀柄，还没来得及收回手，洗手间的门把手已在转动，高大的黑影似乎没料到会是这样的情形，匆匆跑进来，一脚踢飞那把刀，运动鞋踩在她的手背上，酥麻的疼痛缓慢地传递过来。

男人见她并没有反击能力，才放心地走到洗手台，打开柜子抽出一支针管，将液体注射到宁芷身体里。宁芷脖子一痛，眼睛又黑了下去。

临闭上眼睛前，她透过那道开着的门看向客厅，终于想起来身在何处。

是发现白骨的那栋楼！

一路连闯几个红灯才赶到报案地点所在的小区，急刹车刺耳的车胎摩擦声让车里的人眼睛酸涩，眼周通红。

宁芷被带走四个小时后，仍旧没有有效线索。那辆车是套牌，根本查不到车主信息，况且在有意的躲避下，歹徒更不会留下蛛丝马迹。

办公区里每个人的脸色都不好，在一起合作三年有余，即便感情不深，也希望同事一场彼此平安。

于城和陈相正反复地确认监控，不放过蛛丝马迹。

杨路更是，自从听到宁芷被人抓走后，他的眼睛都跟着红了："我们四人帮不能没她！"

之后，他就再也没有出过声，一直对着电脑不知道在敲些什么。而江桓则把白骨案从报案到现场再到后面的审讯的所有相关的笔录、视频和手札都看过一遍。

此时，办公间里"嗷"一嗓子，也根本没人去关注声音里夹杂着什么样的情绪。

可很快，从里面跑出来一个爆炸头、眼睛通红的人，激动地说："地址有了！"

根据张彪的通话记录，锁定出公用电话的地址正是以小区为圆扩张分布。

江桓的车直接横在单元楼下，朝着楼上跑去，懊恼着为什么没早点想到这栋楼，甚至开始质疑自己能否担得起这份职业。破过不少案子，帮助过很多遇难的人脱险，可他却没能把这份冷静保持下去。

白骨案发生在四楼，头骨在六楼，而五楼那对看似平凡的中年夫妇，很容易被排除在嫌疑人之外。

但加上他们那个精通互联网的儿子，犯案模式基本可以确认。神婆负责招揽生意，父子俩负责抓人杀害，而儿子则经营网店。

跑上五楼时，江桓才停下来勉强喘口气。门内静悄悄的，直到楼下响起警鸣声，房间里才传来仓促的脚步声和争执的声音。

江桓撞开门冲进去，那三个人已站在客厅的窗户前准备逃跑，见江桓闯入后，更是慌张，互相推攘着。

其中年长的男人率先从窗口跳下去，中年女人也没犹豫，跟着一起往下跳。年轻男人朝他竖起中指，满不在乎地也顺着窗口翻出去。

楼道里，于城他们在往上赶，江桓朝着下面大喊："他们跳窗逃跑了！"

江桓疾步走到窗边，向下看，那三个人掉在二楼延伸台的花丛里，手脚还算利落地翻滚着站起身，继续朝着楼下跳去。

看到于城的队伍已经冲出楼道奋力追赶，江桓才收回头，开始在房间里找宁芷。

到了这里，江桓反而更急躁，推开一间房间又一间房间。第一间是颜色各异的假发和用来伪装的衣服，第二间是处理好的白骨和蜡油。

到第三间时，江桓有些怕了，手指忍不住轻颤，猛吸一口气用力地推开门,里面堆着杂物,宁芷不在。

从厨房出来后,江桓停在卫生间门口,紧握冰凉的门把手,他的鼻子足够灵敏,那被消毒水掩盖住的血腥味还是清晰可闻的。

瞬间,江桓有缺氧的迹象,呼吸跟着顿住。

他在害怕,怕这道门后等着他的不是好好的一个人,而是没了呼吸的人,又或者是一段段白骨。

曾经相处的记忆,一下下撞击着他,那些被他藏起来的真相,还有重新回到她身边的愿望,这些他都不再去想,此刻,他只想她平安。

强压着一股气,手上用力,卫生间的情况就映入眼帘。

本该是洁白的卫生间被大片红色浸染,地板被流淌的血水浸满,洗手台上放着一系列刀具,而他心心念念地捧在手心里的人,正瘫倒在浴缸旁的塑料纸上,她身上的衣服被染成深色。

手握成拳,眼里的雾气蒙眬,他冲过去把宁芷打横抱起,嗓子沙哑地叫一声"小宝",眼眶开始泛红。

怀中的人身体抽动,似乎很痛苦,呻吟一声又没了动静。

江桓身躯一震,惊觉刚刚紧张过度,连基本的检查都没做,看眼丢在一边的针筒,吊起的心终于落地。感到宁芷鼻息间微弱的气息扑在他的指尖,他的眼泪到底还是掉了下来。

身后传来推门声,于城气喘吁吁地跑进来,满地的血红让他僵在原地,再看站在血色中的两人,声音发颤:"她还好吗?!"

"麻醉剂过量以及低血压,送医院吧。"

江桓抱着宁芷下楼,面上没多余的表情,和往日一样平静。可那握着宁芷肩膀的手却在不停地加力,即使知道她会疼也不减丝毫。

他想怀里的人醒过来,看看眼前这个不告而别的人。

手上的力气慢慢卸下去,换为缓缓地揉搓。

算了,活着比什么都好,不好的终将被好的替代。

（八）

头顶的白色灯光晃着眼睛，熟悉的室息感让宁芷的呼吸变得急促，脖子上有刺痛感，耳边还有一阵阵女生的尖叫。

她拼命地朝着楼梯上跑。天台上吹起飒飒的风，一个男人举起刀朝着女生的脖子用力地刺下。她"啊"了一声，挣扎着从床上坐起来。

额角的汗滴落在床单上，眼睛看着站在床边的人们，他们赶紧围上来："怎么样，哪里疼，哪里不舒服？"

她嗓子略微沙哑地说道："你们怎么都在？"

于城从窗前走过来，负罪感极强，可再骄傲的人在错误面前也要低头："这次是我布局不够周全，没想过他们会折回来劫持你实施报复。"

"老大，事情没那么严重，我不是好好的吗？"她边说边在床上扭动身板，胳膊不小心磕到了栏杆，轻呲一声。

她急切地问："抓到他们了吗？"

"抓到了，但费了点功夫。"

一直躲在后面的陈相正心不甘情不愿地走到前面，手臂上打着石膏，撇着嘴。

宁芷看到他额头上的纱布和嘴角的青肿，也知道"点功夫"是有多点了。

他们接到江桓给的消息回到楼下，正好看见歹徒从二楼延伸台跳到一楼草坪上，陈相正跑在最前面，正好离最后跳下来的年轻男人最近。他率先冲上去准备抓住年轻男人，却不知道男人从哪里拿起来一个花盆朝着他迎面砸过来，他用手臂自卫，却还是被里面掉出来的仙人球扎到了额头。

当时没感觉到疼，陈相正站直身体又开始追捕，最后把歹徒堵到了死胡同，两个人对打了好久，直到把男人按倒在地，才感觉到手臂痛。

于城和其他同事也在另一条胡同里抓住了神婆和中年男人。幸好他们支援得及时，不然再撕扯下去陈相正的胳膊就废了。

宁芷听完陈相正的控诉后，倒没有出声，反而伸手摸陈相正的头顶，声音软糯："没事，都会好起来的。"

陈相正被摸得身体一震，昂起头挪到一边："我怎么感觉你仿佛在摸一只狗？"

宁芷摊手，看向周围人："这话是你自己说的。"

说笑过后，宁芷再次看向来探病的人群，连给她化殡仪妆的小哥都在，也是用心了。

从开始便注意着她的于城，对此了然于心："江法医有事，让我们替他向你问好，祝你早日康复。"

"那替我回他一声谢谢。"

宁芷重新躺回床上，闭上眼睛休息，四周仿佛瞬间变得空荡荡的。这些人都不在，唯独她在狭小的房间里蜷缩着，感到冷，想睡觉。这时，有人痛苦地唤她一声"小宝"。

眼睛跟着睁开，还是在病房里。这世间会叫这昵称的有两个人。

而现在，也只能是江桓还会这么叫吧。

"嘭"的一声，病房门被打开，撞在墙壁上又弹回去。被声响吓一跳的同事纷纷戒备地看向门口。

楼鱼穿得花花绿绿的，拿着大水果篮冲过来，直接扑到床边，握着她的手："我的天，小芷芷，才三天不见，你怎么憔悴成这副模样？"

于城皱眉看着眼前浮夸到不行的人，看着眼熟，却想不起是谁，但他的行为明显越界了。

陈相正也这么觉得，冲过去用完好的那条手臂隔开两个人："请问，你是？"

楼鱼根本没把陈相正当回事，隔着他继续伸手作势要拉宁芷："怎么办，我们被鹊桥分开了。"

宁芷抚着胳膊上的鸡皮疙瘩，把目光落在于城身上："他是楼鱼，我大学时期的朋友。"

"朋友？"楼鱼怪叫一声，一双眼蓄着泪，一副被抛弃的小媳妇的样子，"我们都同居了，你居然还不承认。"

"闭嘴。"宁芷的目光阴森森的。楼鱼像霜打的茄子，蔫下去，退到沙发上乖巧地坐着，从果篮里掏出一个苹果，往衣服上蹭蹭就往嘴里塞。

"他是犯罪分析学的博士生,全国各地跑,租我隔壁的客房,只是偶尔会回来住。"

于城点头,怪不得觉得他眼熟,应该是之前在局长办公室见过一面,但和西装革履的样子比起来,现在的楼鱼让他有些接受不了。抬腕看下时间,时间紧迫,他内心虽然很希望宁芷能得到最好的休息和静养,可公事的进度又逼得他不得不把这压了两个小时的话吐出来:"你现在的状态能做笔录吗?"

"可以的。"

"可以什么啊可以,这才虎口脱险,就来问问,要是带礼品慰问还行,问什么话啊,等出院了再说。"楼鱼从沙发上跳起来,把咬得只剩下半个的苹果,往于城手里一塞,连人也推到一边。

宁芷有些尴尬,但身子乏,没力气,不能起身拉开他俩。

于城一脸嫌弃地把苹果丢进垃圾桶,瞪一眼楼鱼。

陈相正也不服气,但又看到宁芷确实还不够生龙活虎,干脆拉着于城走到一边:"老大,还是先回去吧,反正案情经过咱们都了解,等宁芷好些再补录吧。"

于城"嗯"了一声,想再说些什么,但瞧着楼鱼那样子,什么话都咽回了肚里,只能嘱咐宁芷好好休息,便出门了。

病房里,宁芷脸色铁青地看着楼鱼:"楼鱼,你今天是想怎样?"

楼鱼无辜地看着她:"什么怎样,我今天挺好的。午饭准备和你一起吃。"

"我没和你开玩笑。"

楼鱼住嘴,随手从盘子里抓过一个橙子就开始剥皮:"没什么,就是看那两个公安不太顺眼。"

"你天天和这些人打交道,还看人家不顺眼。"

"那不一样!"

"哪里不一样,两个眼睛一个鼻子!"

楼鱼怒了:"我说不一样就是不一样,他俩长得比我丑,我就不喜欢!"

宁芷有点没反应过来,然后突然笑出声来。

在大学时代,"颜值即是正义"这句话还不流行时,楼鱼就专挑长得好看的学生做朋友,还美其名曰"人生乐在相知心"。

"你刚刚顶嘴的那两位,是我们特案组著名的高颜值。"

"天啊,你们的眼光也太差了吧,那也叫颜值,充其量叫卖相吧?"

宁芷白他一眼,不想说话。她是真的有些累了,刚刚人多她不好表现出来,强撑着和他们说话,现在觉得困得厉害。

要不是楼鱼把人轰走,估计笔录做到一半,她也会昏了头。

当时被捆在卫生间里,她是真怕,也真的想过死亡,这不是她第一次直面死亡。可往往因为经历过,才越是恐惧,她知道人的身体有多脆弱,更知道自己会是什么下场。

只要合上眼,就能看见肌理被切开的模样,血液一点点地从身体里流出,还有不绝耳的尖叫声。

"别想了,有那个时间还不如把身体练好。"楼鱼知道她在想什么,直接屈指戳在她脑门上,中断她的思考。

楼鱼顺走桌子上的橙子坐回沙发,还没嚼两下,立刻吐出来:"好酸。"

他看眼陷入混沌的宁芷,接着说:"我在西省学会了烤羊,要不要尝尝我的手艺。"

"在医院烤吗?"

"瞎说。"楼鱼白了她一眼,把脸凑过来,"位置我都选好了,就在你们小区门口,对着门卫室烤,馋死那大叔。"

宁芷脑袋晕乎乎的,应一声又听见他说:"晚点我要去北县一趟,西省的犯人移交过来了……"

后面又说些什么,她一句都没有听到。

(九)

再醒来的时候已是第二天清晨,护士过来给她拔针,目光充满怜爱:"有没有觉得哪里不舒服?"

宁芷抬抬手,转转头:"没有。"

那股酥麻感早已不在，浑身舒畅得不得了，毕竟这几天忙案子的事，连完整的觉都没有睡过，这一觉睡得真香。

见宁芷没再说话，她倒是先开口："小警官，昨天送你来的男人是你爱人吗？"

听到此言，她不免抬头多看这人一眼，还是之前给她扎针的女护士。虽然不知道护士为什么这么问，但宁芷还是坚定摇头："不是。"

护士似乎没料到是否定答案，顿会儿才说："昨天他抱着你进来的时候，脸上的表情非常痛苦，明明很清楚你只是被麻醉，还是紧张得不行，让我小心点，怕我们弄疼你……我以为你们是夫妻。"

护士说的这些事宁芷都不知道，她只记得那声"小宝"，还有再熟悉不过的心安，她看向右手心，白白净净的，并没有滑腻腻的血渍，可发生过的事情怎么能当作没发生呢？

她拜托女护士帮她办理下出院手续，自己到洗手间换衣服。衣服是范湉带过来的，休息室里总会留一套衣服做加班时的换洗。

找了整间病房也没找到原先的衣服，猜想可能是被他们丢掉了。毕竟那护士说来的时候，衣背和裤子下都被血染成深色，抱着她的江桓也被蹭了一身血。

护士回来后把卡还给宁芷，似乎还想说什么，但只是嘱咐注意休息后便走出病房。

床头的柜子上还放着于城他们带来的水果，而楼鱼那相当骚气的水果篮因为占地面积实在太大，只能摆在地上。

楼鱼早就不知道跑到哪儿去了，迷迷糊糊地听到他说要去北县，但没想过会这么快动身，从西省回来才几天，估计身上的疲惫都没缓过来又要跑出去。看来他真的是在努力地找着所有和 H 相关的线索，本该她做的事情，他在做。

起初和楼鱼认识的那两年，只见过寥寥几面。充其量是点头之交。可偏偏是这样的人在帮她，一帮就是五年。

那时候，楼鱼正在准备考研，她的事在学校传得沸沸扬扬，什么样的说法都有，可他来找她，只说句"我帮你"后又不见人影。本以为是句玩笑话，可论坛上再也看不到讨论和谩骂的帖子，那些莫名其妙进的讨伐群也消失了。

直到考研成绩大榜公布后,她从班级群里知道楼鱼考的不是本专业的法医学,而是考古学。跨专业考研多难,大家都知道。

那天之后,他借着学习、借鉴的借口天南海北地跑,回来时的无言意味着找H的事又落了空。有时,宁芷会想:如果再过五年,还是没有结果会怎么办?

就在这时,手机的震动打断了她的思路。

是陈相正的短信,问她感觉好点了吗,有没有特别想吃的东西。

审讯室外间的隔音效果不好,隔着一段走廊都能听见里头的声音。

"什么都不说,杀人还袭警,我想撕烂他们的心都有了!"是陈相正的声音,一听就知道他在压抑着怒气,一点都不像短信问候里那般轻声细语。

监控室里,于城也是一肚子火,但做他们这行年头久的人,眼睛毒,分得出哪些人可以敲打出真相,而哪些人是真的冥顽不灵,况且也不能每次都被情绪冲昏头脑,他也知道这次的事关系重大,所以难得地控制住脾气。

平时好端端的陈相正这次居然没忍住和人喊起来,要不是于城拉着,估计能直接在审讯室里打起来。

宁芷自然明白陈相正为什么会这么激动。总有人说清官难断家务事,平时再怎么冷静的人,遇上自己的朋友险些遇害,谁还能心平气和地面对面问你:"喂,你为什么要伤害我朋友啊?"

不知道别人能不能做到,至少陈相正那种见不得朋友吃亏的人做不到,他虽然言语上喜欢刁难宁芷,但行为上是真把她当妹妹一样地对她好。

宁芷推开门进去,看见还挂着石膏的陈相正一脸愤愤不平,两人对视后,陈相正先走过来:"你怎么出来了,医生不是让你下午再出院吗?"

于城的态度和他差不多,比起刚刚的火气,此刻她的健康更重要。

她为了证明自己没事,在他们眼前转一圈:"我好得很,提前出院把病房留给有需要的人啊!"

陈相正现在是真的笑不出来,他那张皮笑肉不笑的脸和于城的扭曲僵尸脸也无法活跃起气氛。她探身过去,看到神婆坐在椅子上,神态自若,来这里仿佛不是接受审讯,而是来一日游的。想到那天在洗手间里听到的话,她还是很在意神婆口中的"他就能活过来了"的"他"是谁，还有一定要杀掉她的原因，绝不仅仅是因为她们是处于对立面，那股子怨气里藏着必杀的心。想到这，宁芷又感觉手上染了红，她缓口气："要不要我进去聊聊？"

"不行，那婆娘都要杀你了，你聊什么？"

陈相正比于城先开口，用打石膏的那条胳膊挡在门前。

宁芷才不管陈相正怎么想，这里最有发言权的是于城，她把目光落在于城身上："于老大，她要杀我总该有个理由，我如果不知道这个理由，肯定吃不好睡不好，一直重复洗手间的噩梦。"

创伤后应激反应，这个于城不仅知道，也见过不少，但是以宁芷目前的能力，什么反应都会有，但应激反应是绝对不可能有的。

他最受不了的就是宁芷这副示弱的模样，也知道她今天要是不能进去谈一次，出这门她就会和陈相正绝交，而陈相正就会不停地在他耳边念叨，夹在中间的他最惨。

重新确认过神婆不会对宁芷造成危险、检查好设备后，于城还在不停地嘱咐她该如何如何处理突发事件。

宁芷嫌他啰唆，不想耽误时间，直接把他推出审讯室。

再回到座位上，宁芷就迎上神婆冰冷的目光，那是毫无掩饰的一张脸，眼神像条毒蛇，而宁芷仿佛是她必须入口的猎物。

"一定要杀掉我的原因是什么？"

一点铺垫都没有做，单刀直入，神婆估计也没想过她会这么直白，先是一愣，紧接着笑出声，声音嘶哑得像被火烧过一般刺耳，有股说不清的诡异。

"小姑娘，你的命早就结束了，即便不是我来拿，别人也会拿走。"

"什么？"宁芷没想过答案会是这个，一时间有些对答不出。

"我说你的命，若不是五年前有人在阎王爷那里帮你顶掉，你早就死了。但你这命格，我用着正好。"

宁芷身体不由得向椅背靠，拉开和神婆间的距离。这种被看透的感觉，像被蛇信子舔过一样，有一股透脊的凉。神婆不简单，她一直不交代，仿佛就是在等宁芷。

89

幸存者游戏

意识到这点,她自然带上几分防备,声音压得很低:"我不知道你在胡说八道什么,你的目的是什么?"

神婆笑嘻嘻地回视她,摆明不想再继续聊下去。

宁芷很想问清楚,目光转向摄像头,又僵硬地转过头:"你知道你杀了多少人吗?"

"那只是一个数字,代表不了什么。"

"那是人命,你没权利夺走任何人生存的权利。"

神婆不在这件事上和她多说,扫过摄像头时,不屑一顾地笑道:"我能在这里说的话,你能说吗?"

宁芷无语,是,她不能说,在这里她是个普通的女人,性格不算好,但没有和谁冷过脸,更不会是某个命案的参与者。

神婆蔑视地摇头,没揪住这个问题不放:"你听说过斐裂族吗?"

五十六个民族中,并没有斐裂族。

神婆意料之中,两只手握拳抵在桌子间:"羽巴族[①]你总是知道的吧?"

"斐裂族是羽巴族更南的分支,生于峡谷死于峡谷,我生于那里。"说到这里,神婆仰头看着天花板,一双略微浑浊的眼睛竟发出亮晶晶的光,不是神往,倒像绝望。

"'宁崩乌佑'的传说,你应该知道吧?"

宁芷在《奇谈》杂志上看到过,讲的是阿巴达尼和阿巴达洛两兄弟打仗时期,弟弟打不赢哥哥,只能逃到峡谷间。三年后,阿巴达尼找到弟弟,但弟弟已骨瘦如柴,阿巴达尼才知弟弟在无意间闯入"宁崩乌佑"的地界被欺虐。

杂志上将"宁崩乌佑"形容成三米高的巨身,身上长满石头一样坚硬的皮,头上有牛的角,眼睛有拳头那么大,獠牙大嘴,面目可憎,力大无穷。

"想不到你知道得不少。"神婆略带赞赏,"网传版的结局是,两兄弟因杀死'宁崩乌佑',它用心血幻化而成的宁崩鸟盯着他们不能出谷。"

[①] 编者按:羽巴族,一个虚构的民族。

宁芷越听越觉得一头雾水，不懂她为什么总是提一些不相关的事。

神婆猜中她心中所想，压低声音，刻意营造古怪的氛围："不断有人进谷里找失踪的两兄弟，可如果是双兄弟，就进不去这个谷，无论是谁只要进谷都不能出去。那群人在谷里自立一族，大量繁衍，可活下来的人却寥寥无几。"

也不知怎么，宁芷的脑海里竟已有峡谷中的画面，一群像原始人般生存的人，沿壁行走、繁殖。可信鬼神之说，和诅咒本质上是有很大区别的。

"我们跟传说中的他们不是一族，但情况跟他们很像。我们吃菇食鸟，有自己的族规。"

"鸟？宁崩鸟？"

"对，这就是为什么我们离不开峡谷的原因。因为一旦离开峡谷，双眼会被宁崩鸟戳瞎，身体便会沦为它们的食物，它们继续繁育。我们食它们的肉，它们等待着吃我们。"

听到这里，宁芷有种呕吐的感觉，他们所吃的鸟都是自己的同族。

说到底，他们是在吃人！

宁芷压下胃里的酸水，也不知道为何就联想到吃人这个梗。她到底还是跟着于城看过不少场审讯，很快恢复了理智。

她坐直身体，望眼审讯室的玻璃，黑色的防偷窥膜清晰地映着她和神婆的侧影，两人身材都很纤瘦。光看神婆的外在是无法将她和杀人魔联系到一起的。

神婆并没有忽视她的变化，反而把目光直直地锁定她："我们是吃人。"

宁芷有点懵：神婆怎么能知道她在想什么？

神婆点头。

宁芷的呼吸一窒，对方只是近乎痴狂地看着她，她想起于城曾说过为什么人们会觉得神婆神，无非是事先了解，她突然嘴角一扯，反讽道："你说你们不能出峡谷，那你呢？别用鬼鬼神神的谎言掩盖杀人事实。"

"你想知道吗？"神婆有些故弄玄虚地看着她，"真相也许比你五年前的经历还要惨呢。"

（十）

"现在是什么情况？"审讯室外，陈相正一脸茫然地看着监控画面，审讯过不少穷凶极恶的嫌犯，也有始终沉默不语的，但这种故弄玄虚的倒是头一遭。

于城的目光正锁定在屏幕上，僵尸脸上毫无表情，并没有听到陈相正的话。

陈相正摸摸鼻子，悻悻地转头继续看着屏幕。

神婆喝口面前的水，像老人般长长地舒口气，好像接下来要讲的是一生发生过的所有事："这事要从三十年前说起。"

"二八年纪的我，从未见过峡谷以外的风景，也不知道外面的世界是什么样。直到有一天，一个年轻人无意间闯入峡谷。他浑身泥泞，走上没几步路，便栽了下去。上半身趴在谷内，下半身还悬在谷外。

这对一向见不到人的斐裂族而言，是不寻常的。羽巴族的本土居民对鬼神存有敬畏之心，将峡谷定义为不可侵犯的领地，不论白天晚上，在峡谷外徘徊的人都是极少的，更何况是贸然闯进者。

我当时很慌，只能躲在远处，偷偷地看着那个倒地的人。

那是个年轻的男人，上身裹着已经腥臭的棉大衣，头发乱糟糟的。我想着还是别管他了，不然无论是被谷内还是谷外的人发现了，都触犯了族规，就是一场浩劫。

正当我犹豫不决的时候，男人突然呻吟出声：'水……'

呢喃还在继续，嗓音沙沙，听半天也没听出他说的是什么，但他声音的哀戚太明显了。

我看眼趴在地上的男人，又看眼谷内，也不知心里是怎么想的，竟有那么大力气把他抬起，推出谷外，回身跑进峡谷深处找了些野果和水。

再回来时，男人已经醒了。他的脸上胡子拉碴，泥沙混合，看不出原本的肤色，一双眼睛倒是清亮。

我不敢出去，只能隔着一道一人宽的石墙把东西递给他，他不敢接，很惊恐，还问我是人是鬼。

我那时听不懂汉语。他意识到这点时,起身想要挪过来,带着一股臭气。

我皱着眉攀着树,向后移两步,捏着鼻子,指着他的衣服,用嘎尔话含糊地说句:'臭。'

男人抬起自己的胳膊左右嗅嗅,然后惊喜地叫:'你是羽巴姑娘!'

我不说话,看着眼前这个手舞足蹈的男人,有点怕,脚上用力,朝后小挪几步。

'你别走啊,你别害怕,我是好人,我叫张子岩,考古队的。我跟你讲,我来到这儿以前,羽巴大叔非和我说峡谷里没人,只有吃人的鸟,也不让我进来,给我穿这身臭臭的棉服是为了驱赶兽类,你看你不是就在谷内好好地活着吗?'

我不知道该怎么告诉他羽巴大叔说的是真的,长久以来生活在峡谷之中,我的族人外形都异于常人,我已是几十年来唯一没有变异的人。

那个男人还问我的名字,可我们生来无名。族里的姑娘从出生起都叫赖,为了便于区分,也只是给大家加上数字,而我叫赖六。

'你不说,我就叫你达姆了。唉,达姆,你和我回去呗,向大叔证明我的研究没错,峡谷的环境适合人类居住。'

他说了很多陌生词汇,比如'研究'以及'环境'等从未听过的词,我甚至都没来得及计较突然多出来的名字。

张子岩倚着石壁站起来,抬脚要进峡谷,我一时间急了,赶紧跑过去伸手把他推出去,也不知道是不是错觉,手臂出峡谷的瞬间,我居然感到火灼般的刺痛:'别进来,会死的!'

此时,头顶正盘旋着宁崩鸟,黑漆的眼睛紧紧地盯着我,它们随时会俯冲下来,将我撕咬。我不敢让他走进谷里,而我也不能多迈一步。后面的事情就像小说情节一样,因为我们总是秘密地在峡谷的边界相聚,渐渐地便萌生出爱意。"

说到这儿,神婆握着水杯的手在用力,一次性纸杯的杯口变形了。水珠溅在手上,她仰着头把杯里的水一饮而尽,把杯子推到宁芷面前,嗓音像是喉咙被撕破般:"再给我来一杯吧。"

宁芷过去接水,头低垂,耳侧的碎发滑下来遮住表情,水声潺潺中,她仿佛已经提前看到了故事的结尾。

神婆敲着水杯，里面的水泛起涟漪，像泪掉进去一样。

"可纸包不住火，子岩还是被族长抓进峡谷深处。

峡谷里的人，先天失明、兔唇、鼻歪眼斜的比比皆是，子岩就被这群人带到了族长面前。

族长是个高大的人，那时候我们觉得他是天生的王者，若放到现在，只是先天性肥大症。他们把子岩捆在石柱上，拿石刀抵着他的脖颈，威胁我在他面前生吃宁崩鸟。我拒绝，族长就在他的脖子划过一道。

当我大口大口吃着活鸟，嘴角流血，面目如同野兽般狰狞时，我看到子岩浑身都在发抖。

他怕我，那时的我在他眼里大概和魔鬼没什么区别——吃生肉，和一群畸形的人生活在一起。

他问我：'你到底是什么？'

我不知道怎么解释，只能一遍遍地重复着：'我喜欢你啊。'

峡谷的夜晚，宁崩鸟在上空盘旋着，时不时地往低了飞，想要品尝子岩的肉。我太害怕了，一刻都不敢离开。

心里清楚，若是不逃，只有死路一条，所以趁着大家熟睡，我把子岩的绳子解开，带着他往峡谷外跑。

到了峡谷边界，子岩用力地拽着我的手，他想让我和他一起走。可我除了摇头还是摇头。

子岩说：'达姆，我不管你是什么，我都喜欢你。'

看到子岩跑出去，我才舒口气，仰着头看着上空盘旋鸣叫的宁崩鸟，连它们都在嘲笑我这无望的感情。

可第二天醒来，我在峡谷的神石旁看到了子岩，或者说是他残缺的尸体。他身上有鸟啄的痕迹，平时那件熨帖的衬衣，像破布条一样搭落在他的身上，遮盖不住已经开始变黑的血色。

族长怒视着我，嘶吼着：'你坏了规矩，他和你的父母都要付出代价。'

一声令下，熊熊烈火便从我父母的身体里爆发，火焰中父母的身体像扭曲的麻绳，他们仇视着我仿佛在怪我带外人进来。

我被两个人左右禁锢着，我救不了父母，也不能抱抱子岩的尸体。直到惩罚结束，他们把我关在地牢里，我一夕之间，失去所有。

在牢里我的怨气一直膨胀着，却什么都做不了。那时我看见了岩壁上刻的字，那是祖先阿巴达尼、阿巴达洛兄弟留下的秘密：以命换命。

原来兄弟两人不甘心一辈子留在峡谷，不知信了哪里的邪祟，想到以杀人血祭的方式换取自由身，可杀掉很多族人也没能让他们走出去。"

说到这里，神婆又停下来，她的双手紧紧地抠进自己的皮肤里，像是被恐惧支配着，带着颤音道："因为血祭的基础是九十九条鲜活的生命。"

明知这可能是神婆托词的一部分，可审讯室里的气压极低，室内冷风直灌心口，即便是假的，也还是为那对努力却不能在一起的男女可惜。

神婆深吸一口气："等他们把我从牢里放出来那天，我杀光了所有族人，一共五十二个人。"

她看着自己的手掌，仿佛上面布满了血迹——

"我始终记得那天，血把峡谷染红了，我带着子岩的尸体离开峡谷。我并没有被宁崩鸟啄瞎眼，因为那时的它们都从天上冲下来，狠命地啄我留给它们的食物。"

这是只会在神话故事里发生的事，宁芷没经历过这样猛烈的事，但此刻，像有一双无形的手抚在脖子上，让人喘不过气。

说完，神婆趴在桌上，身体像筛子一样颤抖，发出猛兽般的低吟，又猛地抬起头，眼睛死死地盯住宁芷，嘴里恶狠狠地道："还差十个，子岩就可以复活，但你破坏了我的仪式。"

这是不是意味着神婆已经默认杀人事实，以及受害者的数量？神婆在外生活多年，懂得网络，见过生死，又怎么会被迷惑？

"你是真的不清楚那是谎言吗？"

"不，他说过你的命就是用命换来的，只要杀掉你，子岩一定会回到我身边。"

五年前的那件事知道的人并不多，没有目击者，每年都有不少大小案件，连参与的公安可能都记不得，是谁把她的事告诉了神婆？

不再癫狂的神婆突然笑出声："很想知道是谁吗？可惜，太可惜了，杀那么多人都没能复活爱人，又怎么能让你舒心地生活？"

来不及消化话里的意思，原本坐着的神婆突然从位置上站起来，指甲用力地抠在宁芷的手背上:"是你的话,你难道不希望他还活着吗?难道不想手刃那个害他的人吗?局已开始,棋子该动了。"

于城冲进来制服神婆时,宁芷还坐在椅子上,双眼无神,手背上有三道长长的红痕,其中一条冒着血珠,她像没感觉到疼痛一般,看着神婆猩红的眼睛:"无论如何,都不该拉上无辜的人。"

"是吗?若棋局中把报仇的机会放在你面前,你会怎么做?"

宁芷心底滚动着滔滔恨意,却还是平静地说:"我会杀了他,用法律。"

第三部分 秘密孤儿院

(一)

街角的咖啡店里放着抒情的曲子,充斥着铁勺磕撞咖啡杯的声音,还有断不绝耳的聊天声。

坐在江桓对面的男人皱着眉头喝一口咖啡后,又挖勺方糖加进去,搅拌后喝一口还是摇头:"为什么这么苦?都没有我们公司小妹冲得好,国外的口味都这么重吗?"

"是你自己点的特浓咖啡。"

江桓从手边的信封里抽出一张照片,递给对面的男人。照片正是他在国外收到的那张,研究室的地板上躺着两具尸体,尸体下蔓延的血迹染红了白色的研究服。受害者的手腕和脚踝上绑着绳子,嘴角有血迹,指甲也模糊不清,有被拷打过的痕迹。

光照片已能看出当时的触目惊心,男人明白事情没那么简单:"阿桓,我们查这么久都没有线索,为什么现在照片却出现了?"

"我感觉是在引我回来。"

"那你不是很危险?"

"也许他们更危险呢?"江桓嘴角扯着笑,眼里却没有丝毫笑意,冰冰凉凉的。

男人白他一眼,把怀里的一张纸掏出来,又急着在上面压了一张名片递过去:"那个文身的线索我只查到了这里。"

纸上是一串地址,开车过去要一个半小时。名片上写着男人的名字:尹度贤,蔚然集团执行董事。

"回到家庭的怀抱了?"

"老头子安排的,我还是捣鼓我那个小网络公司,公司名片发完还没印,就剩这个了。"尹度贤不满意地念叨,"老头子今年事越来越多,先是让我在公司挂职,现在还安排我相亲,真的是让人头大。"

江桓谨慎地收起名片,把那张写着地址的纸折成一块压在手心:"你和陆瑶怎么样了?"

"能怎么样,她家老头子现在看我还是那副烂泥扶不上墙的样子,不肯把女儿交给我。这也就算了,陆瑶那个岁数了,她爸竟然还拿这婚姻当买卖,指望再往高走走。"

江桓握着咖啡杯不知道怎么开口,他的爷爷奶奶是在国外留学相识,结婚生子后在情感观上没有门户之见。所以,他爸妈也是因自由恋爱而结合,再到他也是。没有大家大业需要继承,不能切身体会到人生被标上价码的滋味。

尹度贤瞥他一眼:"你回来的事陆瑶还不知道,要告诉她吗?"

江桓反应过话里的深意后,眯着眼看他:"我和她什么事都没有,你又不是不清楚,每个人都有自己该站的位置。"

不再多说,眼下还有更要紧的事需要处理,江桓简单地告别一番,起身要走。

人还没走到门口,尹度贤便叫住他:"你记得楼鱼吧?"

江桓扭过身看向尹度贤,因他那句话声音较大,邻座的几个人也好奇地望过来。尹度贤还坐在位子上,嬉皮笑脸地看他:"他也在水原,和宁芷似是同居关系。"

隔着店里的落地玻璃,尹度贤看着江桓上车,发现他关车门的力度不小,好一会儿那车还在余颤。他这才端着手里的咖啡杯,一口全喝下去,眼似狐狸:"可算出口气!"

他和江桓是在留学期间高校间的学术论坛上认识的,两个人的论点和其他人的不同,在后期的研讨会上,他们的观点被认证获赞,他俩渐渐地在生活上也成为好友。后来,江桓留校担任犯罪心理学专业的助教,两人偶尔会在心理学领域切磋切磋。江桓一直调查的研究院案子,跟尹度贤专业相关性不算太大，他能给予的实际帮助并不多。

尹度贤再看向座位上的黄色文件袋，将里面的照片倒出来铺开，每一张都是偷拍状态下的宁芷。他和陆瑶也算一起长大的，分不清对她是什么样的感情，直到她和江桓在一起后，才明白怎么回事。虽然那两人在一起不算久，但只要想到陆瑶心里有过江桓，他就顿感不爽，总想找机会膈应江桓一次出口气。

但他没把这些给江桓，因为他了解江桓，知道江桓看到后并不会感谢他，反而会远离他。再好的朋友也有不可逾越的事，就拿他来说，陆瑶是谁都不能碰的。宁芷之于江桓亦是如此。

他可不想这么轻易失去一个知己，但也不愿看到他陷在情爱中耽误正事。

江桓握着方向盘的手，微微用力，他相信宁芷，相信她不会和其他男人发生任何他害怕的关系。可再自信，手指还是忍不住地颤动，五年间会发生很多事，他怕自己在她的心上不再占一席之地，被同样优秀的楼鱼代替。楼鱼是他大学室友，同窗四年，在校时就因长相出众成了校内女生追捧的目标。他既有绅士风度，又很风趣幽默，也不妄自菲薄，除了成绩以外，江桓并没有胜过他的优点。

不对，那时他有个漂亮优秀的小女友，而楼鱼没有。青春年少的男生很少比身世，反而对一些没营养的事情起劲，谁看的片子最多，谁有校花的手机号……而他和宁芷在一起的事实，足足让同寝的单身汉们羡慕了两年。

可现在呢？她在看向他时，目光里总有抹不掉的敌意，总是在处处防备，抗拒他的靠近。从神婆家抱着她出来时，他的手一直在抖，怕以后再也不能抱着怀里的人，听她讲一些脑洞大开的小故事。

也不知在走廊蹲了多久，江桓浑浑噩噩地等到医生说"并无大碍，只需休养"后，吊在嗓子眼的担忧才压回去。他的小宝还好好的，以后还是会笑会撒娇任性发脾气的小姑娘。

在摸到病房门把手时，他的视线停在那玻璃窗上隐约的倒影中，他的样子很狼狈——浅灰T恤和蓝色仔裤上都被血浸得变色。

迈进病房的一腔勇气像瞬间熄灭的火，他止了步。走廊那头传来一阵凌乱的脚步声，还有护士对患者病情做着简单的解释。

于城看眼狼狈的他，仅点头示意便推门进去，陈相正稍微客气些，小声安慰着："老大脾气就那样，不笑的时候，面部有些严肃。"

说着也不在意江桓信还是不信，陈相正也紧跟着于城一路跑进病房。

护士看着几人都来到病房里，提着袋子急得直跺脚："你们都进来，谁告诉我患者的衣服要怎么处理啊？"

江桓鬼使神差地接过袋子，里面是刚刚诊断时换下来的衣服，沾满血迹，除了血干涸形成的黑红色外，衣服本来的颜色他也忘记了，他深吸一口气，手不由握拳。

宁芷是在他眼前被掳走的，没能护她周全是他的错。他日益强大，无非就是想保护她罢了。

他很想陪在她身边，等她醒过来，问她哪里不舒服，有没有什么想吃的，像从前那样摸摸她的头。

可现在，这些都不能做了。他现在不知道自己会为她带来怎样的危险，也不知道她心里还是否有他的位置。

这是他活在世上三十年不到的岁月里的第二次忐忑，第一次是同她告白，而这次是怕她不再爱他。

手上的纸条被握到变形，江桓这才舒缓了情绪，摊开纸看上面的字——水原市五菱区乐光镇圈树路一〇〇二号凌光孤儿院。将纸片翻折过来，里面画着的是黑色锋刀斧头一样的图案。江桓身体不由前倾，握着方向盘的手更是青筋突出，他脑海里闪过一幕幕黑色的画面。

黑暗中快速的奔跑声、沉重的呼吸声和耳边的风声，刮得他耳膜生疼。身后的脚步越来越近，光亮就在眼前，一把锋利的刀子撕裂空气一般朝着他划过来。他的左脚绊在突出的砖上，整个人朝着下坡摔了下去。

江桓正好倒在花坛边，顺势翻滚到花坛另一边，黑衣人身体更敏捷地直跳进花坛，刀子高举便要落在他肩上，侧滑到一侧，堪堪站起身。刀子在白光反射下很亮眼，他隐约地看见黑衣人卷起的袖口里小手臂上有一块黑色的痕迹。

开始他并不知道这是什么图案，是回国前在一个暴力网站上看到类似文身时，他才警觉到那可能是文身，便按照模糊的记忆将那痕迹临摹了下来。

导航仪里女声继续播报着路况，车转进一旁的小道，半个小时后，车外景象已全然变化。一些破旧的几层老房子立在荒凉的砖石之地上，是应改建城市的要求遗留的为数不多的老房子。

车速慢下来，江桓的目光从一幢幢房前的门牌号掠过，最后在转弯处看见了高墙上写着红色的两个"拆"字的大院，掉色的门牌上写着圈树路一〇〇二号。

从车上下来，江桓走到门前。铁大门上已经生出红色的锈迹，锁门的铁链上挂着一把黑色的大锁，高墙上有防翻越铁丝网，想要进去只能采用一些不寻常的手段。

目光扫向一边，方法找到了。江桓从高墙上拧下一段铁丝在锁头里转了几下，沉重的锁应声而开。将锁摘下放在一边的地上，他留意到墙上挂着半个带泥的干脚印，墙根有些新的冰淇淋的包装袋，还有小马扎压出的两条深印。这附近还有些孩子和老人，可以看得出他们会过来这边纳凉。

院子的荒草长到小腿高，地上散落着坏掉的玩具，还有些破烂的小衣服和鞋子，经历过风吹日晒已经褪色。

孤儿院是成排的连房，一间挨着一间。门上的透明玻璃早已碎掉，只剩下些玻璃碴挂在上面，推开一道摇摇欲坠的门，里面是几张木床拼接成的大通铺，凌乱地摆着发黄的棉被，里面黑色的棉花外翻。

凶悍文身和爱心孤儿院，八竿子打不到一块的事。也不知道尹度贤的调查在哪个环节出了问题，连基础关联都没有排除。正当他准备转身出门时，余光注意到墙壁有光线折射。

他退到墙壁边，布满灰尘的墙壁看着并无异常，探手去摸，指尖的触感是一层厚重的绒灰。墙壁生灰一般是由上到下，这种通体落下的如此厚重的灰要在足够湿润并且墙壁表面平滑的环境下完成。江桓皱着眉，屈指轻敲，是空旷的回声。这让他意识到手下在敲的哪里是墙壁，是一层玻璃。

他从铺上下来走到房间另一侧，同样敲击，回应的是沉闷又缓慢的咚声，这是真的墙壁。他开始有些不太确定地站在房屋中间，目光在两面墙上游动。

孤儿院是老式房屋，无论是采光还是保暖，相同的材质会更好，尤其是两间房之间用玻璃做屏障，不仅不隔音，而且干扰因素太多。

江桓一怔，旋即跑出房间到隔壁门口站着，这间房的门不是挂锁样式，是带保险的插孔锁，没有适配的工具很难打开。他尝试拽门，没想到门应声开了。于是，弯腰去看锁孔，黄铜色的铁片上有被铁丝刮擦的痕迹，有些新。最近有人回来过？他想。

这应该是一间可居住的办公室，里面是单人间，面积不算太小，家具该有的都有。房间其余两侧是墙壁，唯有和连排房相接的那面是玻璃材质，但落灰情况并不严重。从房间出来回到外间的办公室，可以看到简单的书柜立在墙侧，里面的资料已搬空，办公桌上只留下一些废纸，上面覆着厚厚的灰尘，一盆此时只剩下枯杆的花盆落在边角，旁边摆着落有灰尘的名牌，烫金的字仍清晰可见：校长刘毅。

这些摆件对于办公室或者某个家庭来说，极其平常，可办公桌正中间的喷水壶实在是突兀到不可忽视。爱花的人时刻想着缺水该浇水，但把喷水壶放在桌中央却没道理，若真的是爱花之人，搬走又怎么可能把花留下，且壶上的灰尘不厚，里面还装着大半壶的水。

偌大的孤儿院里，孩子们的房间简陋到极致，而院长的办公室，即使在拆迁的情况下，电视、冰箱还有高档的丝绒被都没有被带走。

这异样的感觉让江桓有些不敢往下想，手伸过去轻敲那面玻璃，感到意料以外地刺手。迟疑一秒，江桓还是拿起桌中央的喷水壶，朝着手下那块玻璃用力地连喷几下，灰尘随着水流到地上，很快，灰尘下掩盖的玻璃露了出来。

准确地说，是一面和隔壁看似相同却很不同的毛玻璃。江桓拿着喷水壶的手轻微地颤动，向后退一步，毛玻璃的凹凸处被水盖过后完全呈现镜面反应。

好好的砖瓦房，却在两间房之间安装毛玻璃，这才是此行需要知道的吗？

（二）

　　江桓掏出手机正准备打电话，扫视着整间房，目光触及某处后，立即把还未拨出的电话挂断，走到办公桌正前方。喷水壶拿起来的地方还落着一层薄灰，灰尘要比其他地方薄很多。他顿生警觉，从兜里掏出一副手套戴上，去端一旁的名牌。深棕色的桌面一尘不染，花盆下也是，唯独喷水壶下有灰尘，显然是集体搬迁后一段时间新放的。

　　是谁多此一举地在无人居住的孤儿院放了喷水壶？目的是什么？

　　虽有迟疑，但他用戴手套的那只手，把壶底那块灰尘擦掉，桌面慢慢露出一个有些糊掉的黑色图案。看似是小刀刻下的，线条不规整，露在外面的木头被铅笔类的材质涂黑，看上去已经有些年头了。

　　那图案和他口袋里的那张纸毫无差异。

　　他的眼睛呈现着异样的光，身体绷得直直的，拿着手机按下几个数字。

　　电话那端于城低沉地"喂"一声，听出是江桓的声音，似乎有些奇怪："江法医？"

　　"我想拜托你调查一件事。"

　　于城先是愣住，大概男人间有男人间的话术，好面子必然占首位，"拜托"这个词一出口，好像什么优越感都没有了。

　　挂掉电话的江桓，从孤儿院走出来，重新挂锁，走出几步再回过头望向孤儿院时，内心竟有股说不出来的滋味。愤怒，又有些荒唐。

　　沿着这条路向前走，不远处的一户人家门口坐着一位阿婆，手里拿着老式的收音机，正调着频，轻轻地哼着曲子。

　　江桓朝着她走过去，对方十分警惕，提着小板凳就要关门进屋，被江桓更快一步地拦住。

　　他手臂扣住门板，让门板没法闭合："阿姨，我有些事情想问您。"

　　"不卖房子，你们烦不烦，来硬的不行，今天是教书先生来说教吗？"

　　"我不是地产商。我只是想问下，这里是从什么时候开始准备拆迁的？"

　　阿婆半信半疑地看着他，推着鼻梁上的老花眼镜，细细地打量着他："真不是让我搬走的？"

他从侧兜里掏出警察证递到阿婆面前："我是警务人员。"

她反复确认几次，才叹息地说起这里的事。

乐光镇从去年三月开始筹备拆迁，附近的居民陆续搬走，留下的人基本都是些年纪较大的老人和没到入学年龄的孩童，但日子并不好过。因为附近的年轻人一搬走，购买日用品要走很长一段路去镇里，每隔一段时间还会有人来驱赶他们。孤儿院也是今年年初关闭的，里面的孩子不是被收养就是搬到了区里的孤儿院。

"孤儿院一直空着吗？"

"那群负责人都不在了，孩子们待着也没饭吃。"

江桓捏着手里的警察证，回过头望着高墙后的孤儿院，有些不太确定地问："你知道校长刘毅吗？"

"知道，有名的大善人。以前镇上人多的时候，那些父母都出去务工，年纪小的孩子没人照顾，都是他在照顾，里面的老师也特别好，有什么问题在孤儿院都能被解决。"

"其间一直没人回来过吗？"

"有的。两个月前小安回来过一次，帮我买了不少米面。"

"小安？"江桓迟疑一秒，还是把口袋里的折纸摊开递给阿婆，"他手臂上有这个图案吗？"

阿婆的眼睛即使戴着老花镜，也不是看得很清楚，拿在手上，往眼前凑着看，略微质疑："小安是犯了什么错吗？他是个好孩子，是当年那些孤儿里年纪最大的，所以不好领养，始终像亲哥哥一样照顾其他孩子。好在二十年前被人收养到国外去了，前几年，他功成名就，也不忘回来看我这把老骨头。知道我身体不好，走不了太远，还给我买了不少日用品备着，不是做坏事的人。"

阿婆口里描述的小安，和他要找的人并不像同一个人。"他……没犯错，因为近期政府对孤儿院的儿童做调查，想对他进行一下了解。他大约多久来一次？"江桓问道。

听到江桓这么说，阿婆放松一些，确定是福利调查，才回答他的问题："三个月吧。"

"您有他的照片吗？"

"有的有的。"

阿婆热心地引着江桓走进院子和里屋,由于是老房子的关系,室内光线有些暗,她打开灯挪着小步子走到一旁的柜子边,把里面的一本大相册拿出来。

相册有些年头,上面的印记已经发黄,厚重的页面一页页翻起,江桓也跟着紧张,能否解开文身男的面目就看这个了。

只见相册停在一张大合照上,阿婆手指着其中一个小男生:"这就是小安,旁边这个是茜茜,再旁边这个是胖哥。"

最后,定在一个中年女人上:"这个是我。"

江桓攥紧的手渐渐地松开,一双雾气蒙蒙的眼睛微微眯着:"没有近照吗?"

"没有咯,照相馆都搬走了。"

"那图案你见过吗?"

"见过的。当年那几个孩子玩得好,怕被收养以后联系不到,不知道在哪里学来的这东西,说将来要文在身上。"

江桓从圈树路驱车出来,手机上显示着那张从阿婆那儿拍来的合照,本就是黑白的相片,在手机上更是暗淡。一九九几年的孤儿院,这些孩子们是否经历着什么?

他明明在向真相靠近,可始终隔着照片的距离。研究院大火是这样,文身男也是。

近傍晚才回到局里,于城在自己的办公桌上办公,陈相正弓着背整理地上的一摞资料,于城面对着门,率先看到江桓,揉着眉峰起身走出来,于是抖着手上的一张纸:"你怎么认识刘毅的?!"

江桓接过那张纸,就看到上面显著的大字——死亡证明。黑白照片上是个年纪近六十的男人,一脸慈祥地笑着。死亡证明上简单地记录着身份和事迹。死亡日期是两个月前,和阿婆口中小安送米面的日期差不多,这是巧合吗?

他注意到下行的死因,眼睛瞬间睁大,震惊地看着于城:"身中数刀,失血过多导致失血性休克,外力打击造成身上多处粉碎性骨折。"

于城皱眉，有些不满江桓忽视他的问题，但还是沉住气："如你所见，死前遭受了很恶劣的暴行。"

"是重案组处理的吗？"

陈相正看得出于城那点小心思，赶紧接过话头："案子到五菱区就结了，暴徒杀人，有三次前科，有严重的暴力倾向。因为社会影响大，所以后续资料交到这边留档。"

说完，于城和江桓心照不宣地对视一番，都有意味不明的猜测。江桓拉过椅子坐在旁边，翻看当时的资料。现场的照片不多，尸体蜷缩着躺在地板上，面部被毁得严重，两个眼球不见踪影，只剩下红黑色的洞。死者身上的灰色衬衣被血染成黑色，下半身穿着花色裤衩，更是血迹斑斑，手脚分明有捆绑痕迹，和普通的暴力殴打有明显不同。

他再拿过桌上关于犯人的信息，是一个长相粗犷的男人，面色凶恶，年龄四十六岁，身高一米七。年龄和阿婆陈述的小安年纪不符，和那晚自己所见的人的身高也不符合，但那捆绑痕迹竟和邮箱里收到的那张照片一模一样。

江桓的眉头不由皱起，蒙眬的眼透出一股犀利之气，一旁的于城感受到异样，多年的刑侦经验告诉他这事不简单。

他瞬间从照片中发现异样："这手法看起来不是一般暴徒所为。"

江桓眼眸亮起，扫一眼于城，赞赏地点头："有点像专业杀手，身上十三刀，每刀都避开了要害。腕骨和踝骨粉碎性骨折，不会立即死亡，但会很痛苦，看着倒更像猝死。"

"猝死！不是失血过多？"陈相正凑过来看，没发现异常，干脆把照片拿起来贴近看，突然眼前一亮，伸手指着照片上的血迹，"这里是不是呕吐物？"

于城夺过照片仔细看着，血中确实有污白色的呕吐物，面部四周扭曲苍白，加之他的心脏病史，更像缺血性心肌病在经历暴力后，出现心慌憋气抽搐呕吐等症状，由于没有及时送医，最终导致死亡。

很多区级的结案报告递交上来会直接存档，基本不会重新翻查。但若是出现新情况，需要问责并重复调查。于城目光一凛，问话的声音压下几分："死亡鉴定是哪里开出的？"

"五菱区警局。"陈相正急忙翻着资料，越看越有疑问，好奇地问，"死亡原因不符的话，不应该结案吧？"

于城没说话，坐回位置重新翻资料。这案子当时影响很大，各种小报媒体都报过，特案组正要参与破案时，收到匿名举报电话，抓到嫌疑人后，在目击证人与监控视频下确认犯罪事实。结案后出过不少新闻报道，力主严惩真凶，给大众一个交代，甚至有不少市民自发游街哀悼。

现在结案三个多月，突然怀疑死亡原因是错误的，必定会引起不小风波，而现在比死因更重要的是，江桓拜托他查刘毅是什么情况？

江桓知道于城谨慎，但并不提文身的事，转而说："国外一个朋友在做人物传记，知道刘毅以前的事迹，想让我帮忙牵线，没想到……"

于城在江桓的脸上看不出什么说谎痕迹，一时间又没有想到反问他那个外国朋友既然能知道小人物刘毅的慈善事业，怎么会不知道人已死亡的消息，只能叫陈相正再去找当时处理案件的警察、尸检人员以及嫌疑人，去了解情况。

陈相正接到任务小跑出办公室，顿时有种身兼重任的感觉，毕竟他是组里有名的补洞手，总能找到些容易被忽略的线索，最擅长的就是这类抠错的案子。

办公室里只剩下翻资料的声音，于城抬头看向一旁的江桓，还是那副书生相，白色的衬衫搭灰色西裤。于城失神地想起昨天下午医院里因见不到江桓略带失意的宁芷，像局外人一样尴尬："宁芷在医院时问起了你。"

"她，怎么样了？"

"精神还不错，下午就出院了，过来审讯完，就去看一个叫朱陈媛的朋友了。"

江桓点头，揉着太阳穴，记忆里对这个名字并不陌生："那是她最好的朋友。"

于城又想起病房里的另一个活宝，试探地问："你认识一个叫楼鱼的人吗？"

（三）

"你怎么知道他？"

江桓自是不知道楼鱼在医院里闹的那出大戏。

于城打算开口，却被江桓的手机震动声打断。江桓说句"不好意思"从口袋里掏出手机，看到上面的名字，眉头皱起，起身向门外走。

临关门，一声"楼鱼"的余音飘进来。于城了然，看来，他们都是互相认识的。怪不得无论是哪次，他在宁芷的面前都显得多余，虽说是四人帮，但吃喝玩乐再多，没谁愿意把过去讲出来。

这里的人大概都有不想提的往事，于城眯眼，仰靠在椅背上，看到了自己被罚跪在门外，手里举着的牌子上有八个字——礼仪道德，门当户对。

谁会把如今这个威风凛凛的组长和那个一句反驳都说不出的怯懦少年联系在一块儿。

离局里两个街区外的水吧，楼鱼正坐在柜台边和收银小妹讲他在西省是如何跟着放牧人驱狼的，小妹被迷得整个人都倾出了台子，往他身上靠。

江桓推开门就看见楼鱼捧着咖啡向后退，和小妹保持着安全距离："我可不能带你去，我女朋友是母老虎，脾气差得很，会吃人。"

紧接着像身后有眼睛一样，楼鱼弯指指着门口的江桓："让他带你去，人帅、活好、大海归，还不黏人。"

小妹在柜台里笑得花枝乱颤，又见楼鱼凑到小妹耳边说句什么，那小妹点点头，笑声收敛很多。

江桓则不动声色地坐在座位上，目光紧盯楼鱼，他还不至于听不出楼鱼话里的嘲讽。

楼鱼倒也识相，也不闹腾，直接坐在江桓对面："说吧，又发邮件找我干吗？"

在外几年，江桓怕给身边的人带去不必要的麻烦，退群退圈，只有耐不住想念时才会给楼鱼发邮件，只有前几封收到了回复，后面便杳无音信，在尹度贤那儿得知这几年楼鱼和宁芷在一起，不免想从他口中知道宁芷的情况。但没想到楼鱼的态度似乎也带着敌意。

"同窗四年,不能见一见吗?"

楼鱼"哦"了一声,斜着眼睛看他,等着他继续说。

"小宝,这些年过得如何?"

等的就是这句,楼鱼直溜溜地坐起来,身子向前倾,一股强势的气息冒出来:"江桓,我们从认识到现在多少年了?"

"九年。"

"那我和宁芷认识七年,你觉得我凭什么把她的事告诉你?你又是以什么身份来打听她的事情?前男友还是新同事?"

简单几个反问,楼鱼直接把对他的敌意端在了桌面上。这次回来,江桓能感觉到他们的疏离,这疏离感并不全部源自他五年前的不辞而别。可究竟是什么,只能由他们来告诉他。

"江桓,你有苦衷我有私心,但你的事也不能伤害到她。"

江桓眉头一皱,隐隐地清楚楼鱼知道些什么,但他也清楚楼鱼的性格,要是不想说,谁问也不会有结果。

楼鱼看他一眼,没再等他说话,直接站起身,把钱往桌子上一放:"这顿我请了,不用太感谢我。"

末了,楼鱼停在门口,从玻璃门的反射中看江桓,手指僵硬地抠紧,毅然决然地推门离去。

好一会儿,江桓还留在位置上,开始怀疑当初的决定,到底是不是正确的。

他拿过桌子上的钱自嘲地冷笑一番,递给前台小妹,转身就走,没有收零钱的意思。

小妹"哎哎"急叫,留住江桓的脚步,面上笑容不减:"帅哥,你朋友让我给你个提示。"

江桓拧眉看她,不知道楼鱼又在玩什么花招。

小妹对他的表情见怪不怪,眼睛嬉皮地眨一下,开口说:"朱陈媛。"

晚上,有人按门铃,宁芷刚从外边回来身上沁一层汗,手上拿着毛巾过去开门,和门外提着保温杯的江桓两两望着。

109

一时间,她根本不记得邀他进来。

不请自来的人,宁芷倒十分好奇门卫是怎么放他进来的。

"你来做什么?"

江桓把手上的保温杯递过来:"在我家楼下的店叫的鸡汤,补一下,对身体好。"

宁芷没伸手接,反而屈身过去闻他手指,上面有淡淡的生姜味,嘴角淡淡地弯着:"现在餐厅都要客人亲力亲为了吗?"

江桓没说话,注视着她的眼睛。

宁芷被他看得发毛,不由得往后退一步,讪笑:"你救我,该我给你熬汤。"

江桓轻轻摇头,把保温杯递到她手里,掌心贴在她额头上:"记得趁热喝。"

他人一走,宁芷倒开始翻江倒海,拎着保温杯像拎着大石头。她拿着毛巾去洗澡,出来看眼餐桌上的保温杯,没动作。

半夜出来倒水,又看一眼,还是没动作。

凌晨出来洗漱,又看一眼,走过去把盖子拧开,保温杯的保温效果很好,汤还温着,有淡淡的姜味,浓浓的鸡汤香气在客厅散开,馋得摩卡跳起来绕着走圈。

一夜睡得不踏实,第二天宁芷带着黑眼圈赶到单位。

尸检室里,范浠刚给一具尸体解剖完毕,正在录入信息,看见她进来便投去关爱智障的目光:"怎么不多休息几天,就来了。"

宁芷瘫在沙发上,可怜巴巴地说道:"热爱工作啊。"

昨天发生了太多事,她从朱陈媛那儿回来,总计较着神婆的话。百度一晚上,一九八七年发生了很多大事,大兴安岭森林火,考古队伍发现敦煌悬泉……

神婆所说的那些话,除了羽巴族的传说能搜得到,所谓的斐裂族和以命换命的咒术,怎么看都像杜撰。

资料显示,神婆确实叫达姆,是地道的羽巴族人,很多人都能证明。

可若神婆打着的是骗人的口号,又怎么会知道她的事,这真的是算出来的吗？

五年前……五年前的事，除了她和楼鱼外，不会再有人知道更详细的事情了。

尸检室外的玻璃被敲，转过去就看见陈相正站在那儿正挥着手里的一叠资料，打着石膏的那只手，还挂着一个大袋子。

看见她出来，陈相正先陈述情况："这是碎骨受害者的DNA匹配结果。"接着，他有些欲言又止："如果神婆的口供是真的，那死亡人数高达三十七人，可是能够比对上的只有七个人。"

宁芷自然明白："受害人多数为流浪者，没有比对档案也正常。保留档案，也许以后可以找到亲属。"

宁芷又想到什么，声音低下来："神婆昨天说的话，你信几分？"

陈相正先是点头后摇头："说不清，如果真的有那个民族，我们怎么可能不知道，就算是野史，也该有的啊。"

"听完总是觉得有些不舒服。"

"别想了。像她那样的人，善于攻心，知道怎么诱人上钩，昨天那些话没准儿是她想脱罪的措辞呢。"

陈相正没再继续这个话题，把手上的购物袋塞到宁芷手里，扒拉着里面的东西，难得一本正经地介绍："这是医生建议吃的营养品。"

宁芷狐疑地看他，眼睛绕着他浑身上下转一圈，最后抬手一掌拍在他额头上，自言自语地说："没发烧呀，怎么就傻了？"

陈相正原本是愧疚的，如果他坚持要她回局里，或者后面没被神婆引走，宁芷就不会被抓。

此时听她这么一说，也明了她没把这事放在心上，更没有怪他的意思。

恢复往常的玩世不恭，陈相正伸手假动作要夺回袋子："你不要就还我，这可是我半个月的工资呢。"

"谁说我不要，走走走，为了弥补你半个月的工资，带你吃大餐。"

陈相正和于城年纪相仿，但比起老成稳重的于城，他的性格更像大哥哥，阳光积极。

两个人说笑着朝楼梯间走去，远远地看见江桓抱着一大叠资料从办公室走出来，眼睛有些泛青，哈欠连连，分明是熬夜后遗症。

宁芷还没想好怎么平静地面对江桓，扯着陈相正的袖子问："他怎么在你们的办公区？"

"昨天他和老大一起讨论案子来着，我下班那会儿江法医不在，我以为他也下班走了，现在看起来是吃完饭回来通宵了。"

估算下时间，江桓那会儿应该在给她熬鸡汤，她更不敢看过去："走吧，别影响他休息。"

江桓猛抬起头，才注意到拐角处两个鬼祟的身影。上挑的眼睛带着一丝疲惫，又看了眼旁边勾肩搭背的陈相正，目光又落回宁芷身上："中午一起吃饭吧。"

陈相正自觉向后退一步，把呆滞中的宁芷推到身前："你们去吃，我还有资料要整理。"

车上冷气开得很足，宁芷坐在离出风口远一点的地方，手指跟着轻音乐的节奏打着拍子，恼着他俩怎么就变独处了。

等红绿灯的时候，江桓握着方向盘转头看她："有没有哪里不舒服？"

"没有。"身后有人在按喇叭，盖住宁芷的声音，江桓伸手去关音乐，宁芷又重复一遍，不忘补一句，"鸡汤很好喝。"

一首歌刚好播放完毕，前方的红灯快要结束，江桓抿着嘴角，突然想到楼鱼的提示："于队说，你昨天去看朱陈媛了，她还好吗？"

"嗯？"宁芷浑身的血液如凝固一般，脸色发白，眼睛犯湿，指尖抠在手心，嗓子里哽着一团火。

她打个寒战，用力闭上眼睛再睁开，扭过头朝江桓莞尔一笑："她很好，有机会带你去见见吧。"

江桓点头，有些不明白楼鱼的这个提示是什么意思。侧目看她脸色发白，江桓把空调的温度调高些，又遇见几个红灯，两个人却不再交谈。

车子七拐八拐地进入一条岔道，路上人不多，江桓减速，把车停在边上。他看眼车外，和宁芷说了句："你先等一下，我去买点东西。"

也不等她回答，开门就往外走。宁芷坐在位置上摊开手心看那块冒血珠的伤口，狠狠吐口气。

缓过劲儿她才留意看车外，这边好像是校区，能看到大学生模样的人坐在店门口吃粉。

上学那会儿学校食堂吃腻了，她会拉着江桓出校到处找吃的，那时候小吃街还不算正规，好吃的都藏在一些犄角旮旯里，不了解地形的人，绕上几圈都找不着。

可宁芷天生自带吃货雷达，听别人说一次，自己找一次，再软磨硬泡让江桓带她来吃。每每都要听他啰唆一次卫生安全问题，然后，他再帮她把碗里的葱花都挑走。

别提那段日子过得多滋润，真的是饱暖思淫欲，满脑子都在想到底怎么才能快点毕业嫁给他。

宁芷抬手用力地拍着两颊，怪不得有人说，回忆就是添油加醋后的意淫，果然没错啊。

（四）

等江桓的这会儿工夫，宁芷目送走三个一起来的女生和两对情侣。

这时，又来一对情侣坐在粉店前的板凳上。隔着车窗，宁芷看得出男生似乎不太高兴，女生一直尝试去抓他的手臂，但都被甩开。

"你别生气好不好，我最近太忙了才没有陪你。"

男生更愤怒，嗓门有些大："没时间陪我，有时间和他们厮混在一块？"

"不是这样的。"说着，女生就开始翻包，掏出一包纸巾，然后又是钱包，最后才拿出一个黄色信封样的物件。

她手上攥得紧，像是做决定一样把信封往男生那边推："这是我给导师帮忙，他给的费用，你学习紧张先拿着用。"

男生唰地从椅子上站起来，把信封甩在她脸上："你怎么赚来的钱，别以为我不知道，脏得要死，能不能别拿来恶心我！"

女生懦懦的，眼角含着泪，蹲在地上捡散开的几张一百块钱，白色长裙摊在地上，男生也不多看一眼，竟一脚踩下去，甩着胳膊走了。

女生始终憋着泪，把钱拼命地往脏了的信封里塞，可手抖得厉害，几次都塞不进去，终于塞好了，才哇哇地大哭起来。

宁芷有些尴尬，没想到自己在车里目睹完整个过程，她把注意力转移到另一边的餐馆，可还是没忍住又去看那个女生。

女生站起身，把信封往包里揣，紧接着脚步虚浮地朝着男生的方向追过去。

看着看着，宁芷眼睛有些酸，心情比刚刚还差，仿佛看到曾经的自己，傻傻地在男宿楼下等江桓。宁芷想抱抱那个女生，告诉她一定要多爱自己一点，不然只剩自己的时候，心会很痛的。

也不知怎的，宁芷鬼使神差地打开车门下车，跟着女生往巷口小跑几步，可走到前面又是个岔路口，两条路上都开着各样的小吃店，却没能看到女生的身影。

宁芷有些悻悻地往回走，笑自己傻，追上又能和她说什么呢，真的抱住她告诉她别哭。人家应该只会把她当成傻子吧。

正当宁芷想得入迷时，和江桓打了个照面，他估计是跑过，鼻尖上有汗，声音倒是很稳："我以为你……不见了。"

宁芷有些心虚，转过头指着身后那条街，来回指几次，目光才锁定一家文具店："我刚去文具店看了一眼。"

江桓应声，也不拆穿，把手里提着的白塑料袋递给她："冰的荔枝汁，我听人说整个水原市，就他家最好喝。"

荔枝汁是宁芷的最爱，一口甜甜的荔枝果汁，冰冰凉凉的，再吃一颗无籽的荔枝，简直完美。

宁芷拿吸管戳开一杯，条件反射地朝江桓递过去，江桓愣了一下，没什么表情，接过去。宁芷给自己开一杯，猛吸一口，嘴里含糊地说句："谢谢。"

江桓没说话，心里有些惊魂未定，他在饮品店排了好长时间的队，也放心不下她一个人在车上，几次回头去看车。

再回到车前，看见里面空无一人，心里咯噔一下，整条街上也找不见她的身影，再联想到之前的险事，不免有些急。

一路找过来，心里想过几种可能，却始终不敢往最坏的地方想。看见她没事，才定下神。

两个人上了车，气氛比来时缓和不少，宁芷把果汁上面的盖子掀开捞里面的荔枝。江桓车开得慢，倒是让她吃得稳稳的。

"这个比以前喝的确实好喝很多，好像糖放得多。"

"荔枝也很新鲜。"

宁芷边吃边点评，还不忘用手机拍下照片发到四人帮的小群，还不忘加修饰词地让他们嘴馋。

车子过了天桥又拐进地下隧道，车子里忽暗忽明的，宁芷的注意力都在手机上，车停下来后，宁芷指着其中一张照片问江桓："这张拍得不错吧，看着很大一颗。"

江桓点头，修长的手指在手机上前后划了几下，落在最后一张："这张也不错。"紧接着说了句："我们到了。"

她手停在发送键上，抬头看看车外，身体瞬间僵住，眼睛紧紧地盯着眼前印着水原大学几个大字的门墙。

正好是午饭时间，校门口进进出出不少学生，学生路过他们的车时，不忘多看上一眼，然后继续朝着校外的小饭馆走去。

江桓率先下车，走到副驾驶这边给宁芷开门，宁芷紧紧地握着安全带，一双眼睛愤怒地看着他，浑身上下都散发着攻击性："你带我来这里是什么意思？"

江桓没想到刚刚还好好的氛围，怎么突然又让她反感，故作轻松地说："在国外很想念食堂里的红烧排骨。"

"呵！"宁芷冷笑一声，"既然知道会想念，你当初为什么要走？为什么？！"

江桓被她突如其来的怒气唬得一愣，从前见惯宁芷大大咧咧的性格，却很少见她哭，瞬间不知所措："别哭，不喜欢这里，换个地方。"

宁芷用力地擦下脸，眼睛睁得圆圆的，声嘶力竭："为什么要走！你回答我！"

"小宝……"

"你不要这样叫我，我叫宁芷，不是你的小宝，你回答我的问题，你为什么不敢回答我？"

他也不知道怎么回答她的问题。在真相还没有揭开前，他不能让她再次置身于危险之中。

"我们去别的地方吃吧。"

宁芷抬手抹一把眼睛："江桓，我不是之前的我，你也一样，你怎么就那么喜欢委屈自己迁就我呢，你没有自己的想法吗？"

宁芷又想起那年在男宿楼下等了一周，等来的却是别人的流言蜚语，说她仗着亲戚关系强迫学校组织问题学生交流活动，又强迫江桓和她在一起。现在江桓无法忍受，选择离开她。

她并不相信，可在和周康对峙时，他的欲言又止无疑是给了肯定答案。

宁芷吼也吼了，骂也骂了，那点不舒服也吞回了肚子里。江桓是铁了心不回答，但想想也是，即便自己编一个天花乱坠的理由给她，又能如何？过去已定，改变不了，她更不可能会原谅自己。他们两个人只能站在平行线的两端，谁都不能再屈就。

宁芷解开安全带跳下车，从钱包里面抽出一百块钱，把整个钱包都塞进他的手里："我真的很感谢你救我，也谢谢你的果汁。红烧排骨，我就不奉陪了。"

宁芷转过身要去拦车，却被江桓拽住手腕，江桓声音带着些许不易察觉的颤抖："很多事情，现在还不能告诉你。"

宁芷抽回手，看也不看他一眼："那就等能说的时候再谈吧。"

一辆出租车正好有人下车，宁芷抢在一个人前面，直接钻进副驾驶，抽出一百块钱递给司机："市公安厅。"

出租车司机吓得一哆嗦，以为出了什么大事，立刻打开打表器。

宁芷闭上眼，用冰冷的双手紧捂着脸。努力地想控制住情绪，血腥的画面却在她的周身散开。她只能催促着司机开快点。除了逃，她没有别的选择。

还站在原地的江桓，也没犹豫太多，果断上车去追，可手机却很不巧地响起来，看着屏幕上闪烁的名字，他只能急打方向盘把车停靠在一边。

挂断电话后，看着已经消失在视线里的出租车。他发动车，急转弯，掉头朝相反的方向驶去。

（五）

  电话是于城打过来的，他让陈相正调查孤儿院院长的案子时，查到了关押嫌疑人的看守所，关押期间嫌疑人嚷嚷着要上诉，声张清白。嫌疑人逢人就讲他的冤屈，可看守所里等待判决的人，有哪个会承认自己杀过人。

  卷宗显示，案发当天他喝醉酒，一直在酒馆待到凌晨两点还不走，最后和老板发生争执，动手打了一架。店员也在旁边，敌众他寡，没多久他就被丢出店。

  回去的路上，他觉得有点疼，从药店买药出来时，被人从后面打晕。第二天醒来时，他就在案发现场。虽然他有过暴力前科，但还没有杀人的胆子，怕牵连到自己，就跑回了家。

  但是药店门前的监控录像显示嫌疑人并没有走进药店，只是从门前路过，消失在监控死角。沿路并没有监控，再有身影的时候，是在院长停在家门口的行车记录仪上，一个满身血迹逃跑的身影。

  嫌疑人在监控中消失到第二天出现中间隔着五个小时，即便他咬定没有杀人，但现场勘查的结果显示留下的指纹和血迹与嫌疑人衣服上的被害人血迹完全吻合，排除有第三者的嫌疑和多项指证记录，直接对嫌疑人进行了拘捕。

  昨晚江桓送完鸡汤赶回局里，和于城比对过案发现场的照片和嫌疑人以往的犯罪记录，发现无论是作案手法还是行凶对象选择，都不符合嫌犯以往挑选的施暴对象。

  嫌疑人以往的行凶对象都是比他瘦弱的年轻男性，从不对老少妇孺动手。

  在看守所里，和嫌疑人李铁的会面很顺利。

  嫌犯真人比照片上瘦很多，脸上充满疲惫和不耐烦，浑身发颤，双手紧紧地握着："我说了很多次，人不是我杀的，我不会承认的！"

  江桓表明身份和此次会面的目的，李铁听完立刻激动起来，手铐发出"哗哗"的碰撞声："相信我，我也就谋财，不会害命的！"

"你还记得当时的现场是什么样的吗？"

"我醒过来时，人已经死了，就倒在地上，地上到处都是血。我有点慌，没想那么多，就赶紧跑了。"

"你在陈述词里说你在走出药店后被人击倒？"

"对，当时我准备给自己涂点药膏，还没涂，就被打晕了。"

"你看清楚打你的人了吗？"

"没有，当时天那么黑，我又是被人从后面偷袭。"

"晕倒前，还记得些什么重要的事？"

坐在对面的李铁抬手挠头，努力地回忆细节，袖子滑落，露出的手臂上有多处淤痕，被江桓敏锐地发觉："你的手臂是怎么回事？"

"能怎么回事，看守所里的人穷凶极恶，听说我是杀人进来的，就互殴呗。"说完，李铁突然有些激动地向他靠过来，"我想起来了，我记得当时在我倒下前隐约地闻到很重的垃圾味道。"

"垃圾？"

"对，特别臭，像下水道反味一样。"

"这些你和警察说了吗？"

"说了，想起来的都说了，可是他们说附近没有垃圾场，最后一口咬定凶手就是我。如果不是我一直上诉，早就把我一枪崩了。你一定要为我伸冤啊！"

从看守所出来，江桓更是坚定，刘毅的死绝对不是表面看起来那么简单，尤其是李铁说的最后一句话，惹得他不得不重视。

"我在社会混了这么久，知道这事不简单，不然怎么所有的证据都指向我。"

车停在五菱区派出所楼下，旧楼翻新，黄色的墙皮还是有些翘边，局里的摆设倒是崭新，似乎前不久刚更新了设备。

他找负责案件的警察崔嘉阳，对方似乎早就知道会有人来问这件案子，爽快地把当时的调查笔录拿出来给江桓。

"嫌疑人供词和目击证人的证词完全不同。现场有那么多他的指纹，手上有杀人时留下的吻合的刀伤，鉴定结果也显示和被害者身上的伤痕一致。我们总不能因为他的一面之词就罔顾确凿的证据啊。"

"凶器是在哪里发现的？"

"他出租屋的衣柜里。"

"被害人平时有树敌吗？有没有仇杀的可能？"

"怎么可能，整个五菱区，谁不知道院长是个大善人，资助过多少孩子，帮助过多少的贫苦户，大家感恩还来不及怎么可能要杀他。就连我们这局里的办公设备很多都是他赞助的。"

江桓看着周围的环境，余光落在一个眼神快速闪躲的民警身上。那个人背挺得直直的，手上快速地翻看着档案。

江桓起身想要走过去询问，却被崔嘉阳叫住："江法医，这案子不能再拖了，群众都暴跳了！"

江桓顿住脚步，朝他点头，目光再看过去时，那个小民警已经不在位置上了。

毫无所获的江桓开车回家，在等红绿灯时，后边又有等得不耐烦的车在鸣喇叭，他从后视镜看过去，一辆红色的跑车里，坐着年轻男女，玩味地按着喇叭。

他不以为然回过头继续等红绿灯，想到什么，又扭过头去看后视镜，跑车后是一辆黑色的轿车。这辆车在中午带着宁芷出来吃饭的时候，似乎也见到过，并不像巧合。

他不确定地多看两眼，跑车司机又开始疯狂地按喇叭。绿灯亮了，他发动车子，在前面的路口左转，黑色的车也跟着转弯。

那辆车的车窗用的是防偷窥的黑色保护膜，完全看不见里面司机的长相，就犯罪心理而言，绝对有问题。

他抱着确认的想法多绕了几个弯，对方似乎有所察觉，没有再跟上来。

回到家，江桓给尹度贤打电话，电话那端传来尹度贤特别兴奋的声音："一日不见是不是想我了？"

江桓把电话拿得远一点，面露嫌弃，听着背景声，估计对方又在泡吧，等那边终于安静下来，江桓才翻着手头上的资料，自顾自地说："孤儿院问题不小，目前的线索都指向那里！"

"帮我查一下二十年前在孤儿院的一个叫小安的人，当时的年纪应该是十六岁。"

"好的,还有什么吗?"

"我感觉有人在跟踪我。"

"什么!是谁?你现在安全吗,要不要我派两个保镖过去!"

"不太确定是谁派来的。我能自保,你先调查吧,有消息联系我。"

挂掉电话,江桓开始在网上搜索关于刘毅的信息,网页上关于他的报道都是一致好评。"善人""慈善家"这些字眼都会出现在他的身上,可想到孤儿院两个房间隔着的那层毛玻璃,就知道事实绝对不像网上所展现出来的这么简单。

江桓站在窗前看着窗外夜色,万家灯火,把目光收回来,正准备拉上窗帘的时候,他发现了停在楼下的黑色轿车,分明就是今天跟着他的那辆车。

不仅仅是跟踪,还监视!

江桓从口袋里把手机掏出来,对着车牌的位置放大,很模糊,看不清上面的号码,能分辨出是内字开头,但他还是快速地按下快门。

连续拍了几张,照片刚发送出去,江桓就听到电脑发出一声"叮咚"声,是收到邮件的声音,这个时间点,他不由想起国外的那封邮件。

他快速地点开了邮件。同样是一张照片,上面是一张彩色的人体蜷缩式的简笔图案,似乎是商标,下边写着 ST。

又是一条线索提醒,他的手灵活地回复道:"你是谁?"

本以为会和第一次一样石沉大海,没想到很快就收到一条回复:"我在等你!"

再追问却没有了回复,江桓把鼠标往旁边一掷,他知道有人在故意引他回国,并且知道当年案件的始末,但他无法分清这个人是敌是友,这么做的目的到底是什么,但只要有线索,就必须调查。

图案越看越觉得有些眼熟,他立刻在商标库里进行搜索,并没有发现这项商标的注册记录。

猛然想起什么一般,他从椅子上站起身,跑到隔壁书房。书房的书柜上始终留着他父亲生前的一些书籍和研究资料。

他从书架里抽出一本书,快速地翻页却什么都没有发现,又抽出了一本继续翻,直到翻到一本厚厚的专业词典,打开后发现内页被抠出一个芯片大小的洞，可里面什么都没有。

他把这本书放在一边继续翻书，直到在一本书里找到一张纸片——上面是圆珠笔绘画出的图案，虽然没有上色，但明显和收到的邮件里的图案是同一个。下边也写着 ST 的字样，和他父亲的亲笔签名。

他重新站回窗边，有雨水淅沥沥地落下来，楼下的那辆车已经不在了。他伸手摩挲着字典里的缺口和那张纸片，仿佛有着惊天的秘密在等待着他去破解，又似乎伴着巨大的危险。

他父母当年到底是因为什么惹来的无妄之祸?!

(六)

楼鱼打电话给宁芷时，她还在做梦，像被捂住口鼻丢在深海里一般，直到铃声一响，她才从海里漂出来。她用力地呼吸，额上的汗滑到眼睛里，竟有种劫后重生的唏嘘感。

电话接通，楼鱼的声音听着很嗨："小芷芷，我到北县了，过几天回去，你给我准备好吃的。"

"干嘛？平时几个月都不联系，现在你上飞机要联系，下了飞机还要联系。"

"危机意识懂吗？江桓回来了，我得紧张起来。"

宁芷想到昨天中午和江桓发生的不愉快，一直到下班，始终没见他回来。在大街上说那样的话确实过火，但每个人都有底线，即便是江桓，也不能触雷。

楼鱼自知嘴又犯毛病，就哼哼唧唧地说："人生难得一知己，被抢走我会心碎而死的。"

"你现在要是站在我面前，我保证打死你。"

"暴力的女人！"也不等宁芷再回击，楼鱼赶紧挂断电话。

宁芷从床上坐起来，扔下电话，去柜子里拿衣服。路过梳妆镜时，她被自己脸上的惨白吓了一跳。

洗漱后，她又重新躺回床上，思绪也是乱糟糟的。自从江桓回来后，一切都乱了套，她控制不住自己的脚步，更控制不住自己的心。

以前她总是喜欢跟在江桓屁股后面跑，他去办案子，她就在门口等他；他上课，她就在旁边蹭课；他说什么做什么，她都觉得是对的，谁要是说一句他的不好，她都能去揍人。

可后来就变了，他就像人间蒸发一样，再也没出现过，她的生活也因他变得一塌糊涂。

所以无论如何，她都不会再站在他身边。

想着想着，宁芷开始犯困，可手机又响起来。她想也没想，接通后就吼："楼鱼，你最好长话短说，不然我宰了你。"

"嗯……"电话那端的于城拉了好长的音，才说了句，"我是于城。"

宁芷呼地从床上坐起来，脸上的表情还没来得及收敛，抱着手机像捧个宝一样："于老大，我不知道是你，还以为是朋友的电话。"

于城也没揪着这事，笑声沉沉地传来："隔着电话没用，我帮你预定了训练场，你过来吧。"

"别啊，我难得休三天假。"

"也是，那就算了，好好享受假期。"话音一落，电话随之被挂断。

宁芷拿着手机看眼通话记录，总觉得有点不对。按照于城的性格，不是应该直接下达命令吗？

也不知道过去多久，手机又响起来。宁芷的回笼觉完全被破坏，她看着屏幕上显示着"陈相正"三个字，果断挂断。

对方倒锲而不舍，接连打过五个后，宁芷才不情不愿地接起来："先说好，今天不去训练场。"

"去什么训练场？"陈相正似乎并不知道于城给她打电话的事情，接着说，"我在你家楼下，长寿街新开了家生煎，带你去吃。"

这世间，唯有美食不可辜负。深谙这个道理的宁芷，从床上跳起来，换上衣服就下楼。

陈相正的车停在小区外，离得老远就和她打招呼。她钻进车门，看着一身休闲服的陈相正："你今天也休假？"

"差不多吧。"陈相正含糊地答了一句。

车子在路上七拐八拐，也不知道具体到了哪儿，宁芷看了眼导航又看着窗外："长寿路要走右边吧。"

"这边是近路。"说谎的心虚让陈相正都不敢直视宁芷的眼睛，自己好好地上着班，于城突然让他换便服过来，想办法把宁芷骗去训练场。

纵使来的路上演练了几次，可真的要骗宁芷的话，他还是有点怵。

眼看着训练场就在眼前，陈相正脚底使力，一个油门就停在了门口。

宁芷还在犹豫到底选猪排年糕还是酸辣粉，再抬头就看见于城站在训练场门口朝她招手，吓得她浑身一颤。

宁芷不下车，趴在车窗上看于城："于老大。这是赤裸裸的欺诈啊，我要回去上班，有案子。"

陈相正从身后走过来，补了一刀："天气预报说，这周都是大雨，坏人估计都窝在家里睡觉，哪有案子。"

于城给她安排了专门的教练，来锻炼她的体能和应激能力。

宁芷看着教练的身板，那满是肌肉的胳膊，比宁芷大腿还要粗上一圈，要是真的比划起来，那人一拳应该就能把她 KO 了。

她往于城身后站了站，扯着他衣服的一角，尽量把声音压低问："能换个人吗？"

于城指着自己："那就剩我了。"

宁芷点头："能得到老大的真传，我很开心。"

于城憋着笑把拳击手套递给她："你先去跑步热身四十五分钟，引体向上尽力做到五个，挥拳半小时。"

"于老大，我觉得这些都是可以商量的。"宁芷拎着手套亦步亦趋地跟在于城身后："跑步四十五分钟已经很要命啦。"

"所以先让你提升体能。"于城在一排跑步机前停住脚步，选中边上那台，眼神瞟过来示意她上去。

宁芷认命地站上去，在他的注视下硬着头皮小跑起来。

跑着跑着，一晃神，脚底一滑，身体还没作出反应时，已被于城手臂一揽，整个人都依附在了他滚热的胸膛上。

于城见她平稳落地，把横在她腰上的手臂收回。好一会儿，笑着对她说："你这么不小心，还让我们不要担心？"

123

宁芷也不抬头看于城，平板鞋搓着脚下那块绒布："对不起，我分神了。"

于城抿着嘴，有几分无奈，却也没为难她："我让陈相正监督你，等你完成这些我再过来。"

陈相正过来之后，宁芷朝整个场地望过去，确实看不到于城的身影，这才放松不少。

练习挥拳时，宁芷手臂混乱地在半空中挥舞，被陈相正逮个正着："小心老大看到让你做双倍。"

宁芷瞪他一眼："怪谁？"

陈相正双手举过头："怪我，怪我太年轻，受不住老大的套路。"接着怕话题又绕回来，赶紧随便扯个话头："那个楼鱼是你同学？"

宁芷摇头："是学长，在读考古博士，本科修的是犯罪心理学，偶尔会带典型案子给局里作借鉴。人呢，可能是在学校里待得久了，特别小孩子气，医院的事，我替他道歉。"

"你喜欢他？"

宁芷感到莫名其妙："我喜欢他干什么。"又觉得表达方式不对，进行更正道："你知道伙伴吧，我和他大概就是这样子。"

共同走过一段令人难熬的时光，当然，只有他知道她现在最想要的是什么。

不远处，于城和训练场的教练聊完回来，正巧听到宁芷的话。

陈相正眼尖看见他进来，紧接着问："那你喜欢咱老大不？"

宁芷知道陈相正要撮合她和于城，局里不少前辈都觉得他俩般配。但他俩每次听了都是笑笑，谁都没想过主动去迈那一步。

"我和他，我和你们，都是伙伴啊。"

毕竟婚姻里除去旗鼓相当的能力外，还需要心意相通的爱情。

第四部分 真正死因

（一）

天微亮，灰白的空气里，一位穿着黄色工作服的环卫工人，佝偻着身体，一手提着黑色垃圾袋，另一只手提着纱网，顺着河道捞着垃圾。水库的下游，总是积着一些臭烘烘的垃圾。这三天下暴雨，他觉着天不好，也没出门干活。积攒了三天的垃圾，味道更甚。

不远处的岸边鼓着一个不明的物体，他的眼神不太好，加上光线昏暗，看不真切，走近才看清楚躺在那里的是个人。

这边倒是一些失意的人常来的地方。上个星期在这边就有三四个小年轻拎着酒瓶子，一边喝一边对着水库大喊大叫地抱怨世道，喊够了舒心了，也不管垃圾就走人。这次倒好，垃圾和人都搁这瘫着咯。

"现在这年轻人，喝那么多酒，有什么好的。"

天天因为一点小事要死要活的，根本不知道世界还有多少美好没体验。

再近一些准备叫醒的时候，却发现躺在那里的根本不是人，而是一具肿胀到变形的女尸。他做工几十年，有些见怪不怪。那尸体四周被垃圾围着，散发着一股难闻的臭气。

想再靠近点看，谁知那尸体的脸突然歪向他，一双漆黑的眼睛鼓出眼眶。他本能地尖叫，倒退着向后跑。

"鬼啊！"

毛绒绒的感觉从脖子间划过，宁芷猛然睁开眼睛，窗外刺眼的阳光和天花板上的灯同时照进眼睛里,她却丝毫不觉得刺眼。

她把趴在脖颈间的摩卡抱在怀里,连续三天的特训,她的身体酸痛得不行。这时候要是真的有歹徒与她对抗,也只能束手就擒。

九月的阳光还是毒辣,宁芷刚到楼上的办公室吹到冷气,就被电话声打断了思绪,是于城。

在她这种单位,没电话,总比有电话好得多。

范恁心照不宣地看她一眼,指着解剖台上的死者:"快去吧,别让那边等着。"

到水库区时,正是中午,太阳烘烤着。宁芷从空调车上下来,一头扎进热浪里,鬓角上都挂了汗。

现场勘查员正在拍照,打捞人员在水库里蹚着水,把一切能够取证的东西都捞了上来,甚至泥也被装进了袋里。

江桓似乎也是刚到,正在和于城沟通,宁芷没上前打招呼,安静地绕到另一侧查看死者。

死者是名女性,全身肿胀,身体一半在水里一半在地上。靠近地面的那只手上长着一层薄薄的青苔,身上的长裙因为在泥水里浸泡得太久,看不出原本的颜色。

于城和陈相正在给报案人做笔录,围观的群众也七嘴八舌地跟着提供线索,但基本都是报案后聚集而来的群众,提供的可用线索并不多。

宁芷看着现场勘查员拍好照片后才走过去了解尸体的情况,死者身上有少量浮游生物,手和脚上的角质层膨胀浸软,表皮达到轻触即能脱皮的程度,掌心的皮肤暗黑,乍一看像是一块尸斑,但不能排除是皮下出血造成的血瘀。面部因肿胀而无法辨别样貌,看样子至少在水里浸泡了二十四小时,角膜已完全浑浊。

江桓皱着眉头走过来,蹲在宁芷旁边。宁芷还记着前几天的事,此刻还没办法与之共处,紧着站起身走到一边看现场环境。

水库的水位并不高,边缘由砂石堆砌而成,水流方向是从上游流过来的,无法辨别哪里才是真正的落水点。

就在这时,一道白光刺进她的视线,她转过头顺着白光看过去,尸体下面的石头下压着一个钱包,而闪着光的便是钱包上的一颗小晶石。

粉嫩的颜色有些眼熟，可她一时间也没想到在哪里见过。

水边的石头因为常年被水浸泡生了一层青苔，人走在上面感觉很滑，宁芷并没有考虑太多，探身过去捡钱包，刚把钱包拿到手，直起身要后退时，没承想鞋子打滑，整个人就朝着水扑了过去。眼见，就要跌入湖中。

正好被此刻起身的江桓及时伸手抓住了手臂，一个用力，把朝着水面倒去的她拉回岸边。

她站直身体目光却不落在他身上，客气地说了声"谢谢"，退到一边谨慎地把钱包打开，钱包里的零钱还在，银行卡也没有丢失，看着不是为财杀人。

宁芷打开夹层，里面有一张身份证，她把身份证抽出来：余筱筱，二十二岁。照片上是一张年轻稚嫩的脸，脸上红红的，刘海都掀起来，看起来是年纪更小的时候拍的。

她把身份证重新塞回去，合上钱包的那一刻，手指划在小晶石上，猛地顿住，一颗心猛跳。

这个钱包，她见过。上次在车上等江桓时，它曾出现在桌上。而钱包的主人是那个哭得不能自已的姑娘！

宁芷的心怦怦跳，朝着那具尸体望去，没想到才过了四天，一身白裙、楚楚可怜的她，变成了一具变形的尸体。

是自杀？还是他杀？

在事情搞清楚前，她不能轻下定论。而手里的钱包此刻变得异常烫手，也说不出是什么滋味。

江桓注意到她的心神不宁，有些担心："哪里不舒服吗？"

宁芷摇头，让自己的情绪尽快恢复过来，便蹲下来检查尸体。

已呈现巨人观的尸体，身上被淤泥裹着，但手指甲很干净，并没有挣扎后留下的脏污，鼻孔内没有剧烈呼吸留下的杂物，反而鼻腔内的毛细血管有破裂的现象，不是溺毙。

她把死者的手掌翻过来，按压手掌心那处异色，并不褪色，可以确定为尸斑。死者胀大的指节上有几处黄褐色的斑点，直径大约一厘米，宁芷边看边说："手上有电击痕迹，这里已形成电流斑。"

江桓也看过另一只手的手指，有相同的电流斑。身上没有被捆绑的痕迹，指甲有些木质碎屑，江桓起身去看周边的环境，试图寻找可能引起触电反应的含有木材质的建筑物或标志物。

询问过目击证人的证词后，陈相正走过来，眼睛看着四周："这周围平时人不多，大家散步基本也走不到这边。根本没有人知道尸体是什么时候出现的，更别说可疑人物了。"

"这应该是死者的钱包。"她把装着钱包的证物袋递给陈相正，压抑住心里的酸楚，顿了会儿继续说，"尸体的表象证明至少在水里泡过三天。但钱包内层很干净，有点像刚丢下没多久的样子。"

"你的意思是有人回来过？！"

"不排除这种可能。"宁芷扭头看着围观群众那边，"他们怎么说？"

"线索不多，昨晚下过雨，早上又聚集太多人，足迹鉴定已经很难识别。"

做好初步鉴定后，他们抬着尸体上车，陈相正负责善后，突然顿住脚步，叫住走在前面的工作人员："快，这里有个脚印！"

死者身下居然盖着一个保留完好的脚印，和现场凌乱的脚印相比，异常清晰，鉴定科立刻拍下照片。

宁芷忍不住拍陈相正的肩膀："你的心细程度堪比针尖。"

"我有种预感，凶手也许就在这些人群里。"

说完，陈相正猛地转头望向那一层层的人，像雷达探测仪似的快速扫过每个人的脸。他们有些是去菜场买菜的居民，有些是附近学校过来晨练的学生，他们脸上有种抑制的情绪，是恐惧和好奇融合在一起的表情，并没有杀人后昭之天下的快意。

那表情分明写着：死者是谁？凶手是谁？为什么会死在这里？我们会不会有事？

这些人里并没有那天和余筱筱吵架的男生。

一无所获，宁芷又问陈相正："你个人有什么发现？"

陈相正摇头，刚刚那番凶手可能在现场的言论已经让他很出丑，他不想再出什么状况。

宁芷无声地吐口气，回过头，看眼还在现场勘查的江桓。骄阳之下，他的皮肤被衬得发亮。

他还是和以前一样,有案子就会全身心地投入进去,全然不顾时间。以前和他在一起时,两个人约会到一半,他也要抓紧时间赶过去看现场。她就等在车里,经常是睡着了,他才回来叫醒她继续约会。

如今,他还是他,她却不是了。

他对她的经历一无所知,所以才能在久别重逢后,那么坦然地与她说话,向她靠近。

记得一本小说里面有一个情节是:一个女生问她的爱人,这世上的事,是知道得多好,还是知道得少好?

她爱人回答她:我知道得多好,你知道得少好。

爱一个人大抵是这样,我世故到底,而你美好如初。

但她和江桓呢?谁是那个如初的人?

(二)

就在她还在思考时,面前突然出现一个黑影,吓得她连退几步,捂着胸口看着同样被吓一跳的于城。

"想什么呢,叫你几声也不应?"

"没…没什么。"

于城狐疑地看着她,发现她确实没事,倒也不再多问:"和我一车,说说现场。"

两人就现场所获得的信息交流一番后,得出的结论是不排除他杀可能。

于城认为有几点难以理解:"如果说抛尸是为了掩盖身份,那留下钱包又是为了什么?"

"难道凶手是两个人?"

坐在后座的陈相正突然把头伸过来,插一句:"这么说的话,是一个人负责杀人抛尸,而另外一个人又折回来把钱包留下,是心生愧疚,还是另有目的?"

"都有可能。等死者的身份信息和准确的死亡时间确认后,大概就能推

129

测出凶手这么折腾到底是为什么了。"

宁芷说完，于城从后视镜看着后排摇头晃脑找话题的陈相正，冷冰冰地出声："下次自己开车出现场，不要让我给你当司机！"

陈相正低头"嗯嗯"地应着，举双手表示要为于城做一个月"随叫随到"的司机。

于城看他一眼，又扫眼坐在旁边一言不发的宁芷，早上来时就发现她状态不是很好，眼睛有些肿还泛着微红，像是哭过一样。

于城有点懵，想着是不是那三天特训把她折腾坏了，但转念一想也不至于，上次集训连着七天，她也只是喊几天腰酸背痛腿抽筋而已，这次是怎么回事？

灵光一闪，也能想通始末。

是江桓。自从江桓回来后，宁芷的情绪始终不稳定，只要有江桓的场合，她经常发呆出神，恨不得隐身消失。之前有案子时，宁芷过来送尸检报告，通常要跟着他们一起探讨案件，但现在她很少出现在特案组的办公区。

说不计较是假的，可说心里难受又太矫情。印象里，宁芷以实习生身份来局里，法医部办了场不算盛大的欢迎会。从开局到结束，别人问什么，她答什么，不相关的事绝不多说半句。

注意到于城的目光时宁芷还礼貌又疏离地点头招呼："初次见面，多多指教。"

于城当时并没有回应她，他没有合适的措辞来表达当时的心情。因为那天并不是他们第一次见面。

第一次见她是于城成为特案组实习生的第一天，当时是上午十一点多，接到水原大学校长的报警电话，老队长带着他到案发现场。

已是六月天，可天台的风吹得他两条腿都瑟瑟发抖。那时的宁芷齐肩短发，小小的身躯窝在风口，刘海被吹起时，一双眼空洞无神。她怀里抱着一具尸体，衣服上沾满干涸的血。于城走过去想扶她，她却直接抓住他的裤腿。

她问他："我该怎么办，他们都不要我了？"

当时负责的法医公布死者死亡的时间超过十个小时时，他只觉得恶寒。

宁芷和尸体待在一起的时间竟然超过了十个小时，怪不得她的手比放在停尸间的死者还要冰。

到现在过去五年多，具体什么案子于城已经记不清楚。可偶尔半夜惊醒时，总觉得自己的腿上冰凉凉的，像被谁抓住裤腿一般。

共事后，宁芷从不提以前的事，理所应当地把仅有一面之缘的他忘掉。

局里的同事也乐意撮合他俩，宁芷虽不拒绝，但眼睛里并没有一丝情意。越是相处，于城也越是清楚，宁芷的身上有太多他不能了解的事。而这些未知的事，将他俩隔得远远的。

像前不久在医院突然冒出来的楼鱼以及审讯室里神婆遮掩的怪话，还有猜不透的江桓。

红灯中，于城按揉太阳穴，想到以前头就疼得厉害，却还是把想问的话问了出口："眼睛不舒服？"

本来是想避过陈相正才压低声音，结果那厮耳朵灵得很，赶紧凑过来："对啊，你的眼睛超红，是谁惹你哭了？"

于城在后视镜里瞟一眼陈相正，他收到讯号后身体立刻靠回椅背上，在嘴上做拉链动作，憋住气，脸变得越来越红。

宁芷自然不会回答这问题，拐着弯地把话题绕开："想不到男人也这么喜欢八卦。"

陈相正继续憋气点头，还没坚持几秒，忽然大吐一口长气："不行了，不行了，我都眼冒金星了。"

于城懒得搭理他，宁芷眯眼笑他，暗自庆幸话题终止。她不想把私事摆在台面上说，也不需要其他人的任何意见。现在所走的每一条路，无论结果如何，都不会有回头的可能。

车停在了楼下，她逃也似的下车，隔着车窗，说道："于老大，案子有进展记得联系我。"

留下两个大老爷们在车里不知所措。好一会儿，陈相正咳了一嗓子，瞅着于城有些欲言又止。

"有话就说。"

"宁宁和楼鱼没什么关系，但是江桓……"

于城"嗯"一声表示知道："把他的资料整理一份给我。"

幸存者游戏

陈相正不太明白这个指令的意义所在，于城也不多作解释，打开车门直接下了车。

走出几步，再回头看过去，陈相正还坐在车后座一脸茫然，两人视线在空气中对视几秒。

只见陈相正急匆匆地拉开车门，抱着资料跟到他跟前："老大，咱们调查兄弟部门不合规矩啊，再说他只是特邀。"

"你非要照规矩查吗？"

陈相正不说话，显然对这份差事不满意。

于城无奈地看他一眼，理智倒也回来几分。没有审批文件就随意内调，被领导知道估计少不了通报，搞不好还会惹祸上身。

"算了，不查这个了。"于城停了一下接着说，"你帮我把五年前，宁……我经手的案件资料找出来。"

于城到底没把宁芷的名字说出来，无论五年前她经历过什么，太多人知道总归不是好事。

尸体运到尸检室时，江桓才回来，他关上办公室的门就没再出来。范湉察觉到两人间诡异的氛围，在心里默默地为低气压捏把汗，接着为死者做过清理后开始解剖。

宁芷将尸体手心处的皮肤切割下来，看到电流斑外圈有红色的充血环，凹陷中心黑色碳化，肌肉紧绷，尸体的手臂内侧和小腿内侧形成了树枝状的深色花纹，是电击后皮肤血管扩张、血管麻痹充血造成的。

尸体的阴道内部有暴力表皮擦伤，因为在河里浸过数日，只能提取出少量分泌物。宁芷抬头看着范湉，两个人不约而同地想到一个点上，范湉爆了句粗口。

缝合后，范湉摘下手套，给出肯定的死亡原因。

"死亡原因确认不是溺死，是电击死，有性行为痕迹。根据腐败情况和各关节活动程度判断，死亡时间应为三天左右。根据目前的情况可推断，为他杀。"

宁芷做记录的手一顿，到底发生了什么事？又是谁将她残忍杀害并抛尸？

（三）

从尸检室走出来，宁芷立刻跑到特案组的办公区，汇报准确的死因以及死亡时间。

陈相正正好在给大家发资料，顺手也递给了她一份。

死者就读水原师范大学。大四学生，成绩优秀，每个学期都荣获奖学金，老师和同学对她的评价很高。

"出动。"于城拿起本子和陈相正起身要走，还不忘回头看一眼宁芷，"要不要一起？"

听到学校的字眼，宁芷有些犹豫，甚至产生了恐惧心理。她握紧拳头甩掉头脑里所见的血腥画面，还是点头应着一起出发。

校园还是惯有的青葱气息，学生们抱着书本穿梭在校道上，三三两两的女生说着话，笑得不可开交。

按照资料上提供的专业年级和课表，他们很快找到了余筱筱的班级。

大四的课程不多，很多学生都出去实习了，班里来上课的人不多，来的寥寥几人心思也不在课堂上，不是摆弄着手机，就是趴着睡觉。

距离下课还有二十五分钟，于城他们只能先去辅导员办公室询问相关信息。杨成山的工位在最角落里，资料堆成小山，若不是站着看，根本无法发现那里还坐着个人。

听到余筱筱的死讯，他很是吃惊，眼睛睁得圆圆的，但又要维持师尊，捂着嘴防止因惊讶导致的过度发声。

"怎么会？！前几天还和我说她找到实习的地方了，这三天她没来上课，我以为她是忙着实习的事呢。"

说完他还不忘痛心感慨："这么好的孩子，怎么说没就没了呢！"

于城微不可寻地叹口气，例行公事地问："你最后一次见到余筱筱是什么时间？"

"我想想，这学期太忙，脑子有点乱。"沉吟过后他答道，"好像是三天前，论文一稿交稿的日子，她最先到的！"

"这期间她有和你说什么吗？"

辅导员推着鼻梁上的眼镜,眼睛半眯,努力地回忆着:"话题都是围绕论文和实习的一些事项。大四时间紧,又是论文又是实习。余筱筱这孩子不容易,听说是为了支持男友深造,同时做好几份兼职。谁能想到……"

宁芷看着办公桌脚下的几箱补品,又看了眼还在擦泪的杨成山,他的办公桌很简洁,每个东西都有些居中地摆放着,中间摆着一张情侣照片。书架的缝隙里夹着一个棕色药瓶,上面的贴纸被撕掉了,但宁芷还是快速地辨别出它是镇定剂。桌边的纸箱上整齐地摆着一叠论文稿,最上面甩着一个档案袋,有类似卡片的边角露出来。

还想再仔细看一下,杨成山已经伸手将档案袋收起来,放进抽屉里,似不好意思地低声说:"学生毕业设计的素材。哎……筱筱的毕业设计要是全部完成一定也很棒。"

宁芷收回视线,带着歉意地点头微笑,跟着于城他们出去。一行人关门朝教室走去。

陈相正大喘:"我的天,太压抑了,我都喘不过气了。"

于城的僵尸脸轻抽,斜眼看过去:"你这都是什么毛病?"

陈相正直摆手:"真别说,我以前就怕老师,看着这辅导员感觉更瘆得慌。"

这回于城都懒得回他,陈相正跑过来扯宁芷袖口:"你不觉得那屋子的气场怪怪的?"

宁芷瞥眼前方明显停顿的身影,嘴角上扬:"这里就你最怪。"

下课铃声响起,于城拦住急匆匆往门口赶的学生们。大学生倒谁都不怕,扯开嗓子问他凭什么不让他们下课。一人一句,乱哄哄得像脑袋里住了一窝鸟一样。

他掏出证件在那几个带头嚷得最大声的男生眼前来回晃几回:"办案,大家多多配合。"

那几个人噤声后,教室慢慢安静下来。于城才开口询问谁和余筱筱日常相熟,她的同寝是谁等。

经过简单筛选,十来个人都坐在前排的位置上,五个是她的室友,剩下的都是班级学委。人是少了点,但也在情理之中,在大学,唯独上课大家坐在一起,下课都是各忙各的,鲜有初高中那种相携着去厕所的情怀。

但这么大架势的询问，宁芷还是第一次见到。

于城拿着本子将大家的名字记在本子上，问第一个问题："最后一次见到她是什么时候？"

"三天前吧，论文初稿交稿日，她也去了。"

"在座的同学谁与她关系较好？"

那几个学委纷纷摇头不再说话，于城让他们先走，剩下的五个人是她的室友。

几个人你看我我看你小声嘀咕着，都是一脸莫名其妙。可见，这几个人的关系似乎更好一些。也不知道讨论出了什么结果，其中一个气势强些的女生率先开口："我不知道余筱筱怎么了，但是她的名声一塌糊涂，谁敢和她走得近？"

可能是开了先河，这女生说完，剩下四个女生也纷纷开口，让他们了解到余筱筱的名声一塌糊涂到了什么程度。大四开始，余筱筱特别反常，每周总有那么几天不在宿舍住，后来有人在论坛上发了她在夜店的照片，议论声随之而来，一人一句地传，到最后变了味。余筱筱成了因钱堕落到陪酒卖身的婊子，院里那些向她表白但被拒绝的和喜欢但不敢表白的男生们，瞬间找到出气孔，都参与了这场讨伐的键盘仗。

曾经是女神一样存在的余筱筱，突然转变成了为钱不择手段的女生。忽而，宁芷想起那天余筱筱把钱给男生，却被恶言相向的情节。

宁芷心里暗自吐了句"渣男"后开口问道："这些事情，她男友知道吗？"

在场的人同时扭头看向她，带头的女生回答："知道，不过听说分手了，再深的感情也经不住这么大的背叛啊。"

一行人周折几处，最后在图书馆找到了余筱筱的前男友周昭。被叫到走廊说明缘由后，周昭先是脸色刷白，随即恢复镇定："她死了？开什么玩笑，怎么可能？"忽而想到什么，冷声开口："别想唬我，我们四天前就分手了，她的事情跟我无关！"

宁芷声音不大地骂了句"王八蛋"，冲过去一把抓住周昭的衣领。

一米七五的男生，愣是挣脱不开，人也跟着唬住："你又是什么鬼啊，快放开我知道吗？"

"因为你求上进想深造,她为你打那么多份工,而你除了把钱甩在她身上人云亦云地用恶毒语言伤害她外,就是个没有脑子的废物!"

"你……你怎么知道的?!"

侦查时会遇到不少突发事件,但这种情况简直少见,宁芷是认识面前的男生的,言语里满是怪罪,这是什么情况?

为了避免事故,于城和陈相正一人拉着一个,也不知宁芷攥着衣领的劲儿哪来的,两个大男人费好大力气,才将两人分开。

被松开的周昭,脚下慌乱,连连向后退,直到撞到墙后才停下来:"你到底是谁,怎么知道这些?"

发泄过的宁芷多少冷静下来,冷笑着:"那天她哭着追你,你停下来等过她吗?"

周昭震惊地抱住头,身体顺着墙壁滑坐在地上:"没有,我当时脑子很乱,只想离她远点。"

于城一时摸不着头绪,但也知道眼前不是问罪的时候,指挥陈相正把宁芷带到一旁,才重新问话:"三天前你在哪里?"

"三天前吗?我一直待在寝室看书。"

"有人证明吗?"

"我们寝室的人那天都在。"

"余筱筱最近有什么异常?"

"这学期我俩感情就不合,就和刚刚那位女警说的一样,四天前彻底摊牌分手了。但我真的没想过她会死,我是爱她的。"

说完,眼泪就跟着流下来,由于内心的悲恸,周昭不断地颤抖,似乎受到了难以承受的伤害。宁芷转过身有些看不下去,心里又气又难过。

"不合是因为论坛上的恶评吗?"

"那些空穴来风我不会信。"周昭抹一把脸,"有人给我发了筱筱和她设计小组里的几个男生很亲密的照片。那几个人身份不一般,流言蜚语越来越多。"

"什么流言蜚语?"

"说筱筱和他们做肉体交易,换实习机会……我相信筱筱的为人,但问她什么情况她又解释不清楚,生活费越来越多,很难让人不怀疑啊。"

余筱筱三天前被害，他和余筱筱的最后一面是四天前那个下午，如果他们和好会不会就不会出事，还是周昭在说谎？

周昭的声音在安静的回廊里显得特别悲怆，连宁芷都懒得上去骂他。他真应了那句"可怜之人必有可恨之处"，但当前更重要的是，谁才是最有可能杀害余筱筱的凶手。

聚齐设计小组的另外三个男生花费了不少时间，他们聚在一间小教室里，都是二十出头的年纪，因家境殷实见的世面多，一脸不羁和不屑，眼睛直直地看着于城他们，没有怯场。

小组里负责出概念的人是何武，整合资料的是李念，另一个人则是和余筱筱一起出成品的方准会。怪不得那些学生会将余筱筱与他们的关系联系到肉体关系上，以这三家的财力，虽不能在水原横着走，但安排一份优渥的工作肯定是没问题的。

"三天前你们在做什么？"

几个人互相看一眼，愣住一般，紧接着说出各自做过什么，都是有人能够证明他们当天确实没有和余筱筱见过面。

而问到最后一次见面时，口径有明显不一。

"四天前。"

"三天前。"

说四天前的人是李念，他茫然地看着其余两个人，仿佛说错一般显得很慌乱，何武拍拍他的肩膀："昨天交稿不是见到了？"

李念反应过来跟着点头："对的对的，太忙被我给忘了。"

于城抱着怀疑的态度扫视他们，眼神犀利地落在李念身上："四天前，你和余筱筱见面的原因是？"

"因为要核对最后一次的资料，要开始做设计了。"

"你们什么时候分开的？"

"大约……"三个人又互相看一眼。何武先开口："应该是中午十二点多吧。"

坐在后排的陈相正，凑过来和宁芷耳语着："我怎么觉得他们在撒谎。"

"我也觉得，他们好像没有串好口供。"

宁芷收回目光，琢磨着三个男生是什么情况，余光仿佛看到窗户外有个人，猛地抬头。她还没来得及看清是谁，那人迅速逃离窗口。她来不及思考太多，从座位上起身绕过陈相正追了出去。

那人似乎料到宁芷会追出来，跑着离开了走廊，只留下一道漆黑的背影。

宁芷和前面那人，始终保持着一段长长的距离，辨别不出对方的性别和身高。

等宁芷气喘吁吁地冲出教学楼时，黑影已融入人群中。台阶上来来往往的学生们，或神色沉重或神采飞扬。一时间根本无法分辨出人群里，到底是谁在偷窥这一切。

（四）

再次从教学楼里出来，天已经黑下来，于城他们三个人坐在车上，望着刚刚还在悲痛，现在已经说笑着、揽着肩膀离开的三个男生，默契不语。

好一会儿，陈相正才呲牙说："生命无常。"

宁芷有些愣怔，捏着安全带的手有些紧："大学生是不是更容易成为罪犯的猎物？"

"这类安全意识不足、自我保护能力不够、对运动不热衷的生物，在动物世界里活不到解说员解说完毕。"于城发动着车子，从校园里开出去。

道理谁都懂，但这不是成为猎物的原因："自身能力要多强，才能敌得过穷凶极恶的杀人凶手？"

还没等回答，坐在后边的陈相正又把头伸过来，拍两个人的肩膀："怎么有种要吵起来的节奏？"

宁芷摇摇头，眼里的水汽散去，把身上的戾气卸掉："没有的事，我和于老大在探讨弱势群体的问题。"

于城不再说话，又想起初见时的她。昨天，陈相正把五年前他参与案子的资料都拿给了他，材料堆成了小山，里面没有找到和宁芷相关的资料。

好像命运特地捉弄他一样,他想多了解一点,都不给机会,再一想也就算了。若命运想把关于她的一切都关在那灰蒙蒙的档案室里,他也不愿做那个掀开过去的人。

回到单位,于城接到杨路的电话,皱起眉头:"手机吗,还在技术科那边修复?通信记录,好,我马上过去。"

于城甩上车门,快跑冲进办公楼,留下陈相正和宁芷面面相觑。

和陈相正分别后,宁芷先到技术科把鞋印的信息拿过来。残留的鞋印大小尺寸为四十三码,是运动鞋鞋底常见的花纹。根据当时的泥土松度,可以推断脚印所属人为男性,身高为一百八十厘米以上,体重一百四十斤左右。回忆一下校内遇到的那些人,并没有谁的身高达到一百八十厘米以上。

宁芷又想起其他线索:"体内的DNA检验结果呢?"

那头的技术员忙得头都不抬一下:"估计要晚一点。"

宁芷拿着结果去特案组办公区,好几个人围在一起分资料,长长的通话详单,上面显示三天前余筱筱的手机没有任何通话记录,而按照那些人的证词,当天除去论文初稿交稿以及和李念相约对资料以外,受害人没有其他安排。没有电话就算了,怎么会连流量都没有变动过。

"有意思,这都什么事?!"于城的面无表情被急性子冲破,浓眉下的双眼分分钟要喷出火。

一整天不知道在忙什么到现在才出现在门口的江桓,并不了解案件的新进展。此时于城还在气头上,这时候别说是陈相正这种共事多年的人,连平时心特大的杨路都只是坐在远处的椅子上,安静地啃笔头,江桓想于城给他讲案件的进度,根本是痴心妄想。

陈相正抓紧把江桓扯到走廊,把去学校审讯的结果和事情经过给江桓说了一遍,还不忘把他和宁芷猜测的串供也加进去。听完后,江桓眯着眼睛,手指轻敲在裤线上,陷入沉思,好一会儿像是想到什么一般,疾步走回办公室,叫上一旁呆滞的宁芷:"来尸检室。"

范浠不在,江桓拿钥匙把停尸柜里的尸体拉出来。尸袋上冒着白色的冷气,宁芷似乎知道江桓要干什么——他要重新尸检。

根据死亡时间的加长,尸体会跟着发生一系列的变化。由于尸体在水里浸泡过久，全身的皮肤褶皱苍白，前期尸斑并不明显，起初是根据尸僵状况确定死亡时间，却没有想到现在才开始出现明显尸斑。

尸斑呈现鲜红色，皮下毛细血管收缩，通透性增加，局部血液淤积，个别皮肤外观呈现淡红色，是冻伤的基本症状，与电流伤亡的外观极为相似，由于冻伤的尸斑和尸僵出现时间较晚，所以被他们忽略掉了。

宁芷惊讶："怎么会有冻伤斑？"

"死者被冷藏过，温度在冰点以下，零下七度以上。"

"凶手为了杀人，没必要费这么多周折呀，若是为了隐瞒死亡原因就更没必要，至少凶手不会猜到死者被发现的时间，怎么会认定当时不会鉴定出冻伤。"

"就电流斑痕迹而言，可以推断死者大概是四天前被电击过，随后在某处被冷藏至死亡，真正的死因是冻亡。"

"那三天前见过死者的供词就无法成立了。"

被叫过来的于城，脸色没有太多好转，当听到新的解剖结果时，脸色更差："这意味着余筱筱四天前就失踪了？"

话里话外倒有几分怪尸检结果的错误导致调查方向出错，按照于城的性子，他肯定不会顾及面前站着的是谁，绝对要说几句不好听的话泄愤。

没来得及想太多，宁芷往前迈一步，率先解释："之前的尸检电流伤明显，内脏也没有呈现太多参考的信息，所以造成误判。"

于城额头青筋一跳，快冒到嘴边的怒词，直接吞了回去，用怪异的目光审视着矮自己一头的宁芷，眉头皱得更甚。他能理解医学鉴定会存在错误判断，以往因死因鉴定错误造成嫌疑人误判的事情也发生过，有改正的机会都不算问题，但是他不能理解的是她这种老鹰护小鸡的行为在向他传递什么信息。

就在这时，DNA分析结果被传真过来，江桓把报告拿过来，翻到结果那一栏，身体一下僵住，宁芷走过来接过报告单，同样也是震惊。

意识到气氛不对，于城顾不得胡思乱想："什么情况？"

宁芷把单子递过去，上面一大串专业数字和英文。于城翻译过来几个字，直接把目光落在鉴定结果那一栏，心还是一颤。

"余筱筱体内残留物的DNA鉴定为三人？"

而这三个人很容易让人联想出某种结果，他们不仅说谎，竟然还做出这么令人发指的事情！

"真是一群疯子！"压抑了一阵的愤怒，终于找到一个爆发点，于城捏着手机一边打电话，一边往外走，隔着一层门还是能听到走廊传来怒火，"把那三个人给我抓回来！"

晚上十点半，陈相正才把三个人带到审讯室。

何武三个人面面相觑，面露不悦和畏惧的情绪，但还是努力装作什么都不知道地看着于城："警官，我们什么都没做，怎么抓我们三个人回来？"

"什么都没做吗？那你们看看这是什么？！"于城把 DNA 的比对结果和余筱筱被害的一些照片甩在他们面前。李念看到照片后身体剧烈颤动，忙把照片推到一旁："说过了，我们没杀人！"

何武的脸色也不好，屈肘用力地捅下李念的肚子，警告般吼道"闭嘴"，把被推开的照片拿回手上，仅仅皱一下眉，但很快又恢复为二世祖的模样。一旁的方准会，把被风吹乱的头发抚顺，把鉴定结果拿过来仔细看，然后抬头看着于城："我们和余筱筱没有发生超过组员关系以外的关系，这明显是有人栽赃！"

"栽赃？你来告诉我凶手是怎么同时拿到你们三个人的精液来栽赃你们的？"

方准会双臂抱胸，带着些许不屑："我要找律师，否则我什么都不会说。"

于城握着拳头想要上去给他们一拳，却被陈相正拦住，他趴在于城耳边说："这群人不要碰，分开审讯吧。"

想到他们三个人的家庭背景，于城耐着性子收回手，安排人把三个人分开审问。

凌晨两点，到新审讯室里，于城面对的是最好突破的李念。大概从刚刚的谈话中知晓了于城的性子加上被隔离出来的恐慌，李念整个人尽量缩在椅子的角落，眼睛怯生生地看着于城，手指来回地抠着，但凡有些情绪都在脸上表现出来。

从资料上看，李念的家庭条件很好，但管教很严，穿什么样的衣服，说什么样的话，连交什么样的朋友都要被管，到了大学性格才好一些。

"四天前，你在做什么？"

"我吗？我……我在寝室想毕业设计的概念。"李念磕磕巴巴地说着，两只手拧得更紧，脸上还有不正常的红晕。

"你上午的证词是，四天前你和余筱筱——也就是她——在讨论内容。"于城边说边指着照片上的余筱筱，莫名的焦躁袭上心头。

"我，我，是我自己，我没看到她，可能是我记错了。"

"现在坦白的话，法律上会给予宽大处理。刑法的第二百三十二条规定，故意杀人罪，会被处以死刑或无期徒刑。"

听完这句话，李念的身体抖得更厉害了，他的胃都在翻搅，身体前倾抓住于城的手，浑身哆嗦着说："我说的是真话，我们没杀人！"

"你是否承认强奸的事实？"

李念似乎被强奸二字吓住，嘴角泛白："是一场游戏，她，她输了，但我们真的没杀人。"

（五）

李念话音刚落，于城已经打电话申请搜捕令。杀人凶手他可以慢慢调查，但他们犯了强奸罪自然不会放过他们。

审讯室外响起一阵吵闹声，陈相正在走廊里维护秩序："别影响正常办公，有什么事，在休息厅等候即可。"

话音一落，审讯室的门"嘭"的一声被粗暴地打开，三个女人和一个男人气势汹汹地走进来，其中一个女人冲过来抱着李念的头，眼泪直接掉下来："儿子，你有没有受伤，他是不是恐吓你了？"

"现在是审讯时间，妨碍公务会被拘留。"于城预感到事情不妙，早就知道这三个学生的家庭背景不简单，但没想过他们家人会明目张胆地在审讯期间闯进来，根本没把规则放在眼里，想到这里，不禁有些怒气。

站在后面的男人不慌不忙地从上衣口袋拿出一个方盒，抽出一张名片递上来:"我是这三个孩子的代表律师,周靖。"

于城从座位上站起来,只手接过名片,也不细看便放在桌上:"他们已经招供,你可以在法庭上为他们辩护,但现在我们要申请逮捕令。"

"于城警官,你现在所得到的证词可能并不能成为证据,我方调查了解到你审讯时的习惯,现以暴力审讯事项申请对你进行内务调查。"

"内务调查?"于城不可置信地接过律师递过来的内务调查令,上面确确实实地打着于城的名字,还列出哪年哪月哪日什么时间在审讯室对嫌疑人进行过施暴恐吓。

怎么回事?他的心猛烈地跳着,靠成绩堆积起的傲骨一瞬间坍塌,视线因血液加速流动而变得模糊不清。他看着红色的印章,又去看面前自称是律师的男人。

陈相正费劲地从人墙里挤进来,把他手上的纸夺过去,快速浏览一遍,气得发抖:"怎么回事,这是谁下达的指令?"

还没等到回答,几个带着搜查令的男人走进来,走到于城身边,声音不大,但在场的人又能听得清楚:"请你配合我们调查,和我们走一趟。"

陈相正发火,拦住那几个人:"搞什么,特案组这边的人是你们随便能带走调查的吗?我要打电话给厅长!"

"搜查令由市局直接下达,有什么问题,可以让厅长与我们联系。"

这时的于城是呆滞的,职业生涯里横现"内调"一笔,这大概是他从出生到现在第一次被动受辱。父母将他的人生规划得很好,读什么样的学校,和什么样的女孩在一起,他不需要多问,更不能反抗。

毕竟他曾为了个女孩和父母据理力争,换来的是母亲哭号跳楼和父亲的皮鞭家法,然后便是廊道一跪的惩罚。后来的路他走得很谨慎,可强压之下到底把他性格中的缺点压了出来,只是暴脾气从未在父母面前展现过,因为那不符合他们要求的"教养"。

陈相正见他们铁了心要带走人,想跟出去阻拦,却被调查组的人中途截住:"你再这样,将因妨碍公务一并把你逮捕。"

刚刚那四个野蛮人的说辞现在竟被安在自己身上,陈相正的脚步停下来,一点办法都想不出来,而于城似乎还没回过神,更是焦灼。"老大,现在该怎么办?"陈相正问。

被叫的一瞬，于城醒神，将自己从内心深处的漩涡里扯出来，深吸一口气，稳定情绪，说："去找江桓。"

陈相正一刻都不敢停，直接跑去四楼，江桓还在整理资料，陈相正气喘吁吁地停下，连门都没敲直接喊着："江法医，帮帮忙。"

"你慢慢说。"

事情陈述完毕，陈相正接过宁芷递过来的水，握在手里也不喝，抬头看着江桓，似是把所有的期望都押在他身上："老大只能靠你了。"

江桓皱着眉头，手指轻轻地敲着桌面，脑海里将整个事情串联在一起。律师来的时间掐得很准，如果这三个学生都不松口，他们可能就当这件事不存在。

可这中间很明显缺一个环节。

是什么？江桓的手揉捏着太阳穴，又问一遍当时的细节，灵光一闪，想到一直以来忽略的点。

他把文件合起来，站起身，走在前面："我们去安保室看看吧。"

江桓和陈相正步子比较大，走得急，宁芷跟在后面有些吃力。此时，嫌疑人已经交代了强奸过程，只差临门一脚，于城却出了事。

内务调查这事说大不大，但说小也很麻烦。将过去刨根问底地问一遍，再不然就要心理咨询审核等。

于城把这件事交给江桓处理，确实是明智之选，但是江桓这么多年一直在国外，国内的流程未必清楚，搞不好也会把自己搭进去。

宁芷摸不着头脑，干脆问："去安保室做什么，不是该去找厅长吗？"

江桓回头看她，放缓脚步，和她并肩边走边说："搜查令上对于城的依据是使用暴力恐吓嫌疑人的审讯视频。审讯记录都储存在安保室，能到他们手上有两种可能，内部有人交给他们，或者，他们黑了系统。

前者找到是谁很容易，而后者更能证明罪犯入侵公安系统，所谓的举报证据就会作废。"

宁芷和陈相正都不敢想象第二种结果。

江桓似知道他俩的想法，摆手说："没有什么能挡住黑客的。"

果然如江桓所料，在将李念他们三人带到局里后，夜里十一点多安保系统出现过一分钟的异常，但很快得到修复，系统显示并没有被植入任何病毒，也没有丢失什么数据。他们这边和厅长写了报告，系统重新修正防火墙，倒也没再发生什么事。

谁都不会想到，短短一分钟，黑客拿走的并不是什么机密，而是审讯室的视频。

"现在怎么办？"陈相正愁得直抓头发，现在已知的是律师事务所采用非法途径取证，证据自然不作数。

但于城确实有几场审讯情绪不符合规矩，有过言语和行为上的冲动。

宁芷着急，毕竟于城还要在禁闭室待着，强奸的逮捕令又下不来，总不能任真凶逍遥法外："你们去找厅长，我去找主任。"

宁芷拘谨地坐在周康的办公室，耐住性子把事情的经过又复述一次。周康倒是很镇定，到底是见过不少风浪的人。

"你先别急，越急越容易出乱子。"

宁芷从沙发上站起来，黑色的短裤垂在她两条细长的腿上，上半身的白色简约 T 恤在她的身上略显得肥大。一双大眼睛水汪汪地看着周康，显得特别可怜。

结果，她猛地弯下腰把身体折成九十度，声音坚定："周叔叔，我们需要你的帮助。"

周康是她爸的多年老友，她毕业前便能在法医室实习、跟现场，很大一部分的原因是受周康的照顾。

周康扶直她的身体，按住肩膀让她坐下："你啊你啊，说你点什么好。这事我也没什么话语权，让厅长拿完整的审讯视频过去，是怎么回事就清楚了。"

宁芷点头："然后呢？我们现在不能干等着，万一他们把嫌疑人送出国的话，就糟了。"

"我会尽快申请禁止出国令，你们的当务之急是先保护好第一现场。他们既然有胆子找人黑公安系统，估计下一步就是清理证据。"

临关门前，宁芷还不忘把头伸进来说上一句："周叔叔，谢谢你。"

（六）

太阳还没完全升起，陈相正就已在局里跑证据。车停在一处别墅区，那是李念家的财产，也是李念供词中余筱筱被虐待迷奸的犯罪现场。

宁芷和江桓先在别墅外的车上观察。别墅区人不多，并没有人进出现场，只剩下一片寂静。从昨晚到现在一直在忙案子，谁都没有吃饭，宁芷把来时在便利店买的食物递给江桓，调高座椅，喝着酸奶，两个人谁也没说话，气氛不免有些尴尬。本来是陈相正要过来的，但是搜查令那边还需要他盯着。又不能来太多人，不然明目张胆地更容易坏事，结果就剩他们两个。

宁芷咬唇，重新把座椅调低，眼睛紧紧地盯着别墅正门，奇怪自己怎么搞得像卧底一般，也不知道于城那边是什么情况，更不知道在这儿能等到什么。

从车窗反射里看眼江桓，他看上去很疲惫，眼下有一层浅黑，想问问怎么回事，又不知道怎么开口。上次争吵的情形还历历在目，现在又是独处。她不懂那些分手后还能像朋友一样心平气和地问好的人是什么心情。她宁愿江桓再也不要出现，永远活在记忆里，带着好，带点恨，也好过现在。

江桓把手伸过来，吓得她肩一耸，整个身体朝着门边靠过去，手臂横在半空中，转过头看着他，对视的目光里，她清晰地感受到他眼底翻涌而出的莫名情绪。

鬼使神差地，她伸出手握住那只手，触感和温度都和曾经一样温暖："江桓，你后悔吗？"

握住的手明显僵住，他没回答。

宁芷眼睛垂下，松开他的手，心里清楚自己问的问题有多蠢，干脆转移话题："这次案子，律师这边会不会很难攻破？"

"在正式拘捕令下来前，律师是铁了心要保这三个嫌疑人的，律师我查过，是金牌律师，过手的案子没有输过。"

"于城不会有事吧？"

江桓看着她的目光有些怪，但到底没问下去："不会，他们只是想拖延时间。"

正想着，突然车子前方停下一辆黑色商务车，正好挡住他们监视的视线。车窗上贴着黑色防窥膜，里面是什么人根本看不清。

宁芷绷直身体，注视着这辆碍事的车的一举一动，车子连牌都没有，玻璃遮得严严实实，她有种不祥的预感，和江桓对视一番，两个人想到一块了。

只听"哗"的一声，商务车的车门被拉开，一个穿着黑色衬衫的高瘦男人从车上下来，仿佛知道他俩在窥视他们一样，朝着他们的车怒视，狠呸一口吐沫，才移开目光。

片刻又下来一个大汉，一个接着一个，车门"哗"的一下被用力地关上，车身微颤。

六个彪形大汉站在男人面前，卑躬屈膝地等着指示，男人左手朝着一个方向指去，嘴里不知道在说什么，三个大汉提步就朝着那边跑过去。

紧接着，男人又把头扭过来，嘴角扯出诡异的弧度，抬手指向宁芷的车，手在脖子上做了个"抹脖"的动作。

糟糕！他们要来硬的。

江桓把手放在车锁上，另一只手握紧方向盘，也不看她："那三人应该去收拾别墅了，而这几个……"

不用说也知道，是要来收拾他俩的。如果此时，江桓倒车逃离，是绝对有把握冲出重围的，但真的逃走，就意味着只能任凭他们把现场破坏掉。现场万一被破坏的话，即便凭借 DNA 能指证他们强奸，金牌律师也会以自愿等理由来为他们开脱，并且也会把故意杀人罪，改为意外。最后再以各种各样的方式进行辩护，三人基本就能逃过法律的制裁。

若是强行阻止，以宁芷和江桓的能力，估计连一个都打不倒。

面前的四个男人正在一步步地朝着他们的车靠近，看得出来，这几个人不是善茬，明显是有备而来，逼着他俩做出决定，保命还是保现场。

宁芷抑制住想跑的冲动，双手用力地绞在一起，这时，江桓转过头看她，眼里满是坚定："别怕，有我呢。"

话音一落，江桓发动车子，发动机的声音响起，慢慢地向后驶去，领头的男人脸上露出"算你识相"的表情。

"小宝，安全带调整好，向附近派出所请求支援。"

宁芷按着江桓的指示做，快速地拨出号码，那边的同事接通得也快，她简要地把现状表达清楚，对方听明白后立刻说："马上支援。"

挂掉电话，江桓伸手过来握住她发颤的手："一会儿我会向前冲，直接开进别墅里，里面的人会出来看情况，我下车来阻止他们。"

那她呢？

宁芷看眼他的身板又看眼外边的壮汉，有些犹豫："不然，还是等等看吧，你一个人不能冒险。"

江桓只是笑，知道她最担心的是什么，说句"放心吧"，脚下油门一踩，车像箭一样发射出去。

车开得太快，轮胎划过被太阳晒软的路面，发出尖锐的摩擦声。宁芷握紧窗边的扶手，用力地吸了口气。前面的几个人也没想到江桓会去而复返，一时间没反应过来，只能慌乱地往路两边躲去，车子快速从他们身边驶过，直直地朝着别墅的大门开去。

江桓边鸣笛边加速，眼看着别墅的门越来越近，别墅里的三个人匆忙跑出来，迎着车头站定，认出是宁芷他们后，直接朝着车扑过来。

后面的几个人也逐渐赶过来，此时他俩的车就像汉堡中间夹的肉。

其中一个男人从腰间拔出甩棍，朝着空气用力一甩，用近一米长的铁棍直指他们的车，吼着："不要命的，你给我下来！"

江桓脚下一踩又是加速，朝着他们三人虚晃一下，三个人慌乱地跳一大步，站直身体后又喊："给我上！"

紧接着，一个男人用手里的甩棍直接砸向车的引擎盖。"嘭"的巨响，车头凹下去，车灯估计也震碎了。

江桓看着后视镜，又猛地朝后冲过去，后面的四个人也是一阵慌乱。江桓跟他们来回晃过几次就像在玩猫抓老鼠的游戏一样。

支援迟迟不到，用这个办法根本坚持不了多久。

江桓自然也明白，他手打着方向盘，一个急转弯横在别墅正门口，在他们六个人还没站直身体时，迅速地打开车门跳下去，临关门前，看着宁芷说："锁好车门。"

宁芷听话地锁门后，才反应过来，江桓这个冒险的计划，根本没打算让她参与。

空地上，江桓被六个人包围住，领头的男人站在前面上下打量着江桓，不屑地骂："不自量力，给你们机会不要，那就别怪我们不客气。"

江桓忍不住顶下腮帮，湛黑的眼睛里看不出什么情绪。

几个人齐刷刷地从腰间掏出武器，挥臂甩出，刀尖在阳光下折射着亮光，宁芷心惊，江桓空手，可对方除去铁棍还有人带着刀。

硬拼的话，江桓绝对不是他们几个人的对手，一定还有其他的办法。宁芷有些慌，在座位上翻找着称手的武器，可是真有武器的话，江桓也不会空手下去。

越是急大脑越是空白。

"拜托！"宁芷搓着手，身体发冷，犹如回到五年前的夜晚，那时她也是这样，什么都做不了。

车外，江桓和那几个人过手，刀棍胡乱地照着他身上招呼，但都被他灵活地避过。又或者说，这几个人并没有真正要置他于死地的想法。

对，他们来这里的目的，无非是想把现场破坏掉，让局里无证可搜。想到这里，宁芷转过头看四周的环境。

副驾驶的车门正对着的就是大敞四开的别墅门，别墅的钥匙还插在安全门上。一个更冒险的想法浮现在她的脑海，时间越来越紧迫，没有更多的时间再犹豫，她打开车门直奔别墅跑去。

那边的几个人都在与江桓周转，根本无暇顾及她这边，等他们注意到时，已然来不及。

宁芷拔掉门上的钥匙，甩进屋里，把门用力地合上。

带头的男人这才反应过来，下了死命令："给我抓住这两个人！"

（七）

话音刚落，几个壮汉分散开，朝着宁芷奔过来。

隔着人影看不清江桓的位置，只听见他惊心动魄的喊声："小宝，快跑。"

听到指令，宁芷正打算往车边跑，就听见不远处传来警鸣声，声音越来越大。黑衣男人咬牙切齿，眼睛里冒着凶光，恨不得当场撕碎两人，但还是更快地指挥手下撤离。

很快，别墅外传出车子加速驶离的声音，宁芷握紧拳头，身体虚脱似的滑坐在地上，浑身抖成筛子。

江桓跑过来，双臂伸到她腰后，将她捞起来揽进怀里，用宽厚的手掌一下下地抚着她的背："以后别再冒险，乖，没事了。"

确实，刚刚的行为很冒险，万一惹怒那伙人，支援再不能及时赶到，后果不堪设想。

依照宁芷平时的性格，绝对会待在车里不下来，可现在不行，面前有危险的人是江桓，不是七七八八的其他人。

她不能坐视不理。

正在这时，口袋里的手机发出振动，像是撕碎美梦的魔音，宁芷猛地清醒，才发现自己还倚在江桓怀里，忙站直身体，垂眼向下看。江桓的裤腿和袖口上都沾了土，没有血痕，应该没有受伤。

把关心的话咽回肚子里，她绕到车前，开门坐进去。一只手接着电话，空出的手不忘按着颤抖不停的手腕。

"DNA 比对结果出来了，搜捕令也下来了，老大一会儿就能回来。你们那边怎么样？"电话那端的陈相正声音有些雀跃。

宁芷看眼瘪掉的车头和被撞坏的门桩，又看眼只是擦伤的江桓，舒口气，淡淡地回句："这边没事，你带人和开门的工具过来吧。"

偌大的客厅摆着一个小方桌，上面放着一个可调节的电流器，旁边摆着一张椅子，隐隐地可以闻到烧焦的味道，地面还有未清扫的啤酒瓶，瓶口处流出黄色的酒液，散发着恶臭。

椅子的把手上有凌乱的抓痕、淡淡的血迹和指甲的粉末，是挣扎的痕迹！宁芷用棉签在血迹上刮蹭，收起放进证物袋里。

一行人来到实施侵犯的房间时，发现房间已经被打扫。宁芷转过头看着江桓，明显他也有些愣怔。那三个人才进来短短几分钟时间，根本没时间清扫房间。

把灯关上，用荧光灯在房间的角落里扫一遍，也没有发现任何血迹反应，好像什么都没发生一样。可闭着眼睛就能想象出余筱筱坐在客厅的电椅子上，那三个人一边喝着啤酒一边叫喝着，在余筱筱昏迷后把她拖进这间房间里施暴，她尖叫、挣扎，却什么也改变不了。

经李念供认，余筱筱和他们是一个小组，几个人的家族都是大企业，是很多同学做梦都想进的单位。以何武和方准会为首，两个人总是向同学们暗示自己能够为他们提供实习机会，向两个人示好的人不在少数，他俩更是横行霸道得不行。

余筱筱自然也知道这件事，便想找个好机会实习，多赚点钱供周昭出国深造，毕竟两个人一直在争吵，虽然那时被他在粉店那般排斥，但她还是总想着呈现最后的惊喜给他，两个人能和好如初。可她并没有料到，那是他俩见的最后一面。

何武他们一开始的本意就是坏的，和她打了个赌，玩个游戏，只要她能坐在这个椅子上不被电晕，就给她提供一份永久的工作。

本来就是为了娱乐，前期电流只有 250V，余筱筱也只是身体颤抖，但随着电流增加，开始抽搐，李念想过阻止，却被何武拦住。不仅如此，还把电流增加到 1600V，超出人体承受范围，余筱筱承受不住，昏厥过去。

李念以为人死了，吓得直喊"别玩了，咱们走吧"，却被方准会挡住去路。他一脸坏笑地看着李念，指着倒在椅子上的余筱筱说："你不是喜欢她，不敢表白吗？现在不是好时机吗？"

他瞬间明白了方准会所表达的意思，头摇得更厉害，他不敢做出这么违规的事。何武却已经行动起来，把余筱筱直接扛进房间，率先施暴，李念心里喜欢余筱筱那份纯洁的气息，叫喊着拦着，都被方准会控制着脑袋，观看着全程。

接下来是方准会。

万念俱灰的李念瘫坐在地上，被两个人胁迫着对余筱筱施暴，谁知她中途竟然苏醒过来，看着身上的李念，即刻大叫"救命"，吓得李念连裤子都没提，连滚带爬地从床上跌下来："怎么办？我们该怎么办？"

方准会上前踢了一脚李念，骂了句"窝囊废"，随后示意何武把电流器拿进来。"

余筱筱身体呈现麻痹状态,只能苦苦地哀求:"放过我吧,求求你们,我只是想要一个工作机会,我什么都不会说的。"

何武和方准会互相看了一眼,一不做二不休,拿着电流器加大电流,在她的手心又电击一次,看着余筱筱又昏迷过去,才仓促地逃离现场。

出了别墅,走到后边的李念小声地说:"不会出人命吗?"

"不会,物理书上说过,1000V以下,时间短,不会致人死亡。"

"那,她醒过来,不会告我们吗?"

"她敢,是她自己想要为她那不争气的男朋友争取机会,又被我们……你觉得她好意思大肆宣扬吗?"

随后,几个人离开别墅,何武他们胆子大,直接大摇大摆地回家,而李念不放心,毕竟出事的地方是他家,第二天忍不住回别墅看了看,余筱筱并不在房间里,只以为她自己走了。只是第二天,余筱筱也没有来上课,直到被警察找上门,他们才知道发生了什么事。

宁芷攥着拳头,替余筱筱感到不值,更卖力地在房间里找线索,就在她无力地倚在床边时,一根细细的毛发撞进她的视线。

那根毛发夹在床单的边缘,看起来是在换床单时,无意间掉落的。

她站起身叫住江桓:"我一直觉得他们的供述很奇怪,他们一口咬定没杀人,现场却被打扫得很干净,对抛尸的事情也一概不知。这中间,好像漏掉了什么。"

江桓应声,打量起这间房:"还有另一个未知的人存在。"

审讯室里,陈相正心里想着江桓刚交代下来的问题,继续审讯这三个人。

每当李念多说一句,他的拳头就握得更紧,在人性的世界里,居然还有人拿别人的命开玩笑。

李念看眼旁边的何武和方准会,强奸罪和故意伤人罪是绝对成立的,无论如何刑法不会少,所以即便有律师撑腰,他们也不想再做无用的挣扎。

"你们做这个赌注的时候,还有谁知道?"

"我们之前在校园贴吧发帖子，让大家来参与赌注，但没人信都不愿意来，所以就我们三个。"

真是一群疯子。

拿到网址的杨路赶紧在校贴吧里找到那个帖子，帖子的热度虽然不高，但下面的评论却很多，基本都在好奇是什么样的游戏。帖子是用方准会的账号发布的，在大家怀疑真假时，他做过回应解释。但是截止到十一号晚上，别人的跟帖方准会就没再回复过。

杨路滑动鼠标从上到下看所有的留言，没有用的信息，又重新看一遍，结果还是一样。

就在这时，宁芷指着中间一层留言，喊道："停，快看这条。"

第五十八层的留言ID叫"替天行道"，个性签名写的是：犯过的错，都将被惩罚。

从头像点进去看，ID只注册了三天，看起来是个小号，除了这个帖子有回复外，其余的帖子都没有被回复过。

杨路又重复刷一遍："看起来知道的人不少啊！"

（八）

杨路手指灵活地在键盘上游走，很快就捕捉到"替天行道"这个ID的注册地点和注册时间，甚至把这个人的大号都查出来了。这个人叫"刀口剑客"，不过内容被加密保护起来，一时间难以破解。

根据IP的追踪，显示发帖的地点就在水原师范大学的图书馆。

陈相正着手带人前往图书馆，临出门还不忘回头交代："查到具体哪台电脑立刻告诉我。"

B排十一座，陈相正看着手机上的电脑号，读给监控室的安保人员听，让他帮忙查。

机房的电脑需要学号和密码才能连上网，陈相正看着安保员在屏幕上快速地输入几个数字，屏幕上缓冲好，显示出一串学号。

陈相正不可置信地看着屏幕上的名字，瞳孔放大，整张脸都险些贴上去，仔细看几次才确认。

在图书馆的登记记录中，在发帖时间段里使用那台电脑上网的人竟然是余筱筱的前男友周昭！

他也参与到案子中了吗？那句"都将被惩罚"到底包含多少意义？

陈相正准备开车出校门，想到宁芷的吩咐，又倒车急转弯拐进校园。女生宿舍在学校的西北角，余筱筱的宿舍在五楼，因为发生事故，宿舍里的人暂时被分到其他寝室住。

陈相正拿着钥匙开门，寝室里其他几个床位都是乱糟糟的，看起来收拾得很仓促，地上还有丢下的垃圾，靠窗的桌子上却显得异常整洁。

那是余筱筱的位置。上面摆着她和周昭的合照以及一些小女生该有的饰品。陈相正对这些没什么兴趣，只是觉得可惜了姑娘，年纪轻轻，大好的前程就这么轻易地被剥夺了。

他不免有些丧气，不能再细想下去。

拉开她的抽屉，从几个本子里翻翻找找，直到翻出一个粉皮的本子才停住手。

周昭被带回审讯室，整个人瘫在椅子上，眼泪止不住地流下来，这一次是真的哭出声："我从来没想过筱筱会死！"

陈相正耐着性子问："那天到底发生了什么？"

"那天我和筱筱吵架，心情不好，也是无聊，就逛了逛校贴吧，看到方准会发的那条帖子，说实话当时很气愤，她还跟我说和他们没关系，可晚上居然要和他们去玩。我怎么想都放心不下，就想抓个现行，直接分手，所以我就寻着帖子上的地址找过去，我看到了她和那三个人……我心都碎了，只觉得我们多年的感情被金钱和肉体玷污了……

是我的错，我根本不知道筱筱那个时候不省人事，如果我冲进去就不会发生这件事，是我害了她。"

"昨天你为什么不说？"

"他们三个人买通不少知道这事的人，昨天你们来调查，我相信即使我不说，你们也可以抓住他们的。"

"可你是你，他们是他们。"

从检测室赶回来的宁芷，看着审讯室里痛哭流涕的周昭，眼睛也不免湿润，他们到底还是错过了，这一错过便是一生。

周昭被刑警带出来，身体因痛苦而弯曲颤抖着，那个背影一下就和那个在教室外逃跑的人影重合起来。

宁芷赶紧叫住周昭："那天在门外偷听的人是你吧？"

周昭点头，擦了把眼泪："我只是希望你们能够快点破案。"

"你知道筱筱她为什么出现在别墅吗？"

"不知道，我没进别墅。"

"她拿自己做赌注，为的是能够赚钱送你出国深造，那不是你的梦想吗？你有没有想过，她为什么不考研而想着快点实习？"

"她觉得考不上。"

"据我所知，余筱筱的学习成绩在系里是上游，即便她考不上特别好的大学，但本校直升是绝对没有问题的。"

"可筱筱说……"

"她说的每一个谎都是因为你，说来可笑，你选择深造，她选择工作，无非是希望两个人走出校园时，不至于两手空空。可你在这期间一直在做什么？"

宁芷把陈相正从筱筱宿舍里拿出来的日记本拿在手上，嗓子酸涩，她把本子递到周昭的手里，看着他震惊的表情继续说道："她为你做了这么多，你为什么不能为了还她一个真相而勇敢地站出来？"

周昭立刻崩溃地瘫坐在地上，号啕大哭："是我的错，都是我的错，是我害了她，都是我！"然后他跌跌撞撞地想爬起来，声音干哑："筱筱，你醒过来啊，我们一辈子都不要分开啊。"

所有人都被那声音弄得难受，可余筱筱却再也不会回来了。那个在孤儿院长大、满腔孤勇和温柔的女生，就像这个炎夏一般，即将成为过去。

宁芷无动于衷地看着周昭的泪落在本子娟秀的字上，心里有种说不出的感觉："日记你可以慢慢看，余生该怎么过，你知道的。"

她承认她是带着报复的心理告诉他这些的，她希望他的余生都在这种苦痛里度过，梦里辗转的都是后悔。

她讨厌周昭的自以为是，讨厌他宁愿相信别人口中的流言蜚语，也不愿意去问问当事人究竟是怎样想的，讨厌他一味地犯蠢。

可她看着眼前的周昭，又感到不知所措。说到底，她没有评判别人的资格。如果不是亲身经历，谁又能因为"想当初"而后悔呢？

从楼上下来的江桓看眼站在那里用力地抠着手心的宁芷，轻叹口气，他一直认为这里的工作不适合她，因为案件会影响她的情绪。

江桓对着陈相正挥挥手："快把周昭带走吧。"

说完，江桓便伸手去扶宁芷，却被她灵活地躲开。望向他的眼神，也是冰冷一片。

明明上一刻她还为救他让自己陷入危险的境地，可这一秒却摆明想要和他撇清关系。在车上她握住他的手，问他后悔吗，他想回答后悔，因为自己的不告而别，她过得并不好。可他又不能后悔，若是他当年真的留下，也许宁芷也会像他父母一样，死不瞑目。

他看着宁芷顺着墙边往楼上走。宁芷的步子有些蹒跚，从昨天到现在，她基本没有合过眼。江桓不明白宁芷为什么会执着于每个案子的进展，对待余筱筱案件带着几分偏执，仿佛不让周昭感到愧疚就不罢休。

又想到自己，他和宁芷之间又何尝不是，他也愧疚，但也远不止愧疚。

最近事情太多，他来不及研究楼鱼所说的提示，朱陈媛是怎么回事？她们俩情同姐妹，怎么会是他和宁芷之间的嫌隙呢？

现在也不是考虑这些的时候，案子还没有结束，周昭并不是参与其中的第四个人，他也只算是知情不报而已，整理房间的另有其人。

到底谁才是真正杀害余筱筱的凶手，又是谁费尽周折地抛尸，却又将线索引回来？

种种问题叠加在一起，江桓叫住正带着周昭往拘留室走的陈相正，问："那三个人现在在哪里？"

(九)

审讯室里的三个人来回推搡,最后把罪责都怪在李念头上:"你的嘴怎么这么不严!"

"我们不说他们也会查出来的,况且我们没杀人啊!是……"

方准会听到门把手转动的声音,立刻伸手推下他的肚子。李念住嘴,看着进来的江桓,潜意识地向后退。虽然不愿意承认,但李念确实就像个软柿子,谁都想捏一下。

江桓把记录本打开摊平,两只手交叉放在桌面上,问:"说吧,人不是你们杀的,是谁杀的?"

李念咽下口水,紧张地看着其余两个人,似乎在等着两个人给出确定的指示。

"如果此时你们行使缄默权,那在故意伤人罪中就失去了减刑的机会。"

江桓的话音刚落,李念就慌张起来,律师告诉他的沉默,被他完全抛在脑后。始终保持淡定的方准会面色也露出惧意,他趴在何武耳边不知在说些什么。

到底还是年纪小,还没有心机重到和江桓他们耍心眼。

何武坐直身体,摆出一副谈判的姿势:"我们现在的身份是举证犯人,属于协助形式,我们会从轻判处吧?"

"要看你们提供的信息是否有实际价值。"

"是有个人在第二天凌晨给我们打电话,告诉我们余筱筱要报警,所以帮我们处理了。一开始我们也不相信,但是当那天你们来问三天前我们的不在场证明时,就确定了那个人说的话是真的。"

"那个人是谁?"

"声音经过处理,就像电视上的那种,很沙哑机械的感觉,但是能分辨出是男人。"

"他为什么会帮你?杀人可不是件小事!"江桓的手指用力地敲击着桌面。

"他说是为了感谢。"

虽然在三个人的记忆中都没有对某个人的帮助,达到可以为之杀人的程度。江桓不再问下去,他知道,这些已经是他们知道的全部了。

大家听得一头雾水,江桓把与死者相关的信息都贴在提示板上,答案呼之欲出,可中间却少了一条能够衔接的链条。

陈相正抓着头发,一脸抓狂:"我感觉我知道缺什么,可是一时间却什么都想不起来。"

"是学生的证词!"江桓指着下边一排学生们三天前的证词,转而看向众人。

陈相正立刻应道:"对啊,既然已经推翻了那三个人的证词,那么这些人的证词就都是有问题的。"

"快快快,出发去学校。"

宁芷指着窗外已经黑透的天:"你确定是现在吗?"

陈相正把拿在手上的本子重新放回桌子上:"回家休息,明天早上八点学校集合。"

上午是一节大课,几个人站在教室外来回晃荡,不仅学生听得心不在焉,老师的目光也时不时地向后门瞟,好不容易捱到下课,抱着教案就小跑出去。

陈相正模仿着于城上次审讯的模式,占据讲台的一角,语气极其严肃:"你们之前说最后一次见到余筱筱是十二号上午,你们是在哪里见到她的?"

"在办公室,我们去交论文初稿的时候,老师还夸她完成得非常好。"

"是亲眼看到她吗?"

教室里的几个人你看我我看你,最后都摇头:"没亲眼见到。"

"那你们怎么一口咬定最后见面是十二号?"

"听他们都在说辅导员夸筱筱的论文写得好。"

江桓皱着眉头,一双桃花眼来回地在几个人中游走,他们没有说谎。那关键点就在于到底是谁在传十二号有见过余筱筱。

"他们都在说的'他们',是谁第一个说的?"

"好像是江燕。"

"啊。"教学后排的一位戴眼镜的女生慌忙地站起来,"是,是辅导员和我说的。他说我的论文写得不太好,有很多漏洞,让我向筱筱学习。还说大家都是今天来交的,时间相同,完成度要提高。"

等一行人到了辅导员办公室,发现杨成山正拿着水杯往嘴里送药,见到他们进来,赶紧把药瓶放进抽屉里:"听说抓到嫌疑人了,筱筱是不是被我这三个学生杀的?"

"是你告诉学生们十二号上午余筱筱来过办公室吗?"

"是的,因为那天是交论文的日子,有什么问题吗?"

"经供认,余筱筱在十一号晚上就再也没回过学校,十二号见过余筱筱的证词并不成立。"

杨成山推着鼻梁上的眼镜,疑惑地看着江桓:"是吗?可能是我记错了吧?最近学生实在太多了。"

陈相正再问,杨成山始终保持着"不清楚,记错了"的口风,气得他牙直痒痒却不知道该怎么办。

另一个公安附在他的耳边小声地说:"有罪推定在这里无法使用。"

就在陈相正要继续询问时,他口袋里的电话响起来,屏幕上显示着小芷两个字,他立刻滑开接听键。

听几句后,连连点头,说句一会儿见就挂掉了电话,他目光如炬地看着杨成山。

"犯罪现场的 DNA 检测结果出来了,夹在床缝的头发是你的。"

杨成山干脆把眼睛摘下来,只手揉着鼻梁,遮在镜片下的一双眼紧紧地盯着面前的江桓:"原来是这样啊,该怎么办呢,这谎居然圆不上了。"

到了审讯室,杨成山神态自如地坐在位子上,眼睛四处打量着,最后把目光落在那扇玻璃上,仿佛能看见玻璃后站着的人一般,嘴角慢慢弯起一道笑容,随后又望着墙上的时钟。

于城刚从市检回来,经受了一天一夜的审问,嘴巴周围冒出许多青色胡茬,略显狼狈,脸上还有可疑的巴掌印,但仍旧气势逼人,对着不断发问的陈相正做了暂停手势:"等我出来再说。"

然后,他和江桓说句"谢谢",没再多说,两人一起进入审讯室。

杨成山的目光落在跟在后面进来的江桓身上,嘴角又扯出一抹笑容,莫名地刺骨，明明是九月的天，却好像在极寒之地。

原本以为杨成山会继续装疯卖傻地否认，没想到于城刚问，他就什么都说了。

"十一号下午，余筱筱来办公室交论文初稿，样子急匆匆的，说晚上有事，我觉得很奇怪，她平时不是毛毛躁躁的人，但也没有太在意。等晚上去食堂，听大家在讨论贴子的事，描述的女生好像是余筱筱。

我连忙在上面留言问到地址，等到别墅区时已是晚上。我也不太敢确定到底是不是余筱筱，所以在正门口绕了一圈，看到旁边有扇没拉窗帘的窗户，望过去就看见，何武他们三个人在对余筱筱施暴。我还在想着该怎么办时，他们三人已经出来。我不敢再多想，趁着门关上前侧身进去，怎么说都是救人要紧。

我直接进了卧室，当时余筱筱躺在床上一动不动，我探过鼻息，确认她只是昏迷，正准备打120叫救护车时，她就醒了过来。

她特别惶恐地以为我要伤害她，一个劲地向后退，等看清眼前的人是我时，才稳住情绪。她勉强坐起身愤恨地说要告那三个人，还让我做证。当时我是犹豫的，何武他们三个人在学校一直横行霸道，如果真的要上告，不仅她会遭殃，我也会跟着一起倒霉。我一时头脑发热，在客厅转悠一圈，发现里面有个暗门没锁，是冰库，然后我就把手无缚鸡之力的余筱筱拖到了那里边，天亮就把她丢在了水库上游。"

"然后你就给何武打电话，说你帮助了他们？"

"对，我能够在这个学校做辅导员，当时多亏有何武父亲帮忙。"

"你有把柄在他们手上？"

"没有。"

杨成山回忆起已被他藏好的档案袋里的一张张照片，重新把眼镜戴上，恢复成教书先生的模样。

江桓拿着现场的照片，调出其中一张照片放在他面前："被害者的钱包是你丢的？"

"什么钱包？"

很快，他了然于心地笑着，指着江桓："那是有人给你的礼物。"

"谁？"

"是你最想找到的人。"

"到底是谁?"

"我也只是猜测而已,是谁还要你自己去找。"

接下来无论他怎么问,杨成山都不再说过多的话,临被带走前,他回过头看着江桓:"真相都是痛苦的,你既然要查,那就查到最后。不然,下一个是谁遭殃还不知道呢。"

有那么一刻,江桓觉得他站的位置不是在审讯室,而是站在一个网里,有人在看着他挣扎,时不时地抛出饵,玩弄着他。

第五部分 真相边缘

（一）

十月初，天气终于凉爽些许。

余筱筱案件后，宁芷情绪持续低沉了一周，陈相正使尽浑身解数安慰她，也没什么效果。

于城也没再多问，他家里还有一堆事要处理。不知道谁泄露消息，他被内调的事传到了他父母那里，他爸也不问真相是什么，直接赏了于城个大耳光。

解释好几天才堪堪说服他们，宁芷这边他顾不过来。

楼鱼给宁芷打电话，絮絮叨叨地说到北县跟进西省连环杀人犯的调查，但罪犯对整容的事情三缄其口。无论怎么问都不说，犯罪心理的专家也参与进来。

"还有其他的吗？"宁芷知道如果没有丝毫线索的话，楼鱼不会和她讲这么多。

楼鱼支支吾吾地说："催眠过两次，提过几个人名。"

"是谁？"

"达姆，徐男，张……"

楼鱼还没说完，就被宁芷打断："你说的达姆，是西省人吗？"

"你认识吗？"

宁芷想到审讯时神婆对她五年前经历过的事了如指掌。她以为真的是神婆神通广大。此时却和远在西省的连环杀人犯挂钩，那就证明神婆有可能一开始就知道她是谁，想杀她的用意也未必是她神叨出来的神话。

又或者说，神婆就是那个人派来杀她的。时隔五年，还要来杀她吗？

这么一想，宁芷身上起了一层细密的汗，腾出手用力地搓着手臂。这件事绝对不简单，答案仿佛就在西省那边等着她去破解。

"宁芷，你有在听吗？"

目前宁芷的思绪有些乱，在弄清楚之前，她还没想好怎么和楼鱼说。

"楼鱼，没什么事就先回来吧。"

"是不是想我，思念深切啊？"讲完正事，楼鱼又开始不正经起来。

宁芷打着哈哈，任由他胡闹，想到什么似的："前阵子，小悦给我打过电话，她问我你什么时候回去。"

好一会儿，楼鱼才说话："她给我打过几个，我没接，你别理她就成。"

宁芷轻"嗯"一声，楼鱼也觉得不好再说下去就悻悻地挂断电话。宁芷坐下来在电脑上搜去西省的机票，搜着搜着就想起小悦在电话里骂她不要脸的事。

小悦和楼鱼曾经是恋人，考研结果公布后，两个人就分手了。小悦一直把这件事算在宁芷头上，在学校的那几年，动不动就找她闹，搞得整个大学人尽皆知。

说来奇怪，那时候，她和楼鱼最多只算得上是吃过几次饭的交情，还都是江桓组的局。楼鱼一直都爱闹，对她说过不少不着调的话，两个人却也心知肚明他们之间除去友情，并没有多余的感情。

半夜里，宁芷醒来一次，睁开眼睛看着天花板，身上被一层冷汗裹着，又梦到五年前大学时，她被一群人围在中间，每个人都朝着她丢东西，口里念咒一般重复着："你怎么不去死，凭什么是你活着啊！"

也不知是谁丢过来一块砖头，直朝脑门，砸得她钻心的疼和满目的血，她捂住头缩起来，声音也跟着停下来。

正当她舒口气时，脖子传来针扎的刺痛，扭过头看见抵在喉间的锃亮的匕首，旁边的男人闷声笑着，声音低沉又冰冷："这场游戏，是我赢了。"

紧接着，疯狂的大笑，撕破鼓膜一样在耳边响起。

她费劲地转头看到一张笑到扭曲的脸。那张脸上的主人双眉浓黑，鼻梁高挺，额间有条从眉心到鬓角的刀疤，看起来刚愈合没多久。

他咧着嘴，白森森的牙快速地朝着她靠过来，张口就咬住她的耳朵，犹如恶魔的声音响起："告诉江桓，这是我送给他的大礼。"

话音一落，他手腕用力，皮肤割裂的声音和血液喷涌的声音响起，她整个人都倒在地上，浑身抽搐。

宁芷从床上下来，用力地把窗帘拉开，东方的太阳才刚冒尖，她洗漱一把，先是去街角买些东西又打车去单位。除了值班的同事在，单位还静悄悄的。

她每走一步，鞋子发出的声音，和梦里血液滴落的声音很是相近。她把近期的资料全部整理完毕后，范湉才来上班。

看到宁芷在单位，范湉吓一大跳："怎么来这么早？"

宁芷打印出最后一张纸，快速地在上面填上几个字，又落笔签名才把纸递给范湉："我想把年假休了。"

范湉看着请假单上的日期，不免有些吃惊。宁芷很少请假，转正后更是没用过年假，这次竟然主动调休十天。

"是出了什么事吗？"

宁芷摇头："最近有点累，想出去散散心。"

范湉不好说什么，嘱咐她注意安全。宁芷点头，朝着江桓办公室看过去，他还没来。范湉心知他俩关系，顺着目光看过去，拍她肩膀："他还没来，要不要跟他道个别再走。"

"不用，我先去主任那儿说声。"

范湉赶紧挥手："去吧去吧。"见着宁芷快走出去，又喊住她："宁芷，感情是藏不住人的，你和江桓，差不多就松松口吧。"

宁芷不说话，朝着她笑，关上门走了出去。

走向周康办公室的路上，宁芷想起江桓回来后，两个人相处的一幕幕片段，说一点感觉都没有，那是骗人的。

可若是真的伸出手，她连自己这关都过不去。

推开周康办公室的门时，宁芷已收拾好情绪，她和周康没什么隐瞒的，实话实说。

周康越听越不放心，眉头皱得紧紧的："抓犯人是公安的事，不是你想抓就能抓到的。"

"五年了,一点线索都没有,我等不下去。"

"能放下就放下吧,人死不能复生的,小芷。"

"可怎么办呢?"说着,泪顺着眼角留下来,她伸手朝着自己的脖子比画着,"我连做梦,都因为喉咙被割开而疼醒。"

周康叹口气,从沙发上站起来,揉着宁芷的头:"我不拦着你,但你要保证自己的安全,有危险就跑,别硬冲。"

宁芷认真听着猛地点头。

"有空回去看看你爸爸,他……挺想你的。"

宁芷停住点头的动作,眼睛里有说不清的情绪,她从位置上站起来:"从他开了那枪后,他和我就没关系了。"

宁芷的爸爸曾是水原市刑警大队队长,当年参与调查一场杀人案,犯人穷途末路,竟抓住宁芷妈妈做人质以求活路。

谈判专家也在现场,事情还有回旋的余地,可犯人的忍耐力却一点点消失。

眼见着刀已经在她妈的脖颈处划出血痕,她爸等不下去,竟放了枪,打中犯人的手腕,匕首脱手。

她爸带着人冲进去,犯人心知肚明不会有什么好下场,一不做二不休,竟用另一只手捡起匕首,用尽力气划破了宁芷妈妈的喉咙。

抢救无效,当场死亡。

当时宁芷十三岁,准备和家里人一起庆祝她跳级升高中。可她没有收到任何奖励,只是站在警戒线外目睹了一切。

"唉,你这孩子啊,怎么非要把自己活得这么累呢?"周康坐回去,绕开这个话题,"路上有什么事给我打电话,你要去的地方,可不是安生地。"

"我知道。"宁芷站起身,胡乱地擦把脸,像没事人一样笑着,"周叔叔,这些都会结束的。"

周康把桌子上的本子摊开:"你把路线和时间和我说说,我好能放心让你去。"

宁芷知道他的担忧,事实上,她也没什么把握。那个人是高智商的反社会人格,无论是行动能力还是控制能力,都比一般的犯人要厉害得多。

可她不能放弃这唯一的机会。

周康看着楼下的身影坐上车,重新坐回沙发前,桌上敞开的本子上写着宁芷的路线图。他一直坐着,办公楼的灯熄了,路灯亮起。

他把手机掏出来,思索一番,还是按出几个数字。

把事情交代清楚,挂电话前,周康低语几句:"当是命令也好,拜托也罢,这一次,别再让我失望。"

那头隐隐传来"好"声,之后彻底变成忙音。

(二)

宁芷仔细检查过要带的东西,挑挑选选装了一个大行李箱,摩卡盘踞在行李箱的一角,宁芷抱它出来,它又进去,好不容易才合上箱子。

再伸手拎拎,有点沉,又把里面的牛仔裤和防晒喷雾拿出来,最后,只剩下防晒衫、棉服和几件容易干的换洗衣服。

范湉离她家不算远,答应帮她照顾摩卡,她才放心。临关门,还能看见摩卡蹲在沙发上看着她。

行李箱不算重,但是小区门口那块地板在翻新,滑轮压上去,咯吱咯吱地响。

门卫大叔抬头看,又看眼行李箱:"这是要出远门啊?"

"有点事,过几天回来。"

走到小区外,她又折回来,嘱咐门卫大叔:"如果再看到上次那个人,直接让他进去就行。"

"行行行,放心,我给你好好看着他。"

宁芷在路上没耽误太多时间,要赶最快到贡山机场的航班。飞机没有晚点,中途转机也没有耽误太多时间,落地时已经凌晨,天蒙蒙亮。

温度只有零上几度,她从行李箱里把准备好的棉服套在身上,提着明显轻了不少的行李箱出去。

机场外举着牌子招揽生意的人,挤着抢客。宁芷绕到一边,目光在几个牌子上浏览一圈，在后面不起眼的位置看见了一个打盹的男人，举着牌，上面写着：俄城，800元/人，三天一趟，机不可失，不还价。

宁芷心里默念一遍俄城，拉城几所大学里连环杀人案的嫌疑人次仁德吉，老家就在俄城。

男人感受到面前的阴影，睡眼惺忪地抬头，一边揉眼一边打量宁芷："姑娘，坐车？"

咬字还算清晰。

"什么时候出发？"

这是真生意，男人立刻站起身，热情地招呼着宁芷跟着他往车那边走。那是一辆被沙土蒙住本来颜色的中型商务车，唯独车窗擦得还算干净："四点半准时出发。"

他拉开车门，一股尘土迎面飞过来。宁芷闭上眼，咳嗽几声，再睁开眼，看见车里已经坐了四个人。四个人睡得迷糊，转个身裹着身上的衣服又睡过去。

其中两个人看着像汉人，另外两个则像是回乡的人。

男人抬着手，宽宽的袖口快频率地扇着灰，打开驾驶的门爬进去，不知道在翻什么，宁芷把行李箱放进后备箱，坐在门边的位置上。

男人有些不好意思，递给她一个通红的苹果："你先休息会儿，天见亮就出发。"

宁芷不敢睡得太沉，翻出手机给周康他们报平安，旁边人的呼噜声往耳朵里钻，渐渐地，她也有些困顿，这一路上积下来的疲惫涌上来。

车子发动时，宁芷才醒过来，手里还攥着苹果，把苹果装进背包里，有一搭没一搭地和男人说话。

开车的男人叫多吉，在乡里开民宿店，招揽生意时拓展出开车跑线路的念头。店面平时由他老婆照顾，十一刚过，住店的人不多，他老婆也跟过来了，在后座和一女人头顶头睡着。

车子一路朝西北开去，天越来越亮，人都醒过来，撕包装袋聊天的声音也多了。那一对小情侣确实是汉族人，从西乡过来旅游，准备到尼县下车，去寺里烧香后，再出发去那城，然后返程回校。

小女生越说越兴奋，坐在旁边扒着宁芷的肩膀："姐姐，不然你和我俩一起去吧,别去俄城了,那边没什么好玩的。"

宁芷摇头:"我来找人,没有那么多天假,就不和你们走了。"

小女生有些遗憾,用手肘怼男友的腰:"你看,我就说姐姐不会和我们一起。"

男友按住腰上的手,不好意思地看向宁芷:"我女朋友比较话痨,别介意啊。"

"喂,你说谁话痨呢,是不是想找打!"

宁芷看着他俩扭打在一块儿,从掐腰到勒脖子又抱作一团,没再搭话。转头看窗外,算是明白为什么车身脏,窗户却非常干净了。透过干净的玻璃看向窗外,山水之间,真的有种说不出的静谧。

多吉的车开得很稳很快,中午十二点多,小情侣在尼县下车。车里的温度跟着高起来,空气有些稀薄,隔着一层棉服在身上捂出一层汗,她把衣服脱下来盖在身上,从书包里把防晒衣套上,又拿着高反药就水喝完。

多吉问她:"要不要下去吃碗面?"

将近八个小时没吃过东西,确实有些饿。几个人随便找家面店坐进去,头顶的风扇咯吱咯吱地转着,汗流一身,也没吃出什么滋味。

再回到车上,多吉的老婆以及老乡坐到中间的位置,换宁芷坐在最后一排,他们三个人在前面聊天,说的是纯当地语言她完全听不懂,反而觉得催眠于是她迷迷糊糊地又睡过去。

中间醒过几次,喝了不少水,等夜里将近十一点,才到多吉的民宿,温度又降了回去。宁芷从棉服里掏出身份证办入住手续,多吉老婆坐回柜台,恢复成老板娘的态度:"一天七十,押金一百。住几天?"

没等宁芷说话,多吉从外边把宁芷的行李箱抬进来:"她坐咱们车来的,住宿费打打折。"

"八五折。六十,一天。"

多吉呲一声,被他老婆瞪回去,他不好意思地摸头:"我老婆是小财迷。"

宁芷不介意地笑,拖着行李箱往倒数第二间走,老板娘在身后喊:"这里电压不是很稳,早点洗漱,节约用水。"

临关门听见老板娘念叨着:"里间那个什么时候走,总觉得是个麻烦。"

冲过热水澡，躺在床上睡不着，宁芷便翻起楼鱼传真给她的文件。文件中对次仁德吉的描述不算多，在拉城出租屋被抓时，他口口声声说人是自己杀的，可到北县后，却始终说不出杀人的经过，对整容这件事也是支支吾吾说不清楚。

照片上是一个粗犷的男人，又翻到第二页看到整容后的脸，宁芷的手指有些颤抖。都说斯文败类、衣冠禽兽，大概用在那张脸上恰到好处。

那张脸有几分都市精英的感觉，宁芷永远记得那晚，他拿着刀割喉杀人时，身上穿的是件剪裁得体的西服套装。

看着看着，屋里的灯发出细微的响声，闪几下就灭了。整个房间陷入黑暗中，暖风机熄火，温度变得更低，她从行李箱里掏出几个暖宝宝贴在膝盖和肚子上，用被子蒙住头，准备睡觉。

也不知道几点，墙壁上一声闷响，宁芷惊醒，不太确定地坐起身细听声音的来源，手刚伸出来接触到空气浑身一颤，又不敢贸然出声。

毕竟不是安生地方，干什么都要小心翼翼的。

隔壁间又响起争吵的声音，两个男人说着当地语言，宁芷听不懂，但还是猜到不是什么好事。她竖着耳朵听走廊外的动静，想着多吉他们的房间隔得不远，这么大声，他们应该也能听见，但对方迟迟没有行动，那她更不会动。没一会儿，听见院子里有脚步声，接着越来越远，最后一切又恢复宁静。

第二天，宁芷被闹哄哄的声音吵醒，从被窝里钻出来，终于没那么冷了。换好衣服出去，走廊里站着几个穿制服模样的人，正在问多吉话。

多吉始终摇头，看见宁芷出来赶紧叫住她，脸色不是很好："这两个人是公安，想问你昨晚听到隔壁有什么动静了吗？"

宁芷鼻子灵敏地闻到血腥味，看来是隔壁出事了。是打架斗殴吗？

宁芷不确定是什么案子，也不想参与太多，只能摇头，把口袋里的耳机拿出来给他们看："昨天听歌睡的，没听到声音。"

多吉"唉"地叹气，转过头和那两个公安说话，是当地语言，估计是在转达她的话。

其中一个公安将信将疑地看着她，朝着她走过来，用蹩脚的汉语说："你这么远从水原市过来做什么？"

宁芷想想才回答:"我来找人。"

"找谁?"

宁芷不想在外地给自己惹麻烦,直接亮出身份,两个公安来回传递着看宁芷的工作证,确认真伪后才恭敬地还给她。

会说汉语的公安把事情的经过讲了一遍。有人死在隔壁,是多吉早上敲门时发现的。

宁芷进了隔壁房间,发现房间的格局和她那间没什么差别,有血腥味儿,地板中间躺着一个男人,穿着袍子,胸口处插着匕首,匕首有银色雕花,嵌着一颗红色宝石。

死者轻微尸僵,死亡时间大约三个小时,身上有搏斗伤,死因是匕首刺破脏器官,大出血,但姿势过于诡异,就像自己把刀戳进胸口一样。

宁芷没有带器材,只能简单地说一下目前所知的情况。

死亡的时间段,正好是宁芷听到声音的时间,估计人就是那时候被杀的,凶手跳窗逃跑了。

她去走廊外洗漱。

她隐约听见公安还在问多吉:"死者是你这里的住客吗?"

多吉否认:"不是,我不认识他啊,预订那间房的是次旦,我和媳妇驾车回来都不知道第二天他是否住在里面,更何况这么个人。"

就听见公安说:"真是造孽啊,一家子都走上这路。"

(三)

宁芷跟着做了简单的笔录,将近中午才出门,按照次仁德吉资料上的工作地点找过去,问过不少人,除去生意人,会说汉语的人不多。

宁芷绕了好几个弯,才找到胡同里的五金店,店主是个留着小胡子的老年人,做生意久了有一双毒辣的眼睛,捋着胡子警惕地问她:"你找次仁干嘛?"

宁芷不得不陈述一遍自己的身份,并把自己的私心也表达一番,听到前者，老人似乎没什么要说的话，听完私心后，眼睛才开始在她身上凝聚。宁芷问什么他就答什么，问到次仁住处时，老人缓口气："他憨得很，平时住店里，只有弟弟回来的时候，才回去住。"

"他有弟弟？"

"嗯，有个兄弟，叫次旦德吉，跟他年纪差不多，两人关系好着呢。现在弟弟在西省大学读书，是个好孩子，不过现在也是个可怜人啊。"

次旦德吉，听着觉得耳熟，却想不出在哪听过，毕竟一路过来，叫多吉的人就有三四个。店老板从柜台里走出来，一边理货一边说着两兄弟的事。

他们父母去世得早，次仁作为哥哥担起家庭重担，老人朝着自己胸口比画："次仁这么高的时候，就出来找零活，什么都干，什么苦都能吃，但是重活干多了，前两年腰不能用了，他没什么文化，工作不好找，我老伴看着可怜，让他来店里做工，弟弟也争气，考了个好大学，次仁别提有多高兴啦。"

说到后边，老人哽咽，抬着袖口抹眼泪："谁能想到他会出这事，我们都不相信是他干的。市里公安在这儿调查了一个星期，证明人是他杀的，那我们就没办法了。但小姑娘你说的那些命案啊，跟他更没关系，五年前，次仁才多大点。"

是，那案子确实不像次仁能做得出来的，但这年头，捡钱的人不少，但捡枪子的人肯定没有。何必还特意搞一张凶手脸，来担这掉脑袋的事？

"次旦知道他哥的事情吗？"

"知道，怎么能不知道，都传开了，他在学校也不好受，谁都指指点点的，半个月前回来了，整个人瘦了一圈，现在连家都不敢回。"

拿到次仁家的地址后，她说声谢谢就朝外走，余光落在柜台后的墙面上，停下脚步，又退回去，把买的东西装包后，才朝老人指点的方向走去。

俄城人口不多，房子依山而建，她爬了不少坡路才绕到次仁家。他家墙上被喷上红色的油漆，写着"偿命"二字，垃圾直接堆在门口，门上挂着一把大锁，宁芷敲门也不见里面有人出来。

正巧隔壁间有个阿姨出门，宁芷抱着试试的心态，跑过去叫住人，连说带比画地问她："弟弟在不在家？"

"哎呦，这家没法住咯，讨债的、讨命的太多，也不想想，哥哥杀那么多人，弟弟怎么能没事呢？"

宁芷不好说什么，只是听着，阿姨看得出她着急找人："不然你去那几家民宿看看，他最近都住那边。"

民宿？宁芷一下就想起在哪听过次旦的名字了，今早的案子就发生在次旦那间屋，死者身份未知，次旦跟着消失。

想到昨天夜里的动静，估计是有人想要杀次旦，结果两个人挣扎一番，反而那个人死了，是意外还是次旦杀的？次旦人现在在哪？

宁芷低垂着头，思绪有些乱，顺着坡路往下走，次仁德吉的案子指引她到这里，如果不找到次旦，线索就断了。

旁边的岔路闪过一个人影，她快速抬头，和躲在树后的男人对视了一眼，那男人似乎没料到她会突然望过来，同样是惊慌失措。

她认出那张脸，和次仁极其相似的一张脸。他是——

"次旦！"宁芷叫出声。

但他头也不回地向岔路口跑去。

宁芷快速追上，但体力不如人，没跑几步已是气喘吁吁，加上本就稀薄的空气，更是呼吸困难。她捂着胸口，用力地喘着气，从口袋里摸出药，往嘴里送。

她顺着那条岔路跑下去，次旦已跑到马路对面，她起步要追，一辆小面包车从她面前呼啸而过。

车过去后，次旦已经跑远了。

一阵刺耳的刹车声，那辆小面包车就在她前面五六十米的地方突然停住，在路面上留下两条黑色的刹车痕。两扇前门"砰"地打开，跳出两个穿着改装后的袍子的男人，手里握着刀，朝次旦的方向追去。

宁芷惊讶得整个人呆住，头晕目眩，看来要找他的人真的和那阿姨说的一样有很多。

三个人都在视线里消失掉了。

宁芷也不敢在街上多逗留，绕到车后记下车牌赶紧回民宿。民宿又恢复了平静，公安走后没再回来，隔壁的房间连封条都没有贴，似乎喷了空气清新剂，和血味儿混在一起，闻起来怪怪的。

她浑身出了不少汗，抱着衣服进去冲澡，再出来时，床头的电话疯狂地振动着,她看着屏幕上的名字,心想要完蛋。

果然,刚把电话接通,就听见那端的楼鱼劈头盖脸地吼着:"你怎么这么久才接电话?你是不是去西省了?你知不知道那边有多危险?你怎么不等我一起?你是不是把我骗回来帮你照顾猫?"

宁芷抹着头发上的水,听着他连珠炮似的询问。

最后楼鱼似乎说得口干,还咕咚咕咚地喝了好几口水。

等那边不说话,宁芷才说:"没事的,有危险我会躲开的。"

"宁芷,我没和你开玩笑。"楼鱼突然严肃地说,"你现在直面的人,可能随时会杀掉你。"

宁芷自然清楚,让他放心在家等她,她会完好无损地回去。

"不然,我去找你吧?"

宁芷立刻拒绝,她不想牵扯更多的人进来,他帮的忙够多了,剩下的事她自己能解决。

楼鱼纠缠一会儿,也知道宁芷心意已决,只是嘱咐她一定要注意安全,让她有什么事就跑,别指望报警,因为那边警力条件有限。

挂过电话后,宁芷用手机上网,信号不好,一张图片加载很久也没能出来。多吉在走廊叫她出去吃饭。

饭桌上,多吉老婆几次抬头看她,夹两块肉往她碗里放:"多吃点多吃点。"

宁芷不明所以,这可不符合她"雁过拔毛"的商人特性。多吉摸着头,欲言又止。

"有什么事,你们说吧。"

多吉一愣,紧接着和他老婆眼神交流一番,才放下筷子看她:"我俩听到里间有动静,但我们不想惹事,所以说谎了。"

宁芷点头,她就知道那么大动静,他们不可能一点都听不到,但发生在自己店里的事都不管,只能说是心大。

"次旦哥哥发生点不好的事,我们这乡里乡亲的都知道,他来投宿,我们也不想答应,但……"多吉顿住。他老婆把他推到一边继续说:"他给的钱多,我就答应了,谁能想到麻烦会被带过来。"

"他得罪了太多人,都是穷凶极恶的,我们要是出来,指不定我们也活不成。"

他们夫妻俩说的这些，宁芷明白，草草地扒几口饭，就想回房继续想对策，谁知刚站起，却被多吉拉住衣角："我知道你是城里来的厉害人物，但国有国法，乡有乡规，我们管不了别人的事，你也别出去说太多。"

下午时分，手机上的信号格动不动就显示无服务，她在院子里找信号，最后站到仓房的木梯上，手机才勉强有些信号。

宁芷翻了几页连环案件的小道新闻，没什么有用的线索，把手机放兜里下台阶，刚下两节台阶，口袋里发出短信提示音。

她又把手机拿出来，是未接电话的短信提醒，来电号码是江桓的。她手轻轻一点，电话跟着拨出去，她莫名地紧张，把手机紧贴在耳边，想听清电话那端的声音，却连拨出的"嘟"声都没听到。拿到眼前一看，又是无服务。

晚上，电灯又忽闪忽闪的，宁芷蹲在地上把从多吉那要来的蜡烛点上，心里惦记着事，翻来覆去睡不着，总觉得今晚会有事情发生。

头顶的灯彻底暗下去，借着烛光还能看清房间的结构，她把手伸向枕头下边，摸到一处冰冷。这是她在老人那儿买的匕首，危急关头多少能够防身。就在这时，地面闪过一个黑影，窗外传来轻微的脚步声。

宁芷抽出匕首，坐起身，打开窗户就跳出去。黑暗中，次旦像只羚羊，快速地跑出大门。这一次，宁芷早有准备，两人的间距没落下太多。

两个人你追他跑，也不知拐到哪里，在胡同口，突然和一个人撞个满怀。

她的手已摸向匕首，只听头顶一声闷哼："是我。"

（四）

无论如何，宁芷都没想过会在这里撞到江桓，这不像在水原，随随便便地能在大街上遇到熟人。

江桓握着她的肩膀，借着月光看见宁芷额头有撞击留下的红痕，喘气时呼出白色的雾，而自己身上的羽绒服被撞出一个凹痕。

宁芷把匕首重新别回腰间，抬头看他，想问他怎么也来了，但这话还没说出口，就知道答案了。

这种地方，若是说来旅游的纯属骗人，他来这儿，只可能是因为她在这儿。就像在学校时，哪里会有这么突兀的新增问题学生一对一处理，只是因为有她，他才会出现。

胡同里突然传出石头碰撞的声音，宁芷不想在这儿浪费时间，抓着江桓的手，顺着声源跑："要追上这个人！"

江桓也不问，包住她的手，速度保持一致地跟着她跑。

越追越远，路越来越窄，竟然走上了山路。次旦似乎在等他们两个人，每当距离拉得太大时，就故意放慢速度，所以三人间的距离始终保持在六米左右。

天有些起风，冷风直冲面门，宁芷体力不支，中途停下几次，但歇不过劲儿。她有点不明白次旦是什么意思，若是想引她说话，刚刚有很多的机会，若不是有话要说，以他对地形熟悉的程度，宁芷怎么也不会追到这么远。

再回头望时，才发现她和江桓已不知不觉地跑出俄城，夜幕下，远处的房屋都模糊了。

江桓给她拍背顺气，看宁芷两颊粉红，刘海贴在脸上，又伸手给她顺头发，手指滑过，一片冰凉。

他伸手去抓她的手，也是毫无温度。

没等他开口，头顶发出"轰"的声响，宁芷抬头看天，乌云正在朝这边移动，刚刚那一声竟是雷鸣："不好，暴雨要来了。"

顾不上休息，她扯着江桓想往回跑，可乌云明显比他们更快一步，又是一声炸雷。

和宁芷的慌乱比起来，江桓表现得很冷静，他握着宁芷的手来回搓着，目光环视四周，似乎注意到什么，拉着她继续向前疾行："别怕，跟着我。"

宁芷心里有疑惑，但脚上还是跟着江桓走。风越来越大，卷着细小的雨滴拍打在脸上，闪电接踵而来，江桓停下来把宁芷棉服上的帽子翻过来将带子收紧，又把羽绒服脱下来卷在臂弯，牵着她的手继续走，风一下把他身上

175

的衬衫吹得鼓鼓的。

"马上要下雨了,你怎么不穿外套?"

"没事。"

话音一落,米粒大的雨滴淋头而下,江桓弯腰横抱起宁芷,由于过于突然,吓得她赶紧揽住他的脖子,加快脚步朝着群山跑去。

宁芷挣扎着下来,却被江桓箍得更近:"你放我下来,我脚又没受伤。"

两个人中间夹着一件羽绒服,一颠一颠的倒没有不舒服。可很快,江桓的衬衫彻底湿透,冰冷的雨顺着他的衣角滴落,他的体温骤降。宁芷棉服的一只袖子也被灌满雨水,又沉又冷。

她忍不住打个寒战,伸手去揽江桓的后背,希望能给他多点温度。

"快到了。"

他颠着宁芷往上提,腰弓得厉害,尽量遮住她身上的雨。

时间一分分地过,低温下,加上整天的疲惫堆叠,宁芷的意识渐渐模糊,黑暗中的坠落感遍布全身,抓着江桓脖颈的手有些失力,一瞬间,两个人在一起时的片段钻进脑海,他以前也总是抱她,跑步累了,走得多了,撒娇耍泼也是。重逢后呢,她没给过他好脸色,总是针锋相对,自己气得想哭,他也跟着挨了不少耳光。

一时间,她心里愧疚,抬一只手,去摸江桓的脸,问:"疼不疼啊?"

江桓低头看她,轻轻摇晃:"保持清醒,别睡。"

也不知又过去多久,眼前的闪电彻底消失,进入一片黑漆中,江桓把宁芷妥善地放在角落之中,借着微弱月光,环顾四周。

果然没猜错,乡里的人常年进山劳作,不可能没有避雨雪的山洞。洞里只有几张草席,洞角堆着干柴,下面的小木盒里放着火柴和火机,火柴返潮,点不着火,火机勉强可以使用。

他在国外跟着朋友参与过几次野外求生的活动,掌握了简单的生存技能。他快速掀起一张草席横立在门口。又折回去,熟练地将干柴架起点燃。顿时,洞内亮起橙黄色的光。

宁芷坐在草席上,浑身抖得厉害,嘴唇发白。大半边衣服湿透,不仅没有保暖的作用,反而吸走了身上的热量。但意识回笼不少,也记起这一路上的事,不由感到尴尬。

江桓蹲下来摸她的头，不算热，应该只是冻着了。他伸手去拉宁芷的棉服拉链，宁芷攥着领口，微仰着头看他，似在问他要做什么。

"你衣服湿透了，再穿着会让体温急速下降。"

她的手指一根根松开，任由着江桓把她的棉服脱掉，T恤、裤子也被脱掉，只穿着吊带背心和一条短裤，裸着的肌肤刚接触冷空气，就起了一层细密的鸡皮疙瘩。

江桓也没犹豫，把在火架边烘烤着的羽绒服拿过来，几下裹在她身上。顿时浑身一暖，宁芷探出手摸着热气腾腾的衣服，衣服基本没沾到雨水。总算明白了为什么他雨天还坚持脱衣服。原来是他早就料到衣服会湿掉，给她留着。

江桓把她脱下来的衣服挂在那烤火，又抬手把自己的衬衫扣子解开，赤着上身拧衣服上的水，每拧一下，大臂的肌肉跳动一下。然后，展开衬衫挂在她的T恤旁，两件衣服就像一大一小的两个人依偎在一起。西裤横在她的裤子旁，江桓手放在黑色保暖裤腰上，顿了几秒没动作，赤裸着上身，坐回她旁边。

山洞里，只听见柴火噼里啪啦的燃烧声。宁芷侧头看他，他身上有匀称的肌肉，穿着衣服根本看不出来，比大学时壮了很多。下边还是那条湿漉漉的棉裤，大概是碍于两人此时的关系。

她朝他那边蹭过去，把裹在身上的羽绒服展开，搭在他肩膀的一边。

江桓转头看她，搓着因刚刚弯腰太久早已冰冷的脖子，轻笑着把她的衣服裹得更紧："不够大，你披着，我不冷。"

宁芷觉得他死鸭子嘴硬，这种天气即使烤着火，温度也不会高到哪去。她从草席上站起来，遮住江桓眼前的光，然后，下很大的决心一般，委身盘坐在他双腿中间，敞开羽绒服，把江桓罩进去。

头挨着头，身体毫无缝隙地相贴，姿势相当暧昧，若是从前倒有依靠彼此取暖的理由。现在却……

江桓喉结微颤，明了她的坚决，手上用力，搂过她的肩膀，混乱中宁芷被他抱着转了个身。他把羽绒服从两人中间抽出来，披在自己身上，双手一折，宁芷的背就贴在他胸前，羽绒服刚好裹住两个人。

他抱着她，她感受着他给的温暖。她看不到他的表情，但听得到他的心

幸存者游戏

跳声，像鼓一样，在耳旁敲着。火光跳动下，江桓看着宁芷的耳朵染上红晕，他哈出的气也从她头顶飘过去。

好一会儿，谁都没说话。不大的山洞里，安静却又流淌着让人心跳的气息。

刚刚还冷得发抖的宁芷，此时却燥热得不行，她在衣服里轻抬下手臂，就撞到了身后坚硬又温暖的胸膛。

身后没什么动静，宁芷不确定他是不是睡着了，想看看，可头刚扭过去，唇就蹭上了他的下巴。

江桓低哼一声，手掌抚在她手臂上，声音有些哑："现在还冷吗？"

宁芷摇头，又怕他看不见，补一句："不……"

"冷"字还没说出口，江桓已低下头朝着她唇亲上去。

彼此的唇都凉凉的，又软软的，江桓轻蹭着，宁芷一反常态没有挣扎，只是在衣服里紧紧地抓着江桓的手臂。

也不知是重获新生的怅然，还是和江桓的关系变得不那么生硬的释然。宁芷的心特别踏实，也不知这吻会持续多久，她的眼睛渐渐合上，夜还长着呢。

（五）

外面的暴雨终于停了，天也亮了，洞里的暧昧劲却还在。

宁芷醒来的时候，江桓已经套好衣服，她的头枕在他腿上，手底握着一只温热的手，身上还套着他宽大的羽绒服。

江桓把衣服递给她，自觉地走去外边望风，她麻利地换上衣服，看着洞外敲着裤线的江桓，不由自主地笑出来。

此时此刻，独处他乡，她不去想以前。

路上有些泥泞，每走一步都要小心，江桓腿长，他的一步，相当于宁芷的两步半。宁芷不算矮，但在江桓面前，还是矮了近一个头。所以，才几步路，两人就隔出不远的距离，江桓停下来等，等到并排时才在她身旁慢慢走。

走了将近两个小时才看见民宿。远远地看见多吉在门口来回踱步。走得近了，多吉认出她来，长舒一口气："天啊，好在你没有事！我昨天听见你房间有动静，起身看你，以为你被人掳走了！"

宁芷不太好意思："我昨天出去找信号，赶上暴雨，被困在了半路。"

"没事就好，没事就好，进去休息休息准备吃饭吧。"

多吉过来伸手拉她，手伸到一半停住，狐疑地看着站在她身旁的江桓："他是谁？"

宁芷顿住，望眼恢复高冷的江桓，又看眼十分警惕的多吉，不想多费口舌："他是我男朋友，怕我一个人不安全过来陪我。"

江桓抿着唇，配合地伸手揽住她的肩膀。

多吉打量后没再多问，朝着里院喊："老婆，再多加副碗筷。"

宁芷把江桓带到自己房间，才发现他根本没有带行李箱，连换洗的衣服都没有。

她给江桓放水，等他进去后才出门去问多吉哪里有卖衣服的店。等再回来时，浴室的水声还在继续响，宁芷走过去敲门，给他衣服。

宁芷坐在床边等，翻着手机上的短信。

楼鱼说他要回北县做讲师，过阵子回来。

周康说和江桓碰头后，给叔叔报个平安。

于城和陈相正他们根本不知道她在哪儿，只是让她在外好好玩，注意安全。

她一一回复后，刚放下手机，江桓推开浴室门出来，衣服买的大小正合适。学了这么多年的法医学，还不至于最简单的目测尺寸都拿不准。

江桓一边擦头一边让宁芷进去洗漱："热气还在，快去洗洗。"

也不知是热气蒸过头了还是太累，洗完澡出来，宁芷手脚都不想多动，连头发都没吹，直接躺在床上，想着怎么才能再见到次旦。

江桓坐在床边不知道给谁发着短信，手指快速地在屏幕上滑动。接着，又转过头看看宁芷，从她手里把毛巾抽出来，有节奏地帮她擦头发，差不多全干才停手。

江桓也合衣躺在她旁边，一双桃花眼落在她脸上，像是在研究她一般注视着。两个人在一起时，宁芷还太小，亲亲抱抱摸摸，该做的都做过，可谁都没突破最后一道防线。

可宁芷和他想的不同，她失去得多，顾虑得反而少，满十八周岁那天就想和他做那件事。

结果，他却让他的小姑娘不明不白地等了那么久。

想到这儿，他抬手把落在她脸上的头发，别在耳后。

"你来这边做什么？"

宁芷愣住，但还是选择开口："你还记得 H 吗？"

"六年前，在水原各高校多次发生女大学生谋杀案，凶手具有高度反侦察能力和无情型人格障碍，以一个月为周期杀死一名女学生，用死者的血在现场留下一段话，结尾总是加上一个英文单词：hate。没人知道这恨来自什么。现场留下的线索太少，根本找不到嫌疑人，当时水原市所有高校都人心惶惶，不少学校选择停课，但学生来不及撤离，有些学生还是死于这场杀戮。凶手的杀人时间从定期变成随机，每个女学生都在担心，会不会在厕所、操场、教室里遇见被杀害的同学，又或者说，成为被杀者。"

宁芷被子下的手，握得紧紧的："对，五年前你曾找到他的踪迹，并在一次追捕中与他正面交锋，但是却被他巧妙逃脱。据说这里有他的线索。"

江桓有些震惊："案件记录本在出国前留在警务那边，上面当时筛选过嫌疑人可能的住所，没有抓到人吗？"

"去过，但人不在了。"

五年前的那个夜里，也是暴雨，她没课的时候都要在警局坐着，但凡电话响起，她都凑过去听，生怕错过任何一条关于 H 的消息。

局里的同志们那段时间特别忙，每天都在加班加点地工作，没人把精力放在她身上。那天她看到办公桌上的本子，虽然离得很远，但她认得出那个本子是江桓的。

她看清楚上面的地址，自己抄了一份。

其他人似乎并不清楚这地址代表的是什么意思，但宁芷清楚。也不知哪里来的勇气，她只身一人找到地址上的一处小宾馆。整栋楼只有一户亮着灯，正当她准备上前时，一辆黑色的面包车停在了楼下，五六个穿着黑西服的男人从车上下来，提着铁棍朝楼上走。

她内心忐忑，准备跟着上楼时，手机却响了。

她记得这个号码，是负责此次案件的小公安。

她在电话里拜托他快点来，对方满口答应，可人却始终没来。等到雨都停了，车也开走了，宁芷跑进宾馆问前台服务人员，五楼是不是住着一个面上有疤的男人。

前台问她是什么身份，找人做什么。

宁芷撒谎说："他是我小叔，和我婶婶吵架，非要自己出来住，家里人不放心让我过来看看。"

服务人员在电脑上敲下几个字，然后抬头看她："两分钟前已经退房了。"

那天，她在路上走了很久，不看方向，也不看车，就是走，走到两腿发酸，走到眼睛流不出泪，才停下来。

江桓抓住她话里的重点，皱着眉头看她："你去的是泊园宾馆？'公园'的'园'字？"

"嗯。"

"可我写的是泊元宾馆，'元宝'的'元'字，靖江区的那个。"

这回换宁芷愣住，她清晰地记得本子上的地址是泊园没错，也确定是他的字迹没错。这中间是哪里出错了？

可一想，又有什么差。即便当初她去的是对的地方，也未必能当场抓住H。时光退不回去，她也回不去了。

宁芷翻身平躺着："现在你能告诉我为什么不告而别吗？"

"我没法回答你，也不想骗你。"

这一次，江桓并没有选择无视，而是换个委婉的方式继续拒绝她。

江桓朝着她这边靠近些："为什么过了五年，你还在追这个案子？"他并不觉得这案件独特到让法医追到现在。

宁芷笑出声："江桓，我没和你玩问答游戏。"

江桓不说话，这是很明显的拒绝，比他之前的回答还要生硬。好一会儿，旁边的人没有动静，江桓以为她睡着了，伸手去给宁芷掖住被角，却看见她正睁着眼睛看天花板。

她转过身，揽住江桓的腰，把头埋进他胸前，声音像被捂住嘴一般闷闷的:"别问我这个问题,不然我没办法再和你相处。"

是啊,美梦是不能被打破的。

(五)

午饭时,多吉在门外敲门,江桓先醒过来应了一声,宁芷还在睡。她整个身体都蜷缩在他身侧,用手紧紧地缠着他的腰,是依赖的姿势。

记忆里,他和宁芷第一次如此紧拥是在她十八岁生日那天,那天也是江桓班级的毕业露营。她不想他脱离集体,又不想独自一人,折中地逃课跟着他。队伍最初没有她的位置,一路上她都坐在他腿上,到了地方,干脆鸠占鹊巢,把和他同帐篷的室友挤走了。

幸好平时宁芷总会来他们班上蹭课,间接地给过他室友们不少好处,加上她人也开朗,倒没因为这事闹得不愉快。

那天晚上,大家聚在火堆四周,班上胆大的男生讲鬼故事。从进帐篷起,她就神经兮兮地四处检查,还不忘把帐篷顶望星的透明窗口遮住。他问她在干吗,她说:"我怕鬼趴在上面偷看我们。"

那个晚上他们是彼此的。她舒展在他身下,抿着嘴尽量不发声,情不自禁时又耐不住哼哼。折腾一两个小时,帐篷才静下来,有风从敞开的拉链缝隙中吹进来,两人都不觉得冷。

好一会儿,宁芷开始紧张,使劲往他怀里钻:"他们听不到吧?"

后来的每一次同眠,她躺在他身边都是这个姿势,像个孩子。

隔了五年,宁芷这点并没有改变,会主动地索爱,他力气大些就喊疼,承受不住就让他快点,结束后会想要他抱着,搂得紧紧的。

此刻,窗外的阳光正好落在她的背上,头发上闪着暖光,侧脸上的白色绒毛清晰可见。江桓把手覆在她脸上。手下的人,动了一下,江桓却没有抽回手。

宁芷睁开眼睛迷茫地看着他,一时间没有反应过来自己在哪,现在是哪年。

门外的多吉又叫一声，宁芷才缓过神，也不应声，学着江桓的样子，有些笨拙，也伸手去摸他的脸。他也不躲，任由她的指腹在上面摩挲着。

太难得，如今两个人能有和平共处的时候。

饭间，多吉夫妇俩对江桓问东问西，可能因为他们眼里本就柔柔弱弱的宁芷，都能是拿刀剖尸的女法医，面对面前这个桃花相的男人，他们根本不敢随意判断身份。

江桓一口甜茶下肚，语出惊人："我是被她包养的。"

宁芷看着悬在眼前的手指，还没咽下去的饼卡在嗓口，咳不出来，小脸涨得通红，用眼睛横他。

江桓把手里的甜茶递过来，一边拍背一边面不改色地和多吉说："我除了好看，一无是处。"

一顿饭艰难地吃完，也不知多吉是不是真的信了，看她的眼神似乎有些不可言喻的鄙视。多吉的老婆更夸张，眼睛赤裸裸地上下打量着江桓。最后老板娘点点头，给自己一个准确的答案：只要长得好，干什么都能被原谅。

等到下午，天又开始降温。

宁芷站在窗边看着院子，多吉和她老婆在收晒肉，门外一点动静都没有。但她相信这一次次旦一定会来，昨晚他故意来找她，又放慢速度等她，一定有原因。

若是考验的话，昨晚她也算过关了，今天总该心平气和地聊一聊了吧。

江桓也不说话，坐在床边翻手机，时不时地蹙着眉，这里信号不好，3G的网动不动就变成无服务。要是离不开手机的人，到这里估计要抓狂。

天擦黑，宁芷的房间没有开灯，院子里空无一人，有风吹着挂在仓房上的彩色旗帜，门上的铃铛也是叮叮当当地响。

这时，门外快速地闪进人影，他踮着脚尖，试图不发出任何声音，朝着宁芷房间的窗口移动。

宁芷叫住江桓，让他站在窗帘后边，自己则站在窗下也不藏。

就在次旦伸手拉开窗，半个身子夹着冷风探进来时，和宁芷四目相对，先是愣住，然后一慌，想要跑，却被早有准备的江桓抓住衣领，手臂一用力，将人拉进了屋子。

整个人重重地砸在地上，发出一声闷响。

次旦从地上爬起来，轻呼"痛"，然后，抬眼看着他俩："你们到底是谁派来的？既不是要钱的又不是要命的，这么执着地跟着我做什么？"

"那你跑是因为你杀了人？"

次旦立刻跳起来反驳："我没杀他，是他要杀我，我就躲，争执的时候，谁知道他自己倒下被刀子扎了。你不能冤枉好人！"

宁芷想起死者当时的样子，和他描述的情况确实吻合，但这不是她要管的事："我不管人是不是你杀的，我来找你是有事情要问。"

次旦狐疑地看着她，戒备没有全消："问什么？"

"次仁德吉的事。"

"我哥？"次旦感觉出两人没有敌意，干脆坐在地上，仰着头看他们俩，"说出来，你们可能不信，我哥他没杀人。"

宁芷一愣，但并没有露出过多的情绪："但所有证据都指向他，指纹、凶器和受害人的证词。"

"不是的，我哥根本不会杀人，没有人比我更了解他。"

宁芷拄着下巴看他："可人是会变的，今天能和你说走天涯，明天可能就对你弃之不顾。"

站在窗边的江桓，听到这句话，身形一顿，望过去看她的表情，倒不像是意有所指，就像随口谈天气一样稀松平常。

她不像以前那么好猜，难过、开心都是一张笑脸。周康半夜给他打电话，他正在整理杨成山的档案，从周康的语气里，他意识到一个问题——

所有人都知道宁芷经历过什么，唯独他不知道。

"我哥是什么人，我会不了解吗？要不是他，也没有今天的我啊……"次旦想想也不对，毕竟刚涉嫌一宗杀人案，咂了咂口水，"我是说，他不会杀人的，他大半辈子都在努力赚钱供我念书，最远也没出过县城，怎么会去那么远的地方杀人？"

"他和四条命案有关，不是你说不会就能改变的事情。"

无论宁芷怎么问，次旦都会把话题绕回他哥不会杀人这句话上。她望了眼江桓，似乎在求助。

江桓走过来坐在她旁边，眼睛紧紧地注视着次旦，次旦浑身一颤，感到一种莫名的压迫。

"你哥在去拉城前,有没有什么异常,或对你说过什么?"

次旦咽下口水,抓着头上的辫子:"你们到底是什么身份?"

宁芷把口袋里的证件递给他,他反复确认真伪后,又问:"你真的是公务人员?不会是假冒的吧?套我话之后扭曲事实来黑我们?"

宁芷嘴角抽搐,不知道为什么眼前这个人的想象力比她还丰富,不过一想也是,从他哥出事后,突然好几路人想要他的命,不警惕点也说不过去。

"我哥临出发前,给了我一笔钱,很大一笔,让我出去旅行。我也没什么想去的地方,就在家待着,可没几天,传回来消息说他因为杀人罪被逮捕,还被押送到北县。我根本来不及想这中间发生了什么事,家就让人端了,翻了个底朝天,我感觉事情不简单,但我的证件都在家里,哪也去不了,只能东躲西省,但昨天凌晨还是被人找到了。"

他哥哥出事确实会有讨债和报复的人找上门,但也不至于胆大到直接杀进民宿,更不会在大街上明目张胆地亮刀,明显是有另一股力量存在。

"你哥还说过什么?"

次旦揪住衣服的领口,仿佛极力压抑着苦痛:"他说,无论发生什么事,都要相信,他不是坏人。"

宁芷把资料上的两张照片拿出来递给次旦看:"你哥整容的事情,你了解多少?"

次旦看着整容后的照片,盯着好一会儿,猛地拍脑袋:"你是说我哥整容成这个人?是那个人先找我的,让我整容成他的样子,会给我一笔钱,可我不愿意啊,身体发肤受之父母,怎么能说整就整,他怎么会找到我哥?"

等次旦说完,宁芷脑中立刻浮现出大胆的推测:人是 H 杀的,只是他采用某种手段,让次仁德吉顶替他。

卑鄙!

宁芷问:"你知道这个人现在在哪里吗?"

"他好像说过他在跑西里的旅游线。"

(六)

西里？无人区吗？

H这类型的人，杀人如麻，自视清高，怎么会屈身做导游，他又在耍什么花招？

眼前的次旦沉浸在哥哥被逮捕的悲伤里，似乎感觉到宁芷在看他，坐起身抓住她的手："我哥会没事吧，你们要还他个公道啊？"

这股悲情不像在说谎。

宁芷从钱包里抽出一叠钱和一个手机号给他："这个地方不能再住了，你去换个好点的住户，保护好自己。"

接着又说："如果再见到照片里的人，一定要打电话给我，好吗？"

次旦连连点头，好像想到了什么又从怀里掏出一张照片塞到她手里："我还在我哥行李里面找到了这张照片，不过，其余几个人不知道怎么都被划破了。"

宁芷接过来，照片是一张七人合照，站在中间的人正是H，旁边是次仁，次仁旁边正是神婆达姆。而其余四个人的脸都被胶水一样的东西粘住抠掉，三男一女，除了性别一无所获。

次旦说："我知道的就这些，其余的我也帮不上。"

说完，他又从窗户钻出去，院子里响起脚步声，渐渐远去。

房间没开灯，江桓看不清宁芷的脸，但他知道她在想事情，因为她思考时，拇指会来回抠食指。

这是他当年的遗留案件，他不明白为什么她会穷追不舍，可她不想说，他也不会强求。

"江桓，天亮我们就出发吧。"

"好。"

夜里，烛火摇曳。

江桓放下宁芷带来的资料，准备吹灭蜡烛时，只见睡在一旁的宁芷身体突然颤抖了起来，头跟着一起晃，手也在拼命地抓着什么，嘴里念叨着：

"我要杀了你……"

脸上尽是狠绝的样子，他毫不犹豫地抓住她的手，谁知她力气超级大，把他的手骨捏得很疼，不知道是陷入什么样的梦，但一定是令她极度痛苦的噩梦。

他轻轻晃她，软声叫她："小宝，别怕，我在呢。"

梦里的宁芷似乎能听到他的声音，手渐渐地放松，脸也恢复平静，她翻过身，两手一起抓住他的手，声音抽泣："怎么办，只剩下我一个人了。"

江桓探手过去，抬手一抹，手上全是泪。

H那张笑到扭曲的脸，朝她的耳朵吹气："这局是我赢了！"

宁芷猛然坐起来，满头大汗地看看四周，目光落在和江桓相扣的那双手上，原来只是一场梦。

江桓坐直身体，把她揽在怀里，一下下地抚着她的背："都是梦，会过去的。"

宁芷点头，缓和过来后，从行李箱里掏出一身衣服去浴室冲洗。没有灯，江桓在外边用手机给她打着照明，水的温度也低，凉水冲下来时，整个人都被冰到清醒，她隔着浴室的帘子，看着外面的身影，居然感到了前所未有的安心。

第二天，宁芷和江桓去集市上买更厚的衣服。

多吉听说他们要去西里，惊得不得了，用夸张的语气说："天啊，那里多危险，豺狼虎豹的。"

西里虽然是无人区，但也是自然保护区，他们是去找人，不是去探险。

宁芷也不多解释，和江桓一高一矮地往外走，像极了一幅画。

两人走出没多远，次旦鬼鬼祟祟地从民宿后的树桩后面走出来，拿着手上的电话拨出去："话我照着说了，他们已经出发了。我哥的事，你要抓紧。"

电话那端像听到笑话一样，一直笑，笑得次旦毛骨悚然："你快点把我哥弄出来！"

笑声停了："你，真蠢！"

说完这句，电话也跟着挂断了。他重新拨号码过去，提示已关机，他像被人用力地打了一拳,整个脑袋都嗡嗡的。

他被耍得很彻底。

他想去追宁芷他们,却早已看不见人影。

次旦慌乱地掏出口袋里被他几近揉碎的纸条,上面写着一排娟秀的字,赶紧拨过去,显示无法接通,再拨依旧是这个结果。

此刻,他已经顾不上他们的安危,只能祈祷他们能逢凶化吉,他现在要做的是,想办法救自己,再救他哥。

从俄城跟车到尼县,打听一路,没有一个司机愿意开车送宁芷和江桓去西里,在司机眼中西里和洪水猛兽一样。而且是那么远的路程,油钱都不够折腾的。

路上有信号时,宁芷收到未接电话的短信,那是个陌生的号码,她回拨过去,但无人接听。

宁芷走得脚酸,江桓思忖片刻把她拉到一间面店。

刚进店,还没等落座,宁芷听见有人喊她。这里竟有熟人,转过头去寻,就看见坐在里桌的一个女生朝着她挥手,手上藏银的手链哗啦啦地响,竟是机场一同搭车的那对小情侣张娇和卢楠。

"小姐姐,真的是你!你刚刚在店外站着,我以为是我眼花了,没想到你也来这了,是要去寺里吗?"

紧接着,她看着站在一旁的江桓,眼睛放光:"咦,你来这就是找这个帅哥吗?他是你男朋友吗?怎么这么帅,我要是你也会多远都追来!"

说不上浮夸,但让宁芷脸上一红,几句话就把她痴女的形象塑造起来。面店里人不多,纷纷转过头看他俩。

宁芷拽着江桓坐下,恨不得把头埋进桌子下,可偏偏张娇的声音还在继续:"小姐姐,你不坐我俩这桌吗,那我们过来咯?"

卢楠不情不愿地被她拉过来,两人不客气地直接坐在四方桌子的剩余两面,招呼着店家,把面端到这桌。

张娇的目光始终流连在江桓身上,丝毫不忌讳卢楠越来越难看的脸色:"你能不能好好吃面!不吃我就走了!"

"急什么啊,你要急你就走。"

卢楠根本管不了张娇,一肚子的气没处撒就瞅准不吭声的宁芷:"你能不能管好你男朋友，别让他到处招惹别人！"

还没等宁芷发火，江桓把筷子放下，一双桃花眼里直白地写着厌恶："你们再影响我女友吃饭，就坐回原来那桌。"

一句话，简单明了，直接把卢楠接下来要说的话都给堵了回去。

宁芷低头吃面，不管对面两个人什么情绪，也不想再计较江桓解围的这套说辞。

张娇瞪一眼多管闲事的卢楠，继续吃饭，中途几次找话题，除去宁芷偶尔应一句，另外两个男的都默默吃面。

好不容易结束尴尬的饭局，宁芷想着快点离开这家店，却被张娇从身后扯住手："小姐姐，要不要一起去西里啊？"

宁芷疑惑地看她，毕竟在来的路上，他们计划的旅行路线并没有西里："你们要去西里？"

"是啊，这边没那么多好玩的，肯定要去其他地方，不然白来啦。我俩包了车，到格城，到那儿再租车过去。"

宁芷和江桓对视一眼，前者摆出为难的神态，后者则面无表情。宁芷不是十几岁的小姑娘，知道怎么为自己牟利，似是认真思考后才点头答应："那我们也过去看看吧。"

张娇兴奋地甩着她的胳膊："真的吗真的吗？"

她没料到宁芷会答应，她只是不想这么快就和他们分开，准确地说，不想和宁芷身边的男人分开。

那对小情侣包的是一辆改装越野，为了节约时间，一直抄近道，倒不算颠簸。

越往西北走，天气越多变，时冷时热，棉服脱下来还没放进包里，温度可能又降下去。夜深了，司机把车停在一处隐蔽的树林中，让大家把能穿的衣服都裹上，感冒事小，若是冻到没知觉就没人管得了了。

坐在中间位置上的张娇搂着卢楠的胳膊："晚上我冷的时候，你得抱我，知道吗？"

卢楠嗯嗯应着，这种被重视的感觉完全满足了他对爱情的虚荣心。

后半夜起风，有砂石砸在车窗上，隐隐能听到狼嚎。宁芷睡得浅，第一个醒过来，整个车厢都有细细的呼吸声。

车外的声音越来越大，司机似乎早就习惯这样的生活，丝毫没有要醒的趋势。前排的张娇醒了过来，她轻摇卢楠的手臂，也不知趴在他耳边说什么，两人竟旁若无人地开始接吻。

宁芷的目光不知该放哪里，游离中看见江桓不知什么时候也醒过来，正注视着她，目光一片清澈。

宁芷伸手就去捂江桓的眼睛，他的睫毛在她的手心微颤，痒得她只想挣脱。

江桓抓住她的手握在手里，轻吻几下，然后，没再说话。

（七）

车子刚进格城收费站，司机就不想再往里走。

一行人从车上下来，走得远，却没能拦住一辆车，又冷又饿，谁都不想直接去租车店，干脆找了间最近的酒店入住。

风尘仆仆的一身土，宁芷拿着房卡，推门进去第一件事就是进洗漱间，热水比俄城的稳定得多，温度也更好。

出来的时候，江桓正在客房的本子上写着什么，电视里正在放综艺节目，男嘉宾正好看着镜头，不知说了句什么，引得观众大笑。

宁芷擦着头发凑过去看本子上的字，江桓也不遮挡，上面的关系谱非常清晰。H和次仁德吉兄弟，三个人交叉在一起，中间画着一个问号，楼鱼也占据其中一角。

以他的能力，还是可以猜中楼鱼在里面扮演的仅仅是提供线索的角色，只是不能理解楼鱼为什么也要跟着参与进来。

而最不解的是，H在水原杀人是为了某种仇恨，可又怎么会杀到这边？

宁芷拿手机搜了搜去西里的一些注意事项，又想起那通没接起来的电话，心里总是惦记着，毕竟这段时间她只把号码留给了次旦一个人。

又回拨一次，这一次直接提示关机。如果真的是他，从县城拨打的无人接听再到现在的关机，次旦极有可能是出事了。

她从床上跳起来，在行李箱里翻多吉留给她的名片。电话声嘟了很久，直到她险些挂断时，多吉才急匆匆接起："多吉民宿，您请讲。"

"多吉，是我。"

"姑娘？你还真的打来电话了，是落下什么东西了吗？"

"你知道我会打来电话？"

"不是我说的，是次旦他中午回来嘱咐我，你要是打电话过来，告诉你小心点。"

她听得心里发毛，给多吉打电话也仅仅是抱着试试的心理，可次旦却留下一句这么意味不明的话，是他单纯地不放心他们进无人区，还是H那边又有了什么新的行动？

挂断电话，身子竟又沁出冷汗。说不怕是假的，H这个人步步为营，消失五年又重新出现，究竟是带着什么样的目的，又怎么这么有把握可以再次逍遥法外？

江桓已经将线索整理得差不多了，注意到宁芷的异常："电话那端说什么？"

宁芷摇头："没什么，你有几成把握抓住他？"

江桓也不确定有几成把握，他们的警力设施比以前强几倍，可H的智商、能力可能也在成倍地进化。

他不回答，宁芷就明白了。

当年的警局，一整张白板上都贴着与H相关的资料，搜集了那么多条信息，结果却一无所获。有一次他们险些抓到H，捡到了H遗留在酒店的包裹，里面光假身份证就有十几张。那是在江桓的帮助下，他们第一次真正地见到H的真面目。

可他们已经错过了最好的抓捕机会。

租车店里，老板和卢楠正因为价格和车型在斡旋，推荐过来的车要么像拿破铁皮拼接的一样，要么就是没空调。

最后，江桓选中一辆车指给老板，老板脸色不好："哎呀，小兄弟，你眼光真好，这是我刚改装的，你们给的价格，可租不来这辆。"

张娇和卢楠磨破嘴皮好不容易才把价格压低，但押金却翻了倍，江桓和

幸存者游戏

宁芷跟过去提车，老板像割肉一样把车钥匙给他："这车你要帮我好好照顾啊，千万别给我弄坏了。"

张娇和卢楠没有一丝野外生存技巧，对即将面对的环境一无所知。无非是来的路上在网上搜集了不少进出无人区的攻略，可那些攻略都是安全返程后写下来的。

他们接下来，不仅要面对风沙和昼夜温差带来的不适，还可能会遇到狼群，当然那是最糟糕的情况。前路未知，江桓看了一眼正在把补给装进车里的宁芷，心里充满了说不清的担忧。

路上，海拔高，气温也高。

张娇和卢楠两个人闹别扭闹了一路，不一会儿依偎在一块儿睡着了。

宁芷把防晒服的拉链拉到下巴，只露一双眼睛在外边，想办法找点话题。

"当初你是怎么知道 H 的第一个藏身处的？"

"H 是典型的无情型人格，很聪明自大。他平时经常出入校园，看着像老师或者教授，因为需要就近观察。我根据犯案的学校连成点做图，是六菱形，凶手通常有自己的安全区规划，中间区域是最大的可能，并且他会做符合身份的事情，不会屈身在小宾馆，必然藏身在那区域里的高级酒店。"

宁芷跟着点头，把之前神婆给她讲的事情说上一通，当然，她隐去了自己的那部分。

江桓听过后，沉吟良久："也许有一种可能，要么他们之间有某种约定，要么 H 拥有自己的队伍。"

前者还好，像次仁德吉那样，动动脑筋可能就能够破解，但如果是后者问题就严重了。

宁芷看着江桓眉头皱着，粉红的眼睛被晒得更红，就知道两人又想到一块儿去了。

后半段两个人都没再说话，但高速路不堵，很快就抵达昆北山口。

再想深入腹地就需要许可证，许可证办理手续复杂，耗时也会比较久，再加上天快黑了，里面什么情况未知，江桓干脆提出在外露营，等有人同行再进入。

江桓一副不急不缓的模样："听说这边有熟人带线，会安全些。"

张娇不愿意等，毕竟是翘课出来玩的，拖下去对学校不好交代。

卢楠也急，没办法就下车守在山口，见车就问有许可证吗，见人就问能带他们进去吗。每每看见他们拉住人，江桓就靠着椅背望过去，想要看清来人。

"你本意就是这个？"

江桓揉眼："我或者你去，H都不会出面，会打草惊蛇，下一次再想抓他，就不会那么容易。"

宁芷能理解江桓的用意，但是这同样也意味着很冒险，H是个杀人不眨眼的变态，尤其是到了荒原深处，更是人迹罕至，H就更加肆无忌惮，无法无天。

"我们不需要进去。"

这么一说，宁芷知道江桓是思量过这件事的，她人是冲动，但脑子还算清醒，不至于反对。

H是单独还是集体行动，如果是集体又有多少人。他们贸然进入腹地，相当于直接把命都交到了别人手里。

这太冒险，对他们没任何好处。

（八）

来来回回几次，估计是问到了有用的线索，张娇和卢楠带着笑容走回来。

一上车，张娇就忍不住分享她打听到的消息："听说今晚有带队的回来，明天就能带咱们进去。"

想得到更多线索，宁芷摆出一副兴致冲冲的姿态："你们真厉害，效率好高，带队的什么来头？"

被人夸怎么都高兴，张娇说话就更带劲："说是专门跑无人区的，边远地区都去了个遍，还是个帅哥，听说以前徒手杀过狼。"

宁芷和江桓对视，显然他也在听，如果真的是H，意味着危险更大，必须想办法将这对小情侣打发走，又或者换到其他安全的同行车里。

打听一圈，有不少人都在等明天天亮再进去，人多的话，安全有保障。晚上几个驴友用车在大空地上围出一个圈，支起帐篷。

几个深资的自驾游者围坐在一起，讨论着进去的注意事项，有两个人还是骑车过来的驴友，从东北顺着东部绕行半圈过来的。

"我们过来的时候还遇到鸵鸟，我的天，就跟在我们旁边跑，差点踢翻我们的车子。"

宁芷对这些没什么兴趣，但也不好直接回帐篷。只能和江桓倚在一块儿听他们讲一路过来的趣事。

讲到后面，不知道谁把节奏带歪，竟然讲起了鬼故事，吓得张娇和另一个女生直喊停。男人们的兴致都被吊起来，嚷嚷着让他继续讲。

主讲的男人动作小心地从背包里掏出一个黑色器材，宝贝一般地在每个人眼前过一遍："知道这是什么吗？"

"不就是录像机，有啥稀奇的。"

"NO NO NO。"男人摇着食指，"这是夜视高速摄影仪，不仅能拍，还能慢慢地播，你一秒打完的哈欠，我能录出一分钟。"

"这么神？"

"这可是我花上万块买的，专门用来拍些灵异的东西，之前网上说有栋老校闹鬼，一到晚上那些鬼就在半空中飞，还发出呜呜的鬼嚎，我就跟几个朋友过去拍，你们猜……我拍到了什么？"

男人问题刚抛出，一阵风吹过来，每个人都打个战，宁芷也起了鸡皮疙瘩。她捂着双臂，悄悄挪屁股往帐篷方向蹭。

江桓的手覆在她肩膀上，将她揽进怀里，说："我在呢。"

男人见没人回复他，但气氛已被营造得极其恐怖，便故弄玄虚地压低声音："半夜的时候我进去，真的听到鬼哭狼嚎的，时不时有黑色的不明物体，从眼前快速闪过，吓得我头皮发麻。"

边说他边伸手在半空中比画着，好似那东西此刻就在眼前。张娇没忍住喊出声，躲在卢楠身后，紧箍着他的脖子，害得卢楠比她更害怕。

"我把录像机往那一架，愣是在那鬼地方躲了一个晚上，有撞门声，有哭叫声，还有一道道影子来回地在教室外走动，瘆人得很。我们都被吓得虚脱了，天亮的时候，逃也似的跑了出去，我当时想着，我再来这地方就不是人。结果你们猜我打开视频时，看到的都是什么？"

"披头散发的女鬼吗？"张娇哆嗦地接上一句。

"要是女鬼我折腾一晚也值了！结果这镜头慢下来，竟然是蝙蝠，这学校里，大大小小的蝙蝠，至少有十只！"他伸手比画着，"那眼睛在镜头里，跟两个灯泡一样。"

"咦，蝙蝠真恶心人。"张娇搓着手臂，拉着卢楠站起来，往帐篷里走，声音传过来，"不听了，不听了，怪晦气的。"

人群四散，都回去收拾帐篷，男人有些扫兴，站起身拍打裤腿上的灰，提着手上的摄像机转圈找位置，嘴里嘟囔着："我今晚倒要看看，咱们这帐篷四周有什么妖魔鬼怪！"

宁芷挑眉，她可不希望有什么妖魔鬼怪出现。

帐篷里，宁芷裹着棉服，把暖宝宝贴在双肘和肚子上，看江桓还在认真地看资料，掀起他的棉服要为他贴暖宝宝，翻资料的江桓腾出一只手帮她撩衣服。

顷刻，暖热传到皮肤上。

"要想办法让他们跟别的车队，如果真的是 H，风险很大。"

"办法不好想，卢楠好说，但张娇……"宁芷扯长音，目光上下打量着他，意思十分明显。

江桓抬手揉她的头发，没说话，只听帐篷外起了争吵，好像是张娇的声音，哭哭啼啼地骂卢楠是神经病。

其他车队的人也跟着劝架，宁芷把资料装起来，想出去看一下，却被江桓抓住手腕，他摇头示意她不要动。

宁芷刚坐稳，张娇就在帐篷外喊着："小姐姐，小姐姐，你在吗？"

宁芷不想掺和别人的感情，没说话，但张娇丝毫没有要走的意思。帐篷外的车灯打进来，正好把张娇的影子映在帐篷上，像被放大的妖怪，披头散发地哭叫着。

"我在。"宁芷还是把帐篷打开，让张娇进来。她应该是哭过一阵，一双眼睛通红，吸着鼻子："小姐姐，你说恋爱怎么那么难啊，他怎么不能让着我，非要和我吵架呢？"

恋爱里的磕磕绊绊简直太正常了，总要有人往后退一步。她和江桓在一起时，她总是任性的那个，江桓的性子一直淡淡的，她闹他就包容，他俩从始至终都没有大吵过。

安慰之中，张娇就把话题移到江桓身上，问来问去，根本没有刚进来时的难过。越聊越能感觉到她醉翁之意不在酒。

时间不早了，卢楠在帐篷外给她道歉，什么哀求的话都说了个遍，听得出他俩是因选择冲突而引发了争吵。

卢楠没办法，僵持不下去："听你的，就选这个野导。"

张娇这才松口，隔着帐篷传话："答应我了，不可以反悔。"说完，就要起身出去，却被宁芷叫住。

"什么野导？"

"就是带我们进去的导游，不是说晚上回来吗，我们刚刚去见了一面，长得好帅！"张娇做出花痴状，眼睛就差冒金星了。

"但是卢楠不同意，非说他脸上有疤，看着不像好人。他也不想想，能徒手杀狼的人，带伤那是代表着勋章啊。"

"你说他脸上有疤？是在额头这个位置吗？"宁芷撩起自己的头发，在眉毛上方的位置划上一道，指给张娇看。

张娇连连点头："对对，就是这个位置。"

帐篷外，卢楠又叫一声："娇娇，快点回来睡觉吧，明天还要早起。"

张娇关上帐篷前，还不忘回头和宁芷比画着："明天早上七点，咱们一起出发吧，真的很帅。"

帐篷内，宁芷捂着胸口大口地呼吸，H真的在这里，刚刚就在他们隔壁的帐篷里，近在咫尺。

她又想起那张扭曲的脸，冰冷的气息扑在她的脸上。她情不自禁地把手伸向腰间的匕首，面露凶光，起身时又被江桓抓住手腕。

他的手指在她的腕上摩擦着："冷静。"

宁芷用力地甩开他的钳制，一双眼布满血色，嘴角上挑，一字一顿地说："我要杀了他。"

手上动作加快，拉开链条就要往外走，江桓缓声叫道："小宝。"

这时，外边响起一声尖叫，凄厉又恶寒，似乎是张娇的声音。

宁芷不再犹豫，快步迈出帐篷，就看见张娇正蜷缩在地面上，两只手抵在脖颈，浑身抽搐着。

熟悉的血腥味儿，宁芷来不及思考，赶紧跑到张娇身边。此时张娇的脸色惨白，看见宁芷想要伸手握住她，另一只手指着一个方向，张口想要说话。

张娇的脖颈被利刃划破，力度很大，直接割到动脉，红肉外翻着，血已经灌进嗓子。宁芷的心跟着下沉，这个手法，太过于熟悉——

H来了！

（九）

身后的江桓已经跟过来，先是按住张娇的脖颈，和刚走出帐篷的卢楠打了个照面。卢楠先是吓得慌乱地尖叫，然后号啕大哭地喊着女友的名字。

宁芷站起身就朝着张娇指着的方向追去，一手已经把刀拔了出来。手刚放在那间帐篷上，就听身后的帐篷里又传出一声惨叫。

黑暗中，也不知是哪个帐篷里的人，喊一嗓子："快报警啊！"然后，就见他们几个人都举着手机找信号拨电话。

宁芷和江桓都朝着传出惨叫声的帐篷跑去，拉开帐篷就看见那个和张娇年纪差不多的姑娘，正躺在棉被上抽搐着，帐篷的背面被带血的刀划出一条大口子。

宁芷的脑袋嗡嗡的，只有一个信号往里钻：抓住他！脚步就真的听从指挥地顺着帐篷后面的那条路追过去。江桓抬手抓她，指尖只碰到她的袖口。

也不知道追出多久，前面空荡荡的黑，耳边能听到有狼在嚎叫，却没有见到任何人影。匕首冰凉凉地硌着宁芷的手心，她紧握的手指节发白，偶尔一股劲风吹过，她才清醒过来，捂着手臂看着四周。宁芷刚刚只顾着跑，不承想已冲进了保护区。

"小宝。"

197

声音从背后传来，宁芷转过头，江桓跑着停在她面前，有些气喘，揽着她的肩膀警惕地看着四周，确认没什么陷阱埋伏，才问她："你知不知道刚刚这样有多危险？如果他只是想把你引过来，以你一人之力，你能抓住他吗？"

宁芷心有余悸，直摇头："我没想过，我……就是太想抓住他了。"

江桓不是很理解，她的执着已经超过了除暴安良的范畴，这副凶狠的模样，更像是……受害人。很快，他在心里将这个答案否定掉，以他对H的了解，但凡是被他选中的受害者，从不曾留下活口。

所以宁芷不是受害人，那又会是什么？

有一丝线索钻进脑海，一闪即逝。江桓把已近虚脱的宁芷背在背上，一路往回赶。

夜里风大，来回冲撞的冷风呼呼刮过，胆子大的男的都忍不住想钻帐篷，又碍于帐篷内有死人而不敢轻举妄动。

卢楠还抱着尸体坐在空地，其余几个人胆战心惊地围在一旁，似乎都在犹豫着还要不要再深入腹地，还没启程就出事，怎么看都不是好兆头。

宁芷从江桓的背上滑下来，坐在帐篷边抱着膝盖看着江桓忙乎着，心里不是滋味。江桓用床单把张娇裹住，卢楠浑身上下被血染个通透，隔着床单痛哭不已。等把帐篷里的那个受害者也遮盖住后，江桓返回来坐在她旁边，抚着她的头发："我们救不了她俩，即使在市区，发生这种意外，也来不及抢救的。"

话是这样说，可上一秒还在叽叽喳喳说话的人，下一秒就变成了冰冷的尸体。这样的场面，无论经历几次，都无法适应。

旁边帐篷的男人拧着手里的水瓶，仰头猛喝一口，目光定定地盯着他们，宁芷被看得浑身不自在，恶寒从心底涌出，正要发泄出声，男人已跌跌撞撞地起身，往后退了半步，伸手指着他俩的身后："你们身后的帐篷，是不是有东西!?"

江桓率先起身，把宁芷扶起来揽在身后，两个人绕到帐篷后面，只见他俩的帐篷背面，用红色的血写着——

游戏开始，分几步才能抓到我？

落款是英文字母H。

黑暗中，人群炸开锅一般激烈地讨论着，报警的那个人又拨打一次电话，他们都在互相问着 H 是什么意思，什么分几步，唯独宁芷的身体抖成筛子，她抓紧江桓搀着他的手，重复地问："是他吧，就是他对吧？"

被车包围的场地，充斥着一股血腥味，夹着风沙往脸上扑，剩下的几个人也不敢太靠前，更不敢分散得太开，看向江桓和宁芷，目光充满了忌惮。

毕竟以正常人的思路，没有人会在明知危险的境地，还敢追出去抓人，更何况面对尸体如此淡定，那几个人瞬间成为一个阵营围成圈，敌视着两人："你们俩是什么身份？认识凶手？"

"我们想帮忙抓住犯人。"江桓淡淡地回应，眼神坚定，也不心虚，丝毫没有继续话题的意思。他们不好再问，只能自己嘟囔着。

有个胆大的男人拿着手机把血字拍下来，拿过去给旁边的人看："这个字母看着怎么这么眼熟？咱们不会遇到无人区杀手了吧？"

另一个男人想起什么似的，喊了声："我架了摄像机，估计拍到了凶手的样子！"

说着，他让胆大的男人陪他一起过去把车顶上裹得严严实实的摄像机摘下来。另几个人不敢看，宁芷想看，但江桓考虑到她的情绪，并不打算让她同行，只是把帐篷里的毛毯扯出来，将她整个人围住："我去看，你休息会儿。"

镜头下，画面很清晰，男人快进到有张娇的画面。从江桓的帐篷里钻出来后，张娇正慢悠悠地朝着自己的帐篷走，只见画面右下角蹿出一个黑影，慢动作下仍能看出他速度惊人，跑到张娇背后，在她还没有反应过来时，锃亮的匕首已穿过她的喉咙。

张娇捂住脖颈，发出尖叫声时，那人已经疾步钻进另一座帐篷，紧接着，宁芷从帐篷里跑出来，江桓随后……当宁芷跑向另一处帐篷，拉开拉链时，那黑影已从帐篷后快步跑开。

江桓倒吸一口气，若是宁芷速度够快，足够和 H 打上照面，后果将不堪设想。就在大家听到声音后，全部集中到中间的空地上时，那人影及时离开躲到了一座帐篷后。

那座帐篷是江桓他们的，正好在摄像机的正对面，拍不到帐篷后的情形。但江桓知道，那人当时正在他们的帐篷后，用沾着两个人的血一笔一画地写下那几个字，也许他还在笑，笑容狰狞又扭曲。

从始至终，那人的脸都没有露出来，黑色的衣服，头上戴着一顶黑色的布帽，把脸遮得严严实实。

男人又快进两次，手还有些颤："我的天啊，这还是人吗，怎么动作这么快！这可比鬼吓人多了。"

是啊，这人若起了坏心思，比鬼要可怕百倍。

整个晚上，再困也没人敢睡，几个人挤在一个帐篷里，强打起精神。好不容易熬到天亮，宁芷有些发烧，手脚冰凉，江桓把能保暖的衣服盖在她身上，可她根本不想合上眼睛，帐篷外的字还留在那里，就和她隔着一层帆布。

外边有警笛声，几名警务人员已经和有监控的男人进行过一番交涉。卢楠冷静不少，应该是和家里通过电话。他跟警察讲述了事情的经过，末了不忘加句："我女朋友的后事要怎么办？"

江桓叫宁芷收拾东西，他警觉到他们的身份不适合在此时停留太久，稍后集体问话时，若是被问到此行的目的，会增加不少麻烦。

被警察叫过去询问时，宁芷如实说了整个过程，保留着H的关联线索。内心已趋近平和，她不得不感谢自己的职业，能够在死者面前面不改色地陈述某件事。轮到江桓时，她等在车里，一边看表一边查看四周，剩下的几个人在警务人员临时搭建的帐篷外来来回回地绕着。江桓进去半个小时，还没有出来的意思。

宁芷把放在车后座的背包拎到面前，把前一天翻出来的东西整理一番装进包里，打开背包侧面拉链确认身份证时，注意到拉链上有干涸的血迹。小袋子里有一些零钱和票据，身份证也在。正要拉上拉链时，她的目光扫到身份证后挤着的纸条。材质是她平时用的笔记本，可却不记得什么时候撕过纸条记东西。

宁芷抽出纸条，注意到边缘也带着点点血迹，眉头皱得更紧，缓缓地将叠起的纸条打开，确实是记录着东西，可这东西并不是她放的。宁芷深呼一口气，望着窗外的帐篷，将纸条攥碎在掌心，汗水染花上面的字，可纸条上的字，她已铭记于心。

送你五年命，怎么还抓不住我呢？

（十）

又过半个小时，江桓从帐篷内走出来，将档案袋从车窗递给她："我们现在回格城。"

宁芷赶紧把手上揉烂的纸团装进一个空水瓶里，拧紧盖子，塞在身后："这边解决了？"

"嗯，后续有问题的话，会联系我。"他坐进副驾驶，发动车子，"这边的同志调过监控，显示H开车去了机场。"

"他现在用的什么身份？"

"加布达瓦。"

宁芷"哼"一声，他倒是会给自己起名字，最令她费解的大概是他那张通缉脸是怎么在这边混得风生水起的。

"他到机场一定会再改头换面。"

谁都没再说话，车里静悄悄的，来时四个人，回去却只剩两个人。张娇走了，卢楠留在原地等结果。他们都不擅长告别和安慰，根本不知道怎么和卢楠说话，来旅行是为了开心，可旅行还没开始就结束，说什么有用？

江桓伸手把后座的披肩扯过来盖在她身上，掖好边角："你先睡会儿，到了叫你。"

许是身边的人是江桓，她放心地睡了过去。

江桓侧眼看宁芷，她紧皱眉头估计睡得不舒服。

突然她侧过头，眼睛依旧闭着，没醒过来，却叫唤一声："妈。"

江桓握着方向盘的手一紧，抬起一只手去摸她的头，缓缓地揉着。她刚进大学，大家便都知道了她妈妈的事情。毕竟那件事轰动一时，被新闻报纸连续报道了近一个月。虽然打了马赛克，可身边的人又怎么会认不出那个人？

两人的相识是周康一手撮成，身为长辈，总是怕孩子走向极端，能够让学校特例开展问题学生救助活动，是以扩招实习生为基础条件和校方谈下来的条件。周康来找江桓的时候，简单地说过宁芷的情况，在长辈眼里，他是最合适的疏导者，他也并不想拒绝。确定恋爱关系后，他们有几次约会时，

幸存者游戏

曾看到周康带着一个跟周康差不多年纪的男人，偷偷看过宁芷几次，应该是她爸爸无疑。

可宁芷从没有主动提过家里的事，她不能原谅她爸爸，很大一部分原因可能是她不愿意轻易地将她妈的事情揭过。至少江桓知道，她始终是重情重义的孩子。

到租车店时，老板绕着车敲敲打打几遍，确定没问题才不情不愿地把押金退回来，好像恨不得车出点问题。

宁芷检查一遍座位，确定没落下什么东西，才关上车门。江桓把车开进库里，临关门时，看眼副驾驶座位上的空水瓶，他记起隔窗递资料时她慌乱的神情，鬼使神差地伸手过去，把瓶里的纸条倒了出来。

宁芷在身后催他："好了吗？该出发了。"

江桓应一声，把纸条揣在兜里，关上车门，跟着她往外走。她还有些发烧，走路晃悠悠的，要他扶着才行。

打车到机场，宁芷勉强清醒一会儿，江桓在机场附近找了间宾馆入住，宁芷吃过退烧药，窝进被子里睡着了。中途，江桓几次帮她物理降温，直到温度降到安全线，他才安心躺下。

第二天，他俩坐最早的班机飞往水原市。途中，宁芷好似陷入长长的梦魇。她又在做噩梦，不同于往常的血腥。

她梦见她妈妈的离开，高中那三年，她过得暗无天日，和她爸断绝联系，不能原谅她爸的所作所为。一直以来在她的生活里，父亲就只是一个名词，她很少见到他，他总是在拯救不同的人，却从不曾陪伴她和她妈。她妈去世后，她就像个孤儿，无父无母。

飞机落地时，她也说不清醒没醒，一双眼睛蒙眬地看他："你别走，好不好？"

江桓打车到宁芷的小区，门卫大叔看着他怀里好似喝醉的宁芷，对江桓不免警惕起来："你是谁？你知道她的名字吗？你们什么关系？"

再看江桓又觉得眼熟，指着他"啊啊"叫半天："之前大半夜来送过鸡汤是吧？"

得到准确答案后，大叔才放行，看着江桓的背影嘟囔着："哎，这人可比前几天回来那小子靠谱多了。"

江桓心里清楚大叔说的是谁，也不应声，从宁芷包里找钥匙开门。第一次来到门口，现在看，她房间里的摆设过于简单朴素，不是白色就是黑色，完全没小女生的粉嫩气息，也没有两个人生活的温馨气儿。

沙发上趴着一只英短，抬头看了他几眼，又喵喵叫着，绕着他裤腿转圈，跟着他进了卧室。

宁芷体温不高，来来回回都徘徊在三十八度，与其说是发烧引起的嗜睡，不如说是疲劳后遗症。

他不免叹气，宁芷身上好像有一个隐形的包袱，他不清楚里面到底有多少的故事，可他能感知到那包袱快要把她压垮了。

以前她也有，但他知道那包袱里装的是什么，能帮她分担。可现在……

一阵电话铃声打断了他的思路，宁芷口袋里的手机铃声加振动，不停地响着。宁芷没有转醒的意思，他把手伸进被子里拿出手机，皱着眉看着屏幕上的"楼鱼"两个字，没有接，轻触滑向挂断键。

楼鱼不是轻言放弃的主，没一分钟电话又打进来，江桓干脆关机，落得清净。

江桓坐在桌前把宁芷的电脑打开，连接到一个网站，里面记录着他之前参与过的案子，其中一栏分组标注着 H 字样。

宁芷再醒过来已经是晚上，江桓倚身在她那把小椅子上，似乎听到动静，回头看她："饿不饿？我给你煮粥。"

他起身，不急不缓地把网页关掉，清理掉记录才关机，过来给她量体温。体温基本没问题了。

他要去做饭，宁芷拉住他，突然问："江桓，你要是不走，我们现在是不是已经结婚了。"

不是疑问句，是肯定句。

江桓的手臂一颤，说不出话。宁芷是跳级上的大学，他大三她大一，可年龄足足差出四岁。

可宁芷从在一起开始就没在乎过年纪，她和其他大学生不一样，他们都在想方设法地交新朋友，融入不同的圈子，而她喜欢守在他身边，眼里心里都只有他。

他没走的话,他们会结婚生子,她赖着他,而他被她赖着。可他也明白,没有如果这种说法。

江桓坐在床边,摸她的头:"我们之间之所以会这样不仅仅是因为我不告而别吧?"

宁芷望着他那双眼静静点头,躲过他的手,恢复之前的淡漠,眼睛里没有一点情绪:"江桓,饭别做了,我吃不下,你回去吧。"

江桓自然感觉到她的不友好,尴尬地收回手,站起身往门口走。他去厨房把电饭煲的线插上,站在客厅没再进屋:"小宝,你什么都不说,我就什么都不知道。"

所以,走到现在这步,我也很难过。这是江桓没有说出口的话。

有关门声传来,不大,显然江桓抑制住了身上的怒气。

空气里有米香,枕边也有江桓的气息。宁芷伸手浮抓一把空气,感到眼睛酸涩,眼泪涌出,随后滑落到枕芯上。

他们彼此了解对方,所以他的难过,她知道。

这几天在异地的相处,他为她做的事,和他说的话。她不是石头,能感觉到,可又能怎样?无非是偷来的好时光。

她以为她能亲手抓住H,让他受到制裁,可H又一次在他俩的面前逃脱。

这场战役才刚刚开始,她不能原谅江桓。

她要留着这股恨意,才能走完剩下的路。

第六部分 逆转局

（一）

　　一栋三层的复合楼，楼上的窗户开着，阳台上站着一个女人，正拿着喷水壶浇花，发现其中一颗花上生了只青黑色的小虫，她赶紧朝着屋子里叫："老公，你快来帮忙。"

　　叫几声都没有回应，只听见客厅里传来一声闷响，她又叫一声："你是不是把东西摔破了？"

　　还是没有回应，空气安静得诡异，她赶紧把水壶放下，准备出去看看发生了什么事，刚走到门口就被眼前的景象吓得跪坐在地上。

　　刚刚还一起吃过早饭的丈夫，此时双目圆睁，满脸是血地被一个人拖着在客厅绕圈。那个人似乎感应到身后的她，机械地扭过头来。女人立刻尖叫出声，跌跌撞撞地朝着房间里跑，一边跑一边喊着救命。

　　昨天有两个亲戚从隔壁的市区赶过来，给自己的孩子过生日，喝多了到现在还没醒，女人现在只能祈祷他们快点醒过来救救她，还有她已然垂危的丈夫。

　　脚步越来越近，希望来临前，只剩下绝望。她只觉脖子处一阵刺痛，紧接着就感觉到血液在流失，她想叫却叫不出声，只能看着醒过来的亲戚站在楼梯口。

　　一声尖叫接着一声尖叫。

　　然后，一双沾满血的手兴奋地抖动着摸向柜子上的电话，手指用力地按着几个数字，急促的喘息声和电话待接听的嘟声一起响着。

幸存者游戏

时间一秒秒地溜走，持着电话的人手指有些急躁地敲在桌面上，目光所及之处，都被血水浸湿了。

就在电话接通的那一刻，手指的主人立刻开口说话，夹带着笑声："我杀人了，你们再不来，这里的人都会被我杀光，一个都不剩。"

办公室里江桓拿起放在桌面上的资料，是余筱筱案件中的钱包指纹鉴定，上面显示没有指纹痕迹。意料之中，对方的缜密程度，远比想象中高得多。

还在整理资料的宁芷始终皱着眉头，离得不是很近江桓都能感觉到她身上排斥的气息。

从外地回来后，她都没和他说过话，两个人连眼神交流都是极少的。在那里所经历的一切，都像是一场美梦。

整个办公室都被一股压抑的气息包围着，范湉待不下去，几次起身想要出去，又好奇他们俩这小半个月的假期发生过什么。

虽然是分开请的假，但是明眼人都知道他俩是碰过头的。范湉看看这个又看看那个，很明显这两个人谁都不打算分享一下。

江桓放在桌子上的手机振动起来，宁芷抬头看他，他转头看眼一脸八卦相的范湉，没说话走出办公室。

电话那端尹度贤的声音带着一丝炫耀："你现在夸我还来得及换个好消息。"

江桓揉着太阳穴，看着透明玻璃另一边的宁芷正抱着抱枕看资料，他的嘴角微微翘起，也不理尹度贤在那里吹捧自己。

"你有没有听我说话？"

宁芷从沙发上站起来走到窗边，那边有个横摆着的书架，刚好遮住他的视线。"说正事。"他催促道。

"别这么不懂情趣啦。"

"再不说，我就挂断。"

"别！我说。"尹度贤立刻收起嬉笑，"你之前不是让我给你查一个叫小安的人吗？领养记录显示，他叫崔志安，二十年前被外国父母收养后就没了他的消息。不止是他，整个孤儿院的孩子的信息都只到被领养的那天，其余

206

的信息都没有。"

"那你找到的是谁？"

"这就是我让你夸我的原因，我找到了唯一有领养记录的孩子！去年孤儿院拆迁，孩子们要么被领养，要么被分到了其他孤儿院，就唯独一个孩子跟着院长一起到区里。院长过世后，他被五菱区的一户人家领养了。"

"把地址发给我。"

"你还没夸……"尹度贤的话还没说完，电话已经被挂断。

江桓走回办公室，把桌子上的资料收起来装进抽屉里，看眼站在窗边研究人体雕塑的宁芷，叹口气。她不开口，他主动说再多话都是无用。

手机"叮"的一声，传来一条短信，打开就显示出一串地址，后边还跟着委屈的小表情。他快速地回了个"谢"字，把手机放进裤袋里。

走出办公室，正巧和急着往这边赶的于城迎面遇见。江桓点头算是招呼，没再过多停留便下了楼。于城看着他的背影说不出什么滋味，本来排斥这个人，反而是这个人在关键时刻拉了他一把。

可一想到江桓和宁芷的前尘往事，心里就有一层芥蒂。

于城推开办公室的门，看见宁芷一手拿刀一手举着书，在窗台边比画着，禁不住摇头："你的老毛病又犯了？"

宁芷立刻把手上的手术刀放下，把模型也推到角落里，两只手绞在一起："于老大，今天光线不错。"

上次因为她站在窗边做研究，路过的人误以为局里发生了杀人事件，报了警，闹得很是轰动。局里很长一段时间，明确禁止在窗边练习解剖。

于城也不拆穿她："我看江桓急匆匆走了，是干吗去？"

"不知道。"宁芷看着他的神色，预想到他来是有事的，"你先说你来干吗？"

"接到报案，恶性事件，直接出现场。"

宁芷赶紧去隔壁的隔离室拿工具箱："情况有多恶劣？"

"凶手打来的电话，预告杀人。"

把车停在地下车库，江桓从通道下走出来，看着眼前的这栋小别墅，又确认一次信息上的地址才按响门铃。

等好半晌也没人开门，他清着嗓子喊了几声："有人在吗？"

房子内听不到有声音，难道是没人？江桓向后退几步，从台阶上下来，绕到窗台边，隔着一层透明的玻璃向里望去。

映入眼帘的是开放式的餐厅，欧式设计有很独到的风格，目光再转过去时，赫然发现地上竟然躺着一个浑身浸满血的血人。

江桓连步跑回门口，准备强行入室，没承想，拧动一下门把手，门竟然没有上锁，厚重的朱红色防盗门被他直接打开了。

客厅里有着浓烈的血腥味，穿过衣帽间能看见整个客厅，地上都是连续的血液痕迹。他快速地走到那个血人旁边，死者是个中年男人，衣襟上的血液凝固，江桓伸手按住死者的脖颈，死者没有脉搏，体温尚存，死亡时间在一小时以内。

正当他掏手机报警时，目光被一间开着的卧室门吸住。他不可置信地朝着那扇门走过去，越是走近一步，越是感到触目惊心，仿佛遇见了回国前的那场命案。

卧室里刷着白漆的墙面布满喷射状的血液，棕色的花纹木质地板，此刻已变成暗红。而卧室的正中央，竟然摞着近一米高的人尸。红色的血液从最上面的那个人顺着第二层第三层滴落在地面上。

即便是见过很多残暴杀人现场的江桓，仍旧被面前的状况震惊到了，他缓和好情绪朝着尸墙走过去。离得近，血腥味直钻进鼻子，血珠掉在地面的声音更是清晰可闻。

他快速地恢复镇定，为了不破坏现场，跨着步子小心地从房间里退出来，站在客厅里唯一干净的地方，打电话让于城他们过来。

号码刚拨出去，就听见身后的大门被推动的声音，声音很小。

江桓的神经绷得紧紧的，收起手机，敏捷地从厨房灶台上的刀架里拔出一把刀，绕到客厅的墙壁后。

是他疏忽了，他没有预想到凶手可能会为了销毁证据重返案发现场。墙壁后的脚步声越来越近，他捏着刀的手微微用力，看着地上的影子已经完全靠过来，手腕力度一转，把刀使劲地挥出，不料却直接被一只有力的手横空抓住。

两个人面对面地站在布满血迹的客厅，江桓看着他，声音突然提高一个调:"你终于来了!"

(二)

血腥味十足的客厅中间站着两个人,周围的气压降得极低。江桓被控住的那只手,被用力地向后掰去。

江桓面上丝毫不露惧色,反手挣脱,另一只手敏捷地挥拳过来,仍旧被面前戴着口罩压低帽檐的男人拦住。

男人穿着一件黑色的衬衫,手臂用力地一顿,江桓手上的刀掉在地上,发出清脆的响声。男人手腕处露出半截文身。

江桓一双桃花眼怒气凌人,确认这个人就是当年拼命想要杀他的人。

是小安没错。

江桓的拳头握得紧紧的,脚下铆足力气,向后退一大步挣脱他的钳制,在对方还没有反应过来时,更快速地挥拳。崔志安的左脸颊遭到重击,转向一旁,似乎口里含着血水一般,声音有些沙哑含糊:"你,打不过我。无论是之前,还是现在。"

江桓并不在意自己是否能够打得过他,自己在国外这几年学习格斗,无非就是想着再次交手时,不至于只能逃跑,而是能揭下他的面具,看看这藏在面具下的脸到底如何!

江桓挥着拳头招招朝着小安的面门打去。小安堪堪向后退,似乎没料到江桓能制得住自己,不禁有些愣怔。

外面警鸣声响起,小安开始慌张,乱了脚步,江桓趁着他分神,手朝着他的脸伸过去,眼看着指尖即将碰到他的口罩边缘,却被他扭头躲了过去。

江桓把指尖往前一探,在小安的脸上用力地划上一道。小安吃痛,从腰间抽出匕首,朝着江桓的腰间袭来。

江桓弯腰本能地向后退去,小安抓住空隙朝着客厅边的那扇窗户跑去,临跳出窗户前,看着江桓说:"真相,不要探寻最好。"

门从外边被一脚踹开,于城端着枪走进来,看见一片凌乱的客厅和捂着腰的江桓，有点儿惊讶："你怎么在这儿？你受伤了？"

"擦伤。"江桓站直身体，拢着手指，指缝间有血流出来，"你们怎么来了？"

他的目光落在拿着工具箱走进来的宁芷身上，又看了眼于城。

宁芷皱眉看他，他则是摇头回应。宁芷不好再问，转过头就看到犹如修罗场一般的现场。

"有人报警，说要屠杀这栋别墅里的人。"

江桓皱着眉头，想到刚刚逃跑的崔志安，以他对崔志安的了解，崔志安不是那种杀人后还会报警的人，到底怎么回事？

于城要扶着他出去接受治疗，江桓摆手，向宁芷要纸袋和镊子，将指甲盖里残留的皮肤组织和血迹刮出来，存了进去。

"我过来办事，听见有声音，结果和一个人撞个正着。"

于城也不问他急匆匆跑这边办什么事，显然问了也得不到答案。

"看到长相了吗？"

"没，他戴着口罩。"

宁芷跟着现场勘查员朝着卧室走去，看到的场景用"触目惊心"四个字形容毫不为过。

于城也是忍着一口气，和其他几个队员把尸体一个个抬下来。尸体皮肤柔软，还带着温度。

陈相正在房间里转一圈，然后指着客厅的电话，那上面还有通红的手印和凝固的血迹。

"电话从这里拨出来的。"

"报案人在这里吗？"于城看着手下抬着一个又一个尸袋往外走。

宁芷跟着走到门口，回头看着这栋别墅，就在刚刚，在这里，五条人命被夺走。她始终不能理解害人者到底存着多少坏心思，无论是所谓的童年阴影，还是精神状况出了问题，抑或是天生的罪犯，最先考虑解决的不是自身问题，却是杀人。

于城留在现场审视着整个房间，总觉得房间布局有些诡异，墙上有幅巨大的全家福，照片正中间坐着的不是家里的长者，而是个孩子，看模样仅有十三四岁，眼睛直直地看着前方，嘴角上挑。

莫名地感到股寒意，于城不由自主地退后一步，脚蹭到沙发，沙发摩擦地面发出一声响。

于城顿住身形，目光敏锐地看着楼上，叫住往外走的陈相正，指着楼上，他刚刚似乎听到楼上的角落里传出细微的声响。

陈相正从腰间拔出枪端在手上，跟在于城身后轻步上台阶。于城声音压得很低："房间你彻底检查过吗？"

"能藏人的地方都找过了。"

于城没出声，尽量把注意力放在双耳上，他站在二楼看着贴着封条的房间，目光游移着，落定在最里间的卫生间，没听错的话，声音是从这个方向传出的。

"卫生间检查过吗？"

"没有能藏人的地方。"

于城守在门边，似乎想听一下里面还会不会发出声响。陈相正气都不敢喘地等待着"冲"的指令。

于城一挥手，门便被他拧开，跟着是端着枪的手。卫生间里的场景一览无遗，浴帘拉着，简易衣柜的门敞着。

于城望过去，也没看出哪里还能藏人，可他耳朵向来灵敏，不至于听错声音，不在这里，那可能是隔壁。

他率先走出房间，陈相正扯帘子的手也停下来，跟在他后面："老大，没人啊。"

已站在走廊的于城猛地停下，身后的陈相正来不及停，直挺挺地撞上他的背发出痛呼。于城看他一眼，脸色不怎么好看，绕过他又进到卫生间。黑色的运动鞋在白色的瓷砖上发出轻擦声。

最后，声音停住，陈相正揉着鼻子跟过来，只见于城目光紧锁在一个中型自动洗衣机上，陈相正心一颤，不知道于城揣的什么心思，能想到洗衣机里藏着人。

陈相正倒也干脆，箭步冲过去，刷地掀开洗衣机上面的盖子，看着于城："这里怎么可能藏人，这么小的……"

空间两个字还没说完，他尖叫一声，猴子一般直蹿到于城的身后，喊道："鬼啊！"

211

幸存者游戏

于城听他一叫，缓过神来，眼中寒光一闪，把枪对着蜷缩在洗衣机里的人："出来。"

洗衣机里的人缓缓地从里面站起身，身上的睡衣被血染得发黑，已看不出原本的颜色，一双黑白分明的眼睛写满恐惧，他伸出血红的手，颤抖地伸向于城："他要杀了我们，他把我们都杀了，下一个就要杀我了！"

于城认出面前的人，他就是照片中间的那个孩子。

此时，他的脸上都是血污，身体抖得像个筛子，手臂在洗衣机的边缘撑了几次，都没能迈出腿。

于城让陈相正过去把他拎出来，落地后发现这孩子的身高才到他胸口，能躲进洗衣机里也不足为奇。

陈相正不敢出声，无论如何他都没料到会有人躲在洗衣机里，他记得刚刚也是要掀开洗衣机检查的，结果有同事叫他帮忙抬衣柜，看后面有没有暗格，他就疏漏了。

再之后，他就没把心思放在洗衣机上，毕竟在他的认知里洗衣机里藏不住人。

男孩拽着陈相正的袖子，眼泪在眼圈打转："救救他们，我爸爸妈妈他们要被杀了。求求你们救救他们。"

看起来，男孩应该是案发没多一会儿便藏在这里，他还不知道他全家已经被害的事情。

于城见他精神状态不好，没有采取强制询问的行动，把楼下要撤离的同事又叫回来，让同事带上男孩跟着江桓的车一起去了医院。

江桓伤口深，但没有伤及要害，缝了四针，开些药就没问题了，但一起过来的男孩，状态不太乐观。

赶到医院时，男孩已经说不清自己是谁，当时发生了什么事，更不记得凶手的样貌，唯一的反应就是见人就抓着人说有人要杀他。

身上的衣服很唬人，但并没有外伤。检查进行到一半，男孩嚷嚷着去趟厕所，回来整个人都湿漉漉的，身上的睡衣混着血水滴在过道的地板上。

他抓着江桓的手，身上冰凉："里面有人要抓我，我要躲。"

江桓跟着刑警进去，厕所里更是一片狼藉，清洁人员用的大水桶碎裂了，黑红色的水流了一地，应该是男孩在没安全感的情况下，藏进去弄

212

碎的。

根据邻居的证词,这个男孩叫陈男,是户主领养的孩子,平时很少出门,长什么样子邻居们都没见过。

江桓要找的人是他没错,但以现在的状况,想问出什么根本不现实。

他看着病房里还在发癫的陈男,突然想到什么,从口袋里掏出手机拨通一个电话。

接电话的是个女声,夹带着一丝惊喜:"江,是你吗?"

(三)

陈男被带到局里,还没进审讯室的门,就直挺挺地倒在地上,浑身抽搐,口吐白沫,吓得周围的人全都一愣,刚从医院回来又要送回去。车开到一半,陈男又恢复过来,扯着司机的袖子摇:"有人要杀我!"

司机的手臂被束着,车在路上摇摇晃晃,几次险些冲上防护栏,再看陈男没什么问题,便转向回局里。

许是闹得累了,陈男倒在后座上睡熟,下车的时候,叫几次都没醒。宁芷从解剖室出来,正好在电梯口见到抱着陈男的陈相正。

宁芷看着他怀里搀扶的人,又打量着陈相正:"你家属?"

她上午是坐鉴定科的车回来的,后面的事一点都不知道。等陈相正把陈男送到休息室,出来和她大致说一遍后,她有些震惊:"现场只剩下他了?"

宁芷看着休息室里的人缩在沙发角落里,初中生的模样,身上穿着不算合身的病号服,脸色惨白,时不时地抽搐一下。

她好像能感受到他身体里散发出的夹杂着恐惧的悲伤,那种目睹重要的人在眼前死掉的绝望和无力。她手指紧紧地抠着手心,眼睛里蒙着雾气,想说些什么又觉得喉咙紧。

电梯"叮"地在身后响起,江桓走在前面,两个人视线相撞时,宁芷还没来得及收回情绪,气氛有些古怪。

"江,人现在在哪?"

这时，宁芷才看见站在江桓身后的人，那人穿着白大褂，衣扣敞开露出里面的粉色连衣裙，腿上是肉色的丝袜，脚上是一双坡跟的皮鞋，应该是医生。

她也看到了宁芷，目光带着几分打量，忽而眼神一亮，面上倒是恬静："你们好，我是陆瑶，市院心理医生。"

果然。

江桓介绍："她负责陈男的心理疏导。"

话显然是对着周围几个人说的，但目光却锁定在宁芷身上，仿佛在等她开口。

宁芷不买账，绕到一边给陆瑶让路。

门关上，里面的声音还是能听到。陆瑶坐在陈男对面，在尽力地安抚他，但效果并不明显，陈男话都讲不上几句，忽然开始胡乱地砸东西，双手握拳使劲地捶打自己的胸口："他要杀了我们，我们都会死！"

虽然没有伤到陆瑶，但患者有自虐倾向，陆瑶没办法，只能暂停疏导。

她走出来，身后的陈男像受伤的小鹿，一双眼睛诚惶诚恐地看着众人，最后把目光落定，眼睛中有了异样的神采，抬手指着众人所在的方向。

陈相正顺着男孩手指的方向望去，问："他指的是你？"

宁芷也看过去，确实是指着自己没错。

"不至于吧，这么多人干吗挑她，不至于因为长得好看吧？"陈相正把宁芷往旁边推一推，那根手指就跟着移动。

于城揉着额头，抬脚朝不正经的陈相正的小腿骨上踢一脚："可能是小芷的年龄和他差距最小。"

陈相正咬着嘴唇揉着腿骨，眼神凄凄地望着宁芷，勉强说服自己这个理由最合理。反之，宁芷不太确定地往休息室靠近，不料却被江桓按住肩膀："你做什么？"

"我和他聊聊天。"

宁芷屈膝，身体一矮，躲过江桓的手进入房间，利落地拧上锁，她没坐陆瑶刚刚坐的位置，而是选择更亲和的位置，陈男的旁边。屋外的陈相正强行推门，没推开，江桓不急不缓地让他停手去拿钥匙，他才反应过来疾步跑开。

陆瑶手里握着脖子上的挂件,把玩着,既观察着屋里的情况,又不忘留意江桓的状态。江桓面上没什么表情,看着并没有把现下的状况放在心上,可握成拳的手却把他出卖了。

"江,这个女孩是你钱夹照片里的那个吗?"

"嗯。"

陆瑶在芝加哥学习时认识了江桓,她喜欢他也不藏着掖着,在一起的短暂几天,他的不喜欢也没有化成屈就。她看过他钱夹里夹在身份证上头的照片,是一张合照,看着像是野营时拍的,青山绿树,他站在一处高石边,而一个女生站在高石上揽他的颈贴他的脸。

照片下边是一串橘色的日期,"2010年10月4日13:14摄"。

江桓的模样变了不少,但女孩的脸仍旧稚嫩,六年时光在她脸上没留下什么痕迹。

房间里宁芷看着绞着手指的陈男,见他不说话,就去拿盘子里的软糖,旁若无人地撕开放嘴里含着。

一颗接着一颗。陈男坐不住,在位置上挪动几下,声音还怯生生的:"糖吃多了对牙不好。"

宁芷心里舒口气,看来书上说的以静服人还是很有效的,她把糖纸攥在手里,侧过身正对着他:"为什么外边那么多人,你却选择我?"

"你看着和我最像。"

宁芷不明白这句话的意思,也不去深究其中的含义,而是将话题往案件上靠:"你到这个新家后,有没有发生过什么奇怪的事?"

陈男摇头:"我不知道什么是奇怪,我是被领养的孩子,怎么都和别的小孩不一样吧。"

宁芷想到陈相正和她说的关于陈男的身世,不免有些心疼,也没再继续这个话题。他俩有一句没一句地聊,她居然发现陈男对数独感兴趣,宁芷在手机上下载了手游版,刚开始玩就被打断了。

陈相正拿到钥匙把门推开,陈男又是一副惊弓之鸟的模样,手机没拿稳,直接滑进沙发底下,他躲在宁芷身后,抖得厉害。

陆瑶身后跟着几个人,往桌子上摆东西,有摆钟和灯,还有一张舒服的躺椅。

"催眠？"

江桓点头，扯着宁芷的袖口往外走，宁芷跟着走两步，想着手机还没拿，蹲下去从沙发下拿出手机，头还不小心撞到沙发边缘，她揉着头和陈男挥手，陈男则腼腆地朝着她笑。

走廊里只剩下她和江桓两人，她低头看他的腰，灰色的合体衬衫，隐隐可以看出腰侧微鼓："医生怎么说？"

"养着就好。"

宁芷没再说话，便去楼上取结果。

这次的恶性杀人事件过于严重，不知是哪个环节出了差错，被媒体捕到了风声，警局门口围着不少记者等着采访，第一现场更是被围得水泄不通。宁芷到地下停车场把局里外调过来几个协助解剖的法医接上来。

户主是一家私企的总裁，叫陈莽，案发前刚发起建造社区福利院的活动，他人一死，几家跟着筹备的小公司跟着毛了，把场地让出去的本土住户更是跟着闹起来，补偿金还没拿到，房子却被推塌一半，负责人没了谁能承受得了。

陈莽夫妇加上陈莽的哥嫂和弟弟，一家五口均是死于刀伤，每个人身上都中了三刀以上，每一刀都致命。

现场除了他们一家人的指纹，再无其他指纹，可以看出凶手是个具备一定反侦查能力的人，能把现场收拾得滴水不漏。

于城那边紧急召开会议，大家的神经都绷得紧紧的，可线索却没那么容易捕捉。陈莽是个生意人，得罪的人不在少数，外边的情妇一只手都数不过来，无论是为商还是为情，仇家可能都排着队。现在唯一的线索都在陈男身上，凶手为什么杀那么多人唯独没有杀他？他躲起来前有没有看到凶手的脸？

会议的氛围极其压抑，每个人的脸上都写着急躁。宁芷从后门出去，去看陆瑶那边的进展。江桓坐在走廊拨弄手机，听见脚步声抬头看宁芷。

宁芷没吭声，走到另一张椅子旁坐下，位置正好对着休息室的窗户，隐隐地能听见里面有痛苦的哭叫声。她低头看手机，刘海往眼前掉，伸手去抚时，发现别在耳侧的黑色发卡不见了。

这是她早上洗脸的时候，怕头发湿水别上去的，估计换工作服的时候碰掉了，家里还有很多，掉一个两个倒也不用在意。

坐在旁边的江桓，时不时地吸口气，左手始终放在腰间，她想忽视他都不行："很疼吗？"

"能忍。"

宁芷还想说什么，休息室的门已经打开。陆瑶额头上有一层虚汗，目光在宁芷脸上扫过落在江桓身上，摇头。

陆瑶也很无奈，她尝试进行两次催眠，陈男能清晰地描述当天早上的情景，可每到让凶手转过身时，陈男都受不住恐惧，痛苦地挣扎。她不得不中止催眠，让他醒过来。

她从事心理医生行业年头不少，第一次遇见这种情况。

江桓从椅子上站起身，把手机放进口袋，视线落在陆瑶身后，陈男似乎睡着了，躺在椅子上呼吸均匀。

江桓又重新看着陆瑶，揣测凶手心理他很在行，医学解剖也可以，但专业心理学他确实是外行："还有别的办法吗？"

"我需要联系一下老师，请教一下当前情况怎么解决。"

宁芷看着站在面前的两个人，也不知道说什么，站起身就走，江桓在身后叫她，她停下等他说话。

"晚上等我。"

（四）

送走陆瑶，江桓回检测室拿 DNA 结果，在比对库上输入相关的信息。

很快，屏幕弹出一页窗口，出现小安的信息。崔志安是他的曾用名，现在他叫谢安，无业，下边的资料显示他的 DNA 曾出现在几起命案现场，但最后都以不在场证明逃脱。

上面有他的照片，是个还算清秀的男人，眼睛细长，鹰钩鼻，有几分戾气，小臂处有文身。

217

江桓用手指敲打着桌面，打印机在身后发出响声，他拿过资料把记录清除干净后，带门出去。

崔志安出现在多起命案现场绝对不是巧合，江桓脑袋里钻出一个猜测。以崔志安的身手，他很可能有另外一种身份——雇佣杀手。

墨西哥湾是最早雇用退役军人作为杀手的地区，随后开始雇用一般性罪犯或者经过特殊训练的打手。他们不仅拥有力量，还有头脑和组织，国内有类似的存在也不足为奇。

联想到这里，江桓又开始思考他父母只是普通的研究员，做过什么事情能惊动这样专业的杀手？父母的书房他进去过几次，能找到的信息一点都没错过，但拼凑起来又毫无用处。

宁芷跟着范湉把尸袋推进藏尸柜，做最后的记录，墙上的时间走过六点，宁芷点击保存后，抬头看江桓的办公室，从下午告别后，他没再回来过。

放在桌子上的手机也没响过，反倒是楼鱼给她发过短信，说她那张从次旦那儿拿回来的照片破损得太严重，要把几个人单独分离出来修复，可能需要耗费一些时间。

范湉关机，转过头看她："不下班吗？"

"我再等会儿。"

指针指到八点时，宁芷从座位上站起来，提着包下楼，到二楼的时候，她看到休息室外有两个同事守着，听说于城他们还在办公室分组找线索，这么大的案件，一天不解决就不知道要加多久的班。

她重返楼上，拿了两包薯片和一瓶饮料又打印了几张表格，和守卫的同事打过招呼后送进休息室。陈男的眼神闪躲，估计是催眠时重回现场，受到了二次惊吓，整个人显得小心翼翼的。

"早点休息，我打印了几张数独，你无聊的时候可以玩。"

她站起身要走，听见陈男叫她的名字："宁芷？"

"嗯？"宁芷回身看他，有些意外陈男会叫她的名字。

"我听他们叫这个名字，你是叫宁芷吧？"

"嗯，对。"

"失去重要的人，是什么感受？"

宁芷以为他在自言自语，可他却始终盯着她看，在等她的答案。她突然想到她妈妈，想到她朋友，心里五味杂陈："疼，很疼。"

一直到晚上，宁芷的手机都没再响过，宁芷记着那天说过的话，不想给江桓打电话，但又担心江桓伤口感染，放心不下，还是拨了过去。电话那端江桓的声音有些沙哑，不知道是嗓子不舒服，还是睡梦中被她叫醒了。

"你伤口没事吧？"

江桓才想起约她的事情，从床上坐起来，弯腰看那块染血的布，本来想说没事，但一想难得这次是她先迈出一步，便对伤口进行委婉的描述："有点渗血，不严重。"

"你等着，我过去看看。"

宁芷也不含糊，带上医药箱打车到江桓的住处。

他们在一起的时间不算太久，但假期足够时，她会跟他回家，他下厨给她改善伙食。每次，他父母都不在家，听说是住在研究所分配的房子里，所以她对他父母的了解，除了知道他们很厉害以外，其他一无所知。

江桓似乎等在门口，门铃刚响一声，他就推开门侧身让她进来。天气已经凉了，江桓穿着一套灰色格子的睡衣，睡衣下摆的扣子开着，走路时腰上的纱布若隐若现。

"没换过纱布吗？"

"嗯，有点忙，忘了和你的约定。"

宁芷摇头，不太在意："没事，我也没等。"

江桓坐在沙发上，宁芷半蹲在地上，慢慢地揭开他腰上的橡皮膏，她撕得慢，冰凉的手指掠过他的皮肤，他身体猛地一颤，想起在俄城她偎在身上的温度，有点痒。

"疼吗？"

"不疼。"

她换上新的纱布，手指在贴胶的边缘按压着。感受到她鼻息的热气也呼上来，他觉得更痒了。

江桓握住宁芷的指尖，轻轻地擦蹭着，竟给她的手捂得温热："外面冷？"

"还好，司机还在开冷空调。"

宁芷从地上站起来坐在他旁边，环视着整个房间，内部装饰和以前也没什么区别，但有些乱，有翻找过的痕迹。

"你爸妈还是不在家吗？"

江桓身形一顿，身体朝她那边靠："五年前去世了。"

宁芷承着他压过来的重量，听完他的话愣住半晌。

她低头看他，他的头埋在她脖颈间，看不到表情，只能看到他一头黑发。

五年这个时间点过于玄妙，那一年发生了太多事情，而他不告而别，会不会和他父母过世有关，但此时她什么话都问不出口，任由他这么抱着。

第二天一早，宁芷接到于城的电话，告诉她嫌疑人已被抓到。

宁芷从床上坐起来，望着四周陌生又熟悉的房间，有粥的香味从门外传进来。昨天她在沙发上睡着了，半梦半醒间，记得江桓叫她回房间去睡。

吃过饭，江桓开车上班，路上两个人都没说话，广播里正在播雕像大赛的赛季新人奖的报道，虽然看不到画面，但仍能感受到现场观众的热情，吵闹声盖过车上的静谧。

车停在楼下，江桓把广播关掉，车里瞬间恢复安静。宁芷打开车门，还不忘回身嘱咐："下班记得去换纱布，我怕我包扎得不专业。"

江桓笑着看她，像听到什么笑话一般。

宁芷也觉得尴尬，没再多说，小跑着进到楼里，没回办公室而是去了特案组办公区。

嫌疑人已被紧急拘捕归案，在审讯室里接受审讯。监控室里坐在于城对面的男人，一副凶相，铜铃般的眼睛瞪着，双臂环抱着，肌肉把衣服撑得鼓鼓的。

"刘元，十一月三号早上你在哪里？"

刘元摊开手，手上包着一层厚纱布，口气不屑："我能干什么，杀猪呗，没看到手都受伤了？"

刘元是屠夫，但他以前的身份是小老板，经营过一间小服装公司，一年前，和陈莽所在的公司在生意上进行过投标竞争，陈莽成了那次竞标的最终赢家，而刘元则因前期投入过大，亏损严重，公司倒闭，他老婆受到打击，差点把房子烧了。那阵子，刘元天天等在陈莽公司楼下，扬言总有一天要杀了他。

不过，刘元闹过一阵倒也消停下来，干起老本行，在胡同里租间店面卖猪肉，生意不好不坏，勉强能糊口。但前天不知怎么回事，又跑到陈莽公司楼下闹，提着杀猪刀喊着要取他的命，还弄伤了几个保安。陈莽不想把事情闹大，也没报警，把人赶走了事。如今陈莽死了，刘元无疑成了最大的嫌疑人。

根据现场勘查，凶手是个善用刀的人，力气够大，以刘元的身形做到这些很容易。案发当日，他没有不在场证明，手上的伤又恰好是刀伤，怎么想都太凑巧了。

"你们知道有多少人想要他的狗命吗？不止是我，还有很多人排着队想要杀他，他做了一辈子的亏心事，死了活该啊。"

"但提着刀去他单位闹的，只有你一个人。"

刘元笑，两个肩膀跟着颤："那你们执勤的时候带着枪，是不是也要杀人啊。"

"你！"陈相正从座位上站起来，却被于城拉住，他条件反射地看眼墙角的摄像头，面不改色地看着刘元，"人不是你杀的，我们不会冤枉你，但人是你杀的，我们绝不会放过你。"

（五）

从审讯室出来，于城脸色不好，在里面强压着怒气，现在有些受不住，挥着手就要往墙上捶，被陈相正在后边拉住："老大，别冲动。"

于城也不想冲动，但一想到刘元可能就是灭门的凶手心里就窝火。如果陈莽真的让他破产，但好歹没伤及性命，人活着就还有东山再起的可能，可他呢，五条人命眼睛都不眨一下吗？

"带陈男过来指证。"

"刚刚人过来的时候,我带他在外边看过了,他只是摇头。"

宁芷走在后边,不好说话,陈相正给她使眼色,她立刻心领神会地跑到于城旁边,狗腿地接过他手里的资料:"于老大,你先别气,证据总会有的。"

于城侧身看她小跑着跟着他,脚步放慢下来。从她休假回来,两个人都忙各自的事情,见面的时候少,现在看,她人好像瘦了一圈,也黑了不少,巴掌大的脸更显小。

"催眠陈男有进展吗?"

宁芷看于城情绪好了点,手伸到背后和陈相正比个OK:"还是不行,外派的心理医师在想办法。"

"行,有消息通知我。"

陈男作为受害者家属,同时又是案件唯一的目击者,被安排在特案组的休息室。宁芷过去叫他的时候,他正拿着她打印的数独填数字。

宁芷数独玩得一般,看他快速地往格子里填数字,不免有些崇拜。

陈男填好一张给她,正准备填第二张时,握着铅笔的手停下来,抬头看她:"凶手找到了吗?他会把我也杀掉吧?"

"不会,这里很安全。"

陈男也不知道在想什么,低垂着头,身体一颤一颤的:"我很害怕,我能跟着你吗?"

带着陈男行动并不是容易的事,宁芷问过于城,局里历来没有这样的规定,但看在陈男的情况较为特殊,在限定的活动范围内,允许陈男跟着宁芷。

这次,陈男没像第一天来的时候那样吵闹,只是安静地窝在宁芷旁边的椅子上做数独。

杨路拿着一叠纸急匆匆地往门口赶,迎面遇上了带着卷宗回来的于城。杨路朝着于城走过去:"有新线索,刘元有个住院的儿子,医院那边有记录,刘元二号晚上在医院,估计和孩子起了争执,打碎了暖瓶伤到手,第二天中午才离开医院。"

他们还没来得及探究刘元为什么说谎,等一行人赶到医院看见他儿子时,便无须再问了。

刘元的儿子住在一间普通病房里,隔壁住的是刚做完手术的姑娘,来探病的人多,叽叽喳喳地说个不停,时而爆出一阵大笑。

这次随行的人多,组里派了不少人过来,想着在医院让刘元和儿子对质。宁芷来医院给江桓换药,为了防止陈男发生意外,也将他一起带了过来,除了几名同事守在病房外,其余的几个人都到这宽敞的双人间来了。

宁芷眉头皱着,目光落到了在床上安静看书的男生身上,他始终没翻过页,一只手按住被子,显然心思都落在了旁边那床人身上。

宁芷顺着他的手往下看,心一颤,被子到大腿处完全瘪下去了,那里没有小腿。

从护士那儿听来了关于刘元一家的事情,一年前刘元破产,要债的追到家里,砸门、电话恐吓,还有就是寄一些死的动物,他老婆被弄得精神崩溃,竟然放火烧了房子,他儿子小雨当时在睡觉,吊灯砸到腿,等救援队到的时候,只能截肢保命。

当时小雨刚上高一,自尊心强,不想回学校读书,一直辍学在家自学,上个星期腿部发炎,又回来住院。刘元是不希望大家知道小雨的情况,才隐瞒了自己三号的行程。

上周,刘元又去陈莽那儿闹事,是因为他气不过,总觉得是陈莽毁了他的家,毁了他儿子。

门外,刘元坐在椅子上用双手捂着脸,手上的纱布蹭上不少灰,他声音哽咽:"我怪他,可也怪自己,生意场上都这样,我就是不服气,凭什么他好好的,而我儿子只能躺在床上。"

说完,刘元坐直身体,眼睛通红,像是在极力压着怨气,看着眼前的几个人:"陈莽他们这群人,根本就不是人,拿着不过关的产品以次充好,我们的好东西反倒成了残次品,他那才是要人命的买卖。"

晃神的工夫,陈男已经走到小雨的床位边坐下,把手里的数独纸递给他:"你喜欢数独吗?"

小雨没回答,目光始终落在门外被人看守的刘元身上:"我爸会没事吧?"

"没事的,他是好人。"

陈相正想上去阻拦,被于城拽住手,于城朝他摇头,陈相正瞬间领会,守在旁边。陈男和小雨的年纪相仿,出奇得合得来。不怎么爱说话的陈男竟然和小雨讲了不少大道理。

时间有些晚了,于城他们带着刘元回去重新做笔录,宁芷和江桓一起过去换纱布。纱布下的伤口有些闭合,不再出血,但并没有结痂。

医生说了不少注意事项,江桓没怎么听,反而是宁芷"嗯嗯哦哦"地回应着。走出医院,天彻底黑下来。

宁芷回头看六楼住院部,有一扇窗户还亮着灯,淡淡的光,在月色里不够显眼。

"好人和坏人的界定似乎很模糊,好人可能做坏事,坏人也可能为民除害。"

江桓轻"嗯"一声算是回应,宁芷也懒得自说自话,把医生的叮嘱复述一遍,拦下一辆出租车要回家,却被江桓拽回来。

宁芷胳膊吃痛,回头看他:"你干什么?"

"我开车送你回去。"

"不用,这里打车很方便。"宁芷挣开他的手,又怕扯到他伤口,力气用得不足,"你快回家吧。"

司机按下车窗看着两个人,一脸不耐烦:"到底坐不坐,别耽误我生意啊。"

"坐。"宁芷说完就钻进车,司机看起来是真的急,一踩油门开了出去,眨眼的工夫就上了另一条街道。

凌晨两点多,宁芷的电话在床头振动。

她以为案子有新进展,迷迷糊糊地接起来,那头竟是哑哑的声音:"宁芷?"

宁芷想半天才听出这声音的主人:"陈男,你怎么还没睡?"

"我梦到一个男人要杀我,我看见他的脸,都是血,很凶残,我害怕……"

说到后边有些哽咽,宁芷睡意也没了,从床上坐起来,一边往身上套衣服一边问他:"你身边还有没有其他人?"

"他们都睡下了,我才给你打电话的。"

"那你等着，我现在过去，你别怕。"

宁芷打车到单位门口，刚关上车门，面前又停下一辆车。一声急刹车在耳边响起，惊得宁芷往后退了一大步。

这时，于城的头从车窗里伸出来："我以为看错了，这么晚你怎么来了？"

宁芷拍着胸口，好一会儿才缓过来。

于城有点不好意思，折回来和她一起往里走。听宁芷说完，于城有点不确定地问她："你说陈男想起来凶手的脸了？"

"电话里是这么说的。"

"奇怪了，他那房间反锁着，他怎么能出来给你打电话，你给他留号了？"

宁芷摇头，于城都不知道怎么回事，她更难想明白："估计是你们那边同事忘了锁，号码我好像也没给，不太记得。"

然后想到什么又问于城："那你怎么来了？"

"查到新线索，陈莽有个情妇，案发当天跑到济州岛，和陈莽被害的时间很吻合，并且通信记录有异常情况。"

"陈男说凶手是男人啊？"

于城也觉得这其中是不是有什么误会，收到消息，他发布紧急拘捕令后，就赶过来准备资料。

两个人刚到办公区，陈相正也急匆匆地赶过来，气还没喘匀就被宁芷拉去了休息室。

休息室里，陈男窝在床角，裹着被子看着她，又看眼站在门外等着的陈相正："宁芷，我害怕。"

陈相正呲一声："这么没大没小，叫姐姐。"

陈男也不看他，看着宁芷："我记得他的脸，他的脸上有道疤。"

225

(六)

早上八点半,陈莽的情妇周乔乔在机场被紧急拘传,一路到局里,一路喊着冤枉,说自己什么都没做,只是去旅行购物了。

说了一大堆,奈何拉着她的两个同事油盐不进,直到把她送到审讯室,其中一个同事才揉着耳朵抱怨:"我感觉我耳朵要炸了。"

另一个同事点头:"我也是。"

于城头疼,看来宁芷给他的药片没起什么作用,遇上面前这个聒噪的女人,他的太阳穴也直跳。于城把攀着他手臂的手摘下来,例行公事询问。

周乔乔收回手,从包里把小镜子掏出来,用小拇指擦花掉的眼线:"我真没杀他,我连杀鸡都不敢杀,怎么敢杀人。"

"你没杀人,为什么跑到国外去?"

"我没跑,就是去散散心,这老陈说要娶我,也不娶,我们吵架,我在演离家出走啊。"

陈相正在监控里看着,嘴角一撇:"这理由我都不信。"

于城自然不信,既然是去散心,何必那么匆忙,家里一片狼藉,看着就像是临时起意的落荒而逃。

但陈男又十分确定凶手是男人,于城不得不怀疑这起恶性杀人事件可能是雇凶杀人。他本想和宁芷讨论一下的。可她从休息室出来后,脸色就不好,他也不好缠着问。

"我劝你还是老实交代,现在有证据显示,你存在雇凶杀人的可能。"

周乔乔拿着镜子的手一顿,抬头看于城,分明慌乱起来,她不安地搓着镜面:"你等等,我需要想想。"

"我上个月和老陈吵架,他总骗我说跟老婆离婚和我在一起,可我去他们那个小区遛过几次,他们夫妻恩爱的样子说明他分明就是在骗我,说什么娶我,无非就是看我年轻想耗着我罢了。"

于城想着陈莽家里的布置,看得出陈莽在这个家里还是花过不少心思的,再看眼前这个哭得梨花带泪的女人,感慨她傻,被人骗还不自知。

"但上周就不一样了。上周有个人打给我,说能让老陈娶我,我还以为是骗子,结果你猜怎么着?"

周乔乔看着于城,期待能勾起他的好奇心,给她一个回应,但于城只是冷冷地看她。

她嫌弃地"切"一声继续说:"第二天老陈就给我打电话,说要带我去买车,说这几天忽视我是他不对。我当时真的很震惊,老陈很少和他老婆吵架,结果那几天因为孩子的事,夫妻俩吵得不可开交。那个人又打给我,问我现在相信他了吗?我肯定要问他用了什么办法,万一他只是投机取巧呢,我可不傻。"

周乔乔喝口水,自以为很聪明地说:"他就说再证明给我看,然后老陈真的就带我去看房子了。不过可惜了,我挑来挑去没喜欢的,现在他人死了,我啥也没捞着。"

"说正事。"于城敲桌子,把沉浸在想象里的周乔乔叫醒。

"一件事是巧合,两件事肯定不是啦,我当然相信那个人,感觉这个人一定能帮我转正。那几天过得真的是不要太顺,老陈对我超级好,又是买包包又是买衣服的。"

于城不想听没用的话:"说重点。"

"前天凌晨他给我打电话,让我尽快出国,叮嘱手机不要开机,不要和国内的人联系。他会将他们夫妻的矛盾激化,等我回来老陈就会离婚娶我。我也没想那么多,立刻答应,东西都没怎么收拾,就走了……"

说到后面,她的声音小小的,想到什么,赶紧扯着嗓子说:"我可没雇凶杀人,老陈死了,我什么都捞不着,我能干这么傻的事吗?"

陈相正又应一句:"也没看出你聪明到哪去!"

坐在监控屏前的同志抬头幽幽地看一眼陈相正:"别当弹幕了。"

于城敲桌面:"你一直说那个人给你打电话,你知道他是谁吗?"

"不认识啊,但听声音感觉有三十来岁吧。我之前还想请他吃饭,但他拒绝了,他人特别神秘。"

于城把报警时的录音调出来给周乔乔听,周乔乔刚听第一句,立刻喊:"就是这个声音,就是他打给我的,你看人不是我杀的,是他杀的。"

一个是爱钱爱得快疯掉的女人,一个是行踪不明的崔志安。案件仿佛堵在瓶颈口。

杨路追踪周乔乔所说的号码，发现竟是黑户，没有任何记录，对方显然是有备而来。于城做出一种假设，真正的凶手十分了解陈莽一家人，利用刘元去闹事的契机联络周乔乔，诱导他们把调查方向从刘元转到了周乔乔。

这么一想，凶手完全是在玩弄他们。

陆瑶从她老师那里请教了新的催眠方式，在休息室给陈男进行了第三次催眠。这次的效果显然比前两次好，陈男没有挣扎，在椅子上像睡着一般，陈述着看见的事情，只是跟案发现场无关。

宁芷看着等在一旁的江桓："这次会有效果吗？"

"不确定，她只是在激发出他内心最恐惧的事情。"

"听着很残忍。"宁芷看着又开始挣扎的陈男，"人会刻意遗忘痛苦的事情，以此走过余生，每一次重历，都是折磨。"

江桓听出她意有所指："如果痛苦能换来真相，为什么不尝试？"

宁芷猛地转头看江桓，又把目光落在他脖子上，抬手指着动脉处："江桓，这里会很痛，真的。"

江桓还要说什么，只听见里面传出一声低沉的哀号，陈男从椅子上猛地坐起身，汗津津地瞪着陆瑶。

宁芷打开门冲进去，伸手拍陈男的背，连声安慰。

陈男眼睛发红，嗓子哑着："我是受害者，不是凶手，为什么要折磨我？"

说完这句话，他直挺挺地倒回椅子，惊得陆瑶赶紧打电话叫救护车。她在芝加哥专攻心理学，自然知道这种激进的催眠会带给被催眠者伤害，可是她想帮江桓。

她抬头看他，他并没有看她，而是在看抱着陈男的宁芷。

宁芷跟着救护车一起去了医院。江桓则留在休息室，他把手机掏出来，在通信录里调出尹度贤的电话拨出去。

"被领养的孩子多大了？"

"什么？"尹度贤有点反应不过来。江桓又重复一遍，才听见咔咔的敲键盘声："资料上显示被收养的年龄是十七岁。怎么了，有什么问题？"

"你看过孩子的照片吗？"

"看过，长得挺可爱的。"

江桓嘴角抽搐，压着一股气："其他的。"

那边好一会儿没声音，江桓也不急，拿着电话看休息室的门，门锁上有几道划痕，看着像是被撬过的痕迹。

"我知道了。"电话又突然出声，"你是不是觉得他长得有点小？就是很嫩，看着不像十七岁？"

对，就是这个。他最开始看陈男的时候没觉得有什么问题，只是后来看他说话的神态和语气，有种不符合年龄的成熟。可他每次开口，声音都很稚嫩，直到刚刚陆瑶催眠他时，江桓听到陈男无意识的叫声。

很低沉，听起来是很大年纪才能发出的声音。但确实是陈男口中发出来的没错。

江桓问："这孩子有没有什么疾病史？比如发育不良？"

"我这边资料也不全，我先把现有的传给你一份。"

挂断电话，江桓点开手机上的电子文档，眼神有些异样。紧接着，又拨出一串号码："把十一月三号当天的报警电话音频发给我一份。"

（七）

陈男醒过来，看着围在他床边的几个人，惊恐万分。他像小孩一样把被子拉过头顶，喃喃地说："别杀我，我害怕。"

宁芷想要上去安抚，被江桓拉住，他的手攥着她的手，朝她摇头。

"你们在门外等着，我和他单独谈。"

很快，病房里就只剩江桓和陈男两个人。

江桓也不急着说话，病房里安静得吓人，被子下的身体扭动几下，没说话。隔了五分钟，被子下的人好像耐不住，手从被子里伸出来，然后是头。

他掀开被子坐在床头看着江桓，声音不再沙哑："你到底要谈什么？"

江桓嘴角扯着笑："随便聊聊。"

陈男显然不信，可能是吓着了的关系，一直向门外看："宁芷怎么不能留下陪我？"

"她吗?"江桓像没事人一样顺着他的目光向外看,"看起来,我们有不少共同之处呢。"

"什么?"

江桓指着在门外来回踱步的宁芷:"你不是喜欢她吗?我很爱她。"

陈男一愣,但很快反应过来:"宁芷可能是唯一真正关注我的人,给我拿零食和游戏,而不是把我当作可怜的受害者。"

江桓神色如常:"你还记得当年在孤儿院的事情吗?"

陈男沉默一会儿,缓缓开口:"以前的院长很奇怪,总会把一些小朋友带走,也会让很多奇怪的人来看我们。"

说这话的时候,陈男紧紧地抱住双臂,似乎并不是什么愉快的记忆。而江桓深问,他也只是重复着说:"他们都是坏人,他们都想害我们,你们都想害我们。"

江桓眼眸深邃,明白孤儿院不简单,但此时不能继续在这个问题上浪费时间,当下破案更要紧,只能转移话题:"你平时都看什么动画片?葫芦娃,大闹天宫?"

陈男没反应过来,等反应过来时,一双眼茫然地看着他:"听说过,但我没看过,我比较喜欢看功夫熊猫还有名侦探柯南。"

"是吗?"江桓抿嘴,"二〇〇三年的非典,你还记得吗,闹得人心惶惶,封城戒备?"

陈男沉吟一番:"二〇〇三年吗?我还小,不太记得。"

"也对,那时候你才三四岁。"江桓从椅子上站起来,拍拍裤子,把陈男的被角压好,盯着他看,也不说话。

陈男被看得不自在,转过脸避开他的视线:"快走吧,我要休息了。"

江桓不置可否,摊开手往外走。临了回头又问一句:"孤儿院发生过什么,你知道吧?"

被子下的人蠕动一下,呼吸声渐增,但没有回复。江桓带上门彻底停止提问。

走廊外的宁芷停下脚步看他:"没事吧?"

"没事。"江桓转向于城,"尽快安排陈男做一下端粒检测。"

凶手没抓到，别墅里的人心里也是慌，动不动就在门口拉上长长的横幅，说是缉拿凶手，维护平安。

别墅的大门上还挂着一半警戒线，过道上有一些不知道谁扔进来的黄纸和灰烬，还夹着一股汽油味儿。

"估计有人用过助燃剂。"

"市区禁止明火的。"

"但你拦不住有的人迷信。"江桓说着指向墙角那边摆着的黄符纸。

宁芷想起神婆事件，也认同江桓的这种说法。推开门进去，血迹已被清理干净，味道没那么重，客厅中间有画出的尸体痕迹。

江桓没在客厅做过多的逗留，开冰箱看看，又往楼上走，把卧室又检查一遍，最后两个人停在一间小卧室，看家居的装饰应该是陈男的房间。

陈男的房间很简单，没有烦琐的装饰，可能是少年的关系，连玩具都很少，书桌上摆着几本书。

宁芷翻了一下书，全英文，而且很新，陈男应该也不常看。

桌子上摆着一张小相框，是张全家福，和楼下客厅的那张一模一样。宁芷摸了一下，一手的灰，看来也没什么人打理。

"一夕之间，就剩下陈男一个人了。"

江桓应一声，走过去拉开衣柜，又看了看陈男的电脑，也不知道在找什么，之后又坐在床边，左捏一下右捏一下。

"你的样子看着不像来找凶手，而是来找证据。"

"这案子有很多疑点。"床垫下什么都没有，他坐直身体，"你不觉得奇怪吗？这个房间并没有孩子气，反而更像你我这个年纪该有的房间。"

宁芷有点反应不过来，环视这间屋子，小小的床、小小的书桌椅子和衣柜，所有的一切都说明这个房间住着一个孩子。

江桓也不解释，转而站起身把床单铺好，带着她一起往外走。宁芷走在后边，有些莫名其妙，两个人大老远过来，不会只是为了进屋子坐坐就离开吧。

她突然想起什么，小跑两步到江桓身边："陈男说他见到的凶手，脸上有一道疤，会不会是H？"

江桓想起和崔志安的交手，不知道该怎么和宁芷解释，在事情弄清楚前,他还没打算说,只能摇头:"我虽然没看到凶手的脸,但我能确定他的脸上没有疤。"

"难道是陈男记错了?"

宁芷又想也不对:"如果是记错,怎么会对疤描述得那么清楚。"

端粒检测安排在第二天,宁芷从解剖室出来时已是晚上十点多。范湉揉着发酸的胳膊,哈欠连连:"真的是,一旦离开解剖台,瞌睡虫就上身。"

宁芷眼睛也酸,此时要是有张床,她应该直接就能睡过去。

范湉也猜到她的心思,拉着她往法医办的休息区走:"咱俩孤家寡人,这么晚就别回了,在这儿将就一晚。"

宁芷笑:"你老公听你这么说,会气得打人。"

"谁让他总是出差,听说这次又去给什么艺术节做评委,咱们这边市赛刚过,又去别的市了,总是见不到人影。听说,这次艺术节的孩子都不是什么善茬,一个个厉害得很。"

"你俩半斤八两。"

范湉把休息室的门拧上,抱着洗漱盆往隔间浴室走:"你还真别说,这找对象真的要注意,不着家的可真不能要。"

宁芷已经躺在下铺,听见浴室里响起水声,范湉还在念叨着:"小芷,你过年也要二十四了吧,这年纪可不小,要抓紧,不然好男人都被挑走了。"

宁芷缓过劲准备去特案组那边看看。办公室还亮着灯,不少人都在加班翻资料,弥漫着泡面和速溶咖啡的味道。再往前走就到陈男的那间休息室了,屋子里开着灯,宁芷隔着窗户往里看,发现陈男还没睡,他抱着被子坐在床脚,不知道在想什么。

正巧陈男抬头,也看见宁芷,陈男便从床上下来,走到窗户下。

宁芷也没拿钥匙开门,两个人就隔着窗户站着。

陈男把手贴在玻璃上轻蹭着:"你人真好,在这儿这么久,只有你总来看我。"

"他们都很忙,为了抓到杀害你亲人的凶手。"

陈男点头,不住叹气:"可坏人永远抓不完。"

宁芷赞同,又问陈男给他的零食有没有吃完,还需不需要其他的东西,陈男都一一应着。时间差不多,她欲回去洗漱。

陈男敲窗户，叫住她："宁芷，你是不是经历过重要的人在自己的面前消失的时刻啊？"

宁芷也不瞒着："嗯，和你现在的经历差不多。"

陈男点头："我有很多的梦想，可到头来，都没了。"

宁芷想到陈男的经历，他曾出生在一个很好的家庭，父母是检测员，在他小时候意外去世了，他就在孤儿院长大，直到前不久被收养，本来好好的家庭，结果现在又剩下一个人，他心里一定更不好受。

"别想那么多，你还小，路还长着呢。"

陈男撇嘴，小大人模样："那你喜欢江桓吗？"

宁芷一愣，避过这个话题："小孩子问这些干吗？"

"你听说过会杀人的小安吗？"

"小安是谁？"宁芷觉得她跟不上零零后的思维，他们追的动漫和她那个时候追的完全不同。

陈男摇头，又问她："那如果有一天，江桓被人杀死了，你会怎么办？"

"什么？"宁芷盯着他的眼睛看，陈男还是一副小孩求知的眼神，期待地回视着她。

宁芷觉得自己多心了，她认为他问出这么一句是别有用心。

"那我可能只剩下一件事。"

"难过？"

"不，是报仇。"

（八）

陈男没说话，宁芷才意识到自己口误，当着孩子面，说这种话多多少少不合时宜。

"我可能思路清奇，千万别和我学，快去睡觉，明天还要去做检查呢。"

陈男点头，很乖地往床边走，躺在床上把被子一拉，真的是睡觉的姿势。

宁芷尴尬地摸下鼻子又往自己的休息室走。耽误的时间太久，范湉已经出来了很长时间，正坐在床边擦头发，抬头看她："我以为你反悔回家了。"

"摩卡前天送去宠物店了，我也是孤家寡人啊。"

范湉笑得花枝乱颤，催着她赶紧去洗漱，回来还能夜谈一下。宁芷也不反对，八卦嘛，多听点还是很有意思的。

再躺回床上，范湉趴在上铺，头探下来看她："小芷，你上个月和江桓一起出去了吧？去哪儿玩了？"

范湉此时是十足的八卦脸，千算万算没算到她最想八卦的人竟然是自己。宁芷沉吟着："范姐，我感觉你在挖坑给我跳。"

范湉嘿嘿地笑："哪有哪有，你不想说就不说，我就是好奇你俩去哪玩了，我好和我老公一起去。"

"别，不是什么好地方。"

她和江桓一路前往无人区，太阳没少晒，冻没少挨，不仅什么都没查到，还死了几个人，现在再想起都是恶寒，谁还想再经历一遍。

"哟哟。"范湉捂着嘴笑，"我就说你俩碰过头。"

宁芷一愣，到底被套路了。范湉心情转好，笑得停不下来，把手伸下来拍她的头："咱们正经点。"

不正经的是你啊，宁芷捂着额头，一脸"你继续笑"的表情。

"你听说没，前天来帮忙的陆瑶好像是江桓在国外认识的学姐。"

宁芷知道他俩认识，但确实没想过这层关系，等着范湉接着往下说。

"陆瑶好像追求过江桓很长一段时间，只是最后没成功。小芷，江桓可是相当抢手的，他回来才多久，好几个部门的同事都来打听他是不是单身，想要把自己的亲戚塞给他。"

宁芷还在思考着范湉说的第一句话，再一听后边的话，竟有些想笑。想当年她刚来局里时，亲眼见识过那些警务人员七大姑八大姨的厉害，于城和陈相正还有特案组那边，只要是长得端正的男生，没有一个没被缠住过，不过也有成对的。

杨路就和区局的组长的外甥女走到一起了，不过聚少离多，吵架比恩爱还多，但好在两个人都年轻，吵过之后也容易哄好。于城和陈相正就属于失败案例，陈相正被于城胁迫替他见过不少姑娘，最后见得他看到雌性生物都躲开走。

"我要是再早出生几年,我也追江桓。"

宁芷继续笑,她此时不轻易说话,谁知道范湉又在哪个梗上套路她,以静制动是最好的防御方式。

"小芷啊,你和江桓是怎么回事啊?"

猜对了。

宁芷坐下,目光直视床对面的墙,上面什么都没有,和她藏起来的那面墙比起来要干净太多。即使她没待在家里的密室,眼中还是能看到那些贴纸以及线索。

范湉没等到她说话,欠身过来,俯着身看她,轻声说句:"不想说就不说了……"

"其实也没什么,我自己想不开罢了。"

话题总算结束了。没一会儿,上铺就传来均匀的呼吸声,宁芷却睡不好,从西里回来后,H就再无动静。这次,从陈男口中得知的刀疤男到底是不是H,她根本无法确定是巧合,还是H的新动作。H到底想要干什么,卷土重来,开启新一轮的杀戮吗?

那张放在她书包内的纸条是威胁还是杀人预告?她揣测不出其中的意思,就只能被折磨着,她翻个身,头朝里,把手机光线调到最暗,给朱陈媛发条晚安的短信。

她该去看她了。

醒来已经八点过一刻,范湉没在床上。宁芷洗漱一番出去,范湉在天台上做运动,看见宁芷上来,反而有些吃惊。

"你怎么还在这儿,他们要去做检查了。"

昨晚胡思乱想,睡得太晚,又没定闹钟,急急忙忙赶到楼下,江桓和于城都不在,只见到陈相正和两个同事。他们坐在陈男身侧,陈相正鬼祟地靠着窗低头按手机。

宁芷的手机突然振动,拿出来一看是微信消息,发微信的是陈相正,她疑惑地看他,他只是点了点下巴,示意她看手机信息。

"江桓让我盯着陈男,你知道怎么回事吗?"

宁芷想起昨天在陈男家，江桓问的那个问题，她也不知道江桓是怎么想的。只好给他回复不知道。

陈相正发出一个捂脸哭的表情，紧接着又说："江桓都没和你说，那我就更别想知道了。"

说完，陈相正把手机收进口袋，宁芷也不知道出于什么心理，又假装按会儿手机，才把手机收起来。

江桓从来不嘱咐没道理的话，她不明白，但不能坏事。

陈男脸色不好，时不时地咳嗽一声，嗓子哑哑："宁芷，今天结束后，我是不是就能回家了？"

宁芷不清楚于城那边的流程，问陈相正他也心不在焉。宁芷越过陈男，揪住陈相正的耳朵："认真点。"

宁芷的手机又响起，楼鱼两个大字在上面亮着，陈相正凑过来瞥一眼："是不是上次在医院特神经的那个人？什么考古博士？"

听到"神经"这两个字宁芷笑出声来，接起电话后，楼鱼嗓门很大，夹杂着风声，震得她耳朵疼。

"小芷芷，你听得到我说话吗？"

宁芷答听得到，他又更大声地喊："听不到吗？"

陈相正在旁边憋笑憋得脸通红，陈男的脸也红，不知道是着凉还是憋笑。幸好车已经到医院了，她赶紧下车，目送陈相正他们四个人进医院，她则留在楼下，找个尽量偏的地方，继续听楼鱼嘶喊。

"我这边信号不好，你大点声。"

宁芷连喊几声后，楼鱼才接着说："你让我复原的照片，我找人帮忙，成功地修了一个人的样貌。现在正在传送，需要点时间。"

"这个人的名字你知道吗？"

"什么，什么知道吗？"楼鱼在电话那端继续喊。

宁芷嗓子像火烧一样，想着还是别问了，再问下去，两个人一聋一哑，也不太好。那头，楼鱼还在问她说什么，她已经把手滑向挂断键。

再抬头看时，整个世界都安静了。

到检测室门外，陈相正他们几个人在走廊的椅子上坐着，隔着铁门，里面什么情况不清楚。

她只能跟着一起等，楼鱼那边估计信号是真的差，到现在什么都没收到。

等陈男再出来时，人有些虚脱，脸色惨白，站都站不稳，嘴巴一张一合的。宁芷过去扶他才听见他在说话。

宁芷招呼那两个同事过来："他要上卫生间。"

医生跟着出来："他有点低血糖，你们谁去给他弄点甜的饮料补补。"

陈相正也跟着站起来："我去买喝的。"

宁芷不能跟着进去，就在厕所外守着，一边等一边看手机，厕所这边信号不好，4G网络动不动就变成3G。

楼鱼把照片发到微信里，小图只能看见是模糊照片，点击原图，网速又上不去。宁芷点开又关闭，还是不行。

她想往远走一点，厕所里发出重物倒地的声音，她警觉地往回返，走到厕所门口问："你们怎么了？"

没有动静。不好的预感蔓延而来，她全身战栗地挪动脚步朝着卫生间里走去，嗓子更哑："陈男，你还在吗？"

手推开厕所的弹簧门，放眼望去，两个同事倒在地上，不知死活，陈男不见了！

她心知不妙，转头想要往外走，脖颈处一阵刺痛。她看见陈男站在门侧，手掌伸开，嘴巴仍旧一张一合的："对不起，我骗了你。"

然后，他灵活地从窗口翻出。

陷入黑暗前，她总算知道江桓所说的怪异在哪。

陈男的声音，听起来分明是低沉的，仿佛三十岁的样子。

（九）

宁芷推开一家打印店的门，一个小男孩正在柜台前一跳一跳的，似乎是想去桌子上玩，宁芷看他可爱，就把他抱起来，送他坐上柜子，男孩朝着她笑，将她抱得更紧，只听身后有个男人的声音："我就说吧，谁看你都像小孩子。"

宁芷想转头看身后的人。结果，听到"咔"的一声，那是脖子断裂的声音。

吓得她尖叫一声，直接坐起来，满身的虚汗。

坐在床边的江桓一语不发地向她伸出手，宁芷也没犹豫紧紧地握住。

她的嗓子还是有些哑，喝口江桓递过来的水："陈男呢？"

"跑了。"

宁芷垂着手，心里沮丧："是他杀的吗？他的家人都是他杀的吗？"

江桓点头，宁芷像霜打的茄子，蔫了下去。这几天她一直把陈男当作受害者，担心他心里难受，担心他会做噩梦，时不时地给他带零食，给他讲故事，能陪他的时候都在陪他。

可他却是实实在在的杀人凶手。

怎么想，宁芷都有些接受不了。

江桓也能理解她的心情，他在陆瑶进行第一次催眠的时候就感到有些奇怪。他虽然没学过催眠，但见过的催眠却不少。陈男的反应和很多人都不同，起初他以为是陈男受到的刺激过于激烈，所以才出现了不一样的状况。

直到陆瑶用老师教给她的方法催眠时，陈男才是真正被催眠的样子，他那时发出的声音和第一次被催眠时区别很大，更像真实的声音。

江桓让尹度贤把陈男的资料给他，发现陈男的长相和年龄有很大的出入，他不得不思考陈男的真实年龄。再者，陈男绝口不提凶手打电话报警的事，那段音频他反复听过，和陈男被催眠时的声音极其相似。

江桓重新整理案发现场，发现一个很重要却被忽视的问题。陈男说他是看到他养母被杀后太害怕藏了起来，可若是陈男一开始就藏好了，那后面他的身上怎么会有那几名死者的 DNA。

案发后，那件被陈男破坏的衣服上，一定有这五个人的血迹！

而要证明陈男说谎，是先证明他的年龄。未成年人想要知道真实年纪做骨龄测试就好，但江桓认定陈男的年龄远不止十七岁，所以，他要求给陈男做端粒检测，测出了陈男真实的年龄范围，只是没想过他会逃跑。

宁芷听完，更不是滋味："他现在的家庭不好吗，为什么他会下此狠手？"

"你记得刘元说过他之所以又去闹事一是因为小雨再度发炎,二是因为有人给他打电话,说又有企业和他有同样的遭遇,因此他才冲动地再次极端报复。我把报警的那段音频提取部分给他听,他说声音是一致的。还有周乔乔也是,他们两个人都是被同一个声音所指使着,按照陈男的指示做事。"

"他为什么要这么做?"

"陈男的身份我调查过,他出生于一九八八年,住在药厂家属楼。他的父母是专门负责监测药厂空气质量是否合格的工作人员。在他十三岁的时候,他偷偷地跟着他爸爸跑进监测区,他没穿防护服。他妈发现他不见后,什么准备都没做也跑了进去,最后他爸把衣服让给他,父母两人的神经细胞和小血管被毒气侵害,治疗无效死亡。而他的身体受到影响,身材发育比正常人迟缓。"

宁芷震惊到说不出话,怪不得他始终不肯叫她姐姐,原来这个只到她肩膀的小男生比她还要大上五岁。

"那家药厂正是陈莽当时工作的厂。听说是他操作不当,导致大量的毒气泄漏,害得陈男从一个出身优渥的孩子骤然变成了孤儿。陈莽后来不知道用什么法子逃过了法律的制裁,摇身一变成了有钱人。"

江桓把桌子上的资料拿过来递给她,纸张很厚,沉甸甸的都是陈男的过去。

陈男十三岁那年家庭没落,被各个亲戚嫌恶,送到孤儿院,被几个家庭收养过,最后都因为身体缺陷重回孤儿院。孤儿院没办法,始终对外瞒着他的年龄。

五年前,他以十二岁的年纪被人收养走。可半年前没有任何原因,他又被送回孤儿院,最后孤儿院拆迁,他跟着院长去了区里。没多久院长被歹人杀害,陈莽之所以会收养他好像是因为之前就参与过孤儿院的一些救助活动,院长一走,便把陈男接回了家。

这一切,更像是命运的安排,给陈男画了一个圆,让他最终回到起点。

"我在他床单下找到了这个。"江桓把手心里的东西递给她。

是一只被掰直的棕色发卡,正是陈男第一次接受催眠时,她和他聊天后丢的那只。

"他应该就是用这个来防止自己被催眠的,还有休息室的门锁也被他撬开过，工具应该也是它。只不过不知道他撬门锁不逃跑是为了什么。"

宁芷突然想起那晚接到的电话，于城说过休息室的门是锁上的，可当时解释不清陈男是怎么出来给她打的电话，原来是靠这个发卡。

应该是她当时蹲下捡被陈男不小心弄掉的手机、磕到头时，陈男拿走了发卡。他不让自己被催眠，怕泄露真相这点可以理解，但他费劲地出来不逃走，就是为了给她打电话吗？

宁芷想起陈男在敲晕她时说的那句"对不起"，眼睛酸酸的。

她竟然分辨不出，陈男在这场残忍的灭门案里，扮演的到底是什么角色。

宁芷的目光突然停在一个页面上，那上面写着陈男的曾用名——徐男。

她疯似的把手机掏出来，点开和楼鱼的微信聊天页面，那张照片已经加载出来，她点开第一张照片，一张孩童一样的脸微笑着，下边写着的名字正是徐男。

宁芷头皮发麻，徐男为什么会出现在和 H 的合影里？徐男的资料显示他五年前被人收养，难道收养人是 H？这五年里到底发生过什么，徐男重新遇到陈莽真的只是巧合吗？

一系列的问题，轰地朝着她的头炸过来，她抓着资料的手不自觉地用力，手指被锋利的页面划破，血顺着指缝快速渗进去。

她听见江桓在叫她，整个人却是麻木的。

宁芷进了小区，门卫大叔不动声色地看着她，又朝她身后看。宁芷也跟着看，江桓在后边像没事人一样提着小包缓缓地跟着。

江桓对大叔的目光视而不见，反而越过宁芷走在前面，熟门熟路地进入电梯，守在门口，等宁芷开门。

进门往沙发上一坐，两条腿屈着，江桓把笔记本掏出来就开始办公。宁芷坐在他对面，口气不善："江桓，你到底想怎样？"

"不怎么样，等你病好我就走。"

"我没生病。"

江桓头都不抬："但你这次受伤了，我需要照顾你。"

宁芷嗤笑："你看看你自己，是刀伤，而我只是被敲了一下，谁轻谁重不知道吗？"

江桓点头，终于舍得把头抬起来，一双桃花眼望着她，她难得在他的眼睛里看到了自己清晰的影子。

"小宝，我不知道你瞒着我什么事，你不说，我不会问，但我不会再让你受伤。"

宁芷盯着他的眼睛看了一会儿没说话，起身就往厨房走，临了关门时，问江桓："只有泡面你吃不吃？"

（十）

江桓十分自觉，吃完饭知道自己去洗碗，办公区域局限在客厅。他把带过来的行李直接放在地上，也不问宁芷要房间和床褥。

夜深时，摩卡和宁芷在主卧，摩卡呼噜声不大，盖不住客厅里翻身的声音。宁芷看眼窗户，没拉窗帘，月色很亮，现在这个天气不盖被子，一定会着凉。

刚想完，外边就响起轻轻的咳嗽声。

宁芷的房间里没有多余的被褥，隔壁间是楼鱼的，除了钟点工阿姨会进出外，她很少过去。她给楼鱼发短信，没想到他竟然很快地回复了"可以"两个字。

她放下手机，另一条短信跟着发送过来："那个房间正好缺个女主人，随时欢迎。"

宁芷开门去客厅，只见江桓平躺在沙发上，一条腿拄在地上，另一条腿伸出沙发外，一米七五长的沙发确实不是很适合他。

她推他，他好似睡着了，眼睛迷糊地看着她，嗓子暗沉："做噩梦了吗？"

宁芷摇头，又怕他看不见才说话："你去我房间睡。"

江桓捂着腹部起身。也不知道他伤口疼不疼，反正他不说疼，她也不多问。

刚进卧室，宁芷见他坐在床上，把枕头旁边的摩卡抱起来，转身要走。

江桓拦着："你要睡楼鱼那间？"

"嗯。"她应声后才反应过来，江桓上次来过她家，但是等她睡醒后，两个人根本没说过关于隔壁的事情，他怎么会知道楼鱼住在隔壁。

"我和楼鱼见过。"江桓知道她在想什么。

宁芷也没什么好解释的，心里坦荡。

她又要往外走，江桓干脆站起来拦她："你要是睡隔壁，那我还是回沙发上睡，反正伤口窝着也不算疼。"

"不算"两个字用得倒很恰当，宁芷进退两难。

江桓也不给她考虑的机会，从她怀里接过摩卡摆在床中间，指给她看："你选左边还是右边？"

这几天单位气氛一直不好，徐男的事就像压在大家胸口的石头，案子虽然破了，但凶手却跑了。

陈相正还好，那两个同事一边养伤一边写检讨，于城连带着负监管不力的责任。

陈相正夹在中间，没受到惩罚，但是自责得不行，每次看着宁芷稍微歪着脖子，就问她伤是不是还没恢复。

江桓坐在办公室里，门没关，眼睛盯着屏幕，手指在键盘上敲着。宁芷则低头看徐男的资料，徐男应该在江桓对他提问的时候，就察觉到自己身份已暴露，所以在检查的前一晚才会对她说那些话。

宁芷灵光一闪，猛地从座位上站起来朝江桓办公室走过去，吓得范湉直拍胸口，问她一惊一乍地做什么。江桓也抬头看她。

宁芷顾不上回答范湉，把办公室门一关，帘子落下，办公室就成了密闭的空间。

"你和徐男是不是有过节？"

江桓摇头，除去那天在病房里算是单独相处，他们就没再聊过，何过节之有。

"检查前晚，我去看过徐男，徐男问过我一个很奇怪的问题。他问我知道杀人的小安吗？"

江桓起身，从办公桌后面走出来，面色严肃："他说过小安是谁吗？"

"问了他没说。"宁芷看向江桓，"你知道是谁？"

江桓盯着她看了一会儿，觉得宁芷早已不是以前那个什么事都扛不住的小女生了，也不想继续瞒着她，字斟句酌地说："可能是杀害我父母的人！"

宁芷再来江桓家时，心理和以往都不同。江桓的脸上看不出什么情绪。宁芷放心不下，伸手去握他的手，指节冰凉。

她两只手裹着他一只手，轻轻地揉，想把自己的温度传给他。

江桓低头看她，只看见她头顶上的头穴，小小的一个窝："我没事，过去快六年了。当时难受，现在好多了。"

"你是因为这个才不告而别的吗？"

宁芷的声音闷闷的，江桓看不到她的表情，不知道她怎么了，想抽手让她抬头，可她力气出奇得大，江桓怕伤着她，没敢反抗。

"我父母死得很突然，事有蹊跷。我在研究所做了简单的调查，拿到了当晚的监控录像。本来我也只是猜测，但紧接着我被人袭击，U盘也被抢走了。不止是我，我父母单位的阿姨也遇袭。凶手警告我，如果我不离开，报复会波及我身边所有人。而且线索没了，公安局也没有办法，想申请外援保护也不现实。我不够强，只能把软肋暴露给别人。父母的葬礼过后，阿姨安排我出国。没想到，一走就是五年。"

"小宝，保你一生平安这话太虚，但至少我在，就是护你的盔甲。"

江桓的手臂有些温热，这一次他成功地把手抽出来。

他抬起她的下巴，看见她满脸都是泪，眼睛红得像兔子，身体一抽一抽的。

她吸着鼻子，把手压在他心口："江桓，你这里很疼吧？"

因为，她也疼，疼在脖子，那里有把刀，随时会划破她的动脉。

夜幕降临，宁芷鼻尖通红，把崔志安的资料看了一遍又一遍，然后，把江桓告诉她的信息重新整合在白板上。

以崔志安为中心，江桓在旁边分出徐男，而且徐男又在次仁德吉的合照里，徐男也亲口编造出H是凶手，那徐男和神婆也理所应当地认识。可这无法得到求证，看守所前不久给过消息，神婆在一审前自杀了，她说的那些话都得不到验证。

H和江桓父母被害案明明是两个案子，可冥冥之中，又在往一块儿靠拢。江桓拿着水墨笔往崔志安和H中间又添上一个名字，正是余筱筱案件的凶手杨成山。

"当时在审讯室，我问过杨成山为什么把余筱筱的钱包重新放回现场，他说是有人让他做给我看的，这个人是谁，他始终不说。以我与崔志安交手的几次看，他不像是做事会留线索的人。"

宁芷指着几个人的关系谱："现在想不通的是，崔志安为什么会出现在徐男家？徐男为什么会和H合照？H和崔志安之间又是什么关系？"

宁芷的手指来回地在崔志安和徐男间游走，江桓喊一声"停"，她的手就顿在那一动不动。江桓上前，在两个人中间又加上一个名字：刘毅。

宁芷细细地想这个名字，觉得在哪里听过，又完全想不起来。

"徐男曾待过最久的孤儿院正是刘毅开的，而崔志安也是在那家孤儿院长大的。"

"你是说孤儿院有问题？"

江桓不太确定："孤儿院马上要被拆除了，刘毅四个月前也被害于家中，线索中断了。"

这么一说，这事铁定有蹊跷。宁芷摩挲着手底的照片，那是江桓的父母，她见过，他们特地来学校看她，还告诉江桓一定要好好照顾她，不许欺负她。可这张照片里，江桓的父母已被折磨得没了生息。

宁芷抬头看江桓，江桓还在书房翻找着，时不时站直腰板四处看，宁芷又吸下鼻子，看着江桓眼眶发酸。

这几年，宁芷总是噩梦缠身，惊醒时恨意和恐惧满满，她把原罪推给江桓，才发现他也没好过到哪去。他连怪谁怨谁都不知道，这几年是怎么走下去的呢？

"没事吧？"江桓出声，吓她一跳。

她茫然地看着他，而他指着她的手。她低头看，自己正用力地攥着手心，指节惨白，手心泛红。

她缓过神站起来，把照片妥帖地放在桌子上："我约了朱陈媛。"

"我送你。"

宁芷摇头："不用，下次带你一起去。"

（十一）

江桓在窗口看见宁芷走出小区，才把注意力又集中在书房里。他父母始终在研究院办公，但出事前一天，他们曾急匆匆地回来过。

那两天他在家准备毕业旅行的事，他父母在书房待一阵后就要走，临走前嘱咐他时刻注意安全。

他没放在心上，第二天研究院发生火灾，等他赶到时，火势控制住了，但人却无力回天。研究院的人口径一致地认为是仪器错误操作导致的，而现场情况也确实如此。

但真相并不是如此。

江桓揉着额头，让现有的线索在大脑里形成版图。能让父母惹来杀生之祸的不会是小事情，他们能够预判出事，那一定会把线索留下来。研究所不可能，剩下的只有家里。

可书房不算大，所有的东西都摆在看得见的地方，如果有问题，他上一次搜找时，不会错过。

江桓的目光来回扫视着，脑海里闪过什么，他登时走上前，站在书架前，把所有的书都拿下来，敲击后面的墙面，是实心墙。

他不免有些叹气，但就在他弯腰把书捡起时，目光定在一块木板上。他抬手敲，声音闷闷的。

他去掀中间的隔离板，果然是空的。他把木板分离，里面夹着的竟是资料。第一页就印着那个商标，翻过几页，看起来只是普通的医药研究分析报告。

他留意资料上的内容，又把资料重新放回原本的位置，才掏出手机打电话。

"小桓，这么晚了什么事？"

江桓伸腕看表，已经十一点半了。

"张阿姨，我父母去世前，在研究什么项目？"

"这个……我不是很清楚啊。"电话那端发出沙沙的声音，"怎么突然这么问？"

"我在想是不是因为他们研究了什么不该研究的东西才惹来了祸事？"

张怡然声音突然压低："小桓，你是不是又开始调查你父母的事情了？"

"怎么这么问？"

"最近我好像被人跟踪了，一辆黑色的车总是徘徊在我附近。"

江桓想起他去孤儿院那次跟踪他的车，这段时间没看到，难道是跑到张阿姨那边去了？

"小桓，我现在过去找你，有什么事我们当面说。"

挂掉电话，江桓回卧室把这几天在宁芷家换洗的衣服挂了起来，正打算关柜门时，目光瞟到了压在下边的羽绒服。

他蹲下身，伸手覆在上面抚着，手指突然触到一处，他停下来把衣服拎出来，在口袋里翻找。

那张纸条还在。

回来后，积压的事情多，衣服他没时间送洗，纸条的事更忘得一干二净。

他手指快速地将揉成一团的纸打开，上面的字有些晕开，但还是能看出写的是什么。

送你的五年命，用着满意吗？

是H的笔迹没错。

H写给谁的？

江桓皱着眉，他不明白这是什么意思，但"五年"这两个字太过于敏感。来不及多想，他给宁芷打电话，电话那端迟迟未接听。

他感到宁芷对于追踪H的事情太上心了。

他又给楼鱼打电话，楼鱼摆明想耍他，电话刚接起就被挂断。来回三次，江桓不准备再打，楼鱼却又拨了回来。

"哎，江桓，你有没有点耐性，上次我给小芷芷打了多少个电话都被你挂断了。"

江桓没心思听他胡说八道，直入主题："宁芷和 H 有什么关系？"

楼鱼在那头笑："我不能告诉你，就像我也没把你的事告诉她。这很公平，不是吗？"

"楼鱼，你这是私心。"

楼鱼像被戳爆的气球，立刻暴跳如雷："私心怎么了，只许州官放火不许百姓点灯？是你先不告而别的，你凭什么霸占着她，不让别人喜欢她？"

江桓没兴趣在这上面和他理论。

楼鱼吼了一通，才小声地念叨："你这个人也真是烦，人走就走彻底点，让人家这么等，像话吗？"

"不像话。"

"你别说话，吓我一跳。"

江桓抿嘴，有点想打人。

楼鱼絮叨一会儿停下来，叹气说："江桓，你父母的事好好解决吧，她的事她想说会告诉你的。"

又过了一个小时，张怡然还是没到。想着她说的跟踪，江桓有些不放心，想打电话问，结果无人接听。

江桓拎着外套往外走，刚关上大门手机就响起来，正是张怡然的电话。

"张阿姨，你到哪里了？"

"我到地下车库……啊！"

随着叫声响起的还有玻璃碎裂的声音，江桓喂了几声都只听见急促的呼吸声，他没再犹豫朝着电梯奔去。

地下车库的灯不够亮，他借着电梯里的光，快速地看到左前方有闪着的车灯。他脚步加快的同时，仍旧保持着警觉。

整个地下车库唯有他一个人的脚步声，离车近了，才看见驾驶座上的张怡然，正捂着头呻吟，驾驶位这边的玻璃碎了一地，上面还沾着血，手机也被甩到地上，屏幕亮着，显示和他还处于通话中。

"张阿姨，你还好吗？"

张怡然在车上缓缓地抬头，额上的血顺着眉角往下流，嗓子有些颤抖："小桓，你没事吧，刚袭击我的人还在吗？"

"应该走了，我带你去医院。"

张怡然从座位上站起，坡跟鞋踩在玻璃碎片上，仍旧心有余悸："我光顾着过来，没想到会有人跟踪，更没想到他那么大胆，竟然砸车。"

"你看到对方的脸了吗？"

"没有，戴着口罩，黑色鸭舌帽。这里太黑了，来不及看清楚。"

江桓扶着她往前走。张怡然吓得不轻，一直向他描述刚刚的恐惧。江桓不忘回头看一眼她的车，眼睛里闪过一丝诧异，却没说话。

医院里，张怡然的伤势不严重，需要留院观察。江桓把住院手续办理好后，倚在病房门口看张怡然正在自己调点滴的流速，有些不是滋味。

五年前也是，把身边的人卷进来，如今还是。

张怡然从窗户上看见他，朝他挥手示意让他进来。江桓坐在床边的椅子上，看她脸色不好，起身给她倒水被她拦住。

"小桓啊，听阿姨一句劝，案子别查了，都过去这么久了，放下吧。"

江桓半起的身子僵着，扭头看她："我一定要查出大火的真相。"

"可你总要为自己考虑，我受伤也只是个苗头，以后说不准什么样。你不考虑自己，也要考虑考虑宁芷，当年的事你总归没忘记吧？"

当年让江桓出国的大部分原因是为了宁芷。那段时间，他要处理父母的事情和应付媒体。家里的电话线被破坏了，手机也因为小安的追杀而丢了。他给宁芷打电话，始终打不通。

家里的信箱里每天都塞满了宁芷的照片，全是偷拍，有在食堂的，有在图书馆的，还有在校澡堂的更衣室的。

每一张上面都用红色的记号笔画着大叉，写着下一个就是她。

宁芷是江桓除了父母以外最重要的人，她因为她妈的事受过不少苦，不能再把她牵扯进来。

这不是一道选择题，是必选题。他必须放弃调查，必须离开。

幸存者游戏

下

巫其格 著

上海社会科学院出版社

☐ 1
☐ 39
☐ 81
☐ 96
☐ 126
☐ 168
☐ 210

幸存者

目录 CONTENTS

第七部分 · 艺术病

第八部分 · 蝴蝶劫

第九部分 · 消失的人

第十部分 · 边境危机

第十一部分 · 人命买卖

第十二部分 · 真相之中

第十三部分 · 幸存者

第七部分 艺术病

（一）

后半夜，张怡然的两个儿子过来陪护，江桓嘱咐他们尽量轮班照看，时刻保证身边有人。

她的大儿子瞪他："你说得轻巧，每天上班累得要死，怎么保证时刻在？"

小儿子拉着他大哥，和江桓道歉："你别听他瞎说，我现在课不多，可以经常过来。"

江桓不接话，绕过他俩看张怡然："张阿姨，照顾好自己，我父母那边你既然什么都不清楚，我就暂时先不与您联系，过了这阵子我再来看您。"

大儿子撇嘴："光嘴上说说。"

张怡然和小儿子都瞪他，他才住口，坐在椅子上挑挑拣拣地拿起一个苹果吃了起来。

"小桓，为了宁芷，你好好考虑阿姨的话。"

江桓开车回家，从柜子里掏出个行李箱，基本把整个季度要穿的衣服都装进去才收手，还不忘把安装好的摄像头开关按开。

再回到地下车库时，他抬头看角落里的监控，物业说昨晚的视频可能是信号干扰，都是些斑斑点点，画面里什么都看不到。

有点过于巧合。

张怡然开来的车已经被送去修车厂，若不是地上有碎玻璃碴，没人会注意到这里曾发生过恶意伤害。

到了单位，陈相正在走廊拖地，没精打采的，嘴里不知道念叨着什么。看见江桓的时候，陈相正仿佛看到了救星，立刻攀过来。

"大神，救命。"

江桓满脸问号，用力地把胳膊抽出来，避瘟神一样："这是唱哪出戏？"

"今天早上我来的时候，看小芷在这通宵，就给她泡了个面，结果老大居然罚我值日，这不是大材小用吗？"

"你说她晚上住在这儿？"

"是啊，我早上来看她在那儿办公，饭都没吃。"

江桓眸色一暗，绕过他朝楼上走，陈相正抱着拖把喊："大神，你去说一下情啊，我不想值日啊。"

办公室里有股没散的泡面味儿，宁芷还在电脑前工作，眼里有红血丝，像整晚没睡。

走近细看，她电脑屏幕上同时打开了十几个网页，都是五年前研究院大火的报道和小道消息。

她把搜集到的东西一条条列在文档里，足足有五十七条，她正在编辑第五十八条，看见屏幕上映的人影，浑身一颤，抬头看他："你走路怎么不出声？"

"你没在朱陈嫒那儿住下？"

"没，她那儿有点挤，住不下。"

江桓挑眉，探手到她屏幕上，把几个页面关闭掉。宁芷没拦住，他又把文档里的几条也选中删除："不是有用的线索。"

"你都查过？"宁芷觉得自己问了特别蠢的问题，答案再明显不过。她不也一样，但凡蛛丝马迹都要亲自验证，更何况是他。

宁芷把另一个文档打开，上面是关于刘毅的内容。她把刘毅的官方资料写在最前面，而下边都是她从各个网站的帖子抑或评论里摘出来的，上面还附带着 ID。

她指着其中一条："一众好评里，这条很显眼。"

只见上面写着：黑心的人，人皮的狼。

"这条新闻是六年前刘毅出资让孤儿院的孩子读书的新闻。下边的评论清一色夸好，就像雇了水军一样，而这条没头像没昵称的用户的评论，夹在里面就很显眼，不过不逐条翻又看不到。是两个月前补上去的评论。"

"整个晚上都在弄这个？"

宁芷"啊"一声，抬头看他，又把视线转回来："我已经让杨路帮忙查这个用户的IP地址了，他和我说是从派出所的电脑发出来的。"

江桓想到那个逃离座位的小民警，他可能知道些什么，但碍于局势基本也问不出什么。

宁芷把页面翻上去，又指着另一条：小安回来了，你们谁都逃不掉。

"这帖子是五年前发的，这里的小安很可能是杀害你父母的崔志安。但'你们'指的是谁？"

江桓从电脑前抽身，回到自己的位置上把电脑打开，把有崔志安出现的凶案现场的受害人名称调出来，将几个人的关系做了简单的梳理，但他们无论是职业还是社会活动，都没什么关联性。

现在一想，那是因为他没有注意到中间最关键的人物——刘毅。

他把这几个人的资料发送给宁芷，又回到她办公桌前，指着她的桌面："这几个人中他是维修工，这个人是家政公司老板，这个是补习班的老师，还有房地产老板和酒吧负责人。他们应该和刘毅都有关系。"

宁芷把他们的名字输入系统里检索，发现他们中年纪最长的从二十几年前就为孤儿院临时工作过，最短的人也有七年的工作史。

"他们在孤儿院做过什么，会让小安在回来后依次杀掉他们？"

江桓想到孤儿院的那间办公室，还有那几把倚墙靠着的观赏椅子，他好像明白怎么回事了，却也不敢往这方面去想。但此刻把现有的线索联系到一块儿，答案也只剩下这一种。

"小宝，你看过《熔炉》吗？"

宁芷一愣，敲键盘的手顿在那里，显然是看过，想到某些经典的恐怖画面，浑身发紧，接着摇头："不会的，不要往这方面想。"

没等江桓说话，拎着拖把的陈相正疾跑着从门外冲进来："你俩都在太好了，快收拾一下，需要去哈盐市现场。"

宁芷从电脑桌前站起来："范姐不去吗？"

"这次，她不是很方便过去。"

宁芷来不及问怎么回事，就被陈相正急忙忙地拉着往外走。陈相正想起手上还有拖把，便把拖把丢到一边，又过去拉宁芷，想着她没带设备，又松手。

"你们赶快收拾，车在楼下等着呢。"

江桓去拿设备，宁芷留下关电脑，收拾妥当。

宁芷在走廊里等江桓，碰巧和上来送资料的档案室大叔迎面遇见，平时很少见他上来。

"小芷，你这是干什么去？"

"临市的案子，那边申请法医援助。"

大叔捏着资料往设备储存室看一眼，朝她挥挥手："去吧去吧，有能力的人到哪都受欢迎。"

于城和陈相正一车，陈相正坐在后排朝着宁芷挥手："小芷，你快来。"

宁芷看江桓，他正在后备箱放设备箱。

宁芷也没犹豫，朝着于城的车小跑过去，安全带一系，像稀泥一样瘫在座位上，哈欠连天。

于城握着方向盘指挥后面的人发动车子，然后才转头看她："怎么不回家休息？"

"从朋友那儿回来太晚，正好有事，干脆来单位。"

于城点头，陈相正一心地在后座控诉自己被罚清扫卫生的事。

于城让他闭嘴，他还在念叨，于城只好选择无视他，继续和宁芷聊："上次医院你去看的那个朋友？"

宁芷愣一下才点头："对。"

陈相正终于停下来，双手伸过来拉着他俩的靠椅，问："谁，上次看的谁啊？"

于城看眼后视镜，把左转向的灯打开："我记得是叫朱陈媛对吧。"

宁芷又点头。陈相正"嗯"一声，双手松开往后倒，嘴里小声嘀咕着什么。

于城又看他一眼："嘟囔什么呢？"

"我还以为能八卦出帅哥什么的。"陈相正看着宁芷，"是女生更不错，重情重义。"

一路上，陈相正都没再说话，不是看窗外就是玩手机，出奇得怪。可到底哪里怪,她又说不清楚。

(二)

宁芷在车上眯一觉,醒来后精神好很多,到哈盐市是下午一点,几个人下车就近在一家快餐店吃饭。平时活跃气氛的陈相正不说话,于城简单地说了一下案情。

宁芷点的是炒饭,说了不放葱,结果还是一堆葱,她一边往垃圾桶里扔葱花,一边附和于城说的话:"于老大,这案子有嫌疑人吗?"

"有,很多个。"

宁芷抬头看他,不太明白他话里的意思。筷子再往盘里伸时,江桓已经把她那盘炒饭端走,把他那碗递过来:"吃这碗。"

宁芷没推辞,特自然地就着他那碗继续吃:"有很多个是什么意思?"

"字面意思,现场的每个人都可能是凶手。"

说完,于城吸口气,说不上什么心情,吃好了站起身就走,上车时重重地把门关上。

于城拉开储物格,里面有一叠资料,是江桓的。上个星期和朋友吃饭时,提了一嘴江桓的事,结果第二天同事就把资料同城快递了过来,他一直没来得及看。

以前要看是想找茬,后来帮过江桓一次,就觉得没什么意义。可知道江桓和宁芷一起,请假大半个月后,于城心里那股计较劲怎么都压不下去。

于城看着店门口走出来的两个人,不知道宁芷和江桓在说什么,江桓只是点头,然后上了后边的车。

于城"啪"地用力关上储物格,拳头握得紧,他不愿意承认现在的情绪是嫉妒。

陈相正在身后结账,宁芷特地走在后边,和他搭话:"心情不好?饭太难吃?睡觉不足?"

"我就是突然想起以前看的一个小说,结局特别惨。一个好人被杀了,却没人能记得她。"

"什么小说这么过分,居然没加好人光环?"

"不适合你看的小说。"

说完,陈相正朝着车的方向走,她在两辆车前徘徊一会儿,又坐回于城的车。

宁芷看着导航图上距离不远的艺术馆,保持着和车厢氛围一样的沉默。

到达艺术馆,宁芷最先开门下车,车里的低气压分分钟压得她快窒息。他们三人本来是相处起来最不累的,现在反而是最压抑的。

哈盐市艺术馆距离市中心只有两站地铁,以门票进出,即使是工作日,里面的人也不少。尤其是最近这里在办艺术节,人声鼎沸,门口的隔离带弯弯曲曲的,有十米远。

宁芷他们走的是快捷通道,往上看正门挂着一条金色的横幅:雕塑艺术节决赛之巅。

艺术馆金碧辉煌,气派得不得了。可目光放平,就看见被警戒线拉出的一片正方形的区域。远远看过去,一块白色的雕像倒在地上。

雕像的另半边完全碎裂,白色的瓦片掉在四周,而雕像里躺着一个赤着身的男生,他眼睛闭着,面部极度扭曲,身上散出淡淡的臭气,好在馆里温度低,不然此刻四周根本没法站人。

一群人站在警戒线外,交头接耳地窃窃私语,学生模样的占多数,应该都是这次参赛的人。他们离得远,闻不出味道,也看不清江桓和宁芷的动作。

简易帐篷里,江桓负责检查,宁芷负责记录。于城、陈相正和当地的公安负责人对接,其中一个穿着西服的男人伸手指着尸体:"死者是水原艺院的学生,叫叶峰。"

于城打量着眼前的男人:"你又是谁?"

"我是此次艺术节比赛的评委,马志,从水原过来的。"

宁芷回头看说话的男人,才明白为什么这次范湉不能来,这马志就是范湉的老公,她在聚会上见过几次。往常都听范湉一口一个老马地叫,今天才知道全名是什么。

马志注意到她在看他,和她打招呼,一脸笑容,但她看着不舒服。一直以来，宁芷对马志都颇没好感，他特喜欢讲激进的大道理，不论场合总喜欢教育别人，别人若是说他点不好，他也不反驳就是笑，笑得瘆人，等下次聚会准保让那个人下不来台。

范浠没什么感觉，也可能是习惯了。宁芷不喜欢但也没说，毕竟和马志一起生活的可不是她。

江桓用手肘碰她，她愣一下没反应过来，再看他指着记录本，才回过神，继而听他说："死者无明显外伤，有中毒症状，根据尸斑和尸僵情况，可以推测死亡时间在昨天夜里十点到凌晨一点之间。"

"什么毒？"

"看着像河豚毒素。肌肉软瘫，瞳孔明显不对称，脖子上的红痕应该是初期呼吸困难抓的。"他顺手指着死者，"他身上的衣服应该是死后被脱掉的，上面应该有呕吐物，甚至是死者的 DNA。"

宁芷把整合的情况给于城重述一遍，他立即和哈盐市对接的工作人员交代，翻找以艺术馆为中心一公里以内的所有能藏东西的地方，又派了几个人去在场这些人所住的宾馆进行了地毯式搜索。

"安排审讯吧。"于城指挥一通，才让陈相正安排审讯事宜。

头晚对艺术馆做过检查，当时电闸和监控都是关闭状态，安保人员在艺术馆外轮流值班，能进到馆里的人都需要实名的进出证。

安保人员记得叶峰是晚上九点多过来的，他要给石膏做最后的检查，安保人员还劝他早点回去，因为没灯，也看不太清楚，但叶峰自己带着手电筒，坚持要进，还威胁安保若是因为阻止耽误明天的比赛结果，就要他好看。

这是大事，叶峰不敢马虎。谁知道他进去后没一会儿，另外几个小组的人都要进去，理由都相同。马志在内的几个辅导老师也都来过，怕有人对其他人的作品动手脚。

安保进来巡逻过两次，没发现异常，凌晨他们一窝蜂地往外走，根本注意不到谁没出来。

等早上进来，就看见一尊雕像突兀地摆在那，他想挪一下又怕弄脏了雕像，只好等人来。十点人差不多齐了，他喊几个人一起抬，抬到一半不知谁喊了句："雕像里有人。"

他手上一抖，雕像就砸在地上，碎开之后里面竟真的藏着个人！

惊魂未定时，尖叫声已此起彼伏，由于案件特殊，死者又是水原艺校的学生，哈盐市直接申请特案组协助。

目前已有的线索可以证明凶手拥有进出证，并准确地了解馆内的情况，还知晓安保人员的轮班时间，可安保人员换班的间隔只有两分钟，如何做到不被发现地溜进来把人杀害又砌进石膏里？况且一人高的石膏，速干也需要几个小时，这期间凶手是等在现场，还是借机溜出去制造不在场证明呢？

仇杀？情杀？还是单纯的杀人狂？

几个问题一下冲进宁芷的脑袋，这已经不是动漫里那种每一集为你安排好固定的嫌疑人，只需采用排除法来筛选谁是凶手的情节了。

她回头朝警戒线外看去，目光突然被什么东西吸引过去——

那个站在人群最后排、神色慌乱的女生，宁芷见过她，就在小雨的病房！

（三）

"你们干什么呀，人不是我杀的，抓我干什么？"

卢茵挣扎地甩开陈相正的钳制，拄着拐杖用力地捶地，不满地瞪着他们。身后的人见她被拉走，议论声更大，对着她指指点点。

她挣扎得更厉害："我和他是一组，今天要角逐决赛的，我又没疯，我杀他干什么？！"

于城边走边维护现场："剩下的依次审讯。"

吵闹迅速噤声，但还是有几声不和谐的声音："真是活该哦，踩着别人上来又被别人踩回去很正常啊。"

声音不大，但大家都听得清楚。

卢茵猛地停下来，提着拐杖往她这边丢："王悦鑫，你嘴巴给我放干净点，输赢靠本事，你装什么清高。"

王悦鑫气焰更是嚣张："你那腿怎么坏的，还不是你踢翻别人作品受伤的，我实话实说，你怕什么？"

卢茵声音哽咽:"他是人，不是作品，他死了，你怎么能说风凉话？"

王悦鑫这才闭嘴，但眼神仍旧肆无忌惮，抱着肩膀以示不屑。

先不管什么深仇大恨，落井下石都显得不地道，陈相正把卢茵的拐杖捡起来递给她，本是握着的手改为搀扶。

眼见他们进去其中一间房，宁芷去找江桓，他在打电话，他回复完"尽快吧"，才挂断电话。

宁芷把卢茵的事情讲给他，他听完没露出多余的表情，拍拍她的肩安慰着:"不是H，他杀人不会选这么费力的方式。"

宁芷心里乱作一团，她倒希望是H干的。从回来到现在已过去一个月，H一点动静都没有，她在明，他在暗，如果她不抓住先机，就只能被他带着走。

"别多想，先解决这件事，H的事情，我有办法。"

听他这么说，她只能把心收回来，跟着去了那间临时作为审讯室的房间，其实那就是一个休息室，于城陈相正坐在卢茵对面，中间隔着一条茶几，审讯已经开始一会儿了。

宁芷站在门外，隔着窗户能看见里面发生的事，也能听见里面的声音。

于城拿笔敲着本子:"这个雕像什么时候完成的？"

"昨天上午十点左右，差不多干彻底，我们才离开。"

"叶峰出事前和你说过什么？"

卢茵"啊"了一声表示疑问，搓着两只手，眼睛不知道看哪:"他说要来确认雕像干没干透，有什么需要完善的。"

于城迟疑一下，身体骤然前倾，把整个身体朝着她压迫过去:"我劝你这个时候不要选择说谎。"

卢茵浑身发抖，朝着沙发角缩去:"是叶峰，他说别人可能会来破坏作品，我担心他想破坏别人的，不让他去，他非要坚持。我怕事情闹得大，就和马老师说了这事，让他过来拦着点。"

于城想起刚在大厅里她和王悦鑫的一番话，眉头皱着，看起来他们这队，破坏别人作品的事，不是空穴来风。

"叶峰来是临时起意，还是蓄谋已久？"

"没蓄谋,我们上午在这边做作品,出来时,看到其他几队的作品……叶峰觉得我们会输……所以,回宾馆的路上,他提过决赛结果的事,我没在意,谁知道昨晚他突然说要来馆里……"

"决赛前你们看不到彼此的雕像吗?"

"对,是保密的,但是难不保有偷看的。"

"他的计划,你们和谁透露过?"

卢茵猛摇头:"这又不是什么好事,还能和谁商量,都是躲着人说的。"紧接着又说:"他就是太想赢了,所以有些不择手段。"

"你们从设计作品到完成作品用了多久?"

卢茵不明所以,也不敢反驳,掰着手指算:"大概一个星期吧。"

于城从座位上站起身,先是和陈相正耳语几句,才和面前的卢茵说:"人死为大,但我想和你说的是,你们花了一个星期,其他人也是,竞争要公平,靠使手段、耍心思赢来的胜利都是一时的。"

于城关上门,看到倚在门口的宁芷,抬手就揉她脑袋:"这听墙角的本领见长啊。"

宁芷弯腰躲过去:"她说的是真的吗?有没有什么隐藏的讯息?"

"什么隐藏的讯息?"

宁芷摇头,心知这事确实不是 H 的风格,但还是在意蛛丝马迹:"没,我就好奇,他们怎么回事。"

卢茵不像说谎,于城只能把王悦鑫叫到另一间房继续问。审讯工程浩大,昨晚每一个到过现场的人,都是嫌疑人,也都可能是凶手。

王悦鑫有点火,长指甲快频率地敲着茶几:"有什么话快点问,我不想在这浪费时间。"

"你昨晚来艺术馆是为什么?"

"能为什么,我早就听说他们这队不是什么好人,一直留意着,见叶峰鬼鬼祟祟地出门,自然要跟着啊。谁知道他是不是要来破坏我们的作品。"

"这么晚,你一个女生跟着一个男生,你不觉得冒险吗?"

"谁说是我自己,我还叫了我队友,还有隔壁的一队,毕竟抓人要证据,我自己去没说服力。"

"你知道得倒不少,他们说确认过作品后,只有你离开过一阵,你去做了什么?"

"上厕所,当时只顾着追叶峰,根本没来得及上厕所。"

"更近的厕所在二楼左侧,而你绕远路,去了右侧的一个厕所,别说在这里待了一个星期还找不到厕所位置。"

王悦鑫有些慌,急于摆脱嫌疑:"可不是我要去右侧,是左侧厕所都是马桶位,我不习惯,不信你问我队友,他知道的。"

于城不反驳,继续抛出问题:"看得出,你们这些人都很讨厌叶峰和卢茵,原因是什么?"

"说讨厌比较片面,我们是怕,听说他们做事很卑鄙,偷偷摸摸,谁敢得罪?"

"你觉得你们当中谁是最可能杀叶峰的人?"

王悦鑫不敢相信自己的耳朵,她说话够没边了,动不动就被人骂毒舌无良,但是这样的审讯她真的闻所未闻。

这不是杀人游戏,她要指证的可是真的凶手。

"我不知道,我们都是嘴上厉害,谁敢真的杀人啊,况且我们从哪儿搞毒,又怎么敢对着死人做塑。"

藏着叶峰尸体的雕像制作手法足够专业,说是出自他们这些参赛者的手,也不为过,可说到底他们中年龄最长的都不超过二十岁,任谁都没有这么好的心理素质,能在杀人后那么细心地对着尸体做作业。

地毯式搜索中,死者的衣物仿佛凭空消失一样,整个艺术楼都没有,宾馆的垃圾回收站也没有,沿路的垃圾桶统统检验过也没有。

在现场的所有人的衣物都做过检测,并没有查出异样。雕像的残片都拿去化验了,希望能检测出除死者以外的DNA。但也不太现实,毕竟早上有很多人都触摸过这个雕像。

于城把所有人集中在大堂,他们接受过审讯后,都自认为与己无关,又吵吵嚷嚷着讨论。于城吼一嗓子,大家的注意力才跟过去:"你们看到雕像时,它和普通雕像有什么区别吗?"

"没什么区别,大家都忙着搬运自己的,谁会注意别人的雕像。"

"是谁先注意到雕像有问题的?"

几个人你看我我看你,都不确定那声"雕像里有人"是谁喊出来的,甚至连声音是男是女都没分辨出。

看来，第一个发现雕像异样的人，极有可能是真的凶手！

（四）

审讯结束已是傍晚，在场的人都等不下去，有人喊饿有人喊困。今天本来是决赛日，紧张的情绪下很多人都没休息好，有些人为了保持最好的上镜状态，更是连早饭都没吃。

馆外还守着一群不听劝的记者，他们中午过来要转播此次大赛，却被临时通知决赛延迟，理由是场馆需要维修。

但常年做记者，已有了职业嗅觉，还是嗅到了不寻常的味道，没有记者走，都在馆外候着。

于城让哈盐市局的人帮忙疏散大家，不知道哪里出了纰漏，竟然让记者溜了进来。记者身后跟个扛着摄像机的摄影师，镜头毫不含糊地在每个人的脸上过一圈，抓住处于最靠边位置的女生开始询问什么情况。

女生慌张得不行，躲又躲不掉，直喊救命。于城拦在前面，伸手去挡镜头，记者像无赖一样躲着："警官，这死人的大事，可不能藏着掖着啊！"

"你再拍，将以阻碍执法罪逮捕你。"

记者贼笑，眼睛扫过现场，大家正依次离场，几个协警的注意力都在他们这边，他眼神示意摄像师把肩上的摄像机放下来："都是为了工作，你不让拍，我就不拍呗。"

于城脸色一沉，忍住气："安排他们出去。"

记者一脸讪笑，和摄像师一前一后出去了，嘀嘀咕咕地不知道在说什么，反正摄像师的头没少点。

这时，不知道跑哪去的陈相正终于出现了，他甩着手上的资料，有些气喘："资料查到了。"

水原市艺术节区赛是由各大学派出队伍代表参赛，先交往期作品初选，再经过为期一周的封闭式设计制作，选出最后两组进入区决赛，进入区决赛的两组分别是叶峰队和大学城的宋巧善队。

听说宋巧善队的作品明显好于叶峰队,可决赛当天,宋巧善他们队的雕像却无故损坏了。

参赛的人都推测是叶峰他们干的,而卢茵是罪魁祸首。因为雕像上有明显的脚印,而她的腿也恰好被砸伤。

宁芷想起那天在小雨病房里,他们几个人围着卢茵聊的话题好像与区赛相关,隐约地提过他们这事虽不地道,但干得漂亮,估计指的就是这件事。

"宋巧善他们队也来参加了本次决赛,刚刚审讯时,说观赛的那两个人。"

于城对宋巧善和刘林进行了单独审讯,宁芷在外边听一会儿,宋巧善有超乎年龄段的睿智,回答问题时,斟酌又谨慎。

他和刘林的犯罪动机成立,但宾馆前台的人可以做证,死者被害的时间段里,他们两个人在大厅看节目,声音开得大,时不时地笑出声,前台工作人员怕吵到其他客人,还提醒过他俩小声一些。

前台没有监控,但老板娘的房间就在柜台后,她十分肯定是他们两个人,她对宋巧善印象很深,因为宋巧善下楼的时候还问她要热水泡面。

宁芷和江桓回宾馆与局里的人对接,歇下来后,竟然已经是九点过一刻。

江桓把资料收起来,然后把一张纸条掏出来摊在她面前,宁芷先是一愣,转而有些发怒:"江桓,我还不知道你擅长捡垃圾。"

江桓隐隐地察觉到宁芷对他的刺是因为 H,只是轻轻试探一下,看她发怒,就证明他猜对了。

宁芷把纸条抢过来,攥在手心里,还觉得不够,又展开撕成一块块地丢在地上:"江桓,你不告而别有你的苦衷,我不原谅你,也有我的理由。H 是因为你突然从案子中抽身才跑掉的,不只是为了帮我。"

江桓朝地上的纸条看一眼,又看向她。她在生气,脖颈绷得直直的,眼里有怒气。

见她并没有解释纸条内容的意思,江桓选择岔开话题:"你应该饿了,我去外边看看有什么吃的,你先休息吧。"

宁芷坐在那儿不吭声,江桓起身,不忘嘱咐她:"于城他们一时半会回不来，除了我以外，谁敲门都不要开。"

关门声响起，宁芷眼上蒙着雾气，情绪低落。这时，忽然枕头下传出两声提示音，她摸出手机，锁屏上能看到是楼鱼发来的图片和"杨竺林"三个字。

她动作一顿，更快地解锁，点进去。由于连了宾馆的 Wi-Fi，网速特别快，原图仅一秒就下载完成。

是一个男人的面部照片，杨竺林应该就是他的名字。紧接着，楼鱼的电话就打进来。

"照片收到了吗？这是还原出的另一个人，想把剩下三个人还原出来有难度，不要抱太大的希望。"

宁芷从本子里抽出从次仁德吉那儿拿回来的照片，上面只有达姆、次仁和 H 的脸是没被破坏的，站在 H 旁边的人是徐男，而这个杨竺林是站在最边上的人。她开了扩音，比对着手机上的照片，又看到那个胶水处，竟对这人生出眼熟的感觉。

"杨竺林最后的一条可视动态是两个月前，他在哈盐人民医院做手术，好像挺严重的。"

"哈盐？是水原市旁的哈盐吗？"

"是的，不然还有哪个哈盐。"楼鱼察觉出不对，立刻说，"你现在在哈盐？"

"嗯，这边有案子，临时调过来帮忙。"

楼鱼没说话，也不知道想什么，过会儿才说："小芷，信息给你，你别急着去查，这其中没准又是陷阱，我现在回不去，也放心不下你。"

宁芷满口应着，但心里已经有了打算，问他："我的事，江桓知道多少？"

电话那端的楼鱼觉得不对劲，又不知她到底在想什么，只能实话实说："我帮你前就说过，你俩的事，我不会管，以后也会遵守。"

挂断电话，宁芷没过多的犹豫，抓起床头的外套，又胡乱地捞几把东西往包里塞，拎上包径直往外走，宾馆外打不着出租，她连一秒钟都等不下去。

两个月前杨竺林出现在这边，虽说现在未必还在，可她不能错过这次机会，若是像五年前那样，一错过就是五年，该怎么办？

她步子急，走两个路口后拦住一辆出租，上车报过地址后，开始翻包找钱包。司机师傅从后视镜看她，她看着很急，包里的东西被她翻得乱糟糟的，直到拿起钱包，她才收手，又一股气地把掏出来的东西往里塞。

这半夜急匆匆去医院的，基本都不是什么好事。

"姑娘啊，是家里人出事了吗？"

宁芷含糊地应句，头歪在车窗上，看楼鱼发来的照片。不清楚杨竺林在H的圈子里扮演的是什么角色，是不是像次旦或者徐男一样，有难言之隐。

这种有组织的犯罪，通常是最棘手的。

下了车，宁芷小跑着进医院，住院处很安静，护士台亮着灯，但没有人，她看眼开着机的电脑，估摸着护士可能去查房了，干脆坐在那里等。

小护士回来得不算快，看见宁芷有些意外。住院处在医院主楼后面，共有二十五层，护士站设在十二层。为了让病人得到更好的休息，过了十一点，电梯就会停掉。

"你有什么事吗？"

"我想查一个叫杨竺林的人，我想知道他还在吗？"

小护士倒是聪明，捂着电脑警惕地看她："病人的资料是保密的，不能随便能公开。"

回答在宁芷意料之中，她把刚刚翻出来的证件递给护士："警察办案。"

小护士张张口，还想说啥，但忌惮宁芷的身份，思路有些不清晰，支支吾吾地说："那您稍等，我给您查。"

"正常说话就好。"

小护士连连点头，在电脑上快速地敲了几下，资料跳出来时，她"咦"一声："您……你说名字我没想起来，现在看照片才想起这个人呢。"

宁芷探身看向电脑，资料上有杨竺林的一寸照，板寸头，眼神犀利，和楼鱼给她的照片十分相似。

"他现在还在医院吗？"

小护士摇头："上个月就转院了。"

"那你知道他的联系方式吗，或者他亲属的？"

"有的，这边留了他弟弟的电话，我给你找找。"护士滑着鼠标，页面往下翻，等停在紧急联系人那个信息框时，她停住手，"找到了，他叫……"

"杨成山?!"

（五）

宁芷怎么都没想到杨成山会是杨竺林的弟弟，但又豁然开朗，她明白了为什么第一眼看到杨竺林的照片时会感到熟悉。他和戴着眼镜的杨成山，十分相像。杨竺林上个月出院，时间正好和杨成山被捕的时间吻合。

如果是这样，那就可以证明杨成山不是崔志安那边派来的，而是 H 的人。可也不对，根据杨成山的证词，他只是临时起意杀人，怎么会和 H 扯上关系呢？这些事她想不明白，但江桓应该可以，这么一想，她才想起江桓对他的嘱托，她把钥匙带出来，他回来就进不去房间。

小护士一边等打印机出纸一边和宁芷搭话："他是癌症，在我们这做放射，来的时候好好的一个人，走的时候头发都掉光了，瘦成了皮包骨头，听说主治医师都哭了。"

"住院的时候，他弟弟来得频繁吗？"

"说起这个，真的很令人生气，他弟弟起初还来的，但后来不知道怎么回事，再没来过，打电话也各种借口忙，完全不顾哥哥的死活，听说是个老师，这么冷血怎么能教好学生呢？"

"他弟不来，住院的费用谁在缴？"

"不清楚，都是直接打到账户上的，反正不是他弟就对了。连转院都是别人来办的，你说有这么当弟的吗？"

"转院的人长什么样你记得吗？"

"不记得，手续没在我这儿办理，再说每天住院出院的人多，很少有人注意到这个。"

护士把资料递给她，她也没什么要再问的。来给杨竺林办出院手续的人不是杨成山，那有没有可能是 H ？为人师表的杨成山在余筱筱案件里，会不会是因为哥哥被 H 带走了，H 以此作为要挟，让杨成山重新把钱包送回去？

可这么做的意义又在哪里？把身份证放回去只会让警方更容易锁定凶手，H不是乐善好施的人。

杨成山对哥哥的事情了解多少，那三个看不清脸的人中是不是也有他？

宁芷用手机照着楼梯间的台阶，边走边按出号码。电话那端的杨路还在加班，声音有些模糊夹着敲键盘的声音："宁法医，这几个人的社交网站还在搜索整合中。"

"我想问你杨成山所在的看守所的电话是多少？"

"怎么了，案子和他有关？"

"不是，我有点事情想问他。"

"电话我发到你手机上，不过这个时间那边应该接不到电话，你天亮了再打吧。"

宁芷应着，也意识到时间不早了，不想再给他添乱，只嘱咐他差不多先去睡会。

杨竺林的事以她的脑力不可能解决，只有杨成山能告诉她答案。突然想到这事和江桓有关联，必须让他知晓，她便拦辆车匆匆地往宾馆赶。

司机在宾馆外减速时，便已经看见站在宾馆大门口来回踱步的江桓。他手上提着白色的袋子，袋子上面印着一个红色的卡通图案。天气有些凉，他只穿着单衫，手偶尔互搓一下。

看起来他等了很久。

她忐忑地下车，车门刚关上，出租车一脚油门开出去，她愣怔地站在一块空地上，和看过来的江桓对视。

"你回来了。"他的语气特别平淡，就像说"你看今晚月亮多大"一样，可这句话却让她感到冰凉，她打个寒战，脊背有汗。

她有些自言自语，又像是向江桓解释："我刚刚有些事，来不及跟你招呼一声就出门了，我们进去吧，外边冷。"

江桓不作声，跟在她身后等她开门。她能感受到他身上的凉气，门卡刷上去"叮"一声，她赶紧开门钻进去，和他隔出一段距离。

她坐在床边，看着江桓把袋子放在床头柜上。他拾起放在椅子上的外套往身上穿，又环顾房间四周，最后把目光停留在她的身上："小宝，我承认

幸存者游戏

我不告而别给你造成了困扰,那是我这辈子都无法挽回的错,可你也不能突然消失让我提心吊胆啊。"

宁芷理亏:"事发突然,是我考虑不周。"

"可你总能发条短信或者打个电话。"

当时她一心一意地顾着找杨竺林,根本没想过打电话的事情。他不知道她走了多远的路,爬了多少层楼梯,只知道怪她没有告知他自己的行踪。

她脑袋一空,脾气瞬间爆出来:"江桓,我没让你等我,我没等过你,你也别等我。"

这话说得一语双关。话音一落,房间气压骤降,窗外连辆路过的车都没有,静谧得吓人,只能听见他俩的呼吸声。

江桓低头沉默着看地上的纸屑,他了解宁芷的性子。她擅作主张不是一次两次了,但现在的情况不同往常,不是学校里生闷气,说冷战就冷战,说消失就消失的。

他回来敲门没人应,第一个念头是宁芷有危险,他不能确定是不是崔志安出手了,抑或是始终知晓他们动向的 H,可冷静下来也知道并不是他们中的任何一个人,但他为她忧心是真的。

他把目光重新落回她身上:"早点休息吧,我走了。"

宁芷失眠,从枕头下摸出手机看一眼。已近两点。

手机之前一直停留在微信的页面,现在退出来才看见通话记录里的未接来电,都是江桓打的。

口不择言时说的话,多少都是伤人的。他关门走的时候,她的整颗心都在喊着叫住他,可嘴巴却一动不动。

她翻身叹口气,有时候她也搞不懂自己在想什么,说好了保持距离,却总是忍不住地靠近,到头来,嘴上不饶人,谁都没捞着好。

手机传出低电量提醒,她下床拿充电器,脚刚放进鞋子里,就听见走廊传来脚步声,鞋底有些重,声音闷闷的。

两道身影鬼祟地从楼梯口上来,贼眉鼠眼地找监控探头的位置。走在后面的那道身影,肩上扛着重物,加上爬过楼梯,已累得气喘。

紧接着,听见讲话声。

"余哥这样不好吧?"

"有什么不好的,你想不想升职加薪,咱们必须抢到这个头条。"

"这让人抓着就没得干了。"

"瞧你那点出息,被抓就亮出身份,说抽查,谁能把咱们怎么样?"

宁芷没开灯,用手机屏幕照着房门,这短短的对话已经将两个人的记者身份暴露无疑,估计是在现场没拿到有用的信息,歪脑筋就动到宾馆来了。

她蹑手蹑脚地把充电线连在手机上,整个人顺势窝在门边,丝毫没有开门打断他们的意思。记者的思路普遍比常人的更敏锐一些,她倒是好奇他们能找到什么特殊的线索。

门外的声音并不十分清晰,她背靠着墙听了一会儿,目光漫无目的地扫过房间又突然停住。床头柜上放着一个白色的塑料袋,那是江桓给她买的外卖。

她盯着看了一秒,然后轻轻压着脚尖挪过去,再以极度轻缓的动作拆开塑料袋。是炒饭,红烧肉的香味还在,袋子里还放着单据,备注是不要葱。

她拿起勺子挖出两口,饭凉透了,却比她吃过的任何一家都好吃。她就这样一口接着一口,把饭吃光了。

门外已经听不见动静,她扭过头,看见窗帘垂坠的地板缝隙里透出淡淡青灰色的光。

原来天都快亮了。

(六)

宁芷扭着发麻的脚站起来,拧开门走出去,对面的房门紧闭。

宁芷鬼使神差地抬手敲门,江桓来应门时,眼睛泛红,穿着的还是刚刚那身衣服。

和她一样,他也一夜未睡。

宁芷想也没想,直扑进他怀里,像树袋熊一样紧紧地攀附在他身上,双手急切地往他衣服里伸,唇也跟着胡乱地落下。

江桓眼睛更红,想把她从身上掀下来,奈何她搂着他的脖子丝毫没有放

幸存者游戏

手的意思。

从西省回来一个多月，这是她第一次越界。

江桓还要说什么，她的手已经从衣服里下移，越过腰带的束缚，直摸过去。

再抬头，两人目光对视。江桓的心软成泥，一晚上的心惊胆战在她敲门的那一刻就该结束了。

还管什么越界呢？

天大亮时，于城他们还没有回宾馆，走廊里渐渐有脚步声，楼下的早餐店开始吆喝，隔着一层窗户，什么都听得见。

宁芷从床上坐起来，活动手脚，两个人折腾得整晚都没睡，身体发麻，耳朵异常敏感，眼睛也像镀了一层光一样，看什么都闪。

她从包里抽出一张纸，把杨成山兄弟俩和H的关系做了最简单的梳理，捏着纸走到对面房门口。

有人已经吃过早餐回来，从她旁边路过忍不住多看她一眼，宁芷有让人瞩目的资本，但此时看她可不是因为脸，而是大清早居然有女人明目张胆地塞小广告。

有个女人从电梯里出来就在看她，关上门还不忘探头出来又看一次，感慨："这世风日下的！"

宁芷把纸都塞进去，才起身像没事人一样离开，在楼下买好早餐，直接坐车去往艺术馆。

于城他们在接待室睡了几个小时，陈相正也不像昨天那样沉默，心情极好地和她击掌，从袋子里拿出两个包子，往嘴里塞一个，给于城递一个。

"你昨天没休息好？"于城接过宁芷递给他的豆浆，不忘在她身上扫一圈。

"没，休息得挺好。"

"你眼睛很红。"陈相正从于城身后跳过来，夸张地比画着，"和兔子超级像。"

"可能睡多了。"宁芷假意揉着眼睛，看着桌子上已经摞起来的审讯记录册，"有线索了吗？"

"没有,他们都是彼此的不在场证明。"

"肯定哪里有问题,凶手肯定在这里,再检查一次他们的物品吧。"

陈相正自告奋勇,拎着一杯豆浆,转眼工夫就不见了。

于城和宁芷留在接待室,两人一起翻审讯记录,试图找出些线索。

于城抬头看她,她的注意力都在纸上,阳光落在她左肩上,半边身子呈现亮黄的暖色调。他又想起初见的那个早晨,也是这样的光,也是这个角度。

"小芷,我们认识多久了?"

宁芷抬头看他,不明所以地回答:"三年多了吧,我第一次来单位,只有你最严肃。"

她不记得了,不过也难怪,那时候他只是实习生,负责收集资料,同时参与好几个案子,他对她的记忆也只是停在天台的那一幕罢了。

现在想想,总觉得当年的案子应该很重要,可他却怎么都想不起来:"时间过得真快,不过一直没怎么听你聊起你大学,是不是就顾着恋爱和睡觉了。"

宁芷沉默,又翻一页纸,把手机拿出来开始放音乐,和那次他开口问她和江桓是什么关系时一样的情形。她说:"于老大,你突然这么八卦,让我感到你对年纪很恐慌。"

于城斜着眼看她,没再试探:"我恐慌还早呢,等三十以后再担心也来得及。"

"这范围太大了,四十也是三十以后啊。"

手机响了,是于城的。

宁芷从情绪里出来,把音乐关掉,他把手机外放。

那边声音是高涨的:"老大,重大发现,我在叶峰的房间找过了,发现他的手机不在,之前一直没注意到,这手机里估计有线索!"

挂掉电话,于城联系杨路,让他把叶峰近期的通信记录都调出来。外边吵吵嚷嚷的,不知道是谁在喊:"快点破案啊,我妈在等我回家。"

"你急什么,你是不是心虚?"

"你嘴巴放干净点,没准人是你杀的,你在这等着看戏呢。"

宁芷开门走出去,卢茵和王悦鑫还在吵,卢茵个子高嗓门大,吵架占上风，气得王悦鑫面红耳赤，直跺脚。

"我看你和你哥一样，都是要人命的妖怪。"

"王悦鑫我撕烂你的嘴……"

卢茵发疯一样伸手卡住王悦鑫的脸，王悦鑫没反抗的力气，被压制住"呜呜"地叫。旁边的几个人过来拉架，都被卢茵用脚踹开。

"你这嘴真的太恶心了。"卢茵手上用力，面露凶色。

宁芷看不过去，上前拦，直接掰开卢茵的手，可卢茵摆明不想轻易放过王悦鑫，趁宁芷松手的工夫，快速探手朝着王悦鑫的脸上挠。

王悦鑫没反应过来，躲不及，宁芷先一步抬臂去挡，手臂上两道白印翻起，慢慢转红。

"疯够了没有？"宁芷不顾手臂，目光落在卢茵身上，声音冷冷的。

卢茵被吼得愣住，目光从宁芷手臂上移到她脸上，心一惊。宁芷脸上有怒气，和昨天那个说说笑笑的气场完全不同。

卢茵浑身一颤，手不由自主地往后藏，也不知道在怕什么，瞪一眼王悦鑫："你以后不要嘴欠，不会每次都这么幸运有人帮你。"

闹剧结束，王悦鑫哭着被她队友扶走，刚刚拉架却被卢茵修理的人甚是尴尬地站在原地，走也不是留也不是。

"你们先去接待室等候一下，案子我们会抓紧时间处理，都不要急。"

人散了，宁芷没回房间，把挽起来的袖子放下，拎着外套朝着走廊另一端走。楼梯间传出隐隐的哭声和抱怨："都怪你啊，如果你不答应她去旅游不就没事了，现在不仅是你被人说，我也被你连累了。"

电话那头不知道回复了什么，她还在哭："你说我该怎么办？"

"那你来接我，我要回家。"

电话挂掉，卢茵没再继续哭，开门走出来，看见宁芷站在外边吓一跳，手上擦脸的纸巾还没丢，她攥紧藏在身后，口气仍旧软软的："你这么大人，还搞偷听，真丢人。"

宁芷不以为意："哭好了，我们聊聊。"

"我和你没什么好聊的。"

宁芷根本不理她的回答，率先往前走，头也没回地问："咖啡或者奶茶，你喝哪个？"

"我说我……"卢茵气急败坏地跟着,"甜奶茶。"

两个人坐在距离艺术馆不远的奶茶店,宁芷给卢茵点了一杯七分甜的奶茶,卢茵一边喝一边抵触地看着宁芷。

"我该说的昨天都说过了,你问我也问不出什么。"

"你腿受伤住院不是因为破坏其他队的雕像吧?"

卢茵有些吃惊,不仅是吃惊她怎么知道她住院的事,更吃惊她竟然能说出雕像的事。

所谓因为比赛破坏别人的雕像根本就是幌子,真相是宋巧善在决赛前来他们的教室挑衅,叶峰是急性子,几句话就被挑起火来,但当时碍于老师在场,到底没打起来。之后宋巧善又口不择言,还把祸水引到卢茵身上,两组人扭打在一起,雕像砸到卢茵腿上。

"他们说的是你哥哥的事?"

卢茵闷闷地应一声:"我哥女朋友死了,都说我哥晦气,学校闲言碎语多,但当面说得少,可他们非要当面说这些。"

宁芷不想在她哥哥的事情上追问:"你觉得宋巧善是什么样的人?"

"他这个人很极端,平时嘴巴特毒,专挑别人痛处戳,朋友不多,家里什么情况我也不是很清楚。"

"第六感告诉我,叶峰一定是他杀的!"

(七)

宁芷把卢茵送回艺术馆的临时休息室,宋巧善盯着她们两个人看,目光说不出地冰冷,盯得宁芷浑身不舒服,没做过多的停留就匆匆回到接待室。

江桓已经坐在沙发上,正在翻资料,精神比她好很多。

杨路把他们几个人的社交网络信息整理成一份报告,叶峰被杀的事在校园网上传得沸沸扬扬的,有人说是雕像索命,还有人说是叶峰以前招惹的债。从宋巧善因雕像破坏被迫退出区决赛后,关于他们的扒皮帖子就不少,都说以宋巧善的性格,绝对会采取报复。

宁芷看时间差不多,才从接待室出去进楼梯间,她担心隔墙有耳,就顺着楼梯往上走,拨通水原看守所的电话,那头说让她等,见走到最顶层,她停下来,手指抠着眼前的破木板。

也不知过了多久,在她以为电话永远不会被接听的时候,电话那端响起一声冷清的"喂"。

"杨成山,是我,宁芷。"

杨成山似乎没想过宁芷会给他打电话,有些吃惊:"宁法医,你找我什么事?"

"我现在在哈盐市,想问你哥哥杨竺林的事。"

那头哼笑一声,像是听到什么笑话:"怎么,案子结了,还查到我哥哥那去了?"

宁芷不理会他的讥笑,始终以自己的问题为主导:"你知道你哥哥在哪里吗?"

"你既然能调查出我哥哥,那你应该知道我和他没什么往来。他的事我不清楚,我也不想管。"

"那你哥哥被 H 带走的事,你也不清楚吗?"

对方静默,她只能听到他粗重的呼吸声,她还想再问,电话已经被挂断,她回拨,狱警说他拒绝接听,但给她留了句话。

宁芷顺着台阶往下走,刚转半层就看见倚在墙壁上的江桓,她不确定他在这等了多久,又听去了多少。

两个人隔着十几级台阶,互相看着,他率先开口说话:"杨竺林的事,我拜托朋友再找。"

宁芷舔着干涩的嘴唇,沉默一会儿,说:"江桓,昨天是我的错。"

他有些吃惊,紧接着又听见她说:"不会有下一次了。"

杨路传过来的通信记录显示叶峰在当晚九点前,接到一通电话,时长三分钟,信号发出地是距离宾馆不远处的公共电话亭。

那之后没几分钟,宾馆走廊的监控显示他急匆匆地去了卢茵的房间,又走出宾馆。宾馆外的监控是坏掉的,所以不确定他走出去后,是否与什么人见过面。

第七部分 艺术病

街口监控显示他在出宾馆后的一分钟又接到一通电话。他快速地上了一辆黑色面包车,抵达艺术馆是在十五分钟后。安保可以证明,因为他清楚地记得他见过叶峰的入场证。

安保人员十分确定在叶峰入馆前,馆内是没有人的,又一口咬定没有后门,没有其他出口,于城只能作罢。

宁芷有些困,坐在大厅的休息椅上打盹,她脑子迷糊,朝椅子上缩了缩,听见江桓含糊不清地说句什么。

登时,大厅又闹起来,宁芷那点睡意直接散了。只见陈相正从馆外,连拉带搡地领进来一个人。

身后还跟个叫唤的:"我要告你们暴力执法!"

宁芷睁眼睛一看,竟然是那两个记者。前面小个子的男人被陈相正半挟着带进来,越挣扎越显得滑稽。

小个子男人站定在于城面前,于城眼神犀利地在他身上扫视。他往后缩,又撞到陈相正,倒摆起谱来,身板挺得直直的,但还是要仰着头看于城:"警官,你这个做法不妥吧?"

"昨天你们从哪里混进来的?"

姓余的记者立刻明白怎么回事,脸上的精明一览无遗,开始盘算起小买卖:"警官,我要是协助调查的话,是不是能给我们一个独家啊?"

于城脸色一沉:"我不是在和你谈条件。"

余记者捂着头"哎哎"地喊疼:"我怎么什么都不记得了,我是从哪进来的?"

宁芷看着他在那演戏,猛然想起昨天的录音,她翻出手机看,录音很完整。她起身走过去,看着余记者着笑。

余记者浑身一颤,预感不妙,没来得及让步,下一秒,他鬼祟的声音就从宁芷的手机里传出来。

"有什么不好的,你想不想升职加薪,咱们必须抢到这个头条。"

"瞧你那点出息,被抓就亮出身份,说抽查,谁能把咱们怎么样?"

……

宁芷还要放,余记者已经跳起来要抢手机,被她躲过去:"这算不算破坏现场?"

25

余记者满脸堆笑,看着于城有了几分讨好的意思:"警官,配合你们调查是我们的本分,你说我们是从哪进来的对吧,我现在就领你们过去。"

余记者在前面带路,他们一群人跟在身后,只见他脚步轻快地朝着电梯走,上到最顶层,他率先走出电梯,一副神神秘秘的样子看着众人:"做记者的,都有点不一样的本领,才能端好饭碗。"

偷偷摸摸算什么本领?在场的人没一个接他的话,和他一起上来的摄像师,干咳两声:"对对对。"

余记者瞪他一眼,继续往前走,停在楼梯间。这里宁芷早上的时候来过,她在这里打过电话。她不明白余记者为什么会带他们来这儿。

只见余记者指着倚在墙上的木板,回头看他们:"就这个。"

陈相正手脚麻利地把木板移开,墙壁上出现一个半人高的铁门,上面挂着一把锁。

宁芷一愣,她没想过她抠过的木板后竟然藏着一道门。更没想到余记者用一节小铁丝,就把门锁轻松地拧开了。

门被推开,她离得最近,门外猎猎的风,吹得她头发飞起。这是图书馆后面,从高处向下看,沿着墙壁有一条老旧的铁梯,看不到底。看着看着,她有点恐高,眼睛一花,幸好被身后的一股力量揽过去。

抬头看,是江桓的下巴,江桓注意到她的目光,伸手去捂她的眼睛。于城看他俩一眼,什么话都没说,上前一步观察。

铁梯目测有十五米高,很结实,锈迹斑斑,仍能看出有脚登过的痕迹,但一时间无法确定痕迹是这两个记者的还是凶手的。

安保人员被叫进接待室,从始至终不敢看于城的眼睛:"我不是故意隐瞒,那个地方很少有人知道,事发后我悄悄看过,门还好好地锁着,我觉得不是大事,就没说。"

"大事还是小事,我们会自行判断。"

足痕还在鉴定中,同时雕像上的分析结果也出来了。雕像的材质和参赛者比赛所使用的是同一类,上面的指纹和皮屑有马志、安保、刘林还有卢茵的。

马志在大厅里喊着问什么时候才能结束,他还有其他地方的活动要参与。于城和他不算熟,但碍于范湉的面子,几次给他眼神示意,希望他能够在一旁等着,可他还是很急躁。

马志本身也是这件案子的嫌疑人之一,越是迫不及待越是惹人眼球。

不知又是谁起哄,说了句:"没准就是老师恨铁不成钢杀掉学生呢。"

几个外校的参赛者立刻加入这场声讨中,宁芷寻着声音来源望过去,只看到涌动的人影,卢茵正在为马志据理力争,王悦鑫不屑一顾,宋巧善无奈地看着人群。

宋巧善好像知道宁芷在看他,身体僵住,极其不自然地低下头。可能是经历过徐男案的关系,很多时候,外表和内心是不符的。

宁芷突然想起卢茵的话:"叶峰是他杀的!"

(八)

第六感这种东西太玄乎,但宁芷每次都能靠它嗅到不一样的气息,她移开视线,很自然地走到于城旁边,让他派人盯着宋巧善。

正当于城要问为什么时,范湉的电话打过来,宁芷给他看眼屏幕,便退到走廊接电话。范湉知道马志被列入主要的嫌疑人之一,想问关于案子的事又不好开口。

宁芷明白她的心思,先是让她别瞎想,看着外边他们正拿着石膏比对,嘴上随口就问:"范姐,你老公雕像技术厉害吗?"

说完宁芷有点后悔,这话问出口,显得她在怀疑一样,范湉却没把这当回事,闲聊一样。

"一般,他以前是研究画的,雕像是半路出家,就得过一个奖,之后就再没做过雕像,对外都说是收山,其实就是能力跟不上。"

没等宁芷再问,又接着说:"我老公脾气不好,听说鼓励参赛者的时候,特激进,但他脾气再差都不会杀人,这点我了解他。"

这时,走廊外不知道是谁在喊,找到了被害者的衣服和疑似凶手作案时的衣物。宁芷耳朵的注意力都放在了外边,范湉又说些什么宁芷也没注意,只记得她说有什么事早点和她联系。

等宁芷到大厅时，本满满当当一厅的人只剩下几个正准备走的人。

她就近抓住陈相正问："怎么了？抓到犯人了？"

陈相正咳一嗓子，眉毛挑着："必须的呀，赃物都找到了，凶手已经在落网的路上了，其他人没嫌疑可以准备回家了。"

她没想到接电话的工夫，他们竟把凶手抓到了，她看着已经走到大门口的马志，不自然地舒口气。

幸好不是他。不然……不然什么呢，宁芷也不清楚，总之就是不好。

"凶手是谁，说来听听？"

"哦……"陈相正愣住，眼睛四处看，成功捕获面前的江桓，"江大神，小芷问你凶手是谁。"

宁芷"啊"一声之后甩开陈相正的胳膊，转身就走，还不忘感慨："弟大不中留啊。"

陈相正被气乐了，和江桓挤眉弄眼一番。

宁芷和江桓先回宾馆，车停到楼下时，她才缓过神，问江桓："最近的超市在哪儿？"

这次案子，她走得急，根本没有带换洗的衣服，今天一整天都在爬楼梯，加上昨晚和江桓睡，满身的汗，现在只想洗个热水澡，换身干净衣服舒舒服服睡一觉。

超市是真小，货架之间只能容下一个人行走，她在前面，江桓在后面。

她随便选了个香皂，再往前是内衣区。不知道是老板的审美有问题，还是一直没换过款式，所有的内衣要么是大红色，要么是豹纹。

江桓不知道停在后边的货架看什么，没再跟过来。

宁芷也没心思选，快速地拿起一个方盒就往柜台走，催着老板快点结账，江桓已经走过来，她顾不上那么多，付过钱，把东西胡乱塞进袋子，一秒都不多待地跑了出去。

老板一脸茫然地看着跑出去的人，又看着面前等着结账的江桓："你女朋友挺有趣。"

江桓抿着嘴笑，一双眼睛粉红粉红的，把几包薯片放下来："结账吧。"

"帅哥，这薯片可不像你吃的，给小女友买的吧。"

江桓"嗯"一声，付过钱往外走。老板在身后让他等一下，然后递给他一个盒子,意味不明地说道:"估摸着她是因为这个害羞,没装进去,都不知道。"

小盒子上面有字,江桓只扫一眼,道声谢,就往车子那走。

坐在车上,宁芷时不时地回头看江桓的袋子,购物袋是奶白色,看不清里面有什么,但江桓的那袋明显比她的要鼓很多。

下了车,江桓去后备箱不知道拿什么,宁芷提着自己的袋子,像兔子一样往宾馆里走。等把袋子翻个底朝天时,宁芷傻眼了,她紧张兮兮买的内裤竟然没装进袋子。

她举着手上的香皂,一时间还真不知道能做什么。

敲门声响的时候,宁芷呆滞地转过头,没有开门的打算,可门外的人耐力比她足,她不动,响声也不停。

宁芷拉开门,看见江桓还保持着敲门的姿势,紧接着把抱在手上的衣服塞过来:"换洗的衣服。"

宁芷举起臂弯的衣服,是他的衬衫,她见他穿过一次,想拒绝,但一想自己急需洗澡,什么江湖恩仇都应该搁置到一边。

关上门后,她立刻钻进卫生间,热水淋头,不禁洗得久点,再出来时,手上起了一层白褶。她一边擦头发一边扯江桓的衣服,衣服展开,卷在里面的盒子掉了出来,落在地上。

宁芷盯着那个眼熟的盒子看一会儿,脸轰的一下红透,胡乱地套上衬衫。

掀开盒子一看,店老板果然恶俗,竟是一排大红大粉的碎花图案,她也顾不上冲洗,勉强挑一条嫩黄色的穿上。

坐在床上,宁芷在手机上挨个把App打开看一遍,心还是咚咚地跳,刚刚在超市的行为反而欲盖弥彰。

她坐起来把空调关上,又把窗户打开,冷风灌进来,觉得自己清醒不少。

门外又有敲门声,还有袋子哗哗的响声,她隔着门问他:"还有事?"

"案子破了,杀害叶峰的凶手是宋巧善。"

门呼啦一下被拉开,宁芷好奇:"不是早就抓到了?而且我刚看到宋巧善也被放走了?"

"于城的主意。"

原来是她去打电话时,他们三个人商量出的主意,凶衣之所以找不到,证明凶手藏得很好,自信他们找不到,但如果他们说找到了凶衣,凶手也许会想去确认凶衣到底有没有被发现。

而一直偷偷跟着宋巧善的陈相正,发现他在回宾馆的路上去而复返,料到他就是有问题的那个。

宋巧善从艺术馆后门的铁梯往上爬,他没进铁门,在那节没有连接的铁梯处,灵活地攀墙上去。于城他们抓到宋巧善时,他正在重埋那两套衣服。

宋巧善学过一段时间跆拳道,会点小功夫,所以攀高对他来说不是问题。

于城派人查过当日的垃圾桶,好在宾馆三天才清理一次垃圾,果然在刘林吃的那碗泡面里查到安眠药成分。宋巧善伪造好不在场证明后,先在电话亭给叶峰打电话威胁他去艺术馆,然后,比叶峰更早一步到艺术馆,埋伏着,在那些人都还没到时,便用装有河豚毒气体的袋子罩住叶峰的头。

来的人多,馆里没有灯,根本没有人注意到谁是谁,更不会注意到站在人堆里看雕像的人根本不是叶峰。等他们走后,宋巧善开始做雕像,放在通风口吹,干了才拿回来摆在大厅。

"宋巧善为什么要这么费力杀掉叶峰?"

"报复,在宋巧善眼里,他是这次决赛的冠军,而叶峰推倒了他的未来。"

宁芷想起那晚审讯时,于城问宋巧善:"作品于你而言重要吗?"

宋巧善的回答是:"比命尊贵。"

宁芷从江桓递给她的袋子里,拿出一包薯片,烧烤味的,她恍然大悟,原来他停在那个货架那么久,就为了挑她喜欢的口味。

说不准是宋巧善的事还是江桓的关系,她的心口堵得厉害:"真极端。"

江桓不置可否,每个人都有自己执着的人或事,能否得到,又通过什么途径得到大不相同。但用他人生命作为代价,怎么都是错的。

"接下来,说一下刘毅的事情。"

(九)

资料是在区派出所被销掉的两起案子，报案人分别是孤儿院的两个孩子和大学生助教。第一起案子发生在十年前，孩子中年纪大的十二岁，小的九岁，他俩一起来举报院长把他们关进黑屋子，让人进来摸他们。

派出所民警非常重视这事，积极调查跟进，可并没有查到非法囚禁猥亵的情况，并且两个孩子平时独来独往，见到孤儿院的工作人员也没有礼貌，甚至在他们眼皮底下把修理工的工具掀翻。

刘毅和派去实地调查的警员说是这两个孩子调皮捣蛋，为了好玩常干这种事，最后案子被撤销。

第二次是七年前，有个女研究生助教，暑期被安排在孤儿院帮助孩子们学习，开始没多久就来报案说揭发孤儿院黑幕，是什么黑幕都没来得及说，人就被父母带走了，说她是因为不愿意在孤儿院待着，疯言疯语，让警员别当真，以至于那次连调查都没有进行，案子就被撤销掉。

此时把这两个撤销的案子联系到一起，已经初步证明孤儿院绝对是有问题的，尤其是档案里提到的孩子对维修工人的敌意，结合宁芷在网上搜集的评论和维修工已死亡的事实，两个孩子说的话绝对不是谎话。

"当年孩子的记录一点都找不到了吗？"

"徐男是唯一有线索的。"

那就是和没线索没区别。徐男不会跑回来告诉他们当年孤儿院到底发生了什么事，更不会说消失的那五年他去了哪里。

江桓指着第二份档案，女助教叫许茜，上面有她的一寸照片，报案时二十四岁，照片上看，长相比实际年龄小很多，红色的背景墙，衬得她皮肤很白，估计是近视的关系，眼睛没什么焦点。

"不知道是不是巧合，她被父母带回去没多久，就举家搬走了。"

宁芷抬头看他："你的意思是说，有可能是受到胁迫？"

江桓点头："孩子的信息找不到，但这么大的人不会凭空消失。"

宁芷认同江桓的话，细想如果不是发生什么巨变，完全没必要搬离久居的城市，就像江桓，他父母如果没有发生意外，他现在应该在市局里做法医，或者当刑警顾问，虽然不是朝九晚五，但他会喜欢这份工作，结婚生子，过着普通却不平凡的一生。

思绪突然被手机铃声打断，手机在江桓身后的桌子上，宁芷不方便大动作，就让江桓递给她。

屏幕亮着，来电显示——小悦。

她想也没想，把手机接到手里就马上挂断，那头摆明不会轻易放过她，隔几秒的时间，手机又开始震动。

江桓始终看着她，没有一丝避嫌的意思。

宁芷被夺命电话惹得头皮发麻，到底还是接起来，只听见那头传来一阵不耐烦的喊声："宁芷你敢挂老娘电话！你还要不要脸！你这狐狸精，真把自己当人物了是吧？！"

手机没开外放，但江桓突变的脸色明显写着他也听到了。

宁芷把手捂在听筒上，沉声问她到底想干什么，有事情直接打给楼鱼，她不是传话筒，更不是出气筒。

那头气势渐弱，开始服软，哼哼唧唧地让宁芷帮忙把楼鱼叫回来。

"你妈又叫你相亲？"

杜明悦每次打电话来骂宁芷多半是她妈又逼着她相亲，可能是她对楼鱼有太深的执念，在他那不得解，就把宁芷当成发泄口。

也不算愉快地挂掉电话，宁芷揉着太阳穴，争吵和安慰都太消耗体力。窗户不知是什么时候被关上的，听不见车声，房间就静得暧昧。

"楼鱼知道？"

"啊？"宁芷反应过来江桓指的是小悦给她打骚扰电话的事，点头，"这是小悦的筹码，她抓着我，才能钓着楼鱼。"

这关系就像江桓、楼鱼和她三人的关系，与其说楼鱼喜欢她，不如说是对她性格的欣赏，她面上柔弱，可骨子里比谁都要强。楼鱼在宁芷面前不需要客套，撒泼打滚不会有人说他不端庄。而江桓对于楼鱼来说，更像是知己，在学校时他俩同宿舍，在一堆整天想着玩游戏泡妹子的汉子里，脱颖而出。不能和别人说的话，能和江桓讲，也能被欣赏。

所以谁对谁都构不成威胁。

这是她在毕业时周康帮她参透的。说这些的目的，无非是不希望她承受太多的负担。宁芷肩上要扛的东西太多,不想再加一个楼鱼。

外面有刹车声,估计是于城他们回来了。走廊一阵乱哄哄的脚步声,紧接着敲门声响起,宁芷笑眼看着江桓:"今晚我这儿很热闹。"

此时坐在屋里的两个人谁都没动,因为这门一旦打开,他们就会抓着他俩问不停,现在时间不算早,孤男寡女共处一室,她身上还穿着江桓的衣服。

虽然早就有说不清的关系,可还不想被他们探究。

也不知怎的,宁芷竟觉得特别好笑。眼前的人是当初不告而别的人,这五年的每一个晚上,无论多忙多累,她都要重温对他的恨意。

她总是这样,她妈去世后,也是自虐,到了晚上就去回忆一家三口的美好,再重历痛苦,唯有恨意满满,才能忘掉当时到底有多疼。

可现在又不同,从俄城开始,江桓的每一步都在揉碎恨意,她的底线和坚持,好像在他面前轻易就能崩塌。

敲门声停了,只听陈相正声音不小地喊:"小芷不在,老大,要不咱们先去吃吧。"

"走吧。"

楼下又有汽车启动的声音,江桓站起身,宁芷鬼使神差地问一句:"江桓,你爱我吗?"

江桓起初没看她,听到她的话,猛地转头看过来,宁芷还保持着刚刚的姿势,屈着腿,他的衬衫正好盖住她的膝盖,隐隐地能看见大腿上的白肉。

昨晚这条腿缠在他腰上,和他一起沉沦,上面还有欢好的红痕,现在白腿的主人在问他一个事后的问题。

她眼睛水汪汪的,她总给人一种下一秒就会哭出来的错觉,可此时分明不是,她就是在问一个简单的问题。

在芝加哥那几年,他也问过自己这个问题,爱她吗,爱她什么,能爱多久,又或者说,这么久过去了,她还爱他吗?

可等他知道自己要回来时,他知道那些胡思乱想都是徒劳,他只想要她。

久不见他回答,宁芷觉得无趣,问什么不好,非挑些不能提的话题,也没了继续说话的心思,她把资料收起来压在枕头下边,掀开被子一角钻进

33

去，蒙住头。

"出去帮我带门。"

江桓没吭声，也没有开门声。房间一片寂静，只有她越来越重的呼吸声。她只感觉身后的床垫下沉，接着还是无声，被子里的空气稀薄，宁芷到底没忍住，两条手臂伸了出来，快速掀开被子，怒视着床边的人。

"江桓，你耗在我这里没意义。"

他抓住她的手，微微张着嘴，一双眼睛，比任何时候都要模糊。这句话，是她追他时，他对她说的。

"问题的答案，你应该比我更清楚。"

宁芷嗤之以鼻，又把身子翻过去，枕头下有纸响，她抽出来放在眼前，又问出一个问题："如果有一天你重要的人因我而死，你会恨我吗？"

宁芷突然感觉身体一轻，连人带被子被江桓搂在怀里，熟悉的气息包裹过来，她往后缩但他手上力气不减。

他把头埋在她的颈窝，呼出热气："小宝，不会有这样的如果。"

（十）

天亮时，宁芷被走廊的脚步声叫醒，床边的人早已不在。

昨晚的话题戛然而止，她深知问的问题多余，他俩的命，归根到底，都不算是完整的。他要找害他父母的人，而她要抓到 H。

既然此时目标一致，那暂时同路未尝不可。

下楼时，有几个参赛的学生背着书包在大堂等车。门外，于城和王悦鑫在说话，有几次王悦鑫像没骨头一样挂在于城的肩膀上。

宁芷看热闹一样，从陈相正手里顺走一个包子，看于城继续挣扎。

陈相正凑过来，脑袋在宁芷眼前晃，顺着她的视线往外看，忍不住点头："咱们老大这烂桃花啊，走到哪哪都有。"

宁芷点头附和，又顺走一个包子，两颊塞得鼓鼓的。江桓从楼梯上下来，看她和陈相正两人在抢包子，从他们身边绕过去，直直地走向自己的车位。

江桓重新把门关上,听见身后有人叫他的名字。在这里,知道他名字的人不多。他转过身就看见了一个不算熟的熟人。

卢楠捋一下被风吹起的头发,天气还没那么冷,他竟戴着围巾,埋在其中的脸苍白无色:"我以为是我眼花了,没想到真的是你。"

没等江桓回答,宾馆正门有人喊了一嗓子:"哥,我在这儿。"

宁芷怎么都没想到卢茵的哥哥竟然是卢楠,自从西里一别,到今天已经一个半月了。案子发生后西省警务联系过他俩,张娇的父母身体不好,原本要派个就近的亲戚过来帮忙,可卢楠不放心,硬是要亲自把张娇送回去。路上车开着时,不知道谁把零食袋子放在了窗口,因为高温袋子发生爆炸,把卢楠吓得愣住,紧接着号啕大哭。那个警务负责人末了还不忘感慨:"你说好好的一个人,女朋友去世了,自己也被吓得不轻。"

宁芷不知道怎么应和,她和江桓都清楚卢楠哭并不是因为被吓到,而是他们曾在车上经历过这事,触景伤情罢了。

他们四个人一路同行,并不算愉快。有时候,宁芷闭上眼睛都能看见张娇挣扎地倒在她面前,恶狠狠地叫她名字,问她知不知道我是因你而死。如果他俩没有遇见宁芷,那他们可能已经跟团进入腹地,领略风景后,重归学校,和一个普通的学生无异。

可宁芷跟他们遇见了,并带去无限灾难。

后来,宁芷没再问过卢楠过得如何,也不知出于什么心理,她还偷偷地往张娇父母账号里汇过五万块钱。

此时,卢楠兄妹俩坐在他们面前,一个不停地说话,一个只是沉默地捧着杯子。

"真没想到,你们居然认识,你们什么时候认识的?"卢茵什么都不知道,还拿手肘怼旁边的卢楠,朝他使劲地挤眉弄眼,"哥,你居然认识法医,厉害哦!"

卢楠淡淡地嗯一声,然后抬眼看宁芷,眼睛里没什么感情。也许他和张娇的感情很深,也可能是因为承受了太多的压力,他浑身上下散发出沉闷的气息。

"张娇妈妈让我谢谢你。"

宁芷心一颤，竟有些心虚。本就是偷偷做的事情，没想到还是被他发现了。

卢茵的目光在两个人身上游走，不是很懂两个人的关系，但看她哥的脸色想问又不敢问。

"茵茵，你去再叫点喝的。"

卢茵被支走后，卢楠也放下手里的杯子，两只手交叉在脖颈间，缓缓地将围巾解开，露出同样苍白的脖颈。

宁芷瞳孔条件反射地一缩，他的脖子上有一条已经结痂却仍旧触目惊心的伤痕。

她的反应，他都收入眼里，嘴角只是淡淡地笑："很吓人吧？"

"怎么弄的？"

"格城机场，我在上厕所时，遇见一个人，准确地说，是一个魔鬼。"

说到这里，他的眼里既有恨，但更多的是恐惧。

他伸出两只手，在自己的脖子上比画着："铁丝就这样绕在这里，用力地一勒，你知道他和我说了什么吗？"

"他说，绝望吗，只剩下你还活着。"

说完这句话，卢楠立刻捂着脸趴在桌子上，肩膀在颤抖，破碎的呜咽声跟着传了出来。

是 H，他当时没有离开格城，而是留在机场，他算到卢楠会经过那里，他要给卢楠一个痛彻心扉的警告，所以他在等，猎人在捕捉时，总是耐心十足。

宁芷的心像被人攥在手里，用力地握着，一阵窒息。她用手抠住自己的脖颈，眼睛里仿佛又看到血管崩裂的画面，眼里湿润一片。

此时覆过来一只手，缓缓地揉着她的脖颈，不禁让她放松了手上的力道。

江桓用另一只手轻拍在卢楠的肩头："卢楠，逝者已逝，活着的人，总要好好的。"

卢楠抬起脸，脸上因哭过变得粉红，可嘴上却说着狠绝的话："是啊。我要用力地活着，我要看着凶手被抓住，我要看着他死。"

卢楠的眼神，一如她曾经那样。

卢茵拿着两杯奶茶朝着这边走来,卢楠把围巾重新戴好,从座位上站起来:"我妹妹的事,谢谢你,就不耽误你们的时间了。"

宁芷坐在座位上不动,她的思绪还在卢楠的话上,而江桓却先她一步起身,手放在她肩上揉捏两下,眼睛却在看他们兄妹俩:"你们路上注意安全。"

"你们也是,时刻保持警惕。"

卢楠的声音逐渐低沉,想到什么一般,将两手插进围巾里,将视线自卢茵身上移至宁芷身上:"凶手让我问你,被留下是什么感觉?"

宁芷猛然顿住,上前抓住卢楠的手臂:"你说什么?"

"我不知道凶手为什么让我问,我以为不会再遇见你,险些忘了。"

卢楠又补充一句:"我不知道你经历过什么,也许你对我能感同身受,他不是人,是魔鬼,我们不能被打倒!"

宁芷深吸一口气,竟然有一瞬间的糊涂,H是不是早就料到他们会遇见,可这不现实。这世上不会有人能预知未发生的案子,若真有这样的人存在,那天下早就太平了。但H从不会留无用的信息,那么H原本是打算让她和卢楠在什么地方重逢,又是一次惨案吗?

于城坐在车里,目送卢楠两兄妹上车。

坐在车里,他听不到江桓在说什么,但江桓背上伏着的宁芷,他看得一清二楚。

一股无名的火一点点侵蚀着他的理智,于城的手落在储物箱上,不费力气地拉开,一叠资料跟着弹出来。

于城摩挲着上面的名字,压抑着什么,就在这时,右侧的车门"哗"地被拉开,陈相正把头伸进来:"老大,咱们该出发了。"

于城眼睛眯着,手上的动作有些僵硬,陈相正也注意到,顺着于城手臂的方向,看到了他手上的资料。

平时没轻重的陈相正,心里根本没有重要文件和秘密文件的区别,手快速地朝着资料伸过去。一秒钟不到,资料已经到了他手上。

陈相正倚着车门看上面的内容,一目十行般地连翻几页,嘴上不停地吐出语气词:"哇,江大神学习厉害啊!"

"呀,江大神这身高和体重,堪称完美!"

"咦，小芷和他果然是大学情侣，这照片看着真般配。"

……

突然，陈相正的手和嘴都停住了，他眼睛圆睁睁地看着那页资料。于城不能看这份资料，但不代表着他不能听别人说。此时见陈相正顿住，于城心里竟有些急，周身的气压不免有些低迷："说话，别吞吞吐吐的！"

"老大，江桓的父母竟然是五年前研究院大火中被烧死的那对夫妻！"

"你说什么？！"

第八部分 蝴蝶劫

（一）

艺术楼没课时，总是静悄悄的，鞋子落地的当当声特别明显。两个女生抱着书从走廊那端走过来，其中一个哈欠连连："小静，还有半个小时上课，来这么早干什么？"

"还不是为了有好位置，每次坐后边，音响声都太重了。"

"那你坐前排，我要坐在后边补觉。"

"补什么觉，期末不想挂科就快点给我醒醒啊。"

"你可真烦。"她揉着耳朵，用手肘推开音乐教室的门，背着身往教室里进，"期末考试有你在，我有什么好担心的。"

只见小静正一脸惊恐地望着她，又不像在看她，她伸手在小静眼前拂过："干什么，又不是明目张胆抄袭，你这么怕？"

小静的手颤巍巍地指着她身后，嘴唇发白："晓晓，那里有死人！"

"别闹，教室里怎么会有死人。"她握着小静的手，不以为意地转过身，登时，浑身僵住，身体也跟着颤抖起来。

恐怖像藤蔓一样往她的身上爬，理智却往身体外飞，还是小静率先反应过来，拉着她的手，猛地向外跑。

哈盐市一行，每个人都怀揣心事。有人觊觎到他人的秘密，有人被嫉妒蒙了眼，也有人不知是何原因步步为营。

H所走的每一步，都是他布好的棋局，谁是棋子，谁是将，全是未知。

回到水原市已是下午,天色暗沉,雨水随时会降临。

街上的行人不多,个别店面已经亮灯,胡同里有人开始摆摊,偶尔传来两声吆喝。穿过红绿灯朝左拐,他们停在一个狭窄的胡同。前面是一家闪着绿光的店面,门前竖着长牌,上面简洁地印着"药店"二字。

江桓沉默片刻后推开车门,一股淡淡的中药味儿顺着门飘进来。宁芷手快地抓住他的手腕,没说话,但眼神在质问他要干吗。

他看看她的脚:"买点中草药膏,好得快一点。"

听到卢楠那番关于H的话,宁芷从咖啡店出来时精神恍惚意外崴了脚,不影响走路,就是有些疼。但江桓非拗着要背她,搞得她像个矫情鬼,一路上宁芷都憋口气,一句话都没和他说。

车门关上,宁芷在车上等,车厢里还留下不少的中药味,宁芷按下车窗把头伸出去看,周围都是自营的店面,铺子都不大,有些老板就坐在店门口拿着手机看剧或者玩游戏。

头再伸伸,看到街尾横出的宠物店牌子。宁芷把车窗关上下车,右脚落地,龇牙咧嘴地疼。

她晃晃悠悠地往那边走,没等到头就走不下去了,不知道是宠物店的味,还是下水道的味儿,阵阵恶臭扑面而来,怪不得靠这边的几家店铺,门都紧紧地关着。

宁芷硬着头皮往前走几步,可神奇的是,到宠物店门口味道竟消失了。她试探地用鼻子吸了吸,真的没有。

宠物店大门开着,外放的动画片主题曲听得清清楚楚。宁芷也不知出于什么心态,又朝后退两步,恶臭又扑鼻而来。

她急匆匆地走进宠物店,好一会儿,又急匆匆地折回去,手上什么都没提,她发现了不得了的事。

路走一半,挨过那段恶臭,江桓已经提着一袋药走过来,眼睛微眯着看她。

宁芷下意识地解释:"那边有家宠物店,我想给摩卡买点东西。"

回到车上,江桓不急着开车,弯腰把她的裤腿撸上去。她的脚踝肿得很高,透着紫红。江桓再抬头看她,她正一门心思在放歌。

音乐响起,车上的氛围缓和不少。宁芷在本子上不知道写着什么,江桓瞄一眼,鬼画符一样,但还是贴心地放缓车速。

思绪有些乱,一直到楼下,宁芷才把线索捋清楚。

一进门,宁芷就把自己关进卧室。江桓也不打扰她,进进出出地把一切准备妥当,然后才拨打尹度贤的电话。

"杨竺林的情况了解了吗?"

尹度贤在喝酒,口齿不清:"说出来你可能不信,这人能凭空消失。"

江桓当然信,H能有几十个身份证,若真是他带走的人,不想被他们找到,自然有很多种方法。但江桓现在要做的也不是坐以待毙,崔志安随时都会向他身边的人出手。此时,最主要的是要知道那段录像里到底藏着什么。

他还在通话中,卧室门"哗"地打开,动静很大,她拖鞋还挂在脚上,半蹦地跳出来,喊声:"江桓,你来。"

江桓皱着眉看她的脚,和尹度贤又交代几句,那头静默几秒后,突然出声:"是你那个小女友?你们同居了?"

江桓含糊地"嗯"了一声,尹度贤不快地说句:"老江,你别耽误正事!女人都不是什么好惹的货色,尤其是她这种漂亮的!"

江桓脸色突变,声音冷下来:"你不该管得过多。"

挂了电话之后,江桓起身过去,宁芷还站在门口等他,她穿着一个粉色的套装睡衣,长发在头顶随意地盘着,眼睛里有他。

尹度贤让他知分寸,别在女人上栽跟头,可宁芷是他的跟头吗?他从来没把她当作跟头,这是他想与之共度一生的人,哪怕现在不能。

"江桓?"

宁芷叫了愣在原地阴沉不定的江桓。江桓走过去,手臂轻轻拢住她的肩膀,说:"进去吧。"

宁芷坐在床上,把电脑上的屏幕对着他,屏幕上面正是孤儿院院长刘毅被害案的档案。她挺直腰板,端着本子看他:"这个案子最大的问题是嫌疑人李铁的口供,对吧?"

江桓点头,案子他很了解,但是出于时间原因,他一直没有去现场看过嫌疑人口供里的地点。

宁芷指着其中一条口供说:"李铁说他闻到臭味,进过药店,可这些监控都没拍到。他没有说谎,现场没有找到他说的臭味源头,可以解释。比如

41

房型是这样的。"

宁芷把本子递给江桓，本子上是简略的半弧形地图，用 A 代替左侧店面，B 代替右侧店面，而 C 则用来代替嫌疑人的行动轨迹。

"根据证词，李铁醉酒从 A 出发，进入这间药店买药，事实上并没有。他说他被敲晕闻到一股恶臭，可公安调查时，附近并不存在下水道之类的地方。有一种可能，药店的监控范围死角很大，醉酒后他根本分不清方向，进入 B 侧的药店，出来后遇袭，闻到的恶臭也源自 B 侧，但李铁的供词没有后半部分。"

宁芷把笔指着 AB 中间段的弧度，这里的建筑被直角的墙堵住风向，所以臭气传不到 A 侧。

一开始她也不明白，为什么明明只隔着一个弧度的距离，臭气却被完全隔绝住，进宠物店问老板才知道，拐角外的一家商户下水管爆裂，臭气泛滥成灾，根本门都不敢开，但奇就奇在宠物店这边没有，过来修理的人都说，多亏前面那堵墙帮了忙，风一吹全都挡在那儿了。

宁芷嘴巴不停，手也跟着比画，仿佛此时那堵墙就在她面前。江桓抬手，帮她把掉落下来的头发别在耳后，她打了一个激灵，指腹刮蹭在他脸上。

宁芷愣住，因为话说得多，嗓子有些哑："所以，我们去现场看一下，能初步证明李铁的证词是真的。"

"你想什么时候过去？"

"尽快吧，如果李铁没有嫌疑，那就是崔志安干的。"

江桓心里不舒服，本来是他的事，结果她帮了自己不少，他伸手揉她的头："明天下班去，你先洗澡，我做晚饭。"

这次，宁芷乖巧得很。还没走到卫生间，又听见江桓嘱咐她小心脚。

热水淋下来时，宁芷告诉自己，就这样吧，别和自己过不去。再难的时候，都过来了，现在也没什么大不了的。

这日子跟偷来的没什么差别，多偷一天算一天，总不能浪费。

（二）

厨房里，江桓把粥焖上，才开始梳理李铁的事。李铁不是什么善茬，坏事没少做，被崔志安选中做替死鬼也不足为奇。

和孤儿院有直接关系的人都已经死了，这也恰恰说明那里是有问题的。某种意义上说，崔志安做的事，是他认为对的事。他在替天行道，除暴安良。

那他父母呢？做过什么，让崔志安大费周章地拷问和毁尸灭迹，并且一而再地阻挠他去探索其中的真相？

江桓想得出神，客厅有电话铃声，那电话竟然还能用。宁芷从房间里出来，头上包个毛巾，坐在沙发上，握着电话，喂了几声没回应。

宁芷把话筒扣在上面，扭头看江桓，他站在厨房门口，背着光，看不清楚表情，但身上粉色的围裙却是一清二楚："就不该安装座机，没什么用还吵。"

江桓"嗯"一声，面上没什么表情，把围裙摘下来，催促她去吹头发，自己坐在沙发前。

不过一分钟，电话又响起，"铃铃铃"像催命符。

他眉眼冷清，手上没有犹豫，直接拿起电话，听筒里只有电波声，这是一场拉力赛，江桓不出声，那头也不挂断。

半晌，那头的人显然没了耐性，声音沙哑刺耳："江桓，调查到此为止，否则，下一个人就是她！"

宁芷的头发很长，差一点就及腰了。吹风机有点吵，黑发夹着一股浓香的洗发水味儿隔着门往外飘。

江桓敲门，她完全听不到。他没再继续敲门，重回客厅，多了几分警惕，把客厅的电视机打开，随便停在一个歌舞节目，声音很吵，能盖住吹风机的声音。

他放慢速度把座机掀过来，电话线接口处有个硬币大小的硬塑，小灯并没有亮，不过运作时和电话键上的颜色一样，很难被注意到。

江桓不动声色地把电话摆回去,推开楼鱼的客房,径直走到窗边,一辆没有牌照的车正驶离小区。

他把电视关掉,整个客厅都安静了下来,吹风机的声音也听不到了,耳朵里最清晰的就是厨房电饭煲蒸汽的声音。

他有一瞬间仿佛回到了五年前:他家的客厅、信箱,都有宁芷的照片,都是偷拍,有她图书馆看书、食堂吃饭的照片,连宿舍里的一举一动都被拍了下来。

红色的水笔在这些照片背面用力地画上:下一个就是她!

紧接着,他就收到了宁芷平常爱用的那支笔。他安慰自己可能是她粗心大意,在图书馆弄丢的,电话里她还和他抱怨有人偷走了她的笔。他嘱咐她别总是一个人到处走,天黑不要出门。

而他这边要办他父母的丧礼。张阿姨在医院,始终心有余悸。他抽不开身到宁芷身边,又或者说,他不能把这危险带到她身边。

他不知道偷拍宁芷的人是谁,但这些已经足够他紧张,所以在张阿姨提出让他出国避事时,他就毫不犹豫地答应了。

现在他回来了,危险也跟到她身边。

江桓敲门喊她吃饭,小型打印机正在打印资料,她应了一声,把资料分成两份装订。出去时,饭桌上已经摆好了小菜和冒着热气的粥。

江桓隔着一层湿气看着她,此情此景,竟不真实得可怕。

江桓负责饭后刷碗,宁芷坐在沙发翻看杨竺林的资料。杨竺林的履历十分丰富,因恐吓刑拘入狱就多达十次。高中肄业后,跟着建筑师傅跑工地,工作很不稳定。

而杨成山和他相反,他研究生学历,始终没离开过学校。照片上两个人最大的区别就是杨成山鼻梁上的厚镜片。

电话里杨成山什么都不说,倒是可以尝试一下会面。宁芷打定主意要从这里入手,直接找到 H。

江桓走过来拿起其中一份资料,翻几页后,停在照片上,面色凝重。

宁芷盘腿凑过来:"有什么问题吗?"

"他们算是双胞胎?"

"异卵同胞,中间隔着几个小时,不太像。"

"如果以假乱真的话,陌生的人未必能分辨得出来。"

江桓的话没说明白,但宁芷瞬间抓住其中的含义:"可能吗,我们无法分辨的话,学生总能吧?"

"辅导员办公室来来回回的人都很固定,用生病的理由完全可以掩盖情绪上的反常。"

"那我们明天去李铁的现场还是去看守所?"

江桓没出声,眼睛落在电话机下,从缝隙中能看见,有微弱不可见的红灯正在闪着。他收回目光,把资料磕在茶几上,来回地颠倒,声音险些被盖住:"去看守所吧。"

宁芷没注意到江桓的反常,注意力都放在那张照片上,用手捂住上半边脸,两人下颚的弧度是一模一样的。

这意味着把钱包放回去,只是因为听从某种指令。

江桓没再说话,心里有着打算,转而从袋子里把药膏拿出来,屈身蹲下耐心十足地给她涂药膏。

宁芷时不时地扭脚踝配合他的动作,刚刚那点压抑过头的氛围跟着烟消云散。

天还没亮,宁芷就被疼醒了,她晚上睡觉不老实,被子缠在脚上。她伸腿踢一脚,没踢开被子,反而把睡在外侧的江桓惊醒了。

他翻身过来,险些撞在她脸上,她吓一跳,往后退和他拉开距离。

江桓眼里的睡意未散,坐起身缓了好一会儿,才明白怎么回事,帮她把被子解开:"脚疼?"

"现在不疼了。"

江桓嗓子还哑着,仔细检查了一番,确认宁芷的伤势没有加重,又躺回去,连人带被子往怀里带:"那就再睡会儿。"

再醒过来,是楼上在装修,不知道在砸什么,巨响仿佛就在耳边,砰砰的。

宁芷睡意全无,率先起身去洗漱,回来时,看见江桓还坐在床上,软软的头发翘着,睡衣在身上,她走到哪儿,他的目光就跟到哪儿。

宁芷绕过他去枕头下摸手机,半天没摸到,江桓从被子下伸手把他床头的抽屉拉开,把手机递给她,样子还是呆呆的:"有辐射。"

宁芷憋着笑,心说放在她枕头下有辐射,放在他头顶,辐射就会自动消失?她不动声色地把手机调成拍摄模式,对着他快速拍下一张,像没事人一样,把手机放进口袋。

到单位时,范湉已经在办公室,一副睡眠不足的样子,抬头看见宁芷和江桓相继进来,无精打采的眼睛立刻发光,赤裸裸的目光在他们身上游走。

"你俩不会同居了吧?"

宁芷脸轰一下就红了,千算万算没算到范湉会这么直白。江桓走在后边,没说话。

范湉反而因为她的小动作,吵闹的声音更大:"合法的还是非法的啊?"

这时候说什么她都能起哄,宁芷干脆不说话,坐在电脑前准备开机,结果一碰鼠标,屏幕竟亮了起来,还停在输入密码的界面。

她记得去哈盐时,电脑是关过机的,难道没关上?

"范姐,你用我电脑了?"

"没啊,我自己又不是没有,用你的干吗?"她探过头看她电脑,"是你自己忘记关机了吧?"

"是吗?"这么一问,宁芷又有点不太确定,输入密码后,看着桌面上的东西和走前一样,不禁怀疑自己是不是提前进入失忆状态。

范湉八卦心不死,眉飞色舞地看着她:"快说说,你俩是不是同居了?"

"谁,谁同居了?"办公室的门被砰地推开,身上带着一股气流的陈相正,直接脚刹在她们办公桌前,气还没匀,就跟着一起八卦。

真是绕不开的话题。范湉抬下巴示意他看宁芷和里间办公的江桓:"他们两个呗,神神秘秘地不承认,估计是不想请客。"

宁芷摆手:"别听她瞎说,没有的事。"

陈相正将信将疑地看她,但急着正事,并没有再深问:"大事要紧,大学城那边又出事了!"

(三)

一行人赶到大学城时,音乐大教室已被封锁,一众学生被拦在警戒线外,老师和学校的保安一起维护现场。

推开教室门,熟悉的血腥味扑鼻而来,教室中央躺着一个栗色卷发的女生,她双目紧闭,衣裙完整,一条红色的围巾压在身下,血在上面漫着,双手交叉在胸口,水果刀埋在手下。

死者叫郭婷,音乐系大三的学生,昨晚自习后再也没回宿舍,但夜不归宿对她们来说没什么大不了的,谁都没在意,更没想到她会死在教室。

范湉把她的衣服掀起来,胸口的伤口是单刃刺创,巨大的破裂口,直抵心脏,身体有痉挛褶皱,指缝里有衣服的纤维。尸温二十六摄氏度,尸体表面已有沉降性尸斑,全身关节僵硬,已达到最高峰的尸僵。

"他杀,致命伤是刀伤,联合死因失血过多。死亡时间在昨晚十点到十一点间。"

郭婷的父母赶过来,挤开门口的协警跑进教室,郭婷的妈妈看见范湉和宁芷正在给死者整理衣服,也不知是哪里来的力气,竟双手一推,把两个人都推开了。

宁芷脚踝抽痛,堪堪站稳身体,范湉却因为手里拿着工具,没有手撑,后背着地倒在地上,闷哼一声。

陈相正赶紧跑过去扶范湉,又看了眼宁芷,从看到尸体那一刻起,宁芷便脸色惨白,眼睛泛红,陈相正有点担心她,她摇头说没事,他才瞪着眼珠子看那女人:"你怎么回事,警察办案不知道吗?"

"这是我女儿!我女儿死了,我不能看看吗?"

郭妈妈的背弓起来,抱住郭婷,身体颤动:"你们休想对我女儿开膛破肚,我不允许!"

郭爸爸没落泪,但嗓子里一直有呜咽的呼吸声。他驼着背,好像还是不相信此时倒在地上再也不会醒来的人是他的女儿。他用力地拉拽着悲戚的女人:"你再好好看看,是婷婷吗?咱婷婷怎么会在这儿呢?"

宁芷心里颤动,面前恸哭的女人,让她生出一丝错觉,她想到了她的

幸存者游戏

妈妈。

她妈也是这样,习惯挽着发,露出一段脖子,送她上学时,背着身默默地掉眼泪。

她妈走得突然,什么话都没留下。一别就是十年,她始终记得妈妈最后的样子。

好不容易安抚好他们夫妇,让他们到旁边的空教室休息,可哭声还是持续地往耳朵里钻。

宁芷捂着脖子跑去楼梯间,蹲在地上大力地呼气,好像有一把无形的匕首正抵在她的脖颈,从看到死者那一刻起,她便不停地暗示自己,这不是五年前。五年前的惨案,今天不会再发生了。

凶手更不会像H一样,难以抓住。

走廊里,人越聚越多,保安郑齐自告奋勇地将人群拦住,尤其是让一些胆子小的女生往后站。

然后他又跑过来和于城邀功:"警官,你看这样行吗?"

"行,注意安全,保护好现场。"

"听从指挥。"郑齐又颠颠地跑回去继续疏散,十分尽职尽责,甚至有几个人他看着不老实,还留了班级和姓名。

这栋楼里没有安装监控,大楼保安十点半下班,大门虽然是锁着的,但想自由进出办法有的是。这间教室正对着电梯,走廊两头都有安全通道,凶手想在这里杀人布置并逃跑,易如反掌。

于城心烦意乱,昨晚回到家,看了整晚江桓的资料,从他出生到父母去世出国前的经历,竟生出一丝怜悯。于城见过不少被害者家属,但同行里不算常见,更有不少同事因为从事这行,迟迟不肯组建家庭,总怕祸累其家。

没承想,还没从这种情绪里走出,就被案子叫到这里。

郭妈哭声不减,重复地念着:"到底是谁这么残忍,害了我女儿啊!"

院长冯科墨坐在位置上不停地疏导她,但效果并不明显。谁让他一边说着安慰的话,又想着把这责任甩出去。

于城看不下去,把人叫出来,冯科墨肥胖的身体走路都在抖肉,额上紧张得直冒汗,时不时地拿着纸巾擦汗。

"这不是第一起事故,为什么这栋楼还没装监控?"

冯科墨一听，又是一身冷汗："警官，这真不能怪我们啊。上周出了事后，院方紧急召开会议，全校安装监控，一栋一栋安装，还没安装到这里啊！谁能想到，凶手能钻这个空子！"

郭婷被杀不是第一起谋杀案，上一期谋杀案发生在一周前，在一间普通的阶梯教室。当时的情况和眼前这场命案所差无几，也是由最先到班级的同学发现。

死者是表演系大二的女生，被发现时，人被固定在椅子上，双手被绳索固定在胸口，一把匕首被握在手下。

凶杀案在校园里最令人人心惶惶，区警在校排查了一个星期，每晚都有保安巡查，监控也在逐楼安装，什么结果都没有，正准备和特案组申请协调办案时，郭婷案就发生了。

于城不说话，面部绷紧，冯科墨又虚虚地擦了把汗："这人命关天的事，我可不敢撒谎，不信你问问？"

他边说边叫在那边跑前跑后帮忙的郑齐："郑齐，你过来给警官说说，是不是监控正在安装中。"

"对对对，已经安装完两栋楼了，还差现在这栋和另外两栋。"

"昨晚谁在这栋楼值班？"

郑齐说："本来是我，但和我合租的室友说房子跳电，我就和小柳换班了。"

柳七没想过自己值班时会出事，紧张得不得了，但他一口咬定，在巡楼过程中，没听到任何声音。而且每个教室都没开灯，他根本不会注意到这间教室的异样。

郑齐谨慎地看着于城："警官，这不会是连环杀人案吧？"

于城瞪一眼："不要妄加猜测。"

嘴上这么说，但是于城早就想到这一点，两具尸体均是死在教室，死法相同，被摆出的姿势也一样，怎么看都是出自同一个凶手。

但这种事在得到确切的认证前，又不能轻下结论。

尸体被安排上车，郭婷的父母跟着车走，一路上哭泣不断。宁芷从后视镜看郭妈，她也捕捉到宁芷的目光，从座位上一跃而起，抓住宁芷的胳膊："法医同志，一定要解剖我家婷婷吗？可以不解剖吗？我家婷婷爱漂亮，我希望她板板正正地走啊。"

范湉开着车，头也没回地回答："这涉及死者真正的死亡时间和死亡原因，为了尽早抓住犯人，尸体是需要解剖的。"

"我的女儿，怎么这么可怜啊！"

坐在靠窗位置的郭爸，突然大吼："一口一个死者，一口一个尸体，你们都是没孩子的人，要是你们的亲人被人害死，你们能忍受她被拆成一块块的吗？"

宁芷回头看郭爸，他看着比刚刚还要憔悴，两个眼窝深陷，头发变得灰白。

宁芷妈妈去世时，有一段时间她没有见过她爸，葬礼那天，她见了。当时她爸也是这样，原本乌黑的头发花白一片，一点都不像临近四十岁的人。

说不心疼是假的，可又能怎样，如果不是他，她会生活在一个完整的家庭里，也许她就不会去认识江桓，更不会失去……

如果能抓到凶手，别说是解剖被害的亲人，就是解剖她自己，又未尝不可。

（四）

案件资料下发到各人手上，准备开下午的研讨会。

从解剖室出来，宁芷闷闷不乐，范湉连续讲几个笑话，也不见她有笑意。郭爸坐在走廊外的长椅上，也不说话，就看着他们进进出出。

宁芷心里难受，叫餐时特意在他们二老的套餐里多加了些肉，可谁都食不下咽。安慰的话，她也说不出口，就陪着他们坐在那儿。

也不知道范湉说了什么，不一会儿，江桓进来把宁芷叫了出去。

"想你妈妈了？"

宁芷没什么不能承认的："我妈要是还在，差不多也那个年纪。"

江桓揽着她的头压在怀里，轻轻拍她背："过段时间去看看她，和她说说话。"

不知道是哪个同学把这次的事件发在微博上,大学城命案很快成为热搜 TOP 1,各种小道消息掺杂进来,说是校园怨灵或是反社会的报复,讨论人数多达十几万人,甚至网上还单独开了一个话题组,给案子起名为#夺命教室#,最终不少学校闹起了停课运动。

下午三点不到,陈相正过来叫大家,会议室里坐满了人,局长也在,穿着周整的制服,没什么架子,但气场却不容忽略。

宁芷找个靠门口的位置坐下,右手边坐着范滟。左手边坐着江桓,从进来开始就在看资料,也不知道在研究什么,笔头在纸上刷刷地做着记录。她偷瞄一眼,只看见几个模糊的词汇。

会议一开始于城站在投影仪前先把两个案子做了详细的讲解,他讲到哪儿,大家的目光就集中到哪里,一直到最后,都没人出声打断他。

足足二十五分钟,才将两个凶杀案讲完。局长把纪要本展开,看着在坐的人,威严十足:"此次为恶劣的连环杀人案,并且发生在校园,造成了一定的社会恐慌以及不良影响,凶手仍逍遥法外,现在讲讲你们对本案的调查结果。"

江桓率先开口:"根据线索,我们可以知道,大学城正在有序地安装监控,而今天才能安装到艺术楼,凶手也清楚这一点。这证明凶手了解学校的情况,很可能就是学校里的人。"

"还有一点,解剖显示,两个被害者身上都有麻醉痕迹。而且案发第一现场都被安排在教室,间接说明这凶手有一定的强迫症,或是,某种特殊教室情节。"

局长点头:"凶手画像成型了吗?"

江桓摇头,表示他还需要点线索。

于城接着说:"目前两起案件都是针对女学生,目前还有两栋教学楼没有安装监控,很容易再发生案件,我建议紧急停课,我们这边派人过去跟进调查。"

局长赞同:"那你可以安排下去,尽快排查出嫌疑人,好给被害人家属一个交代。"

又讨论了一阵子,时间已近五点,宁芷抬腕看表,心里有些急切。范滟也注意到这一点,在纸上刷刷地写下字,推给她看。

"你是有事吗？"

"有点。"

"估计要一会儿，这案子局长发话，大家有的忙了。"

会议结束，大家都根据布置的任务各自忙碌，宁芷跟在江桓身后，问他："还去看守所吗？"

"去，现在过去吧。"

江桓开车，宁芷在导航仪上输入看守所的地址，输到前几个地址后，后面会弹出相应的推荐地址。

宁芷"哎"一声："这地址你去过。"

江桓盯着屏幕上的地址，竟然和李铁在同一个看守所，不知怎么回事，他竟有种不好的预感。

车子发动，他又给联系好的狱警打电话，问杨成山的情况是否还好，得到肯定的答案后，他才稍稍安心。

"有什么问题吗？"

"他和李铁在同一处。"

这下，宁芷也感觉到不妙，冥冥之中，H 的案子和江桓父母的案子，正往一个地方靠拢。他们在一个监狱，真的只是巧合吗？

到五菱区看守所，时间已是晚上七点多，夜幕已降临，远处的乌云正在一点点压下来，面前的监狱像一个巨大的黑洞，吸着他们不得不向前走。

他们两个等在会客厅，去带杨成山的狱警迟迟未归。时间拖得越久，宁芷越不安。

"不会出什么问题吧？"

话音刚落，整座监狱响起了警报声，走廊里一阵疾跑，夹杂着口哨和喊叫声。宁芷仓皇地从座位上站起来，跑到外边。大家都拿着警棍朝着同一个方向跑去，她好不容易抓住一个跑得稍慢些的人，问是怎么回事。

小狱警说："两个囚犯打到一块儿，听说另一个好像是死了。"

她还想再问，小狱警已经跑走，边跑边说："你们回去吧，今天的会面估计不行了。"

回到厅里，江桓皱着眉，手指有规律地敲打着桌面，显然他已经听到了他们的对话。

她心顿时一沉:"不会真的这么巧吧?"

"去问问吧,总比猜测好。"

监狱的回廊设计了很多转弯,若不是有人带着,可能会迷路,刚刚跑出去的小狱警又跑回来给他俩带路:"没想到你俩是公安同志。"

"事情严重吗?"

"严重,血流了一地,发现时人已经没气了。听说是因为分工的关系拌嘴。犯事的已经关禁闭去了。"

宁芷又问:"死的人叫什么?"

小狱警张口就来:"是个叫李铁的男人,天天嚷着自己无辜。"说完,他还跟着叹气:"这事不好办,大问题,都要受处分。"

宁芷的心已经跳到了嗓子眼:"那伤人的是谁?"

"这个说来你可能都不信,是个老师,叫什么来着,平时斯斯文文的,都不怎么说话,这发起狠来,三个人硬是拉不住他。"

"杨成山吗?"

小狱警连连点头:"对对对,就是他。"点完头后他疑惑地看着宁芷:"你怎么知道叫什么啊?"

"我们今天就是来见他的。"

"那可惜了,估计短期内都不能会面。"

从监狱出来,天更黑了,那片云像马上就要压下来一样,仅有的几处路灯根本没法照亮前面的路,他们两个人坐在车厢里,迟迟没有发动汽车。

此时车厢就像密不透风的网,紧紧地裹住他们。宁芷的手都在颤抖,如果在一个监狱只是巧合,那么现在就不能再用巧合来解释了。

突然间,这一切又像走回原点一般。

就在这时,迎面过来一辆车,开着远光灯,晃得他们两人一时间都睁不开眼。车开得越近,灯光越亮。这路很宽,别说并排两辆,就算三辆都不是问题,可这车显然是正对着他们开过来的。

车速不快,但一点避让的意思都没有,直直驶来。

宁芷看着看着,也发觉出问题,喊江桓:"好像有情况。"

江桓已经发动车子打着方向盘,开着倒车档急速后退。轮胎用力地擦着地，响起了长长的尖锐的摩擦声。

对面的车跟着冲过来，江桓一个急转，从那辆黑车旁擦车而过，刮蹭到对方的后视镜，车身猛地一颠。

刺眼的灯光下，江桓猛踩油门，朝着前面那条路开过去，车速很快，即使系着安全带，宁芷也能感受到一股危险逼近。

后面的车紧追不舍，但又不像是来撞车的意思，反而保持着一定的距离，比起伤害，更像是威胁。

宁芷往后面看，始终看不清车上的人，她一边报警一边看着路，可手不听使唤，抖得厉害，手上有汗，指纹解锁一直点不开。

"别紧张，没事的。"

她把手指往袖子上蹭，拇指也跟着一起蹭，终于打通电话时，后面的车竟关掉了远光灯，车速也渐渐地放缓。

趁着空当，江桓望见那辆车车牌的开头是"内E"，内省牌照。

和上次跟踪他的那辆来自一个地方。

（五）

一路开到市区，后面的车没再跟过来。他们车速不减，在路上兜过几个圈才回到宁芷家。

坐在客厅，仍旧惊魂未定。江桓站在阳台打电话，她则负责应对五菱区的报警回执。根据监控显示，这辆车是从警局一直跟到看守所那边，他俩在看守所里等待的时候，那辆黑车连门都没打开过，窗户也是紧紧关闭，防窥探黑膜将车内遮得严严实实，没有一个监控拍到车里人的长相。

电话挂断，江桓也跟着进屋，她刚要开口说话，江桓已先一步比个噤声的手势。宁芷不明所以，他伸手指着茶几上的座机，细看能看见光滑的茶几面上反射出的暗红色小点。

宁芷来不及惊讶她的房间里怎么会有窃听器，电视被开启，音量还是上次江桓调的大小，她坐得近，耳膜震得一响，身体不由得颤起。

54

江桓有些想笑，两只手覆在她耳朵上，轻轻地揉："吓坏了吧？"

宁芷没点头也没摇头，只是抬头看他，灯光在他头顶，照得他整个人的影子都落在她身上，她没来由地感到一阵潮湿。

从出事到现在，江桓都没有表现出一丝慌乱，与其说是天生自带的镇定，倒不如说他早就适应了这样的生活。

这是什么生活？危机四伏、险象环生，随时随地都有要他命的人。可他却能适应这样的生活，这一点都不好。

宁芷伸出手去搂江桓的脖子，声音软糯："江桓，你抱抱我吧。"

江桓愣怔一瞬，转而弯腰张开手臂，扣住她的腰，将她紧紧地搂在胸前。得到回应后，宁芷双腿一先一后攀上他的腰，手脚并用，像无尾熊一样缠住他。

电视机还在响着，两个劫后无恙的人，什么都听不到，眼里、心里都是眼前的这个人。

良久，宁芷才从江桓身上跳下来，把电话掀过来，看着上面拇指盖大小的窃听器，还是不清楚这是什么时候安装上的。

"这房子的钥匙，除了你和楼鱼还有谁有？"

"没有，楼鱼一年回来住不上几次，钥匙也不会给别人。"

宁芷堪堪从记忆里搜索一段关于钥匙的事，连忙说："前阵子有个小孩打球把窗户打碎了。"

也是那几天，她担心摩卡会从那扇碎的窗户跑出去，才把它送到宠物店寄养。而且那段时间正好是徐男案的关键时期，加之这几年和门卫关系不错，所以也放心地把备用钥匙放在了门卫大叔那里，让他帮忙照看安装进度。

那段时间什么状况都没发生，自然不曾想过会有人入室放窃听器。

"维修工人你认识吗？"

宁芷摇头："当时那小孩的家长过来特别愧疚地说不好意思弄坏了窗户，他们会负责帮我维修，我当时没多想就答应了。"

这么说起来，很可能从砸窗开始，一系列的后续都是安排好的，可现在要对付他们的人到底是谁？

按照已知的线索，杨成山是H的人，或者是帮H做事的人，可H又出

幸存者游戏

于什么原因,要杀孤儿院校长刘毅被杀案的首要嫌疑人?

他们在明,敌在暗,敌人还是有备而来,通过监听他们,知道他们下一步要做什么,所以能够抢先一步,将两个对宁芷他们来说最好的线索掐断。

细思极恐,他们不仅活在网里,这网的那端还有人在看戏。

"应该不止一个监听器,你的房间可能也有。"

说完,江桓率先进入她的房间。

宁芷房间有点大,但好在家具不多,一目了然。他在书桌和梳妆台上仔细检查一番都没有找到,又朝着衣柜走去。房间的衣柜是半嵌入式,占据很大的一角。

柜门一开,里面的容量比他想的要小,很多衣服整整齐齐地挂在那里,还有几件衣服也不知是不是穿过的,塞在边缘,他伸手在柜子里摸索。

见他正准备敲衣柜,宁芷突然出声叫住他:"里面有吗?"

江桓把手收回来,在衣柜下的空堂里摸出异物,他示意宁芷过来,她蹲在地上,拿手电筒从下往上照,竟真的是监听器。

眼前的情况变得棘手起来,他们不知道安装监听器的人是谁,目的又是什么,贸然拆除监听器,只会打草惊蛇,说不准坏人什么时候又会偷摸回来再做其他的手脚。

这种事防不胜防。

江桓和她的想法不谋而合。客厅里的电视还在响着,她颓然地缩在沙发角落里,这几个月她始终都被一股无形的力量牵着鼻子往前走,眼见着要见到曙光,唯一的希望却也跟着破灭。

莫名地想起在哈盐咖啡店和卢楠的见面,她和卢楠都是独活的人,是被H安排活下来的人,那份绝望她始终记得。无数人就差指着额头质问着为什么你是活下来的那个人,你就是克星,和谁亲近谁就倒霉。如今,她已经从炼狱里走出来,可卢楠还在。

卢楠缩着脖子,努力地将那条深深的疤遮住问她:"被留下是什么感觉?"

那是H留给她的警告,他能预料到卢楠会出现在机场,那么她的一举一动他也是清楚的。这五年的挣扎和追逐,仿佛只是他在陪她玩游戏,开始和结束的选择权都攥在H手上。

手上的热量传来时，宁芷回过神看蹲在沙发边的江桓，在他模糊的双眼里，她看到怯懦的自己，像白纸一样，随时会被撕碎和丢弃。

"线索不会这么中断。"江桓捏着她的手心，时轻时重，"杨竺林和崔志安不会凭空消失的，只要活着就会有踪迹的。"

那若是死了呢？宁芷到底没把这句话说出口，她起身把电视关掉，扭头问江桓晚饭要吃什么。

江桓看了眼她肿得青紫的脚踝，让她坐回去涂药，自己去厨房做饭。他一心两用，想着回来时和尹度贤的通话内容。

明知是假牌照，也没抱多大的希望，他还是让尹度贤帮查一下，谁知尹度贤却突然说："你知道鲸落吗？"

"鲸鱼死后沉于深海，反哺海洋。"

"你说的那是教科书上的鲸落，我说的鲸落是组织。八年前，在俄罗斯突然盛行鲸落复仇的帖子，只要在网上发布受到的委屈，得到确认后，鲸落便会出手。这个组织红极一时，但六年前不知是什么原因，听说他们回国了，而传闻落定的地区正是洲地。我在社区看过分析他们的帖子，都说他们再出现会是这个形式。"

"他们都是亡命之徒，听说是一群无国籍的人聚在一起，以除暴安良为办事口号，可很多事情，谁对谁错真的不是片面之词能作定夺的。"

江桓问："这个组织原本不在这边，能这么快就在水原动手，看看是不是这边有人在配合？"

尹度贤应着，末了，又问句："江桓，这是你父母得罪的人，还是你那不懂事的小女友得罪的人？"

江桓把围裙摘下来，插座拔下来，将饭锅里半熟的米倒进垃圾桶，又把厨房擦了一遍，走到客厅。

"小宝，去我家住吧。"

他不管是谁得罪了所谓的报复组织，此刻，他活着就要护住这世间于他而言最珍贵的人。

（五）

陈相正跟着于城跑线索，于城负责跟进郭婷的线，而陈相正还在研究这两个被害者之间的联系。

有计划的连环杀手，在被害者的选择上会有共通性，可两个人除了性别相同，年龄、血型这些都不是一致的，就连她们两个的宿舍都不在一栋楼里。

资料上挖不到线索，他便开始把目光投向网络，他觉得现在的大学生，有什么事不一定和身边的人说，但都喜欢往网上发，没准能找出点蛛丝马迹。

郭婷的社交圈很女性化，都是她和礼品食物的自拍，连上传失眠的动态，都附带一张美美的自拍，染头时，在几种相近的发色中纠结很久。

出事当天，她还发过和男友约会看电影的合照。可出事至今，他男友都没有出现过。陈相正捕捉到这条消息后，立刻将信息传达给于城。

又继续翻第一个被害者的社交圈，她生活不算富裕，还在做兼职家教，不是社交达人，微博里都是转来的励志语录，看得出平时很独来独往，性格有些自卑。

陈相正比对着两个人的照片，线索就在其中，可他却毫无头绪。

杨路打断他："怎么样，有头绪吗？"

"有也被你喊没了。"

陈相正晃晃脑子，从机房走出去，正好和宁芷迎面碰上，她过来送尸检报告，脚还跛着。

"于老大说你们要去学校？"

"嗯，郭婷有个男友，始终没露面，有嫌疑。"

"我也过去吧，现场也许能帮上忙。"

说完，宁芷又跛着脚折回电梯口。案子发生在校园里，虽然和 H 无关，但女大学生的死亡，不由得让她想起曾经历的那场噩梦。

陈相正想拦着她，但想到现场取证问题便没阻止，只想着一会儿多照应下便好。

学校已经紧急停课，放眼望去很多女生都拖着行李箱往外走，男生倒是大摇大摆地在篮球场挥洒汗水，颇有种"站着说话不腰疼"的置身事外的意思。

宁芷在后座翻看第一现场和第二现场的照片，又将尸检报告进行对比。平稳行驶的车子突然一个急刹车，坐在驾驶座的陈相正，捂着被安全带绷住的胸口，摇下车窗，把头探出去，冲着刚刚突然跑到车前的人影怒吼："怎么都不看车？"

宁芷坐直身体，看见车外站着一个高挑的姑娘，栗色的头发在阳光下发着光，脸上并没有因车的事感到惶恐，反而不屑地看眼陈相正，头发一甩，踩着高跟鞋走开了。

"我的天啊，这学生什么素质，道歉都不说？"

陈相正絮絮叨叨地念了一路，宁芷和于城到教学楼门口下车，他去停车，还沉浸在那女生瞪他的悲惨记忆里。于城懒得理他，接过宁芷手上的箱子朝教学楼走。

于城步子迈得大，每跨一步都像带着风一样，颇有军人的风范，宁芷在后面跟了几步跟不上，干脆放缓脚步慢慢走。

办公室在七楼，于城先她一步进了教学楼，站在门口回头看她，又折回来扶她："脚还是不行吗？"

"还好，这几天都有涂药膏。"

电梯还没下来，陈相正也还没过来，四周除了他俩没有别人，于城思索一番才把准备好的话问出来："你和江桓是因为他父母的事分开的吗？"

"你说什么？"

"前阵子和朋友聚会，听他们说起五年前研究院火灾的事，没想到受害人竟然是江桓的父母。你们是因为这个分手的吗？"

宁芷含糊地应了一声，语气不咸不淡的："他出国深造，我还要读书，自然而然就分手了。"

于城狐疑地看她，似乎在判断这话中有几分真假。正在这时，陈相正已经追过来，气喘得不匀："你俩在等我呢？"

宁芷眯着眼笑："是啊，你停个车真够久。"

"在停车场碰见上次那个帮忙的保安，聊了几句。这人可真热情，什么事都知道那么点儿。"

"郭婷男朋友已经到了是吗?"

"到了,不是学生,在校外做生意的,不知道郭婷出事,人现在挺崩溃的。"

真如陈相正所说,郭婷的男友曹春阳正在崩溃的边缘,一双眼通红,寸头被他抓得凌乱,重复着一句话:"我们不该吵架的。"

于城等他缓和不少,才开始问话:"你们前天晚上是几点分开的?"

"看完电影九点多吧,她因为我多看了邻座女生一眼,跟我吵架,我本身就很怀疑她出轨,吵得不可开交,最后她不让我送她回学校,谁知道会出这样的事。"

"你为什么怀疑她出轨?"

"还不是前几天不知道从哪儿冒出来一个男生,说喜欢郭婷,一言不合就和我动手,说再见到我俩在一起,就见一次打一次。

谁会无缘无故这么自信地来挑事,我就怀疑一下,我要是知道结果会是这样,我宁愿当天忍住脾气。

我答应过她,等她毕业就娶她的。"

宁芷抬头看他,他的眼睛更红了,眉头皱在一起,是真的在后悔。承诺的时候,都是在认真地爱着,谁都不会预料到未来的日子里,根本没有兑现的机会。

根据曹春阳提供的线索,他们很快就找到在篮球场打球的单亮。单亮早就知道郭婷被害的事却不以为然,他把身上的汗衫脱下来卷在手上擦汗。

"我和她不熟,我就看着喜欢,搞事情而已。"

"前天晚上你有没有和郭婷见面?"

"我倒是想见,人家也未必愿意啊。"

于城低喝一声:"你能好好说话吗?"

单亮坐直,把外套穿上:"我这几天都在宿舍和室友打游戏,他们都知道。"

旁边看热闹的男生纷纷点头:"我们都能为他做证。"

单亮从椅子上站起来,把汗衫塞进篮球袋里:"我也听说了,这是个连环杀人案,如果说我杀郭婷合理,那上个星期死的那个女生,我可是连听都没听说过，怎么可能杀？"

于城和陈相正又过去艺术楼那边看情况，宁芷脚有些疼没跟过去，晃晃悠悠地在校园里走。

毕业后，她很少回大学城，这个校区距离水原大学只有一站路的距离，可她没有一点想回去看的想法，哪怕是听到学校的名字，都会让她想起曾经的不快。

"唉，你是不是昨天来的小法医？"

宁芷回过神看见穿着制服、笑意盈盈的郑齐。他指着自己胸前的名牌，示意他的名字。紧接着他将目光落在宁芷脚上："你脚受伤了？"

"你眼神真好。"

"是吧？我是我家出了名的细心。"

"你在等你的同事？"

宁芷点头，和他有一搭没一搭地闲聊，站得久了，她脚踝发麻，不自然地跺脚，盼着于城他俩快点回来。

"要不去我那保安室坐坐，还能喝口水。"

郑齐的热情让人难以抗拒，不过等她坐在保安室的椅子上时，也不太后悔过来一趟。保安室是九平米的正方形小屋子，有空调、桌子和简易的行军床，被子被叠成整齐的豆腐块，角落里还有个洗手台，设备很齐全。

郑齐打开小冰箱给她拿水，宁芷顺着看过去，冰箱上下两小层，都是矿泉水。

"平时需要这么多水？"

"屋子里干，喝得就多。"他随手从上层抽出一瓶水递给宁芷。她拧开盖子喝水，继续打量着保安室。

只见靠着床的墙上挂着一幅很袖珍的相框，大概比男人手掌大上一圈，上面是一幅颇有年代感的花蝴蝶图案。

"你这画是好久以前的吧？"

郑齐没看她，和她一样在看着画，只是目光更痴迷一些："有些年头了，我妈结婚时的嫁妆，一直舍不得扔。"

"那确实够久，我家以前也有这些老的物件，不过总搬家，基本都丢了。"

郑齐沉声说："有些东西和人一样，得用心，才能好好保存。"

（六）

"砰砰砰"的敲门声，打断了郑齐继续要说的话。

陈相正推开门进来："你还真在这儿，咱们该回去了。"

宁芷从椅子上站起来，带着几分歉意："下次有机会再听你说。"

郑齐微笑，一双眼睛弯弯的，有点韩剧里男二号特有的暖男气质："不要紧，会有机会的。"

回到车上，于城的脸色不好，估计是案子仍旧毫无进展。局长那边虽然没明确规定他们的破案时间，但总归参与过案情讨论，足以证明他对这个案子的重视程度。昨晚整个特案组都在加班，到凌晨四点于城才勉强眯了一会儿，现在还能有精神头继续跑，也是拼到极限了。

"这人犯案多少都有点理由啊，好端端地冒出来个连环杀手，也是奇了怪了。"陈相正把车速开得很低，来回看两边的后视镜。

"回小组讨论一下。"于城闭上眼睛，又想到什么，说句，"记得叫江桓。"

陈相正"嗯嗯"地应着，从后视镜看看正在看手机的宁芷，她低着头，手指快速地在屏幕上点击，估计在发短信。

"小芷，你上次还没说呢，你是不是和江大神同居？"

宁芷差点被自己的口水呛住，没想到他还在纠缠这个问题："八卦如你，我偏不告诉你。"

陈相正扭过头，脸扬得高："不说拉倒，反正我还能去问江大神。"

他哼着小调，等红灯时，侧眼看副驾驶的位置，立即把要唱的词吞回肚子。

于城的脸色更差了，像镀着一层黑漆，阴森森的。陈相正立刻察觉到刚刚问了个很蠢的问题，简直在给老大添堵。

不过他也不能理解于城，都说近水楼台先得月，宁芷在他眼皮底下上班三年，同出同进的时候更多，明眼人都能看出于城对宁芷的好超出朋友的范围。起初他也看好这对，希望他俩能成就一段佳话，可这几年于城身边桃花不断，始终没见到和谁长远，也不和宁芷挑明关系。人家这边正牌男友回来了，现在再急，晚的不是一星半点。

不过这事和他没多大关系，他管不了别人的感情，他有自己要做的事情。

案件嫌疑人锁定失败，整个特案组的办公室都处在低压区。唯一的线索只剩下调查麻醉剂的来源，鉴定科那边检测出麻醉成分是布比卡因，是医用的局部麻醉剂。

他们将排查范围从校区周边扩大到整个大学城外的两公里。范围广，人力物力的压力不小，越是急躁，结果越不乐观。

小会议室里，于城、陈相正、江桓还有宁芷四个人，把两个被害者的现场照片进行比对。于城从袋子里抽出几张纸和笔分给他们："把你们能够想到的这两人之间的共同之处，写在纸上。"

江桓没说话，接过笔压在纸上，照片摊在哪儿，四个人的目光都集中在哪儿。陈相正拔下笔盖快速地在纸上画上"女性"两个大字，然后探头去看宁芷，她在认真地一条一条地罗列。

第一条是双手交叉的姿势一致。

紧接着第二条是穿着长裙，第三条还在写。

板栗色头发。

陈相正不懂女生的思维，在他眼里这种说黄不黄说红不红的颜色，都统称为黄头发。他又去看江桓在写的内容，只有"姿势"两个字。

他看向照片，一个被害者是坐着，另一个是躺着，从哪都看不出姿势相同。于城拿笔头敲桌面："别总看别人的，写你自己的。"

于城跟着落笔，但是笔尖在纸上只点上一个黑点又放下笔。

"老大，你不会一条都找不到吧？"

于城斜他一眼："这案子总有哪里不对，杀人犯在有计划地犯案时，一定会有某种契机，这种契机会激发出凶手内心的某种隐藏情绪，能让一个正常人变成杀人犯的契机有哪些？"

"什么刺激？亲人过世、感情破裂，又或者外力因素，社会新闻、所见所闻?"

"并线调查一下。"于城把几个人的纸收过来,看见陈相正上面的两个字,拿纸朝他头拍,"能说点我们不知道的吗?"

陈相正立刻把江桓的纸扯过去递给他:"你看看江大神,更不可理喻啊。还不如我呢!"

于城不接他的话,目光转向江桓,等着江桓自己说。

"第一张照片,你们有没有注意到凶手在第一起案件中,把被害人绑在椅子上的绳结很独特。第二起案子虽然没有被绑,但她身下压了一个更大的结,八十年代特别流行在头上系这样的结。"

"你的意思是凶手的年龄段在四十岁左右?"

江桓沉吟:"手法确实是那个年代没错,但凶手不是。因为凶手能够在校园里自由出入,并且能够让被害者放松警惕,所以,凶手的年龄可能在三十岁左右,平时穿着还算整洁,男性,可能还有点小帅。"

陈相正惊得下巴都合不上,环视四周,发现除了他之外,大家都在认真地听着。

在江桓来之前,局里都在传关于他的传闻,说他犯罪分析很厉害,在校期间就以协助的方式帮组里破过不少案子,只是陈相正来得晚,只觉得是他们传得神,现在一听,是真的厉害。

"但符合这些的人群很多,学校的老师、工作人员都有可能。"

江桓自然明白于城问这话的意思:"先从年代段划分,再从他们父母那代的恩怨查。"

于城没反驳,看眼宁芷写在纸上的共同之处,若有所思,好一会儿,才给陈相正安排任务:"先通知学校,让没回家的染着板栗色头发的女学生,都注意安全,再者让她们尽量不要穿裙子。"

又想到什么,于城从座位上站起来:"让杨路协助你把第一期凶杀案发生前后的较为奇特的社会新闻收集一下。"

陈相正得令,跟着往外走,临关门还不忘回头色眯眯地看眼宁芷,挑着眉和她使眼色。宁芷回他一个飞眼,示意他最好不要多嘴。

没想到的是,陈相正还真的乖乖地把门关上出去了。

小会议室里又剩下他们两个人,宁芷有些不放心:"凶手如果不尽快抓到,会不会还有案子发生?"

"不确定,第二起凶杀案和第一起相隔一个星期,这可能是他在保持匀速的杀人规律,又或者作出相应的递增或递减。"

那就意味着,凶手可能会以五天左右的间隔继续犯案。

宁芷应一声,蓦然起身:"江桓,不能再有受害者了,彻底调查,直接抓住,H 的事不能重演。"

江桓明白她的担心,可目前仅有的信息实在太少,任凭他也很难推测出具体的时间:"先等于城那边的消息吧。"

宁芷一边收拾东西一边想着案子,江桓则低着头不知道在看什么,她顺着看过去,他正在看手机屏幕,上面密密麻麻的字,看得不真切。

她想再仔细看时,他猛地抬头看她:"小宝,你认识昨晚跟踪我们的那辆车吗?"

(七)

宁芷一双眼清澈地看着他:"我要是认识的话,才不会让他们轻易地躲掉,我会把他们抓出来,揍趴下。"

江桓本来还绷着的脸,听到这句话,一下笑出来,伸手去摸她的头:"那还是不认识好,不然看你还要知法犯法啊。"

"那你车牌查得怎么样,有结果吗,是谁的人,崔志安还是 H ?"

"你一下问这么多,我该回答哪个?"

"通通回答。"

"还在查。"江桓抿着嘴,三个字轻描淡写。没有确切的结果前,他还不想把她拉进恐慌中。

回到办公室,范湉正在打包资料,她老公在哈盐市被当成嫌疑人之一后,她意识到他们夫妻两个人的关系过于松散,打算借着这次的调休和丈夫一起去旅行,让感情升升温。

"小芷,于城那边怎么样了?"

"不太乐观。"

范湉拧着眉:"真不知道社会上那些人怎么回事,把杀人当成游戏,拇指盖大点的事,搞得跟天塌下来一样,到底是什么心理呢?"

"要是能知道他们什么心理,案子可能会少很多。"

"也是,不过不知道也好,知道没准也跟着变态了。"

宁芷笑出声:"照你这种理解,犯罪心理专家岂不是都不正常?"

范湉扫一眼里面的江桓,比画着"嘘":"说说,你俩进展到哪一步了,真住一块儿了?"

宁芷很佩服她和陈相正两个人执着的八卦心,绕开话题:"你们这次去哪儿旅行?"

"洲地,不知道老马在哪儿搜到这地,说将在边境线举办艺术大赏,汇聚各路精英,他也要凑热闹。这艺术圈的人和我思路不一样,我宁愿去泡泡温泉。"

"你俩是去沟通感情,别意气用事。"

范湉叹口气,也不知道想到什么,突然美滋滋的:"这次要是能怀上孩子,也挺不错。"

她和老公结婚四年,开始是因为马志事业刚起步没时间要孩子,而今年想要的时候,又迟迟怀不上,宁芷陪她去医院看过几次,没什么问题。马志也没有,医生建议他们顺其自然。

马志给她打电话叫她下楼,范湉拎着包往外走,跑到门口又折回来,声音不大不小,刚好宁芷和江桓都能听得真切:"等我回来给你俩带纪念品,庆祝你俩破镜重圆,不过你也注意点安全,不结婚别先大肚子。"

宁芷脸一红,没说话。

江桓在办公室里敲键盘的手停下,抬头看宁芷,眼睛带着笑,紧接着又低头敲键盘。从刚刚开始两个人坐在那里嘀嘀咕咕的,他一句话都没听进去,就听进去这么一句,倒觉得有趣。

他没问过这几年她的生活是什么样的,但至少能确定的是,在局里,大家是真的对她好。

电脑上开着几个页面,研究院大火案的报道和崔志安仅存的资料,江桓在案件系统里输入他父母的案子,仍旧显示没有权限。

宁芷看他一副若有所思的样子，缓声叫他。

他犹豫一下，问她："特案组那边谁有权限访问特殊档案？"

"估计只有于老大有，可能他也需要申请。"

江桓又陷入思索状态，宁芷不好打扰他，部门的工作都完成得差不多了，她重看一遍杨成山的资料，又想着给楼鱼发短信问他照片剩余三个人的修复情况。信息刚发过去，楼鱼的电话就打过来。

"小芷芷，你可算想起我了！你不知道我有多想你，想得夜不能寐，吃肉都没滋味了。"

"你又跑去哪里了？"

"没跑没跑，我始终在你的心上游走。"

宁芷摸着身上的鸡皮疙瘩，感觉这对话有点进行不下去，又听见那头不知道谁在说话，问买哪天的机票。

"你要回来了？"

"再有两天，这边的项目结束。说吧，想要什么礼物？别害羞，你就是要我这个人，我也很愿意把自己打包成大份礼物寄给你的。"

"楼鱼，我要换门锁了。"

"别别别。"楼鱼立刻求饶，难得一本正经，"那照片我托国外朋友帮忙，可能过阵子会有好消息。"

临挂电话，楼鱼突然问："江桓有没有和你说奇怪的话？"

宁芷被他问得茫然："他说什么怪话，我看你现在才奇怪。你再这么莫名其妙，我把你送精神病院去。"

"也成，那你得住我对床，看着你我得什么病都好。"

宁芷直接结束通话，江桓不知什么时候从办公室桌前起身，倚在他办公室的门口看她，颇有几分看戏的意味。

宁芷最不喜欢他这副样子，好像什么都和他无关一样。可这一切，明明是因他而起。

"楼鱼过两天回来，我也要回我住的地方。"

江桓嗓子有些涩，找到一个切入点："等他回来，我们一起吃个饭吧。"

宁芷没说话，没接受也没拒绝，一时间办公室有些静，江桓清晰地听到宁芷微重的呼吸，她在生气。她不高兴时，基本都是靠深呼吸来平缓心情。

67

就在他要放弃的时候，听见她说了句："好。"

近期发生的恶性社会新闻，简直大跌眼镜，有夫妻不和吵架将孩子丢下楼，嫌邻居吵安装低音炮，还有餐厅里吃出虫子索赔不应，也是千奇百怪，但又和这起凶杀案没什么直接关系。

临近下班，陈相正匆匆忙忙地跑进来，看见宁芷他们两个在，直呼："你俩都在太好了。"

"麻醉剂的来源找到了。"

距离校区两条街的一家私立医院在十天前丢失过四盒布比卡因，和第一起案件发生的时间基本吻合。

因为医院的地段好，离学校很近，大病小灾的人多，有些女学生矫情得不行，伤筋动骨忍忍就能过去的病都要申请一支麻醉。

所以用药很快，他们注意到少了四盒，也权当是用完没做记录，没有过多关注。如果不是调查到他们那边，他们根本不会联想到盗窃上面。

麻醉剂都是锁在医院的麻药柜里，虽然没有明确禁止无关人员进入，但是药多的地方，大家也不愿意接近，基本都是工作人员在进出。

到医院时，负责药房看管的护士已经等在那里，提前知道什么情况，仍旧有些忐忑，毕竟很多处方药的监管比她想象中要严格得多，罚款、写报告都是小事情，严重点说是会被开除的。

小姑娘绞着手指看面前的三个人，面露怯色："我们这里没有监控，加上平时用药偶尔记录在本子上，来不及登电脑，就会出现混乱。"

陈相正根本没把心思用在计较医院是怎么储存和放药的，他更关心的是，到底有没有见到可疑人选。

"确实有些熟面孔，像有些人来做牙，前期几天都要过来的。"

"麻醉药丢失那天，有什么奇怪的事情发生，或者看似平常又不平常的事？"

江桓在旁边听着，注意力又被宁芷吸引，也不知道她有没有认真听护士说话，她在纸上写写画画，再者就是掏出手机看时间，好像有事催着她。

"那天有个学生挺奇怪的，本来是来看眼睛的，结果从楼梯间摔了下去，挺严重的，还是大家一起帮忙把人扶到急诊的。"

小护士挠着头："说来也奇怪，那学生自己都说，走路好好的，也没人推，就跌下去了，幸好只剩下三级台阶，只是轻微骨裂，要是再高点，那腿估计就完了。"

宁芷握笔的手一顿，紧张地问："从楼梯上跌下来的学生，是男生还是女生？"

小护士被突然的打断唬住："是个男生。"

宁芷松口气，没再提问。江桓走过来捏她手心，帮她舒缓压力。她抬头看他，一双眼睛水汪汪地望着他："你一定要赶在凶手再次犯案前抓住他好吗？"

江桓点头应下来，若是凶手继续犯案，造成的恐慌更甚，无论是局里还是他个人都不能允许罪案再次发生。

只是他未曾预料到，不出几天，他将因为这简单的动作，与宁芷的关系彻底破裂。

以现在的线索可以知道，在这个学校里每个女生都可能成为连环杀人案的被害者，腿脚不便的弱势群体，也许更容易被当成目标。

陈相正继续问："药剂室这边当时一个人都没留吗？"

"没印象，应该是没有，因为很混乱，有人在那儿叫喊着出事了，我们这些医务人员肯定要第一时间过去的。"

看来凶手是有备而来，故意引起慌乱，趁着大家的注意力都集中在伤患那边，进行偷窃。

四盒麻醉剂，在两个被害人身上用掉两盒。这也就意味着——

还会再出现两个受害者！

（八）

在楼梯间滑倒的男生，也是师范学院的学生，这更加印证他摔倒不仅仅是运气不好。

男生宿舍靠近保安宿舍，一行人被拦在宿舍楼下，宿管大爷怎么都说不通，他们亮出的身份在大爷眼里就和假证一样。

陈相正顾不上那么多,时间紧迫,把电话打到冯科墨那边,顷刻就看到郑齐一路小跑过来,趴在门卫室嘀嘀咕咕不知道说什么。

隔得远只见到宿管大爷频频点头,郑齐再跑过来就可以进去了。

郑齐挠着头:"这大爷特别谨小慎微,以学生安全为要,尤其这学校出事了。"

陈相正率先说话:"这可是耽误正事。"

于城不置可否,跟在身后上楼。男宿的走廊很宽敞,并排两边都有房间,房门上有牌号。

郑齐领头走在前面,讲着学校的变化:"学校紧急停课,很多本市的都回家了,回不去的基本都待在宿舍里,尤其那些女孩子,都紧急把头发染回黑色了。"

陈相正接过话茬:"没办法,防患于未然。"

"凶手有眉目了吗?"

"要是这么容易,这世界早就太平了。"

于城目光扫向陈相正,他老老实实地闭嘴。

几个人停在四一九室,只见床上打着石膏的男生正单脚着地,用力地去拿桌子上的水杯,听见动静头也没回:"你们可算回来了,快帮我拿水,要渴死我了。"

不见身后有动静,回过头就看见屋子里的几个陌生人,先是惊叫,再认出郑齐时,才拍着胸口吐气:"郑哥,你这是来找我打球?你带的都什么人啊,都是些生面孔。"

"公安同志。"

男生蹲在那儿,单脚撑不住,整个人又跌回床上:"不至于吧,我摔个腿,都惊动了警察?"

"别闹,公安来找你问正事。"

交代完毕,郑齐特别自觉地上走廊等着,于城看着宿舍门关上,转而看向忐忑不安的男生。从表情上可以看出他此时内心百转千回,指不定联想到什么违法乱纪的事上去了。

良久,吐出一句:"我感觉我真没犯事。"

陈相正发笑,拉张椅子跨上去坐下,余光里有一双大长腿站在那儿,他识相地又扯了一张椅子给于城。

"我叫楚南,你们叫我阿南就成。"虽然他已经把"楚"字的音着重在三声,但还是没有任何说明效果。

"你这名字很独特。"

阿南拍拍受伤的那条腿:"习惯了,厄运从不退散。"

于城也不想听他们调侃,直奔主题:"在医院你的腿是怎么摔伤的?"

"说出来你们都不信,我这眼睛前阵子在路上进了东西,严重感染只能去医院看,前几天都好好的,谁知道那天下楼梯,走着走着,突然又感觉眼睛里进了东西,就这么脚底一滑的工夫,人就躺地上了。"

"当天,你有接触过药剂室吗?"

"当时我都是被抬着走的,怎么可能去过。"

"那你觉得当时身边有什么异样?"

"就是觉得地板特别滑,像抹了蜡一样。"

阿南虽然这么说,但医院病人多,从来都不会用蜡打地。

阿南念叨着:"只能说我自己倒霉啊,还赶上学校停课,要不是舍友和郑哥帮忙,我都快烂在宿舍了。"

案件过去第五天,仍旧没有实质性进展。留在学校的女生,惶惶不安。艺术楼的监控安装完毕,还剩下两栋教学楼没有安装,正好和丢失的麻醉剂数量吻合。

监控安装不上,只能加派人手在两栋教学楼里进行巡查,于城和陈相正连续五天基本没休息,黑眼圈重,身上的烟味更重。

江桓作为此次案子的第二负责人,和他们同吃同住,他又不放心宁芷一个人回住处,以至于这五天,宁芷不是在上班就是在休息室。

范湉裹着厚重的帽子和围巾,说话都带着哈气,隔着视频笑话她:"你俩这是夫唱妇随啊,社会主义和谐都是你们这样的。"

"我懒得和你说,你快点去玩吧。"

范湉打着哈气,指着外边渐黑的天:"我们住的区治安不好,晚上尽量不出门,容易出事。这老马选哪里不好非要选这儿,有这么多时间去哪浪不好。"

71

"这两天你没少念叨他吧。"

"真让你说对了,不过这边不知道怎么回事,有不少人在玩什么自杀游戏,晚上总有开车巡逻的人,看着不像警察,又不像坏人的。"

"那个自杀游戏的发起者不是被抓了?"

"抓住有什么用,信徒还是一拨接着一拨,妖言惑众,活着不好吗?"

宁芷不置可否,她夹着电话,把最后一点资料输入进去:"那你小心点,能不出去就别出去。"

"让我出我都不出,玩可没命重要。"

宁芷目光落在显示屏别处,那是今天被家属送来尸检的一位老人——有冠心病史,本来也没什么问题,但死者的女儿坚持认为他父亲身体调理得很好,不会突然发病,要求尸检,结果一检查还真查出了问题。

死者确实有严重的冠脉粥样硬化病变,但是平时靠药物维持得还不错。解剖时发现内脏很干净,但在胃里发现了大量未消化的磷化锌。看着很像脑溢血,但残余的磷化锌已经达到了致死量,属于中毒死。

死者的女儿也不见哭,但坚持把责任都推给后妈,说是后妈为争夺遗产毒害的。

宁芷叹息一下:"确实没什么比活着重要。"

范浠也不管这感慨从哪里冒出来的,好像听到什么声音,宁芷这头听到电话那头传来一阵脚步声,渐远又渐近。

范浠接着说:"不和你说了,外面又有巡车队路过,我和老马看看去。"

宁芷那句注意安全还没脱口,电话已经挂断。她看眼外面黑到随时压下来的天,心里有种不好的预感,脑袋里重复的都是,六年前令整个社会动荡的女大学生连环杀人案,她太害怕这是一次重复。

也怕她拼命地抓住 H,拔除罪恶,到头来发现一切只是一场空。

她给朱陈嫒发条让她注意安全的短信后,关掉电脑跑去特案组那边。

江桓正在线索板上将写凶手的几大特征,将嫌疑人的身份压缩到最小范围:"确定相关的资料都收集全了吗?"

"资料是校方配合收集的,不会有问题。"

江桓皱着眉,手指高频率地敲打裤线:"开始从里面筛选嫌疑人吧。"

陈相正把任务下发下去,宁芷也帮忙筛选,效果并不是很好,但大家没有丝毫松懈,只有少数的几个人熬了几个通宵扛不住,趴在桌子上休息。

凌晨三点宁芷回到休息室小憩,再醒来是被手机铃声叫醒的,看外边竟已通亮。洗漱一番后下楼看进度,边等电梯边回拨电话。

电话那头是楼鱼,语气里带着一丝兴奋:"我到家了,你怎么不在家?"

"我还在局里。"

楼鱼"啊"一声遗憾道:"那你快点回来,我带了新鲜的肉夹馍,不吃要坏掉了。"

宁芷"嗯"一声,也打算回去带些换洗衣服过来。走出电梯,就听走廊那头传来凌乱的跑步声,宁芷靠墙把位置让给从办公区跑出来的公安。最后边的是陈相正,抓着工作牌往脖子上套,注意到宁芷赶紧说:"又出现一位受害者!"

宁芷的心咯噔一下,窒息的黑暗接踵而来,抬头正对上江桓的目光,她嘴唇动了动,无声无息地吐出几个字:"你怎么没救下来人?"

(九)

死者是大四的女生夏夏,此前一直住在校外实习,最近回来办理离校手续。学校的紧急通知发到她的邮箱里,但她根本没有点开,直接归类到了垃圾邮件里。

邮箱里还堆着一大堆工作任务,前面都写着加急处理,看起来实习生活并不轻松,也难怪会把那么重要的邮件忽视掉。

她根本不会想到,忽视掉的是自己的命。

夏夏死在还没来得及安装监控的教学楼里。学校现在是紧急停课状态,没有课,所以第一目击者发现她时已是早上八点。早上学校负责巡逻的保安逐栋巡楼,看见教室的门大敞四开,还在抱怨着前晚的对班不作为。

伸手拉开门之后,目光所及之处触目惊心,保安连滚带爬地往走廊退,张着嘴要喊,却像失语症一般,喊不出声音,全身的肌肉都集中在腿上,直到跑出教学楼,那股卡在嗓子里的气才缓过来,他猛地冲过去敲打保安室的

73

窗户，嗓门巨大："快报警，又有人死了！"

第一现场在四楼最里端的大教室，扫过去的第一眼，宁芷也是喉咙一紧，夏夏站立在讲台上，身体被展开的两道红布束缚在黑板两边。她的头垂着，栗色的头发裹住面容，双手被反绑在胸口，以交叉的形式护着那把匕首，血液顺着裙摆的褶皱流淌至地面，身下的地板都被染成暗红色。

红布绑得很结实，几个人合力才把死者抬下来，死者身上的血液基本流干了，尸僵已经开始，手臂关节活动已经不顺畅。

宁芷拨开死者的头发，她竟生出一丝熟悉感，还没来得及思考，陈相正已然开口："这不是那天差点撞上车的姑娘吗？"

还真的是，换作平时，也许还会感叹下缘分的绝妙，而此时的重逢过于惨烈，任谁都不想经历的。

宁芷初步检查后，把手套摘下来装进箱子："死亡时间与之前两例一致，注射针孔仍旧在四肢，致命伤在心脏。"

"好好的人说没就没了。"

于城和江桓在走廊里，谁都没开口说话，这些天他们全力部署和筛选凶手，可罪案还是在眼皮底下发生了，并以极具挑衅的形式，更大张旗鼓地将死者展示在他们面前。

想到这里，于城更是气急，一脚踢在墙上，脚麻酥酥的，头也不回地说："我去抽根烟。"

走廊瞬间只剩下江桓，一门之隔，门内他们把尸体装进尸袋，宁芷小心翼翼地将尸体摆放好，合上袋子，他清晰地看到她身体的颤动。

她说完那句话后，始终没看过他。刻意的无视和冷漠，远比刚回国时要明显更多。

她在划分界限，将厌恶的都踢出，一点情面都没有留。

她跟着尸袋一起走出来，前面的同事看到江桓纷纷点头示意，宁芷看都不看一眼，背脊挺得笔直地走过去，江桓一把抓住她的手臂。

宁芷把他的手打掉，冷眼看着他："江大法医，咱们还有话要说吗？没有的话，我还要回去干活。"

江桓头痛，两个人关系又回到冰点："小宝，事情到这地步，是我没预料到。"

"你说得轻巧,那是人命,你看清楚没,那个姑娘死了。"

没等江桓说话,她已是泪眼蒙眬,压低声音继续说:"江桓,我以为你不会再犯这样的错误,你能推理出那些凶手的位置样貌,怎么到这里就不行了,她是因你而死。如果你不走,她怎么会死,凶手怎么会杀她呢?"

江桓习惯性地抬手去碰她的脸,想擦掉她脸上的泪,她却向后退开一步躲掉:"我能理解你离开,可她呢,她做错了什么?"

江桓被说得莫名其妙,根本不明白宁芷嘴里一堆她到底是指此刻的死者,又或者是哪个于她而言很重要的人。

一时间,竟无法将她话里的意思串联到一起,而宁芷也无心再和他聊,转过身追着其他同事朝着楼下跑去。

宁芷的暴脾气,他领教过。总是说些奇怪的话,他也知道。两个人在一起时,她也时常这样,因为一点小事就生气不吃饭也不理他。他挺不喜欢作的女生,可他喜欢她。

她就是这样的性格,他没想过让她改变什么。这段时间,宁芷对他好,关心他,在乎他,会和他撒娇。

他以为他们之间没有隔阂了。

但似乎错得离谱。

从始至终,她都没有把那份怨气消掉,只是被她很好地藏起来了。

于城掐灭烟回来,江桓正坐在阶梯教室的第一排座位,举着照片对着黑板比画着,仿佛领悟到什么一般,从座位上站起来。

江桓双手各伸出两只手指,一正一反合并成一个长方形的框,对着黑板上的位置比画着,扭头看于城:"你觉得这样子像什么?"

"拍照的动作啊。"于城说完,也明白一半,走到江桓旁边,就着他的位置看向黑板,此时的黑板在他的手势下,俨然是一张照片的既视感。

江桓把死者的照片递给于城:"从这个角度看,凶手在展示他的照片,绑着死者的红布,看着像是为她站立而做,可现在看并不是。从第一起案件开始,凶手透过绳结到第二起死者身下的布料。凶手真正的目的是在为我们展示背后的形态。"

于城似懂非懂地点头，目光游移在三张照片上，好像理解了他的意思："死者身后摆出的图案很眼熟啊。"

"是蝴蝶。"

"对，就是蝴蝶。"于城总觉得在哪里看过这蝴蝶，一时间又想不起来，但此时抓住凶手已是迫在眉睫。

凶手在用递减的形式杀人，从七天到五天，也许下一起就在三天后。

这时，陈相正折回来看见他们两人："要不是郑齐说你们还在这，我们都要走了。"

"郑齐是谁？"

前几次江桓都没有来，根本不知道有这么个热心肠的人一直帮他们跑前跑后："学校的保安，这次案子也帮了不少忙。"

"送来的资料里，并没有这个人？"

陈相正不信："怎么可能，资料收集过来时，是对过名单的，一个不缺啊。"

"送来的资料，学校所有在籍工作人员共有一百三十六名，男性占六十四名，符合凶手年龄段的仅有七名，这其中包括食堂小哥、保安、仪器检查员……唯独没有这个保安。"

陈相正被他熟记的模样惊得根本无法反驳，脑袋里用力地搜索和郑齐接触的片段，他猛拍脑袋想起来："对了，那天搜集好资料后，因为太多我拿得不稳，郑齐帮我开的车门，我当时还说过他细心，没想到是居心叵测！"

"可他不像凶手啊，既然是凶手，为什么要帮我们忙，应该躲在一旁偷着乐？"

"你确定他不是为了了解案情？"

陈相正捂住嘴，想起那天在去调查楚南时，郑齐时不时地问案子的事，当时于城在场，所以他也没说关于案子的事，这么一想，他确实够可疑！

久不应话的于城，突然出声："我想起蝴蝶是在哪里看到的了，是他的保安室，墙上挂着的正是蝴蝶的画。"

"凶手就是他！"

陈相正不明白蝴蝶的梗，晕乎乎地听着于城下结论，立刻打电话通知紧急逮捕郑齐。

"郑齐现在人在哪儿？"

陈相正又一拍脑袋："不好！他和我说他刚好有空，可以送小芷回局里，我没多想就答应了！"

"快去找人！！"

（十）

郑齐的车是老式的微型面包车，看起来年头不少，不过维护得很好，车套都是干净的，还透着肥皂水的味道。车内的物件整整齐齐地摆放着，后视镜更是一丝灰尘都没有。

在等红灯时，郑齐反复地将胸前的安全带抚平，注意到宁芷在看他，还有些不好意思："有点强迫症，受不了这么歪歪扭扭的。"

宁芷低头看眼自己系的安全带，简直随意得不行。

"我就对自己的事情有强迫症，我不管你的。"

宁芷揪着安全带，还是稍微地抚平一点："我有个朋友和你很像，她不是强迫症，是洁癖，每天收拾好自己的床铺，然后看着我的床铺直皱眉，嘴上一句都不说我，等我洗漱回来，床铺就和她的一样了。"

"这样的朋友现在少见，新闻每天都在报，不是两朋友为了男生打架动手，就是背后耍阴招，真心实意的不多。"

"不必那么悲观，极端的是少数。"

"也是，至少你朋友就是特例。"

宁芷含糊地"嗯"一声，扭头看窗外，大学城距离局里有一段距离，正好赶上晚高峰，路上堵车堵得厉害。

"案子要是破了，你们也不用来回跑学校了。"

"只希望快点抓住凶手，不能再有受害者了。"

"你们平时都是怎么看待杀人凶手的？"

宁芷愣住，若是换作从前，她脱口而出的可能是"穷凶极恶""罪不可恕"这样的形容词，可徐男的事情后，她突然发现这个世界并不是黑白分明,没人可以确保好人一辈子都不会做坏事,更没有谁授意坏人一辈子都不能做好事。

徐男杀人是错,骗他们也是错,哪里都是错,可换作是曾经一无所有的徐男,再看他所做的一切,他会不会觉得情有可原呢?情有可原,不是行凶借口,可多少让人唏嘘。

"分情有可原和不可饶恕吧。"宁芷犹豫了一下说。

郑齐把车窗按下来,探头望了眼前后的车龙,又坐回来整理安全带:"你不介意我绕路吧?"

宁芷摇头,从后视镜看到同事的车与他们之间隔着一辆车,绕路的话可能会更快抵达局里。

车子在下个路口一个急转弯冲进一条巷子里,郑齐熟门熟路地在巷子里拐着弯,都是些宁芷没去过的地方。

郑齐把随行广播打开,是社会新闻频道,女主持人用低沉情绪讲着上周发生在六安区的继母虐待孩子的新闻。孩子年仅六岁,被发现时已被虐待长达两年之久,孩子身上青青紫紫没断过,中间邻居几次投诉和劝解都没有实际效果,直到前几天热心肠大妈发现孩子一个星期都没有出门,集合左邻右舍一起敲门,等看见孩子时,孩子的头骨两端已塌陷,躺在客厅的地上,而继母像没事人一样催促着他们看完赶紧走,别耽误她出去打麻将。

大妈看着那孩子奄奄一息的,动也不能动,看见她迟缓地叫了声:"奶奶"。

大妈当时就泪崩了,疯了般扯着继母的头发,喊着让邻居报警。警察来的空隙里,继母还在驱赶他们离开,大打出手,继母口出狂言:"孩子是自己的孩子,我就是打死了,谁能管得着我。"

要不是邻居拦着,大妈差点抡起鸭子砸她,公安来后,也有闻讯来的记者,将这事曝光在网络上,孩子才算得到社会关注。主持人结尾用激昂的声音试图唤醒社会对孩子的关心,不要让几天前的悲剧继续上演。

听完忍不住唏嘘,这条新闻在曝光时她就在微博上看过,大图根本不需点开,就能看到孩子头上触目惊心的空瘪。

她几乎不敢想象未来孩子长大了,会怎样看待这黑暗的两年。

车子又一个急转弯,开出巷子,驶向了一条车辆稀少的路。郑齐脸色不好，险些闯红灯，急刹车时，身子弹出去又被安全带勒回来。

他扭头问："这种事你怎么看？"

"为人父母，这种事错得离谱，孩子多无辜，不过好在孩子没事。"

"日本作家伊坂幸太郎'一想到为人父母居然不用经过考试，就觉得真是太可怕了'，不就是这样吗，做父母的怎么能把孩子像玩具一样任意践踏呢？"

宁芷不太明白他这突如其来的情绪是怎么回事，也不知该怎么回应。她妈在的时候，她一点欺负都没受过。网上盛传的校园霸凌抑或地痞流氓拦追堵截，她都没遇到过。

郑齐见她不说话，又问："是你的话，你会怎么做妈妈？"

"大概是想陪着孩子一起长大，不错过每一个重要的时刻吧。"

"现在的年轻女孩可没这个觉悟，每天都在外边勾三搭四，有些看起来文静的孩子，都在做着嫁给高富帅的梦。"

郑齐没说话，继续稳稳地开车。宁芷手机振动，她掏出手机看见屏幕上江桓的号码，想也没想就挂断了。

刚关上车门的江桓，看到电话被挂断，面色极差，握着手机的手不由得用力，这个时候电话被挂断，他无法判断是郑齐已经下手了还是宁芷还在和他生气，他叫住刚坐进副驾驶的于城："我的电话不接，你给她打。"

"你别急，小芷也会自己想办法的。"

电话又响起时，郑齐先看过来，咧着嘴笑："是不是你同事打过来的，如果不是要紧事，可以先听听我听来的故事。"

宁芷看着他笑，心里有什么在波动，竟有种特别安心的错觉，她把手机调成静音，放进包里，做出听他讲故事的姿态。

郑齐的车速不慢，配合着他似的，电台开始放悲伤的曲子。

"他生活在一个普通家庭，妈妈是个被家庭耽误的画家，爸爸是工薪阶层，满足不了妈妈的画家梦。渐渐地梦想和现实无法达到平衡，妈妈开始认为是这个家庭连累她，她觉得所有人都在拖她的后腿，她开始在家里的每一个角落画画，很多很多，直到整间房子都没有可以画得下的地方。她开始把目光放在孩子身上，她发现孩子就像一张无比完美的画板，可以重复使用，画上涂掉再画上，一个个妖娆的蝴蝶，画在孩子脸上、身上。"

宁芷在他的描述里，仿佛看得到满眼的画。

"可人和画板不一样，会反抗，可反抗的画板要受到惩罚，日复一日的，孩子每时每刻都处于暴打和安慰中。所有人都劝说他爸爸把他妈送去治病，他爸舍不得，舍不得老婆，那就要舍弃孩子啊。

孩子嘛，没有资格向权力提出反对意见，渐渐地，孩子发现蝴蝶真好看。他也爱上了这种艺术，他发现他能创造出比他妈更好的作品。"

尾音将落，郑齐怪笑一声："孩子那么小懂得什么，一味地被虐待只会造成反击！"

宁芷盯着他看，一瞬之间，便将所有的事情串联在一起。此时，外面的街景是完全陌生的地界，没有路灯没有人烟。

她的后脊麻酥酥地透凉，扣住包带的手，攥紧到发白，努力压抑着颤音："有些人确实很坏，但这不能代表全部，我见过穷凶极恶的犯人，他们杀人不眨眼，视人命为草芥，可我也见过食不果腹却还心心念念着把捡来的瓶子换成火腿肠去喂流浪狗的好人。郑齐，有些人什么错都没有。"

"是吗？"郑齐突然解开安全带，倾身向她靠近，嘴唇一张，露出的仍是敦厚的笑容，声音却毫无温度。

"那你，喜欢栗色的头发吗？"

第九部分 消失的人

（一）

电台突然静音，车内陷入一片诡异的寂静。

宁芷清晰地听见他的问题，心跳加速，肾上腺素一股脑儿地朝着一处钻，大脑像被锤子砸过一般嗡嗡作响。

呼吸开始急促，空气也逐渐稀薄，就在她的手伸向门边，准备开门跳车时，郑齐脚上猛一用力，面包车急刹。郑齐重新把安全带扣上，整理得比刚刚更为平整。

他把车门锁按开，眼神看不出什么情绪，隔着车窗朝着斜对角的方向指去："好像不能再送你了，那里有个公交站，你自己回市区吧。"

宁芷不做过多犹豫，推门就往他指的方向跑，包里的手机还在振动，她顾不上停下来拿手机，到了站牌处，她才狠狠地吐出一口气。

面包车重新发动，坐在车里的郑齐朝她挥手，像极了最后的告别。

车子绝尘而去，她听见他说的最后一句话——

"我不是个好人！"

宁芷手指颤抖，心神不宁，将电话上的未接电话回拨出去，基本没有等待的停顿，电话已经被接起："于老大，凶手是郑齐，他现在驱车朝着高速站方向去了，进行紧急抓捕吧。"

"小宝，你现在在哪儿，我去接你。"

宁芷愣住，低头看屏幕，刚刚过度紧张，号码回拨给排在最上面的号码，她以为是于城，没想到是江桓。

宁芷目光落在站牌的路线图上，缓缓地将站名重复读出。江桓把地名重复一遍，又和她继续说话，声音不算大，但她却听得仔细。

"我担心你。"

挂掉电话前，江桓考虑到郑齐可能会去而复返，嘱咐她找个隐蔽安全的地方躲起来，等他过去。

宁芷既怕又难受，案子从发生到此刻，她看得到每个人都在为这个案子跑前跑后，昼夜不歇，都希望能够赶在再次犯案前抓住凶手，现在这样的局面，根本不是江桓一个人能够左右的。

她能理解，可因此而死去的人，能理解吗？

六年前，水原市大街小巷都贴满了悬赏抓捕H的通缉令，A级要犯，可每次犯案连目击证人都没有，H就和虚拟世界里的歹徒一样，只有形，却没人知道他的长相。

举报电话从不间断，出大量警力跟进，却一点实际线索都没有。媒体和社会给予的关注和被害者人数都在持续增加。

那时候特案组成立不久，一批经验丰富的老警对此事提出各种看法意见，那时还不是局长的组长提出外聘擅长犯罪心理分析的专家帮忙给凶手画像。

而当时已经大四的江桓曾协助给不少特殊案件的嫌疑人做心理分析，所以组长第一个想到的人就是他。

事实证明，组长的选择没错，根据已发生的六起案件，江桓配合画像员勾出一幅凶手的模拟画像，公布在各大网站的主页。

举报电话再多，也能做出初步的筛选。距离再次犯案的日子近了，江桓和局里的同事在预判的地方蹲点，与正准备犯案的H正面交锋，当时江桓距离H最近，率先上去夺刀，争抢过程中刀划破了江桓的手，也将H的眼角割破，但H还是从天台上跳出去逃跑了。

H对江桓放了狠话："游戏不会这样结束的。"

可很长一段时间，H都没有再行动，通缉令还在，但案件仿佛彻底停止了。江桓的伤养得差不多，回家准备实习的东西，就再也没回来。

而那时，H回来了。

宁芷记得那个晚上，天很黑，有点伸手不见五指的意思，她和朱陈媛因为江桓到底回不回来的问题大吵一架。她从宿舍负气出来，迎面撞在一个人身上。

她抬头看他，快速地认出眼前的人，是H。

他朝着她咧嘴笑，牙齿极白，像个有修养的绅士，可开口问的是："江桓的小女友，我可以杀你吗？"

她浑身发麻，脚像灌了铅一样，想动却挪不动脚步，还是身后朱陈媛远远地叫她的名字，她才醒过神。

H洞察一切："呦，真巧，你的好朋友也来了。"

她一阵恶寒，脚顿时后退，身子一转，抬腿就跑，拉着不明就里的朱陈媛一直跑，浑重的呼吸从嘴里吐出，她告诉朱陈媛身后的人是谁。

两个人的脚步更快了，她们路过图书馆，跑向教学楼，慌不择路地朝着天台跑，一节一节的台阶，像怪兽一般吞噬着她们。

可她们根本不敢停下来，冲上天台的那一刻，大脑已经进入充血状态，心血都凝聚在胸腔，双腿瞬间无力。

朱陈媛写过不少犯罪型的文章，明白求人不如求己。

她远比宁芷更冷静，从门后拿过一把铁铲别在门上，又过去拉空置的桌椅，一个人拉不动，就叫宁芷一起帮忙。

耳膜持续地发烫，门被堵住，可她们仍旧没有安全感。她们出来得急，都没顾上拿手机。

她在天台上四处寻找："快找找哪里能藏身，只要天亮，我们就安全了。"

最后两个人在天台安装避雷针的柱子后找到一个延伸出来的入口，很小，勉强容得下一个人。

朱陈媛催促着宁芷钻进去，自己站在外边，仔细听着门外的动静。本就静谧的空间，任何的风吹草动，都被无限地放大。

她听见皮鞋落地的哒哒声，紧接着，天台的门被用力地晃动，如同猛兽撞击一般，门上的铁铲剧烈抖动，桌子更是摇摇欲坠。

宁芷心跳加速，身体止不住颤抖，拽着朱陈媛的手想把她拉进来，朱陈媛却弯下腰摸她的头："小宝，你吃过不少的苦，我本想更好地照顾你的。天亮了，一切都会好起来的。"

"嘭"的一声响，宁芷猛地睁开眼，看着停在面前的公交车，司机师傅探头看她："姑娘，上车吗，下一班要等半个小时咯。"

"上，我要回去。"

公交上人不多，坐在她前排的是一对母子，儿子给他妈妈讲幼儿园一天发生的事情，说到激动的时候，就从座位上跳起来比画着，他妈需要努力才能抱住他。

和她隔一个过道的是个女生，女生一直侧着头看窗外，宁芷透过车窗的反射，看见女生在哭，肩膀颤动，在压抑着悲伤。

车子开往市区，这站距离下一站需要十分钟，宁芷收回目光，给陈相正发条短信，报过平安，让他们去抓郑齐，她自己回去。

车里，陈相正紧抓着车门，看着仪表盘上越飙越高的数字，脸色刷白，他从后视镜往后看，于城的车被甩出很长一段距离。

"大神，不用这么快，小芷说她先回去了，尸体需要她解剖。"

江桓没说话，左右看一眼后视镜，方向盘打起来，朝着路边开去，脚踩在刹车上，车速骤然慢下来，直直地停在路边。

陈相正承受不住突变的车速，跳下车在路边一阵干呕，有些埋怨："你这是开车呢，还是要命呢。"

江桓从后座下掏出一瓶水，递给陈相正："你和于城一路去抓郑齐，我要回局里。"

"小芷回局里安全着呢，现在抓住凶手更重要，你回去也不过就多看一眼而已。"

江桓摇头，重回车上，对着陈相正说："这世上没有人能跟她媲美。"

（二）

高峰期拥堵严重，等江桓从郊区回到局里已经是一个半小时以后的事了。

他直接去解剖室，却没有见到宁芷，解剖台整理得干干净净，尸体冷藏柜里夏夏的尸体已经解剖完成。

他回到办公室，人也不在。特案组的人推门进来，看见他在还有些意外："宁法医让我来拿资料，我还以为这边没人。"

"她还和你说什么了？"

"她说她还有事，让我把资料发给大家。"

"多久之前的事？"

"也就五分钟之前吧。"

以宁芷的性格，确实有什么事不会和他们说。江桓攥着车钥匙往楼下走，给宁芷打电话，显示已关机。

江桓油门踩下，担忧写在脸上，车速倒没有很快，目光分散到马路上，直到小区楼下，也没有遇着她。

他家里没人，空气里有灰尘的味道，他们几天没回来过。所有的摆设都和走之前是一样的，她没回来过。

时间不早了，她也有可能回自己的住处去了，江桓没做过多的停留，驱车往与自己家相反的方向走。夜灯已全部亮起，天气冷，路上的人不多，都是脚步匆匆，搓着手呵着气。

小区的门卫认识他，看他过来眼皮都懒得动一下，抱着热水袋继续看他的小电视。不过在江桓身影走进楼道里时，门卫才嘟囔一句："这下热闹了，女主人不在，两男相见咯。"

江桓也没想过开门的会是楼鱼。楼鱼穿着大睡衣，手里捧着水果盘，半颗葡萄还没咽下去，被江桓这么一瞪，险些呛了嗓子。

"怎么，大半夜还开始查岗了？"

江桓不理他的责难："小宝回来了吗？"

楼鱼看出他脸色不对，意识到事情不简单，也没再刁难他，把水果盘放在鞋柜上："怎么回事？她说她今晚不会回来。"

"她说没说去哪里？"

"没问过。"楼鱼瞟他一眼，抿着嘴，模糊的眼中有着异样的光。

"小芷出什么事了？"

江桓却不回答："她最有可能去的地方是哪儿？"

楼鱼太阳穴突突地跳："我在问你，她出了什么事？"

"她没出什么事,是我担心,你先告诉我她会在哪就好。"

"没什么事你会这么担心,你不回答我,休想我告诉你她的事情。"

江桓本不想和楼鱼吵,可他非要抓着这个问题不松口,江桓也不确定宁芷这次突然消失是去做什么,也许她是因为案子的事情和他怄气,又或者她只是单纯地有自己的事要处理。

江桓觉得如果这一次不把事情弄清楚,可能就会错失彻底弄清楚的时机。

江桓把今天的事简单重述,楼鱼听后,盘子摔得啪啪响:"害人精,你难道不知道她最怕的就是女大学生被害吗?你什么都不知道,却想让她重新和你在一起?你就是做梦,知道吗?"

"楼鱼,你先解决你的感情问题,再来过问我们的事情。"

"你有资格和我说这种话,你们之间有感情,你一言不合就走了,留她一个人在国内,你想过她怎么熬过来的吗?"

江桓一时语塞,他不知道,所以此刻才更焦急。

楼鱼意识到自己的口气不对,稍作收敛,一想到宁芷对江桓的隐瞒,又有点恨铁不成钢的样子:"我给过你提示,解开提示,你就能找到她。"

江桓从小区里出来,先是从尹度贤那里要了朱陈媛的手机号,可拨通却始终无人接听,他把从楼鱼那里要来的地址输入导航仪里,显示是在郊区。

电话刚挂断的空当,陈相正的电话插播进来,他那边声音有些吵闹,好像还没意识到电话已接听,不知道在朝着谁喊:"轻点搬。"

江桓喂一声陈相正才回神啊啊地叫:"江大神,你的电话怎么一直占线啊,我们找到郑齐了,在他家老房子。"

江桓没说话,知道他的话还没说完。

"不过他自杀了,那一盒麻药,他都用自己身上了,身上跟鬼画符一样都是油彩。

他家里也是一塌糊涂,一进来给人的感觉就很压抑,房间都被油彩铺满了。"

陈相正接着说:"不过我算是知道郑齐为什么专挑栗色头发的女生下手了,我看他的全家福,他妈妈就是这种颜色的头发,穿着裙子,听左邻右舍说,他妈妈从小总虐待他,估计给他造成了心理阴影。"

陈相正把该交代的都交代清楚，还听出他这边的声音："咦，大神，你没在办公室吗？我听到车笛声了。"

江桓根据指示向左转弯，淡淡地应着："我在外边。"

陈相正走到一边的角落里继续八卦："不会是带着小芷出去吃好吃的吧？"

江桓握着方向盘的手用力，指节发白，但他还是轻嗯出声。

"那我就不打扰你们的二人世界了，平时小芷的活动圈太小了，有你她才能多走动走动。"电话那头于城似乎在叫他，他回一句话，准备结束通话，"我这边还有事情要处理，估计明天你们也要早起，死者需要解剖。"

江桓心里烦躁，从回来开始他只觉得不够了解宁芷的脾性，临事儿才发现他对她的关心也不够多。他看着前面一闪结束的绿灯，车子猛地刹住。

"你知道宁芷有个朋友叫朱陈媛吗？"

"你说谁？"电话那头似乎也在走神，似乎在思考，重复一遍朱陈媛的名字后，念叨着，"听说是小芷的好朋友，不过我们一直没见过。"

"共事三年都没见过？"

"嗯。"陈相正似乎对这个名字没什么兴趣，回应也心不在焉的。江桓不好再问："没事了，你忙吧。"

临电话挂断，陈相正叫他名字："江大神，你和朱陈媛是什么关系？"

自然是没有关系，以前在学校时，他和她接触得也不多，但他挺欣赏那个小姑娘，她说话做事颇有几分文人墨客的气息，对他和宁芷的关系只旁观不干扰，守着"朋友夫不可近"的理念，共同相处时，对他也是客客气气的。

但她对宁芷的好是出了名的，几乎达到了衣来伸手饭来张口的地步。在大学里这样的学生太少见了，还让宁芷遇上了，他倒是挺庆幸，他不在她身边的时候，有人能好好照顾她。

车子进入匝道，天已经黑透，根据导航的指示，距离目的地还有二十分钟的车程。他又给朱陈媛打电话，仍旧无人接听。

路越来越偏，却有几分熟悉，他试图把车停靠在路边，开着远灯照着前路，巨大的指示牌上写着：水原公墓。

他父母就葬在这里。回国后一直没时间过来祭拜，想不到这次竟然会路过这里。

  想到这儿，他后脊一凉，有些不太确定地看眼导航，显示距离还有五百米到达朱陈嫒的地址。可没记错的话，这边是新开发的陵园，并没有住宅区。

  难道这五年已经在陵园后面建房了？之前宁芷就和他说过朱陈嫒胆子极大，经常在网上写社评，无论什么事都敢评论几分，五年前，她还为无毒社会做过贡献，深入贴吧和QQ群，帮忙破获过一起贩毒案。

  不过能住在陵园这边，胆子确实够大。

  正当他发动车子，继续向前开时，他的手机在副驾的位置上振动，寂静的环境下，特别突兀。

  尹度贤的名字在屏幕上亮着，一点挂断的意思都没有，江桓捞起手机正准备问他查到什么时，他突然怪声问他："你怎么找个死人的电话啊？"

（三）

  "你说的死人是朱陈嫒？"

  江桓猛踩刹车，车胎和地面剧烈摩擦，声音刺耳又难听。

  "你不知道吗？"尹度贤大概是在敲键盘，咔噔咔噔的，按得江桓心烦，却迟迟没听他继续说，摆明在等江桓对他服软。

  上次吼他的事情，他还在记仇。

  若是平常，这电话江桓早就挂断了，但此时不能。江桓深呼一口气，任他端着架子："我想知道怎么回事？"

  那头一听就乐了："江桓，你也知道这里不是意大利，在那儿你说什么都有人主动帮你。但是在国内，可不是语气硬脾气臭就能解决问题的。我这是帮你上课，学费等以后我再让你还。"

  尹度贤也不再卖关子，他看着网页上的死亡日期，竟是五年前的四月，可他找到的手机号，确实是在朱陈嫒名下，并且这五年里始终没有停机，每个月都有固定的话费充值，还有短信进入。

短信除了通信公司给的广告信息外，全部来源于一个号码。他心生好奇对应着号码查询。

"江桓，你这小女友是不是精神不太好啊，给死人手机交五年话费也就算了，怎么每天还往里面发短信？"

尹度贤滑着鼠标到第二页的死亡证明，目光落在死因时，突然顿住，声音带着几丝诡异："你出国前参与的最后一起案子是女大学生连环杀人案吗？"

"是，凶手至今都没有抓到。"

尹度贤来回搓着鼠标，权衡一番又抛出一个问题："凶手和你是不是结仇了？"

江桓见他连问，似乎联想到什么，又不敢轻易下结论。

"朱陈媛是五年前连环杀人案的最后一名死者。"

没有得到回复，尹度贤接着说："宁芷当时也在场，作为目击证人，也是幸存者。"

尹度贤看着案件资料，莫名地有期待的情绪，他喜欢看热闹，更喜欢看江桓的热闹。从知道江桓有这么个心心念念的小女友后，就已经预料到他早晚会在这上头跌跟头。

再厉害的人，一旦有软肋，和废人有什么区别？

"江桓，你和你小女友是没什么指望了，这可是因为你，她最好的朋友死了。"

江桓没理他的风凉话，挂断电话。他把副驾前的储物柜拉开，里面有上次陈相正放的半盒烟。烟雾缭绕，车厢里充斥着刺鼻的辣味。

他想起在俄城，她向他说到 H 时的神情，又想起在腹地时，她将命置身事外也要抓住 H 的决心。

从始至终，这都不是伸张正义，是她的执念。

他们之间隔着的哪里是空白的五年，明明是一条鲜活的生命。

他再抬头看前面的陵园时，竟有些恍惚。他想起两度向宁芷问起朱陈媛时，她的迟疑，她说有机会一起去见，是指这个吗？

他手肘撑着膝盖，看着黑夜下的街道，烟一根接着一根燃尽，烟灰落了一地，他一口都没有抽，他记得她说过讨厌烟味，可比起讨厌烟味，这几个月的相处，她应该更厌恶他吧。

慌神的瞬间，烟燃到底，烧到他的指节，他浑身一颤，条件反射地扔在地上，他踩灭烟头，抬手搓了把脸。

她对他的控诉忽而清晰，她知晓五年前他为何不告而别，却无法原谅因他离开，H对她们的报复。

他因崔志安对她的威胁而远走，却不曾想过H会报复。

她最好的朋友死在她面前，H留给她的纸条的意义和对卢楠的警告相同，那是催命符。

他们不是幸存者，是痛苦的承载器。

江桓把车窗按下来，冷风骤然灌进来，让他混沌的头脑清醒万分。现在不是反思过去的时刻，他回不到五年前，他救不了当时无助的她。

可他必须要保全未来的她。

他发动车子，直抵陵园山脚。门卫室还亮着光，一颗黑漆漆的脑袋跟着晃。他轻叩窗户，里头的人猛地从椅子上摔下去，惊恐地回头看他。

那微弱的光正是从小电视机上发出来的，老DVD闪着运转的光。大叔正在看周星驰的电影《回魂夜》，此时此地，倒是够挑战胆量的。

大叔拉开窗户，站直身体看他："陵园规定，半夜不扫园，你快回去吧。"

江桓摇头："我来问个人，三个小时前，有没有一个女生来过，瘦瘦的，皮肤很白，个头大概到这里。"

大叔趴在窗户上，看江桓把手比画在他肩膀下方的位置，脑海里立刻浮现一个模样："是来过，挺漂亮的小姑娘，我看天色不早，没打算让她上去，但她眼睛红通通的，我也没忍心拒绝。"

说着他突然抬头看眼墙上的时钟，"哎呦"一声："这个时间点了，她不会还没下来吧？"

他走到电视旁边拿手电筒，屏幕上猛地跳出个鬼扮相，吓得他往后一退，捂着胸口直拍："看这片子壮什么胆，胆都要被吓破了。"

江桓探头进窗口："你把手电筒借给我，我自己上去吧。"

大叔听了心里乐开花，但脸上还是摆出为难的样子："你自己上去安全吗?"

"没事,我找到人会快点下来的。"

大叔也不推脱,直接把手电筒给他,嘱咐几句注意安全的话。他自然也不想上去,当班才一个星期,胆子不够大,今天又看了这么吓人的电影,本来打算不到天亮都不出门的。

他看着往台阶上走的身影,把窗户用力地关上,赶紧把DVD机里的碟片吐出来,放进去一盘相声碟。

江桓就着手电筒微弱的光拾级而上,晚上湿气重,大概十分钟不到的路程,江桓的头发和衣襟都已泛潮。

一想到宁芷可能还在陵园里,他脚步就更快,光线不够,找朱陈媛的位置有些慢,他要靠得很近才能看清楚上面的号码。

直到他听到左边有轻微的声响,借着光看过去,才在一块墓碑前看到一个坐着的模糊身影,若看得不仔细,很有可能忽视。

宁芷把自己团成一团缩在墓碑前的空地上,夜风吹得厉害,她鼻子堵堵的,脸上有干涸的泪渍,絮絮叨叨地把这几天发生的事讲完,时间就到了此刻。

她舍不得走,也不愿意走。这五年间,她总会过来和她说话,她希望时间能回到五年前,她们不吵架,她不跑出去,朱陈媛也没有出来追她。

她还没有和她说对不起,就再也没有机会说出口,直到现在,她都记得那晚H锃亮的刀柄贴在朱陈媛的脖颈处,她想冲出去,可朱陈媛一直在摇头。

她躲得严实,可还是能感觉到H隔着一堵墙的注视,也能听到他的声音。

他说:"这场游戏,是我赢了!"

闭上眼睛,耳朵变得异常敏感。听见朱陈媛倒地呜咽抽搐,仿佛还有血液流淌的声音,还听见皮鞋打地的声音在渐渐地向她靠近。

五步、四步、三步、两步……

心跳加速,耳朵里能听到咚咚的声音,脚步声消失了,可压迫感仍旧在,只容得下一人的空间里,瞬间变得更加逼仄。

耳边响起轻蔑的笑声,宁芷猛地睁开眼,H蹲在她的面前,一双眼透着光盯着她看，感受到她的恐惧后，笑得更加肆意。

　　他抬起手，湿漉漉地摸上她的脖子，一片黏腻，夹带着血腥味儿："没能一次解决掉我，是江桓最大的错误。"他直起身，一只手轻轻拍打褶皱的裤腿，眯着眼笑："你的朋友对你可真好，可惜了，偏偏你是江桓的女友，她也只剩替你死的份儿。"

　　宁芷身体抖成筛子，脖子上的手像毒蛇一样绞着她的呼吸，她眼睛里都是泪，却发不出一点声音。

　　呼吸困难，宁芷如同岸上搁浅的鱼，用力地吐了口气，再抬头时，看见站在她面前的身影。

　　那人背着光，高大的身躯几乎遮住她全部的视野，面目隐匿在黑暗中，但他紊乱的呼吸声，还是让她第一时间分辨出他是谁。

　　宁芷抱着腿，换个姿势继续坐着，眼睛却突然湿润至极："江桓，你怎么还敢来找我？"

（四）

　　江桓弯着腰，将她抱个满怀，手掌罩在她的后脑，将她扣入胸膛，那里的空缺急需要她来填补。

　　不管是爱也好，还是恨也好，这一刻，她需要他，他就要在。

　　宁芷在他的禁锢下挣扎，几次都是无果，他的力气比她想象中大很多，看来以前那么多次挣脱，都是他在让她。

　　夜风袭过，宁芷冷得打寒战，江桓的身体也跟着颤动。宁芷见他手臂松动，轻轻一挣，整个人从他臂弯中滑出，重新跌回地面。

　　她搓着手和膝盖，往墓碑前挪，伸手去摸上面的黑白照片，心里仍旧刺刺的，五年前所经历的，仿佛就在昨天，H的每一句话她都清晰地记得。

　　她是H报复江桓的工具，而朱陈媛成了她的替代品。

　　若是她对江桓的离开一无所知的话，她可以把这份怨算在他头上，可知道后还能算吗？

江桓不是先知，无法预料到他的父母会被杀害，更不会知晓离开后，会让事情发展到如此地步。

朱陈媛刚走的那几天，宁芷每晚都躺在她的床上，不吃也不喝，除了哭，只剩下胃疼。宿舍里的人避她像避瘟神一样，当着她的面也不忌讳地肆意大骂。

可她还是没搬走，最后整个寝室只剩下她一个人住。朱陈媛是单亲家庭，父母在她很小的时候离婚了，爸爸带走哥哥，她妈妈将她塞给奶奶，刚上大学奶奶也去世了，丧事只有她一个人操办。

那年，宁芷十八岁，仿佛世界只剩下她一人。她妈妈早早地离开，最爱的人不告而别，最好的朋友因她而死。

人间炼狱，也不过如此。

宁芷胡乱地抓江桓的手，用力地扣在碑文上，眼里不带一丝温度，只想让他感受到她此刻的心情。

"你不是好奇她现在怎么样了？你看看，她过得好吗？"

江桓的手顺着上面的刻字走一遍，心里酸涩得不得了，张嘴想说什么，最终仍是沉默。只是蹲在那儿，轻轻鞠腰叩拜，无声地诉说，他会抓到 H 的，一定会的。

宁芷手拽在他衣服上，使劲拉扯他，他外套潮湿坚硬，磨得她指尖生疼，她嗓子带着几分呜咽："江桓，你怎么对得起她呢？"

江桓回身握住身上的那只手，冰凉的，不由得眼圈发红，把她从地上拉起来，重复着说："我带你回家。"

下山的路比上山路难，光线太弱，每走一步台阶都要小心翼翼，宁芷无声地跟在他旁边，呼吸不稳，他尽量把手电筒照在她面前，让她面前视野开阔点。

宁芷抬头看他一眼，又低下头继续走路。谁都不说话，多余的体力用在脚程上，就比上山的速度快一倍。

门卫室近在眼前，宁芷吸口气，连跳两个台阶下去，敲窗户的手有些用力，里面的大叔从小床上扑腾着坐起来，口水还挂在嘴角，凝着眼看窗外的人。

"哎呦，你们这是要折我的寿呦，快走吧，这大半夜的，不知道的以为你俩对这陵园下手呢。"

宁芷有些不好意思,只顾着安抚自己的情绪,忘记了上山前答应得好好的会早点下来:"给您添麻烦了,下次白天再来看您。"

"别看我,这个时间在这儿,你看我,我多害怕啊。"

回到市区已是凌晨两点,江桓没开车回家,反而开到局里。楼里亮着灯,守夜的同事朝他俩招呼一声,继续巡楼。

男女的休息室分别在走廊两边,宁芷在楼梯口直接左转,被江桓拽住手腕,回头看他,又是一副欲言又止的模样。

她气恼,又有些无奈,可也没有力气再去和他争论:"有什么话,天亮了再谈吧。"

夜晚被无限拉长,辗转反侧的人又多了一个。

宁芷有一种感觉,她与H的战斗才刚刚开始。

第二天,宁芷和江桓配合解剖了郑齐的尸体,死因是自缢。他把麻绳吊在客厅的吊梁上,为了防止自己挣扎,四肢都注入了麻醉剂。

他的身上有很多旧伤,一层叠一层,有些黑色的油彩已经融进皮肤里,混着尸斑触目惊心,他曾经经历的是什么样的生活,都在身体上体现出来。

她想起郑齐在车上对她讲的故事和对女性的深恶痛绝,他对她产生过杀意,可为什么放弃,是因为发色,还是他死意已决,那盒麻醉本来就是为自己准备的?

她撩起一缕黑发,不免舒口气,到底是捡了条命。

回到办公室,陈相正乖巧状地坐在沙发上等着她,目光从她进来开始就追着她一路到她坐进办公桌,还是盯着她看。

"你照照镜子,眼睛能吃人,我现在死一百回了。"

陈相正直抖腿:"没有没有,我就好奇昨天你和江大神都干什么去了。"

"你是被范姐附体了,走一个,又来个升级版八卦机。"

"我这是来自组织的关心,你是不知道昨天江大神听说你被郑齐带走了有多急,那车子开得快飞起来了,差点出车祸,知道你平安,直接把我丢高速上要回来找你,你说我多可怜。"

宁芷沉默一会儿,指尖摩挲着笔的纹路,尽量低着头,压抑住情绪:

"我昨天去见了我的朋友,很好的朋友,可我却再也见不到她了。"

陈相正怪异地看着她,直揉脑袋,笑得有几分哭相:"什么鬼,又是见又是见不着的。"

"你不懂,也不用懂。"

陈相正一脸就你都懂的神情看着她,也不再深问,转移话题到昨天的案子上:"这郑齐和疯子有什么区别,自己早晚要死,还拉无辜的人一起。"

宁芷把车上郑齐给她讲的故事重述一遍:"这可能是他自己的经历。"

"怪不得他家那么可怕,那房子真的一塌糊涂。"陈相正忍不住叹气,"真是可恨之人必有可怜之处。"

宁芷继续转笔,脑袋一瞬间放空,忽而想到什么,从办公桌后走出来,坐在陈相正对面:"怎么才能找到分开二十多年的家人?"

"这太难了,那时候系统不完善,手记档案不易保存,要是去当地找,也不见得能找到。你问这个做什么?"

"我想帮我朋友找她哥哥,她哥哥在她很小的时候,跟着离异的爸爸走了。"

陈相正一愣,坐直身体,朝着沙发背靠去:"你朋友和你年纪差不多,这么多年,你朋友还能记得有哥哥?"

"记得的,她以前总和我说她哥哥的事,不过反反复复都是那几件,他哥哥替她挨打,带她摘枣子。分开的时候,她才五岁,记得的事情有限。"

"你知道他叫什么名字吗?"

宁芷摇头,看着陈相正一副很感兴趣的模样,身体都跟着颤抖:"她小时候都只是叫哥哥,没记住名字。"

"那你朋友叫什么?"

"朱陈媛,朱是'近朱者赤'的朱,陈是耳东陈,媛是名媛的媛。"

陈相正捏着手指,嘴角动一动,好像在思考着:"耳东陈那就是和我一样的陈了。"

说完,他急忙从沙发上站起来,把手插进兜里,也不知道在看哪儿,声音闷闷的:"行,我帮你的朋友找找吧。"

宁芷看不清他的表情,但听到他答应了,心底明了他会尽力地帮忙的。

第十部分 边境危机

（一）

就在这时，放在办公桌上的手机响起视频邀请的声音，她起身拿手机，范湉的头像在屏幕上亮着。

她把屏幕展示给陈相正看："另一个八卦王的召唤。"

点开接听，她的话还没来得及出口，对面的人反而先开口："你是手机拥有者的什么人？"

视频那端的人并不是范湉，而是一个看起来像混血的男人，一双深邃的眼睛紧锁着她，肥大的鼻子快贴在屏幕上。

宁芷十分警惕："你又是什么人，手机怎么会在你手上？"

镜头一阵摇晃，男人把手机拿得远一些，把自己身上的制服拍进来："我是洲地扎尔警员。"

宁芷心咯噔一下，从事法医这行有三年，自然清楚这样的对话意味着什么，她扭头看陈相正，他也一惊，用口型问她："什么情况？"

宁芷压下心底的不安："我是她的朋友，她出了什么状况吗？"

"是这样的，我现在在月亮岛酒店，酒店经理刚刚报警说你的朋友还有她老公，从昨天到现在都没有回酒店，也没在前台留言。目前这边有很多未知人士在游街，酒店怕出问题，所以报警处理。我们通过解锁她的手机，发现她最后的联系人是你，想问你这边是否知道他们的行踪？"

"你是说，他们失踪了？"

"什么情况啊？"

宁芷把地址抄下来折在手上："范姐可能出事了，前天晚上她和我最后通话提到过，她们要去外边看巡车队。"

陈相正不明所以，但还是意识到事情的严重性："我去和老大说一下，你这边也跟进着。"

宁芷一刻都不敢耽搁，先是在网上搜索关于巡车队的资料，越看越触目惊心。网友在帖子里将巡车队形容成暗黑者，他们以保护城市除暴安良为任，却做着器官倒卖的勾当。

越往下越不敢看，不知道这个作者在哪里找来的配图，鲜血淋漓，和她平时解剖时无甚差别。

恰好江桓从解剖室出来，她来不及去顾虑两个人还没沟通的事，先把范湉的情况和又搜到的信息整合讲给他。

人多主意多，她自己的想法终究有限。

宁芷有些急："她们失踪超过了四十八小时，遇到危险的可能性很大。"

江桓沉默片刻，把她手里的地址接过来，洲地、巡车队，这些字眼冲击着他的视线，他想到尹度贤所说的鲸落组织，会不会是同一伙人？

"既然那边提出让我们过去协助办案，我定最快的那班飞机过去。"

"你要自己去？"

江桓点头："范湉也说过那边不太平，现在不确定他们是落在巡车队手上还是其他的危险中，也不能确定是针对性犯案还是偶发性案件，如果是针对性犯案，去的人越多可能越危险。"

她忽然反应过来他的意思，伸手去夺他手上的纸条："你什么意思，范姐的老公也失踪了，证明男性也是危险群体，你怎么确定你不危险？"

"我有自保能力，你留下等消息就好。"

宁芷冷笑，抬眼看他："你没权利决定我做什么，你以为我还是站在你身后的胆小鬼吗？"

不是，她很清楚，他比她更清楚。

宁芷挣开他的手："这件事，不是由你或者我来决定，局里会有安排。"

范湉在局里工作很多年，工龄比特案组成立的时间还长，对局里和社会都做出过很大的贡献，她的安危自然会被重视，估计于城现在已经在和局长

幸存者游戏

商讨对策了。

他们现在只需要等待安排即可。

事态紧急,在进行高层会议后,局里和洲地组建了联合调查组,于城、陈相正、江桓、宁芷,还有杨路一起过去,势必找到范湉夫妇,必要时,协助洲地警局侦破案件。

飞机上,四个人都很沉默,而杨路则显得异常兴奋。入行这么久,他的工作范围始终局限在局里的电脑房,外勤至多是抱着电脑到天台。

这次直接出省,倒有点小学生春游的意味。

"我回去该给我女友带点什么?"

"洲地什么比较有特色?"

"要不,我带几个套娃回来吧,不容易坏,还好看。"

宁芷越发沉默,想起范湉临走前问她想要什么,是不是也说给她带套娃?才过去几天,说话的人竟失踪了。

江桓不好打断杨路,从包里翻出眼罩递给宁芷:"先休息吧,到那边时间会很紧。"

宁芷扫他一眼,没伸手接,抱着肩往后倚,闭着眼睛,迷糊间还能听见杨路在说话,陈相正偶尔应上几句。

心里有事,可还是没抵住困意,昏昏沉沉睡去,又猛地惊醒。后背冰凉,仿佛贴在一层铁板上,不知道自己在哪儿,眼前一片黑漆,能听见有细微的啼哭声。

她努力地睁眼睛看,是在一个长方形的库里,她的身上被潮气围裹着,周围坐着不少人,看不清他们的脸。啼哭声从斜对面的角落里传来,很熟悉,她起身想靠过去,手掌往下一按,黏黏的,凑到鼻边,是血。

细听有滴答的水声,从头顶上方传出,一滴落在脚下,一滴落在脸上。

她想去看清眼前的处境,突然,门被快速拉开,强光照进来,她看清了悬在头顶的是什么。

不是漏雨,是人。男人被铁链吊在棚顶,脑袋下垂,也不知怎的,血从脖颈处的伤口一滴滴落下来。她很确定见过这身装扮,衬衣一角有个洞。

她喉咙一热,哭出声,眼泪越流越多,嘶哑着嗓子叫他名字:"江桓?"

哭着哭着，就醒了。

她伸手摸脸，竟是湿的，这个梦太真实，真实得让她喘不过气。

飞机上的人都睡了。杨路抱着电脑不老实地翻身，陈相正抱着于城的胳膊，不知道梦见什么，直吧唧嘴。

而身边的江桓，睡得也不踏实，眉头拧在一起，双拳紧握。她不自在地翻身，低头看他身上的衣服，不是梦里的那件。

先是伸手去触他的眉，又转而去握他的手，轻轻地摩挲。好一会儿，那股寒意缓过来，才不自在地翻身，就着微弱的光看时间，飞了三个小时，还有一个小时能到。

她不敢再睡，想着接下来到底该怎么办。

（二）

十二月下旬的洲地，零下二十几度。呼出的热气，在嘴边团成白气。扎尔警局的人早早等候在机场边，举着牌子向他们招手。

宁芷见过他，在昨天的视频里。

人很高，暗色的制服套装，人往那儿一站，光影遮住不少。鼻子比视频上看还要大，一双眼很深："我叫阿拉坦·比根，是此次案件的对接员。"

比根说着一口不太流利的普通话，依次和他们握手，到宁芷时，他先是愣住，有丝惊喜："想不到我们是同事。"

宁芷和他握手："宁芷，法医组。"

他们谁都不想把时间浪费在寒暄上，于城更直白："资料准备好了吗？"

"准备了，我们车上聊？"

扎尔区对游车队的了解并不多，让他们去救人，毫无头绪。好在于城他们过来前，提前报备过该准备的资料。

U盘插在杨路的电脑上，是视频文件，里面有范湉住的酒店前台和门口街道的监控记录。右上角有日期。在十二月二十一日晚九点三十七分，范湉和老马急匆匆地跑出去，范湉身上还穿着和她视频时的那套睡衣，只是多披了一件羽绒服。

第二段是宾馆正对着的街道。两辆黑色的轿车一前一后开着,车顶闪着彩色的灯,特别显眼招摇,但车窗又是紧闭,上面有一层防窥视黑膜,看不见坐在里面的是什么人。

九点三十九分时,范浠和老马从视频右下角进入画面,两个人脚步略微鬼祟,沿着人行道的边缘跟着,走到视频左上角时,两个人停顿一会儿,也不知道在干什么,紧接着又疾步跟上去,彻底消失在这段监控里。

"还有最后一段视频。"杨路手没停留地快速点上去。

是另一条街道,视频一帧一帧地走,屏幕像静止了一样,没有动静。

陈相正心急:"怎么回事,视频坏掉了?"

话音刚落,两辆车一前一后出现在画面中,速度不变,闪着灯缓缓地驶出监控,秒帧还在走,不见范浠夫妇尾随。

隔几秒,陆续有两辆大车驶出街道,直到视频结束,始终不见范浠夫妇。

宁芷注意到时间是九点四十一分,距离上条视频,仅两分钟。

陈相正扯过电脑屏幕,按后退键:"怎么回事,转弯的工夫,人就没了?"

杨路来回看视频:"是不是这两辆车搞走的?"

江桓还算淡定,范浠夫妇的失踪看似偶然,但又不是。来之前他查过不少资料,在扎区从年初开始失踪人口有五十多人,里面极少数是本土人,大多是外来游客。

劫持范浠夫妇可能是个圈套,用某种办法,吸引他们出去。毕竟能在那么短的时间内让人消失,不太像是随机作案。

"最近一段时间,这两条路段的监控调取给我,还有这家酒店的入住登记。"

一路开车,皆是俄式建筑,高高的塔尖和青铜色雕塑。圣诞节临近,整条街都在放音乐。

杨路兴致勃勃地拍了不少照片,一点都没有意识到此次前行,可能是危险之旅。

比根挂掉电话，扭过身和他们说话："你们这么远过来，先去市区吃点便饭吧。"

可能是这边的便饭和理解的便饭不太一样，比根选在一家西式风格的餐厅，餐厅装修得富丽堂皇。杨路拷着电脑走在前面，"啊啊啊"地叫唤："有种身处俄罗斯的感觉。"

饭店老板早就得到消息，早早地等在那儿，是个地道的俄罗斯人，够热情，依次和他们握过手后，才指引他们朝包间走，和比根在前面用俄语交流着。

老板时不时地回头看他们，眼里都是崇拜的色彩，用汉语问他们："你们真的能抓到这群歹徒吗？"

陈相正点头想说肯定的话，却被于城挡住："我们尽力。"

这一趟来，最主要的目的是平安地找回范湉夫妇，并不确定是否能歼灭犯罪团伙。这里是中俄蒙交界处，以外国人为主，但凡发生冲突，都是他们不可承受的。

席间，比根熟练地点菜，于城拦几次，他都不听，执意点一大桌子的菜。宁芷没什么胃口，点开朋友圈看范湉发的图片。截止到现在，失踪时间已超过五十个小时，是生是死还不清楚。

杨路嘴里塞着奶酪饼，声音含糊不清："小芷，你也别太担心，我知道事情急，但现在毫无头绪，我们不能先把自己搞垮，你要攒足力气，才能找到范姐啊。"

道理她懂，但还是吃不下。

江桓起身出去，谁也没管他。

比根喝口红菜汤，鼻头沁满汗，声音憨憨的："我知道你们怕惹出麻烦。我们也怕。可是能怎么办呢，警力不足，怎么防都防不住这群人，总有人消失，我们警员也受了伤，他们有枪。"

于城放下筷子看他："你和他们正面冲突过？"

"肯定啊，人在这儿丢了，家人来报警闹事，我们不能什么都不做。拦过车，结果那群人就那么直接开过去，从窗户探枪出来，要不是躲得快，估计……"

比根没把话说完，但是什么意思，于城他们都明白。那群人不是单纯的绑匪，带着致命武器，不要赎金，只要人。

宁芷瘆得慌，不谋财的话，只剩下害命了，梗着脖子，不假思索地问："那你们找到过尸体吗？"

"尸体？"比根连忙摆手，"没，一直没见到尸体，要是有尸体还好说，有线索能定罪，可这么久以来，什么消息都没有。"

"挺好的。"宁芷垂眸，看着满桌的菜，突然冒出这么一句。

是挺好的，没有消息就代表着是好消息，至少还有希望不是吗？

在座的人基本都了然于心，比根还要问什么意思。门从外边打开，江桓端着碗走进来，热气冒着，把他的脸映得模糊，他脚步很稳，朝着宁芷走过来。

一旁的陈相正十分自觉地把位置让出，跑到于城旁边坐下。

宁芷鼻子灵敏，一下就闻出碗里装的是什么。大碗放在她面前，红通通的面汤上有个圆圆的荷包蛋，切成片的火腿肠围在四周，盖着下边金黄色的方便面。

"没有你爱吃的口味，但味道还行。"

宁芷没摸筷子，仰头看他，他额上有汗，身上有泡面的味道，宁芷心里发酸。他总喜欢一声不响地把事情做好，她明明堵着气，却发不出火。

陈相正眯着眼睛，看好戏一样看着他俩，用力咬牛肉，腮鼓得像个狒狒。

宁芷没好气地瞪他："吃你的去。"

再拿筷子夹面，入口辣，带丝甜，面很劲道，又咬一口蛋，蛋很入味，证明煮面的人很用心。

喝上热汤，身边还是杵着个人，宁芷也不看他："坐下吃饭吧，不要浪费。"

一顿饭下来，谈不上用餐愉快，但也没谁有明显的负面情绪。除去宁芷从不搭江桓的话题外，再也没什么大问题。

（三）

从市区到扎区距离不远，路上有雪，天暗得厉害。比根探头出去，打个哆嗦又缩回来，赶紧关上车窗："八成又是大雪天。"

在这极寒的天气里，再来点雪，无疑是增加案件侦破的难度，足迹分析、车辙印这些科学侦测手段都无法使用。比根从储物格里拿出一盘旧磁带，把窗户上哈气凝固成的白霜擦掉，时不时地用对讲机和所里的同事汇报当前的情况，一路上所有的谈话都被他修饰过传递过去，那头的同事也是一股热血沸腾，好似抓到凶手是件志在必得的事。

对讲结束后，比根仍旧兴致冲冲，忍不住和副驾驶的于城搭话："你们有几成把握抓住这作恶的团伙？"

这种事情不好说，饭前硬着头皮也只说到尽力的程度，而现在再问，倒有点赶鸭子上架的意味。从接任务到过来，局里明确表示以救人为主，案件能够侦破自然是大功一件，但这样的环境下，无论做什么都束手束脚，不出乱子已是最好的结果。

好久不见回答，比根尴尬地咳嗓子，注意到后排座位上拿着手机拍照的杨路："你们早点把案子破了，带你去边境看看风景，晚霞时刻美得很。"

杨路虽然很想回应，但是时机不对，只能在座位上憋着，手上倒腾着电脑里自己开发的软件。人到底是年轻，为人处世的方式不够老道，还是朝着后视镜看过来的目光猛点头。

车子开到派出所停下来，陈相正在前面打头阵，地面滑，他的鞋不太防滑，两步一踉跄，杨路一边笑他，又和他相搀着往局里走。

比根停好车过来，搓着冻红的手："军大衣我们提前准备好了，不知道你们鞋码，所以你们最好先买双防滑鞋，我们这儿地硬，滑倒问题很严重。"

于城点头，到底是练家子的，下盘稳，进到局里鞋都没滑一下，只是小腿骨绷得太紧，松懈下来时竟有酸胀感。不过，他不说也没人知道。

局长是个四十多岁的当地人，满脸憨笑，见到他们就往上迎："欢迎欢迎，路上冷吧？"

陈相正四处打量着，整栋房子大概和他们特案组一样大，办公区很紧凑，每个人中间有一个隔板挡着，只坐着四个人，其中两个头上缠着绷带。

再向墙上看，红色横幅上印着金灿灿的几个大字：欢迎水原市同志莅临本局，蓬荜生辉！

哪里蓬荜生辉了？是那几个冒着黄光的字吗？

陈相正错愕地扭头，又听局长自我介绍："我叫包金山，这次的案子，你们多费心，有什么需要的告诉我，都能解决。"

包金山，怎么不包个钻石山呢。陈相正暗暗地想，又想着不能随便拿人家名字开玩笑，赶紧把那点笑意收起来。

宁芷根本没注意到一分钟的工夫，陈相正内心的百转千回，小声地问他："会不会太大张旗鼓，若是打草惊蛇，那群人早有防范，岂不是救不了范姐？"

"不至于，他们好歹有公安意识，咱们也不是什么人物，还能上大字报？"

想想也是，她没再把这事放在心上，跟着包金山进到办公室。路上江桓嘱咐的资料都已准备好，整整齐齐地放在办公桌上。

宾馆登记信息由江桓负责，失踪人口资料以及报案人核实的事情由宁芷负责，而于城则负责游车队的背景资料，监控视频这些自然交给杨路。

任务分配完毕，只有陈相正茫然地站在那儿，指着自己："老大，我要做什么？"

于城抬眸看他，无表情的脸上难得多了几分表情："你去把我们的行李带到范湉住的那家酒店，开好房，等我们过去。"

"大材小用啊，我怎么一下变成了秘书？"

于城上下瞄他一眼："范湉所在的那间房，一定要保护好现场线索。"

这么一说，陈相正顿觉任务艰巨，想也是，那间房怎么也算是出事前最后的现场，没准留下什么有用的信息。他要抓紧时间，保护好那里。

留在办公区的几人，就数杨路的装备带得最齐，比根跟着他一起忙乎，把他在办公室的那一套东西简单地搭建起来。杨路手指极快地在电脑上敲打代码，比根跟着他的手指一直动，目不暇接，很快就揉着眼睛倒在椅子上。

"天啊，这三个屏幕你不仅能看清楚，手还忙得过来？"

杨路很少听到夸自己的话，不免有点得意："小意思，比这个多的也看得过来。"

于城抬头看他一眼,他抿嘴收声,自己正式收编前的"光荣事迹"确实上不了台面,又集中精力在显示屏上,显示屏的时间段是晚八点半到十点,酒店门前和范湉消失的街道近一个月的视频。

将视频播放速度加快三倍,闪烁的霓虹灯,仅剩下五彩的光点,到九点前还有零星的人在赶路,但九点后街道像被清空一般,一个人影、车影都没有,要不是时间还在动,他会以为视频被按了暂停键。

突然,一辆黑色的车出现在监控中,杨路立刻将视频的播放速度恢复正常,截图保存下来,两辆车保持着匀速从视频中离开,一分钟后出现在下一条街道。

他注意到右上角的时间是九点十五分。紧接着,九点三十九分那两辆车又出现在屏幕上,两分钟后消失在下一条街道。

连续三天的监控内容都是如此,杨路备受打击,看另外几个人在笔记本上奋笔疾书地记录着什么,深觉自己什么忙都帮不上。

就在这时,一旁帮着他看屏幕的比根发现了什么,指着屏幕直叫:"快看快看,这是不是线索!有人跟着这车!"

不能泄气!杨路打起精神看比根指着的地方,最后的那辆黑车后确实有个小小的影子在跟着,那鬼祟的模样和范湉夫妇如出一辙。

视频上的时间显示九点三十九分,转弯的工夫,又是两分钟,再也不见那小小的身影出现。

他总结道:"没人跟着时,这车三十秒就可以抵达下一条马路。但凡有人消失,就会花费两分钟!"

问题必然出在这里!

(四)

正常行驶速度为三十秒,如何能在两分钟内,将清醒的人悄无声息地带走?

乙醚麻醉的话，也需要一分钟左右，加上受害者会奋力挣扎，再加上停车装车的过程，怎么都至少需要三分钟。

难道他们有什么特殊的技巧？

江桓提出想法："把监控范围扩大，车总要有个终点。"

近一个月来，加上范湉夫妇一共失踪过四个人。同一时间段，比对信息，他们都曾住过范湉夫妇的酒店。

比根惊讶："是和酒店有关？"

江桓把本子合上："不像，有关的话，酒店的人不会报警。"

"有道理。"比根很容易被说服。

监控范围扩大，扎区多条街道均出现过黑色的游行车，仔细看还是能分辨出并不是那两辆，颇有些混淆视听。

几个盘的视频，看得于城脑袋大："把所有出现过的车牌号都给我发过来。"

等杨路将那几辆车的车牌号整理打印出来后，于城已经着手去调查车辆信息了，唯独江桓在看到那几串数字时，眉头紧皱。

没记错的话，这几辆车和去监狱见李铁那晚有意与他们相撞的车都是以内E开头。这算是巧合吗？

江桓不动声色地退出去，在警局小院里绕圈，警局是真不大，那两个受伤的人估计觉得屋里闷，窝在门口吸烟，时不时地呲牙喊疼。

尹度贤的电话再拨过来时，他已经绕完第六圈，那端声音不急不缓地先调侃他一阵，才开始说正事。

"这些车型确实相似，但我查过鲸落组织到底打着正义的名号，做坏事不会这么明目张胆。"

"会不会是组织里的背叛者？"

"怎么可能，这就和古代的皇帝一样，能允许眼皮底下有人犯事？不用你们出手，早就肃清了。"

尹度贤继续说："有什么消息我再联系你，他们都不是好惹的货色，我在这边有人，给你送点设备吧，你自己要小心。"

挂掉电话，江桓朝里间走，正巧，那两个同事也吸完烟，起身要回去。两人互相搀扶，其中一个腿有点跛，咬牙切齿地挥着拳头："再让我抓住他们，我就一枪爆掉他的头。"

江桓瞬间想到什么，疾步走回办公室，把于城叫走。

酒店登记资料已整理完成，从高频率失踪开始，在这家酒店登记住宿的人共有十三人，与失踪人口作比对，七人吻合，有两对情侣和三名女性。

宁芷把这几个人的照片打印出来，发给每个人，就坐在杨路旁边帮他一起看视频。

很快，宁芷意识到屏幕上的古怪之处。

"他们每个人在这个位置都做出停顿，是什么原因呢？"

"是不是路不平，或者这里有什么东西？"

"我回去看看吧，也许古怪之处就在这儿呢。"

比根嚷着安全问题，要亲自送她回酒店，正好和从会客室出来的江桓迎面遇上，比根足够热情，把这一趟要做的事情说得清清楚楚，江桓把手机放回衣兜，说麻烦比根也顺路把他送回酒店。

宁芷看他，没等说话，比根已经扯上他胳膊，特别热情："走吧走吧，人多更安全。"

路上，比根兴致勃勃地给他俩介绍洲地文化，还嘱咐他们等救人结束后，一定要抽出时间好好逛逛。

直到酒店门口，比根才不舍地闭嘴："那你们进去吧，我回局里了，下次再给你们介绍。"

酒店是一贯的俄式风格，米黄色的基调和帐篷式塔尖，和童话故事里的城堡很相似，挂满了圣诞的装饰。但此时，一点都感受不到浪漫气息。

事先和陈相正发过短信，直接坐电梯到三楼。范湉的房间在走廊的最里间，据说采光特别好，日落后能看到红色的光景，很多游客都抢着选购这间房。

门铃响了两声，陈相正急匆匆地把门打开。房间还保持着范湉夫妇失踪前的模样，也比视频中看着要更大一点。

日头刚落，房间沁上一层红光，映得屋内的家具发亮。

"你们可算回来了，我在房间都要憋死了。"

"你一直没出过房间？"

"哪敢出去，万一老板把房间租出去，或者坏人去而复返破坏了房间怎么办？"

宁芷无语，心想他也是够老实，竟然真的一直守着。这间房早就被扎区警局作为重点勘查现场封锁住了，根本不可能被租出去。而且店老板和警员时常看监控和巡逻，坏人也很难有机会溜进来。

这些宁芷都没说，陈相正手机振动，是信息，他掏出手机皱着眉看，没一会儿，把手机揣进兜里往门外走："你们先在这守着，我去警局那边帮老大。"

宁芷四处打量着房间，把自己的手机拿出来，开启自拍模式找角度，她没按拍摄按钮，反而围着房间左右移动。

好一会儿，才停在窗边的桌子前，她把推到里面的椅子拉出来，整个人坐在上面，按下拍照键，回头和江桓说话："当时范姐坐在这里和我说话，和我说外面一直有游车队，她不敢出门，但是莫名其妙的，老马突然要出去看看怎么回事，她也就急匆匆地挂断视频。"

当时，大家都因为大学城的杀人案忙得焦头烂额，她也没想到再去联系范湉，因此错过了最佳的救援时间。

时间拖得越久，范湉他们越不安全。

江桓知道她的想法，也不好安慰："我们出去看看，沿着那条路走一下。"

宁芷正有此意，拔下门卡走出去，她掐着时间从酒店门口走，大概按照视频上的显示位置开始走，她记得视频中，范湉他俩因为小心，步子并没有迈很大，似乎在提防着什么。

宁芷尝试着弓起背，步伐放缓，沿着人行道的绿化带，一小步一小步地走，估算着时间，停在中央的位置，弯下腰开始找角度。

他们纷纷在这里停留过，可她却怎么都看不出其中的门道，地面没有任何不同，只是普通的绿化带，都是些常见的。

江桓看出她的意图，并不去阻拦，而是走得更外，将她护在人行道里侧。路上的车和行人都不算多，开得都不慢，有几辆路过他俩时，速度放得更慢。

其中，有辆车还把车窗摇下来，大黄脑袋伸出来，朝宁芷吹口哨。

"呦，小妞，一起去玩啊？"

完全无视江桓的存在，江桓也没有迎面冲突的打算，人往前走一步："我女朋友没空，不然和我一起玩？"

黄发男人吐句脏话，关上车窗，发动车子。

宁芷憋住笑，这群人也是大胆，光天化日之下，嘴都这么不干净。她从地上直起身，倒想看看他们是哪路货色。

刚起半身，她突然顿住，眼睛死死地盯着那车的车胎，伸手拽江桓，示意他去看。

车轮的钢箍上缠着一圈闪着光的线圈，车子启动，转起来很显眼。

如果范湉夫妇那晚也是被车上的某种东西吸引住目光，所以才会出现短暂的停顿，复又追上去呢？

"先回酒店吧。"

宁芷坐在床上，翻着范湉留下的东西，行李箱的衣服整整齐齐地摆着，下层盖着两个中型套娃，分别是男女孩模样。背面被她拿小纸条贴上了江桓和宁芷的名字，并列在一块儿，还画了一颗红心。

她竟然真的为宁芷买了套娃，宁芷拿出其中一个，拔开第一层，里面是个小一圈仍旧眯眼笑的娃娃。

宁芷不好受，将娃娃又放在行李箱盖上，江桓用电脑比对那两辆车的车胎是否有异样。

就在这时，门外有敲门声，宁芷以为是陈相正回来了，连喊两声"来了来了"，从床上跳下来就去开门。

门外站着的竟不是陈相正，而是一个穿着蒙服，戴着毛裘帽的小男孩。他仰着红扑扑的脸看她，直扑上来抱住她的腰，嘤嘤地哭起来："姐姐，救救阿妈吧。"

"姐姐，我知道你们厉害，快救救阿妈！"

（五）

小男孩名叫郭志远，他妈妈是汉人。中秋时来这边旅游过，这个月初，一家三口过来定居谋生活，可谁知道生意才刚有起色，人出去买个东西却再也没回来。

报过失踪，可一点线索都没有。他爸印过广告纸，无论天气多恶劣都会出去发一天，但情况也不乐观。

郭志远坐在床上，仍是抽泣："街坊邻居都在说来了厉害的警察，帮我们抓坏人，那你们一定能帮我找到妈妈对不对？"

局里还真的大张旗鼓地宣传过他们的到来。

宁芷被他哭得心疼，连哄带安慰："小远，我们也不是万能的，但我们会尽力去救人。"

江桓拉过椅子坐在男孩对面："你妈妈长什么样子，你能描述一下吗？"

小远抽一口气："阿妈不高，也不胖，阿爸说阿妈身材很好，长得很漂亮。"

向八岁的孩子要具体特征确实颇有难度："还有其他的吗？"

"我妈妈额头上有颗痣，大家说那是美人痣，我也有。"说着，他把帽子摘下来，露出的额头上，有一颗小小的黑痣。

宁芷想起在查看失踪人口档案时，其中有个女人的额头上有颗痣，位置很明确。档案里写她的身高是一米六四，体重五十五公斤，失踪八天。

"你妈妈失踪前，住在这个酒店吗？"

"不是的，我们住在对面的民宿房，中秋节旅游的时候住过这儿。这次也想住，但妈妈说做生意要节约。"

宁芷看向江桓，他会意。或许这家酒店没有和游车队勾结，但至少这里已经成为游车队实施犯罪的聚集点。

他们在这锁定目标，再实施犯罪。

郭志远的妈妈住过这间酒店，也许中秋节时就已经成为罪犯的目标，但出于某种原因罪犯没有行动，而这次她又住在对面，肯定又被列入了选择目标里。

见宁芷不说话，小远从床上跳下来去抓江桓的手："大哥哥，阿妈说男人就是英雄，你一定要帮我找到阿妈，好不好？"

江桓摸他的头，安抚他："我们不知道你妈妈在哪，知道的话，一定会全力营救的。"

"这个我知道的。"

宁芷一喜:"你知道你妈妈在哪?"

小远点头又摇头:"我不知道,但我有办法。你可以和大哥哥一起也被坏人抓住,那不就可以见到阿妈,这样就能把她带回来了。"

江桓皱眉,意识到小远的回答有问题,握住他肩膀,沉声问他:"这么冒险的方法,是谁告诉你的?"

小远被江桓突如其来的动作吓到,哭得更凶,两只小肉手直揉眼睛:"我就知道没人愿意救阿妈,警察叔叔根本不会救的,刀疤叔叔骗我,你们都不是好人!"

"什么刀疤叔叔?"

小远身体一颤一颤的,指着自己的额角:"就这里有个刀疤的叔叔,他告诉我,你们一定能帮我找到阿妈。"

刀疤?H?他也在洲地?

宁芷刷地从床上站起来,脚被行李箱绊了一个踉跄:"那个人现在在哪儿?他在哪,带我去找他!"

江桓去握她的手,被用力地甩开,只见她眼睛又是一片猩红,她把小远连抱带提地领到门口:"快,带我去找他。"

小远越哭越厉害,在她的身上扑腾,手朝她脸上招呼,有几下实实地打在面颊:"坏人,你是坏人!你放开我,我要回家!"

"小宝!"

江桓吼一嗓子,宁芷才回过神,脸上有点麻,怀里的小远哭到岔气。她赶紧把孩子放下,蹲在那儿细声哄:"姐姐不对,告诉姐姐,那个叔叔在哪里好不好?"

"就在民宿里,住在我们家隔壁,叔叔人很好的,常常给我送好吃的。"

"那你带我过去,我也给你买好吃的。"

小远缓缓地点头,抹一把眼泪:"那你不要欺负刀疤叔叔,好不好?"

宁芷没说话,开门就要带着小远走,江桓拦她:"你这么冲动,怎么抓得住他?"

"不然呢?"宁芷绕过他,继续,"等,等他来找我,等他像杀媛媛一样杀了我吗?"

走廊里一阵脚步声跑远，怕是有人赶着下楼。宁芷不想声张，压抑住怒气，声音更低："江桓，要么一起去，要么，别再管我。"

小远拽她的手："姐姐，快走吧，别耽误了救妈妈。"

宁芷看眼江桓，也不等他回应，率先往外走。天色已晚，路灯亮起，小远步子走得急，扯着她的手，争分夺秒地往民宿走。

身后有沉稳的脚步声缓缓地跟着，不需回头也知晓是谁。民宿当值的是阿嬷，大袍裹着瘦小的身体，坐在柜台后看电视，手跟着打节拍。

"几位，住店？"

"阿嬷，是我。"小远个子矮，在柜台下直跳着露头，阿嬷站起来从柜台里伸出头看："小远，不是和你说晚上不要出去玩吗？"

"阿嬷，我是去找人帮我找阿妈。"

阿嬷叹气，在她眼里宁芷和江桓就是手无缚鸡之力的普通人，别说去帮他找妈妈，自己不被抓走就不错了，招呼小远赶紧回屋子去。

小远摇头："阿嬷，他们是大城市来的警察，我要带他们去找刀疤叔叔。"

"你们找胡海？胡海刚刚退房了，说有事。"

宁芷把手机里 H 的照片调出来递给阿嬷："你说的胡海是这个人吗？"

阿嬷凑过来看："像，也不太像，年纪要大一点。"

那就是 H 没错了。

"他在这儿住多久了？"

"这我得想想，估摸着有两个多月咯。"

时间倒是和西里一别很吻合。一直想着 H 离开西里，会回到水原作乱，没承想竟然窝在小民宿里，他到底想要干什么？

宁芷的脸色慢慢沉下来，没想到这次还是晚了一步："他的房间在哪儿，我们可以看看吗？"

"可以啊，他那房间可没什么好看的，都是些上了年头的破报纸，我还没来得及收。"

阿嬷和小远没跟过来，倒是很放心地把房间的钥匙给了宁芷，江桓走在前面，从出门到现在，谁都没先开口说话。

宁芷见他推门，也快速地跟上去，大门四开，里面的景象着实令人震惊。满墙的报纸无缝粘贴,带图带字的,其中一些发黄到上面的字已经看不清了。

可阿嬷说错了,这屋子里不全是上年头的报纸,有很多都是今年的,最近的就是上周,大学生连环杀人案。

宁芷的喉咙一滚,想说什么,话到嘴边又咽下去,走上前抬手揪起那张报纸用力地揭开。下面粘着的还是上周的报纸。

H像是早就猜透她的心思一般,她连撕四层,下边的内容仍旧不变。她的指腹泛红,指甲盖却惨白,力气不减,想一下抠到墙皮。

江桓覆住她的手,稍用劲把她的手从报纸上掀开,有点怒气:"我来吧。"

宁芷还没从江桓掰她手的事上回神,又听出他口气不好,惊愕之余又有几分了然。换作从前,他只会把抓H当成职责,而如今,他会把这当成使命。

"哗啦"一声,那张报纸连带着整面墙所有的报纸都一起被扯下来,落在地上扬起一股灰。宁芷捂着嘴低头咳嗽,始终不见身旁的江桓有动作。

她抬头去看他,忽然心中一动,下意识地顺着他的目光看过去。那面没了报纸的墙上,有人用红色的蜡笔用力地写了几个字:恭喜你们离我更近一步。

(六)

从H的房间里出来,宁芷周身的氛围都冷冰冰的。

手里攥着的是H留下的书信,字迹潦草下笔有力,让他们把这次的游车队失踪案破了,作为奖励,可以告诉他们他的下一个据点。

江桓把钥匙还给阿嬷,阿嬷掂着钥匙看着他俩:"胡海这个人是个老实巴交的书生,也不知道你们找他干吗?"

宁芷一听"老实巴交"几个字,气不打一处来,想发脾气,却被江桓拉在身后,江桓率先开口回答:"我们和胡海是旧相识,没想到能在这儿重逢,就想着见见，看他最近忙什么呢。"

这次阿嬷仔细地上下瞧着他俩，似乎在辨别这话的真假："你们这年纪是胡海的学生吧？"

"胡海做过老师？"

"那可不，听说以前在重点高中做过老师，年纪轻轻的，可招人喜欢了。我看你俩的年纪像他的学生，不是啊？"

H还做过老师？

江桓摇头："我们认识他的时候，他已经不是老师了。阿嬷，你知道他在哪个学校当过老师吗？"

"哎呦，他八成说过，我脑袋不好使，记不得了，肯定是大城市的重点高中咯。当老师多好，铁饭碗，怎么好好的不当了呢？"

估计也问不出什么来，江桓和宁芷告别后，准备回酒店，今晚搜集到的信息量有些大，他们对H一直有个误区——年龄。

在俄城，次旦给宁芷照片时分明说H前不久才找上他，可那张照片上的H，分明是她五年前见过的模样，而现在H已是近四十岁的人。若是细想照片上的神婆达姆也要比她见到时年轻几分，徐男这么多年样貌始终不变，杨竺林呢，她从始至终都没有见过这个人，这些让她忽视掉了其中的关系。

次旦在说谎，那张照片根本不是近期的照片。

可为什么呢？

再加上从阿嬷口中得来的消息，H现在的名字叫胡海，这是他真实姓名吗，他和阿嬷讲的事情又有几分真假？

夜里温度达到零下二十八度，一口冷气吸进来，鼻头通红，睫毛上都落了霜，宁芷往门口凑凑，遮风。

江桓站在酒店门口打电话，没风了，宁芷能听清楚江桓讲电话的内容。"对，叫胡海，高中老师，在职期间成绩应该不错。"

"没有这个名字，就把这个范围找给我，年纪在二十五岁到三十五岁之间，有过突发事件导致辞退、离职的。"

"尽快吧。"

挂断电话，江桓才看见快挪到门口的宁芷，反应过来叫她赶紧进去暖和暖和。

宁芷看他露在外边的手指冻得发红,把自己的手套摘下来一只套在他手上,没说话。

这时,身后突然有人叫她,回头见小远急急忙忙地往马路上跑,江桓怕发生意外连忙过去接他。

小远大口大口地呼气,把希望都寄托在宁芷身上:"姐姐,你能救我阿妈吗?"

江桓看眼犹豫不决的宁芷,说:"能,但不会用你说的方法。"

宁芷意识到他话里的意思,也不理会,嘱咐小远赶紧回家,天要黑了。

小远锲而不舍地追问:"那你们要怎么救阿妈?"

"想办法。"

办法总会有的,但不能铤而走险。小远的主意是 H 出的,谁知道他到底怀着什么样的心思,在这案子里又扮演什么样的角色,到底是什么案子,江桓他们都不清楚,贸然深入不是明智之选。

阿嬷站在民宿门口叫小远回家,小远捏着宁芷的衣角,泪眼汪汪:"姐姐,阿妈就拜托你啦。"

一步三回头地跑走,看得宁芷心顿顿地疼。

回到酒店,于城他们还没有回来,晚饭是老板送到房间的,本土菜色,色香味俱全。宁芷草草吃过几口,就坐在那张椅子上看窗外。

她在揣摩那晚范滟的经历,而江桓还在搜关于游车队的帖子,丝毫没有回自己房间的打算,应该是怕她冲动做出没头脑的事情,宁芷表面无动于衷,心里头骂一句。

她还不至于权衡不好其中利弊,经过这两次她和 H 的较量,H 始终是运筹帷幄的角色,她是棋子,没到必要的时刻,她不会冲动。

当然,在江桓眼里,她可能只是一个头脑发热、为了抓到 H 奋不顾身的傻子。

江桓扭头看她:"我知道你想抓 H,我也想,我不能再让无辜的人白白死去。这一次,我们不能用更多的牺牲来换 H。"

"江桓,如果不是朱陈媛,现在你只能在我的墓碑前思悔。"

江桓轻声叹息,低下头不知道在想什么,好一会儿又抬起头说:"你有没有想过 H 为什么杀朱陈媛而不是你,他就是在玩弄你,让你愧疚,让你恨我,让我们争吵,这才是他的游戏。"

宁芷有点发愣,眼睛有点发涩,深吸一口气,尽力把复杂的想法压下去:"说这些会让你心里好受吗?"

她抬手用力地抹一把眼睛:"夜深人静的时候,你梦见过吗,脖子被割开,血止都止不住。我只能眼睁睁地看着,什么都做不了。那是你和他的游戏,不是我们的。"

江桓脸色不好,没有吭声,红了眼,脑袋轰轰的,他就这样看着眼前瘦小的人,始终被梦魇折磨着。谈不上感同身受,夜深人静时,他连梦都做得很少,只想着如何抓到杀害父母的凶手,如何能回到她身边。

这五年多,对他们俩来说,都是折磨。

是幸存者吗?不是,是苦难的承受者。

天已经彻底黑下去,憋了一天的雪终于落下,在彩灯的照射下,絮絮纷飞,有几分节日的氛围。

客房门被敲响,老板在门外声音不大,有几分试探:"警察同志,今天平安夜,吃苹果图个平安,我给你俩送来了两颗。"

宁芷嗓子有点哑,喊声稍等,下床开门。老板两颊红扑扑的,有红酒的味道,身上套着不合身的圣诞老爷爷的衣服,头顶红色帽子,白色的毛球俏皮地坠在额前。

透过开着的门,隐隐听见楼下有庆祝的声音。

老板有些不好意思地摸头:"没办法,这节日我们总是要过的。"

合上门,江桓还坐在电脑桌前,保持着那姿势一动不动,满屏幕的资料,她把果盘放在桌边,红彤彤的苹果,在窗外灯的晃射下,竟有点像水晶球。

她回到窗边,放眼望去,白皑皑一片仍掩不住热闹。彩灯闪烁,圣诞老人的窗花贴满窗户,雪雕一桩一桩,可路上的行人却极少,大多都在疾走,都在应那句:天黑不要留在路上。

宁芷转眼看墙上的时间,九点十四分,监控里游车队出现在视频里的前一分钟,今天游车队还会来吗?

毕竟局里把他们来的消息公布了出来，想必扎区常活动的人，不可能不知晓这个消息，会不会因此有了忌讳，而躲起来？

就在她思考时，一辆黑色的车进入视野，紧接着又有一辆车也跟着驶过来，两辆车之间保持着匀速前进，开得不快，有几分老年车的意思。

靠近马路中央这侧的车轮上什么特殊迹象都没有，若是平常在路上见到，根本不会为之停留。

车渐渐地驶出视线范围，她身子猛地一顿，最后那辆车的车牌，她见过，或者说，她见过类似的，只是相差两个数字。

竟然和那天监狱外和他们发生冲突的那辆黑车，极度相似。

宁芷僵硬地扭头看江桓，只见他皱着眉头，一双眼是知晓的："这到底是怎么回事？"

"你有没有想过或许 H 和崔志安是一伙的。"

（七）

街道上又空空如也，宁芷只觉得一颗心都要从胸腔跳出来，身体像被冻住一样，僵僵地往他身边走："怎么可能，那他们都和游车队有关？"

"不是，我托朋友调查过，跟踪我们的车据说是鲸落组织，与游车队虽然相似，但就像是正版和盗版的区别。"江桓沉吟一下，"一个在做所谓的好事，一个在做着坏事。"

宁芷发笑："那你是觉得 H 在做好事？"

"这中间可能哪里出了问题，先等于城那边的消息吧。"

江桓坐直身子，目光炯炯地打量着宁芷，又问一遍："你真的不认识那晚跟踪我们的那辆车吗？"

宁芷心里咯噔一声，倒吸一口凉气。他还真是对这个问题锲而不舍，但她能给的答案和上次一样。

"我要是认识的话，绝不会轻易放过他们。"

夜里十点左右，于城打来电话告诉他们比根会开车来接他们过去局里。

一路上比根都神神秘秘的，问什么都不说。

宁芷还想再问，揣在口袋里的手机振动起来，楼鱼发来瘫在客厅搂着摩卡脖子的照片，问她什么时候回来，再不回来他准备和摩卡同归于尽。

有点好笑，笑完才想起来，她来得匆忙，根本没告诉他她不在水原的事，一字一字地打出来，发过去时，楼鱼的电话跟着拨进来。

"你怎么跑洲地去了，是不是想偷偷地跨境去俄罗斯见我家长啊？"

电话声音大，坐在驾驶座的比根听得清清楚楚，有些意外地看江桓："咦，小宁法医不是你女友吗，那打电话的是谁？"

宁芷握着话筒，身子往床边靠，车窗按下来，灌进来的冷风，把她的声音打碎。

她想起这边也算是俄罗斯人的聚集地，或许他能在范湉的事上帮上忙："楼鱼，现在是正事时间，你知道洲地游车队吗？"

"我还真没听说过游车队，好几年没回去过，你等等，我问问我哥们儿，估计能了解点什么。"

宁芷又想起什么，催问一句："我让你帮我复原的照片，是几年前的老照片，你看还有什么法子可以把另外三个人的面貌复原。"

挂断电话，车内的氛围瞬间变得诡异，比根眼睛最忙，又要注意着车前的路况，和左右两边的后视镜，还时不时地在她和江桓身上扫视。

看得出，比根是个情感经历特别单薄的人，可能还没接触到爱恨纠葛的三角恋爱观，新奇得不行，又不敢多问。

江桓顾不上他那百转千回的心思，从后视镜看眼发短信的宁芷，想着的却是接下来要做的事情。

抵达局里，江桓率先下车，宁芷把手机往包里揣，比根一副吞吞吐吐的样子，和他那张大脸，非常不搭。

"你有什么要说的就说出来，别憋着。"

比根有点被抓现行，攥着方向盘的手有点用力，像组织语言又像给自己打气："小宁法医，我觉得江法医更适合你一些。"

宁芷忍住笑，没想到他憋半天要说的就是这话："你从哪里觉得的？"

"首先，江法医长得帅吧，再有，又不油嘴滑舌，还总偷偷看你。默默关注的才是真喜欢你。"比根还不忘总结，"光说不练假把式，还是江法医更好。"

局里空调温度开得高，暖气一烘，身上都带着潮，宁芷把羽绒服脱下放在椅子上，见于城他们都站在一间办公室门口像门神一样不知道在讨论什么。

走得近些，才看清于城和陈相正的外套上都是水渍，跟在水里打过转差不多，鞋子上湿答答的。

陈相正扭脸看她，嘴角上竟挂着伤，颧骨肿着，不像摔的。

"你们怎么回事？"

不提还好，一提陈相正就一肚子火。按照江桓和于城事先做好的计划，陈相正和于城还有局里的两个人，分别开两辆车躲在胡同里，准备暗号一响，前后堵截，最好能拦住游车队中后面那辆车。

计划得很完美，谁知临上场，局里安排的那两个同事怂了，没帮忙堵车不说，跑的时候还让对方察觉了。

于城和陈相正肯定不能放弃这次机会，硬着头皮就下了车，幸运的是对方没以为他们是警察，没掏枪，但是一番纠缠打斗，谁都没捞着好。

"被里面那两个人闹的。"

推开办公室门，是间浓缩版的审讯室，那两个人被铐在一张椅子上，衣服也是湿漉漉的，鼻青脸肿。

此时正因为谁坐着谁站着吵得不可开交，年纪小的那个被壮硕一些的那个推得东倒西歪的，龇牙咧嘴地喊疼。

这两个人怎么看都不像游车队作奸犯科的人。

江桓看出她的心思，缓缓说道："坏人不会把坏写在脸上。"

宁芷没进去，和陈相正一起等在外边。室内温度高，蒸得陈相正的外套直冒热气，这会儿他才想着把外套脱下来搭在椅子上，里面的衬衫干干净净的，袖子挽起来，胳膊上面红了一片。

"没去医务室看看？"

"这所里没那个条件，再说，这点小伤也不算什么。"

宁芷问比根要点碘酒，帮陈相正做了简单的消毒。陈相正抖抖胳膊，还是酸疼，看着面前认真收拾东西的人，鼻子有些堵塞："你拜托我的事，我才开始调查，就来这儿了。"

宁芷知道他说的是什么，顿住，然后摇头："没事，可能是我自作多情，她哥哥也未必想被找到。"

审讯室里，江桓和于城与那两个人面对面，他俩一人一半挤在椅子上，脸上有点强装的凶狠，梗着脖子做出俯视的姿态："没事抓我们来干什么？"

"交代一下二十一号晚上，你们在哪儿？"

壮硕的男人抢先回答："那么久之前的事，我们怎么记得，警官，这是边界，你们大城市的警察可不能随便想抓人就抓人的！"

于城冷哼："现在怀疑你们涉嫌诱拐人口，拘留调查。"

"哎哎，警官，你说这话就过分了，我们虽然不是良民，但我们可不干坏事。"这话说得有歧义，说完他先抬手打自己嘴巴。

一动手铐哗哗响，小男生整条手臂都被提起来，另一只手直扑腾地往壮硕男人的身上抓："驴蛋子，你能不能别总拽我！"

"老子和你说过多少次，不要这么叫我。"

于城甩本子砸桌子，扭打在一块儿的两人才愤愤地分开，于城有点头疼，考虑着要不要把两个人分开审讯。

江桓却丝毫不觉得有什么异样，身体前倾和壮硕的男人拉近距离："你们绑架那些人做什么？"

壮硕男被吓一跳，头往后仰："谁绑架了，我们才不像他们那么下作，净干偷鸡摸狗的事。"

江桓接着问："他们是谁？"

"我可不知道，他们是谁和我有什么关系。"

小男生估计被他一连串的大动作扯得心烦，一巴掌直朝面门拍过去："算了，也没什么好隐瞒的。你们要找的游车队，我们也在找，是谁我们也不清楚，但是总打着我们的名义做坏事，还闹到你们都来管，我们肯定不能坐视不管。"

于城听得一头雾水，根本不知道他口中的他们和我们到底有什么分别。

江桓没质疑他话的真假："你们的活动范围不止局限在这里吧？"

"你到底什么来头？"年纪小的男生惊讶极了，"这些你不该知道的啊。"

"你们会有人被外派到其他省市吗？"

"有这个可能，上头命令，我们要听的。"

于城懵懵的，总觉得江桓问的问题跟这次的案子没多大关系，想多嘴问一句，又无从切入。

"上头是谁？"

年纪小的男生猛摇头："你知道阶梯制吧。我和驴蛋子就在金字塔最底层，上面是谁我们不需要知道，我们只需要服从即可。"

他没说谎，不想也能知道鲸落组织成立这么多年，肯定不是三人称帮两人结队的小组织，只是没想过竟已是有阶级的规模。

"那你们应该清楚游车队的来历吧？"

（八）

"要是清楚的话，也不需要我们来蹲点了。"

"游车队是年初突然冒出来的群体，开始没打着谁的旗号，车子也不是黑车，随随便便的面包车、商务车，但凡能装下人的车，时不时地就掠走点人。

多半是只身前来的游客，或者是小情侣。在这边失踪，家那边一时半会收不到消息，等收到消息时，基本都是十天半个月之后，别说找人，连人家掠人的车都不知道换多少辆了。

就在上个月，这游车队不知道为什么，非要和我们搞雷同，一样的车型，类似的车牌，有时候擦肩而过，根本分不清敌我。"

小男生叹口气，接着说："他们要不是太过分了，我们也不会管，惹臭名声，不好办事。"

"游车队的人若是被你们抓住，你们会怎么处理。"

小男生斜着眼，也不看他："能怎么办，凉拌咯。"

"人命不是由你们个人或者小团体来审判的。"

站在窗外的陈相正，一脸茫然，看会儿江桓又看会儿宁芷："这是问的什么问题，我怎么云里雾里的？"

宁芷知道，但她不说："先听听看。"

小男生不和他理论:"你怎么说无所谓,对我们而言,法律不能严惩的,我们代劳未尝不可。"

听到这,于城的思路清晰不少,游车队和他们是两个不同的团体,他们也在找游车队。他不好奇他们是什么正义团体,他只想知道游车队到底是什么目的。

"游车队掠走人的目的是什么?"

壮硕男挑眉看于城:"警官,你不会这么单纯这都猜不出来吧。你想想,一个人怎么才能发挥最大的价值。"

一窗之隔的宁芷和陈相正都打个战,一股恶寒兜头而至,做了这么多年的特警和法医,人体最大的价值,无非就是皮囊下的器官,单挑哪一样都价值不菲。

这是最坏的结果,也是他们最不希望看到的。

于城的脸色惨白,看样子,他也想到了这点:"游车队其他的点,你们知道在哪儿吗?"

小男生若有所思:"目前扎区只有酒店那条街和小卡牧场那边。我们跟不上,每次都被甩开,到底从哪儿开出来,又开到哪儿,谁都不清楚。"

整个晚上耗在他们身上,除了得到噩耗以外,其余的仍是未知。

范湉夫妇失踪三天,若真的是器官买卖,那现在他们还活着吗?宁芷不敢往下想,从审讯室出来,四个人四散地坐在办公区,气氛压抑到极点,谁都没有开口说话。

审讯室里时不时地传来那两个人喊着要出去的声音,再一会儿又是两个人的厮打声。

凌晨已过,谁都没有睡意,可是坐着也不会有结果。

于城站起来,抹一把已经结痂的嘴角,下着命令:"走吧,先回去休息,明天去牧场。"

江桓把宁芷的羽绒服拎过来递给她,她心口微动,看他一会儿,情绪全部隐掉,只应一声:"走吧。"

地上已覆盖一层白雪,鞋子踩上去也不滑,咯吱咯吱的有纸被碎屑化的声音,他们四个人的影子在路灯的照射下都在身前,被扯得很长。

抬头往前看,也是一片白茫茫。这一刻,他们不得不承认,很无助。

第二天天刚擦亮，宁芷洗漱下楼，发现江桓他们三个人都在，围坐在会客大厅，不知道在说什么，见到她有些意外。

陈相正脸上藏不住表情，一脸惶恐，慌慌张张地站起来往一边退："小芷，你怎么起这么早？"

"你干吗一副做亏心事的样子？"

"哪有。"陈相正摆手，"我怎么可能做亏心事。"

于城咳一嗓子，手脚麻利地把陈相正扯过来按在座位上，背过身瞪他一眼，又扭头看宁芷："他朝我们打听你想吃什么早餐，不用在意，我们都没告诉他。"

宁芷狐疑地看着于城，也没深究，嘴角一扯："好奇我爱吃什么，问我本人啊。"

于城不免舒口气，绷着的神经紧了又紧，他也不知道怎么会跟着一起说谎。他抬头看对面淡定自若的江桓，生出几分怪异感。

凌晨回来时，身体很疲惫，精神却活跃，丝毫没有想睡的欲望。江桓来敲门时，起初以为是幻听，开门见着人，于城旁边还跟着黑眼圈很深的陈相正。

噩梦五年半，讲出来只需要半个小时。

于城和陈相正都没有从震惊中缓过来，于城在局里连带实习足有六年时间，陈相正比宁芷早入职一年，他们见过宁芷笑和闹，却从来不知道宁芷曾经历过什么。

于城更意想不到的是，他和宁芷间第一次相遇背后竟藏着这样的故事，他低头看自己的裤腿，冰凉一片，好像有只手抓在那里。

被他遗忘的记忆，渐渐地清晰起来。那时，她每天都来警局，追问着案件的进展，他留过她的手机号，也打过电话。暴雨那天，她叫他去，说她知道凶手的位置。

他赶去的路上，有车发生连撞事故，路障围堵着现场，将近一个小时，道路才通畅。他到的时候，雨停了，人也不在了。

后来呢，她再也没来过局里，他也就没再想过这事。

陈相正揉着发麻的头皮，脸色发白："小芷的朋友走的时候，她很痛苦吧？"

幸存者游戏

痛苦吧，不然宁芷又怎么会连做梦都觉得脖子痛，梦里都咬牙切齿地想杀掉那个人呢。

三个人短暂的沉默后，江桓又开口说他回国以后发生的事，没有过多的陈述，越是平铺直叙越是惊心。

于城也是头皮发麻，房间里明明开着空调，可他还是冒一身冷汗，比去现场还要恶寒，这感觉就像无论在哪儿，身后都有一双眼睛在盯着你，每一步都在对方的意料之中。每当你以为自己能触到成功时，摸到的都是事先安排好的陷阱。

好一会儿，他清着嗓子，问："那我们该怎么做？"

吃过早饭，带上在局里休息的杨路和比根，一路驱车到小卡牧场。中午时分，阳光很足，地上的雪经过一夜风吹和照射，又露出黑漆漆的路面。他们四个下车，杨路和宁芷留在车上做现场侦查。比根和陈相正打头阵，于城在中，江桓殿后。

放眼望去，牧场极大，铁网门紧闭，但有车辙印和脚印进进出出。大院里没有黑色的车，但大箱货车不少，整整齐齐地停在那儿。牧场上没有牲畜的声音，陈相正显得特别紧张，把手压在裤腰上，开始喊门。

院内传出细碎的声音，由近至远速度极快，紧接着就是一阵狗吠，三条灰棕色的牧羊犬直朝他们冲过来。

他吓得一激，叫了一嗓子，慌张地向后退一大步，脚下打滑，整个人朝后跌，被于城扶住肩膀，才没有倒地。

陈相正倒吸一口凉气，满目都是龇牙咧嘴的恶犬。牧羊犬口水横流地在铁门后转悠，时而发出低哼，对他们以示警告。

"现在怎么办，人没出来，狗倒出来不少。"

于城没看他，往铁门处走得近些："再叫叫，房子离得远，可能听不见。"

"我这嗓子再怎么叫，都不成吧。"

于城瞪他："不是让你叫，是让它们。"

陈相正看眼狗，忽然明白了于城的意思，开始伸胳膊蹬腿地踢着铁门，那三条狗立即疯一样叫起来，一声盖过一声，吵得人整个头皮发麻。

坐在车里的宁芷和杨路纷纷扒着窗户往外看。隐约地听到外边狗在叫,叫声持续了十几分钟,两个高大的男人背上扛着枪步子沉沉地走过来。

宁芷要下车却被杨路抬手拦住,死死地捂在门把手上:"你干什么,他们四个哪个不比你厉害,你下去找死?"

她挣几下都挣不脱,杨路是铁了心不让她拉开门,只能服软:"那是枪,我不放心他们。"

"这里是牧场,交界处,有猎枪很正常,咱们没犯忌讳,他们也不敢开枪。"

"那万一他们就是杀人者呢?"

第十一部分 人命买卖

(一)

他们有枪,即使不是抓范湉夫妇的人,也是 H 的人。

游车队来过这里,不是空穴来风,牧场绝对有问题。这点不止宁芷一人清楚,车外的四个人更清楚。于城和陈相正一样把手放在腰间,但谁都没有轻举妄动,那两个男人先是安抚着那三只狗,才转向去看他们四人。

比根穿着警服,来者何人一目了然。

"警官,冬季牧场没有鲜肉卖,你们来干什么?"

比根有点怵,毕竟面前这两人凶神恶煞,况且还有三条看着就能吃人的狗,他怯生生地看眼于城。

于城微叹口气,本以为带着他可能会更方便沟通,谁知道是个怂蛋,不过也能理解,边境人员成分过于复杂,扎区更偏,都是以合同工为主,工资不高,命确实重要。他往前走一步:"我们在调查游车队失踪案,有目击者称,游车队的车曾开到这里就消失了,你们可曾看见过?"

高个的男人听着话,愣好一会儿,突然大笑出声,指着空荡荡一目了然的大院:"警官,我们是牧场,杀畜生的,什么游车队,我们这大车,能游得起来吗?"

"既然没关系,让我们进去看看总可以吧。"

这男人回头看那个安抚狗的小眼男人,见他没半点反应,伸腿踢一脚。小眼男人回身费劲地瞪他一眼:"看就看呗,你踢我干啥,想让我放狗咬你?"

大门四开，牧场里的光景看得更清楚，厚雪堆在院落的一角。那三条狗蔫蔫地跟在小眼男人身后。而于城他们跟着高个男人往牧场深处走，实实在在的没有什么黑车的踪迹。

"我看你们这进进出出的不少车，没有鲜肉，也出车吗？"

"出，有冻货，生意总要做的。"

于城跟着男人往前走，江桓朝那几辆大货车走去，从第一次见这车，他就觉得眼熟，但洲地牧场太多，来回跑的货车更多，即使在街上看到也不足为奇。

小眼男人和那三条狗蹲在其中一辆货车旁边，难得被安抚下来的狗，见江桓靠过来，立刻吠起来，小眼男人赶紧呵斥，拗着手腕去捶狗头，它们才稍微安静下来。

"别介意，这狗认生。"

江桓触在大货车的车厢，冰凉的铁皮冰得手一僵。绕到车后，车厢落着锁，缝隙间有泛红的冰碴。

小眼男人跟在身后着急解释着："这是肉进库时化的血水。"

"你们上次送货是什么时间？"

"啊。"小眼男人没听清，江桓又复述一次后，才说，"上周吧，快到新年了，工作就暂时缓下来了。"

说话间，于城他们和高个男人走过来，人一多起来，狗又有要吠的意思，哼哼地低吼，比根不自觉地退后两步。

江桓轻敲车厢，声音闷闷的，没有回音："货箱能打开看看吗？"

高个男人过来挨个货车扫一眼："这好像不行，钥匙在我们保管员那儿，他今天不当班，要明天才能过来。"

"这里面现在是空的？"

"自然，货都送走了。"

于城想再问些关于游车队的事，高个男人已摆出送客的姿势："警官，差不多行了，你们大市区的搁这儿也管不着什么，我们正经生意人，你在这儿调查来调查去的，反倒影响我们生意。这个厂不是中国籍，咱们也不能起了冲突啊。"

好言好语，又有几分威胁，于城品出这其中的意思，转头看他们三人，谁都没说话，他只能说几句客套话，让他们有线索就与局里联系。

坐上车，一直开出这条街，陈相正才捂着胸口干呕："这牧场有问题吧，厂房不让进，车厢不让看的，话里话外的压迫可真不少。范姐是不是就被他们抓走了？"

江桓看眼面色不好的宁芷，目光又落在杨路闪着红点的电脑屏幕上："他们确实在说谎，那车辙印骗不了人，他们昨晚出去过。可仔细看过，这些车辙印里确实没有黑车的进出痕迹。"

"那不应该啊，来的路上看过了没什么匝道，这牧场在边界，车子还会凭空消失？"

宁芷突然出声："那我们要坐以待毙吗，你们说这么多，范姐还活着吗？"

车厢瞬间像被按了静音键，陈相正张开口，想说话，结果动着嘴皮，到底什么话都没说。案件发展到这个程度，相当棘手，突然多出来的鲸落组织，还有贩卖器官的游车队。

在这样的交界处，于城他们就是被束住手脚的人，拿不到搜查令，这牧场想偷偷进都没可能，不用跨过那个铁门，就已经被那三只牧羊犬吞噬干净，搞不好，还会引发更严重的抗争。

回到警局，已是下午三点。

杨路重新看这段时间的视频，试图找到其他的切入点。中途，江桓接过电话，出去一阵又进到里间的办公室，不知道和杨路说了什么，远远地只见杨路一直点头。

宁芷心神不宁，连里间的办公室都没有进，始终在办公区坐着。那两个包着头的警员还在假设再遇见游车队怎么对付对方，他们没有配枪，体能也跟不上，也只能嘴上过过瘾。

这时，有手机振动声嗡嗡地响，两个警员在座位上找半天都没有找到源头，宁芷感受到源头在旁边那张椅子上。

是江桓的外套，刚刚出门沾了雪有些湿地挂在那儿。手机还在振动，宁芷把手机掏出来，上面显示着来电者的名字，她没有接别人电话的习惯。

宁芷起身去叫江桓，可他不在办公室，电话一直响，那两个警员反复地瞄她，分明在说你快接起来，不要再让电话继续响。

看着屏幕上的名字，也不知出于什么心理，宁芷竟真的接了起来，没等她开口说话，电话那头先出声，带着点得意："东西收到了吧，你说的东西太高级，废不少功夫才搞到，你这小女友真让人操心，你这是在国外的苦没吃够，威胁信收一堆，回国接着受虐，要我说分手算了，省心。"

宁芷握住手机的动作僵住，嘴巴张合，却一句话都说不出口。

那头又叫了一声："江桓，你怎么回事，我一提她你就气，那我要是告诉你，鲸落组织在追的就是她呢，她手里有不该拿的东西……"说到这儿，他突然顿住，十分警惕："你不是江桓？你是谁？他电话怎么在你手上？你不会就是麻烦精吧？"

宁芷有点发笑，也真的笑出声："你调查我？"

尹度贤尴尬地咳嗽："还真的是你，你们的关系都发展到彼此手机都不是秘密了吗？"

宁芷并没有打算回答他的问题："你在调查我？"

"我调查你又怎么样？"

"不怎么样，尹度贤，我不管你是江桓的什么人，也不知道他拜托过什么事，既然你知道鲸落要找的是我，就该知道危险退让。他们在这儿，我就是了结。"

好一会儿，杨路扒在办公室门口叫她。办公室里的几个人都很严肃，于城让她坐下来，把新发现讲给她。

"目前已知情况是，有游车队出现并有人消失的地方都会有货车出现，货车的位置大概就在监控范围外的拐角处。游车队应该负责勘查工作，而货车负责把人带走。"

宁芷想起牧场的那几辆大箱货车，里面载人一点都不困难。

于城看眼江桓："游车队之所以会凭空消失，大概是在半路上他们重新将人放在黑车内，把黑车开进货箱，回到牧场。"

这也就解释了为什么牧场内没有黑车的车辙痕迹。

杨路问："那范姐他们是在牧场里吗？"

"不能确定，牧场太大，今天进去，根本没有找到能藏人的地方。"

宁芷从座位上站起来："现在再去一次？"

江桓起身朝她走过来，伸手把她羽绒服的帽子整理好，宽厚的手掌落在她头顶："他们不会把人藏在牧场，那样目标太大了，况且，我们已经打草惊蛇了。"

　　宁芷躲过他的手，矮身错到一边："即使我们手上拿着一大堆的线索和证据，也只是等吗？"

　　于城憋着一口气，差点喊出来："谁都不想等，可怎么办，都在等调查令，下来立刻就可以抓人破案。"

　　说完，意识到口气太重赶紧打住："会有解决办法的。"

　　杨路和江桓对视一番，杨路的电脑屏幕上又多出一个红点闪烁，把屏幕切换掉，监控视频还在继续播放。

　　晚些时候，比根过来问大家要不要加夜宵时，才喊上一句："宁法医去哪了？"

　　江桓猛地转头看向墙上的时间——

　　九点了。

（二）

　　陈相正也是一跳："不会吧，这么突然？"

　　时间不多，江桓拎起一套衣服和平光眼镜往外走，走到办公室门口，停下来，也不回头，缓声说句："接下来拜托你们了。"

　　夜风十足，吹得脸冰冰凉，江桓把车停在不起眼的街边，徒步走到酒店门口，隔得远远地就能听见宁芷小声的抽泣声。

　　她小身板缩成一团，脸埋在羽绒服的帽子里，握着手机在打电话，一声声地叫着朱陈媛的名字。他疾步走过去，从她手上把手机抽出来。

　　手机屏幕亮起，电话没有接通，处在呼叫状态。微弱的光落在她脸上，一双眼粉红，睫毛上升着雾气。

　　她茫然地看着眼前的江桓，还没从刚刚的情绪里缓过来，手抓着他的衣服，还带着抖音："你过来干什么？"

江桓没说话双手捧在她脸上捂着："范姐不会有事的。你是法医你也知道，贩卖器官之所以暴利是因为配型难，他们抓人却没有尸体，他们可能在做资源储备。"

"真的吗？"

江桓"嗯"一声："所以，保持冷静，现在已是险棋，不能再出错。"

宁芷点头，这才仔细看江桓。他不知道从哪换来的一套衣服，军绿色的大袄，脖领处有棕色翻毛，鼻梁上还架着一副眼镜，平时梳上去的刘海也落下来，坠在眼前，倒有些大学时的影子。

"你的造型就是为此准备的？"

"如果抓人的真的是牧场的人，我去过牧场他们会记得我的脸。"

猛地一看，多少分辨不出模样，但是一旦面对面，还是能认出是同一人。这太冒险，如果被认出来，江桓会很危险，她根本不能答应："你这是掩耳盗铃，我会想办法救范姐的，你不要插手！"

江桓也不气她又在说这样的气话，冷静分析道："当务之急是蒙混过关和活着带他们回来。"

宁芷抿嘴，一股酸涩的滋味直钻喉咙，没等开口，就听见有喇叭放音前的电音声，紧接着听到的是模糊的电音："艺术大赛限额报名，就现在，让我们一起领略艺术视觉盛宴。"

广播始终重复着这两句话，声音不大，但传到他们耳朵里却很清晰。宁芷抬头去看三楼靠窗的房间，正是范浠夫妇住的房间。

"他们是听到这个音乐走出来的，然后……"

宁芷手机上的闹铃响起，她从口袋里掏出手机，时间正好是九点三十八分，把手机重新放回口袋，挽着江桓的手肘站起来，把他被风吹乱的头发抚平，嘴角淡淡的："时间到了。"

两辆黑车缓缓驶过来，江桓走在前面扯着宁芷，两人一前一后地顺着绿化带跟着车，走到一半时，黑车的窗户上突然出现轮播的风景图。

宁芷试图去看清那幅画，身体渐渐弯曲，被江桓拦腰搂着，他朝她摇头："继续走吧。"

江桓拿捏着时间，此刻他们已经跟着车走出监控范围，拐角处就在前面，转过弯道就是彻底的盲区。借着黑车的车灯，他们看见等在路口的货车，心如鼓擂。

宁芷捏着他的手有些用力，声音不大，但听得真切："江桓，若我们都能好好活着，就重新来过吧。"

黑暗中，江桓的眼睛异常清澈，泛着光，一股奇怪的味道扑面而来，在眼睛全黑前，宁芷看见江桓似乎点了点头。

宁芷好像做了梦，梦回大学时代。

她和江桓站在女宿楼下告别，他嘱咐她好好复习，不要总顾着玩。那时，江桓对她耐心十足，担心她粗心大意，总想把一切都安排好。她嫌他烦就会踮脚亲他，让他无话可说。

那是他们最后一年的时光，她走进宿舍，便开启了另一扇门。朱陈媛神神秘秘地叫她过去，说有东西给她看。那是她第一次看到所谓的磁盘，朱陈媛把磁盘插在电脑上，里面除了几份文档以外，剩下的都是视频文件。

宁芷不明所以，朱陈媛自然明了她的意思："去图书馆路上捡的，等一下午都没有人来。"

朱陈媛向来大胆，宁芷是知道的，但凡有点什么社会新闻，朱陈媛都是最先发声的那批网民，仗着博客粉丝多，总能最先掌握舆论的方向。有几次威胁信都寄到了楼下的宿管室，吓得阿姨每次见她都避如蛇蝎。

"私自打开不好吧？"

朱陈媛摆手："有什么不好的，我都打开过了。"

宁芷无话可说，朱陈媛手上动作快，选中其中一条视频，点击右键播放。宁芷拦都拦不住，目光便被屏幕上的画面吸引。

远镜头画面，是一个空荡的房间，房间中央跪着一个带手铐的男人，颤抖着求饶："我没罪，为什么要杀我？"

视频一片静谧，就在宁芷要检查音量时，视频中突兀地响起笑声。不过只有冰冷机械的声音，屏幕上并没有多余的人出现，可那声音仿佛就在耳边。

"没罪？二〇〇六年，哈斯街，十八岁的大学生，兼职回学校的路上失踪；二〇〇七年，五四路，十七岁高考毕业生，班级聚会后，回家的路上失踪；二〇〇八年，尚志大街，十九岁大学生操场晨练失踪；二〇〇九年，长寿路，二十二岁白领，加班过程中失踪。这些都与你无关吗？"

男人十分惊恐,捂着头猛摇头:"不可能,不可能,没人知道的。"忽又从地上站起来,链条哗哗作响,原来脚上也带着脚链。

"你们没有资格抓我,这是滥用私刑,我要报警,把你们这群发疯子抓起来。"

那声音又响起:"行刑。"

男人还在挣扎,在房间里疾步跑起来,一边叫喊着一边摸索着找门:"放我出去,你们是疯子!"

没有声音回应。视频中只有疯癫的男人,在不停奔走,很快,他突然顿住,像触电一般僵住,直直地倒在地上,浑身抽搐,口吐白沫,嘴里发出呜咽声。整个过程持续三秒,男人彻底不动了,这段视频也结束了。

朱陈媛关掉视频:"这盘里一共有三十二条视频,内容基本一致,都是在惩罚做错事的人,最后将人用毒处死。"

宁芷心惊:"是不是什么电影的视频片段?"

"不是,我搜过了,最近几年都没有这类型的电影放映,并且大学生失踪案是真的!"

宁芷有点懵,没从她话里回过味。

朱陈媛叹气,有点恨铁不成钢地戳她脑袋:"虽然这罪可能是真的,但有人在滥用私刑,这是违法的,我要曝光他们!"

宁芷立刻明白她的意思,赶紧拦着:"别,这事看着不简单,从始至终那个说话的人都没出现过,况且也没见过与视频中死掉的男人相关的任何报道。"

"文章都写好了,到点发布,等我红了,包养你。"

宁芷还想说什么,朱陈媛把准备好的零食塞她怀里:"去好好复习,等我发家致富,养你。"

宁芷一直笑,笑得肚子都痛时,她的梦突然回到天台之上,冷冽的风狠狠地吹在脸上,脖颈处有血液喷涌而出,浑身是血的朱陈媛,抖着双腿向她走过来,越来越近,耳边响起冰凉的声音:"小宝!"

宁芷浑身一震,猛地惊醒,浑身布满冷汗,明知是噩梦一场,还是止不住颤抖。周边是无尽的黑暗,一丝光亮都没有,声音还在继续:"小宝。"

是江桓。

她撑着身体坐起来,鼻腔里有股潮湿的腥气,像退潮后的沙滩味儿。她仅凭刚刚的声响向左手边摸去,触手便是一片冰凉的柔软。

这感觉,她再熟悉不过。

是尸体。

(三)

她抽手回来,险些叫出声,又意识到处境,紧紧地抿着嘴,止住惊呼。后背贴在冰凉的壁上,鼻腔里尽是潮湿的腥气,和在飞机上所做的梦那么像,忽而抬头向上看,什么都看不到,视觉受限,恐惧被无限放大,声音有些发颤:"江桓,你在哪儿?"

"别怕,我在你正前方一米的距离,他们捆住了我。"

宁芷稳住心神,手掌触地,小心翼翼地向前方挪动,地面并不光滑,有鼓出来的横铁。他们现在应该就在货车上。车开得很稳,偶尔的晃动也不明显。

也不知到底挪动了几步,手掌又触到一丝柔软,惊得她倒吸一口凉气,面前的人已开口安抚:"别怕,是我。"

宁芷来不及思考,直扑到他怀里,伸手揽得紧紧的,一刻都不想松开。

身下被搂着的人闷声笑,两人相触的胸腔直颤:"像个小孩一样,我怎么放心你自己。"

宁芷一直摇头,说不出整话,刚刚她真的怕了,在摸到那具尸体时,脑袋里浮现的第一个念头就是江桓。她胆子小,可她不怕死,但怕有人因她而死,这才是最恐惧的。

"这车开了四个小时左右,中途停过几次,加过一次油,去的方向不是牧场。"

"我居然昏迷了这么久。"

江桓的脚被铁链锁在车厢突起的铁环上,双手被绑在身后,不疼,但不能活动。宁芷摸索着要给他松绑,被他拦住:"隔一小时,他们会过来检查,不能让他们知道我俩醒了。"

"你没有吸入七氟醚？"

游车队想要抓人，还想留活口的话，无非就两种可能，注射或使用麻醉剂，他提前屏住了呼吸，但还是吸入零星，没昏迷，但也实实在在地迷糊了一阵。他没提前告诉宁芷去闭气，是不想让她担这份险，装昏迷若是被识破，不知道会带来什么未知危险。

他在国外跟着 Nob He 经历过不少怪案子，也跟着集训、野营，他知道怎么闭气，知道怎么推算时间，更知道如何逃脱捆绑，但宁芷未必知道。

"不多，没想到他们能弄到这么强效的麻醉剂。好在不是注射，不然我们都要睡上半天。"

宁芷疑惑，但也没再深问，话题转到那具尸体上："车上怎么会有个死人？"

"不是一具，是很多具。"

宁芷浑身打战，像冷又像是吓到了。

以往货车会将抓来的人带去牧场，这一次没有去牧场，大概就是因为他们去过，对方这次在紧急转移阵地。

"这里面有……"

范滥两个字怎么都问不出口，如果答案是否定，自然是好消息，但若是肯定，她们现在做的一切都是徒劳。

江桓摇头，又想到她看不见，缓声说："他们不在这里，这里的尸体应该是以前的，怕事情败露才转移的。"

"接下来该怎么办？"

"再有十分钟，他们会过来看我们是否醒过来了。麻醉剂的药效大概是维持四个小时，车子开得慢，应该会离开洲地到附近的区域。"

宁芷摸口袋，摸到手机，微震惊："手机还在！"

"他们用了信号屏蔽仪。"

按亮手机，即将凌晨一点半，右上角显示无服务。没想到游车队准备的装备不少，上一次见到屏蔽仪还是在大学的四级考场上。

她把手机放回口袋，思忖着对方总要打电话，不会一直开着屏蔽仪，指不定什么时候有信号，可以给于城他们报平安和位置。

时间差不多了，宁芷伸手搂住江桓的脖子，声音有些发狠："要记得你答应我的话。"

　　也不等江桓回答，她按照挪过来的方位，小步挪回去，忐忑地躺回去。

　　门开时，有光透进来，夹着一股冷气，直扑身体。宁芷浑身血液凝固一般，克制住颤抖，连呼吸都尽量压低。

　　开门的人打开手电筒，朝着她的方向照过来，从头至尾地扫几遍。宁芷呼吸一紧，深怕装睡被识破，一口气堵在嗓子眼，怎么都不敢吐出去。

　　手电筒的光突然移开转到一旁，又去看江桓是否清醒。

　　"这次剂量不错，都没醒。"

　　另一个男声，粗粗嗓子骂他："前几天那点剂量，人两个小时就醒了，妈的，差点被那男人踢烂下巴，没想到人长得文质彬彬的，力气还不小。"

　　他们两个人所说的男人应该是老马。

　　"那是你自己不小心，才着了人家的道。这次怎么没事，女人娇滴滴的怎么舒服怎么来，男人就该捆着，要我说吊起来更好。"

　　男人不屑："就知道耍嘴上功夫，这次姑娘比上个不知道漂亮多少，怎么不见你稀罕？"

　　"这类上等货留给大哥，他要是知道我吃独食，我小命就没了。"

　　男人没再说话，手电筒的灯灭了，听见那人又问一句："还要多久能到？"

　　"五个小时吧，一会儿路不好走，你去拿点药过来，我怕他们醒。"

　　"你别给搞傻了。"

　　"不能，废话咋那么多呢，赶紧的，还要赶路。"

　　只听有细微的翻找声，脚步声回到车厢外，紧接着听见男人跨进车厢的声音。宁芷身体紧张得发僵，总觉得马上就会有针头刺进皮肤，也怕又是吸入式麻醉，干脆闭住气。

　　也不知过了多久，车门关闭，车厢又陷入一片黑暗。

　　宁芷睁开眼，没敢吸气，只是将憋住的气缓缓地往外吐。

　　好一会儿，车子重新启动，她才挣扎着坐起来，缓好一会儿，才去叫江桓的名字。

　　江桓没回应，她以为他昏迷了，赶紧往他那边挪动，有了前两次的移动,这次靠过去很快,还没等摸到江桓,手就被他抓住了,他握得用力,她没叫也没挣。

"你的绳子怎么解开了?"

江桓声音很低,似乎在极力压抑着:"我后悔由着你了。"

"嗯?"她不明白他的意思。

"他们不是好人,你是女人,去了占不到一丝便宜。"

原来是这个意思,从那两个人的对话里能知道的信息是,他们的老大是个男人,会对抓来的女人,尤其是漂亮女人下手,算是物尽其用。

宁芷不确定到了目的地会遭遇什么事,不知道该说什么。这确实是个问题,若是直接开膛破肚,那些刀子都能成为她的武器,毕竟没人比她更熟悉这些物件。

可真的要和男人面对面,她手无寸铁,只能任人宰割。

车子忽然颠簸,应该是从平坦大道下到了没修的小路。这一颠一顿的,反而把宁芷的思绪打断,她回握江桓的手,好像也在给自己打气。

"我们可能到蒙古了。"

(四)

"你怎么知道去蒙古?"

"这车要走,无非就是黑省、内省、蒙古、俄罗斯方向。现在还是夜半,他们会选平坦大道走,往黑省那边的路都修得很好,不会有过于颠簸的路。内省的话,八个小时候能到的地点都不适合他们建立"储藏基地",剩下的只能是蒙古,按照距离来算,我们要去的可能是乌兰巴托。"

宁芷对他的推断没有疑虑,但对地点却一点都不了解。

"乌兰巴托人口多,交通便捷,很适合隐藏和运输。"江桓揽着她肩膀,轻轻地揉,"接下来五个小时,好好休息一下,装睡不如真睡,保存体力。"

宁芷没反对,但却不敢睡,可能离 H 太近的关系,噩梦做得太频繁,每当闭上眼,总能听到 H 在耳边说过的话。

幸存者游戏

"小宝,不用怕,如果说改变不掉险境,不如搏一次,胜的不可能总是他。"

许是江桓的话起作用,挪回去的宁芷躺在那儿,跟着颠簸的车一起移动着身体,竟真的睡着了。

什么梦都没做,再醒来时,精神好很多。可能中途路太颠,门竟有了缝隙,光从车缝间透进来,夹着雪和风顺着刮进来,有点冷,她裹紧身上的羽绒服倚着车壁坐起来。

货车内的情况也能看得清楚。车厢长三四米,最里面堆着三具尸体,可能是车颠簸的关系,尸体正扭曲地仰在那儿,该有眼睛的地方只剩下黑洞洞的两个窟窿。

之前离她有一段距离的尸体也在颠簸中滑到她手边,能分辨出是女性,脸被黑枯的头发遮得严实,离她最近的那只手,有些许萎缩,看着死亡时间应该在一个月以上。

这些尸体都经过冷冻处理,目前还没有散发出臭味,只是尸体身上解冻的湿气把整个车厢都熏得发腥。

路已经不再颠簸,能听见隐隐的叫卖声和喇叭发出的录音,不是汉语,她听不出是哪里口音。掏出手机看时间,已经五点过半。货车应该行驶在某个市区的街道上,没有停下来的意思。

宁芷的目光最后落在对面,江桓还在睡,头仰着,手背在身后,估计睡得不舒服,眉头皱起,不耐地换了个姿势。

宁芷挪过去,坐到他身边,手摸在他的眉骨上,很凉,再去摸脸也是,像块冰。昨晚车门关得严实,一路上风吹不进来,倒没有觉得温度低,可现在寒气都顺着门缝进来,车厢的温度和外边基本一致,零下二十几度,久睡身体会承受不住。

正准备叫醒他,他反而睁开眼,直直地看着她,嗓子有些初醒的沙哑:"我们应该到乌兰巴托的市区了,接下来,货车应该会开到郊区,那边是山林区,很容易藏人。"

宁芷没接话,反过来问他:"你身体有没有不舒服?"

江桓活动肩膀:"还好,胳膊有些酸。"

宁芷看他,知道他没说实话,但也不深究,两手落在他肩膀上帮他按摩舒缓，捏着捏着，自己先难过起来："江桓，我和你是不是错过了太多好时候？"

"现在不是好时候吗？"

江桓把手从身后抽出来，揉她头顶："以前觉得不好的事能躲就躲掉，现在倒觉得出点事挺好，不然你不是打算要和我一直敌对吗？"

宁芷看着他："你知道的，我什么都没有，有的也是你和媛媛给的。你不告而别，她被人所害，我什么都没有了。我妈以前说过我，总喜欢依赖别人，会吃亏的。妈妈走后，我跌倒了，你来了，我站起来，你走了，我又倒下，可我吃这么多亏，还是没改掉这毛病。"

宁芷说得平静，一滴泪都没掉，说完后竟有种释然。这几年，江桓因父母的枉死远走国外，没有什么抛弃而言。他们都喜欢把最复杂的事情藏着掖着不说，到头来，谁都不好过。自从知道江桓的事情后，她像突然长大一样，不需要再去依赖那份恨意，也能去面对 H。以前放不下的终于可以放下，是真的轻松。

江桓没错，他弃卒保车地离开，是没有想过 H 会回来，若是知道，她相信他不会走。

谁都没再说话，车速渐渐缓下来，有点要停下来的意味。

江桓捏她的脸："别让自己醒过来，他们会安顿我们，我们需要先了解内部情况，贸然与之正面对决没好处。"

宁芷回到位置上，刚躺下，车厢门就被拉开，呼啸的冷风直吹进来，没了吵闹声。他们现在的位置应该和江桓说的一样，在山林区了。

"怎么回事，人还没醒，你把人弄死了？"

"不可能，刚刚检查过，有气。"

开门的还是那两个人。说话的男人为了安抚问话的人，还跳上车准备检查鼻息。

宁芷浑身紧绷，担心不小心露出破绽，正想着该怎么将呼吸调匀时，车外响起怒吼声："快点，磨磨蹭蹭干什么呢？"

"来了来了。"

那人没再试探鼻息，伸手从她腋下穿过，将整个人抱起，也不知有意无意，落在腰间的手上几次，宁芷忍着这股厌恶感不发作，下一秒她就被递给车外的人:"活的,热乎着呢。"

又转身去给江桓松绑,对待男人他的耐性全无,生拉硬拽地把江桓推给刚刚喊话的大汉。

纵使大汉满身腱子肉,还是被江桓压得向后退了两步,两臂的肌肉直颤:"怎么又搞来了男人?"

"马上新年,游客太少,他俩又是一对儿,带回来方便。"

抱着宁芷要走的男人,回身补上一句:"上次下巴被踢的事,也不知谁说的,再也不要男人!"

男人脾气上来,有几分怒气:"少他妈给老子提这事。赶紧把这俩新鲜的关进去,车里的货处理掉。"

大汉看他一眼没说话,扛着江桓往里走。男人有点泄气地坐在冰凉的车厢里:"都什么人,竟挑伤口戳。"

男人气没处撒,越看车厢里的那四具尸体越气,双手用力地搓脸加热,提着气将尸体顺着车厢壁堆在地上,叠罗汉一样。

跳下车,把他们放推车上,朝着厂房后的小房里走去。

这边,江桓和宁芷被丢进一间改装过的牢房,有暖气和排风扇,房间不算大,三面环墙,一面用铁栏杆固定,没有床,地上铺着棉被,脏兮兮的看不出本来的颜色。整个牢房的光都来自天花板上的大灯,亮得刺眼。

牢房门被用力地关上,接着传来铁栏上锁的声音。

大汉说:"他俩醒了要是太吵,就想办法让他们闭嘴,别把其余的人惊了。"

男人唯唯诺诺地说是,等大汉走后没多久,他念叨着饿也走了。

确认声音远去后,宁芷才睁开眼睛,面前就是江桓,几乎和她同时睁眼。江桓身上没了束缚,手臂撑着被褥坐起身,缓缓地揉着手腕:"这里一共有五间这样大小的牢房,前面三间没有人。"

"咱们隔壁呢?"

"我们隔壁好像是小远阿妈。"

"她没事?"宁芷有些激动,"如果她没事的话,范姐应该也没事,他们比小远阿妈来得还要晚几天。"

"小远阿妈状态看着不太好。"

宁芷看他，江桓接着说："好像快不行了。"

（五）

良久，谁都没再说话。

廊道里传来说话声，男人哑着嗓子嘟囔着："不就吃两口饭吗，吼吼吼的，还是回去自由。"

踢踢踏踏地走过来，停在牢房门口。这时，宁芷才真正地看清眼前的男人。

这个男人个子不高但很壮，眼窝很深，颧骨很高，有点像猴子。来人也没意识到江桓和宁芷醒过来，目光相对时，被吓了一跳，马上又恢复凶相："呦，醒得挺是时候。"

宁芷看眼江桓，莞尔一笑，转过头，茫然地看着猴子脸："我们现在在哪里，为什么把我们关起来，能不能放我们回家？"

言语之中，都是懵懂不知事。

江桓推了推鼻梁上的平光镜搂着宁芷往后退，晦涩地看她一眼，她心领会神地回搂着他，尽是惶恐之态。

猴子脸叉着腰笑着："这里可是好地方，你就别回去了，你看你这男友身无二两肉，跟着哥哥，哥哥给你安全感。"

江桓作势摇头，搂着她朝后退："大哥说笑了，我女朋友我自己保护。"

"就你？"猴子脸不屑地呸了一口，"我一个手就能把你掀翻。"

他还要继续说，外头又有响声："快来，凉的处理好了，送去料场。"

猴子脸远远地应着，猥琐地看眼宁芷，满面下作："等着老大疼完你，换哥哥疼你，你就知道你男友就是块棉絮，中看不中用了。"

猴子脸踢踢踏踏地走了，这块地又没了声，宁芷看眼江桓，他手指正无意识地敲在裤线上，又是在思考。

这一次，宁芷反而好奇他在想什么。

"我很好奇——"

"什么？"

"我看着这么弱吗？"

宁芷呆滞地看着他，原来他思索这么久，是在想这么没有营养的问题。

他是不是棉絮，她心里清楚。

宁芷抬手把江桓绿大衣的毛领子拎起来裹住他的脸，又把他落下来的头发捋顺："萌是真的。"

留下江桓在原地回味这个字，她已经起身挪到铁栏门口。铁栏外有一条不算宽的走廊，黑漆漆的没什么光，牢房改装前应该是厂房的宿舍。

铁栏杆有十厘米宽，不够头围，铁门上的锁是原始的钥匙锁，用点方法打开不是问题。他们所在的房间在走廊最末端。

左侧的廊道到底有多长，因为角度问题看不太出来，如果其余四间房都和他们所在的房间一样大小的话，意味着这条廊道至少有二十米长。

走廊尽头堆放着柴火和粮食，门也在那头。开锁到跑到门口的时间大概需要一分半钟，这其中不包括打开另一间房的锁，如果加上打开另一间房的锁，那么危险系数更高，预算的时间要多出三分钟以上。

可还不能够获知范湉夫妇的位置。

"喂，喂。"

一只灰色的手臂从隔壁间的铁栅栏伸出来，朝宁芷挥动，看不到对方的面容，但声音确实很疲惫。

"小远阿妈？"

那条手臂嗖地抽回去，又更快地从离她最近的口子伸出来："你怎么认识我家小远，他还好吗？"

"他很好，他在等你回家。"

"回家？"小远阿妈迟疑，忽而哭起来，声音呜咽悲怆，像凝着巨大悲伤的泡泡，被戳破后瞬间倾泻而出，"回不去了，我再也回不去了，我有什么颜面回去呢？"

她话没说完，宁芷便明白是什么意思，这地方不是供人白吃白喝的地方。她回头看江桓，他起身走过来，揽着她的肩膀，用力地捏一把，声线低沉，重复一遍："小远会一直等你回家。"

不出意外，墙壁那头哭声更甚。

大约过了两分钟,她才止住抽泣,抓着栏杆的手,更用力地往外伸,羽绒服袖口蹭上去,露出的小臂上都是紫青的掐痕,骨头突出,皮肉不剩多少。

"我要活着出去。"

宁芷担心她动静太大,把人都招进来,反而会更麻烦:"你冷静一些,我们一定能带你回家。"

小远阿妈冷静下来,才想起当前最重要的问题:"你们到底是什么人?"

"水原市公安,我们的同事在拉尔失踪,初步确定人应该在这里。"

小远阿妈脸上带笑,又想起老公那张酣然的脸和小远一声声的"阿妈",他们现在肯定像江桓宁芷一样,担心她的安危,可她还能回去吗?

下定决心一般,她慢慢开口:"我知道这里什么时间看管最松,可我们跑不出去的,锁打不开,这里是哪都不知道,跑出牢房也跑不了多远。"

"锁和车的问题你不用担心,先告诉我,什么时候看管最松。"

"他们杀人的时候。"小远阿妈接着说,"他们杀人时,怕出意外,所有人都会去那边待命。"

宁芷感到恶寒,压着心底的惧意,问她:"你来这里多久了?"

"也没想着能出去,没太算,估计十多天了吧。"

"这期间你见过一对夫妻吗?我的同事和她丈夫。两人三十多岁,都戴眼镜,文质彬彬的。"

"见过,来的时候遭了不少罪,被打得不轻。"

"他们怎么不在这里?"

"三天前他俩身上发炎,怕传染被转移到后边那房子里了,说是敷药呢。"

宁芷一顿,光是听就已经将他们遭罪受苦的模样想象出来。来的路上老马袭击过人,皮肉之苦定然少不了,加上现在天气这么恶劣,但凡有点伤口不及时处理都会恶化。

可在这里发炎的话,根本不会得到好的治疗,已经过去这么多天,是生是死根本无从知晓。

肩膀一痛,宁芷转头看始作俑者江桓,口气不善:"你干什么?"

"这里的人想要的是器官,做手术的人必然很专业,消炎杀毒的药不会少,况且……"他附在她耳边轻缓地说,"那种情况下,也许少吃点苦头,不是吗?"

他说得不无道理,小远阿妈虽然没受到殴打,可遭受的身心折磨不轻。宁芷也是女人,自然清楚阿妈的感受,不然又怎么会生出不会再回家的念想。

那头久不见声音,宁芷小声地叫她,没有回应,连续叫几次,那头才又有回应。

"不好意思,我有点累。"

"你刚刚说,杀人时看管会松懈,可怎么确定他们什么时候杀人?"

"快了,再不杀,估计他们老大就要发火了。"

"他们老大是什么样的人?"

"人?"小远阿妈的声音拔高一个度,"他怎么可能是人,那就是个禽兽,禽兽都不如,是个变态,神经病。不不不,老大还不算可怕,老大的女人,更可怕,她是魔鬼,是怪物!"

宁芷听得有点糊涂,来的路上也只知道他们这里只有一个管事的,现在怎么又多出个女人来。

既然老大有女人,依照女人眼里容不下沙子的性格,老大又怎么会明目张胆地对绑来的女人们做苟且的事?

"你不会相信的,强奸我们都是那女人指使的,那女人想让我们心死,让我们不再逃跑。"说到这里,她又是一顿,嗓子趋近嘶吼,"她是恶魔,你要倒霉了,她会让你男人在旁边看着的,看着你怎么被凌辱,她要让所有人都生不如死啊!"

小远阿妈魔怔一般不停地强调着:"你要倒霉了,你要倒霉了。"

声音像破锣一样,不停地回荡着,精神状态已临近崩溃。

宁芷顺着铁栏杆滑坐在被褥上,瞬间有些茫然,来之前已预料到这种方式救范湉很冒险,可没想过会把自己和江桓搭进来。

她不能想象来过这里的人都经历过什么,连她都不能保证能否活着离开这里,要怎么救人?

小远阿妈无非是吊着一口气在活着,还在挂念着等她回家的小远,恐怕熬不了多久。

从小远阿妈的话里能知道，范湉夫妇在这牢房的后边，很大的可能就是在距离对方手术室不远的房间里。而今晚他们会有手术，人会聚在那边。

她和江桓有足够的时间把小远阿妈放出来，找个地方躲起来，再去救范湉。

行得通吗？宁芷将整个过程在脑海里过一遍，总觉得漏洞百出，惴惴不安。

（六）

她想到什么一般，去摸衣兜里的手机，对方竟然还没把手机拿走。

看起来对方很自信，认为即便有手机，也没人能从这里带走人。

手机的信号满格，她划开通信录给于城发短信，删删减减地不知道说什么，地址在哪里她根本不清楚，但还是快速地把此时的情况发了过去。

紧接着，一条短信进来，点开竟不是于城发过来的，是楼鱼。

他的信息和平时的话一样多，说他已经抵达洲地了，正准备去酒店找她，让她准备好欢迎他，不然休想知道照片的事情。

短信是昨天夜里十点发过来的，那时候他们在有屏蔽仪的车上，信息进不来，此时楼鱼应该知道她被抓走的事，估计又要在于城他们面前撒泼打滚了。

她将于城的话转述给楼鱼，让楼鱼想办法找到地址，又叮嘱他不要和于城他们起冲突，才把手机装回口袋，抬头就见江桓正看着她。

宁芷先忍不住开口："楼鱼到洲地了，我之前拜托他查游车队和 H 的照片。"

"你不用和我说这些，我知道你们在说事。"

宁芷低下头，嘴角一扯，自嘲一般："是不用，可我想说。从我妈去世开始，我离开家自己过活，我爸的同事们找我谈心让我理解我爸这么做的苦衷，说错不在他，他只是想救我妈，没想到会是这样的结局。再不济在大院孩子前把我当作反面教材，让他们不要成为我这样的养不熟的白眼狼。后来

145

媛媛的事也是，也有人和我说，错不在我，是坏人太坏，我是死里逃生，更要坚强活下去。可背地里却说为什么死的不是我，说我和谁在一起，谁倒霉，你也是，媛媛也是。所以，我真的没错吗，如果我从没怪过我爸，始终在家庭中成长，如果我没有遇见媛媛没有遇见你，更没有所谓的问题治疗，那我们不是都好好的吗？我错了，我们都做错了，这里的每个人都错了，没错的人只有楼鱼。"

宁芷指着手机屏幕里的那条短信，眼睛发热："楼鱼什么都不清楚，就被牵扯进来。他帮我，是因为你是他朋友，更因为媛媛曾和他表白过，但这是一厢情愿的事。我和他说过很多次，可他永远一副吊儿郎当、听不进去的样子，可我见过他在媛媛墓前哭，楼鱼的心像豆腐那么软，他什么都没错，可我还是拉扯着他走进这个怪圈。"

一口气，仿佛说完了前半生的所有，眼泪不由自主地落下来，手掌用力地擦过脸，可泪却一直止不住。

宁芷声音哽咽，说："楼鱼太好了，好到不想他被任何人伤害，包括我。"

江桓揽过她的肩裹在怀里，嗓音沙哑："我知道。"

这五年的陪同，她和楼鱼都看得真切。可正因为这些，他们才会默契地保持着朋友的距离。

即使江桓一辈子不出现，她的心里也不会再住进其他人，楼鱼比谁都清楚这点，即使在一起，可能也只是同眠共枕的同床异梦。

晚些时候，走廊那头的门被打开，呼呼的冷风吹进来，夹着些许的雪花。进来的人大概又是猴子脸，他走路鞋底沉，脚步声停在距离宁芷他们一间之隔的房间。从打开铁锁的声音推断他进的是第四间牢房。

紧接着响起小远阿妈痛苦的尖叫声、闷闷的扑腾声、"啪"的打脸声，猴子脸恶吼："死三八，老子现在睡你是给你争取活着的时间，别不知好歹。"

接着便是衣服和被褥间细碎的摩擦，尖叫一声压过一声，化成喉间的呜咽，她似乎不再挣扎，只是不停地求饶。

男人哼哧卖力地吼喊，成了这一排牢房里唯一的声音。

宁芷压抑着喉间的呕吐感,手指用力地抠在身下的被褥上,脸色惨白,这里是真地狱,能活着出去的也都被生生剥掉了一层皮。

隔壁房间地动山摇,却没坚持多久,很快没了声音。猴子脸走出牢房,不痛快地啐一口:"真他妈没劲,跟死鱼一样。"

重新上锁,猴子脸朝着宁芷他们这边走过来,他上身光裸着,变形的肌肉看着像个猩猩,身上是狰狞交错的疤痕,覆着一层新鲜的抓痕。

猴子脸见宁芷盯着看,还特地抖动了两下胸肌,大笑着:"小妹妹,你别急,等老大疼完你,哥哥就让你舒服舒服。"

人渣!宁芷胃里翻江倒海的恶心,把头上黑色的卡子握在手心,只想拿它戳进他的脖子。

身后的江桓稍稍用力地捏着她的手骨,把她手上的发卡抽出来夹在指缝间,摇头示意她冷静。

好不容易吞下一口气,宁芷紧绷的神经慢慢缓和下来,皮笑肉不笑地看着猴子脸。

猴子脸被她看得心花怒放,脑子里都是花白的身体被他压在身下喊哥哥的声音。

这时猴子脸突然想起正事,直拍脑袋折回隔壁牢房,提起地上的大盒子,往趴在被子上哭的小远阿妈身上狠丢了一个塑料袋子,两个馒头和一包咸菜从里面滚出来:"赶紧吃,今晚上就指你了。"

又回到宁芷他们房门口,猴子脸提着两袋馒头,朝宁芷招手:"小妹妹,过来哥哥这边拿吃的。"

宁芷硬着头皮起身,挪到铁栏杆处,猴子脸把手往后缩,戏谑地逗弄她:"怎么办啊,你手不伸出来,都拿不到呢。"

她拧着眉头去看那两袋吃的,真想把馒头整个都塞到他嘴里,却还是消停地把手伸出去。栅栏蹭过袖口,她羽绒服被撸上去一截。

猴子脸凑过来,伸手握住那截透白的手臂,边用指腹在上面刮着,边猥琐地笑着:"小妹妹皮肤真不错,一会儿多吃点,饿着你,哥哥心疼。"

宁芷翻过手腕拽住馒头袋子,稍微用了下力抽回手。猴子脸讨了没趣,摸摸鼻子也不多停留,转身往外走,反正未来日子多,她肯定有告饶的时候。

袋子里有四个馒头两包咸菜，馒头被冷风吹过，不是热的，但还没达到冻馒头的程度。

宁芷连着几天没有好好地吃过一顿饭，从昨晚到现在更是，但是她一点胃口都没有，这个地方她一分钟都不想多待。

江桓撕开一包咸菜递到她手上，又攥着自己的衣角去擦那截手腕："要想救人就必须保存体力，今晚我们就走。"

宁芷目光从手腕移到他脸上，一愣，然后笑着说："我又没事，你眼睛红什么？"

江桓摇头，平光镜下一双桃花眼红得更甚，把馒头拿出来递给宁芷，空出来的那只手反复地摸着那截手腕，深怕猴子脸给她留下什么阴影。

好一会儿，两个人谁都没再说话。江桓起身过去栅栏边，声音不算太大，在叫小远阿妈。

"今晚他们要杀的人是你吧？"

话音一落，宁芷仿佛也明了这个答案。从小远阿妈刚刚说的话，再加上猴子脸说的话，基本可以确定是她。

小远阿妈拢着身上的羽绒服，倚着墙坐起来，身上还有股黏腻的臭味："你们是好人，今晚无论如何一定要和朋友一起离开。见到小远帮我告诉他，是妈妈不乖走丢了，但是妈妈是真的爱他，让他乖乖地听爸爸的话，好好地长大。"

"这些话，你可以亲自和他说。"

小远阿妈突然笑出声："亲自？你们是没见过吧，进了那间屋子，没人出来过，身体里的东西掏空不说，死了都不留全尸，拿去粉碎喂猪啊。我拿什么亲自回去和我儿子说话？"

"你见过那间屋子？"

"一会儿，你们也能见着，上厕所会路过。我见过一次，进去的人叫得太惨了，没有麻醉，就生剥皮。"

"我同事和她丈夫住在那间屋子？"

"不是，是隔壁。离得近，我昨天看到他们还在躺着，女的快好了，男人估计还要几天。"小远阿妈吸口气，"到这儿的人，估计也没几个想着还能回去的。今晚无论如何，你们都要走，不然就没机会了。"

风雪太大，卷起来一层白雾，打着远光灯还是看不清楚前面的路。陈相正尽量把车开得稳些才能确保不打滑。

坐在副驾驶的楼鱼不停地催促着："开快点，再快点。没听到吗，天黑之前必须到！"

于城皱着眉头，不满地瞪着杨路电脑屏上的红点，之前信号被屏蔽仪弄得断断续续的，他们全凭推测往前开，信号是五个小时前恢复正常的，好在方向没错。出了蒙古边境，距离目的地还有五百公里，时速一百五也要四个小时左右才能到，况且暴雪天，时速根本达不到一百五。

"还要多久？"

"可能要六个小时。"

现在是中午十二点，这个季节五点左右就会天黑，于城他们根本无法确定所说的晚上杀人具体是几点，必须要更早地提前准备。毕竟那里到底是什么样的环境都是未知。

车厢里的扩音器里没了宁芷和江桓的声音，静得只剩下车里几个人的呼吸声。杨路手一刻不离电脑，不敢有一丝松懈，毕竟关乎着那么多条人命。

就在昨晚，江桓从外边回来，交给他一个豆子大小的窃听器，还兼备追踪功能，能防水和防震荡。他以前做黑客时，听过它的厉害，但一直没见过实物，觉得特别新鲜，但万万没想到自己不仅能见到，并且还用上了。

但是却用在这种场合，还是用在好友宁芷身上，还是这么紧急的事。

那点新奇劲儿，根本抵不过现在的压抑感。他们所说的每句话，经历的每件事，光凭声音就能辨别出是什么样的形势。在他眼里，只用漂亮能干就可以形容全部的宁芷，竟能承受着这么恐怖的事，太出乎意料。

楼鱼翻着手机上的那条信息，想起宁芷对江桓说的关于他的事情，拳头握得更紧了。

开始是因愧疚而生的帮助，一直在路上，心心念念着要抓到H，让一切回归正轨。再然后，怕宁芷受伤，想在她身边，想要无论去到哪儿都知道有个家在等他回来，久而久之，反倒成了习惯。

她说他的心像块豆腐。那姑且就是块豆腐吧，事情了结后，大家都回到原本的位置上，也挺好的。可莫名的烦躁，让他坐立不安。

他一肘搁在车窗上，压低嗓子对陈相正说："你坐过来，我开。"

（七）

大门又被打开，冷风再一次灌进来，宁芷打了一个寒战，裹着羽绒服的手有点用力。

除了猴子脸还有其他人。

"怎么回事啊你，就那么一会儿工夫还偷腥，你不怕冒哥把你脑袋拧下来？"

是和猴子脸一起开车拉他们过来的人。

"冒哥让咱们今晚就走，下次什么时候来还不知道，为什么不及时行乐。"

"你就嘚瑟吧，小心下半身不保。"

"狗嘴里吐不出象牙。"

说完，猴子脸拿棍子敲打隔壁间的铁栏杆，咚咚的很震耳朵："起来起来，快点都去上厕所。"

宁芷和江桓看一眼，心照不宣地起身站在铁栏杆处。江桓把手伸到她帽子下帮她整理帽子，俯身到她耳边低声说："于城他们快到了，这次出去，我们只需要知道范浠的位置就好，别冲动，我会保护你。"

宁芷有些吃惊，不确定他是怎么知道于城他们快到这件事的，还没等问，猴子脸和司机男已经走到这边，拿钥匙开门。

司机男和猴子脸很像，都是个不高但很壮的五短身材。

"走吧，别愣着了。"

宁芷在前面打头，跨出铁门就见到小远妈妈，她穿着宽松的暗灰色羽绒服站在走廊之间，头发毛毛躁躁地披散着，一双眼无神，眼珠内凹塌陷，两颊有不同程度的伤痕，额上那颗美人痣黯然失色。总之，看得宁芷心惊肉跳。

江桓走在身后扶着宁芷的肩膀往前走，司机男在前面领路，手不老实地探进小远阿妈衣服里摸着，摸得起劲还直哼哼。

猴子脸在后面骂他："还说我呢，自己也没好哪去。"

只有二十几米的廊道走得异常缓慢，猴子脸断后，嫌走得慢，用力地踢了一脚江桓的腿:"走快点,娘了吧唧的,我都怀疑你身上是不是少个零件。"

江桓回头,冷冷地看他一眼,因为身高关系,猴子脸要仰着头看江桓,脖子拗着,气势上莫名地输了一大截,有点悻悻的:"快走,别耽误时间。"

推开牢房的大门,卷着碎雪的风吹在脸上,模糊间,宁芷和江桓看清了整个大院的模样。他们现在所在的位置确实很偏僻,四周荒无人烟,明显建筑物只有这一间厂房,像四合院一般三边是房,他们被关押的地方是最长的主房,左右两侧是民宿房,右侧装修明显比左侧好上几倍,倒有几分小别墅的意味,应该是冒哥的住所,那左侧的应该是手术间。

宁芷还要看,司机男从前面折回来,用力地推了一把:"磨磨蹭蹭的,绣花呢。"

她吸了口气,嗓子被寒气刺得疼,江桓捏了捏她手心,让她跟上。果然和小远阿妈说的一致,厕所在厂房后面,要过去会经过手术间。

前几间里面摆着大通铺,应该是这厂里的工人宿舍,环境和牢房比好太多。再往前便是手术室,瓦房的窗户开着,从窗户里传出机器运转的噪声,滚机咯咯地粉碎着,能闻到一股血渣味儿,猴子脸趴在窗户吼一嗓子:"冷货还没处理完?"

里面的人听不见他的声音,司机男在前面继续走。小远阿妈回头看宁芷,眼神示意她看另一间房。紧挨着手术间的是一间小很多的房间,透过窗,宁芷果然看见床上坐着的范湉夫妇。

老马整个头都被纱布裹着,腿上用木板简单地夹着,范湉好一些,脸肿着,贴着不少伤口贴,手上生了冻疮。

范湉正无神地望着窗外,一瞬间的目光对视,范湉终于有点反应,她直挺挺地向前挪了一步,张口要说话。江桓从后边走过来,双手搭在宁芷肩上,催着她快走的同时又朝里面摇头。

范湉明白什么意思,身体很快恢复刚刚的状态,一双眼又是无神。猴子男并没有注意到这不足一分钟的视线交流,但还是朝窗口探头进去,破口大骂:"病秧子,快点好,真晦气!"

工厂的后门在厕所旁边,司机男和胖子男一前一后地守着。小远阿妈进去得快,出来得快,厕所不隔音,什么声音外边都听得清楚,可又没有避嫌的空间。

轮到宁芷，她和小远阿妈错身进去，厕所空间不大，是老式的坑位厕所，男女通用，没人收拾，纸团子丢得到处都是，好在是冬天，没什么异味，宁芷草草了事，紧着出去。

等江桓进去时，宁芷和小远阿妈只能等在那儿，猴子脸老大不满："一个老爷们，磨磨唧唧地还要去里面上厕所，就站这儿谁还能多看一眼不成？"

除了司机男猥琐地笑着，宁芷和小远阿妈头都没抬一下。

等江桓出来后，又按着原路往回走，江桓走在内侧，手揉着头发，伸展间快速地顺着窗户朝着范浠房间丢东西。

恰好，一直运作的机器被关闭，本就吵闹的声音瞬间消失，呼吸声被无限放大。隔着一道门听见里间有人问："什么声音？"

"能什么声音，骨头渣呗，抓紧，一会儿还要空出场地呢。"

搅碎机重新开启，嗡嗡地响着。

回到牢房，宁芷抱膝坐在角落里，身上冒出一身冷汗，指尖也是麻痹的。

江桓守在她旁边，把她的手收入掌心，缓缓攥紧。宁芷哼声疼，他放缓力气，手却没松开。

时间一分一分地过，外面响起吵闹声，有男人也有女人，骂声夹杂着求饶声。

小远阿妈裹紧衣服，有气无力地说："你们要小心，恶魔来了。"

大门拉开，吵闹声变得清晰起来，一个女人嗓音粗犷，毫不掩饰的怒气："怎么办事的，这么久才有合适的配型，多抓点不就好了，办事这么慢，都想被我拉刀子是吗？"

"这次货好，男的靓，女的美。"

还是猴子脸，宁芷甚至有些怀疑，猴子脸在这群人中的地位应该是最末层，连司机男都比他高上一级。

女人不屑道："最好是，不然今晚拿你开菜。"

"是是是。"猴子脸的腰都要弯到膝盖上去了。几个人的脚步声叠在一起，听不出具体几个人，最后停在小远阿妈那间房。

女人估计在抽烟，嘴上含糊不清地说："你们真能折腾，这人进来时多圆润,现在都皮包骨头了,死在台子上,我弄死你们。"

"是是是,媛姐,下次我们不敢了。"

"砰"的一脚,猴子脸飞出一般倒在宁芷牢房门口,捂着肚子,面部扭曲地蜷缩着。

女人口气不善:"说过多少次,不要叫我媛姐,你是耳朵不好使,还是嘴不听使唤,我帮你矫正矫正。"

"娜姐娜姐,我错了,我下次绝对不敢了。"猴子男翻滚着站起来,双手左右开弓抽在自己脸上,声音响亮。

"够了,正事要紧。"一个声音浑厚的男人喝止住闹剧,估计是他们口中的冒哥,猴子脸头都不敢抬,退到一边,唯唯诺诺像个太监。

叫娜姐的女人把烟头狠狠地丢在地上,脚用力一碾,几步走到牢房门前。

隔着一道铁栅栏,娜姐喊一嗓子:"抬起头,给我看看。"

宁芷抬头,视线里有四个人,为首的是冒哥,和想象中差不多,高大魁梧,满脸戾气,说不出的阴鸷,宁芷有几分忌惮,不再看他。

在他身后的高挑女人,胳膊搭在冒哥身上:"确实不错。今天冒哥有口福了。"

女人缓缓地从男人身后走出来,走近栏杆,细白的手指划在江桓身上,妩媚一笑:"这小白脸不错,看得我都心痒痒。货做好后,给我们送过来,庆祝。"

猴子脸慌忙地点头:"都听娜姐的。"

娜姐扭着腰离开,被叫作冒哥的男人,眯着眼上下扫视着宁芷,缓声吐句:"合我胃口。"

娜姐声音远远地飘过来:"那你可要轻点,看着也是个瓷娃娃。一次就坏了,再找可难了。"

瞬间,牢房前安静下来,屋外还有猴子脸奉承的拍马屁的声音,可宁芷一句都没听进去,浑身一软跌坐在软被上,揪着江桓的裤腿,手臂都在打战。

"她是媛媛吗?"

（八）

宁芷站起来，跌跌撞撞地走到栏杆处，使劲向外看，可半个人影都见不着："是媛媛吧，就是她对不对？"

她回头看江桓，期待从他嘴里得到一个肯定的答案，可他什么表情都没有，他们距离远，她站着，他坐着，她俯视着他，像个王者。

可无声中，四面八方传回来的声音都在说：你错了，那不是朱陈媛，她们只是拥有一张相同的脸。

"她没死是吗？"

宁芷捂着脖颈，眼睛泛着血丝，好像极力压制着疼痛一般，顺着门边滑坐在地上，声音像是从喉咙里直接发出来的："滴答，滴答，这里的血要流干了，我救不了她。"

江桓箭步冲过来，揽住她的肩，轻轻抚她的脖子，轻声细语地像在哄哭闹的小孩："小宝，你冷静点。"

宁芷捂着脖子的手松开，看着空荡荡的手心，脸上挂着泪："为什么她会和媛媛长得一样？"

江桓见她冷静下来，手还在继续揉，拉着她坐下："你想想H，他能让一个西省人整容成他的样子，为什么不能把其他女人整容成朱陈媛的样子？"

宁芷不懂："可媛媛已经过世了，他为什么要让那个坏女人变成媛媛？"

"让我们用这么冒险的方式来救人的是H。"

"可H这么大费周章地到底想要干什么？"

江桓摇头："我现在还不能确定他的目的，但他做的每一件事一定都有目的。"

H在织网，一张很大很大的网，每个人都在往他设想的方向前进。

"孤儿院的崔志安、徐男，杀人的达姆和整容的次仁，那张被毁掉的照片还记得吗，娜姐和冒哥也许就是剩下那三人里的两个。而朱陈媛为什么会被扯进来必然有一定的道理。我们要做的不是只抓住H，而是要将与此相关的每个人绳之以法，还死者公正，知道吗？"

宁芷点头，江桓这才把口袋里的黑发卡掏出来，探手出去开锁。

宁芷跃起来，抓住锁头："你要干什么？"

"去看看这女人和 H 到底有什么关系。"

"外边有多少人你知道吗，你不要命了？"

"宿舍是十人铺，他们至多十四人。手术室和运输的那四个，根本不具备战斗力。现在这些人应该都在冒哥那间房，不会有事。"

宁芷还想说什么，锁已经在手心弹开。江桓握住她的手，覆在脸颊上蹭："等我回来。"

铁门打开又关上，锁落下。江桓步子迈得大，几步便已跨到门口，雪停了。

他跟着地上的脚印走得很快，到小别墅下贴着墙边绕到房子后。二楼的窗户边，娜姐和冒哥影影绰绰地移动着，江桓没过多犹豫，身体灵活地攀着窗檐，下半身着力蹬墙直接攀上二楼。

窗户没有上锁，江桓无声地落在地上，靠窗边的房间里是四个打手模样的男人，身高体壮，正在抢着玩手机游戏，隔壁间吵闹得不行，他们一点反应都没有，看起来是习惯了。

江桓抓住房檐贴着墙边走，绕到冒哥他们房间右侧，里面的争吵声瞬间清晰起来。

"胡海那个老王八，不要让我抓到他，我会把他碎尸万段。只要听到'媛'这个字我就恶心！当初说好一起离开组织，他居然敢抛下我！"

冒哥受不住娜姐满屋子晃动，抓住她胳膊，拽进怀里："旧事有什么好提的，胡海也没捞着什么好，要不是他毛遂自荐，组织看中他的头脑收下他，后边有点本事脱离组织，手里还拿着那么重要的东西，现在日子也不会好到哪去。"

娜姐嗤之以鼻："他胆子倒不小，离开组织那么大张旗鼓地做事，嫌命长吧！"

冒哥对胡海的事没有过多的评价。"管他呢，能聚在一起的人，自然都是各有所需。"说着话，开始动手动脚，"别管他做什么，我看你现在这张脸用了五年，看着也很带劲了。"

娜姐一把甩开他的手："你给我滚，你们男人就是下半身动物，哪里好看，假得不行！"

冒哥压低声音:"你够了,别总逞能,说起来你得感谢胡海,离开组织第一件事就是给你换脸!要不是这张脸,咱老大那脾气非得毁了你不可。"

"组织的规矩你知道的,杀十恶不赦之人,毁脱离组织之流,咱们留命在这儿快活也亏了胡海那老油条想到换脸的事。"

娜姐想起老大时不时对她动手动脚的画面,露出恶心的表情。但身体仍旧敏锐,快速抓住伸进衣服里的大掌:"别那么多废话,赶紧去干活,我这眼皮一直跳,总觉得没好事。"

"谁说没好事,春宵一刻啊。"

娜姐挣扎几下服了软,瘫在冒哥怀里腻歪着,也不管隔壁还有四个手下在。江桓不多做停留起身折回,模糊间听冒哥说句:"我看得出你喜欢那个男人,搞点药,你也乐呵乐呵。"

"真坏!"

江桓眉毛一挑,顺着窗户滑出去,轻松落地。突然有些庆幸当初和 Nob He 一起参加训练,因天生的体型差距,没有办法像 Nob He 那样强壮。好在训练营的老师懂得因材施教,教他一些腿上功夫。结果是,格斗只得了三分,跑酷倒学到最好。

一辆商务车悠悠地停在路边,四周一片白,一点能遮挡的东西都没有,车子若是再靠近只会提前暴露。

楼鱼跳下车把提前准备好的白布扯出来,往车顶丢,风太大,丢过去就被吹过来,等他再丢时,于城扯住了那头的布料,弯腰拿石头压在了地上。

幸好有江桓给的追踪器,不然这个鬼地方,就算他们查到手机地址,可能也会失去方向。杨路抱着电脑锁定着位置,隔着一层车窗和白布,声音嗡嗡的:"江桓顺利回到牢房。女人被带走,应该要动手了。"

从换到驾驶座开始,陈相正的状态一直恍惚,此刻更是,他手里攥着白布,一动不动,于城推他:"怎么回事,不舒服?"

"我担心他们出事。"

"现在救人要紧,别想太多。"

于城率先披上白布,时间不等人,立即部署:"陈相正和我从后门绕进去救人,楼鱼负责开车,杨路传递信号。"

和雪融成一个颜色，前进的路顺畅很多，不用有太多的顾虑，后门没有人把守，开锁不用三秒，于城他们挨着墙一路走过去。手术的房间正在做准备工作，人都集中在里间，本就不大的空间，显得更拥挤。

里面做过不少手术，人一多，味道也重，娜姐和冒哥离门边比较近，捏着鼻头等着。

于城大致地看过一遍，再也无暇顾及更多，矮身走到范湉房间下，轻手轻脚地开锁，屋内床上的情形从宁芷那里已经获知一二，但实际见到仍感觉触目惊心。

于城二话不说，背起老马下地，从原地往外撤，范湉腿上没伤，跟在于城身后，陈相正把门锁重新挂上，负责断后。

这时，江桓和宁芷已经从牢房里出来，于城临近后门，挥手打手势，告诉江桓他们车在外边。

江桓扶着范湉跟在于城身后跑着走，宁芷还站在牢门口，犹豫不决。断后的陈相正刚走到后门，脚不知踩到哪里，鞋底打滑，整个人险些跌倒，直起身时，原本轰鸣的手术室顿时静了下来。

距离手术室门口近的娜姐最先冲出来，看见脸色惨白的陈相正，怒喊一声："给我抄家伙，半路出来咬人的了！"

宁芷所在的角度正好被牢房门前的木桩子遮住身影，他们全员都奔着后门跑出来，做手术的那两个人被那一吼，也顾不上手术，追着往外跑的陈相正嗷嗷直叫。

手术室的大门敞开，一个看守的人都不在，宁芷舔舔干涩的嘴唇，紧握拳头，快步跑向手术室，小远阿妈光裸着上身倒在简易的手术台上，瑟瑟发抖。

宁芷眼睛发酸，捡起地上踩得不成样子的衣服裹在她身上，双手用力，抬膝将她背在肩上。

小远阿妈真的轻，背在身上一点重量都没有。后门都是凌乱的脚印，她看懂于城发出的信号，车在前门停着。

于城和江桓绕过去把范湉夫妇安置好，这群人追着陈相正在后门绕远，走前门怎么都比后门快。

她颠着背上的重量，往外走，花白一片中，一辆车突然冲出来，在距离前门更近的地方停下,车门开着,范湉夫妇坐在靠里面的位置,好似昏厥。

宁芷脚步不由得加快,突然,一声枪响惊住她。宁芷站在原地,猛地回头,那个方向是娜姐他们追击的方向,江桓他们在那边。

脑海里迅速闪过不好的念头,宁芷眼睛通红,蹲下身,说罢便让小远阿妈站直往车那边跑。

宁芷将小远妈妈裹得更加严实:"活着,痛苦会过去。只有你能看着你儿子长大,谁都替代不了。"

小远阿妈浑身一震,虽然身体状况不好,却很快地做出反应,连跑带颠地朝着车跑过去。宁芷不再有顾虑,头也不回地跑回关押她的牢房,用火柴点燃门口的柴火堆。

刹那工夫,火光四溅,她抽出两根火棍,带着浓烟跑出牢房,将其中一根用力地甩进手术室。

火红映白雪,她听见后方传来吼喊声,耳朵里荡着那声枪响,一瞬间感到精疲力竭,跌跌撞撞地往后门冲去。

她远远地看见江桓的血顺着手背往下流,右边的袖子已从绿色变成暗黑色,而他还在与坏人缠斗。

还想再向前走时,宁芷感到太阳穴处一阵冰凉。

耳边听见娜姐放肆的大笑,扭头看见她被风卷起的长发,脸上带着血迹,恶毒地说:"真想不到,你们这么有来路。"

"既然如此,不如一起去死啊。"

(九)

宁芷歪着头用力一扭,没挣开她的钳制,和她对视着:"你想死,可我们不想陪。"

一句话惹得娜姐更气,龇牙咧嘴,巴掌扬起来,"啪"的一声闷响,落在了宁芷左脸颊。接着,又用了十足的力气,拧着她的帽子不让她倒下,也不知道摸到了什么,又掀起她的帽子,狠力一扯,把羽绒服帽子和衣衬的接口给撕开了。

娜姐举着手上小拇指盖大小的黑色物件，递到宁芷眼前，咬牙切齿："还真是小看你了，哪里有弱不经风的样子。"

宁芷左脸发麻，没等看清眼前到底是什么，娜姐便掐着她脖子，拖拽着往打得一片火热的中心走去。

冒哥被于城一肘横扫掀翻在地，挣扎着要站起来，又被于城飞脚踢踹在腰上，狠力地踩在脚底。

先前抡着铁棍的壮汉们，都躺在地上嗷嗷叫，胜负已分。

江桓拎着从冒哥手里夺来的枪，枪头对准冒哥。

娜姐推着宁芷往前走两步，吼一嗓子："住手。再动一下，我立刻开枪。"

宁芷皱着眉，抬眼去看。

江桓侧过头，两人目光撞在一块儿，江桓神色一凛，将枪口挪向娜姐。

娜姐愣是被他的目光吓退一步，但又看着手上的筹码，吞口吐沫笑道："你们是吃了熊心豹胆，竟然敢暗算到我头上。"

江桓注视着宁芷，反驳回去："我也没想到，你们这么不把人命当回事。"

他们之间隔了四五米，地上有血有铁棍有扑在地上起不来的人，还有被踩得灰黑色的雪。

娜姐不耐烦，也没时间和他侃大山，扯着嗓子开始谈条件："放我和冒哥走，不然我杀了她。"

说完，拿枪更用力地抵宁芷的头。

于城和陈相正都直起身："你不要冲动，杀了她对你并没有什么好处！"

"没好处？你们不就是要来救人，把我的人打得要死了，你们图什么？"

"将杀人犯绳之以法。"

娜姐"切"了一声，颠着枪横扫他们一遍："同志，是你疯了还是我疯了，你搞清楚，这里是蒙古，不是中国，别和我谈法律，你们约束不了我！"

"但你杀害的是中国公民！"

娜姐从来不是什么好人，于城的话在她耳朵里就是废话，而她没时间在这里和他们废话，扭身将枪托用力地砸在宁芷的腹部。

闷响带着阵痛，宁芷额上渗出汗，牙齿咬得紧紧的，脸色煞白，愣是没让自己哼出声。

"听清楚，我让你们放了冒哥和我，我不说第二遍。"

宁芷此时的胃一阵绞痛，神经像被扯长，好似看见熙攘的人群中，那个身高不足一米五五的自己，背着双肩包，手上还提着蛋糕，脸上没有笑容，都是惊恐。

宁芷她妈被面目狰狞的男人以刀胁迫，步步紧逼，而宁芷她爸持枪的手一直在抖。这一次，她终于听清楚她妈在喊的话：不要答应他，不能放过任何一个坏人。

子弹从枪膛射出去的一刻，刀子滑向她妈脖颈的那一秒，时间突然静止。

宁芷睁开眼，清晰地看着眼前的人，江桓他们的处境就如同当年一模一样，她希望江桓能像她爸那样开枪，杀掉这些不把人当人看的恶魔。

"江桓，不需要管我，抓住他们！"

江桓愣住，直视着她，也快速看穿她的想法，头轻轻地晃动。

娜姐掀过她的帽子，手腕用力地捏在她的脖子上："小姑娘，不怕死也要有个度。"

这时，冒哥趁着于城心思不在他身上，挣扎着从地上站起来，拎着不远处的铁棍甩在陈相正的肩膀上。

所有人的目光都看过去，陈相正捂着肩，闷哼一声，撞在树上。这时，谁都没有注意到，江桓手腕一转，朝着娜姐那边开枪。

宁芷只觉得耳朵嗡嗡一阵响，脖子上的束缚消失，身体被一股力量冲撞，跟着倒下去。

漫天的白和红，宁芷记得她爸开枪颤抖的手，也记得她妈最后的笑容。

她爸一直是她妈心目中的英雄，而英雄保护这座城市的安全，也是在保护她的安全。死亡来临前的那一刻，她不希望英雄因她蒙灰，只希望英雄可以长存。

宁芷再醒来时，闻着味道就知道身在医院，今年进出医院的频率实在太高。

耳里传出一阵耳鸣，脑袋嗡嗡的，反应有点慢。她抬腕揉眼，房间没有开灯，唯有一丝光透过窗帘的缝隙照进来。

病房很大，但其他床位上看起来并没有人，宁芷想坐起身活动，手刚撑起一点，腰腹便感觉抽痛，不自觉地哼出声。

不远处的沙发上先有动静，她不自主地后缩，等那人站起身时，她才缓缓吐口气。

江桓没休息好，嗓子有些沙哑："醒了？饿不饿？"

宁芷摇头："为什么不像我爸那样放弃我？"

"答案你知道的。那种时候，唯有开枪能够救你，听了他们的条件，他们也不会放过你。只是，叔叔可能没有我这么幸运吧。"

说完，江桓苦涩一笑，眼睛酸涨，手轻轻地摸她的头："叔叔怎么会放弃阿姨，我又怎么会放弃你呢？"

宁芷眼睛酸得不行，搂着他的脖颈，把头埋进去。

江桓肩膀一热，抬手去抚顺她的背，去掀她的头，怕压到她脸上的伤。宁芷拗着头不让他动，挣扎中，江桓手抖，很小声地呲了一下。

但宁芷还是听得真切，赶紧从他怀里挣出来，想起一直萦绕在鼻尖的血腥味，还有雪地里的那声枪响。她扯着身子，去按床头的灯。

灯光亮起，见江桓弓着坐在床边，没戴眼镜，桃花眼在碎发下跟随着她来回动。他还穿着那件绿色的棉袄，左臂袖口上有一条横向的破口，血从那里渗出来，染红下半截袖子。

"你手臂里有子弹？"

"气流蹭的，真的有子弹，现在也不能抱你了。"

他的安慰在她耳朵里，怎么听都是掩饰。干脆也不管腹部痛不痛，坐在床边看着他："你把衣服脱下来。"

"真没什么事。"

宁芷把手放在棉衣的断口处，没用力气捏，他的肌肉就瑟缩一下，再挑眉看他，直接戳穿了他的谎。

江桓无奈，有些费力地把外套脱掉，里面是件加绒的灰色衬衫，袖口是血染色，透过左上臂的衬袖的裂缝，伤口清晰可见。

确实是擦伤，只是有些深，手臂上像被凭空剜去一块肉，大概三四厘米，暗红发焦，没再流血。

宁芷坐在走廊等着，杨路给大家送完饭正无头苍蝇地到处找她，看见她时，舒口气："可算找到你了，你不在病房我以为又出什么事了。江法医呢？"

"在里面清理伤口。"

"刚刚都没顾上问这事，你现在感觉怎么样？"

宁芷揉着耳朵，还是有些疼："我还好，他们呢？"

"于老大在配合蒙古警方的调查，阿正后背挨的那下子还行就是有点烧，人齐全。"

杨路搓着手指上因常年碰电脑磨出的茧，还是把话说完："你那朋友，楼鱼现在可能在楼下等你呢。"

宁芷晃神，从他们支援赶到再到此刻陪江桓缝针，这中间她担心过很多人，甚至娜姐是生是死都想过了，却没想过去看看为她一路辛苦奔波的楼鱼。

心脏微颤，宁芷站起身看眼时间，估计处理还需要一会儿，和杨路交代一句便下了楼。

去见楼鱼前，她先去了陈相正的病房。陈相正安静地躺在床上，没睡觉，眼睛睁着不知道在想什么。宁芷挥手在他眼前晃过几次，他才猛然缓过神，满脸惊讶："小芷，你什么时候来的，好点了吗？"

"听路哥说，你从回来状态都不是很好，发生什么事了？"

陈相正面上才有些表情，垫着腰靠坐起来："你还记得你之前和我说的朱陈嫒吗？我好像找到她哥哥了。"

"他在哪？他还……"

宁芷刚要问得更多，整个人都朝着床后跌去，直撞进一个人的怀里，扭身看见楼鱼正低头看她笑："真的是，我不找你，你就不来找我是吧？"

"你别闹，我这儿有正事。"

楼鱼不乐意，箍着她的手更用力，拽着她往外走："我的事更重要，那三个人照片分析结果传过来了。"

照片上的三个人，其中一个男人是冒哥查世茂，女人是顶着朱陈嫒面目的娜姐张娜,而站在最边缘的男人,宁芷也认识,是江桓给她看过的追杀过他的崔志安。

"楼鱼,一切好像都要结束了。"

楼鱼点头,嘴角抿笑,伸手悬在她头顶,始终没落下去,反手抓自己头发:"这次不能等到庆祝你出院了,我祖母让我回国陪她过年,现在就要出发。"

宁芷察觉到他今天的不同,可又说不清,楼鱼也没给她太多说话的机会,背过身边走边和她挥手:"再见啊,小芷芷。"

那感觉,分明不像是简单的告别。

(十)

这次江桓没缝针,做过清理,缠上几层纱布,比上一次受的伤轻很多。医生给他开了不少消炎止痛的药,叮嘱他在伤口完全闭合前不要碰水。

于城也和蒙古这边的警员将事情对接完毕。范湉身上的伤不要紧,做过消毒处理,基本就剩后期保养,老马的情况比较严重,腿骨骨折再加上耽误了最佳的治疗时间,有可能会落下病根。

游车队的工厂被一把火烧得面目全非,那里曾死过多少人,死的人又是谁无从得知。

这件事,总算尘埃落定,没有人想在这里做过多的停留,天还黑着,他们便驱车上路,往洲地赶。

于城和杨路换班开车,范湉夫妇和陈相正坐最后排,小远阿妈坐在宁芷旁边。从出来后,她始终没说话,给什么吃什么,让做什么都照做,医生说她没什么外伤,只是心病和严重的营养不良。

确实营养不良,那双手的骨节都凸了出来,根根分明,上面大伤小伤一层叠一层,并不好看。

江桓把手捂在宁芷腹部,轻轻地揉,在她看向他时,他只是对着她摇头。

后半夜大家都睡熟,车内是轻缓的呼吸声。

开车的杨路怕自己打瞌睡,时不时地搓着脸,摇摆着身体。忽然从后视镜里看见宁芷睁着眼睛,吓得手上打滑,车子险些跟着滑出去。回到正路上,杨路才空出一只手拍胸口:"小芷啊,你吓我一跳,怎么还没睡?"

"白天睡太多了。"

"也成,你陪我说说话,我还能不瞌睡。"

宁芷坐直身体,前倾着和他小声说话:"你们怎么知道工厂的位置的,是锁定我手机的位置吗?"

"你手机哪有那么厉害,是江法医给的宝贝。"说着,他从后视镜看她一眼,"江法医没和你说吗,他有个超高级的定位仪,能记录路线图,我们是按照路线图找过去的。我比对过普通GPS,看得到地点,但地图上根本找不到路,GPS在你走的那条线上就是废品。"

"光听你说就觉得好厉害。"

"相当厉害,还带监听功能,要不是这些都具备,我们也不能那么按时地行动。"

宁芷一愣:"你说监听?"

"对啊,那个死女人不是从你身上拿走了吗,我还想问你呢,江法医给藏哪了,这么隐蔽。"

宁芷脸色泛白,想起楼鱼告别时悲伤的脸,他听到她说的话,所以才会露出那样的表情。

"小芷,你还没告诉我藏哪了呢?"

"帽子,帽子底下。"

对了,江桓曾不止一次动过她的帽子,她还以为他在帮她整理,原来只是为了帮她在入厕时关掉开关和出来后打开开关。

他一副运筹帷幄的样子,可她却紧张得半点不敢停歇。

"那还真不错。江法医也不能确定会不会起作用,我和他做了半宿的试验。但总怕万一,所以没敢提前和你说,怕到头来是空欢喜,好在你们没事,也不枉费他费尽心思搞来这个东西。"

看来,尹度贤电话里说的难弄的东西,应该就是这个定位器。可一想到这个名字,她的眉头又皱起来,这个姓氏过于瞩目,一定在哪里见过,她掏出手机想要登录网页，可屏幕上白光刚亮起，小远阿妈就不舒服地哼声，所以宁芷也没再有所动作。

开车的杨路此刻有了听众，连瞌睡影儿都找不到，继续念叨着："你都不知道江法医猜到你可能要用这个办法救范姐的时候，他有多紧张，好好的脸说白就白了……"

到达洲地时，是中午。扎区警局又换上新的横幅欢迎他们——

奋力缉拿真凶，永保百姓平安。

办公室里，他们一直围着小远阿妈问东问西，试图从她那里获得更多的被害者信息，可她进去时，只见过两个女人，其间更没说过话，别说彼此姓名，连模样都忘得一干二净。当然，那两个女人在她进去后，相继被残害。

想再多问，小远阿妈浑身抖得不像样，像是回忆到那铁栏杆里的度日如年。

宁芷看不下去，没等出言安慰，赶来的小远已经推门进去扑到妈妈的怀里，一声声软糯地喊着"阿妈"。

再扭头，一个男人站在门口红了眼，拳头握得很紧，猜也猜得到，他是小远阿爸。

小远阿妈有感应一般回过头，本就颤抖的身体，更像筛子一样，喉咙里有隐隐的呜咽，抽出抱着小远的手，捂住脸，费劲地想把自己埋起来。

小远阿爸走到小远阿妈面前的那几步路，仿佛用尽了他一身的力气，同样颤抖的身体，握住她肩膀，嗓音哽咽："我们回家吧。"

从始至终，谁都没拦着，谁也没再说过话。空气里一丝劫后余生的欢喜都没有。

回到酒店，大家各自回房休息。范滍夫妇住宁芷的那间房，原来的那间对于他们而言，只有噩梦，没有任何值得留恋的东西。

江桓进来时，她一点都没感到意外，时间是九点三十七分。

他拉张椅子坐在她旁边，外边仍旧灯火通明。

九点三十八分，路上什么动静都没有。

一直过了九点五十分，黑车没有出现过，一切好像真的尘埃落定。

隔着一条街，能够看见街对面那边灯光昏暗的民宿。她看不见那里的悲喜,也不能感同身受。

江桓伸手过来握她的手指,很平静,但她还是感受到他情绪的波动:"每个人都会有自己的命运,不止你我,也包括楼鱼,还有小远的父母。"

她听不出他话里是否还有其他的深意,可也认同这句话的字面意思。

这世上人太多,不可能每个人都会遭遇噩梦,也不会谁都能从沼泽中逃出。

又是一阵敲门声,宁芷从椅子上站起来,隔着一道门问是谁,得知是小远阿爸时,不免有些震惊。

开门进来后,小远阿爸选距离床边最远的椅子坐下,带着老茧的手相互搓着,脚边落着两个塑料袋子,装的是苹果。

他有些局促,舔着发干的嘴唇:"阿慧的事,真的很感谢,好不容易哄她睡下,没时间准备其他的谢礼,家里的果子最好吃,给你们带了一些,希望别嫌弃。"

宁芷接过他手上的袋子,沉甸甸的两袋,感觉比那时背的小远阿妈还要重上几分,眼睛不禁湿润:"小远阿妈这半个月发生过很不好的事,她可能需要很长的时间去恢复,你要怎么办?"

他可能没想过宁芷会这么问,一阵慌乱,在椅子上坐也不是站也不是,好一会儿吐口气:"我没读过多少书,也不知道什么大道理。我娶她的时候,说过会爱她护她一辈子,这次是我的错,没有保护好她,让她受伤难过,可我们不是还有下半辈子吗,以后的日子总会好起来的。"

送小远阿爸离开,再回到房间,宁芷怎么都没忍住,紧紧地抱住江桓,搂着他的腰,一点都不想放开。

怎么谁都懂的道理,她却始终不愿意相信呢?

江桓俯身,亲她的头顶,热乎乎地气流涌入身体,好不容易憋住的眼泪落下来。

"江桓,我们好好地回来了。"

这时,他才抬手回抱她,暖流在两个人的身上游走。

"小宝,现在你能告诉我,鲸落为什么会找上你吗?"

宁芷心中一颤,缓缓地从他怀抱中抬起头。现在是最好的讲述时机。

"五年前,朱陈媛捡到一个硬盘,那里面有鲸落的秘密,是私自行刑的视频，还有处刑过的犯人姓名和即将处刑的人员名单。她把部分截图公布到网上，引起轩然大波，那段时间，她收到很多恐吓信，可谁都没在意，只觉得和以前没什么区别。可有天她从图书馆回来的路上，被人威胁，让她删帖和交出硬盘，才意识到事情的严重性。帖子删掉了，硬盘也按照对方要求丢到了校碑下的草丛里。我们都以为事情已经过去，直到媛媛去世两年，我处理电脑内的文件时，发现她在我电脑上有备份。"宁芷捏着胸口的衣服，缓口气，"并且，文件夹里多出一张图，是H的素描画。"

"朱陈媛画的？"

"对，现在想想，应该是在她被威胁后画的。可我当时根本没有想那么多，甚至荒唐地认为是她显灵告诉我，让我抓住H。"

江桓显然比她冷静得多，一边安抚一边从她的陈述里快速捕捉到重点。

"朱陈媛捡到硬盘的时间，正好在学校女学生遇害后，所以朱陈媛见过H的样子，在H被公众认定为连环杀人凶手前。"

"张娜说过他们和H一起离开组织，五年前，H重新建立自己的组织，包括达姆、崔志安、徐男在内。杀你是为了报复我，但杀朱陈媛是要灭口。你俩是朋友他应该也很意外，却正好给了他折磨我们的机会。"

"达姆、徐男与H组到一块儿可以解释，可崔志安为什么在其中？崔志安杀掉的是你的父母，理由是什么？"

"也许，和那份资料有关。"

第十二部分 真相之中

（一）

再回水原市，是两天后。

范湉在医院照顾老马，局里也根据实际情况，给她多批了一个星期的假，宁芷也有三天假。

在洲地那几天又饿又冻，还有超出承受范围的高压，所以宁芷回到家便开始发烧。

周康听说她被持枪劫持的事，来过一次，欲言又止。他坐在床边低头削苹果，头顶有亮灿灿的东西闪过，削好的苹果递过来时，宁芷才看清那是白头发。

周康年纪不算小，五十出头，再过几年就到退休的年纪，可对待法医这份工作热忱不减。

家里没出事以前，他过来家里总会带几斤大骨，不能喝酒，他和她爸就煮汤论英雄，讲案子讲尸体，听得宁芷热血沸腾，死活要报法医学。到现在，过去十年，他们不再年轻，也失去了那份乐趣。

"耳朵好点没，医生怎么说？"

"暂时性耳鸣，休息一阵子就好。"

"那就好，那就好。"他重复着说一遍，起身时手掌撑着大腿才站起来，有几分自嘲的意味，"这腿脚大不如从前，坐得久不活动，起来都是麻的，我还行，你周婶照顾着，也不知老宁怎么样？"

宁芷看着他不说话，他品出几分尴尬，搓着腿，又瞧见客厅里忙前忙后的江桓，心里还是舒坦不少。

宁芷吃过不少苦，她妈刚去世那会儿，人不大，没钱又不想靠她爸，竟和她爸借了一千块钱，买辆三轮车学人捣腾电瓶。那时候没人干这个，她费劲地全城跑，开始信的人少，但也在三个月后，将钱如数奉还，还带来两箱水果。当时的宁芷黑瘦黑瘦的，她让她爸别再担心她。

高考前她又把经营三年的小店转手卖出去，单客户的联系方式就卖上大几万。

这五年里，她没说过到底经历着什么，只知朋友被害，男友离弃对她伤害不浅，好在现在一切都看似结束了。

"我回去了，后天元旦，你和江桓没什么事去我家过节，一起热闹热闹。"

"不了。"宁芷把被子卷起来，人也跟着坐直，"我和江桓回去看我爸。"

周康先是一愣，然后眯着眼笑。

江桓给她量过体温，确定退烧，才放她从被窝里出来。高烧两天，出过一身汗，泡过热水澡，整个人感觉舒服不少，身上的味道也没那么怪了。

吃过饭，江桓收拾厨房，而宁芷则把洲地一行的经过写成报告。也不知道怎么回事，这一趟回来，每个人都像被扒掉一层皮。连一向耍嬉皮的陈相正，都变得寡言少语。

也不知过了多久，江桓过来问她要不要喝牛奶时，她在文档上敲下最后一个字，扭头看他。

回来后，她坚持回家住，江桓不反对，耐着性子跟过来，把家从里到外地收拾一通。楼鱼的东西还在隔壁房间，和往常每一次离开一样，没有收拾，淘来的资料撒得到处都是，可宁芷知道他不会再回来了。江桓也这么觉得，但东西却没动分毫。

在医院那天，宁芷醒过来前，楼鱼找过江桓。两个人都很狼狈，楼鱼羽绒服上还有雪渣，江桓也没好到哪去，头发蓬乱，衣袖夹血。

江桓说的第一句话是"谢谢"。

楼鱼反而笑了，重复着说了两遍："没意思，没意思。"

"江桓，咱们好友九年，我存什么心思你都知道，一年两年没回来，三年四年也没回来,我走心了,你反而回来了。没意思,太没意思了。"

江桓没阻断让他继续说下去。

"以前有私心,你的事我知道,我不说,她的事我知道,我也不说,隔在你们之前憋得我难受,想着你要是不回来,我占着她旁边那地儿心安理得。现在没我什么事了,我也该收拾收拾回国待一阵子。"

阳光晃得两个人都睁不开眼,江桓又听见楼鱼叹气声:"你也别得意,我也没输给你,我是败给宁芷,她这样一心一意地追凶,心无旁骛地等你,挺好的。"

江桓眼睛泛酸,顿了良久,才说:"东西给你留着,我不会欺负她,当然,也不会让你再想着回来。"

楼鱼拍拍他肩膀,然后捧腹笑,模样像几年前在课堂上一起和老师据理力争获胜时表现出来的那么开朗。

那天的阳光和现在很像,却也不同。

宁芷把电脑关上,扯着江桓走到衣柜前,拨开衣服将整个挡板推开,墙壁完整的样貌都了露出来。

江桓没料到,衣柜里别有洞天。平时宁芷都是晚上开小台灯坐在这儿看,第一次这么透亮看看,中间那张黑白素描像特别清晰。

墙面上贴着关于 H 的报道和被他残害的十余名女大学生的照片,每个人死亡的日期、地点都被红色的笔迹串联在一起,另一旁是后添加上的神婆等人。

宁芷把崔志安的照片贴上,回身看江桓,他背着光,整张脸都在阴影之中,正犹豫着手上的图片还要不要继续粘贴时,江桓已矮身进来,接过图片,用图钉钉在崔志安的照片旁边。江桓父母的图片是她在网上下载的,那是他们年轻时获得奖项时的合影。

江桓又拿起一旁的记号笔,在几个人的身上重新画线,把事先捋清楚的关系做好备注。最后在他父母和崔志安之间画上巨大的问号。

"崔志安二十年离开孤儿院,据说是被国外家庭收养,五年前回国,杀了很多与孤儿院相关的人,也杀掉了我的父母,但他和 H 的联结点在哪里呢?"

"张娜的意思是 H 曾经是鲸落的人,只不过叛逃了,那崔志安也是那个组织的吗?"

"不确定,但这么多年 H 躲起来,并不仅仅是为了躲避警方,也有一部分原因是在躲着鲸落组织。"

宁芷不懂。

江桓继续说:"朱陈媛拿到的视频是鲸落的秘密,H 把这么重要的东西带出来,鲸落不可能会放过他。你说过 H 找你时,再看到朱陈媛时说的那句好巧,指的不该是朋友关系,而是认出她是拿走磁卡的人。"

"杀掉媛媛不是因为我吗?"

江桓摇头:"H 懂得如何折磨人,卢楠是个例子,他喜欢这样的游戏。"

宁芷捂着胸口,里面有如火烤一般:"怎么觉得我的好日子总这么短呢,没享受两天就会结束。"

江桓把她揽过来,下巴蹭在她头顶:"快结束了。"

崔志安为什么要杀害他的父母,答案似乎就在那份看不懂的资料中,而能解释这份资料到底是什么情况的人,也只有张怡然。

上一次和她提父母临死前的研究时,她就遭遇了意外,很明显,她的一举一动都处在某种监视中,所以敌人才能在那么短时间内,发起攻击。而张怡然也对五年前的事情心有余悸,也不愿再深入纠缠。

但这时候,江桓没办法。

电话拨通时,张怡然还在热情地邀请他去她家过元旦,江桓没有时间,直接问她:"张阿姨,你知道我父母留下一份实验资料吗?"

张怡然的声音突然压低,好似在捂着话筒说话:"你说的是什么资料?"

江桓目光始终落在小隔间的墙上:"让我父母丧命的研究资料。"

"小桓,资料在哪,你又在哪,我过去找你。"

墙上的图片里,江桓父母两人手上共持一个奖杯对着镜头微笑,而他母亲旁边还有一个人,只是被裁掉只剩半个肩膀。

"你真的不知道我父母最后一项研究是什么吗?"

电话那头没声音,好一会儿又听见张怡然说话:"小桓,我不知道你听说过或者找到了什么,张阿姨不会害你,告诉我,你在哪里,我去找你。"

"你不用过来,我过几天去研究院找你。"

电话挂断，房间陷入沉默。

江桓搭在宁芷头顶的手没收回来，转而去揉她的耳朵。

宁芷的耳朵发烫，去握他的指节："大火那天，你有没有忽略掉什么重要的事情？"

江桓愣了半天才反应过来宁芷想要说的意思，停下手上的动作，真的开始思考那天在大火发生前的研究院，除了起火后被火舌吞噬的空间和器皿爆炸的声音外，仿佛什么都不存在。

一时间，有答案呼之欲出。

"整栋楼，除了我父母一个人都没有。"

"研究院那么大，会有值班的研究员和门卫，不会那么巧吧，火灾发生时，只有你父母在？"

"那天是张阿姨母亲六十六岁大寿。"

（二）

大半夜被约出来的尹度贤，好脾气装都装不下去，没鼻子没眼地瞪着江桓，又拧着眼睛看宁芷，颇有几分意外，但又毫不掩饰地嫌弃。

在他眼里，只有陆瑶那种能够分清利弊局势的女人才值得男人去喜欢，才有足够的能力站在男人身边。

洲地发生的事，他听得一二，觉得宁芷无非就是有勇无谋的蠢。女人有勇有谋不添麻烦最佳，但凡成为负担，那做一万件事都是白做。

就他这种思想，宁芷后来给出的评论是：活该单身。

"说吧，大晚上叫我出来总归不是见家长吧？"

宁芷瞟他一眼，他倒不知含蓄，两个人就真的对视起来，谁都不让谁。

"麻烦精，你可别勾引我，我一心向善，可不是你身后的男人们。"

没等江桓说话，宁芷率先呛声："有钱人都这么大言不惭和迷之自信？"

尹度贤仰在椅子上，他还以为她会在江桓面前装乖巧，却不知道她原本就伶牙俐齿。他把玩着手上的杯子，有几分玩味，却也考虑到江桓的情绪，不再揪着这一点不放。

"谈正事，温柔乡在向我招手呢。"

"游车队在水原市的庇护所查到了吗？"

尹度贤愣怔："哪有那么容易，都不是明面上找得到的人。"

"这事帮我上点心。"

"就这么一件事，你不在电话里说，大半夜把我叫出来？"

江桓不知道怎么开口，父母多年挚友，自己最信赖的阿姨，如今还是父母被害的首要怀疑对象，更夸张的是，光明正大地问行不通，只能在背后做些小动作。

若是多虑还好，若真的是预谋，接下来又该如何是好？他不敢深想，总觉得这一脚伸进去，绝不是浅水滩，更可能是万丈渊。

宁芷不懂他的百转千回，只在意结果："我们想拜托你查研究院现任主任张怡然。"

尹度贤又是一愣，没看宁芷，目光落在江桓身上："你要查？"

江桓权当他在震惊，点头："五年前大火案，疑点太多，她一定知道并隐瞒着什么。"

"你考虑过结果吗？这种调查，她不会毫无察觉。"

"查吧。"

当事人都无所谓，尹度贤一个外人也不能继续推三阻四，起身拍打着袖口："没什么事，我回去了，你等着电话吧。"

想一想又从口袋里抽出方盒子，掏出一张名片递给宁芷："麻烦精，你不知道有钱人会的到底有多少。"

烫金的名片上印着：蔚然集团尹度贤。

宁芷皱眉，这名字越看越熟悉，可具体是哪里又实在记不清，捏着名片的手不免有些用力。

尹度贤将这些看在眼里，嘴角带笑："不用这么仇富，你男友的小金库也是七位数的，你不妨搜刮一下，也能理解下有钱人都是怎么醉倒在温柔乡。"

最后三个字他说得用力，挑衅地看着江桓，然后头也不回地走出店里，留下的两人突觉气氛变得诡异。

江桓摆弄着手上的杯子："别听他胡说八道。"

宁芷跟着点头，目前还没有深究醉倒温柔乡的心思："回去吧。"

回去路上，宁芷对蔚然集团还是有些在意，干脆给于城拨个电话。于城估计睡了，声音嗡嗡的，她重复几遍这名字，他才正确地复述出来，连应几次才挂断。

江桓握着她有些凉的手自然而然地塞进自己的口袋，呼出的气在空中变成白雾，也不问她为什么好奇这家企业。

元旦的热闹从早上开始，小区里的小学生放寒假，睡得晚醒得早，天还没大亮，就已经在外边呼喊着玩开。

摩卡睡得不安稳，从空调下的椅子上跳起来钻到她枕边，毛乎乎的大尾巴往旁边一甩，江桓也跟着醒过来。

这段时间，江桓一直占着宁芷半张床。开始的理由是怕她高烧反复，后面干脆连理由都懒得想，洗漱好掀开被子就进去，还特贴心地帮她关床头灯。

宁芷翻身过去把有点冰的手伸进江桓的睡衣，沿着胸膛探到袖口里，那里还缠着纱布。

"现在几点了？"

江桓手臂压在额头上，嗓子带点沙哑："还有一个半小时才起。"

话音落下，江桓伸手去抓衣服里作怪的那只手，转而又去揉搓她的腰，唇舔吻在她耳朵上。

宁芷不由得缩成一团，也不躲，使劲地往他怀里挤，像要融到他身体里一般。

被子下一团火热，宁芷被揉得面红心跳，倒真的有几分热闹的气息。

以前的军区大院被改建不少，宁芷还是熟门熟路地找到五号楼，这一栋都是老式的三房一厅，重新刷过漆，从外边看倒有几分唬人。

大院以前住不少人，孩子也多，每天个比个，什么都能比，今天谁家的谁长高一厘米，谁成绩拿到第一，又有谁被家长打得屁滚尿流。

宁芷也跟着他们玩，跟他们比，成绩拔尖，可身板却和豆芽菜一样，到初中也才一米五出头。

她妈担心她一直长不高,反而她爸想得开,觉得他的女儿多高都能闯出自己的一片天,大不了回家有父母在,没什么好担心的。想到这儿,宁芷的眼睛有些酸,腿跟灌铅一样有些走不动。江桓站在门口朝她伸手:"过来。"

宁芷起先不动,他就不收手在那等,宁芷只能泄气地走过去。江桓的手环着她肩膀,微微施力,能感受到掌下的身体绷得很紧,处于随时随地都会攻击的状态,微不可寻地叹了口气,用下巴磨着她的头顶,鼻尖能闻到洗发露的清香味。

渐渐地,宁芷放松下来,侧靠着江桓:"我有点怕。"

怕不知道怎么面对,怕原谅来得太轻易。江桓的事是这样,她爸爸的也是。明明都是她怪的人,却都是最不该怪的。

江桓静了一会儿,分明猜中她的心思,低声说:"又过去一年了,他在等你。"

和江桓说的一样,她门铃刚按下,门内就有匆忙的脚步声,凑到门前一秒不到门便开了。

宁父站在门侧,双手交叉握着,背有点弯,头发泛灰,眼神仍旧犀利,像安检仪一样在两个人身上来回扫视。

好不容易鼓起勇气的宁芷在这目光下,微呵出声:"你要是不欢迎,我们就走。"

宁父似乎早已预想过她的态度,不在乎地笑,眼角有很深的褶皱,伸手去接江桓手上的袋子:"来了好,来了就好,快进来,外边冷。"

屋子果然很暖和,他准备得很充足。前天上午周康给他打过电话,隐隐地透露宁芷他们会过来,他先是启口骂宁芷不孝女,这么多年都躲着不见他,又开始问周康该准备些什么。

太多年没有好好过节,连需要准备什么都不清楚。空冷的房子里,于他而言最重要的两个人再也不回来,能过活就够了。

挂断电话,下午就跑出去买菜、买水果。路过大院外的商店时,看到落地窗上反射出的老人,鼻子发酸。

这丫头,十年了,终于找到家在哪儿了。

家里的摆设和之前没什么变化,客厅的一面墙都是大大小小的相框,一张全家福摆在中央,绕着它挂着的都是他们一家三口的勋章,有宁芷的奖状,有她妈妈的舞蹈比赛证书,还有他的各种勋章,都被裱在里面。

家具整整齐齐,沙发套洗得掉色,宁芷想了良久才忆起它本来的颜色是米黄色。房间没有灰尘,不是临时打扫,而是定期打扫的缘故。

"你们坐,我去给你们准备午饭。小芷爱吃辣,我准备做水煮肉片,还有……"

话还没说完,窗外边响起嘈杂声,大嗓门的女声喊着:"今天无论如何,都把这门给我开咯,我不信邪,谁能占老娘便宜。"

宁芷顺着客厅走到阳台边,看见打头的是个老妇,后面浩浩荡荡地跟着四个男人,手里还提着工具箱和棍棒,那架势可不像是来送礼的。

"怎么回事?"

宁父似乎没想到她会主动和他说话,好一会儿没有反应,"哦哦"了两声才反应过来,却是用早已习惯的态度解说着:"前两年大院改建,空出不少房子,被别的人买走用来出租,这妇人姓闫,收租的,来过三四次,那租户不开门,现在是要强制进门。"

不愧是做过刑警,消息打听得非常全面。宁芷不免朝他多看几眼,他手背上竟生出一块老年斑,没记错的话,他今年才四十八岁,还不足以衰老到这个程度。莞尔又想到这十年他的经历,挚爱的妻子因自己的失误而死,疼爱的女儿狠心和自己断绝父女情。再强大的人也抵不住时间的冲击。

宁父敏锐地察觉到她的目光,知女莫若父,自然地把手缩回来伸进裤袋里:"我先做饭,茶几上有水果,草莓不是应季的,不知道甜不甜。"

那么多年他还记得她爱吃的所有东西,宁芷强忍着泪目,走回客厅的沙发坐着。

江桓摸她头,像在夸她刚刚表现得很好。

这时,外边又是一阵嘈杂,闫大娘最先从楼道里跑出来,吵吵嚷嚷地从他家窗下跑过,跑两步又退回来,拍他家的窗户。

"快,老宁在不在啊,大事不好哦,死人嘞!"

（三）

闫婆子见过不少赖账、耗住的人，但是像现在这家怎么敲门都不应、电话也不接的主，还真是难住了她。来来回回四次，光门口蹲守就有两次。里面的住户铁了心不出门，听邻居说，已经很久没见这家住户出门了。

闫婆子不信邪，一天两天不出门可以，一两个星期不出门怎么都不可能。没承想，两个星期了还是没人应，没法子，只能找几个信得过的兄弟来帮忙。

门一如既往地紧闭，门锁被拧开时，扑面而来的除了暖空气，还有股说不清的臭味，是食物腐烂到极致才会散发出来的味道。

闫婆子捏着鼻子，干呕："这死小子，把这里当猪窝了是不，你给我出来。"

客厅里的摆设扔得到处都是，沙发移了位，抱枕里的棉花被掏出来撒得满屋子白毛。

"我的天啊，这么好的房子呦，糟蹋成这样。"

边吼边走，卧室却始终没有动静，整间房里好像只有闫婆子的大喘声，身后收好工具的男人皱着眉，扯她袖子："妹子，感觉不太对劲！"

他一说完，其余三个男人都跟着点头，在社会上走得多，见得多，什么人都遇见过，什么味道都嗅过，这股恶臭绝对不简单。

闫婆子走前头，被他们玄玄乎乎地一说，也有些慌："不至于吧，这地界以前好歹是大院，谁敢在这儿搞事？"

说是这么说，她放在卧室门上的手直颤，死咬牙根，憋一口气快速地掰下门把手，瞳孔瞬间放大，嘴里的气都吐出来，扶着门框往外走，脸色发青。

后面那四个男人往前凑，只一眼，也跟着快速退到门口。

于城他们赶过来时，现场已经聚集不少住户。宁芷他们三人最快地保护好现场，减少破坏程度，范湉和现场勘查员最先进入现场。

看见范湉，宁芷有些意外，按道理她还有几天的假期。于城拍她肩膀：

"老马身体好得差不多了,她执意过来上班。"

她点头,不好再问,也跟着换上隔离服进去。门开过好久,可腐臭味儿并没有减少,反而因为开着空调,食物耐不住纷纷过期长毛烂掉,多种气味混在一起更恶心。

卧室里的味道更甚,地上有很多没有清理掉的外卖盒子,被子床褥堆在角落里,拱出个人形。死者身穿休闲家居服趴在地上,头侧仰,面部肌肉扭曲变形,口鼻部有白色泡沫,身上无明显外伤。地面有少量呕吐物和指甲的抓痕。

范湉把死者的手掌翻开,指甲盖外翻,有凝固的血块和少量的木屑。这里无疑是第一现场。

宁芷跟在身后记录,又听见于城他们在外边对报案人问话。

租房登记用的身份证叫赵帆,三十四岁,哈盐人。签合同时和房东说是过来这儿打工,问具体做什么的,神神秘秘地说有保密协议。不过房东看他的身板,出来进去总是一身黑衣,又不是作奸犯科,只剩下给大老板当保镖这么个职位。

于城让陈相正先想办法联系到死者的家属,又头疼地去维护现场。毕竟这儿的前身是军区大院,不少退休的老同志都住在这里,大院平时安静得不行,出这么大案子,个个都想起当年英勇,想在案子上指点一二。

好不容易搞定,再回来时,宁芷这边已经检验得差不多了。死者鼻腔内有颗粒结晶,瞳孔缩小严重,初步判定为中毒死。根据室温考虑和尸体反应,死亡时间在一个星期左右。

明明是冬天,来来回回,大家都出了一层薄汗。

于城在门口问:"能确定什么毒吗?"

"目前确定不了,等尸检结果吧。"

陈相正打过电话,走过来,脸色不好,附在于城耳边说着什么,俱是色变。他看眼宁芷,又看眼站在外边打电话的江桓,还是把宁芷叫出来走到一边。

宁芷摘掉手套装好,想让陈相正透露点风声,可他压根不回应她的眼神。她有点悻悻地跟着出去。

于城嘴里叼着烟,眉头紧锁,拧头看她:"你知道死者的紧急联系人是谁吗?"

宁芷怎么可能会知道,十几年没回大院,连大院的房子能出租的事也是刚刚才知道的。

"是卢楠。赵帆是他小舅。"

宁芷昂着头看他,久久说不出话,面前的人和物像被抽离一般,渐渐地扭曲,可脑子里还是能清晰地将于城话里的意思拼凑在一起。

若雕像案里遇见卢楠是种偶然,那么这一起案子绝不是。这世上没有这么多巧合,极有可能是H安排的。H在机场威胁卢楠给她带话,指的也许就是这一次。

细思又觉得不合理,一句话而已,没必要特意杀掉卢楠的亲戚来博得他们关注。况且案子发生在广江区,若不是宁芷突然要回大院,最初的经手定然是区派出所的人。

可谁又说得准,H能从宁芷江桓以及朱陈嫒三人中,找到牵扯他们的最佳的制动法,难不保在遇见卢楠的那一刻已经计划好了此刻。

可杀害赵帆的人真的是H吗?

转念一想,宁芷猛地抬头看向于城,他一副什么都知晓的模样回视着。对了,在她和江桓被抓走时,于城他们对他俩的谈话内容一清二楚。宁芷瞬间有种被扒光站在他们面前的感觉,无所适从。

于城看她:"很多时候,你能有所依托,别独自一人。"

范浠跟车回局里,于城让江桓留下协助民警疏散群众,宁芷把宁父送回家,又去车站接卢楠。

时隔一个半月,两个人再次见面。卢楠比上次见气色好很多,脖子上仍旧裹着围巾。

见到宁芷的一瞬,他也有几分惊讶,但很快收敛起来,双手用力地搓在脸上。直到上车,他才把围巾摘下来,宁芷没控制住眼睛,还是扫过去看,勒痕不见了。

"好很久了,戴着比较有安全感。"卢楠不自然地挠头,到底还只是个二十搭边的大男孩,"也不知怎么回事,每次遇见你好像都不是为了好事呢。"

宁芷干哼哼,实在不知道怎么接这话,转移话题到赵帆身上:"你和赵帆平时联系频繁吗？"

"不频繁，小舅父母过世得早，他读初中的时候住在我家，不过之后他不读书，出去打工，我们见面的时候少，也就逢年过节能聚聚。"

"你小舅来这边工作和你说过吗？"

"提过，上次卢茵那事，我们见过一面。他说过得不错，工作很轻松，具体做什么没说，不过晚上去他那儿住，听他来回接过几次电话，挺谨慎的样子。"

"电话内容一点都不清楚吗？"

"我去接水的时候，听到几个字眼，好像是新片安全什么的，再就没听着。"

"新片？是芯片吗？"

"可能是，不过我不确定，开始我以为他在电影公司呢。"

卢楠把围巾缠好，放进包里，看会儿路况又看向开车的宁芷。她好像没什么变化，又好像变了不少。

当时在西里时，张娇闹得太厉害，他的注意力都集中在江桓身上，反而没怎么注意她，开始还以为她和自己一样是大学生，结果张娇出事，才知晓他们法医的身份，总觉得她是个克星。

他甚至怀疑张娇的死都是因他俩而起，可又觉得不可能。

他宁愿相信一切都是意外，这样比较能够接受此刻的和平相处。

"那赵帆的工作地点呢，你也不清楚吗？"

"我在他房间衣柜里拿衣服时，一个纸袋子掉了下来，里面有个企业名牌，不过不确定是他的，还是别人的。"

车在等红灯，宁芷扭头看他："什么名牌？"

"蔚然集团。"

（四）

"蔚然成风的那个蔚然？"

"对。"卢楠不晓得这些事情，只是把知道的事情都讲出来，宁芷不再说话，手指敲在方向盘上，随即给江桓打电话说清楚这件事情。

江桓有几分意外，这事怎么会和尹度贤的集团混在一起，这多少有些匪夷所思，而且这么大的集团，员工死在家中这么久没人发现，不合乎常理。

若不是员工的话，怎么会有集团内部名牌呢，而且据现场搜查，并没有找到名牌，是谁拿走了，还是被赵帆藏起来了？

宁芷把卢楠送到局里，卢楠见到赵帆的尸体，没有激动地痛哭流涕，而是默默地将头上的白布盖上。

"我答应尸检，抓到凶手比较重要。"

卢楠在水原市没有住处，宁芷担心他会被H重新盯上，把他安置在了警局附近的宾馆，临走还不断嘱咐他没什么事不要到处乱走，想起什么或是有事给她打电话。

有些话不能挑明了说，她只能告诉他赵帆的案子没破，怕有其他危险，避免节外生枝，安全为要。无论她说什么，他都应着。

宁芷要关门离开时，卢楠突然出声叫住她。

"宁芷，张娇的死和你们无关吧？"

宁芷握着门把手的手一顿，没回头也没回答："你小舅的案子，我们会尽力破获的。"

回到警局，已近傍晚。特案组办公区似乎起了争吵，杨路把话机砸得砰砰响，扯着嗓子问："什么毛病啊，受害人报过警，居然不出警，现在人死了，居然和我推卸责任。"

怎么回事？

陈相正把杨路按在椅子上，把话筒扣回话机，安抚着杨路。杨路用力喘着，好不容易压下那股气，才把事情说清楚。

下午杨路在查赵帆的通话记录时，发现他在一个星期前和十天前的晚上拨打过报警电话，通话时间长达四分钟。不像是恶意通话，于是顺着这条线索查到他当时联络的报警中心。当时负责接他电话的是个实习生，没什么实战经验。

第一次接到赵帆电话时，赵帆只是慌慌张张地说有人在监视他的生活，让他无法呼吸，不敢出门。可再问具体地点时，他又完全说不清楚。最后电话挂断，实习生也没当回事。

一个星期前也是，赵帆的电话刚接进来就是一阵大喊大叫，说什么有人要害他，感觉人快要窒息了，让他们快派人把监控拿走放他出去。实习生又问过地址，他还是说不清楚，实习生又草草地挂断电话。那时已经是夜里两点钟，实习生只当是恶作剧，没做处理，更没有将这件事上报。

杨路认为这件事是报警中心的疏忽，因为那通报警电话是从赵帆手机里拨出的最后的电话，根据范湉提供的死亡时间，赵帆很可能是在那之后死亡的。

结果报警中心那边的实习生咬定赵帆的语气处于不清醒状态，存在恶意报警嫌疑，并且有第一次虚假报警的前科，第二次报警很难令人相信。

越说越气，杨路站起身气呼呼地往他的机房走："我现在就去听录音，实习生要是说谎，我让他立刻付出代价。"

尸检结果是甲基苯丙胺气体中毒，但赵帆本人没有吸毒史，依照现场挣扎和门锁情况，无法判定是自杀还是他杀。

杨路反复听那几段录音，没什么结果，毕竟他不了解心理学，不晓得人在什么情绪下会发出什么样的声音。琢磨不出名堂就想起徐男案时，负责催眠的陆瑶，干脆把电话打到那边去把人叫过来。

陆瑶过来已经是夜里九点半，大家叫了外卖。她推门进来时，带进来一股冷风，大家都转头看她。

她应该是从某个重要场合抽身过来，身上还穿着小洋裙，两条细长的腿穿着很薄的肉色绒裤。

"杨路给我打电话，让我过来帮忙分析受害者的心理。我有个家庭聚会，赶过来有点急，唐突了。"

杨路早已不顾大家的目光，端着饭盒跑去拉陆瑶："别管他们，音频在我那儿。"

大家你看我我看你，都不太明白杨路那小子到底是怎么和陆瑶混到这么熟的。

饭后，宁芷和范湉去扔垃圾。宁芷到底没忍住问，范湉怎么不在家多休息休息。

范湉甩着手上的水:"有什么好休息的,和那些被害的姑娘比起来,我这算得了什么。"

这一句话,她俩不约而同地想到那间牢房里的日子,永不熄灭的灯和女人被折磨的惨叫,还有坏人杀人时的残忍。

她们幸运,没受到实质伤害,能完好无损地活着出来。她们也很不幸,知道了社会并没有想象中那么透亮,即使警察不断地抓捕犯人,还是有顾不上的黑暗角落。

很多人在边缘挣扎,她们怕救不过来。

一直到夜里十一点半,陆瑶才揉着耳朵从杨路的办公室出来。杨路面露凶意,于城大抵也能猜出一二。

陆瑶安抚下冲动的杨路,目光转向大家,说:"被害人在报警时的情绪是紧张和恐惧,没有虚假的玩乐情绪。"

"意味着,他所说的监视是真的?"

陆瑶点头:"不排除这种可能性。被害人在极度恐慌中,会存在夸大事实的可能,但至少他真的感到人身安全是受到威胁的。"

杨路呛一嘴:"若是第一次报案出警,也许被害人就不会死。"

于城挑起椅子上的外套:"我和陈相正去现场,看是否有遗漏。"

陆瑶搓着裸露的胳膊,也拿起外套往身上穿,目光在江桓和宁芷身上扫过一遍,没有露出什么表情。

"我先回去,有事随时叫我。"

杨路小跑过来:"这么晚了,你一个人不安全,我送你。"转而又挠挠头道:"好像不行,我现在既要和报警中心算账,还要继续分析赵帆的社会关系。"

"我去送吧。"

好几道目光齐刷刷地落在江桓身上,他走过去,路过宁芷时揉揉她的脑袋,没事人一样继续向前走。

直到那两个人走出门,杨路才怪叫一声:"什么鬼?当众出轨?"

车停在一幢别墅外,陆瑶却没有下车的意思,她把储物柜打开,里面有一包虾条和两包辣条挤着往外弹,和这车和这人相比较突兀极了。

陆瑶仔细打量着江桓,他样貌上和五年前比没多大变化,岁月在他身上留了不少的情面。不像她,无论怎么保养,还是会被突然多出的痘痘,惊得睡不好。

她比他大两岁,开始不觉得有什么差别,可过三十大关后,也明白两人太不同。他有资本和能力等,可她却不行。她开始认识到现实和幻想之间的距离,不会盲目地追求不属于自己的东西。况且现在她和尹度贤相处得很好,结婚也是就近的事。

"你现在就不怕她有危险吗?"

江桓看向她,又去看摇摇欲坠的零食,自从和宁芷同吃同住起,出的案子有时候路途远,怕她无聊才会准备这些。不知不觉中,他又一次习惯身边有这么个人的存在。

"怕,可更怕她不是我的。"

他不是以前那个他,宁芷也不是。以前是真的惧怕,不知道身边的人,什么时候会被害,与其胆战心惊,倒不如放手一搏,谁输谁赢,真不一定。

(五)

二度返还赵帆的家里,果然有所收获。

分别在客厅的装饰灯、卧室的书柜夹板,还有厨房的抽油烟机里,找到了微型摄像机。赵帆的报警电话没说谎,他的生活正在被镜头严密监视着。

最令人震惊的是,卧室的摄像头还在运作中,闪烁着的红灯,被于城放在密封的黑盒子中。

杨路惊呼:"那岂不是被害人死亡的全过程都被录下来了?"

"但主镜头在哪,还没有线索。"

以前网上有个漫画,讲的是如果能在一个充满监控器的房间里,待满一个月,奖励一百万,但漫画的最后,被监控的人基本都变得疯疯傻傻、疑神疑鬼的。

宁芷摇头:"据卢楠说,赵帆平时作息正常,三观很正,也没什么暴富的想法,还不至于因为这个并不一定存在的游戏而被监视。"

江桓提议将赵帆所有的电子设备都查验一番,看是否有什么和电子类相关的电话。又去问杨路:"这种微型摄像机的 IP 地址追踪不到吗?"

"追踪的结果只能是虚拟 IP,我见得多了。"

江桓把盒子递给他:"那就追一个虚拟的出来。"

第二天,天还没亮,接到海宁区的警务电话,又有一具尸体被发现在出租屋中,死亡时间是四天左右,法医给出的死亡原因是中毒死,并且房间保护得较好,还采取到房间空气的样本。

整个水原市的案件都是联网的,两起案子相似之处过多,直接并案调查。

两个区的地址距离不算远,确实有这种可能。

于城他们几个人赶往第一现场,依旧在卧室里找到了运作中的监控。于城把摄像头攥在手里,狠狠地挥拳在墙上。

"是 H 的新手段?"

海宁区的公安不知道怎么回事,而他们几个人都知道怎么回事,都没接话。

江桓接过区警递过来的案发现场照片,每翻一张,那个小警员都尽量详细地还原当时的情形。

直到最后一张,是一张卡在书桌抽屉下的名牌,上面的集团名称很瞩目——蔚然集团。

名牌若是光明正大地摆在桌子上,不会令人生疑,这藏着掖着的做法,反而将一切指向蔚然集团。至少,两者脱不了干系。

在正式的调令下来前,尹度贤先给江桓打来电话,问他能不能帮忙把他爸找出来。等他问到这两个员工是怎么回事时,尹度贤只说电话里不方便说,跟他约好见面聊。

赶过去见面的路上,杨路把一串地址发到江桓的微信上,还不忘补充一句讨夸的话:这设计者太狡猾,用那么多 IP 地址来迷惑我,不过还是逃不过我的追踪墙。

江桓看着屏幕里的那串地址，绯色的眼忽而瞪大，竟和发给他研究院大火案邮件的地址是同一个！

怎么回事？

绕来绕去，现在好像才真的在向真相靠近，到底是谁操纵着这些事，目的又是什么？

抵达蔚然集团楼下时，江桓多少有些吃惊，一直清楚蔚然在整个水原市的规模数一数二，但眼前高耸入云的大厦，确实抵得住企业中的半壁江山的称呼。

和尹度贤仅隔两天未见，他脸上消瘦得厉害，一夜衰老的模样。尹度贤的办公桌上堆着小山高的文件，沙发正对着的电视机上报导的正是此次案件的新闻。

"我一直以为我爸在国外度假，昨天新闻爆出来，我小妈才没忍住给我打电话，告诉我……"尹度贤捏着咖啡杯，继续说，"我爸两天前被绑架了，小妈以为只是要赎金，钱准备好了，但对方始终没有消息，看过今天新闻，对方打过来电话，让我们交出芯片，不然将对集团员工进行杀戮。"

江桓皱着眉："什么芯片？"

"到底是什么芯片，我不是很清楚，公司的机要一直有专门的安保人员管理，而现在你们发现的两名死者，都是安保室的人。"

"在对方杀掉两个人后，还是没拿到芯片，干脆绑架你爸来要挟你？"

尹度贤点头，双手搓在脸上，让自己保持清醒："我现在让安保室的工作人员都住在集团的休息室，确保他们暂时的安全。"

"不是长期办法。"

"没办法，现在整个集团安保系统都处于瘫痪状态，新闻报道还没爆死者是我们的员工，若是被媒体嗅到味道，指不定从什么角度污蔑公司呢，造成的不良舆论势必会让股票暴跌，这里将成为最大的经济泡沫。而现在最重要的是保护好每一位员工，尽最大的努力，把我爸救回来。"

这绑匪显然不是一般的绑匪，不图财，但害命，只为一张不清楚内容的芯片。芯片的内容是什么，能让对方这么大张旗鼓地犯事？

江桓把对方的电话号码发给杨路，等待分析结果，当务之急是找到所谓的芯片，可安保室里保存的芯片那么多，绑匪想要的肯定不会是那些放在明面上的,而集团创立之初的研发人员早被替换掉了,现有人员对芯片的了解更知之甚微。

就在这时,办公区那边突然传来一声凄厉的号叫。江桓警觉地站起来,打开门往外走,一股浓郁的饭香溢满办公区,而一群人围在正门口,尖叫声、唏嘘声和议论声不断,隐隐约约地可以听到几个恐怖的字眼。

江桓拨开这群人走到人墙的中央,地上散落的是装外卖的便当盒子,而盒子的正上方,是一根带着血的人手指,是人的食指。

在后边的尹度贤错身上前,低头看向手指,那手指指甲剪得十分整齐,指腹有常年握笔留下的细茧,关节处有一处刀疤。尹度贤的心直颤,他初中那阵子特迷舞刀弄剑,有一阵迷上剑术,身边没人和他比画,脑子抽风和社会上结识的人招呼,比赛时对方不知道是被气氛感染还是因为什么,竟想致人于死地。当时起哄的人很多,他险险应了几招还是很狼狈,当时还是他爸跳上台,用手挡掉对方的剑,当时那伤口极深,能见骨。十几年之后,手好起来,但留下了一条伤疤。

想到这,尹度贤不由得又走近一步,蹲下身要去拿那根手指,被一旁的江桓拦住:"这可能是证据。"

尹度贤顿住,手僵硬地悬在半空,目光不知落在何处,嗓音低沉,有化不开的沉重:"是我爸的手指。"

嘈杂的环境瞬间安静,几个人你看我我看你,眼前的情况不容乐观。其中,有个好事的员工正在报警的手僵住,手机顺着脸边掉在地上,隐约还能听到报警中心的工作人员平稳的指挥。

于城他们赶过来时,江桓正在监控室调取中午时段的视频,把外卖事件讲述了一遍,于城脸色不佳,大抵没料到事情会发酵到如此严重的地步。本以为跨进新年不至于遇到的都是棘手案子,可才开年先是一个抓不住凶手的家暴案,又来个能撼动水原经济的杀人绑架案,他已近半个月没回过家,现在也是一个头两个大,只望案子早点了结。

最新的监控视频很好找,来送外卖的人穿着一件橙色的马甲,头上的帽子压得很低,脸上戴着巨大的口罩,手上裹着白手套,浑身没有露一点皮肤。在前台留下外卖后,人跟着消失了一会儿,大约二十分钟后离开了大厦。

于城指着屏幕上的那个橙色身影问:"多停留的二十分钟去过哪里能看到吗?"

安保人员把多个监控镜头调出来,整个大厦的每一个角落,都成为大屏幕上的小方框,四十多个画面,再选定外卖楼层时,只剩下六个监控画面:"送完外卖,他到过男洗手间,这二十分钟都在洗手间。"

于城招呼陈相正立刻前往洗手间,厕所通风好,每隔半个小时都会有保洁大嫂打扫,味道并不难闻。但陈相正还是屏着气,连推三扇门都很正常,直到最后一扇门时,落在门上的手有些迟疑。都说人类对死亡有一定的感知,此刻他感受到了死亡的气息。

没再过多的犹豫,他手上施力,门跟着打开,一张被放大的脸直直地朝着他扑上来,来不及做出反应,他便被于城横出的手快速拉离,向后退出一大步。

那道黑影没了阻碍便直直砸向地面,一声闷响。死者是研发部的员工,死因是扼死,杀人凶器就是他脖子上挂着的吊牌绳,极有可能就是那个外卖人员进来时做的。

大厦不再安全,尹度贤不希望这件事造成人心惶惶,希望先将死者送走,然后再处理案件。

于城也觉得此事不宜声张,毕竟嫌疑人已锁定,若是这时候大厦里的人都因为恐慌往外走,难保不会出更多的乱子。

可谁知,还没等走出去,大门口便拥进来一大群举着摄像机和话筒的记者,不管不顾地冲破保安的人墙,直朝着他们猛拍。

"请问,这栋大厦的董事是不是被绑架了?"

"你们现在抬着的人是谁,是遇害的董事吗?"

"大厦到底发生了什么事,为什么员工不能擅自外出?"

……

尹度贤脸色一变,没等开口,身后的 LED 荧屏出现沙沙的噪声,一时间大家的目光都落在那边。江桓反应比较快,让于城他们把尸体从侧门运走。

他们前脚刚出大门,荧屏上突然弹出画面,那是一个空房间,一张椅子上坐着一个中年男人,他的脸色有几分疲惫,身上的衣服被血水浸着,右手臂抽搐，细看能发现上面缺了一根手指。

很快，一道低沉的声音跟着响起：再不交出芯片，明天就不再是手指，而是手臂。

（六）

出动大部分安保人员，才将记者都拦在大厦门外。公关部的主管大气都不敢喘地紧急联系媒体，将消息封锁住，可网媒时代传播消息最快，不出片刻，关于某集团董事被绑架威胁的新闻便在微博上大肆传开，铺天盖地的小道消息应运而生。

集团不算绝对的安全，安保人员轮流值班，对芯片的事情绝口不提。

微型摄像头还在运作着，但案件就是死胡同，尹度贤对这两个员工知之甚少，平时集团在做什么，他了解得也不多，他只是个挂名的经理，平时只是喝喝茶，最热衷的无非是自己在外边开的电子商务公司，做做游戏软件。

想要破解这两起案子，最好的办法就是找到蔚然集团的董事尹盛。

于城他们负责追踪尹盛失踪当天的所有监控录像，江桓则从于城那里要来研究院大火案的审阅权。

还是原本的页面，还是那道隔着真相的权限声明，他手指有点僵硬，鼠标键停留在查看那一档，迟疑一秒钟，有些用力地按下左键。

电子文档的开头和他在档案室里看到的文件基本一致，都是简单的案件调查和起火原因，可后面的尸检结果和现场照片都是空白，文档的页面上显示共有十页，可内容到第五页戛然而止。

不是关联案件时，局里的人都很少翻看以前的案子，于城也不清楚档案为什么会有空白。当年对于这场大火案，并没有存疑的地方，也没有谁会特意删除这些，这中间必然是有人动过手脚，目的是什么？

局里内部资料并没有黑客侵袭的痕迹，平时由档案室负责处理，能够做到资料增减的只有他们，不论是纸质档还是电子档都被清理得这么干净，对方明显有备而来。

宁芷端着下巴："删除掉这份资料能让凶手得到什么？"

他父母被害案里被隐藏起来的真相，到底是什么？

电话声打断两人的思路，屏幕上有一串眼熟的座机号，是宁芷曾经背得非常熟悉的号码。大院出事时，她留给宁父的。

说实话，不是很想接，他们之间隔着十年没有联系，对父亲这个词知之甚少，她除了知道他热爱警察的工作外，什么都不了解。他却不同，记得她爱吃辣，爱吃草莓，知道她怕冷。

如今要在电话里彼此寒暄，多少有些不自在。

铃声响一会儿停下来，屏幕上多出一条未接来电提醒。她吸一口气，把手机调成静音装进口袋里，像什么事都没发生一样。

特案组，每个人都焦头烂额，绑匪除了公然在大荧屏上留下那么一条视频外，再也没有其他的动作，家里和集团都安装好了电话追踪器，可都没再响过。

根据尹度贤给出的信息，两名死者均来自特殊安保室，平时负责尹盛的人身安全问题。这个特殊安保室由四个人组成，其余两个人随尹盛绑架一起失踪，看来也凶多吉少。

储存在安保室的资料芯片很多，大多是些曾赞助过的研究项目存档，安保室的人不分昼夜地将所有内容都审查了一遍，并没有什么特殊到值得绑匪绑架来换取的秘密。

如果绑匪是 H，那他想要的是什么？

江桓还是想不出蔚然集团能够和 H 挂钩的地方："你爸最近有没有什么奇怪的举动，比如变得紧张、恐惧和小心翼翼？"

尹度贤摇头："你也知道，我平时不回宅子，我爸又是那种有什么事都自己解决的脾气，没事的时候会来气气我，真有事肯定自己想着办法解决。"

处处是死角，两天毫无所获。于城的耐性像打光的石头，渐渐地一点士气都没有，坐在办公桌前，摆在办公桌前的是装着两个摄像头的黑盒子。

监控的那一端坐着什么人，现在又有什么计划？那两个死者是他杀害的吗？和绑架尹盛的是同一个人吗？

一团乱麻。

于城抽出一根烟，走到窗边往下看。风景还是旧时风景，可人却不再是了。从知道江桓父母死于火灾伊始，再到宁芷的秘密，一瞬间发觉这世界和自己想的不一样。

他过得太顺风顺水，每一条路、每一个选择都是从出生那刻起父母设定好的，成绩要拔尖，体能要超群，从警校毕业就来市局实习，参与过不少奇案、要案，一步步成为队长，吃过苦也遭过罪。

但更多时候，他都是处于旁观者的角度在看着一切的发生和结束。从未想过，有一天自己要深入其中。

如果他爸知道这些的话，会说什么？会吼他，让他离这些人远点。宁芷他们都是他未来宽敞大路的绊脚石，然后再让他撤出这条看不见光的案子，选择能升职加薪的案子。

烟蒂烫到手，于城才缓过神，把烟头捻灭在烟灰缸里，双手用力地拍打着两颊，猛然想起宁芷拜托他帮忙调查蔚然集团前身的事。蔚然集团十五年前不叫蔚然集团，叫盛世电器，是家不大的电子维修厂。对，这个名字，他总觉得在整理过期案宗时见过。

不如趁现在尹盛绑架案毫无线索时，做点有用的事。

一楼的档案室，灯光不算明亮。隔着小窗户能看见管理员大爷正在整理房间，平日里最爱听的收音机也没有开。

见到于城过来，老大爷难得停住忙碌的动作，推着鼻梁上的老花镜："于队，这是过来找什么？"

"我想查一下蔚然集团在咱们局里有没有什么记录？"

大爷把脑袋瓜往玻璃窗前凑："这没犯什么事，哪来的记录呢？"

"前尘往事，看看也成。"

"那可不好找，你得去最里间，那里头都是些过期的案子，灰可大着呢，我这老身板可就不掺合咯。"

档案室里间没有和外边这样将档案规整到具体月份。只是成年份地堆积在一起，上面附着一层厚厚的灰。

二〇〇二年的案子堆在拐角，三摞，每摞都有半人高。于城抽出口罩和手套戴上，刚触碰上最上层档案，白手套立刻变黑。

他抽出最顶层的资料放到一旁，底下的要干净很多。到底局里整理档案还有规矩，仍旧是按照日期的排列顺序一本一本摞上去的。凭着过往的记忆，他指节在十一月的案宗里抽出一份老旧的黄色档案，封面上用钢笔写着盛世电器涉嫌孤儿院猥亵案。

"孤儿院"几个字跳入脑海，灵光一闪，这几个字眼对他来说也太过熟悉，毕竟曾涉及重新调查的过程。想到这里，他赶紧打开资料袋，里面的资料不少，捏在手上厚厚的一沓，从第一页的信息登记勉强看得出历史的久远，这份资料纸质泛黄、钢笔字有些晕开，他将所有的注意力都集中在这份档案上，仿佛关于孤儿院的一切秘密都在其中。

就在他们手刚触碰到第二页时，只觉后颈一痛，人来不及做出反应，整个人便嘭的一声倒在地上，荡起了一层灰。

宁芷赶到医院时，于城还没醒，没有外伤，只是颈部动脉窦引起的反射昏迷。按平时，以于城的警觉性不会被暗算，可在局里，谁会随时随地紧绷得像块石头？

"于老大在档案室被人袭击的？"

陈相正眼睛泛红，身上也是灰扑扑的："他要去档案室，结果一直不回来，我过去时，人已经倒在地上了。"

"他在档案室做什么？监控上看到是谁做的了吗？"

"我听档案室大爷说老大要查蔚然集团，一楼的监控坏很久了，那大爷一直没当回事，根本没上报。"

又是蔚然集团，到底是什么人能把触角伸得这么远，连戒备森严的公安局都能进出自如？

蔚然集团的案子竟然棘手到这种程度。

宁芷还欲再问，陈相正的手机响起来，看眼来电显示，脸色不好。他从椅子上站起来，往走廊尽头走，零零星星地能听见几句"够了吗？""有完没完？"的字眼，再远一点，再也听不清楚了。

宁芷想起朱陈媛的事，上次的话被楼鱼打断后，一直没找到合适的机会问清楚。

等到陈相正再回来时，他脸色更是惨白，应该是风吹得厉害，嘴唇有点发紫。

最近大家都休息不好，她有些担心："没事吧，感觉状态不对？"

"案子的事，舆论大，局长催得紧。"

宁芷接着问："上次你和我说我朋友的事，是不是真的找到朱陈媛的哥哥了？"

陈相正一愣，好像也才想起这事，紧着摇头："没有，上次信息弄错了。"

"那……"

陈相正搓把脸，揉着手腕："我先回去待命，你在这边照顾老大。"不做停留，转身就要下楼，想到什么又回过头："现在是该我操心的时候。"

（七）

宁芷来不及回味陈相正话里的意思，尹度贤那边又出了事。

他办公室的桌子上凭空冒出一个黑色U盘，是绑匪发来的新视频。

尹盛被绑在椅子上，身上的血迹更甚，手脚都被绳索紧勒，指甲中像灌血一样血红，红透的双眼紧紧地盯着镜头，时不时地眨弄，整个人摇摇欲坠，给人感觉若不是被固定在椅子上，随时都会跌倒在地。

和上一次一样，视频结尾处，仍旧有低沉的男声说着：明天中午十二点，准时将芯片放在大厦门口的垃圾桶里，否则……

视频戛然而止。

于城一个头两个大，身体还没怎么恢复，能下地走路就赶紧往集团跑，到那儿就被尹盛的夫人推搡开，险些撞到椅子，给陈相正打电话却是关机。

尹度贤把江桓叫到隔壁的会议室，脸色惨白，没头没脑地丢一句："一样的吧？是一样的没错。"

和江桓父母身上的拷打痕一样。

"江桓，是一伙人吗？"

第一眼看见视频时，他基本断定是同一伙人，因为这种痕迹不止一次出现。他的父母、校长刘毅，现在还有尹盛。

凶手是崔志安，他杀刘毅和那些曾和孤儿院有过牵连的人，有某种未知的理由。

可尹度贤的父母不曾与孤儿院有过任何关系,更何况是集团董事,又怎么会和那么偏远的孤儿院扯上关系?

尹度贤从椅子上站起来,揉着乱糟糟的头发:"我知道芯片在哪儿了,我爸书房有个藏得很保密的保险柜,我小时候翻到过,差点被他打个半死,芯片肯定在那里。"

尹度贤说着,边给家里打电话,边往外走。江桓用手机登录邮箱,点开那张照片放大图看手腕上的勒痕。屏幕上突然闪进一个电话,是杨路。

刚接通,那头火急火燎地吼着:"大神,你在哪里呢,我给老大打电话没人接听。阿正出事了,刚刚和我通话时,话才说一句就断掉了,不知道是出了什么事,再打就是关机。"

江桓心想不好:"他有没有说过在哪儿?"

"好像是说水原公墓。"

怎么一个两个地都往水原公墓去?

车刚开出集团地下室,手机又响,还是杨路。杨路毛毛躁躁地喊:"大神,没事了没事了。刚阿正给我回电话,说是有人在背后偷袭他,手机不小心摔关机了,不过人没事。"

"袭击他的人,抓到了吗?"

"没有,是谁也没看清,说是脸遮得很严实,只留句'不要再查蔚然集团'就跑了。"

回到集团,尹度贤已经拿到芯片,芯片的内容是加密的,他没有密码,看不到其中的内容,但也深知父亲这样小心翼翼,里面的内容对他来说一定意义深重。

可此刻,他们处于完全被动的状态,一丝线索都没有,只能听从对方的安排。这时,杨路又打来电话,说找到了外卖员最终停留的地点。

登时,所有人都根据给出的地址,便衣埋伏在那附近,想不到外卖员竟然躲过监控探头,就在蔚然集团三条街外的一栋老楼里。

距离这么近,随便什么人都能轻易地捕捉到大厦里进进出出的人。

而那栋老楼并没有他们想象得那么简单,楼层多,住户也多,商户还融在其中。乱糟糟的在做房屋改建，走廊里还堆满货箱，光地下室就有几家企业。

不能确定尹盛具体在哪间房里，贸然行事只会让事情变得糟糕，而在场的这些人，哪一个对于绑匪来说都是熟面孔。

大家目光定定地落在敲电脑的杨路身上，他还不自知地看着视频："依我之见，他们在地下的概率大一点。"

等被推出车外，杨路倒是入戏很快，快速地扫眼楼上的挂牌公司，不忘从路旁的报刊亭买走一份带招聘信息的报纸，然后大摇大摆地走了进去。

里间的情况和了解的相同，楼道宽是宽，但杂物一堆，堪堪能容两个人过去。小贷公司、理发店、彩票站，还有包子铺都挤在其中。

幸好有些店面是玻璃门面，一眼望到底，也不用他挨家进去。楼上几层都走过一遍，几家看着可以的单位，他都以面试的理由进去查看了一番。

杨路插科打诨地在里头到处看，又被轰出来。杨路边下楼边揉肩膀，刚刚那一推，肩胛骨差点错位。

现在只剩下地下室一层没去过。楼梯间连着吸烟区，味道很呛，灯光也不够亮，延伸到深处的黑，竟和恐怖电影里的闹鬼处极像。

这么一想，他的手不由自主地抖，好不容易鼓足往上走的勇气，脚刚下一台阶，就听到地下有声音。他左看右看没什么能藏人的地方，扭身急走到靠近门边的包子铺。

杨路气都不敢用力喘，点单员头都不抬一下地问："点什么？"

杨路比"嘘"，眼见着那人从门前急匆匆地走过，身形分明是那天的快递员。等那人彻底离开，杨路才走出去，再走向通往地下的楼梯时，他的内心多了忐忑。

地下室的店面不多，没有门牌号，也不是挂牌经营的店面，看起来并没有出租出去。走廊也不像楼上那么拥堵。他靠着墙壁走，最里间的面积明显比前面那几间更大些，大门紧闭，透明的门上落着厚重的灰，门上有把挂锁。

走得近些能看出门把手十分干净，耳朵贴得近些，隐约能听出里面有细细的声音。

杨路猛地直起身，不再犹豫，扭身就跑，一直到车边都没敢停歇。

195

"人，他们就在地下室最里间。"

尹度贤带着公司的保镖组要往里冲，被于城拦下，尹盛在他们手上，难保他们不会狗急跳墙撕票，进行一番部署后，才指挥他们分两头前后包抄。

铁锁被铁钳掐断，于城和陈相正持枪守在门侧，附耳听确实可以听到里面有轻微的响动，里面的人定是觉得这里是最安全的地方，并没有做除铁锁以外的掩饰。

在冲进去的命令下达后，门嘭的一声被撞开，里面的场景和视频中一样，房子的正中间被临时隔出一个类似于房间的隔板房，只有一张椅子，上面瘫着个人，正是尹盛。

外间坐着的四个人显然没想到会出现这样的乱子，来不及做过多的思考，跳起来抡起手上的棍棒挥舞着，几下便落下阵势。

眼见形势不妙，不知谁喊了句"跑"。他们将铁棍抡向隔板房，板子应声断裂，尹度贤喊声："保护董事。"

气势汹汹的保镖撞开公安，挺身上前去挡隔板，这一耽误，那四个人竟从那露出的半扇窗户中跑了出去。

"快去拦截。"

江桓坐在车上，看见半截窗户里突然钻出的人头，不做犹豫，跳下车，一脚横过去踢翻第一人，后面的三人依次挨踢。四个人连一百米都没跑出去，全部捂着小腿倒在地上，喊着："我们什么都不知道啊，就是负责看着而已。"

哀号间，于城他们已从里面出来。四个保镖走在中间，抬着椅子脚步稳实地往前走，椅子上的尹盛处在昏迷中，尹度贤跟在身后，面色不佳，有气无力地拍着江桓的肩膀。

椅子被丢在地上，为首的保镖徒手将尹盛抱起安置在后排座椅上，来回间，黑色的衣袖翻卷上去。他们似乎都感觉不到冷，冬天穿的还是薄薄一层。

几个保镖都钻进车厢，一条手臂伸出来用力地拉上车门。一瞬间的晃动，江桓似乎看到伸出的小臂上有一处黑色的文身闪过。

身体先于意识，江桓跨两步向前，想拦住车，可司机油门一踩，根本来不及，一声呼啸，车子已驶出老远。

"尹度贤，你们单位的保镖里有带那个文身的吗？"

他摇头，深呼吸："等我爸醒过来，你问他吧，也许真相在他那儿。"

（八）

从现场救回来的尹盛，被严密地保护在市医院的高级病房，由保镖轮流监护，每个进出的人都要经过检查。

人不醒，绑匪的信息无从获知。

在地下室抓到的四个人都是混子，也是受人威胁才来看着尹盛。威胁他们的人是谁，他们也不知道。

外卖员的情况也是如此。

晚些时候，尹度贤给江桓打电话，感谢的话一直挂在嘴边，他听不下去，只能打断："有什么事你说吧。"

"保镖在现场捡到一个U盘，里面的视频，我觉得你需要看看。"

邮件紧接着发送进来，点开后，还是那间地下室，只是场景更大一些，有两个人坐在椅子上，由于逆光看不清长相，只能听到声音。

"组织还在抓你吗？"

"抓得住才算。"

"那你怎么还惦记着江姓夫妇的研究，那害人害己的东西别碰为妙。"

"你今天问题有点多。"

声音没再继续，视频在一分钟以后中断。

江桓算是明白了尹度贤将这段视频交给他的原因，两个人都没露脸，可这两个声音，他都记得，分明是H和崔志安。

他们口中害人害己的研究，难道就是尹盛手里的芯片？江桓开始好奇那张芯片里到底是什么秘密，和他父母留下的那份资料有关吗？可蔚然集团又怎么会和他父母扯上关系，它赞助过研究院吗？

尹盛的房间很好找，四个一身黑的保镖双臂交错站在门口，像门神一

幸存者游戏

样。医院里温度够暖，他们都没穿外套，衬衫袖子也挽着，他们的小臂很干净，没有文身。

他们认出江桓，没露凶相赶他，但还是拦住他的去路："夫人说过，董事长醒过来前，不见生人。"

江桓干脆在走廊的椅子上等尹度贤，尹度贤连跑带颠地赶过来，气还没喘匀，就听到江桓的发问。

"你解读出芯片的内容了吗？"

"没有啊，我哪有时间顾这个，你知道外面有多少人等着看集团的笑话呢。"

想也知道，江桓沉吟一番，缓缓地说："芯片，给我吧。"

电梯直抵地下车库，江桓抠着手心里的芯片，黑漆漆的很小一块，刚刚装在盒子里，嫌麻烦，干脆将壳子丢掉了。

车子停在最靠边的车位，夜晚的车库很冷清，偶尔有风扑扑地吹过来，脚步不由得加快，手刚落在车门把手上，目光便捕捉到车窗上映出的黑影。

他猛地转身，后背靠着车身，腿上用力，翻跳到车顶，越过去跳到副驾驶那侧。与他一车之隔的男人，右手握刀，穿着黑衣，黑帽子和黑口罩把脸遮得严严实实。

"崔志安，是H让你来杀我吗？"

"呵！"男人哼声，"倒是聪明，可惜总做错误的事。"

男人说完，身体快速移动，蹦跳到车顶，朝着江桓的肩膀挥刀而下。

江桓弯腰向后躲，脚蹬着身后的墙，弹跳出两米远，落稳脚步，手插在口袋里握着那张芯片，抬眼看墙角闪着红灯的监控器，心里打定主意。

江桓向后猛退两步，朝着身边最近的车，横出一脚将车灯踹碎，紧接着报警器响起。

"能想到混进保镖中，也是聪明。"

崔志安似乎没料到江桓会来这么一手，顾不上回答他的话，又连贯地往前跑了几步，继续挥刀，但每一下都被江桓闪过。

这时，一辆车启动，加油的闷响在回荡，亮眼的远光车灯朝着他们这边闪过几下，江桓的眼睛有点花，条件反射地去遮光。可这车丝毫没有换近灯的打算，加速驶过来。

眼睛好不容易适应强光，江桓往一旁的车上跳。崔志安显然知道他的路数，站在车顶上，每一刀都不留余地地将他逼退到车下。

身后的车越来越近，江桓往一旁的墙柱上攀，手臂上本就有枪伤未好，一拉扯更痛，追上来的崔志安认准这条手臂，一刀划过，羽绒服上划出一条长口，内衫也破掉。手臂一痛，江桓人从墙上跌下来，此时车已到眼前。

江桓顾不上手臂上的伤，又往后退，却还是没能躲过后视镜的撞击，伴随着"咔吱"一声脆响，后视镜掉在地上，那车直直地撞到了墙柱上。

江桓堪堪地站起身，捂着刺痛的手臂，此时他的身后响起了凌乱的脚步声，还有叫声："什么人在那里闹事？"

回过头去看，是医院的保安，看不清具体几个人，举着手电筒大刺刺地照过来。

江桓额头沁出汗，扭头去看，那辆撞毁的车车门大开，里面的人早就跑了，崔志安也跟着消失不见。

新伤加旧伤，江桓这条手臂又缝上四五针，一时半会没法自由活动了。

宁芷脸色刷白地坐在床边握着他的手，也不说话。接到医院的电话时，她吓得魂都掉了，把所有坏的方面都想了一遍。

离真相越近，他就会越危险，就像六年前那样，崔志安又要对江桓下手，她早该料到的。

"我没事，你别哭啊。"

宁芷用力地擦眼角，手上一片湿润："没哭。"

江桓眼角含笑，抬着未受伤的那只手去捏她的脸，她脸上也凉，这才注意到她身上还穿着制服，白色的大褂里只有一件毛衣，窟窿眼很大，一点都不挡风。

"过来，离我近点。"江桓把床挪出一半空位。

现在已是凌晨，医生、护士都在值班室，不会再来走动，临床是个老人家，江桓进来的时候就在睡，折折腾腾也没醒过。

宁芷摇头，抽着鼻涕，鼻子被揉得通红："张阿姨打过电话，一会儿就来。"

"你还怕她看见你在我床上？"

宁芷憋一口气，好一会儿，冒出一句："你不要脸。"

半个小时后，张怡然过来，看到江桓裹着纱布的胳膊，眼睛发酸，喉咙更紧："我没能替你父母照顾好你。"

"张阿姨，别这么说，人不是好好的吗？"

张怡然坐在一边，去握他的手："出国吧，你和宁芷一起走，等他们不再找你麻烦时，再回来。"

江桓看眼一旁昏昏欲睡的宁芷，又转回视线怪异地盯着张怡然，已认定曾经的猜想："我还叫你一声阿姨，你是我父母的好友，我不知道为什么我父母被害的那天，研究院偏偏一个人都没有，但真相不会因为我远走就解开，我不会再过问你资料的事情，你照顾好自己吧。"

"小桓……"

"您回去吧，别再因为我的事情被拖累了。"

张怡然尴尬地站起身，手指抠着手上的皮包，一张保养得极好的脸有些发红，嘴角颤抖着："小桓，过几天，我就联系你，相信阿姨。"

直到张怡然走出病房，宁芷才叹口气，揉着两颊："总觉得她也是可怜人。"

江桓没接话，拍着那半边床，又要拉她的手臂："快点上来睡，再有几个小时护士来查房，谁都别想睡了。"

宁芷真有点困，最近一直休息不好，再加上江桓的事太突然，精神上的承受力似乎达到极限，也听话地躺过去，只是和他隔出一块距离，江桓想拉近她，她只能更往窗边靠："我会压到你。"

"不然我在上面？"

"流氓！"

(九)

天大亮时，走廊有说话声，虽是在极力地压低声音，却还是扰人清梦。

隔壁床的老人家先醒，紧接着是江桓。江桓在老人家开口说话前让他先别出声，低头把胸前蜷着的人又揽得紧一些。

老人家还是没忍住笑出声："哎呦，新婚夫妇吧，这么依依不舍的可不行哦。"

宁芷是护士来查房时才醒的，她茫然地坐在床上抓着乱发，精神还没有恢复，眼睛也不聚焦。护士嘱咐不少句注意事项，都左耳进右耳出。

"我先去洗漱。"

早上的高峰期过去，洗手间的人不多，都是些家属在帮病人洗衣服。冬天的水有些冰，宁芷朝脸上扑了两把水，浑身哆嗦。

旁边那阿姨哎哎哎地叫："这小姑娘，这么冷的天，手不想要啦，去弄点热水。别病号没照顾好，自己再冻咯。"

宁芷摇头，甩掉刘海上的水珠，直摇头："没事的，就这一天。"

阿姨拧着手上的床单，打量着她："还挺坚强，昨个楼上那高级病房的，就那么一天，什么家电用具都备齐了，谁知道一大早连人带东西都搬走了，这有钱人，瞎折腾。"

宁芷抹把脸上的水珠，匆匆回到病房。江桓正在换衣服，左手不灵活，毛衫的袖子不好穿，宁芷走过去帮他把袖口抻直。

"尹盛今早出院了？"

宁芷抬头看他："你怎么知道的？"

"动静大，整栋楼传开了。"

宁芷才想起洗手间那阿姨说的话，竟然指的是尹盛。她赶紧套上长大褂，跟在江桓身后："我们现在去尹盛家。"

"不用去，尹盛就是不想接受调查，等传讯吧。"

这么个案子把大家绕来绕去好几天，到头来，当事人拍拍屁股走人。什么H，什么崔志安，连个解释都没有。

江桓给尹度贤打电话，尹度贤也说不清他爸到底是什么意思，醒过来的

第一句话就是回家,还问他芯片安全吗。

说到后边声音越来越小,似乎很疲惫,他也跟着几天没好好休息过:"江桓,胡海的事我帮你查好了,资料在你邮箱里。"

江桓又说:"你爸爸的事你别参与进来。"

"我爸做了不该做的事,我做儿子的,脱不了干系,有事再联系我吧。"

水原中学是市里最好的高中,无论是教学环境还是学员素质,都是一顶一的好。在校长室的墙上有建校三十年来的全部校庆照片,可第二排最后一张十年前的照片却只有一个空白相框。

校长是个四十多岁的中年男人,气质尚好。他从书架上的大相册里抽出一张十年前的校庆合照,站在第一排最右边的高大男人就是胡海。和江桓他们见过的那张脸,相似又有些不同,身形和眉眼相似,可身上散发出的气息完全不一样。

不过见过 H 愿意大刀阔斧地在次仁以及娜姐的脸上动刀子,那从他开始准备杀人计划时,又怎会不对自己的容貌进行修缮。

所以,这就是当年通缉令发布到各个角落,却始终没人能够指出他是谁的原因吗?

校长忍不住唏嘘:"这胡海出事以后,照片不能挂出来,但一直存着呢。"

宁芷坐直身体:"他出了什么事?"

校长推着鼻梁上的眼镜,先是一口叹息,又正襟危坐地握着手上的瓷杯:"十年前,我还是主任呢,他是班主任,对学生尽职尽责,对同事也是和和气气的,未婚妻的家室也很好,年轻漂亮。他带过两次毕业班,升学率很高,再过个几年,也能升迁为主任,可学生那事一曝光,别说升主任,人都差点自杀。"

"那年春游,学校为了让氛围好一些,老师都可以带家属,胡海带着未婚妻去了。"校长在相册里又抽出一张照片,指着一张露营合照。

胡海和一个很年轻漂亮的姑娘站在一个帐篷前,都在笑。

宁芷以为每个人都只能从胡海身上感受到死亡的战栗,他是个杀人不眨眼的魔鬼,只会威胁耍手段。

怎么会像照片里这样露出如此幸福的笑容？

校长又点到站在第一排中间位置的女生，说："谁都没想过这次的春游，会成为他俩的噩梦。"

"春游那晚的休息时间，他班上的几名女同学不见了，胡海和班上的几名同学组队去找人，他未婚妻留在营地负责管理余下的学生。到最后，只差一个女生找不到，那几名学生已是筋疲力尽，胡海只能让他们先回去，独自去找人。"

"同学们都在营地等，他未婚妻急得不行，有几个胆子大的男同学陪着她去找，一个小时后无功而返。"校长捏着照片的手不自主地抖，拿起茶杯狠吞口茶水。

"胡海是第二天早上回来的，女同学找到了，两个人都是一身狼藉，说是摔到洞里，学生们都被吓得不轻，不过人没事，大家都没当回事。回去后，那女生的家长也来学校表示感谢，又是送锦旗又是送花。谁知才过一个星期，突然出现不一样的声音。

学校的论坛上有人秘密发帖，说胡海借着春游时机性侵女同学，同时又有很多名女生实名向校务处举报胡老师会在课下对她们动手动脚。老师们自然不信，胡海任职的时间不算短，为人大家很清楚，也有很多同学出来维护他，可流言蜚语就像病毒一样扩散。

那个年代没谁想去求证，都是以看热闹为主。学校一开始想平息这事，可学生家长不允，以往拼命想要把子女送进他这个班，如今什么情面都不顾。他未婚妻的家也被围堵，说什么难听话的都有，甚至造谣说春游那天，她和男同学有不正当的关系，导致她精神状态非常不好。女方家里人非要退婚，可两人到底相识够久、彼此了解，为了对方选择了和平分手。

学校待不下去，胡海只好离职，听说是去了普通的事业单位，他人好，做什么都顺风顺水，也在不断地修复和未婚妻家里的关系，一切都在朝着好的方向发展，我们这些人也盼着他们好。"

校长又端起茶杯喝茶，才发现杯子里的水早就喝光了，他想起身去倒水，又忍住坐下来。

"好像是七年前，莫名其妙的一天，他的未婚妻从工作单位的楼顶跳楼自杀，人没抢救回来。我始终记得，当时的胡海才三十多岁，头发全白，像个老头，葬礼上他连大门都没迈进去，未婚妻的父母都在骂他怪他。也对，那姑娘和胡海在一起时，才二十五六岁，跟着胡海一天好日子没过上，反而死得那么惨，为人父母的怎么能原谅他。那天之后，胡海一直想为他未婚妻讨个说法，找过律师，派出所去过好几次，大家都把他当精神病，听说还被社会上的人暴打过几回，那工作没法做了，人后来也就消失了。

真的可怜啊，过去这么多年，在我们这些人心中，都好像是昨天刚发生一样。"

"胡海的未婚妻为什么会突然自杀？"

"原因我也是一年后才听说的，事实到底是什么样的，也不清楚。"校长搓着手指，"据说当年第一个举报胡海性侵的那个女同学去找他的未婚妻，和她说了不少难听的话。包括春游的事，都添油加醋地讲了一遍。什么故意玩失踪为了让胡海找，也是找借口拖住胡海不让他回去，就是为了和他做亲密的事，还说胡海为了平步青云什么事都愿意做，包括牺牲未婚妻的色相换升职的机会。本就不是光彩的事，大家都被折磨得不成样子，好不容易走出来，又被那帮孩子拿到单位大肆宣扬，没挺过去才自杀的。"

说到这里，校长又叹口气："哪怕当时给个说法，也不至于让两家人过得这么痛苦，这都是造的什么孽！"

回城的车上，宁芷捏着手上的露营合照，不自觉地用力，嗓子里好像堵着一团棉花，咽也不是，吐也不是，火辣辣地疼。

"江桓。"

只是叫了一声，没再说话。

回到警局，将当年的案件报告找出来。几年前不少官方纸媒对此事进行过报道，文章用了化名，照片上加上一层浅浅的马赛克。报道中，胡某成为性侵学生的邪恶教师。因其恬不知耻的上诉以及状告，导致涉事学生无法正常学习，引来社会正义人士的阻挠。报道的结尾不忘呼吁校方对教师录用要慎重，同时也强调无论是学生还是家长，只要遇到不好的事情，一定要站出来。还赞美了站出来的义愤填膺的群众，告诉大家社会还是有不少正能量存在的。

关于胡海被殴打和报案时陈述的事实，没有任何媒体进行过报道，字里行间中全是对他犯罪的抨击。

校内网上还能看到不少人站在胡海家门口的合影，而那门上写满了"猥亵犯"这三个红漆字，还有数不清的垃圾被直接堆在楼梯间，而含冤自杀的未婚妻更是被冠上勾引未成年学生的污名。两家人的信息都被公开在网络上，咒骂和殴打从不间断，本就白发人送黑发人的老两口扛不住回了乡。胡海成为人人诛之的恶人，他所有伸张正义的话都成了诡辩，没有人帮他说过任何一句话，曾经的亲朋好友都成为曝光罪恶的"知情人透露"。

而从整场社会新闻上看，这不是一场惩恶除奸的正义之战，而是一场人为制造的舆论暴力，那些煽风点火的群体攻击，明眼都看得出来是水军。没有真正的感同身受，但还是可以想象七年前的水原，在人言可畏，一人一口吐沫就能淹死人的时代，胡海所承受的黑暗压迫。

宁芷狠舒口气，关掉网页时，竟有种解脱的错觉。女大学生连环杀人案的档案和参与到那场举报胡海猥亵的实名帖中，女同学共有十一人，除去朱陈媛是例外，刚好符合二〇一〇年到二〇一一年间女大学生被害的人数。她突然明白胡海的恨，那用血在现场涂鸦出的"Hate"以及为何会用报复的利刃割破学生们的喉管。

宁芷从那一张张年轻的脸上看过，怎么也想不出这样的孩子，会说出如此荒谬的谎言。

最后，她的目光停留在最后一个名字上——金回。

最先发声也是春游里消失最久的女同学，她没在被害记录里。不是H放过她，而是被他放在最后一位，让她慢慢地体验这种随时可能被杀的恐惧。

"五年前，你设局拦下H的那一次，他还没有行凶是吗？"

江桓没应声，只是轻轻地点头，然后握住她的手指。

宁芷瞬间明了，H为什么会那么憎恨江桓，企图杀掉他或是她，因为江桓阻挠了他杀死自己最想杀掉的人。

（十）

金回现年二十七岁，大三时突然退学到美国留学，至今都没有回国。十年前的春游，到底发生过什么，春游回来后的一个星期又是什么原因让她撒下弥天大谎，这些只有她本人知道。

江桓给 Nob He 打电话请他帮忙调查金回的情况，随即将 H 的资料和胡海的资料放在一起比对，将整条线索都连接到一起，犯案的起因就是十年前的一场闹剧。

"如果胡海的未婚妻没有自杀的话，是不是就没有之后的这些事？"

"难以确定，但已定的事实难以改变。"

"现在是不是找到金回，H 也会被绳之以法？"

"可能。"

江桓忽然想到什么，掏出校长的名片将电话打过去，问了几句后，脸色不善地挂断电话。在网页上输入几个名字，弹出来的网页依次是：水原大学辅导员谢某醉酒驾驶车祸身亡、某集团经理张某夜总会心脏病突发猝死、夜总会老总因欠款过多跳楼身亡。

日期均是去年，前后相隔一个月。

宁芷不可置信："这是参与猥亵胡海未婚妻的那三个人吗？"

江桓点头，把网页关掉，手在触碰关机按钮时，扭过头看宁芷："从哈盐回来，你说你的电脑莫名其妙地开机了是吗？"

"是的，问过范姐，她说没动我电脑，可能是走的那天忘记关了。"

"不对。"江桓摇头，从椅子上站起身，拉着宁芷，"还记得去哈盐前在走廊遇见谁了吗，档案室的大爷。无论是档案室还是档案库里的案子，能动手脚的人，还有他。他动过你的电脑，知道我们在查谁，所以比我们更先一步知道我们的计划。"

宁芷亦步亦趋地跟在他身后："怎么会？一个老人家做这些干什么？"

"找到他，问清楚。"

赶到一楼档案室时，坐在档案室里的却是个年轻人。

宁芷弯腰敲窗："原本这里的大爷呢？"

年轻人显然是个新手,手忙脚乱地打开窗户:"警官,老头前几天生病辞职了,我是接替他的档案员,叫我小王就成,有什么需要帮忙的吗?"

"大爷走之前有没有说过什么?"

小王挠挠头,来这三天,第一次有人主动来找他说话,还是这么漂亮的警官,难免有些心花怒放:"什么都没说,挺古怪的。只是让我好好干,还和我说,整理不齐的老档案,随便塞点白纸进去就行,也不用上报,没人会注意到的。"

"地址,你知道大爷的地址吗?"

小王赶忙从一个纸箱子里抽出一张纸递过来:"这上面有个地址,说是让我把离职单寄到这个地址就好。"

纸上的地址若是普通的人看了不会发现什么问题,奈何江桓对整个水原的地形十分了解,把纸重新递给小王,朝着宁芷摇头,接着进入电梯:"假地址。"

"这大爷在咱们单位断断续续地待了两年,不至于谁都不知道他家在哪里吧?"

"有心的人可以抹去一切痕迹。他来这里的目的大概就是守着那份文件,有人过问便留意着,没有的话,等他退休还会有其他人接替他。他毁坏档案,偷看电脑,这两件事都够他跑得远远的。"

"会是谁派他来的?"

"蔚然集团。"

停车场里,宁芷坐在驾驶座,跨过位置帮江桓把安全带扣上。江桓伸着左手,还算灵活:"哪有这么夸张?"

宁芷坐回位置系安全带,发动车子开出局里。这时她口袋里的手机响起,腾不出手去接,抬起胳膊看眼江桓。

他伸手过来掏出手机,上面是一串座机号码,是上一次宁芷没接的电话。宁芷盯着路况,注意力没在手机上。

他想也没想手指直触在接听键,只听宁父的声音在说:"小芷,我是爸爸。"

"叔叔,我是江桓。"

宁父停顿一秒，和江桓简单招呼一番，接着说："上次在新闻上看见尹盛的新闻，想起我以前办过他的案子。我重新整理下案子，终于想起是什么事。他十多年前赞助过孤儿院，名声大噪，社会上也很看好。后来赞助过不少学术研究，十多年前吧，有一场实验失败，导致毒气泄漏，很多人受到波及，他妻子在那场实验中也去世了，当时闹得很凶，家属上访打人。不过后面不知道发生了什么，事情平息后，尹盛的公司改了名，也没去追究研究失败的问题，也还算风生水起。"

"那是一场什么类型的研究？"

"据说是流感抗体的疫苗，可研究不知道哪里出现了问题，疫苗变成毒气。开始我们以为是贩毒，但线索显示并不是的。"

江桓的手握得有些用力，十三年前的记忆涌现。那年他在准备中考，为了节约时间一直住校。学校也是半封闭式管理，外界的消息进不来，里面的消息也出不去。不像现在这样，人手一台智能机，任何大事几秒钟就会引爆互联网。

月假的时候回到家，当时记得很清楚，墙壁被重新粉刷过，大门也有凹陷。父母状态不是很好，他还是在报纸上看到的这期间发生的事。

当时他问过父母也说没事，他在家的那几天，也确实没什么事。没有人来闹事和涂红漆。渐渐地，这事他也没放在心上。

"当时负责研究的人是谁你还记得吗？"

"参与研究的人很多。主要负责人是一对江姓夫妇，年纪轻，但很负责。实验失败不怪他们，但他们承担了后续责任，付出了很多也不知道后来如何了。"

"六年前过世了。"

"你怎么……"话没有问完，便顿住，"你父母真的死于火灾？"

"目前看起来并不是，应该和蔚然集团有些关系。"

"罪孽。当年侦查系统不完善，很多事情都是别人说什么是什么，很可能我们知道的那些都不是真相。"

江桓没出声，但此刻一想，他父母之所以被害，极有可能追溯至十三年前。芯片还没有解析出来，但里面的内容绝对能够证明胡海、孤儿院、蔚然集团和他父母的死有关。

"我知道拦不住你们,但务必注意安全,事情绝对不会那么简单。"

挂断电话,江桓靠在车枕上,头痛欲裂。如果他父母的死源自十三年前的恩怨,胡海派崔志安来杀人只是为了铲除罪恶,这合理吗?

他不觉得合理,法律会制裁所有罪犯,谁都没有权利法外制裁。父母若真的做错了,他会想办法摆正,而不是纵容凶手肆意妄为。

导航仪在提醒目的地已达。车子停在小区内的停车位上,宁芷才扭过头去看旁边的人,他好似在小憩,她爸的话她听得清楚,能感受到江桓的情绪波动,可他什么话都不说。

她探身去帮江桓解安全带,按扣打开,起身要叫醒他,背后突然横出一条手臂,搂着她的腰用力。

她没挣扎,任他抱着,手掌轻轻地去摸他的后脑勺,希望可以给他慰藉。

"小宝,真相总归要找到的。"

第十三部分 幸存者

（一）

按响门铃后，江桓和宁芷等着开门。他俩去的不是尹盛家，而是当年去派出所揭发孤儿院儿童遭猥亵的女研究生家里。

三十多岁的女人，坐在沙发上，柔柔弱弱地给他们倒茶水。宁芷拒绝过几次，她还在坚持，只能看着她来回忙活。

女人好不容易坐下，额上落了薄汗，看来她身体素质并不是很好。空调开得够足，她身上还是穿着很厚的高领毛衫。她笑容淡淡的，捏着茶杯转来转去。

"我没想到过去这么多年，还会有人来问八年前的事，一年前的事都快记不清了。"

江桓仔细看着她的脸，可她却不敢和他对视，眼睛始终落在杯子上，再去看她的手，只见她用力紧握的手，指节花白，指甲快嵌入手心。

她在害怕，也在说谎。

江桓不经意地提醒着："许茜，八年前的深夜十一点，你到乐光镇派出所报案的事，还记得吗？"

许茜抿着嘴，脸色低沉沉的，好一会儿，身体放松下来，抬起头目光空洞洞的："我以前也是孤儿，就在凌光孤儿院。"

宁芷看眼江桓，许茜的资料上并没有显示出被领养过的记录。

"二十多年前，我也记不清几岁来着，天也不像电视里那样下雨，是真的风和日丽，就那么好的天里，我被我妈丢在孤儿院门口，我也没哭，一直坐到晚上，肚子太饿了，我就走进了那家孤儿院。那里头的孩子大多和我年龄相仿，但也有比我大上四五岁的，没有领养活动时就照常做能做的活。起初日子都还好，大家住在一间很大的屋子里，彼此照顾，没那么多心眼。我竟然觉得比和我妈一起生活时还要好。"

许茜把落在眼前的刘海别到耳后："可月底那天到来时，校长说有集体活动，会有爸爸妈妈来选孩子，也会有叔叔来修坏掉的电视。本来以为很开心的事情，我还特意洗得干干净净，希望被选中，去新的家庭。但是每个孩子都不开心，甚至是恐惧。那天我才知道，来的爸爸妈妈会很少，而叔叔会很多。那时候什么都不懂，但他们脸上油腻腻的笑容，赤裸身体上的肥肉，还有那双恶心的手，我一直记得。"

宁芷浑身发抖，想也没想地去握住许茜颤抖的手。许茜摇头，安抚一般地拍宁芷的手，反而宽慰地笑着："过去了。也没多久，有个小哥哥告诉我，要分得清谁是爸爸妈妈，谁是叔叔，这样子才不会被欺负。我按照他说的做，也就半年，便被我现在的养父母收养了。"

"你说的小哥哥当时是叫小安吗？"

许茜有些意外，猛地抬头看江桓，很快又点头："是啊，小安哥，他是孤儿院最大的孩子，对我们都很照顾，但却不能帮我们躲避这些灾难。"

"你们现在有联系吗？"

"早就没有了，我被收养后没想过回去，况且那时候也没联系方式，后来年纪长些觉得自己有能力和义务去保护那些孩子，于是也想像小安哥那样去拯救其他孩子，但我的想法太简单了。二十多年前做不了的事，八年前一样做不了。孤儿院不再专注于给孩子们找新的家庭，而是参与一种另类的买卖。"

宁芷又想到电影《熔炉》里那群孩子恐慌的双眼和不能诉说的苦楚。

"那些人名义上赞助孤儿院，实际上都是在谋求利益，他们是变态，连孩子都不放过。最可怕的是，我有天晚上批作业没按时回去，竟看到校长让几个管理员鬼鬼祟祟地带着几个小孩去淋雨，大冬天的洗冷水澡。第二天那几个孩子都病了，来了一辆车说是带他们去看病，可一直都没有回来。"

"那些孩子呢？"

"我后来偷听到校长他们打电话，听说孩子们被送到公司做什么抗体实验。我感觉这事没那么简单,就跑去报警,可第二天我养父母就收到威胁电话,家里的门窗都被打碎了,养父母都是老实人,我不希望他们承受这些。最后,只能撤案跟着父母回当时的老家。现在我还是没能力管这些,就安静地做个家庭主妇也好。"

"关于疫苗的事,你了解多少?"

"前几年我在网上查过,那家公司没有受到丝毫影响,反而越做越大。不过不知道是不是命,听说当年做实验的那栋大楼发生了火灾,主要研究员不幸去世了。"

江桓和宁芷均是愣住,一切因果仿佛都能联系到一起。

他父母在研究的项目就是儿童流感抗体疫苗,那些被恶意弄得生病的孩子是实验活体,是崔志安最牵挂的人。所以回国后,崔志安的第一关注点还在那些孩子身上,了解真相的他绝对不会让孩子白白受冤,而胡海恰好掌握了崔志安的心思,两人一拍即合,先将曾猥亵孩子们的"叔叔们"杀害,又处理掉疫苗害童的罪魁祸首——江桓的父母。

是了,就是这个过程。可慈眉善目的父母,以他们的为人与职业操守,所做的项目都能为社会做出积极贡献,怎么会做出如此残忍之事呢?又怎么会和所谓的黑心集团合作?他们对孩子的事情是否知情?

若是知情还要坚持实验,自然罪该万死,但若不知道呢,又另当别论。

门铃又响起,许茜看眼墙上的时间:"孩子放学了,都忘记给她做饭了。"

宁芷自觉地从沙发上站起来,又扯起正在思考的江桓:"那我们不多留,你这边要是有什么事,再打给我们。"

开门时,一个五六岁的小姑娘走进来,许茜帮她把书包摘掉,又嘱咐她先去写作业。小姑娘见到生人,有些不好意思,扭捏地抬胳膊脱外套,里面的保暖内衣从裤腰里蹿上去,腰腹间有淡淡的淤青。

还欲再看,许茜已经拎着外套走过来:"警官,我就送你们到电梯口吧。"

电梯里有监控摄像头,宁芷仰头看亮着的红点。

江桓缓缓地揉着她的脖子,声音沉沉的:"这就是我父母和孤儿院的联系。他们是坏人吗?"

"那你觉得你是坏人吗?"

江桓不明所以,宁芷走得离他更近,身体窝到他怀里:"你是非常好的人,这证明教育你的父母也不会是坏人。他们有你这个孩子,自然也有父母的那份怜悯之心,不会是知情还坚持做实验的人。"

江桓眼眶发酸,眨下眼睛去看胸前的小人,想到许茜家的事情:"你看到许茜女儿身上的伤了吗?"

"你怀疑是家暴?"

江桓点头:"不像是许茜。"

"那我们上去问问?"

"还有其他的事急着处理,这边我让于城他们帮忙看着。"

看守所的接见室里,杨成山坐在对面,瘦削的脸上没有戴眼镜,整个人显得很犀利。一双眼望过来,带着几分不屑。

"你们倒是厉害,我才出来,连监房都没回去,就被你们叫来了。"

"是胡海让你杀李铁的吗?"

杨成山眼中出现一丝讶异,转瞬即逝:"警官,话可不能乱说,我们只是有矛盾,误伤,什么胡海不胡海的,我都不认识。"

"杨竺林,你的弟弟已经死了,你还在替谁说话。"

"杨成山"呼吸一室,手摸到脸颊,但没了眼镜做伪装,确实有些装不下去:"死就死吧,耗着一条命也没什么意义。天天翻着本破书,教那些只会败坏社会的学生,有什么用。"

"你杀害余筱筱根本不是因为给那个孩子说的报恩,而是你需要一个进看守所的契机。正式审判下来前,你有太多机会在这里杀掉你想杀的人,但余筱筱是无辜的,你本能救她一命。"

杨竺林没料到江桓会得出这样的判断,又被最后那个"命"激得浑身紧绷,眼睛眯得像狐狸:"我还在想不过一个后生怎么值得胡海这么煞费苦心地布置,看来,他还是小瞧你了。"

"你和胡海的利益共同点是什么?"

杨竺林摊开手掌抖着肩:"你应该知道的,我那不争气的弟弟。"

"你为了他向胡海妥协了。"

"没什么妥协不妥协的,我不过是给他铺铺路,而他能给我弟足够好的医疗条件,其余人的死与我何干。"

江桓探出身子,半趴在桌子上看他的眼睛:"人命到底算什么,在还能思考的日子里会懂,但现在告诉我胡海在哪儿。"

杨竺林苦笑:"你那么聪明,应该知道怎么找到他。"

说完,他和外边的狱警打声招呼,大门打开,两个人把他带了出去。

走到门口,他突然顿住,没回头,声音淡淡的:"我弟弟埋哪了?"

"凌光墓园。"

"嗯。"他应一声,跟着狱警走出去,铁门一关,两个世界便隔开了。

宁芷坐在椅子上摆弄手指,缓和了一会儿才说:"你怎么知道杨成山死了?"

"活人不好找,藏在哪都不会用真名字,可死人不会隐藏,胡海还算厚葬他,好查。"

宁芷没说话,以为上次从监狱出来后,这事就不了了之了,没想到他还在查,估计也废了不少功夫。

"走吧。"

手机铃声响起,江桓皱着眉头看着屏幕上"于城"两个字,有种不好的预感。

果然。

"许茜老公死了。"

(二)

赶回小区时,地下车库被民警围住,居委会大妈还有保安在警戒线外,急得跳脚。这小区是著名的无犯罪小区,无论是卫生还是居民素质,常常被区里称赞。

时不时地颁发点奖金和证书,都够他们乐上一阵子。谁能想到会出这么个事。别说再评选优秀小区,估计要上黑名单。

宁芷推开絮絮叨叨的长舌妇,跨过警戒线走在里头,区里派了法医过来,不是宁芷认识的人,她不好再参与进去,只能站到不远处看着。

黑色的车里坐着口吐白沫的男人,很壮硕的身板,面部扭曲狰狞,眼球凸出,脸和脖子上有很深的抓痕。

男法医个子高,在死者的四周爬来爬去地检查,出来时,鼻子上都是汗,把手套摘下来放进口袋,才去擦汗。

"死者是中毒死,看着像河豚毒,尸体还有温度,死亡时间不超过一小时,具体的信息要回去做了尸检才知道。"

陈相正从法医身后钻出来,挑着笔录上的重点说:"许茜老公平时七点到家,许茜在家等了一个小时不见上来,打电话有人接听但没人说话,她感觉不对就下来找人。车门是内锁,外面打不开,她来的时候人就没气了,然后打电话报警。我们离得近,最先赶到现场,时间只隔了五分钟。"

"监控呢?"

"地下车库一直没安过,业主放心,物业省心更不想弄。"

走过一圈,宁芷又绕回车前问:"许茜呢?"

陈相正说:"在屋里,孩子也知道这事,都在那儿哭呢。好好的人说没就没了,听邻居说,这一家子都指望男人赚钱。接下来,日子可能就难咯。"

宁芷和江桓对视:"我去楼上看看。"

客厅里,许茜搂着她女儿哭得像个泪人。小姑娘不懂什么生死离别,眼睛红通通的,声音糯糯的:"妈妈,爸爸再也不会回来了吗?"

"甜甜,妈妈会好好照顾你的。"

她们母女又哭了好一会儿,宁芷坐在沙发上翻报纸慢慢等,小姑娘哭得累了,抱着许茜的腰昏昏欲睡。

许茜站起身想要抱着她进卧室睡觉,宁芷赶紧起身去拦:"茜姐,你帮我倒杯水吧,我帮你把甜甜抱屋里去。"

许茜面露难色:"不好吧,甜甜很重,还是我来吧。"

"没事没事。"宁芷更快一步地走过去,从许茜怀里接过甜甜,似乎是怕冷,茜茜直往她怀里钻,嘟囔句:"妈妈,我怕。"

宁芷轻轻地拍着她的背，柔声哄着把她抱进屋子里的床上，床单是洗旧的粉红色，上面的图案很淡，房间里没有毛绒玩具，小课桌上摆满练习册，一点孩童气息都没有。

隔着门能听见厨房里烧水的动静，宁芷没过多的犹豫，坐在床边，直接掀开甜甜的毛衣。

小孩子身上本该有的细腻白嫩，在甜甜身上完全看不到。整个背部都是紫红色的淤青，一层叠着一层，难得看到一块完好的皮肤。

她撩开衣服再往上，门外传来玻璃杯碎裂的声音。

许茜踉跄地跑过来，捂着甜甜的衣服往下遮，眼泪珠掉下来："别这样，孩子还小。"

宁芷错开身，扯过她的手臂，把整条衣袖掀上去，同样的青紫一片。许茜挣扎着抽回手臂，宁芷紧接着去拉领口，许茜脖子上有明显的手印掐痕，大大小小那力度分明是要人命的。

"你老公家暴，为什么不报警？"

许茜把领口从宁芷手上抽回来，低下头摆弄着领口，有些自嘲："有次他打我打得厉害，我跑出去想让大家帮忙，居委会主任和我说，小两口吵架，别这么嚷嚷，影响小区和谐文明，然后眼睁睁地看着我男人把我扯回家。我没办法，身边的人都不帮我，连小区门都走不出去。"

"你希望你老公死吗？"

许茜猛地抬头看她，脚步不由得后退，嘴唇颤抖："我希望他死，死得越惨越好，他打我就算了，连孩子都不放过。可我不会杀人，我的孩子不能没有我。"

"那崔志安呢？"

许茜看着她，目光一动不动地看着，抿着嘴唇，怪异地看她一眼："我不明白你在说什么？"

宁芷也不兜圈子："崔志安会为你杀人吗？"

"你疯了吧，这是人命，不是草芥，怎么说杀就杀。"

"你没关注过社会新闻吗，当年参与过孤儿院案件的人都死得差不多了，孤儿院的临时教师、电器维修工，那些定期上门的叔叔们，还有研究儿童流感疫苗的教授。那些人都是被崔志安杀掉的，有罪该万死的，也有无辜受累的。八年前他从国外回来,屠戮便开始了。"

"我和小安哥二十几年没见过面,他可能连我是谁都不记得,怎么会为我杀人?"

"你记得他不是吗?"

"他在孤儿院帮过我,但他帮过更多的人。我对他从来不具备特殊性。"

许茜没再说,但宁芷已经明白她的意思,崔志安帮过很多人,也解决掉很多伤害过他们的人,他不会记住那么多人,只是一场单纯的报复。

可谁信,许茜老公的死法分明和赵帆一样。崔志安和胡海是一伙的,这毒他们有,想杀人很容易。

他们既能在监控下明目张胆抢江桓身上的芯片,自然能做到在没有监控的地下车库杀一个有家暴行为的男人。可在尸检结果出来前,又不能妄下结论。

宁芷坐电梯直达地下车库,那辆车还在,尸体已被运回局里。现场还有太多线索需要收集,凶手走的每一步都不会毫无破绽。

车上有挣扎痕迹,车窗和门把手布满了凌乱的指纹,在车后备箱里找到一个巨大的保温箱,下边铺着一层暖宝宝,还有余温,上面附着着一层薄薄的结晶。

晚上鉴定结果出来,从死者鼻腔中提取的结晶查出了甲基苯丙胺成分,和蔚然集团那两个人的死亡原因一致。

于是,江桓主动找上于城。大会议室里,显示屏上一条条地出结果,条数越多于城眉皱得越紧,直敲笔:"为什么这毒品搞得像路边摊一样,哪里都有?"

江桓低着头,面部浸在阴影里:"你知道流感药里有种药材是麻黄草吗?麻黄草也是制毒的一种原料。我把我父母的那份资料传真到了芝加哥,那边给出的结果是,确实是治疗流感的疫苗没错,但内含过量的麻黄碱。"

"你父母最后一项研究是冰毒?"

"不确定,等芯片的内容破译出来,真相可能就会明了了。"

于城不说话,嗓子又开始发痒,周身散发着难以言喻的低气压,他双手握在一起,发出"啪"的一声响:"先从死者身边调查。陈相正你把死者从单位出发到家一路上能搜集到的监控都找回来,杨路你无论用什么手段都把芯片破译出来，江桓你和我来一下办公室。"

在场的几个人全部顿住，没人明白江桓这手牌要怎么打，更不确定局里会怎么处理这件事，这已经不再是普通的小案，但凡追究起来，所涉及的人简直不要太多。

小办公室里，于城和江桓面对面而坐，和第一次聚餐时一样的画面，那时他把江桓当成敌对的人，离场时因为三两句话险些动起手来，那时候的讨厌是真的，现在的无措也是真的。

"若是你父母真的参与了制毒，用孤儿做实验，你打算怎么办？"

江桓眼皮都没抬一下："开场发布会，从头至尾把事情讲出来，从谁开始，谁的罪，谁遭殃，都搬出来讲一讲。"

"你父母是受人尊敬的教授，他们研究出很多药品，现在市面上最好用的神经抑制药是他们的研究成果。"

"做对再多的事情，都不能抹掉害人的事实。"

办公桌上的电话响起，于城不再发问，从沙发上站起来，从高处俯视他，对方也迎上目光。

于城突然发现，无论什么时候，江桓都不曾处过劣势，哪怕受伤，被威胁，都不曾露过惧意。哦，除去那次在神婆家。

不过，于城可能这辈子都不会再看到那样的画面，毕竟江桓不会再让宁芷一个人深处险境，因为他会陪她一起，像在洲地那样有难同当。

"有什么需要帮忙的，你开口，我尽全力帮你。"

江桓笑，一切早已了然于心："还真有，去机场接一个人，但要想办法避开所有人。"

(三)

走出办公室，江桓揉着发酸的左手臂，抬脚又顿住，看到走廊的尽头窝着一个人，小小的身板缩在椅子上，头垂着，满头黑发落在脸上。看到她，他的心即刻柔和起来。

江桓朝着那道身影走过去,轻声坐在旁边的空椅子上,但椅子还是发出老旧的摩擦声。身侧的人便抬起头,小脸被乱发遮着,但还是看清面前的人。

"你出来的比我想象的快。"

江桓把她落在眼前的头发顺到脑后,朝着她额头摸过去,温度如常,笑了笑:"怎么?你怕我俩打起来?"

"是啊,怕你被打得鼻青脸肿,我还要背你回去。"

"听你这么说,我倒是很想被揍一顿。"

"走吧,去换药。"

谁都没提办公室里的对话。

宁芷相信江桓能处理好一切。

而江桓知道无论发生什么事,身边这个人都不会离开。

这些就足够了。

办公区里大家都在通宵加班,宁芷买好夜宵也开始跟着陈相正一起看监控。

和许茜说的一样,她老公的线路很单一,从办公楼开车出来,走到第二个路口会进咖啡厅买一杯咖啡,然后开车回家。

算上下班高峰期时间,一个小时左右。

"我看过他的资产记录,他年薪很高,银行卡里每月都有一笔钱固定流向一个女人的账户,亲密付也是给这个女人开通的。"

陈相正搓着下巴:"养的小三?这年头还有人喜欢家暴男,口味也很重。"

"如果有人每个月给你一万块,每周只打你一顿和将你因禁在家打你骂你一分钱不给你,你觉得哪个好?"

"哪个都不好。"

答案显而易见,想要不费力气地拿到钱,自然是要付出代价的。

宁芷又去看视频,画面停在咖啡店,许茜老公走进咖啡店,大约过了半个小时才走出来,手上却没有咖啡。

"许茜说过他会外带的吧?一杯咖啡现打磨根本不需要花费半个小时,咖啡店里是不是有什么事?咖啡店内部的监控你拿回来了吗?"

"你一下问了好多问题。平时是外带,但咖啡店老板说,那天有人买了很多杯咖啡,店里的杯子用光了,所以他喝完才走。"

"这期间他的车停在哪里?"

"咖啡店后面的胡同里,我看过了,没有监控,当时一辆车都没有,连能做参考的行车记录仪都没有。"

"算盘打得真好!"

局外街道上的车始终没停过,但夜晚少了鸣笛声,凌晨两三点,大家扛不住,纷纷趴在办公桌上睡觉。江桓的胳膊有伤,宁芷从旁边拖了两把椅子出来给他拼了一张简易的床。

杨路瞄一眼,直咂嘴:"有家室和没家室的区别真大。"

江桓笑,没理他,摸着宁芷的头发说了几句话,便让她赶紧去休息。

一月份的水原市,清晨是带着雾气的,湿漉漉的,人在里面走一遭,衣服上都跟着潮湿。隔着一层窗户,中央空调运作的声音都能听得到。

宁芷揉着压麻的脸站起来,贴着窗户往下看,外边的街道行人不少,其他办公区的同事正在朝着大楼走过来。

在眼角余光中宁芷看见一辆车,正缓缓地避开人群往大门驶去。宁芷猛地别过头,看到恢复原样的椅子,抓起桌子上的手机紧着拨电话,目光仍落在窗外的车上。

那车悠悠地停下,离得不算近,看不清里面的人什么动作,电话接通时,宁芷只说句等我,便急匆匆挂断电话,拎起外套往外走。

上车时,宁芷直接把江桓赶到副驾驶位,问道:"我们去哪?"

"孤儿院。"

"崔志安在那儿?"

"找找看。"

孤儿院仍旧没有拆迁,和上次来一样,远远地看着破败不堪。车子七拐八拐地进到胡同里。

江桓从车上下来，右手从后边提了一袋子东西出来，又把她棉服的帽子罩上来，盖住整颗头。

宁芷神经兮兮地朝后面摸："你不会又放监听器了吧？"

"哪有那么多高科技给你。"江桓把她伸到后边的手抽回来塞进自己口袋，"冷风吹，容易头痛。"

宁芷没说话，跟着江桓走了几步，停在一家小院门口，来应门的还是那个阿婆。阿婆记性不错，只一眼就认出了江桓，上回江桓临走时，除了拍下那照片外，还帮阿婆把卧室里总闪的灯泡换了以及修好了厨房间坏掉的门把手，所以她对江桓的印象好得不得了。

落在江桓身上的目光随后打量着身旁的宁芷，像待亲孙一样直拍江桓的右臂，爽朗地大笑："有出息，还带个小媳妇来看我。"

江桓把那袋子营养品递上去："阿婆，新年快乐。"

"来来，屋里坐，外头冷着呢。"

宁芷跟在江桓身后走，小院里一如既往地黑，进到里间有灯，才觉着和外边的天色差不多。阿婆招呼他俩坐下，跑到厨房洗水果。江桓跟在阿婆身后进来，高大的身影整个堵在门口，映在地上好大一片黑影。

厨房比想象中小很多，东西老旧，但收拾得很干净，米缸是个半透明的塑料桶，里面的米几乎是满的，角落里放的油桶也没用多少。

"小安回来过？"

阿婆继续洗水果："来过，元旦前过来给我送用品，能干着呢。"

"他有没有说下次什么时候来？"

"春节吧，说要过来送年货。"

阿婆洗好苹果装盘，递到江桓手上，他自觉退到一边让出一条路。

"我没看到你家有电话，你都怎么和别人联系？"

"年纪大也用不上那个，有什么事喊一嗓子，在的邻居都能应个声。"

"那你怎么找到小安？"

阿婆坐在客厅的木椅上，把盘子里的苹果递给宁芷："我不用找他，小安说过，有什么事他都知道。"

宁芷拉着江桓也坐下："你还记得二十多年前有个叫茜茜的小女孩吗？"

阿婆抬头看他，早前就猜到江桓来她这儿的目的在孤儿院，也不计较他执着于小安一事，这次又转为别人，她不免调侃："今天还真不是来看我的，来问问题的。"

话是这么说，也没刁钻为难，阿婆如实地说："都记得，我的好孩子们。打小就玩得好，走的时候，小安还伤心了很久，不过后来他们都被收养了也就还好。"

说着又起身把她珍藏在柜子里层的相册拿出来，隔着一层透明膜，摸索着里面小小的人儿。

江桓捏着手上的苹果问："阿婆，以前的孤儿院在你眼里像什么？"

阿婆翻相册的手顿住，对这个问题感到意外，但还是如实回答："好地方呗，没处去的孩子，都有个吃饱穿暖的地儿。"

"那发生在孤儿院的侵害，你知道吗？"

阿婆浑身一僵，眼睛不离相册，手却发颤，喃喃道："孩子们都长大了呢，我人老了，什么都帮不上。"

"这孤儿院附近的住户还有不少老人，可小安回国至今，偏偏只来看你，你该知道他并不是纯粹的好人，可他为您做这么多会暴露自己的事，当年所有人都知道这孤儿院是怎么回事，但因为刘毅会给大家好处，所以大家无动于衷，闭口不言，而你是唯一真心希望他们好的人。对吗？"

阿婆还是不看他们，始终垂眸，让人看不见表情："可怜可怜啊，都过去了。"

"没过去，阿婆，告诉小安，他再不出现，许茜将被列为杀夫最大的嫌疑人，即便她是清白的，真凶被抓前的系列流程办理下来，也要几个星期，里面的生活不好过，让他斟酌。"

阿婆不好再说什么，送他们到门口嘱咐他们注意安全，又慢慢地往小院里挪。看着那垂老的背影，宁芷心里发酸，阿婆年轻的时候，一定想过为那群孩子打抱不平，可那时她只是个普通的女人，什么都做不了吧。

"江桓，这样真的有用吗？"

"如果崔志安能为许茜杀人，还有什么不能做的？"

"崔志安喜欢许茜？"

江桓不能确定："有时为一个人付出，并不一定是喜欢，可能是寄托，将希望寄托在一个人身上，那个人过得好，才能假装自己也过得好。"

风很大，这些话都跟着一起卷进了风里。

（四）

回到车上，吹着暖风，宁芷把外套脱下来盖在身上，眯着眼睛想从元旦到现在所发生的事，尤其是那个从现场意外获得的U盘，胡海不是这么粗心大意的人，应该是有人刻意为之。

而现在能这样做的人除去崔志安，很难想到其他人。可他是胡海的人，为什么会把这样的U盘留在现场，让他们找到？

胡海的目的是想让江桓通过调查女大学生的被害案，把胡海以及胡海未婚妻所经历的不为人知的过去曝光出来，那崔志安杀害他父母的目的难道是为了让社会知道孤儿院曾把孩子当作试验对象吗？

所以才迫不及待地在监控下暴露身份，以此对江桓步步紧逼，让他意识到事情的急迫？

"这件事情迟早会公开，那崔志安的目的不是都达到了吗，为什么还跟着胡海？"

江桓心里有些想法，但不成形，总觉得事情远不止表面看着这么简单，现在还不是说的时候："等见到他就会知道。"

宁芷不再问，他能这样说，证明已有十成把握。他从来不会盲目自信，能做到，他才会说出口。

车子停在宁芷家楼下，跟着电梯上楼。从洲地回来接触到胡海和崔志安的核心秘密后，反而不觉得家里危险。

胡海心思缜密，真的要杀他们，想躲也没那么容易。就像张娜他俩，一起从组织里逃出来，但显然在中途生出歧路，胡海知道她做的什么买卖，更知道如何借助江桓的手除掉他们。

逃没用，迎面上才能制造生机。

警局里，许茜老公的小情妇翘着新做的指甲，将包推到桌子中央，面带讪笑:"警官,你问我没用,我一不杀人二不胡卖,梁永德的事和我没关系。"

于城对这样的献媚无动于衷,身体挺如松:"每次和你见面,梁永德都会对你使用暴力,上个星期,因为你手臂脱臼,他陪你去过医院。"

"打是亲骂是爱,那是情人间的情趣。"

于城抿嘴:"上个月肋骨断了也是?"

小情妇懒得和他辩论:"你一个单身男人,知道些什么。我不想出去上班,风吹日晒挤地铁,他给我钱花,打几下又死不了人,我为什么断自己财路?"

"梁永德和其他人有什么恩怨吗?"

"他那种人脾气酸臭,得罪的人多了,不过杀一个人要付出太大的代价,谁敢?再说他那么惜命,到处安着监控头,一般人谁敢动他。"

"他车里也有?"

小情妇哼一声:"何止车里,他给我租的那房子,浴室都安着呢,天天用那小破手机看我一个人在家干什么。"

于城看眼陈相正,两人心照不宣,陈相正把本子收起来,起身出门,走到门口电话响起,他皱着眉头看着屏幕上的数字,回过头看于城,于城似有察觉,抬头回视,只一扫便移开眼,口型说着快去,自己也转身上楼。

陈相正带上门,往楼梯间走,按在接听键上,口气不善:"上班时间不要给我打电话。"

对方不知说些什么,他眼色一凛,"嗯"了一声挂断电话,将通话记录删掉,脚步极快地朝着楼下跑去。

夜深,冷风很近,屋子里开着空调,新闻里正在放蔚然集团的后续报道。女记者很漂亮,只是似乎对事件本身并不感兴趣,语调冷静平滑,目光对着镜头,却没有情绪在里面,像在照读新闻稿。

结束的那一秒,宁芷看到她脸上有一丝狡黠,电视关闭,声音也跟着静止。江桓在房间里接电话,出来时手上拎着衣服。

但他没直接出门,去厨房把微波炉里加热的牛奶拿了出来,放在桌子上凉着:"怎么不看电视了?"

"你要出去干什么?"

"张阿姨要见我,我出去看看。"

宁芷仰着头看他,目光清透而柔软:"江桓,没有第二次。"

"我知道。"

没头没尾的一句,可他却懂了。

她不会原谅他第二次的不告而别。

宁芷一个人留在家里,重新开启的电视正在播家庭伦理剧,里面的婆婆暗地里欺压小媳妇,而小媳妇又顾忌老公,默默地承受。

她不爱调台,又看不下去,再抬头看时间,江桓才离开半个小时不到,习惯了他在身边的日子,分开时间长一点,反而不适应。

门铃一响,她条件反射地跳起来去开门,门外站着风尘仆仆的张怡然,面色有些冻红,但气质不减,隔着她往屋子里看:"小桓呢?"

宁芷愣住:"你们不是约好了见面时间吗?"

张怡然摇头:"约不上,打过几次电话都不接,我想告诉他到底发生了什么事,不能让他蒙在鼓里……"

她还在絮絮叨叨地说,可宁芷根本站不住,意识到江桓又留下个谎言消失掉。她急匆匆地进卧室,扯出一件棉服往身上套,走到门口,张怡然还在那儿一动不动地张着嘴。

宁芷感觉张怡然可能被真相压抑得太久,疯掉了。她也是,因为不知道江桓去了哪里,也要疯了。

她把张怡然推到电梯门口,声音还算轻柔:"张阿姨,你先回去,等江桓好好地站在这儿,你慢慢和他说。"

张怡然还要说些什么,可宁芷一点听的心思都没有。

电梯下行,宁芷的心也跟着一起下坠,控制不住地胡思乱想,不停地拨江桓的手机,始终没人接听。

连续几次,她又给于城打电话,言简意赅,请他帮她确定江桓所在的位置。

她坐在车里等的每一分钟都很难熬,江桓知道她不会原谅第二次的不告而别,所以说着谎也要独自冒险。

他去见的人是崔志安,那个杀掉他父母和几次想要他命的人。

车子启动,宁芷先去江桓家,他家空无一人,只有冰凉的潮湿气,她攥着钥匙,茫然地看着没人气的房子,回到车上。

重启车子,于城的电话打进来,告诉他江桓的手机关机,无法定位,又问她出什么事了。宁芷无从回答,现在什么事都没出,但不能保证一直都不会有事。挂断电话,宁芷脾气上来,一下子把手机摔在副驾驶的玻璃上,车窗上出现"蜘蛛网",手机屏应声黑屏。

鬼使神差地开着车直抵许茜家,门一打开,宁芷不管不顾地把她拽到走廊,手上使了十分力气,勒得对方脸色发白,可她毫无察觉似的双目圆瞪:"许茜,告诉我崔志安在哪?"

许茜被她吓得一怔,明白过味儿时,倒开始心平气和的:"我不知道,我们没有联系。"

"他要杀江桓!我会杀了他!"

许茜隐忍地心疼面前的姑娘,那份温婉并没有因为当前的狼狈产生变化,双手轻柔地盖在箍着自己衣领的那双手,语气平稳克制:"我们都在本来的位置,他杀谁与我无关,你杀谁我决定不了。"

放开许茜,宁芷虚脱地滑坐在地上,墙壁传来的凉,让她整个人都变得麻木。在这场和胡海的战役中,她失去了太多,也让很多人都失去了很多东西,这一刻她没其他的想法,只希望不要再有人为之牺牲。她跌跌撞撞地起身,走进电梯中,反光的铁板能清晰地看到自己的脸。

巴掌大的脸上,眼睛嗜血的红,鼻子也红,脸上还有眼泪干掉的痂,她觉得很陌生,仿佛好久不曾这样狼狈。当电梯门一关,脑中灵光一闪,她猛地抬头看向紧闭的电梯门,瞬间理解了许茜那句话里的意思。

本来的位置——研究院!

在导航仪上输入地址,车速不停地加,冰冷的女声一直在提醒着超速行驶,宁芷看清楚地址后,一把扯断导航仪的线,甩到一边。

研究院就在前面的街道,一个红灯的距离。研究院失火重修后,如今远远地看着,反而比六年前更壮观。

宁芷甩上车门,急匆匆地往研究院里跑,还没等人走近大厦,看到里面有个高大的人影急匆匆地跑出来，没等靠近，宁芷便已认出走来的人是江桓。

他见到宁芷身形晃动，脚步突顿在那儿，皱着眉头，有刹那的恍惚，但很快恢复如常，疾步走来。

"你怎么来了？"

说话时，还像往常一样，没有说谎该有的愧疚。

"张阿姨来家里找你。"

"你先回家等我。"说完，江桓又要往外走，步子跨得大，脚下的台阶几下便跨完，两人间的距离瞬间拉远。

宁芷顾不上情绪，冲下边的人喊了声："江桓。"

台阶下的人停住，转过身看她，还是那副置身事外的模样。宁芷心里慌得不行，顷刻连跳几节台阶，扑进江桓的怀里。

他伸手稳稳地接住她，站稳后，感觉身上的人竟毫无重量。

宁芷眼睛湿润："告诉我，发生了什么事？"

"先回家，乖。"

"江桓。"

她揽着他的手臂，从怀里抬头，想说话，突觉手上的异样，两只手指搓着，黏腻腻的："血？你受伤了？"

头顶的声音冰冰凉的，不带有多余的情绪："崔志安死了。"

就在这时，大厦里响起刺耳的警报铃，有人尖锐地喊了一嗓子："实验区有人死了！凶手跑出了大厦，快来抓凶手！"

（五）

大厦里传来阵阵脚步声，大家都在朝着这个方向跑来，江桓双手撑开，箍住怀里的人的肩膀："乖，没事。"

江桓抽回手，看了眼大厦里拥出来的穿着安保制服的工作人员，抬手要揉宁芷的头，又看了眼指间的血，把手收回揣进口袋："先不能陪你回家了,还有些事要处理。"

宁芷又叫了一声他的名字,江桓朝着她笑,在那群人冲出来的那刻,转身快速地跑到车边,拉开车门坐进去,隔着车窗看那群人一个个地撞过宁芷,脚踩离合,猛地倒退离开。

那群人疯也似的在车子后边追,喊叫声极大,宁芷也跟着回过神,跑向自己的车,整条手臂都在抖,她极力压制住抖动,按上车锁,颤抖地去摸手机。

开机键始终按不稳,碎裂的屏幕一片白,闪得她闭上眼,低头间却看见自己前衣襟上蹭满了暗红色的血。

出门穿的是件嫩粉色的棉服,可现在不止前襟,袖口、领口都是模糊的血迹。

宁芷双手捂着脸趴在方向盘上,指尖有淡淡的腥味。明明只是普通的夜晚,一切都变了,崔志安从杀人者成为被害者,而江桓从幸存者变成逃亡者。

短信提醒,屏幕上弹出一条短信,来自江桓。

"小心。"

只字未提这消失的两个小时里发生过什么,但他俩都清楚,崔志安不是江桓杀的。即便他杀了江桓的父母,江桓也不会杀他。

宁芷搓着脸让自己保持清醒,接下来的事情会朝不好的方向发展。

江桓将不能再参与调查案件,不仅如此,在抓到真正的凶手前,他会被通缉,会没有藏身之处……

是谁杀的崔志安,胡海吗?为什么杀崔志安,叛变吗?

急匆匆地回到警局,于城他们都坐在办公区,小声地说话,看见她进来纷纷噤声,杨路眼尖,看见她身上的血痕,从椅子上跳起来走过来:"宁法医,你受伤了?"

"不是我的血。"她拉开最近的椅子坐下来,"你们都知道了是吧,江桓被怀疑是杀害崔志安的嫌疑人?"

"不是怀疑,现在已基本确定他为嫌疑人。"

于城把手机递过来,上面正在播放的是一条视频,视频的角度很刁钻,正对着江桓的方向，连江桓眼睑上的粉红都看得一清二楚，还有他衣领上抓着的那双血淋淋的手。

崔志安的腰上插着一把透着红的刀子，嘴唇颤巍巍地吐字："是我杀了梁永德，可……我……不能……死……"

紧接着是一段黑屏，不足一秒又继续播放着视频，是那段崔志安和胡海对话的视频。

发布微博的人写了千字文，将江桓的身份写得一清二楚，市局特调的公务员成凶杀案最大嫌疑人，事关重大，又把江桓的父母被害案也调出来，通过夸张的词汇描述了江桓背负着父母被害一事痛苦地走过六年，终于找到机会报仇的故事。

宁芷憋着一口气："胡说八道！"

没等到通缉令下来，宁芷就被上头的人带走审问，翻来覆去都是问她知不知道江桓在哪儿，有没有参与杀人，他为什么杀人。

宁芷除了说他没有杀人外，再也没有第二句想说的话。任凭那人摔资料的声音震耳欲聋，她还是无动于衷。

每个共事的人都逃不过轮番审讯，一个来回下来，天已大亮。

从审讯室出来，宁芷有些虚脱，扶着墙去洗手间洗脸，冰凉的水打在脸上，清醒了不少。一路上都有人盯着，孔武有力的男人从洗手间门外又跟到办公区。宁芷把手上的水直接擦在身上的棉服上："跟着我没用，你们要是找到了告诉我一声，我正好要和他说分手。"

通缉下来后，整个特案组气压很低，手机被监听，出门进去都有调查组的人跟着。宁芷走到哪儿都被监视着。

宁芷自己待在休息室，脑袋一团乱麻。网上传的视频，一眼就能看出不是偶然拍摄，是早有预谋。以江桓的性格去见崔志安不会告诉任何人，问题出在崔志安那边，是有人想杀崔志安又嫁祸给江桓。

这个人只可能是胡海，他想要江桓手上的芯片，还想让江桓不能开口说话。

宁芷转头看向窗外，窗户上落了一层白霜，天气真的是越来越冷。她翻过身面对着墙，捏着身上的被子，开始想江桓现在在哪儿，到底有没有受伤,昨晚有没有睡好,今早有没有吃早饭。

想着想着,听见窗户外有细微的响动,心上的一根弦突然崩断,没等人坐起来,床边已压下来一个人。

冰凉的气息隔着一层绒被传到她的身体,她禁不住打个寒战,眼睛莫名其妙地落了泪。

柔软的唇跟着落下来,一点点地吸走她脸上的泪,最后落在她耳边,声音轻喃:"我不答应分手,你说多少次都没用。"

"你不要脸得厉害。"

"嗯,不要脸,要你。"

宁芷眼睛又是一红,想伸手抱他,可被他整个人压着,她手臂抬不出来。

江桓稍起身,连人带被子都抱在怀里,低声说:"帮我把赵帆家里找到的监控器拿出来。"

宁芷立刻清楚他接下来要做的事,目光停留在他脸上片刻,又移开:"我不希望你冒险。"

"我会护着这条命。"

监控器还在物证室,被一个黑色隔绝箱装着,宁芷用手套裹住放进口袋。回来的路上,监视的同事仍旧守在门口,见她有几分警惕,也要推门进休息室。

宁芷倒一点都不扭捏,把门大敞开让他看,里面的床褥摊开,女士的衣物挂在床头,确实空无一人。

男同事面露绯红,主动替她关门:"上级要求,形式还是要走的,你好好休息。"

回到房间,宁芷走到窗帘后,江桓一身黑衣站在那里,看着她时,眼睛眯着像个狐狸一样,手指细细地揉她的脸。

宁芷把手套放进他口袋里,什么话都没说,伸手去摸他的脖子,另一只手顺着他衣服下摆摸进去,他身上热,她指尖冰凉。

手下的肌肤很硬,没有多余的赘肉,还有一条突起的疤,是他回国没多久和崔志安第一次交锋时留下的。

没有新的伤。

江桓隔着衣服按住她的手,嗓子沙哑:"没受伤。"

"接下来呢?"接下来也不会受伤吗?接下来要怎么过这难熬的生活?

江桓捏着口袋里的监控头,反复亲她额头,呢喃开口:"委屈你了。"

研究院顶楼的风,猎猎而响,吹得衣服鼓鼓的。高处望去,城市仍是不能收入眼底,这城市太大,高楼太多,谁都不曾站在最高处。

江桓把玩着手上的拇指大小,闪着红光的监控器。

身后很快传来稳重的脚步声。江桓缓缓转过身,看清来人的面目。胡海的穿着仍是一贯的儒雅,带着几分书生气和不可言喻的戾气。

"你胆子越来越大,约在这里。"

"确实没你胆子大,一而再地在这里杀人。"

胡海挑眉,哈哈大笑,额角上的伤疤虽然淡去,但仍显狰狞:"怎么,你查到这里,还觉得我们错了?"

"苦衷是杀人的理由吗?"

胡海抿着嘴:"这些在你眼里只是苦衷?那些年我过的是什么日子?那群孩子呢?投诉无门,只能任人宰割的日子,我过够了!社会既然对我们那么不仁慈,那我们为何不亲自纠正。"

江桓打断他:"如果你认定那些高中的孩子们有罪需要你所谓的制裁,那朱陈媛,还有西里的那两个姑娘呢?"

"一些牺牲总是应该的。"

江桓直接戳破:"到底是不是牺牲,你最清楚,你无非在害怕,害怕别人破坏你努力建造的所谓的和平世界。"

胡海不置可否,从衣襟里掏出烟点燃,靠在天台边,一点点地抽,风把烟灰卷得到处都是,可他还保持着那分淡然。

"为什么指使崔志安杀害我的父母?"

胡海呵一声:"你不知道吗?"

"你那么想要芯片,不就是知道里面的内容是对我父母有利的,崔志安不杀无辜的人,他会知道你在误导他做错事。"

胡海把半截烟头丢在地上,皮鞋狠狠地碾在上面:"当时就该让他连你一并杀了。"

"他不会。"

"所以,他成不了大事。"

江桓看他:"你牵扯这么多人进来,无非是想将局做到最大,完成你的最终目的,也没什么大事之风。"

"那是他们的选择,我满足那婆子的执念,让她和情人早日相见,只要换一张脸随便说几句话,就能让弟弟一辈子不用担心钱的事,还有一直想为死去父母报仇的徐男……他们对我有利可图,才会为我所用,而你站在这里,不也是想给死去的那些人一个交代,再给你父母一个清白吗?所以,你现在把金回给我,我就让一切回到原点。"

"胡海,现在不是当年,不需要你一样能回到原点。"

"可笑,我杀你江桓仍旧如同捏死蚂蚁一样容易,只要我想,你喜欢的女人明天便会暴尸街头。"

江桓握拳,不想再从他嘴里听到半点关于宁芷的字眼,对朱陈媛的选择,已经证明胡海具备"蛇打七寸"的本事,他更不想与胡海耗下去。

"那我们现在就来结束吧。"

楼下响起警鸣声,几辆车子上同时下来几个武装人员,朝着天台上看,没有片刻停留地冲进大厦。

胡海眼神冰冷,散发出浓烈的危险:"小朋友,你玩得很大。但没有金回,你别想抓到我。"

不等江桓做出反应,胡海身体灵敏地顺着天台的边缘向下跳,江桓反应过来跑过去,胡海抓着墙壁上的排水管借力一脚踹烂顶楼的玻璃,身体跟着跳进去,消失在他眼前。

江桓也没再犹豫,按照原路淡定自若地走出去。他打小就在研究院玩大,不会有人比他更熟悉这里的地形,那些连大人都不曾注意过的犄角旮旯,他可都探索过。能选在这里和胡海见面,他心里还是有底的。

（六）

　　江桓的案子在网上不断发酵，连家里的位置都被扒出来放在网上，网友两边倒，看脸的小女生都呼喊着江桓看着就不像坏人，一定有黑幕，求一个公道。看不惯的男人都评论长得好看的都是渣男一个，连人都敢杀，不会放过小姑娘。

　　这时，一个没有加 V 的大号微博对此次事件进行解析，用上了暗黑论和阴谋论，将崔志安所在的孤儿院进行扒皮，一时间全网都在人肉当年孤儿院的负责人以及冠名赞助孤儿院的"好心叔叔们"，而江桓事件则渐渐淡化，舆论又朝着好的方向发展。

　　警局门口每天都有两批人举着牌子在外讨伐。坐在办公室里都能听到外面大喇叭的声音，和菜市场卖菜一样，没个安宁。办公会议左一次右一次地开，但对案件毫无推动作用。

　　胡海抓不到，尹盛不露面，许茜又什么都不说。上头给局里压力，局长给他们施压。

　　"案子要么抓紧破掉，要么移交其他组解决。"

　　于城揉着太阳穴，只想躺在家里死死地睡上一通，可家门刚开，他爸坐在客厅，双臂交叉，一副审讯的架势，指着报纸上关于局里的负面报道："怎么回事？你们单位怎么能出这么负面的新闻，这是你同事，你平时都是和什么人共事呢？我平时怎么教你的，如果你睁大眼睛好好选选什么人能做朋友什么能不能做朋友，现在怎么会被连累？"

　　于母坐在一旁，丝毫没有心疼他的意思，也是在等他的回答。也对，他们一直都是这样，望子成龙，恨不得他能有点什么丰功伟绩，一飞冲天。

　　"爸，我有点累，我先睡会儿，醒了和你说。"

　　"睡什么睡，一天天这么点事都解决不了，让你相亲你说忙，现在不忙了，去把李教授的女儿约出来见一面。"

　　"爸！"

　　"爸什么爸，别和我说你喜欢你们单位那小丫头片子，之前喜欢，我不说什么，现在人家男朋友回来了，你还想怎么样？"

于城抿着嘴，什么话都不想说，把刚脱下来的衣服又穿回去："我先回局里，你和妈好好休息。"

回到局里，大家没处去，都窝在办公区，陈相正还在看研究院里的视频，自从大火后，研究院的监控安装得非常全面，基本没有死角。

发生命案是在一楼的实验室，偏巧为了试验的保密性，室内并没有安装监控探头，但从走廊能够看清楚每个进进出出的人。

在夜晚七点半左右，一个穿着黑外套戴着鸭舌帽的男人鬼祟地撬锁进入实验室，大约十分钟左右，江桓缓缓地走进来，监控上的时间还在走，进去不足十分钟，江桓满手血地从里面走出来，脚步有些快。

但江桓不曾回头看，一直消失在走廊尽头，下个镜头便是大厅里，他和宁芷在门口的碰面，宁芷扑到他怀里。

陈相正把视频关掉，转头看见宁芷红着眼坐在一旁，他一句哄人的话都说不出口。

也不知怎么了，从洲地回来，大家好像都变得很不同，以前轻易开口的玩笑，现在却不能再说。

"杀一个普通人十分钟很容易，但杀崔志安根本做不到。"

实验室没有打斗痕迹，只有一种可能，江桓进去时，崔志安已经被害，那段视频是被掐头去尾截取了中间部分。

于城知道她急，吩咐陈相正："再找找有没有其他人更早进入实验室，无论什么时间。"

杨路重新看了一遍网上的那段视频，又拿实验室的室内图进行了比对。

"这段视频应该是在窗那边的实验柜里拍摄的，法医那边给出的结果是，没有发现指纹。后面也没有可疑人员从走廊出去。"

宁芷指着照片里的实验室："从窗户出去的。我记得这边有几个停车位，行车记录仪收回来了吗？"

陈相正点头："收了。"

那个时间点是下班后，一共就停了两辆车，一辆车是倒着停的，只有一辆车能够作为参考，视频不是很清晰，但好在正对着实验室的窗口，看不清室内的情况。但窗外的情况倒是一览无遗。

按照时间上，在江桓离开实验室不久，一个鬼祟的身影快速地从窗口跳出来，顺着墙壁跑走。

杨路把这个镜头截图下来，发送到手机上："看不清楚啊，一点都看不清楚。"

"周边监控，无论如何都要找到。"

陈相正转回目光看于城："老大，咱们手里现在还有什么牌？"

"当年第一个举报胡海性侵的女高中生，现在已经被秘密保护起来，大家都要时刻保持警惕，不能确定胡海什么时候会对我们下手，别让他钻了空子。再找出视频上传者，无论如何，这个锅不能背！"

一间小旅馆，十几平米的大小，进门就是简陋的洗手间，再向前是一张单人床，没有桌子也没有电视，像个四方盒子。屋子没有窗户，关上灯一点光都进不来。

江桓坐在床上把一张 SIM 卡放进自己的手机，开机提示是中国移通，黑省卡，从洲地回来时他让比根帮忙办过一张，没想到会用在这里。

他往于城手机里发送一条短信，很简短，只有"在哪"两个字。

很快，那头回复信息。他坐起身把外套穿上，压好帽子，戴上口罩走出去，外边天大亮，晃得他有几分不适。

车被他丢在桥洞下，现在只能打车过去。路上司机总是回头看他，深怕他是什么坏人。

江桓止不住地咳嗽，捂着口罩："感冒严重，脸上生疹，怕吓着你。"

司机这才舒口气："最近不太平，这警察都能变成杀人犯，真是不敢想。有几次我有那边的生意，那局里气氛可真不好，出来个警察都要被那帮人缠着问，再赶上运气不好的，还容易被拳脚招呼。"

江桓没应声，不知道宁芷有没有因此受伤。他不能想这些，但凡想到都觉得心口空洞洞的，她落的泪和伸手到他身上触摸查伤时的颤抖都让他心颤。

车停在一处老房子前，低矮的窗户被窗帘遮住，对面便是那家已经很久没开门的神婆店。都说最危险的地方最安全，胡海不会想到他们把人安排在这里。

敲门进去，开门的是个年轻人，江桓在局里见过一次，他是从资料室里调过来的实习生，什么都不知道，只知道看住屋子里的女人就好。

"江法医？你没事吗？"

"那女人怎么样？"

"不怎么样，闹腾得厉害，不过也没跑出来过。"

里屋，行李箱放在一边还没有打开，金回坐在床上刷着手机，身上的衣服有些褶皱，扭头看见江桓尖叫一声跳下床，举着手机指着他："你是谁？"

"叫你回来的是我。"

金回恼怒地抓着头发："你明明知道胡海要杀我，还叫我回来？"

"那你知道胡海为了让你出现，又杀过多少人吗？"

"那关我什么事，当年的事，是我错了，我没想过那女人会自杀，我如果知道会让老师变成这样，我什么都不会说的。"

"你也知道他是你老师，为什么还要那么做？"

"我喜欢他，很喜欢，他救了我，我对他一见钟情，和他表白，他却拒绝了我，那时候年纪小，根本容不下那样的羞辱。我只是开个玩笑，没想过事情会闹大。"

江桓无话可说，就像蝴蝶效应，谁都不会想到一个小小的笑话，会让十年的恩怨发展到现在的地步。

"我的朋友都死了，只有我一个人活着，在国外的那几年，我每晚都在做噩梦，梦见她们问我为什么要说这样的谎，梦见老师的未婚妻问我为什么要让那些男生摸她，也梦见老师拿刀架在我脖子上问我为什么让他生不如死。

我睡不着，头痛，满脑子的声音。我父母带着我到处求医，不停地吃药，各种各样的药，想想还不如死在六年前。"

她说完，身体不由得抽搐，手指用力地抠在被子上："可不行啊，都挺到现在了，我不想死的。"

（七）

从老房子出来，江桓顺着那条街走出去，人没走远，就听见旁边走过的老阿姨念叨："谁啊，没良心地把车停那儿，还让人过路不咯。"

江桓不以为意，又走出两步，回过味来，急匆匆地往回走，拉住走在前面的老阿姨，问车子停在哪儿。

老阿姨吓一跳，反应过来赶紧给他指出一条道，竟然是神婆家后院那条街。

等人跑过去时，只见一辆黑色的车尾驶出胡同，连车牌号都没来得及看清楚。

江桓喘息着停下来，藏金回的地方应该只有他和于城知道，他是后出现在这里，那辆车不可能是跟踪他来的，那就只剩下于城。

可于城身边的人，除去宁芷，只剩陈相正、杨路和范湉，谁能知道这地方？

给于城打电话过去，那头好一会儿才接通。于城声音压得低，问他怎么这个时间点打过来电话。

江桓站在胡同里原本停车的地方，正好能够清晰地看到藏金回的房子，窗帘拉着，里面是谁看不清楚。但至少，这里不再安全。

"今天给我发过地址后，你还和谁说过这里？"

于城说："谁都没说，这事越少人知道越好。"

"转移地点，保密处理，你的手机被人动过手脚，看看怎么回事。"

"你在怀疑我的人？"

江桓斟酌一下，开口："是。"

"江桓，别太过分，咱们也算是出生入死，谁能拆你台还是怎样？"

"那你能保证你的手机从没离过身吗？"

于城没再说话，想起发过短信后，范湉叫他上楼拿崔志安的尸检报告，太着急，根本没拿手机。当时办公室只剩下宁芷他们三个人。

真的是他们中的一个？

于城不敢往这方面想，只说了句"我查查"，就挂断电话。江桓又看一眼那房子，不做停留，转身就走，于城那边估计会做出打算，现在他还有其他的事情要做，耽误不得。

办公室里，于城抬头看忙活的几个人，宁芷几天没有回家，睡得也少，眼睛红红的，还在看视频资料。

陈相正被他指挥去过几次现场，也是昼夜颠倒地忙乎，头发乱蓬蓬的，现在正趴在桌子上补觉。

格子间里的杨路还在解析芯片，芯片内容的密码不是一般人做的加密，做黑客那么多年，破译了一个又一个机密文件，但在局里条条框框一大堆，根本不敢用黑客那一套。

杨路烦躁地抓着头发，也不知道想到哪，愤愤地把脖子上的门禁卡摘下来拍在桌子上，先是从网上下载下来一份表格，随便写上几笔，又坐回电脑上，噼里啪啦地一顿敲打。

于城瘫在椅子上，根本无法辨别这里谁会是那个"叛徒"。

时间一点一滴地走，只听格子间的门砰的一声被撞开，杨路高举着手走出来，扯开嗓子一吼："芯片打开了！"

陈相正被惊得险些从椅子上跌下来，站起身捂着脸："啥开了？"

"内容呢，内容是什么？"宁芷有点急躁，刚刚范湉送来的尸检结果显示的死亡时间和江桓进去的时间基本吻合，鉴定科也确认凶器上有江桓的指纹。

如果再不将案子破掉，他们将十分被动。

江桓杀人的视频在网上传得沸沸扬扬，研究院里的气氛不好，不少当年和江桓父母共事的人，心里不是滋味，话里话外的都在说，当年但凡留一个人在单位，都不会发生那场火灾。

大家每每见到张怡然时，都闭嘴噤声，分明是此地无银。

想到这，张怡然在单位里一分钟都待不下去，她给江桓打电话打不通，去家里除了守在门口的警察，谁都没遇见。想想也是，以江桓现在这种情况，怎么还能回家。

是谁将他变成这样子的，是她吧。当初要是她没有鬼迷心窍，也不会发生后续的这些事，一把年纪还天真地以为时间能抹掉灰暗的过去。

直到警局门口，她的心才舒坦一些，给宁芷打电话约她下楼见面。

很快，宁芷出现在楼下，拉开车门带进来一股冷风，看上去整个人比前几天瘦了一圈，一张脸藏在领口里，眼睛通红，几天没睡过的模样。

宁芷舒展着僵硬的指节，看着驾驶座上慌张的人，张怡然接下来要说的话，都将认证她和江桓的猜测。

怪她吗？

怪的，若不是她，江桓的父母不会死，江桓不会远走他乡，也不用像现在这样一次次地深陷险境。

宁芷的手不由得攥拳，克制住情绪："张阿姨，你要讲的事，等江桓回来再讲吧。"

"等不了。我知道你们都猜得到，江桓是个聪明孩子，开始想不通，现在总会知道的。"

她握着方向盘的手用力，皮质在她的指甲下发出涩耳的摩擦声："当年实验失败，不是他父母的问题，有人想要掩盖真相，可江桓父母倔强，把实验报告和实验记录都藏了起来。那些人叫我引开大家，他们派人去偷出来。我没想过他们会放火，更没想到江桓的父母会被大火烧死。"

"他们给你的好处是什么？"

"坐上主任的位置。"

"那你知道江桓父母在死之前经历过什么？"宁芷看她，突然笑了，"你该知道的，天下没有免费的馅饼。你要的升职加薪，代价就是他们的命。"

张怡然浑身一激灵，面前的小姑娘明明在笑，可她却觉得异常的冷。

"我没想过会是这样，他们威胁我，我也真的怕，怕他们会同样对待小桓，才自编自导地演了一出被害戏，把他送走。"

"他们是谁？"

"尹盛。"

宁芷推开车门下车，临关门前回头看她："你是江桓的阿姨，是江桓父母要好的朋友。他不恨你，可我恨。"

没等走到办公室，就听见里面传来激烈的吵闹声，人刚走近，一把椅子从开着的门直接砸出来,撞在墙上碎了一地。

宁芷绕过去一看,陈相正死死地拽着于城的手臂,杨路抱着纸箱被两个人架着往外走。

那两人中的一人率先开口:"他破坏《刑法》第二百八十六条,犯了计算机信息系统罪和网络服务渎职罪,我们有权对他实施审讯。"

于城挣不开钳制,一脚横过去踹翻椅子:"我们为了还同事一个公道,花心思破译防火墙,怎么就破坏信息系统了?"

杨路摇头:"老大,没事,我辞职信提前写好了,不要紧的。"

"辞什么职,你是为了组织安全,谁敢带走你,先过我这一关。"

扣着杨路的那两人面露不悦:"你最好明白你们现在的处境,特案组里又有杀人案嫌疑人,又有不守规矩的黑客,我不管你们什么原因,犯法一律处罚。"

话音一落,于城火气更甚,也不知从哪来的力气,一下挣开钳制,上前揪住那人的衣领,将人拎高离地,语气带着几分威胁:"我们组看着这么好欺负吗?"

宁芷赶紧上去扯开于城:"老大,先把芯片送到检察院啊!"

那人突然落地,脸被勒得通红,连连咳嗽:"你们等着,处分谁都逃不掉。"

"谁怕谁!"于城抓起桌子上的车钥匙,扯着宁芷的胳膊往外走,头也没回一下,一丝面子都不给对方留。

车门一关,宁芷有些担心:"对着干不是办法,现在江桓本身不能公开出现,杨路又被带走的话,寸步难行。"

"芯片交上去,至少能还江桓父母一个清白。案子总要一个一个破。"

车驶向高架桥,宁芷心里有事,也不忘回头看眼后视镜,一看竟发现身后始终不远不近地跟着辆车。

"有人跟踪我们!"

于城从后视镜望过去,确实有辆车在后边,好像从警局门口就一直在身后,他将车速提上去,那辆车也跟着加速,确实是跟着他们的。

此时的跟踪只有一个可能——夺芯片。

（八）

　　车子即将下高架，要想甩掉后边的车，只能在前面的岔口拐下去，心思刚出，后边的车似乎早有预料，竟加速直撞向他们的车尾。

　　"嘭"的一声响，他们的车不由得歪斜着冲向防撞栏，于城握着方向盘，用力地向回打转，身后那辆车又是一撞。

　　这一撞，车头失去平衡，竟直直地翻向了防撞栏。车内剧烈颠簸，车子成九十度角立在防撞栏边，幸好安全带紧紧地箍在身上，没让人跟着一起甩出车外。

　　宁芷伸出手，往安全带的卡扣上摸，摸到一半只觉头顶有一抹阴影，抬起头来，就看见站在车前满面阴霾的陈相正。

　　他伸出细长的手指，手在于城口袋里快速地翻动，拿出什么攥在手心，声音毫无温度："芯片我拿走了。"

　　宁芷吃惊地看着他："阿正？你要干什么？"

　　陈相正撇嘴："我能干什么，当然是拿走去做更重要的事咯。"

　　于城半吊在车上，怒视着陈相正："是你动了我的手机，把地址告诉胡海的是吗？"

　　"没错，就是我。"

　　宁芷终于打开束住身体的安全带，整个人滚撞到车顶上："你疯了，你知不知道胡海杀过多少人？！你怎么能替他做事？"

　　"我妹妹替你死，我还傻兮兮地对你好时，就已经疯了。"

　　宁芷浑身一僵，眼睛里泛着酸意，瞬间便明了他话里的意思："你是媛媛的哥哥。"

　　"是啊。很巧对吧，她原本叫陈媛，父母离异，她加了母姓。我都没来得及见过她长大时的模样，就再也看不到了。"

　　"你从蒙古回来变得很奇怪，什么时候开始的？"宁芷问着，又自己答出来，"在路过手术室时，你暴露声音，不是无意识吧，你是想看看张娜的样子是吗？"

　　陈相正笑着看她："那又如何？"

"可你不能把芯片交给胡海,是他杀的媛媛。"

"有什么不可,他为什么会杀我妹妹,还不是江桓坏了他的计划,所以他才要报复,才会不小心杀掉我妹妹。"

"不是这样的。"

宁芷手指发颤,勉强在狭隘的空间里蹲起身,想要去抓陈相正的手,却被他轻易地避开:"宁芷,敌人的敌人就是朋友,我现在只想让江桓死。"

"胡海杀媛媛是因为她知道他们组织的秘密。你们监听到我和江桓的聊天,你难道不清楚吗?"

"不想听你狡辩。"

说着,陈相正一转身,回到后面那辆车上,发动车子向后退,重新驶到高架上,朝着来时的路开去。

宁芷捂着脸,狠狠地搓了一把,帮于城打开了安全带。从车顶爬出来,于城一脚踢在防撞栏上,恶狠狠地吐了口气:"这他妈什么跟什么啊!"

说完这句话,整个人摇摇晃晃地趴在地上,宁芷才看见他脖子后有一大片血迹。

医生紧急地处理了于城脖子后的伤口,宁芷坐在走廊的椅子上等着,伤口不算严重,是车窗的碎玻璃飞溅到脖颈造成的。

走廊那头传来风风火火的吵嚷声,人没到声音先到,是于城的父母,不知道哪个护士好心做坏事。

宁芷站起身想去一旁清静,人没等起身,于城妈已近身前,扬手就是一个耳光:"是你吧,是不是你害得我城儿受伤?"

"阿姨,你冷静点,公事受伤再正常不过。"

"正常,那你怎么好好的一点事都没有?"

没等宁芷回口,另一道声音先替她回答。

"那您老的意思是,警察办案,一个人出事,整个局的人都要陪着?"

于城妈猛回头去看,看清楚来人的脸时,又是一吼:"警局的败类,你是不是想连累城儿?!"

宁芷没想到江桓会公然出现在医院,不顾于城妈的怒吼,扯着江桓往洗手间方向走,女厕所刚进去一个人,宁芷也没多想,直接把江桓推进男厕所，踢开最里间的门，上过锁后赶紧问："你怎么来了？"

"陈相正做的？"

"芯片被他拿走了，现在可能已经到胡海手上了，能证明叔叔阿姨清白的证据都不见了，怎么办？"

"开新闻发布会吧，以通报我的名义召开，提前通知记者，明天我会去尹盛家，找些靠谱的同事突围，抓我和他。记得带上记者一起。"

宁芷点头，记在心上，现在每一步都要走得小心，到最后，不是抓到胡海一人就能了事的，所有做过错事、害过人的人都要付出应有的代价。

这才是真正的法律的制裁。

江桓伸手揉她脖子，她不可避免地呲了声，避开他的手。

"受伤了？"江桓的手附过来，掀开她的衣领往内看，整个脖颈和背部都有淤紫，没有伤口，是车被撞击时的碰撞伤。

"疼吗？"

"不疼，你不碰，我都没感觉。"

江桓的眼睛似进了雾气，眨了眨，将宁芷搂进怀里，一下一下地摩挲她的背："怪我吗？"

宁芷猛摇头，又怕他看不见，开口说："一点也不。"

从来没有怪过，当她从事这份职业时，追逐真相就是她的使命，不只是个人恩怨。

起初是为了朱陈媛，后来是因为江桓的父母，再后来是为曾在孤儿院无辜死去的孩童们，还有些连姓名都不知的死者。

他们是幸存者，不能苟且活着，要为这些死者做最后的申诉。

会场内，台下坐满同行和记者，台上大荧屏上写着：身为警员犯案的处理以及防范事宜。

于城一身军装站在台上，脖子上缠着厚厚的绷带，目光犀利威严。

江桓出现在尹家大宅早饭的餐桌前，电视上正在播放研究院杀人的那段视频，尹盛看得饶有兴致。

台下的记者问到对江桓的情况警方将会如何处理，于城回答是尽一切办法将他缉拿归案，从重处理。

可和江桓对视后，尹盛的表情忽然僵住，看了眼尹度贤，让客厅里的人都离开，只剩他们两个人隔着一张餐桌对峙。

尹盛把餐布扯下来擦手，不算客气地甩在桌子上："千防万防，家贼难防。"

"进行非法活体实验，杀掉我父母，和连环杀人凶手合伙掩盖真相有趣吗？"

尹盛没想到江桓会这么直接，先是愣住，缓口气："你和度贤这孩子一样执着。他一直在怪我为什么明知是研究害了他妈，我还不停地做。他怎么不想想如果我不做，整个集团的人吃什么，他吃什么，怎么能比别的孩子享受更多，出国留学读最好的大学？"

"说到底，还是你想要这些。

你把你的事业、你的家庭当成宝贝，那我的父母、因你而死的员工，还有那些被送来当作实验体的孩子们呢？他们就该成为牺牲品吗？"

尹盛笑了，一双眼睛毫不掩饰地流露出精明和算计："我从不觉得小小的牺牲算什么。"

门铃在这时突兀地响起，管家脸色煞白地跑进来，附在尹盛耳边，不知道嘀咕着什么，他的脸色也跟着发灰。

"江桓，你对自己下手够狠，警察都敢带进来。"

"能把你关进去，我怕什么。"

尹盛从椅子上站起来，从喉咙里发出一声低吼："尹度贤，你给我出来！"

然后他又目光凶恶地转向江桓："你抓得住我，他这个朋友你也不想要了是吧？"

尹盛这么一说，江桓心里反而有底了："他既然能让我进来，你觉得呢？"

尹盛双目圆睁，一脚踢在桌子上，餐具和食物直接被撞在地上："好，很好，我教出的好儿子！"

他还要去掀桌布时，被赶来的警察押扣在桌上，一个扛着摄像机的女记者跟在后面，面无表情地将屋子里发生的一切拍到镜头里。

江桓把口袋里的两支录音笔掏出来，一支递到记者手上，一支递给站在门口等着的宁芷手上,也顾不上什么场合,上前给了宁芷一个实打实的拥抱。

"快要结束了。"

(九)

发布会还在继续,台下的记者分明有些不耐烦,他们是来听处理方案的,可除去开头那一句准话外,全程都在讲如何防范警员再次发生冲动犯案的方法。

议论声越来越大,于城脖颈有些酸,医生嘱咐他不能站太久,可此时那头不给消息,他也只能硬着头皮上。

拜江桓所赐,安排这么一个高端的活给他,出院也费了好大一番功夫,他父母的思想过于顽固,恨不得让他借着受伤的机会,好好休个假,顺便再邀上一功。

要不是趁着他们早上出去买早餐,估计现在于城还在医院病床上躺着数他们到底叨叨了多少次"奖章"这两个字。

不过他也不会怪他们,虽然他们功利世俗,思想迂腐,但那个年代也确实是那个样子,很难摒弃老套的观念。

叮的一声,手机振动,他回过神,按着脖子上的纱布低头看手机,上面只有简短的一个"好"字。

他又重新走上台,将大荧幕上的防范方案切换成另一个画面。

"接下来,我们正式分析此次法医江某的案件由头。"

是尹盛家客厅里的画面和录音,画面加了很厚的马赛克,可声音却原封不动地放上来,台下顿时乱起来,记者的职业敏感性让他们的头脑快速转起来,问题一个接着一个涌上来。

"视频里的人是法医江桓吗?"

"这个声音我听着耳熟,是蔚然集团的董事长吗?"

"他们所说的失败的研究到底是什么?什么活体实验?孤儿院又是怎么

一回事?"

……

于城将以上问题依次回答,嗓子有些发热,他喝了一口水,静静地看着越发躁动的现场,好像达到了预期的效果,那么现在需要做的只有等待。

坐在第一排的检察院的人员,抓住问题的关键:"所以,在研究院发现的那具尸体到底是不是江某所杀?"

于城声音洪亮:"不是。"

"那他为什么在现场?"

于城又答:"证据显示,在某起凶杀案中,死者被列为嫌疑人,而江某是去和他见面,人到时,死者已遇害。"

"那段视频又是怎么回事?"

于城心想,终于问到点子上了。

"在座的记者居多,不少都是从后期工作岗位走到台前,我相信你们清楚,视频剪辑的神奇之处。很多真相,在掐头去尾后,会被轻易地掩盖。"

于城喝口水继续说:"既然如此,我们不妨从二十多年前开始,将整件事梳理一遍。"

二十多年,宁芷用小半辈子走过来的,可于城只用了半个小时不到便说完了,从崔志安、刘毅又到神婆、徐男以及胡海。

他们不像真实存在的人,像故事里脸谱化的恶人,可事实上却有很大的不同。

活生生的人,从好人到坏人有时候只是一念之差,无论是什么理由,法外制裁都是错误的途径,真相是永远不会被掩埋的,只是会稍晚到来。

记者很快从故事里回神,继续发问:"证据呢,没有证据,我们怎么能确定是不是你们为了保护同事而胡编乱造的故事?"

"我有证据!"

平地惊雷的喊声,却不是从于城的口中发出,大家纷纷把目光落在会场大门口,一个脸上带伤的男人手里举着一个U盘,每走一步都是军人的正步。

他和站在台上的于城对视,脸上竟有些慌乱,但还是强压着紧张,表现出非比寻常的镇定。

坐在最边上的记者反应过来，举着话筒和摄像机拥上来："你是什么人，你凭什么说你手上有证据？"

"我是水原市局特案组成员陈相正，手上所拿的正是前几日研究院发生命案时的完整视频。我可以证明，我的同事江某并没有杀人。"

昏暗的实验室里，六点十几分，灯突然亮起，崔志安进来后，胡海从窗户跳进来，前者有些吃惊，但面上还算镇定。

崔志安把脖子上的围巾摘下来，放在流水台上："芯片我会想办法拿到，但人我没法杀，他和这些事无关。"

"他阻碍了我最初的计划。"

"但我们说过，不杀无辜的人。"

"杀梁永德的时候，可没见你这么正义。"

崔志安并不畏惧："这有什么，你不是为了自己才利用这么多人组这么大的局，我们都一样，若不是走投无路，不会走上这条路。"

胡海走近他，手掌摸在他的后颈处，声音冷冰冰的："所以现在是结束的时刻，你也将成为这局里的最后一步。"

崔志安看看他，脸上没有过多的表情，淡定地走到流水台，上面摆着的是实验用具。

"倒也好，恩恩怨怨，时隔多年，能在这里结束是好事。"

胡海从后面走过来，手掌握在他的肩膀上，银光一闪，一把匕首直插崔志安腹腔。崔志安手撑在柜门上，痛苦地弯下腰。

接着，胡海手腕一转，将刀背翻转方向，更用力地推进了他的身体。

隔着荧屏，他们都听不到声音，可台下的每个人都清晰地感受到这股恐惧，明明在温暖的空调房，却有种彻骨的冷。

崔志安倒在地上，而胡海走出视频画面，隐约地能听见窗户开关的声音。

江桓进来后，好一会儿才看见桌子后边的崔志安，起初是尝试急救，匕首上便有了他的指纹。

但是急救电话刚拨通，江桓就被崔志安打掉了手机，崔志安拼着力气起身揪住他的衣领："没想到……再次见面……是这样的局面。"

"胡海为什么要杀你？"

"我……只是在完成……我需要完成的部分。局已成，棋子该收盘了。"

他早已知晓这是胡海设的局，但没想过自己居然是最后一颗棋子，江桓正要说话，又听见崔志安继续说道："我不想死啊，都没……来得及看看这好社会。孩子们都过得很好吧，没人再欺负他们了吧，我该好好看着的，怎么就再也看不到了呢？"

"公道自在，无论谁都不能左右别人的命。"

好似在等江桓的一句肯定，崔志安也仿佛用光了最后的气力，手臂直直地砸向地面。江桓眼睛泛红，起身站了一会儿，缓缓地走出门。

视频在这之后没多久，进入黑屏，整个会场的温度，低至冰点。

从会场出来，天气竟出奇得好，于城歪着脖子和捂着脸的陈相正相携着下台阶。

原本以为很快就能结束的发布会，硬生生地拖了三个小时。于城的脖子像被针扎一样疼，别说低头，想扭头看眼左右都不成。

"怎么样，做坏人的感觉刺激吗？"

陈相正捂着肿起来的脸，脖子倒是特自然地扭过来："下次这事还是你做吧，下属伤害上级，心惊胆战不说，又被怀疑又被胡海那混蛋打，要不是我机灵，我右眼都会被他打爆。"

于城斜眼看他："江桓只说演好叛变，但没说让你开车撞我们，幸好我早有防备，不然你可能要到下头给我写检讨了。"

陈相正抿嘴，想起宁芷在车里看他的目光，失望、愧疚、难过，那么多情绪杂揉在一起，他知道这几年来，她始终活在朱陈媛的噩梦中，可为了取得胡海的信任，他只能拿着最致命的一点去刺激她，她越崩溃，他就越成功。

他在洲地听到江桓所说的真相时，心惊胆战，有那么一瞬间不知道该如何面对宁芷，再到乌兰巴托时，他看见张娜的脸，陌生又熟悉，好像透过她能看出朱陈媛小时候的模样。

他真切地感受到胡海的恐怖之处。

他更没想过会在离开洲地前，遇见他。他像一个普通人一样，在街道上买菜，谈论价格时，还带着笑，然后自然而然地扭头看向他。

计划是从那时开始的。

（十）

范湉夫妇被抓是偶然，但从小远出现起，便不再是。

扎区警局把他们到来的事情公布于众，生活在这里的胡海不可能看不到这则新闻。那个时候，他便已经想到了一石二鸟的计划。

既能除掉张娜他们，又能把江桓和宁芷置于险地。

他预料到江桓会想尽一切办法保住范湉夫妇，所以他并不会担心后面的计划。从始至终，胡海都像下棋人，每走的一步，都在他的意料之中。

可江桓技高一等，从尹盛出事那一刻起，他便知道，胡海在收网了。

没人能确定谁在胡海的视线范围里，一切都只能按照原计划进行。

于城无意识地让陈相正把金回的位置暴露给胡海，又让他提前去守实验室，不过是为了要一份视频证据。

只是没想过胡海会连崔志安也杀，也没想过会有嫁祸这招。但陈相正将这段视频放在网上，让江桓成为众矢之的。

胡海更大张旗鼓地做事，他们在他欲杀金回的屋子里，直接将他抓捕归案。即便早有防范，陈相正还是在打斗中受了伤。

不过胡海也没好到哪去，脸上也被陈相正抓出好几条血道子，但即便这样，他心里那口恶气仍没有散去。

死去的人不会回来，可活着的人却一直在过去没有回来。

陈相正摸着高肿的脸看于城："怎么办，感觉不是几袋薯片就能把小芷哄好的问题了。"

"这是你需要担心的问题吗？"

陈相正抬头看天，突然笑了，也是，有江桓在，他有什么好担心的。

宣判那天，胡海从始至终没有任何一句抗议，他连律师都没有请，只有

幸存者游戏

一个分配来的律师。

律师在开庭前问过他有什么诉求，他说的是：如果不能杀人，那我活着也没什么意义。

虽然是他的辩护律师，可他却一点都没有再想替他说话的意思。

法庭之上，胡海杀人的证据一条一条地往上摞，法官的脸险些被埋到这些材料里，法官说一句，他就应一声，通通承认，只求重刑，毫无生意。

金回也在，她坐在陪审席上，背脊挺得很直，远远地看像个学生，和桌子始终保持一拳的距离，可这里不是教室，没有课桌，更没有老师。

审判结束后，胡海被押着走出去，抬头看见金回时，他起初没有表情，就像在看每个普通人，可在走过后，又猛地顿住，疯了一般地挣扎着往后退。两个人强按住他，将他按在墙上不让他挣扎。

金回被他突如其来的动作吓得浑身颤抖，倚着墙，从包里掏药，手不听使唤，药粒滚落了一地。

好不容易吞下两颗药，人能站稳后，她缓缓地往胡海那边走，模样和在学校里贪玩晚归恰好遇见从办公室里出来的老师一样，心虚得出了一身冷汗，紧张地说："老师，对不起，是我错了。"

胡海听完这句话，脱水似的往下滑，人忽然间老了十几岁一般，头顶的黑发竟有些变灰的迹象。他的唇角抖动："凭什么原谅你，原谅你们，你们做过什么值得被原谅的事？"

这九年里，他们和高中时一样，为了自身利益，为了好玩，开些或大或小的玩笑，让一些同学成为被孤立的对象，让同业竞争的人成为行业笑柄而失去机会……

而他在这九年里失去喜爱的职业和最爱的女人，成为课堂上常讲的十恶不赦的人。

谁能来弥补这几年，谁又能让他的未婚妻回来，在他身边对着他笑，和他说结婚时是什么样的婚礼，未来生多少个小孩，名字到底叫什么才好听。

这些都不能了。

所以这道歉没用。

火车站里人来人往，叫卖吆喝声络绎不绝，人们在依依不舍地告别，也有独自一人拖着行李箱进站的，在站外的宁芷和卢楠显得异常突兀。

俊男靓女，却没有一句甜言蜜语，疏离得和陌生人没两样。他们也确实没什么话说，好像很多告别的话都显得多余。

真相公之于众时，宁芷对他也谈不上愧疚，从机场搭同一班车开始，命运这股绳便将她和卢楠捆在一起，没享受过甜，苦头倒吃了不少。

怨吗？会怨，明明只是多说一句同行的话，心爱的人，便在异地他乡丢了性命。

可他们之中谁又不是在经历这些。朱陈媛做错了吗？她拥有一腔热血，企图在社会上为更多的人发声。陈相正做错了吗？父母时代的感情纠纷，让他都来不及看一眼长大后的妹妹。

江桓呢？宁芷呢？

谁又能说出什么。

卢楠哈出一口白气："其实也猜得到，毕竟不会什么事都那么巧。"

宁芷伸手把他围在脖子上的围巾扯平："那就希望以后都不要再有这样的巧遇吧。"

卢楠眯着眼，没点头也没摇头，抬手和她说再见。

直到卢楠的身影彻底被淹没在候车厅的人群里时，宁芷才慢吞吞地转身往火车站外走。

缠绕着他们六年的事情，只用了一天便被终止。缠绕着崔志安和许茜的噩梦，却足有二十几年。

一直到最后，许茜都没有说她和崔志安是否联系过，崔志安的所有言论里也都不曾提过许茜的名字。

若是说孤儿院里所发生的一切像《熔炉》，那崔志安他俩是不是就是现实版的《白夜行》。但这一切都只是猜测。

在证据主导的年代，真相永远都不会被掩埋。

风有点大，宁芷头上的帽子被吹开，正当午，太阳很足，她也没再去管是否冻耳朵。

春节的氛围越来越浓，每一家店铺上都贴着红红的"福"字，连店门口招揽生意的服务生都是一身红衣。隐隐地可以听见他们在招呼出站的人进去吃两口热乎饭。

她很久没体会过年味了,和江桓在一起时,他会在十二点前准时地出现在她面前,陪她一起守岁。

可他离开后,每年的每一天每一分每一秒,对她而言都是一样。

一路走一路看,她突然顿住脚步,不远处的公交上拥下来一批急着赶车的人,在他们旁边的停车位上有个静止的人,和她对视着,然后徐徐地走过来。

一身黑衣,个子极高,在急匆匆的人群里很扎眼,走到跟前,他弯腰将她整个圈在怀里,下巴磨着她的头顶,又似乎这样不够,唇跟着落在她的脸上,一下又一下。

没谁特意停下来看他们,因为他们此时就和众多陷入恋爱中的男男女女没什么两样,甜得发腻。

宁芷嗓子有些涩:"等很久了?"

"不久,再久点也能等。"

"都结束了对吧?"

"嗯,结束了。"江桓轻拍着她的背,声音不徐不疾的,"小宝,我们结婚吧。"

"好。"

"我会好好照顾你。"

"好。"

"我们回家吧。"

"好。"

图书在版编目（CIP）数据

幸存者游戏：上、下/巫其格著. -- 上海：上海社会科学院出版社，2019
ISBN 978-7-5520-2825-6

Ⅰ.①幸… Ⅱ.①巫… Ⅲ.①推理小说－中国－当代 Ⅳ.① I247.5

中国版本图书馆CIP数据核字(2019)第134777号

幸存者游戏 ：上、下

著　　者：巫其格
责任编辑：王　勤
封面设计：人马艺术设计·储平
出版发行：上海社会科学院出版社
　　　　　上海市顺昌路 622 号 邮编 200025
　　　　　电话总机 021-63315900 销售热线 021-53063735
　　　　　http://www.sassp.org.cn　E-mail:sassp@sass.org.cn
印　　刷：上海盛通时代印刷有限公司
开　　本：890×1240 毫米　1/32 开
印　　张：16.125
字　　数：490 千字
版　　次：2019 年 8 月第一版　2019 年 8 月第一次印刷

ISBN 978-7-5520-2825-6/Ⅰ·342　　　　　定价：69.80 元

版权所有　翻印必究